香江情懷

香港清遺民詩文集選編

崔文翰 著

中華書局

序／劉智鵬 8

錦茵一角伴爐香
——序《香江情懷：香港清遺民詩文集選編》／陳煒舜 10

前言 15

凡例 29

第一章 吳道鎔

一、生平簡介 33

二、作品選讀

1. 〈高楚香家傳〉（1925）［附］〈同年梁文忠公歿數年矣，高君隱琴以其墨跡裝裱成卷，敬題三絕句〉（1925） 35

2. 〈宋臺秋唱序〉（1917）［附］〈和蘇選樓澤東自題宋臺秋唱圖〉（1917） 45

3. 〈避地香江偶成〉（1911） 53

4. 〈移居龍湫，潛客辱以詩賀，次韻奉答〉（1912） 54

5. 〈遯公有「亂離身世一琴多」之句，而復以詩乞琴於方拱垣，廣文人咸怪之。為詩釋其意，並質九龍真逸〉（1912） 58

6. 〈夜過真逸宅聽遯公彈琴〉（1912） 60

7. 〈癸丑夏再避亂油麻地，暑夜不寐，望香江燈火一絕〉（1913） 61

8. 〈丙辰端節後感賦二首〉（1916） 62

9. 〈闇公詠明遺民詩，漫題其後〉（1918） 64

10. 〈辛亥癸亥，歲星一周，避地香海凡六度，歲暮小病，元旦試筆〉（1923） 66

第二章 丁仁長

一、生平簡介 71

二、作品選讀

1. 〈偕澹盦、闇公、遯廬訪九龍山居，和真逸二首〉（1913） 73

2. 〈丙辰二月，港樓與真逸、闇公晤談三首〉（1916） 79

3. 〈昔在一首贈闇公，時同客香港興漢道〉（1916） 82

4. 〈五月十二日會飲荔垞寓齋〉（1916） 91

5. 〈闇公、荔垞招飲放歌〉（1916） 92

6. 〈客港日為真逸校東官《宋遺民錄》，既里旋，真逸以祀秋曉先生生日詩見示索和，賦此卻寄〉（1917） 96

7. 〈為杜鵑菴主題春心圖〉（1919） 99

8. 〈滋田約同澹庵、闇公、真逸遊屯門〉（1920） 103

9. 〈毅夫館丈以癸亥三月奉詔入直，僕方居憂，未與祖筵。今夏奔問行在，從容話舊，賦簡四首〉（1925） 109

第三章 張學華

一、生平簡介 115

二、作品選讀

1. 〈瓜廬詩賸序〉（1931） 117

2. 〈輓許稚筠寺丞〉（1912） 121

3. 〈除日九龍山人惠酥醪菜白沙鴨賦謝〉（1913） 124

4. 〈次韻答許少筠見贈〉（1913） 125

5. 〈乙卯元日〉（1915） 129

6. 〈重陽日與次嚴、少筠、季裴、伯端、叔文太平山頂登高〉（1916） 131

7. 〈丙辰元日〉（1916） 133

8. 〈和香輪〉（1916） 135

9. 〈丁丑七月避兵香港，寓薄扶林，覺公寄示南灣晚眺詩，依韻和作〉（1937） 136

10. 〈將之澳門，留別同人〉（1938） 140

11. 〈留別居停了因道長〉（1938） 141

第四章 陳伯陶

一、生平簡介 147

二、作品選讀

1. 〈御賞福壽字四品卿銜吳君理卿墓碑銘〉(1916) 149
2. 〈誥授榮祿大夫廣東勸業道陳公墓碑銘〉(1930) 155
3. 〈九龍城宋王臺新築石垣記〉(1915)
   [附]〈宋皇臺懷古並序〉(1913) 160
4. 〈槃園記〉(1924) 170
5. 〈避地香港作〉(1911) 174
6. 〈紅磡新居成，移家感賦〉(1912) 175
7. 〈九龍山居作〉(1913)
   [附]〈登九龍城放歌〉(1913)、〈鶴嶺散步〉(1913) 177
8. 〈闇公、趯公同澹庵、潛客二老過九龍山居〉(1913) 185
9. 〈丙辰正月六日，與李君瑞琴、張君魯齋、暨闇公、智公同遊沙田，李君為言黎悅真居士擬築靜室山中，悼古傷今，慨然有作〉(1916) 191
10. 〈遊杯渡寺〉(1916)
    [附]〈遊屯門青山贈陳春亭居士〉(1916) 198

第五章 何藻翔

一、生平簡介 207

二、作品選讀

1. 〈香港走送圓默道人北行，歸途舟中口占卻寄〉(1913) 210
2. 〈甲寅人日宿九龍山人家題壁〉(1914) 212
3. 〈阿彬律道山樓夜話述呈長素工部〉(1914) 212
4. 〈九月十七日宋皇臺祝趙秋曉先生生日和九龍真逸〉(1916) 216
5. 〈贈莫六〉(1924) 219
6. 〈中元後一夕愚公簃玩月〉(1924)
   [附]〈北山亭看菊〉(1924) 223
7. 〈自清風臺晚步歸口占〉(1925) 230
8. 〈隨齋主人石塘侍宴應教三首〉(1925) 232
9. 〈餘生〉(1929) [附]〈自贈〉 236
10. 〈鄧生爾疋藏鄺海雪綠綺琴，近卜居大埔，以名其園〉(1929) 241
11. 〈六月十六夜床上口占，贈別英港教育司羅富士，戲效俳體〉(1930) 245

第六章 賴際熙

一、生平簡介 253
二、作品選讀
1. 〈籌建崇聖書堂序〉(1923) 255
2. 〈送檗老副憲同年奉召入直南齋序〉(1923) 259
3. 〈崇正同人系譜序〉(1925) 264
4. 〈清誥授朝議大夫香港定例局議員少岐周府君墓表〉(1926) 269
5. 〈周埈年先生大廈落成頌〉 276
6. 〈利公希慎墓表〉(1928) 280
7. 〈香港大學中文學會輯識第一期序〉(1932) 285
8. 〈東蓮覺苑祖堂記〉(1935) 289
9. 〈登宋王臺作〉(1913) 294
10. 〈輓丁伯厚前輩〉(1926) 297

第七章 溫肅

一、生平簡介 303
二、作品選讀
1. 〈岑伯銘六十壽序〉(1919) 310
2. 〈香港東華醫院六十週紀念記〉(1930) 314
3. 〈香港大學中文學會説詩〉(1930) 318
4. 〈陳子丹墓誌銘〉(1935)
[附]〈題寒木春華齋詩集〉(1931) 324
5. 〈題劉伯端心影詞〉(1920) 331
6. 〈壽馮平山七十〉(1929) 334
7. 〈金文泰去思頌並序〉(1929) 340
8. 〈題陳向元泰寧去思圖〉(1930) 348
9. 〈題崔伯樾是詩簃圖〉 352

第八章 岑光樾

一、生平簡介 359

二、作品選讀

1.〈清封恭人李氏墓表〉(1926) 360

2.〈鄧母曾太宜人墓表〉(1928) 364

3.〈為商藻亭同年書畫展覽致詞〉(1949) 369

4.〈朱聘三同年七十生日〉(1939) 375

5.〈題胡伯孝湖濱偕隱圖〉(1940) 376

6.〈辛巳十一月香江紀事〉(1941) 381

7.〈寄江霞公同年〉(1945) 383

8.〈成達中學校歌〉(1947) 384

9.〈題溫檗菴癸卯奉召入值南齋香江送別圖〉(1949) 388

10.〈己亥生朝感賦〉(1959) 389

11.〈輓李鳳坡校長〉(1960) 391

12.〈胡恒錦博士園菊盛開招飲〉 394

第九章 江孔殷

一、生平簡介 399

二、作品選讀

1.〈今年新曆以九月廿五為中秋節，港居書感〉(1912) 401

2.〈九龍新居頗有轇轕感賦〉(1925) 403

3.〈聞香江漢文學院觀成有日，喜賦柬荔老、徽老、敏仲、鳳坡〉(1926) 407

4.〈重陽後一日，南社諸子有九龍石鼓山莫氏墅集之約，余先期歸廣州，和卻寄〉(1926) 408

5.〈循環日報五十四週紀念徵詩〉(1928) 410

6.〈香港華星發刊一時紙貴，今已屆二百期特刊矣，緯孟索詩，以此壯之〉(1929) 416

7.〈香港華字日報七十一週紀盛，柬緯孟記者〉(1934) 420

8.〈己卯香江夏曆元旦〉(1939) 423

9.〈丙寅年避地香海，曾為寒瓊題洪北江夏令食單，稿佚，病起補述〉(1940) 426

10.〈九龍侯王廟寶漢酒家題詞書後〉(1939-1940) 430

後記 434

序

中國歷史上朝代更迭之際，知識份子的動態往往引起研究者的關注。宋元、元明、明清三個歷史轉折時期如是，清末民初更如是。清末距今未遠，引發改朝換代的辛亥革命又與香港息息相關，回顧這段歷史中南來清遺民知識份子的動態，其趣味及意義與此前的研究各有異同，值得為文深入探索，此乃本書《香江情懷：香港清遺民詩文集選編》製作的緣由。

辛亥革命不僅標誌中國兩千多年封建帝制的終結，亦深刻改變了中國社會結構及文化生態。在這場歷史巨變中，清遺民作為一個特殊群體，其生存狀態與思想情感引起廣泛關注。尤其是在香港，一批原籍廣東的晚清進士，面對清室的傾覆，毅然選擇遷居或暫住此地，成為香港歷史上一段不可忽視的篇章。

本書旨在系統整理及展示清遺民在香港期間所創作的詩文，通過他們的文字，窺探其內心世界與生活軌跡，進而探討他們在香港社會、文化及教育發展中所扮演的角色。清遺民雖然身處異鄉，但思想及情感卻與故土緊密相連；既有對前朝的眷戀，亦有對現實生活的無奈與適應。

這批清遺民在香港的表現各異，有的選擇退隱山林，不問世事，僅以詩書為伴；有的積極融入香港社會，利用自身的文化優勢，參與教育、文化事業，致力弘揚中國傳統文化。其詩文不僅記錄個人情感與心路歷程，亦反映民初香港社會風貌及各界人士交往情況。循此可以更深入理解清遺民在香港的生活狀態及思想變遷，以及其對香港文化的貢獻。

然而，長期以來，清遺民及其文學作品在學術界並未得到足夠重視。其一，清遺民無論政治立場或思想觀念均與現代社會相去甚遠，往往被視為保守、守舊的代表；其二，由於歷史原因及文獻資料散佚，清遺民詩文作品亦未能得到系統整理及研究。因此，本書的編纂既是對清遺民文學遺產的一次搶救性發掘，亦是對香港歷史文化的一次深入探索。

本書精選九位具有代表性的清遺民，包括賴際熙、溫肅、陳伯陶、丁仁長、何藻翔、張學華、吳道鎔、江孔殷及岑光樾。他們的詩文作品涵蓋抒情、詠物、記事等多個方面，不僅展現個人的文學才華，亦反映他們對時局的關注及對生活的感悟。通過對這些詩文的解讀，讀者可以更全面了解清遺民在香港的生活狀態及思想情感，以及他們對香港文化的貢獻及影響。

總之，本書不只是一部文學選集，更是一部歷史文化見證；從中可以窺見清遺民在香港的生活片段，感受他們對故土的深情厚誼，以及他們在異鄉的文化堅守與傳承。本書作者治清代思想史有年，亦長時期從事香港史教研的工作；本書集清史與香港史於一部，兼顧學術發明與閱讀趣味，可謂上品。希望本書的出版能夠引起學術界及廣大讀者的關注，進一步推動對清遺民及其文學作品的研究與探討，為香港乃至中國的歷史文化研究增添新的視角及深度。

劉智鵬

嶺南大學協理副校長

錦茵一角伴爐香
——序《香江情懷：香港清遺民詩文集選編》

比年以來，崔文翰教授身兼香港伍倫貢學院人文學院院長，夙夜在公且仍不廢教研，新近完成鴻著《香江情懷：香港清遺民詩文集選編》。全書聚焦於吳道鎔、丁仁長、張學華、陳伯陶、何藻翔、賴際熙、溫肅、岑光樾與江孔殷九位居港之前清遺民，由其詩文集內精選關乎香港之詩文，加以註釋、解析，不僅公允評價諸老之文學成就，亦藉此機會向普羅大眾廣為紹介。付梓在即，文翰兄命撰序一篇。自忖於該範疇少有究心，更乏專論。拜讀鴻著之後，益感承蒙厚愛，惶恐不已！茲僅就讀後所感所得，綴文於茲，以質諸文翰兄及諸位大方。

所謂遺民，原指朝代或國家滅亡後遺留之百姓。如《史記．管蔡世家》：「封叔鮮於管，封叔度於蔡：二人相紂子武庚祿父，治殷遺民。」又如《左傳．閔公二年》：「衛之遺民，男女七百有三十人。」殷遺民為武王伐紂、商代滅亡後之朝代遺民，衛遺民為北狄攻衛、衛國破亡後之諸侯遺民。而遺民群體中，最引人注目、最具代表性者，當屬富於學養、曾有官爵、眷戀前朝、不事新主的成員。易言之，史上艷稱之遺民人物，多半並非普通百姓，而是出身貴族或士大夫階層，而在國變後成為布衣的知識人。如義不食周粟的伯夷、叔齊，乃是商代孤竹國君之子。孤竹並非殷商的直接領地，但夷齊兄弟甘為殷商守節，足見已具有較強烈的中央王朝意識。他們的政治選擇，是其自覺建構知識體系的反映。至於源自「王官失守」的諸侯遺民，對於知識的傳播貢獻更大。周室東遷、王權低落，無法抑制諸侯間的兼併。小國滅亡後，原來的貴族、官員淪為平民，所藏典籍流入民間，造就了知識的普及。這些為數眾多的諸侯遺民，姓名雖早已於史無徵，文化功績卻可謂永垂後世。

漢代以降，遺民之記載不絕於史冊。自《後漢書》訖《清史稿》，設有逸民傳（或稱隱逸傳、逸士傳、遺逸傳）的正史達十六種之多。如范曄《後漢書・逸民傳》云：「《易》稱：『遯之時義大矣哉！』又曰：『不事王侯，高尚其事。』是以堯稱則天，不屈潁陽之高；武盡美矣，終全孤竹之潔。」將賢士許由與夷齊並稱——所謂「潁陽之高」，指的是許由不受帝堯讓位而甘願隱居。但許由並非遭遇鼎革，只是在太平盛世情願歸隱，畢竟不同於夷齊的處境。而范氏〈逸民傳〉中的人物，既有鼎革後不事新莽的周黨、王霸、嚴光之倫，也有東漢之世不受官祿的井丹、梁鴻、高鳳之屬。因此吾儕可進一步界定，遺民是逸民的一種：任何時代選擇歸隱的知識人，都可稱為逸民或逸士；唯有家國破亡後的歸隱者，才可稱為遺民。然而，研究遺民者也不得不同時關注逸民問題。以元明之際為例，如李祁、戴良等有元朝功名，入明不仕，是著名的元遺民。梁寅在元代屢試不第，但後來並不接受明代授官；張憲在元代受到賞識而不就官，後為張士誠所招，入明後寄食佛寺：二人皆被視為元遺民。宋濂於元末不仕、明初成為文臣之首；劉基身為元代進士、官員，棄官還鄉，至朱元璋相邀方出仕明朝：二人情況不同，倒皆仍可稱為「元逸民」。這些人物皆可統稱為逸民，考察諸人仕隱之軌跡，對於吾儕探論遺民群體，還是頗有助益。

由於年代久遠、文獻闕漏，有關唐五代以前的列朝遺民都不易開展系統性探討。民國以後，隨着國族意識的建立，宋、明遺民早已成為學界熱門話題。至於金、元遺民存在的事實，一度令學者詫異 —— 如錢穆謂「明初諸臣之不忘胡元，真屬不可思議之尤矣」—— 卻也不難理解，因此相關研究者並不乏人。至於清遺民為人所詆訕，則是因為他們所面對的不僅是朝代更迭，更是傳統社會的崩潰。他們對故主與傳統文化的忠誠與眷戀，長期被視為抱殘守缺，而無法獲得新文化支持者的同情。然而，這在二十世紀前葉的香港又另當別論。

鴉片戰爭以還，港、九、新界陸續被英國接管，造就了香港的特殊環境與地位。一方面，由於華洋雜處、得風氣之先，令香港成為辛亥革命的搖籃。另一方面，當辛亥革命、五四運動接踵而至，殖民政府及本地官紳大力推崇儒學、國學，以化解來自內地的衝擊，謀求穩定的管治。對於遜清遺民 —— 尤其是粵籍者而言，香港毗鄰故國故鄉，言語風俗相通，且非民國管轄，誠可謂一方桃源。舉例而言，賴際熙（1865－1937）於光緒二十九年（1903）中二甲進士，後授翰林院編修、出任國史館總纂。清亡移居香港，從事文教工作。香港大學成立後，以兼任形式講授史學。1923 年主持成立學海書樓，以聚書講學、宏揚文化。1925 年，新任港督金文泰推動中文教育，賴際熙協助成立港大中文學院，並全職擔任中國歷史教授，至 1933 年方才離去。期間賴氏於社會名流多有應酬，為中文學院爭取經費資源。此外，同時任職於中文學院的區大典、溫肅、朱汝珍皆為前清進士兼遺老，可謂同聲同氣。賴氏諸人在香港的生活並非如他們在內地的同道那般與世相忘，他們不但未受到本地文化輿論的排斥，更擁有較顯著的地位，依然活躍於社會。他們致力文教的一謦一欬，又不由得使人感到與兩千年前那些失守的王官們于喁相應。

《香江情懷》對清遺民作家的界定甚為謹嚴：他們不僅不仕民國，還必須具備前清的進士身分、有詩文集傳世。饒是如此，依然有九位入選，人數之多令人驚嘆，而香港之特殊性，由此可見一斑。文翰兄在〈前言〉中寫道：「他們在香港的生活展現出不同的面貌，賴際熙善於交際，在官紳間競爭，為創辦學海書樓籌款，最終實現夢想；溫肅積極參與復辟活動，並侍奉溥儀，生活充實；丁仁長以至孝見稱，後跟隨溥儀；吳道鎔、陳伯陶、張學華一心歸隱，著述不輟，風姿瀟灑；岑光樾專注於教育，桃李滿園；江孔殷享受逍遙生活，妻妾成群，嗜好美食，無憂無慮；何藻翔來港從教，內心一直不滿，晚年心志消沉，顯露窮困之狀。」縱然九位遺民的命運與人生軌跡各自不同，卻都奉行言為心聲的詩教，居港生活「離不開出席詩社聚會」，透過文學創作來構築自身與世界交流對話的平臺。「從現代的觀點來看，他們對清朝政治立場的忠誠已經失去意義，未能贏得當時人的接受。然而，他們的詩作卻流露出真情，動人心魄。」在平臺荒蕪已久的近百年後，卻賴文翰兄為吾人灑掃停當，不僅得以直面那些前賢的心靈，更可能由此通向一方更為廣大的空間。《香江情懷》共九章，人各一章，每章皆分為「生平簡介」及「作品選讀」兩節。茲舉例以見全書之體式。如〈第七章　溫肅〉，首節「生平簡介」分為「早歲仕歷」、「謀求復辟」、「港大歲月」、「晚年心跡」四目，對於溫氏的生平行事有較詳盡的述論。而〈第一章　吳道鎔〉之「作品選讀」一節，收錄作品若干。如〈宋臺秋唱序〉（1917）一文共有註解十五條，或解釋詞句、點出事典語典，或介紹人、地、書名，或作內文校勘，甚或略有考據（如註 3 關於「二王殿」的解說），讓讀者一目了然。隨後的「簡析」部分，精煉扼要地介紹了《宋臺秋唱》一書的緣起及版本，並指出聚德堂本有吳道鎔和陳伯陶詩作二首，失收於時人為吳氏所編《澹庵詩存》，當是遺漏之故。而《宋臺秋唱》的文獻價值，由是可窺。此後，更附上吳道鎔〈和蘇選樓澤東自題宋臺秋唱圖〉七絕二首，仍有註解，更全面地呈現吳氏對《宋臺秋唱》一書之參與。至於「簡析」部分收錄《宋臺秋唱》書影、〈宋臺秋唱圖〉等，益能收比照之效。

綜上所言，可知《香江情懷》精彩紛陳、補充當下研究的重要缺環，不待筆者饒舌。衷心恭賀新著出版同時，也藉此良機作一寄語：期待文翰院長日後肆其餘力，引領群賢整理居港清遺民，乃至逸民、「後遺民」（王德威語）之相關著作，並擇菁拔尤，加以推廣，必能為香港描繪出一幅更為多姿多彩的文化圖景。筆者雖不敏，亦當勉從其後！謹以七律一首收結拙序云：

鹽梅之道豈相忘，野老猶稱官富場。
注史心情久如噎，傳經手澤每堪傷。
鼎遷無處非周土，臺毀何由弔宋皇。
當日長安花落盡，錦茵一角伴爐香。

甲辰孔誕後學**陳煒舜**
謹識於壹言齋

前言

辛亥革命後，清室傾覆，不少前朝遺臣堅拒接納民國政權，紛紛棄官歸里。有一批原籍廣東的晚清進士毅然選擇遷居或暫住香港，以示忠於清朝。他們在居港期間，表現迥異，有些選擇退隱，蟄居無聞，不理世事，閒來只與朋輩見面聊天，互相問候；有些則積極適應香港新生活，利用晚清進士這個「獨特」和「尊貴」的身份，穿梭於官鄉紳商等社會賢達之間，並且致力投入文化教育工作，作育英才，弘揚傳統中國文化；有些更會結社論學，定期聚會，並編纂書籍，不但藉此抒發亡國之情懷，而且能為後代留下珍貴的文獻。這些寓港清遺民，不論是積極還是消極的表現，都在香港的歷史發展中佔據一席之地。他們的存在豐富了香港的文化脈絡，對本地社會和文化生活產生了一定影響。他們的努力和貢獻，不僅展現了對傳統價值觀和文化的堅持，也為香港的文化教育事業和學術研究注入了新的力量。

「遺民」在人們心目中的形象常常被視為守舊、保守，且不願接受新事物。這種看法反映了對他們歷史背景和文化傳承的誤解，實際上，許多遺民在特定的歷史條件下，努力尋求自我認同與社會適應，展現了複雜而深刻的內心世界與社會情感。他們對前朝忠誠，政治立場偏向保守，對昔日朝中生活充滿眷戀和懷念。辛亥革命帶來的變革不僅在政治層面有所影響，還對整個社會的結構、選拔制度和文化造成衝擊，被視為傳統與現代之間的分水嶺。在民國時期，政府推動新式教育，傳統儒家教育模式被視為過時的舊學。因此，清遺民自認為傳統制度和文化的守護者時，往往被認為是封建、守舊的一群。在新中國成立後，他們長期被貼上守舊標籤，並未受到學界的重視，其詩文作品和思想影響也鮮有被關注。

近年來，清遺民的研究逐漸受到學術界的關注，相關著作逐步問世，例如周明之的《近代中國的文化危機：清遺老的精神世界》、林志宏的《民國乃敵國也：政治文化轉型下的清遺民》、羅惠縉的《民初「文化遺民」研究》等。這些作品從宏觀角度分析了清遺民的心路歷程和政治立場，擺脫了政治正確的束縛，客觀地探討他們在民國時期的生活和行為。然而，這些研究多以內地清遺民為主要研究對象，對於居住在香港的清遺民則較少提及。即使在林志宏的著作中，關於「廣東及港澳」地區清遺民的介紹也僅有一節，且內容不夠深入。由此可見，香港清遺民的研究仍有很大的開拓空間，以便更全面地了解他們在香港的生活、文化活動及對香港社會的影響。

事實上，過去的研究主要集中在內地清遺民的發展情況，相對而言，香港清遺民的研究則較為缺乏。學界對於他們的重要性和對香港歷史的影響力了解不足，因此在現今的香港歷史學術著作或人物傳記中，很少有提及他們的詩文資料。直至最近，一些學者開始從不同角度研究香港清遺民，為這個領域帶來了新的視野。例如，趙雨樂的《近代南來文人的香港印象與國族意識》一書從國族意識和地域關係的角度分析清遺民的思想和行為，為我們理解他們在香港的活動提供了新的視角。其他研究如李林的《最後的天子門生 —— 晚清進士館及其進士群體研究》和韓策的《科舉改制與最後的進士》則探討清遺民在香港的發展情況，以及科舉制度的廢除對他們的影響。此外，陳雅飛的《傳統的移植 —— 香港書法研究（1911－1941）》從清遺民的書法這個角度入手，分析他們在書法界的貢獻和價值。許振興的《經學、教育與香港大學：二十世紀的足跡》則從經學史的角度研究了一些與香港大學中文學院或學海書樓相關的清遺民，探討他們在經學方面的成就和貢獻。至於有關清遺民的傳記，劉智鵬《香港華人菁英的冒起》一書簡述了一些在港清遺民的生平事跡；梁基永的《道從此入 —— 清代翰林與香港》對在港清遺民的生平事跡和他們與香港的關係作了介紹和分析。上述各書均對理解香港清遺民的歷史地位和影響力甚有裨益。

另外，在現代文學史或香港文學史的專著，清遺民詩文亦甚少談及。自民國時期以來，有識之士積極推崇白話文和新詩，而傳統詩詞則被視為舊時代的遺物，常受到忽視和排斥。這種對傳統文學的摒棄思維貫穿整個二十世紀的學術界，導致學者們傾向以「新文學」作為正統文學形式的敍述，使得「舊文學」被忽視甚至被排除在主流現代文學史的範疇之外。因此，在論述現代文學的發展史時，很少見到關於傳統詩詞的章節。而香港文學史的專著，有些除了作過場式的簡單交代外，普遍者更刻意不提及舊體詩詞在港的發展情況。因此，清遺民詩文自亦無法得到學界的重視。

清遺民在香港期間多以詩文抒發情懷，互相作詩傳唱，彼此交流心情。由於他們多為前朝官員或有學之士，擅長詩詞創作，因此相關作品豐富，尤其詩作為主，總數多達千多首。這些作品的內容涵蓋廣泛，不僅限於言情，還包括言物、言景、言事，既能真情流露，輕鬆愉快地描繪生活趣事和所見所聞，又有着隱晦含蓄、引用典故、詠物寄喻、託物懷情的風格。清遺民在香港的詩文作品為香港文學注入了守舊思想的力量，啟發了當地的文人雅士，並促進了古典文學在香港的發展。清遺民的詩文作品不僅是文學創作，更是表達其政治和文化理念的工具。透過詩作，他們建立和鞏固自己的遺民身份，同時也實現了保存文化記憶的目的。因此，香港清遺民的詩文作品不應被忽視，而應成為香港文學研究中重要的一環。學界應該擺脱固有觀念，重新審視這些寓港清遺民的文學作品，以更全面地了解其對香港文學發展的貢獻。

近年來輯錄了清遺民作品的著作，例如何乃文、洪肇平、黃坤堯、劉衛林合編的《香港名家近體詩選》和程中山的《香港文學大系・舊體文學卷》是其中代表性的作品。《香港名家近體詩選》選錄了香港各位名家的詩作，其中也包括了清遺民的作品，這一舉措可以説是打破了過去對香港文學中排斥清遺民詩作的偏見。而《香港文學大系・舊體文學卷》則集結了一些清遺民的詩文作品，並在前言中概述了前清遺民的文學作品對香港文學的重要性，其價值不言而喻。然而，這些書籍雖然輯錄了清遺民的詩文作品，對學界有一定的貢獻，讓讀者能夠一窺清遺民的作品，但由於受限於體例，這些書籍缺乏註解和評析，難以幫助讀者深入理解其內容。總括來説，學界至今仍然缺乏一本系統編選香港清遺民詩文的專著，這使得清遺民的詩文作品仍未得到完整的解讀和評價。

本書以香港清遺民為中心，精選他們在香港居住期間所寫的詩文，不僅展現了他們的日常生活、思想感情和人際關係，還能窺見民初香港各界的人物、事件和各區名勝古蹟。對於「清遺民」的定義，廣義而言是指清亡後的人，但本書採用狹義的定義，即指那些在清朝考取進士、獲官職者，並在清朝滅亡後拒絕擔任民國政府官職的人。而「香港清遺民」則指在民國時期居住在香港的清遺民。他們來港或留港的時間各有不同，有些在辛亥革命前後即來到香港，如陳伯陶、賴際熙；而有些則是十多年後才來到香港定居，如岑光樾。部分清遺民長期在香港居住，很少返回內地；而另一些則是在內地與香港或香港與澳門兩地之間頻繁往來，根據當時的實際需求作出決定，如溫肅、吳道鎔、張學華等人。這些清遺民的生活軌跡各異，但他們在香港的活動和創作卻為我們提供了珍貴的歷史資料和文化遺產。透過他們的詩文作品，人們可以更深入地了解這些清遺民在香港的生活、情感和對當時社會的見解。

據現存資料統計，移居和暫住香港的清遺民數目不少，但並非所有清遺民都有詩文集留世。例如，朱汝珍、區大典、區大原等人的詩文作品僅有少量，並分散在不同刊物中。由於他們的作品太過零碎，不成體系，故此本書沒有選錄。全書甄選人物的準則，首要標準是他們的詩文集是否存世。經過一番篩選，本書決定選錄賴際熙、溫肅、陳伯陶、丁仁長、何藻翔、張學華、吳道鎔、江孔殷和岑光樾共九人的詩文作品。他們均有詩集或文集留存後世，儘管作品數量各異，但足以反映他們的情況。這些清遺民生於晚清，後來考取進士，擔任官職，部分作品寫於清末時期。為了貼近主題，本書確定了兩個選錄標準：一是限制選取他們在香港居住期間寫作的作品；二是挑選與香港相關且具有歷史價值的詩文，以彰顯他們與香港及各界人士的緊密關係。這些清遺民的詩文不僅展現了他們的遺民情感，也反映了民國時期香港的情況。他們為香港的慈善機構、華商及其家人撰文或賦詩，提供了重要資料，對研究民初時期的香港具有一定的參考價值。

這九位清遺民皆是前清及第，昔日春風得意，身居社會頂峰。然而，隨着清朝的覆亡，內地政治劇變，他們地位盡失，只得流亡至香港。面對生活環境的巨大轉變，他們內心充滿掙扎和憤慨。雖然他們各有不同的性格、行為和想法，難以一概而論，但在他們的詩文中隱含着濃烈的遺民意識，許多作品都表達了對前朝的眷戀和對昔日光輝的追懷。例如，吳道鎔的〈辛亥癸亥，歲星一周，避地香海凡六度，歲暮小病，元旦試筆〉中悲歎亂世遭遇，感歎自身命運若螻蟻般渺小，長年漂泊逃亡，至老仍未安頓；何藻翔的〈自清風臺晚步歸口占〉也表達了作者對自身經歷的苦樂交融之感；張學華的〈乙卯元日〉則表達了對清朝的思念和忠貞不渝的決心。所謂「北向潸然拜杜鵑」、「一編私署景炎年」，可謂是清遺民創作的基調。又如岑光樾在晚年的〈己亥生朝感賦〉中，內心仍然混沌不安，情感交織。儘管如此，他們在香港的生活展現出不同的面貌，賴際熙善於交際，在官紳間競爭，為創辦學海書樓籌款，最終實現夢想；溫肅積極參與復辟活動，並侍奉溥儀，生活充實；丁仁長以至孝見稱，後跟隨溥儀；吳道鎔、陳伯陶、張學華一心歸隱，著述不輟，風姿瀟灑；岑光樾專注於教育，桃李滿園；江孔殷享受逍遙生活，妻妾成群，嗜好美食，無憂無慮；何藻翔來港從教，內心一直不滿，晚年心志消沉，顯露窮困之狀。這些生動的描寫展現了一眾清遺民各自不同的命運與人生軌跡。

在眾多清遺民中，陳伯陶可算是最典型的隱逸代表。他於清亡後舉家遷移香港，初居紅磡（〈紅磡新居成，移家感賦〉），母喪後再遷至九龍城。他既不剪髮，亦不易服，自號「九龍真逸」；又名其居為「瓜廬」、「槃廬」（〈槃園記〉），以示不忘故朝，並以隱居終其身。他絕對不會出仕新政府，充分反映其遺老的氣節。觀乎本書所錄數首陳氏詩作，如〈宋皇臺懷古〉、〈登九龍城放歌〉、〈九龍山居作〉、〈避地香港作〉諸作，誠如張學華所言，均予人「纏綿」和「悲涼欲絕」之感。陳伯陶隱居於九龍城期間，特別向港英政府建議，將宋王臺劃為公園，永久保存，最終獲應允。他及後與商人李炳商討，在宋王臺修建石垣，以作保護，其事見載於〈九龍宋王臺新築石垣記〉。可見他對於本港文物保育也有一些貢獻。

由於陳伯陶的地位崇高，故有不少清遺民居港期間均會上門拜訪，以示尊重（陳伯陶〈闇公、氹公同澹庵、潛客二老過九龍山居〉、丁仁長〈偕澹盦、闇公、氹廬訪九龍山居，和真逸二首〉）。又如丁仁長便有數首詩篇，記載他居港期間與陳伯陶、張學華、賴際熙會面和互訪，如〈丙辰二月，港樓與真逸、闇公晤談三首〉、〈昔在一首贈闇公，時同客香港興漢道〉便是箇中例子。他們偶然還會互贈禮物，以示關懷友好，如張學華〈除日九龍山人惠酥醪菜白沙鴨賦謝〉記載陳伯陶贈予菜乾和板鴨，張學華則賦詩道謝，當中散發着濃郁的生活氣息，頗能反映這群遺民在居港期間的日常生活。從這類互贈的行為，足見他們之間交誼的深厚真摰。另外，他們有時相聚聊天，又會欣賞古琴彈奏。古琴作為感情載體，可以藉此抒發個人身世之悲，所謂「身世離憂付一琴，對琴乃轉悲身世」（〈氹公有「亂離身世一琴多」之句，而復以詩乞琴於方拱垣，廣文人咸怪之。為詩釋其意，並質九龍真逸〉）；又或寄託其亡國之思，正所謂「沉沉信國饗，寂寂水雲風」（〈夜過真逸宅聽璒公彈琴〉）。加上，他們亦會結伴同遊，經常尋幽探秘，到訪各地的名勝古蹟，如〈丙辰正月六日，與李君瑞琴、張君魯齋、暨闇公、智公同游沙田，李君為言黎悅真居士擬築靜室山中，悼古傷今，慨然有作〉和〈遊杯渡寺〉二詩可作為例子。又可參看丁仁長〈滋田約同澹庵、闇公、真逸遊屯門〉和張學華〈重陽日與次嚴、少筠、季裴、伯端、叔文太平山頂登高〉二詩為證。

由於這批清遺民是前朝進士，曾有機會共事，故當他們先後移居香港後，內心自有一種「他鄉遇故知」的親切感，互相支持慰藉。他們著述甚豐，彼此互贈題詞、序文，讚揚對方的作品，如張學華為陳伯陶詩集《瓜廬詩賸》撰序（〈瓜廬詩賸序〉）；又如吳道鎔為張學華《采薇續詠》題詞（〈闇公詠明遺民詩漫題其後〉）。對於同年進士及第的遺民，他們的感情就更加真摯。如岑光樾曾賦詩恭賀朱汝珍七十大壽（〈朱聘三同年七十生日〉）；又撰有〈寄江霞公同年〉一詩，寄贈與他同年進士的江孔殷，抒發感慨之情；又在同年及第的商衍鎏的香港書畫展覽會上致詞（〈為商藻亭同年書畫展覽致詞〉）。而賴際熙撰有〈輓丁伯厚前輩〉一詩，一方面讚揚丁仁長矢志復興清室的心跡，「一瞑何心問故宮」，「藏舟壑徙空銜石」，同時亦作自況，擁護清室之心不變。他們甚至在港一同宴請清王室成員溥偉（何藻翔〈隨齋主人石塘侍宴應教三首〉），毋忘自己忠清的立場。

雖然這些清遺民已居於香港，但仍十分關心內地政事發展。他們尤其痛恨袁世凱及其身邊的手下，如蔡鍔，故當得悉二人先後辭世，均十分雀躍，飲酒賦詩作樂，表達其興奮之情。可參看吳道鎔〈丙辰端節後感賦二首〉、丁仁長〈五月十二日會飲荔垞寓齋〉和〈闇公、荔垞招飲放歌〉為例。

在眾多香港清遺民中，尤以溫肅最為積極參與復辟活動，故頗獲其他清遺民的尊重。自清亡後，溫肅仍以遺臣自居，竭誠盡忠，在內地和香港之間四出奔走，會見不同人士，謀求復辟，以圖恢復清室。1913 年初，溫肅太史取道香港，轉航北上，圖謀復國大計，何藻翔賦詩讚揚其無比氣魄（〈香港走送圓默道人北行，歸途舟中口占卻寄〉）。1917 年，丁巳復辟失敗後，溫肅隱居鄉里，寄情於撰述，並取「望帝春心託杜鵑」之意，把居室取名為「杜鵑庵」，以示內心不忘復興清室。不少清遺民曾賦詩於〈春心圖〉上，以表支持，可參看丁仁長〈為杜鵑庵主題春心圖〉一詩。1923 年，溫肅獲溥儀邀請，入值南書房，更令在港的清遺民感到振奮，許多人紛紛賦詩以表達對溫肅的敬意和祝福，如賴際熙〈送檗老副憲同年奉召入直南齋序〉一文，以及丁仁長〈毅夫館丈以癸亥三月奉詔入直，僕方居憂，未與祖筵。今夏奔問行在，從容話舊，賦簡四首〉、岑光樾〈題溫檗菴癸卯奉召入值南齋香江送別圖〉等詩，可作明證。

除此之外，這批香港清遺民同樣地因前朝進士的名聲而深受本地機構、華人官商青睞，例如溫肅應邀撰寫〈香港東華醫院六十週年紀念記〉，賴際熙則為富商何東爵士夫人張靜蓉女士（法號蓮覺居士）所創辦的東覺蓮苑寫下〈東蓮覺苑祖堂記〉。他們廣結友好，如溫肅、何藻翔在港與康有為會面，彼此冰釋前嫌，共同推動復辟（何藻翔〈阿彬律道山樓夜話述呈長素工部〉）；又如岑光樾曾與李景康共事，一同任教於官立漢文中學（〈輓李鳳坡校長〉），又受胡恒錦邀請參加園菊盛開的招待活動（〈胡恒錦博士園菊盛開招飲〉）。另外，他們亦為不同華商和士紳名人撰寫墓誌銘，如賴際熙分別為周少岐、利希慎撰寫墓表（〈清誥授朝議大夫香港定例局議員少岐周府君墓表〉、〈利公希慎墓表〉）；溫肅則為富商陳步墀撰寫墓誌銘（〈陳子丹墓誌銘〉），以及分別為華商岑伯銘和馮平山撰寫壽序（〈岑伯銘六十壽序〉、〈壽馮平山七十〉）；陳伯陶亦為陳望曾、吳理卿撰寫墓誌銘（〈誥授榮祿大夫廣東勸業道陳公墓碑銘〉、〈御賞福壽字四品卿銜吳君理卿墓碑銘〉）；吳道鎔則為高滿華撰傳（〈高楚香家傳〉）；岑光樾亦分別為周永泰元配夫人（〈清封恭人李氏墓表〉）和曾貫萬的長女、鄧元昌的兒媳曾灶嬌（〈鄧母曾太宜人墓表〉）撰寫墓表等。這些文章的對象均是當時香港社會各界的重要人物，對後人研究當時歷史甚有參考價值。總之，這些清遺民與香港各界名人、富商之間聯繫緊密，他們並非僅僅隱居度日，而是積極融入香港新生活，期望通過社會賢達的支持，逐步實現宣揚中國傳統文化的理想。

在芸芸清遺民當中，賴際熙與香港社會各方人士的關係甚佳，經常能成功籌款。他既知清室恢復無望，乃轉以興辦文教為己任，創辦學海書樓，聚書講學，對於保存文獻、弘揚國粹，厥功甚偉（賴際熙〈籌建崇聖書堂序〉和何藻翔〈庚午正月十三日學海書樓祝嘏〉），並聘請不少清遺民擔任講席，如溫肅、張學華、岑光樾等。他亦編成《崇正同人系譜》，推廣客家文化，凝聚客籍人士的團結意識（〈崇正同人系譜序〉）。他得到本地華人富商支持，籌措資金成立學海書樓和香港大學中文學院，逐步實踐自己的辦學理念。在港大中文學院成立後，賴際熙延聘溫肅擔任講師，講授國學。他們二人亦曾為中文學會暢談創作詩作的見解（〈香港大學中文學會說詩〉）和為《中文學會輯識》撰寫序言（〈香港大學中文學會輯識第一期序〉），抒發對中國傳統學術的看法。賴際熙的努力和貢獻不僅豐富了香港的文化教育領域，也展現了他對中國文化的熱愛和堅持。他的舉措和影響力在當時的社會中具有重要意義，為香港的文化發展留下了寶貴的遺產。

有趣的是，清遺民偶爾會以詩詞的形式向當時的政界人士致贈，例如溫肅曾以〈金文泰去思頌並序〉讚揚當時港督金文泰在香港四年的治理表現；何藻翔也在任教漢文師範學校時，以詩歌宴別時任署理教育司羅富士（〈六月十六夜床上口占，贈別英港教育司羅富士，戲效俳體〉），表達個人內心感受。儘管金文泰是英國人，但他在任職期間支持香港推動中文教育，先後支持成立香港大學中文學院和官立漢文中學，並對前清進士們給予重視和信任，此舉正符合清遺民在香港賡續傳統中國文化的宏願。這些例子表明，清遺民並不會因個人的忠清立場而對英國人士心存敵意。他們與當時的英國官員合作，共同推動中文教育和文化事業，在跨文化交流中展現了開放與包容的態度。這種合作與尊重在當時的香港社會具有重要意義，促進了中西文化的交流與融合，為當地的文化教育事業帶來了積極的影響。

清遺民居港的生活，離不開出席詩社聚會，即席揮毫，賦詩酬唱，如宋皇臺雅集、北山詩社等，所以在他們的詩文中亦不難知悉他們出席詩社的情況。誠然，陳伯陶和賴際熙可算是在港清遺民的代表。他們二人最早抵達香港，常常邀約各遺民，聚會於宋皇臺，詩文酬唱，寄託故國之思（賴際熙〈登宋王臺作〉）。最著名的一次，乃於 1916 年秋，他們以祝宋遺民趙秋曉生日為名，群聚於宋皇臺。陳伯陶先撰兩詩兩詞，其他遺民各有應和，事後由蘇澤東集合成編，名為《宋臺秋唱》。詳參吳道鎔〈宋臺秋唱序〉一文、丁仁長〈客港日為真逸校東官《宋遺民錄》，既里旋，真逸以祀秋曉先生生日詩見示索和，賦此卻寄〉和何藻翔〈九月十七日宋皇臺祝趙秋曉先生生日和九龍真逸〉等詩。至於北山詩社成立於1924年秋，由富商莫鶴鳴、高蘊琴等人倡始。他們跟利希慎借得利園山的二班樓，作為雅集活動的地點，組成了香港開埠以來最大規模的文學團體，何藻翔因莫、何二家的特殊關係而經常得到莫鶴鳴的盛情款待（何藻翔〈贈莫六〉）。雖然北山詩社有不少成員來自清末支持革命的文學團體南社，但不同的政見似乎沒有阻礙他們彼此酬唱雅集，可參看何藻翔〈中元後一夕愚公簃玩月〉和江孔殷〈重陽後一日，南社諸子有九龍石鼓山莫氏墅集之約，余先期歸廣州，和卻寄〉二詩，均可證明他們與北山詩社人士有定期聚會。又如溫肅亦為南社成員崔師貫《是詩簃圖》題詞（〈題崔伯樾是詩簃圖〉），突顯他們的關係匪淺。儘管身份、觀點不同，他們仍然在詩社中合作，互相酬唱，展現出放下政治成見、專注於文學創作的精神。

抗戰期間，清遺民紛紛逃難至香港，如張學華〈丁丑七月避兵香港，寓薄扶林，覺公寄示南灣晚眺詩，依韻和作〉、江孔殷〈己卯香江夏曆元旦〉二詩便透露他們曾避兵至香港，當中更有詩描繪香港抗戰的狀況，如岑光樾〈辛巳十一月香江紀事〉便是例子。這些詩作透露了清遺民在抗戰時期的困境和經歷，也見證了他們與香港歷史的深刻聯繫。這些作品不僅是文學上的珍貴遺產，也是對當時歷史事件的生動記錄。

最後，值得一提的是，江孔殷可算是較獨特的一位清遺民。在清末時期，他曾支持廣東省的革命人士，並希望被民國政府委任官職，但未能如願。因此，他改行從商，退出政治舞台，不再尋求官職，這與其他香港清遺民有着顯著的區別。事實上，他在香港生活的幾次，主要是因為內地政治環境不穩定而前來避難，如 1912 年因內地政局不穩來港暫避（〈今年新曆以九月廿五為中秋節，港居書感〉）；又如 1925 年，他又因二次罷工來港（〈九龍新居頗有轇轕感賦〉）。1937 年，他更舉家來港逃難，一直留至 1942 年才離開（〈己卯香江夏曆元旦〉、〈丙寅年避地香海，曾為寒瓊題洪北江夏令食單，稿佚，病起補述〉二詩）。不過，他居港期間，因挾着前朝進士的光環，故頗受時人的重視，曾賦詩慶賀《循環日報》五十四週年（〈循環日報五十四週紀念徵詩〉）；又應勞緯孟之邀為《華字日報》、《華星》等報刊賦詩（〈香港華星發刊一時紙貴，今已屆二百期特刊矣，緯孟索詩，以此壯之〉、〈香港華字日報七十一週紀盛，柬緯孟記者〉二詩）。由於他是著名美食家，故亦為九龍侯王廟道寶漢酒家題詞（〈九龍侯王廟寶漢酒家題詞書後〉）。可見，江孔殷的遺民意識並不強烈，其詩詞均沒有明顯的忠清立場。他的生平經歷展現了不同於一般清遺民的特殊面貌，反映了當時動蕩時期下清遺民群體的多樣性。

總的來説，細心觀察香港清朝遺民在港的行為、思想和社交情況，可以感受到他們不僅堅守遺民身份，互相問候聯繫，閒時聚會唱和，還積極融入香港生活，與本地文人學者保持交流溝通，經常應邀為各種機構撰寫文章和詩歌，這可以説是香港歷史發展的一部分。他們在香港度過的歲月，留下了深刻的印記，對香港的情感也充分體現在他們的詩文之中。從現代的觀點來看，他們對清朝政治立場的忠誠已經失去意義，未能贏得當時人的接受。然而，他們的詩作卻流露出真情，動人心魄，就像趙翼在《甌北詩話》中讚揚元好問的作品一樣，稱其「此等感時觸事，聲淚俱下，千載後猶使讀者低徊不能置」，實在令人深受觸動。本書選擇了九位香港清朝遺民作為代表，每位都有其獨特之處，不僅展現了清遺民的基本特徵，也從側面說明了他們在行為和思想上的差異。他們與香港的聯繫深厚，獲得當地華人的青睞和尊重，對香港的文化和教育發展作出了不可忽視的貢獻。因此，後人有必要更深入地了解他們的思想，並給予合理的評價和應有的重視。

凡例

（一）全書共選錄九位香港清遺民的詩文作品，並以其考獲進士年份為排序依據。

（二）作品排列次序以作者為單位，並以先文後詩的方式排序。

（三）每位作者均有小傳，並對選錄的詩文提供註解和簡析。

（四）礙於篇幅所限，每位作者選錄約十篇作品。若作者有相關作品，將以附錄形式表達，方便讀者參考。

（五）所有詩文作品均出自各作者已刊印的詩集或文集，資料如下：

- 吳道鎔：《澹盦文存》（民國丁丑〔1937 年〕刻本）。
- 吳道鎔：《澹盦詩存》（民國丁丑〔1937 年〕刻本）。
- 丁仁長：《丁潛客先生遺詩》（民國己巳〔1929 年〕刊印本）。
- 張學華：《闇齋稿》（民國戊子〔1948 年〕排印本）。
- 陳伯陶：《瓜廬文賸》（民國二十年〔1931 年〕鉛印本）。
- 陳伯陶：《瓜廬詩賸》（民國二十年〔1931 年〕鉛印本）。
- 何藻翔：《鄒崖詩集》（香港：出版社缺，1958 年）。
- 賴際熙（著）、羅香林（輯）：《荔垞文存》（香港：學海書樓，2000 年）。
- 溫肅：《溫文節公集》（香港：學海書樓，2000 年）。
- 岑光樾：《鶴禪集》（香港：自刊本，1984 年）。
- 江孔殷：《蘭齋詩詞存》（民國刊本）。

（六）作者散落各處如報刊、輯本等的作品，但不見載於其詩文集，一概不選。

（七）個別明顯誤校、誤植的情況，均由編者逕改。個別異體字如無法顯示則以通用字替代，不另作註。

第一章

吳道鎔

吳道鎔晚年道服像

著名的香江九老圖。前排左起張學華、梁慶桂、吳道鎔、陳伯陶、汪兆鏞；後排左起金湛霖、黃誥、伍銓萃、桂坫。

一、生平簡介

吳道鎔（1853－1936），原名國鎮，字玉臣，號用晦，晚號澹庵。祖籍浙江紹興，先祖因經營鹽業而遷粵，自此寄籍於番禺。年十六，補縣學生。後入讀應元書院，師從李文田（1834－1895），學問大進。登光緒六年（1880）庚辰榜進士第，改翰林院庶吉士；光緒十二年散館，授翰林院編修。

時順德李文田重被起用，奉詔進京，入值南書房，兼詹事府少詹事。李公以澹庵為記室，師生二人共事歷年。澹庵因寓居於李宅，得李公悉心指導，書法造詣日深。然其生性恬淡，不樂仕宦，旋辭官返粵，以講學終身。先後主講於三水肄江學院、惠州豐湖書院、潮州金山書院、韓山書院等處，後回廣州主持應元書院，又任學海堂學長。嘗與友人石德芬等於郡學設館，從者數百人。

光緒二十八年（1902），學制改革，廣州廣雅書院改辦為兩廣大學堂。其後清廷下令，各省不設大學。次年，兩廣總督岑春煊（1861－1933）奏准改兩廣大學堂為廣東高等學堂，並聘澹庵出任監督。澹庵主持學政，前後八年，汪兆鏞、汪兆銓等皆於此時從學。由於其學能貫通新舊，故深受諸生敬戴。其後出任學部諮議、廣東學務公所議長。兩廣總督張人駿（1846－1927）以公學行俱優，堪備任使，推薦於朝，澹庵報書婉拒。

清朝滅亡後，澹庵以遺老自居，隱居不仕。據張學華〈誥授通奉大夫翰林院編修吳君行狀〉（以下簡稱「吳君行狀」）所稱：「辛亥後，謝絕一切，省志局、學海堂禮聘皆不就，閉戶著述，翛然絕俗，工書法，求者接踵。」澹庵書法藝術，深獲方家稱譽，故其晚年生計，頗仰賴於鬻字。

民國初年，廣東政局動蕩，澹庵頻繁往來於省港澳之間，曾多次來港寓居。即從本書以下所選錄作品看，特別是第十首詩詩題所謂「辛亥癸亥，歲星一周，避地香海凡六度」云云，可知其跟香港頗有淵源。溫肅在〈澹庵文存序〉稱：「先生自辛亥後，嘗一避地海島，旋還其城南故居，杜門不出者二十年。」恐非準確之詞。直至國民政府北伐成功，全國統一，廣東漸趨安定，澹庵晚年才較少離穗。1936 年病逝於廣州，終年八十四歲。因其曾著籍於羅浮山酥醪觀，遺命以道服入殮。

澹庵不仕民國，只熱心於整理鄉邦文獻。1918 年 3 月，梁鼎芬倡修《番禺縣續志》，乃開局於番禺縣學明倫堂。澹庵與丁仁長、梁慶桂三人同為總纂，其他如淩鶴書、汪兆鏞、潘應祺等人出任分纂，工作人員共達七十人。全書歷十三年始告完成，凡四十四卷。

此外，澹庵更以個人之力，選輯《廣東文徵》二百四十卷，另附《作者考》十二卷。是書以屈大均《廣東文選》、溫汝龍《粵東文海》為基礎，益加搜輯而成。據〈吳君行狀〉所稱：「凡七百餘家，文三千餘篇。纂輯之勤，歷二十年，病中猶校補弗輟也。」自漢至清，凡粵人具代表性的古文篇章，幾乎囊括殆盡，可謂洋洋大觀，偉矣壯哉。不過，此部總集在澹庵生前，僅大致成稿，《作者考》約六百餘家。其後張學華重加整理，補齊《作者考》，終成七百一十二家，1947 年由北京圖書館、香港大學圖書館油印出版。

澹庵雖善詩文，但生前未有刻意整理保存，僅刊有《明史樂府》八卷。其後張學華、汪兆鏞等輯其平生所著，為《澹庵詩存》、《澹庵文存》各一卷。

二、作品選讀

1.〈高楚香家傳〉(1925)

真定高氏，自五代後周秦王行周，以武功顯。[1]子懷德入宋，尚燕國長宮主，封渤海郡主，為宋世臣。[2]徙汴梁，其後人從宋南渡，復徙臨安。祥興末，扈從厓山。宋亡抗節，隱潮揭陽之玉窖鄉。明嘉靖中，析海陽、揭陽、饒平三縣地置澄海，遂為今澄海高氏之始遷祖。自始遷以前，失其世次，歷□傳至日熙贈君，[3]生二子，次曰曜和，蚤卒，而君居長。

君諱廷楷，字宗實，號楚香。少惇敏，有遠志。時英人在新安瀕海闢地曰香港，君歷梅、循達廣州，至其地，復航南洋，遊於暹羅。有巨商某偉其才，延司市舶事。[4]暹地宜稼，盛產米，而吾粵民食，歲仰給鄰境，

居中者為高滿華，居下者為其子高學能(舜琴)。

或歲荒不時至，往往坐困。君籌思久之，慨然曰：「酌盈劑虛，此大利也，吾姑發其端，可乎？」迺謀設肆香港，運暹米轉鬻內地，協濟民食。又以暹人簸舂，墨守舊法，而帆船運載，恃風而行，程期難定，爰仿泰西機器礱法，復與英商謀，以輪舶易帆船。轉輸既便，業以大贏。迄今七十餘年，繼者踵接。曼谷都城，廩突相望；南洋航道，運艘如織，吾粵民食，遂倚南洋一隅為命脈，惟君實倡導之。

君嘗論為商之要，曰：「見小而忽大者惑，趨利而失守者蹶。」[5] 故其操術，恥壟斷，審棄取；棄取既決，利市三倍，不以易其素。時暹王嘗以賭稅、煙稅強君任其事，人咸謂可獲厚利，君卒固辭去，歸港守故業，蓋夙所持論然也。

商於港者分三幫，曰閩、曰廣、曰潮。潮之商亦分三幫，曰潮惠、曰豐普揭、曰海澄饒。君晚年居港，久為眾信仰，每大事集議，得君一諾，無不立舉。在港籌建東華醫院，省會籌建八邑會館，[6] 造端閎大，皆君提挈，集群力成之。然勞謙有終，不自多也。其居鄉尤恂恂自下，褊淺小夫惎君得眾，[7] 或非意相干，恒曲意優容之，終不以力所能者蓋人，久之其人亦自愧服。其他恤親故，篤交遊，多長者行，非大節所在，不殫述。卒年六十三，遺命施棉衣千襲，奉旨建坊。先是君遇賑案，輒報效，疊邀獎敘。最後以山西賑捐案，得即用知府，賞戴花翎，三代皆贈如君官，妣皆贈恭人。

君初娶蔡氏，繼娶金氏，皆封恭人。子九：振綱、學能、常宏、常勤、常昭、學潛、學修、學濂、學賢。

振綱、學濂皆候補道；學能，戊子科舉人，八旗官學教習；學潛、學修，皆附貢生；學賢，候選同知。孫二十一人：秉貞，光緒癸卯科舉人。曾、元孫凡十四人。

吳道鎔曰：余光緒辛巳主潮州韓山講席，道出香港，得識君，逾年而君卒。間聞潮人士談君遺事，稱遊暹時，老父在堂，蔡夫人盡孝養、持家政，井井如健男，卒以成君遠志。金夫人，故暹女，諳商術，能佐君籌策，而嫻守中國禮教，亦奇女子也。忽忽四十年，重作港遊，學潛、學濂、學賢出君行狀，乞作家傳。讀所敘述，無溢詞，猶想見君篤實之遺。然則君之刑於家，貽於後人，其素行可概見矣。

1　自五代後周秦王行周，以武功顯：高行周（885－952），字尚質，河北媯州人。能征慣戰，歷仕後唐至後周，為五代名將，有「高老鷂」之稱。死後謚武懿，贈尚書令，追封秦王。

2　懷德入宋，……為代世臣：高懷德（926－982），字藏用，高行周之子，五代至北宋初年將領。因擁立趙匡胤稱帝，升殿前副都點檢；娶宋太祖寡妹燕國長公主。曾參與平定李筠、李重進之亂，官至武勝軍節度使兼侍中，死後追封渤海郡王，謚武穆。

3　贈君：古代對官員父親的尊稱，又作「贈公」。

4　有巨商某偉其才，延司市舶事：按此「巨商某」即高元盛，廣東澄海人，1843 年創辦元發行，初期生意並不十分成功，1853 年把商號轉讓予同鄉高滿華。後者接手後，業務始做強做大，但仍一直沿用舊日商號。

5　蹶：仆倒。

6　省會籌建八邑會館：按粵東潮州府下轄八縣，即潮安、揭陽、澄海、潮陽、普寧、惠來、饒平、南澳，故號八邑。

7　惎：忌恨。《左傳．哀公二十七年》：「知伯不悛，趙襄子由是惎知伯。」

廿世紀二三十年代的上環南北行

簡析

甲、高楚香的事跡

高滿華（1820－1882），發跡後改名廷楷，字宗實，號楚香，廣東澄海人。高氏粗通文墨，早歲由家鄉赴暹羅謀生，當過苦力、廚師等工作；當擁有一定積蓄後，乃購置帆船，從事物流業務，人稱「滿華船主」。1853 年高氏接管元發行後，銳意改革，生意蒸蒸日上，從此成為富甲一方的南北行商家。

所謂南北行，南是南洋，北指中國，南北行主要經營轉口土特產貿易生意，香港是最重要的中轉站。戰前香港的潮籍南北行商號，最著名者有二家，其一是本書後面將提到的乾泰隆，由陳煥榮父子創立，至今仍繼續營業；其二就是高滿華家族的元發行，今天早已灰飛煙滅。

1843 年，高元盛在香港文咸西街開辦元發行，並蓋建多所棚廠貨倉。1851 年，陳煥榮亦在此建立乾泰隆。1853 年，元發行落入高滿華手中。高陳二家商號的共同點，就是皆擁有自己的船隊，並以暹羅大米作為最大宗的銷售貨品。它們均以曼谷為基地，採用英國洋人的先進科技，以機器輪船取代舊式風帆，以機器碾米（當時稱為火礱）取代人力畜力，由是獲利極豐，堪稱十九世紀末香港最顯赫的富商。

值得指出的是，澹庵在此文所謂「吾粵民食，遂倚南洋一隅為命脈，惟君實倡導之」，其實並不正確。清代自康雍乾以來，由於政府提倡，給予免稅等各種優惠，潮汕商人早已不斷從暹羅進口大米至閩粵沿海出售，此舉絕非始自高滿華。

「南北行公所」組成於 1868 年，由高滿華、陳煥榮、招雨田等商人發起，乃香港早期華商最重要的同業組織，從此民間亦習慣稱呼上環文咸西街一帶為「南北行」。1869 年東華醫院籌建時，高滿華為倡建總理之一，前後連任三年。以後直到太平洋戰爭前，東華三院、保良局的歷任總理，大多均具有南北行商人的背景。

高滿華去世後，並無分家，家族業務由次子高學能（舜琴）掌管（長子高振綱實為養子），業務持續蓬勃發展，先後在上海、天津、牛莊、安南、新加坡等多處開設聯號。高學能於 1909 年病逝，其長子高繩之（1878－1913）雖仍能勉力維持，惜其壽不永，僅較父親多活四年，三十來歲便去世。此後高家後人便肆意揮霍，侵吞公款，家族業務迅速衰敗，元發行最終在 1933 年破產倒閉，應驗了民間「富不過三代」的俗諺。

乙、有關〈高楚香家傳〉的碑刻

高學濂（？－1927）是高滿華的第八子，當他求得澹庵所撰家傳後，隨即寄付天津，請友人魏戫書丹，並鐫刻石碑。根據高學能兒子高伯雨《聽雨樓隨筆》第二冊〈精通技擊的詩人魏鐵珊〉一文所記述：

> 先叔父蘊琴（學濂）先生和鐵珊頗有交情，在一九二五年，曾把先祖楚香先生的家傳寄去天津請鐵珊書寫，寫成交給北京琉璃廠陳雲亭刻字店刻石，打算立石於澄海縣城的祠堂中。石久已刻成，不知怎的沒有運回廣東。一九二七年，先叔父在汕頭逝世，家人完全不知道有這件事。到一九三三年，一個在天津做生意的本家高友桐入京，偶然在陳雲亭處見到這些刻石，問起來才知道刻工還沒有全付，但一部分已為張之洞之孫先支付了。友桐便寫信到汕頭告知伯昂侄，才匯了幾百元去北京贖回，寄歸時有一塊斷了。

同書第四冊〈曼谷拓碑良友相助〉一文也提及，〈高楚香家傳〉的刻石共有十六塊，「是北京琉璃廠陳雲亭刻碑店在一九二六年刻成」，至於今天是否還能在古鄉保存，則不得而知云云。

最後交代澹庵此文的撰述時間。據文末所稱，「余光緒辛巳主潮州韓山講席，道出香港，得識君」；「忽忽四十年，重作港遊，學潛、學濂、學賢出君行狀，乞作家傳」，按辛巳是光緒七年（1881），下推四十年，則當在 1920 年前後。但「四十」極可能只是舉其約數，未必是剋實之詞。根據高伯雨〈精通技擊的詩人魏鐵珊〉一文所附的〈高楚香君家傳〉，文字與《澹庵文存》本大致相同，但文末多出「乙丑三月山陰魏戫書北京陳雲亭勒石」數字，乙丑即 1925 年。又，本書以下附錄澹庵往高學濂家觀賞梁鼎芬書法，事情亦在 1925 年。今據此推定，高學濂邀請澹庵書寫家傳，大概當同在 1925 年。

[附]〈同年梁文忠公歿數年矣，高君隱琴以其墨跡裝裱成卷，敬題三絕句〉(1925)

京邸楸庭臨別字，南皮九曲舊題詩。[8]
中含金石交情在，如惜如悲自護持。

生死論交翟榜門，停杯感世酒無温。[9]
問誰宿草三秋後，珍重殘題認篆痕。[10]

傾蓋知心自古難，苦從今感憶前歡。[11]
世人不悟纏綿意，但作陳遵尺牘看。[12]

8 南皮九曲舊題詩：按此句有原註：「扇所書為張文襄題九曲亭詩三首之一。」張文襄即張之洞（1837－1909），直隸南皮人。九曲亭是湖北武昌的名勝古跡。張之洞仕官湖北，前後近廿年。據光緒《武昌縣志．古蹟》：「咸豐初賊毀，同治十年（1871），提學張之洞重修。」全聯是指出，此卷遺墨是梁鼎芬當年在臨離開北京時，書寫張之洞的舊詩句。

9 生死論交翟榜門：按《史記．汲鄭列傳》：「始翟公為廷尉，賓客闐門；及廢，門外可設雀羅。翟公復為廷尉，賓客欲往，翟公乃大署其門曰：『一死一生，乃知交情；一貧一富，乃知交態；一貴一賤，交情乃見。』」此即成語「門堪羅雀」的典故出處。全句之意，是説張梁二人為生死之交。停杯感世酒無溫：此句原註：「張文襄贈梁文忠句。」按：張之洞有〈送梁節菴之官襄陽道〉，詩云：「此去提封楚北門，幾年江國悴蘭蓀。謗書那得湮公道，遠謫終然念至尊。健筆淩秋花未晚，停杯感世酒無溫。三雍輦下方興學，臺省旬周佇異恩。」

10 宿草三秋：指故人去世經過三年，墳前已長滿宿草。按張之洞〈焦山觀寶竹坡侍郎留帶三首〉之三曰：「故人宿草已三秋，江漢孤臣亦白頭。」此聯之意，是表揚高蘊琴在梁鼎芬去世後，仍珍視其舊日墨跡。

11 傾蓋知心：按《史記．魯仲連鄒陽列傳》：「諺曰：『白頭如新，傾蓋如故。』何則？知與不知也。」蓋是車頂，傾蓋是把車的頂蓋打側，使二車能靠近，方便車上的人交談。此語後世一般多解作初見訂交。全聯之意，初交便引為知己，自古即為難事。現在回想起張梁二人過去這段金石交誼，不禁有點傷感。

12　纏綿：濃情厚意。陳遵：西漢游俠，好結賓客。據《漢書・游俠傳》：「遵耆酒，每大飲，賓客滿堂，輒關門，取客車轄投井中，雖有急，終不得去。」尺牘：墨跡。《新唐書・歐陽詢傳》：「尺牘所傳，人以為法。」全聯之意，世人不明白張梁二人的深厚交誼，只視為尋常的交往文字。

簡析

在分析本詩的寫作背景前，宜先略述梁鼎芬跟張之洞的關係。梁鼎芬（1859－1920），字星海，號節庵，謚文忠，廣東番禺人。早歲入仕，光緒十年（1884）因上書彈劾李鴻章，觸怒慈禧太后，被重責降五級調用，次年乃辭官還鄉。兩廣總督張之洞感其高義，特延聘主講惠州豐湖書院，後再遷肇慶端溪書院。1887 年，張之洞創建廣州廣雅書院，梁氏鼎力協助，並出任首任山長。

1892 年，張之洞在湖北建立兩湖書院，梁氏即前往出任主講。此後，梁氏進入張之洞幕府，成為最重要的心腹智囊。二人在思想上十分投契，皆主張經世致用，特別是所謂「中學

張之洞

梁鼎芬

為體，西學為用」。最初他們對於維新改革還持比較開放和支持的態度，例如強學會成立之初，《時務報》刊行，梁鼎芬皆曾周旋其間，力促張之洞在經費上予以資助。及至戊戌政變前夕，二人察覺維新派態度偏激，帝后黨爭，勢必決裂，梁氏乃力勸張之洞盡早表明心跡，以免受其牽連。1898 年 5 月，張之洞以《勸學篇》進呈慈禧，表明其忠君守道的政治立場。以後張之洞在湖北一系列的改革興作，無論教育、經濟、軍事等領域，兩人皆合作無間。

1905 年，梁鼎芬調任安襄鄖荊道，張之洞特設宴餞行，並有詩記其事。1907 年 9 月，張之洞上奏清廷，以梁鼎芬於教育事業，頗著績勞，請賞加二品銜。正由於張之洞的知遇之恩，當其逝世後，梁鼎芬親往南皮奔喪，據說哭聲過於文襄之子；又每次他乘坐火車經過南皮時，必肅然起座，面東敬立，以示哀悼。

高學濂，號蘊琴，以父蔭不免染上紈袴子弟的豪奢習氣，但他主要是揮霍在文化領域上。他跟香港一眾文人交遊頻繁，其中尤與梁鼎芬的表弟崔師貫（1871－1941）最為密切。崔師貫曾長期出任高氏的家庭教師，實質上卻是清客。據說每年束脩高達一千兩，折合銀圓一千四百元，這在當時屬於相當驚人的數目。1918 年，高學濂曾與崔師貫同往北京，居住半年，其間二人所租住房屋，即在梁鼎芬家附近，目的是方便往還。因此，高學濂跟梁鼎芬亦是有點淵源的。

高學濂在香港半山區巴炳頓道的寓所，名為玉笥山樓（按玉笥山是屈原被放逐後居住的地方）。他搜羅各種書畫圖籍、篆刻碑帖，陳列其中，可謂琳琅滿目。其中一件即梁鼎芬重抄張之洞詩句的扇面。瞻庵所題此三詩，即在參觀高氏玉笥山樓後所撰。

根據高伯雨《聽雨樓隨筆》第七冊〈江蝦筆下出「本朝」〉一文所稱：

> 蔡哲夫與吳道鎔、汪兆鏞等同在玉笥山樓觀賞梁鼎芬遺墨，哲夫有詩。玉笥山樓是我的八叔父蘊琴先生在香港的寓所，地址在巴炳頓道，一九一七年建築落成，是一所有花園的大洋房。蘊琴公好客，喜歡和文人往還，因此在香港的一班翰林公以至斗方名士都樂意和他做朋友。

按：蔡哲夫即蔡守（1879－1941），其《寒瓊遺稿》有詩〈秋夜與番禺吳育臣道鎔、汪憬吾、崔百越、鄧爾疋同觀高齋藏梁文忠遺墨〉，編次於乙丑 1925 年。汪兆鏞詩集也有詩〈游赤柱山遇高蘊岑以梁文忠公遺墨卷子屬題〉，編次亦在乙丑之

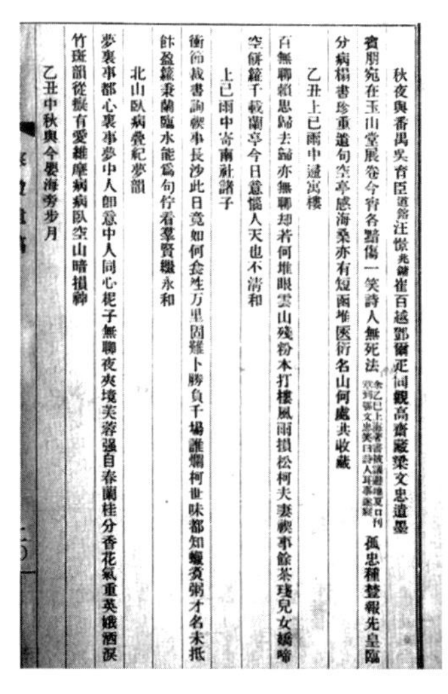

秋夜與番禺吳育臣道鎔汪憬兆鏞崔百越鄧爾疋同觀高齋藏梁文忠遺墨

賫册宛在玉山堂展卷今宵各黯傷一笑詩人無死法余乙巳上海著書被議避地夏口刊[illegible]文忠笑曰詩人耳事遂寢孤忠種營報先皇臨

分病榻書珍重遺句空亭感海桑亦有短函堆医衍名山何處共收藏

乙丑上巳雨中過寓樓

百無聊賴思歸去歸亦無聊却若何堆眼雲山殘粉本打樓風雨損松柯夫妻瑣事餘茶瑾兒女嬌啼

空餅罌千載蘭亭今日意惱人天也不清和

上巳雨中寄南社諸子

衡門栽書詢楔事長沙此日竟如何弅生万里因難卜勝負千場誰爛柯世味都知蠟炙弼才名未抵

鉢盈籬秉蘭臨水能為句佇看羣賢繼永和

北山臥病疊紀夢韻

夢裏事都心裏事夢中人即意中人同心梔子無聊夜爽境芙蓉强自春蘭桂分香花氣重英蛾洒淚

竹斑韻從猿有愛維摩病病臥空山暗損神

乙丑中秋與今嬰海旁步月

蔡守《寒瓊遺稿》書影

後，丙寅之前，據此皆可確證事情乃發生於 1925 年的秋夜。所謂「赤柱山」，即是香港。

2.〈宋臺秋唱序〉(1917)

九龍海汭，巒嶂沓匝，[1] 中有崔嵬峙列者，三大書深刻曰「宋王臺」。台南平眺，綠樹寒蕪，風煙掩抑，[2] 有村曰二王殿，[3] 居民沿故稱，莫詳所自久矣。辛壬之交，燾公卜居其地，[4] 自號九龍真逸。登覽之暇，鈎攷史乘，知其地為宋季南遷之官富場，[5] 村即以宋故行宮遺址得名。陵遷谷變，[6] 閱七百年，今且淪為異域，而久湮之蹟，顧發露於易代避地之遺民，此非偶然也。自是而後，懷古之士，俯仰憑弔，稍稍見之吟咏。

丙辰秋，真逸以祝宋遺民玉淵子生日，[7] 大集同志於茲臺。酒糈既設，魂招若來。有詩一章，有詞一闋，和者喁喁，遂以盈帙。蓋痛河山之歷劫，懷斯人而與歸，[8] 其歌有思焉，其聲有哀焉，昌黎所謂「曠百世而相感，誠不知其何心」者，[9] 非耶？

其同邑蘇君選樓，[10] 雅尚士也，彙而集之，名曰《宋臺秋唱》。又別為圖，徵題弁首；[11] 懷古憑弔諸作，輯附卷後。[12] 其視杜伯原之《谷音》，[13] 謝晞髮之《天地間集》，[14] 吳清翁之《月泉吟社》，[15] 託旨略殊，體亦差別，然而性情所得，未能忘言，其所感一也。雖然，感生於心，亦既不自知何心矣。心之忘，何所不忘哉？而有不忘者存斯，可以觀性情焉。噫嘻！其忘也，茲其所以未能忘歟？

1 汭：水濱。巒嶂：山峰。沓匝：紛亂貌。

2 寒蕪：秋冬的雜草。皇甫曾〈送鄭秀才貢舉〉：「晚色寒蕪遠，秋聲候雁多。」掩抑：低沉壓抑。白居易〈琵琶行〉：「弦弦掩抑聲聲思，似訴平生不得意。」

3 有村曰二王殿：二王殿村在聖山西南，今天馬頭圍道附近。據陳伯陶〈九龍宋王臺麓新築石垣記〉：「予謂《新安縣志》稱：台南北帝廟，為宋行宮舊址，今廟右有村，名二王殿，元人修《宋史》，以景炎、祥興附帝㬎後，為〈二王紀〉。石刻、村名，蓋皆傳自元時。」近代學者推斷，在陸秀夫等逃往淺灣（即今天荃灣）時，或有部分臣民選擇留於官富場行宮一帶。他們落地生根，遂建廟宇「二王殿」，以作奉祀。時日既久，或以音訛，或以主動避嫌，改稱「二黃店」。嘉慶重修的《新安縣志》，以至 1863 年香港政府的九龍規劃地圖，仍見「二黃店村」的遺蹤。

4 辛壬之交：辛是辛亥（1911），壬是壬子（1912）。燾公：指陳伯陶。按此句聚德堂版《宋臺秋唱》本作「厲人卜居其地」。陳伯陶字子礪，厲人亦即燾公。

5 官富場：宋代在今天觀塘、九龍灣、九龍城一帶設立的鹽場，是當時廣南東路十四個官辦鹽場之一。元代稱「官富巡司」，明朝改稱「官富巡檢司」。

6 陵遷谷變：《詩經．小雅．十月之交》：「高岸為谷，深谷為陵。」後世以此譬喻世事變遷，滄海桑田。

7 丙辰：1916 年。宋遺民玉淵子：趙必𤩪（1245－1294），字玉淵，號秋曉，趙宋宗室。居於東莞，度宗咸淳元年（1265）進士。初任高要尉，攝四會令，再任南康丞。文天祥辟為簽書惠州軍事判官兼知錄事，曾以忠言激勵熊飛收復廣州。入元後，隱居不仕，著有《覆瓿集》六卷。事跡詳見陳紀〈故宋朝散郎簽書惠州軍事判官兼知錄事秋曉趙公行狀〉。

8 懷斯人而與歸：懷念認同這些人。《論語．微子》：「鳥獸不可與同群，吾非斯人之徒與而誰與？」

9 曠百世而相感，誠不知其何心：此句化自韓愈〈祭田橫墓文〉：「事有曠百世而相感者，余不自知其何心。」其意是指人的價值心靈，具有超越時空的感通能力。

10 蘇君選樓：蘇澤東（1858－1927），字選樓，廣東東莞人，清末諸生，擅長詩文，著有《祖坡吟館詩略》、《祖坡吟館摭談》、《勝朝東莞題名錄》、《國朝東莞題名錄》等。此外還編纂有《夢醒芙蓉集》、《寶安詩正再續集》、《宋臺秋唱》。1915 年，陳伯陶編纂《東莞縣志》，開局於九龍，曾聘請他為分纂。

11 又別為圖，徵題弁首：聚德堂版《宋臺秋唱》此句作「又為圖弁首」。

12 懷古憑弔諸作，輯附卷後：聚德堂版《宋臺秋唱》此句作「懷古憑弔、山居唱酬諸作，輯附卷後」。

13 杜伯原之《谷音》：杜本（1276－1350），字伯原，號清碧，元代文人、理學家，學者稱清碧先生。杜氏博學能文，因得罪權貴，隱居武夷山中三十餘年。曾搜集宋末遺民二十九人詩文，合共百篇，題為《谷音》一卷。

14 謝晞髮之《天地間集》：謝翱（1249－1295），字皋羽，號晞髮子，曾選錄文天祥等十餘人詩作，編為《天地間集》二十四卷。

15 吳清翁之《月泉吟社》：吳渭（1228－1290），字清翁，號潛齋，浙江浦江人。南宋時曾出任義烏縣令，宋亡後隱居不仕。至元二十三年（1286）秋，與方鳳、謝翱、吳思齊等組織月泉吟社。是冬以「春日田園雜興」為題，向全國徵詩。各省文人投稿紛至，共徵得五、七言律詩二千七百三十五卷，評選得二百八十人，前五十名給予物質獎勵，並把前六十名作品結集成《月泉吟社詩》，為我國現存最早的詩社總集。

簡析

1916 年 10 月 13 日（農曆九月十七日），陳伯陶召集澹庵、張學華等一眾遺民，藉南宋遺民趙秋曉的生日，會集祭祀於宋皇臺。根據蘇澤東的詩題，可知參加者最少有十六人，包括陳伯陶、張學華、陳慶桂、伍銓萃、賴際熙、區大典、金湛霖、何鼎元、趙祉皆、趙宗敏、張其淦、盧寶鑑、戴荃、劉拜彤、張魯齋等。

事後陳伯陶以此祭為題，撰有詩詞各二首，藉此寄託其故國之思，其他諸人陸續有和作。次年，蘇澤東把各家酬答詩詞加以輯錄，結集為《宋臺秋唱》。

是書有兩個版本，一是蘇氏原編的粵東編譯公司本，二是陳伯陶的家刻本（聚德堂本），二者均刊於 1917 年，所載詩文，頗有出入。聚德堂本分為三卷（粵東編譯公司本雖不分卷，但亦分為三部分），卷上是有關趙秋曉生日詩詞的唱和；卷中是陳伯陶等人有關宋皇臺遺跡的詩文記述；卷下是陳伯陶

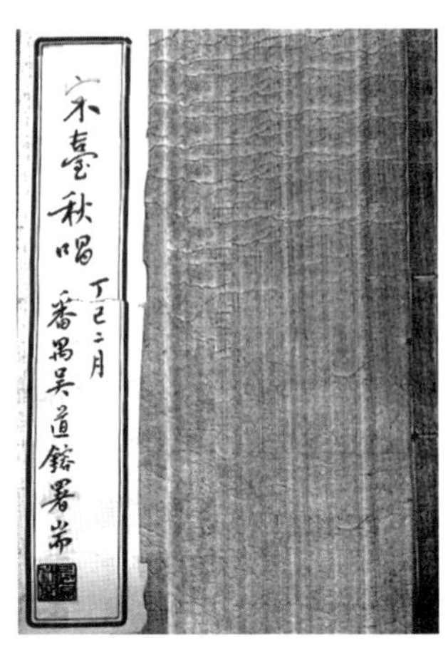

澹庵為《宋臺秋唱》所書的題籤，只見於粵東編譯公司本，聚德堂本缺。

跟其他遺民之間的日常唱和。

聚德堂本《宋臺秋唱》，首列陳伯陶詩詞四首，緊接着即澹庵的和作。張學華、汪兆銓在編纂《澹庵詩存》時，遺漏了此二篇作品，殊為可惜。今列其文如下：

天風吹水迴靈槎。重雲黯黮厓門遐。
終古啼鵑怨落霞。眉端苦上不甘荼。
龍湫千年亦帝家。崇臺刻石森交加。
曠代生感誰期牙。紅羊歷劫飛風花。
山中尚薦東陵瓜。群仙雜遝來雲車。
白頭吟望傷髩華。高原空悔前途賒。
（〈奉和九龍真逸祀趙秋曉先生生日次原韻〉）

無奈柴桑菊。歎當年、迴日雄心，換來茅屋。風雪厓門悽冷處，無數沉珠碎玉。悔不共、龍髯魚腹。把臂儻隨張陸去，算人生、似此還天福。五噫詠，續應六。

江山幾劫猶寒綠。且漫說、高節甘薇，汗青留竹。大地狂泉人飲遍，何處逃虛有谷？怪造化、巧翻新局。何以破黃收拾後，署詩豪，高唱梅花曲。能如是，菜羹足。

（〈賀新郎．次原韻〉）

又，根據《宋臺秋唱》，澹庵的序文，結末本有「歲在丁巳，端節前三日，澹庵永晦」十三個字，而《澹庵文存》本則刪去。據此可知，澹庵此序，乃撰於 1917 年 6 月 20 日。

[附]〈和蘇選樓澤東自題宋臺秋唱圖〉（1917）

天水龍翔跡已陳，荒臺依舊客愁新。[16]
詞人例有興亡感，何況滄桑閱歷身。

紅羊劫換幾星霜，莫問厓門事可傷。[17]
帝子不歸春又老，頑山終古送斜陽。[18]

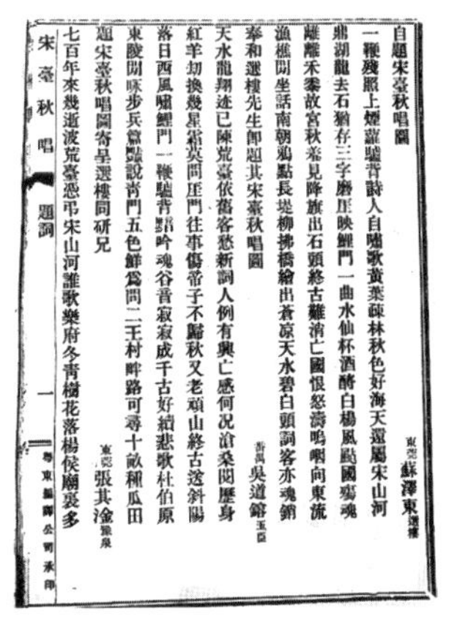

自題宋臺秋唱圖　東莞 蘇澤東選樓
一鞭殘照上煙蘿驢背詩人自嘯歌黃葉疎林秋色好海天還屬宋山河
鼎湖龍去石猶存三字磨厓映鯉門一曲水仙杯酒酹白楊風颭國殤魂
離離禾黍故宮秋羞見降旗出石頭終古難消亡國恨怒濤嗚咽向東流
漁樵閒坐話南朝鴉點長堤柳拂橋繪出蒼涼天水碧白頭詞客亦魂銷
奉和選樓先生即題其宋臺秋唱圖　番禺 吳道鎔玉臣
天水龍翔迹已陳荒臺依舊客愁新詞人例有興亡感何況滄桑閱歷身
紅羊刼換幾星霜莫問厓門往事傷帝子不歸秋又老頑山終古送斜陽
落日西風嘯鯉門一鞭驢背黯吟魂谷音寂寂成千古好續悲歌杜伯原
東陵閒咏步兵篇黯說青門五色鮮為問二王村畔路可尋十畝種瓜田
題宋臺秋唱圖寄呈選樓同研兄　東莞 張其淦豫泉
七百年來幾逝波荒臺憑弔宋山河誰歌樂府冬青樹花落楊侯廟裏多

宋臺秋唱　題詞　一　粵東編譯公司承印

蘇澤東的〈自題宋臺秋唱圖〉詩，以及各家的奉和，見載於粵東編譯公司本《宋臺秋唱》卷首，陳伯陶的聚德堂本則刪去。

落日西風嘯鯉門，一鞭驢背黯吟魂。[19]
谷音寂寂成千古，好續悲歌杜伯原。[20]
東陵閒詠步兵篇，艷説青門五色鮮。[21]
為問二王村畔路，可尋十畝種瓜田？

16 天水龍翔：指趙宋立國。按隴西趙氏，隋唐之世已為望族。宋太祖趙匡胤之父趙弘殷，後周時曾封爵天水縣男，故《宋史．五行志三》謂：「天水，國之姓望也。」後世亦以「天水」代稱趙宋王朝。

17 紅羊劫：古代以干支紀年，根據陰陽家之言，凡丙午、丁未，例多災禍。例如北宋靖康元年（1126），歲次丙午，金人入汴，即所謂靖康之禍。故南宋柴望《丙丁龜鑑》稱：「每逢丙午、丁未之年，社稷必有禍患。」又按五行理論，丙、丁、午俱屬火，火為紅色；而十二生肖中，未為羊年，故丙午、丁未之厄，又稱「紅羊劫」。星霜：星辰每歲一轉，寒霜每年必降，循環交替，故星霜指代歲月。白居易〈歲晚旅望〉：「朝來暮去星霜換，陰慘陽舒氣序牽。」厓門：位於廣東省新會，宋帝昺即位後，移蹕於此。祥興二年（1279）二月，元軍大舉進攻，厓門海戰，宋軍敗績，軍事實力徹底瓦解，政權亦宣告滅亡。事可傷：按《宋臺圖詠》本作「往事傷」。

18 春又老：按《宋臺圖詠》本作「秋又老」。頑山：指九龍城宋皇臺大石所在的聖山。

19 鯉門：即鯉魚門，扼守維多利亞海峽的東邊入口。一鞭驢背：清初曹貞吉詞：「禾黍西風，驢背一鞭遙指。」

20 谷音：詳見前〈宋臺秋唱序〉。杜伯原：即杜本，見前〈宋臺秋唱序〉。

21 東陵閒詠步兵篇：此為「閒詠步兵東陵篇」的倒裝句。東陵：《史記．蕭相國世家》：「召平者，故秦東陵侯。秦破，為布衣，貧，種瓜於長安城東，瓜美，故世俗謂之『東陵瓜』。」步兵：即西晉詩人阮籍（210－263），因曾任步兵校尉，故人稱阮步兵。其八十二首〈詠懷詩〉第六首云：「昔聞東陵瓜，近在青門外。連畛拒阡陌，子母相鈎帶。」青門：召平種瓜的地方。按酈道元《水經注》，長安有十二門，「第三門本名霸城門，王莽更名仁壽門，無疆亭。民見門色青，又曰青城門，或曰青綺門，亦曰青門。門外舊出好瓜。昔廣陵人邵平為秦東陵侯……。」五色：召平所種的瓜，名五色瓜。

簡析

跟「宋臺秋唱」雅集相關的圖有二種，一是南海伍德彝（1864－1928）所畫，稱〈宋皇臺秋唱圖〉，收載於1917年蘇澤東編纂的《宋臺秋唱》集和 1922 年的《宋圖秋詠》集。二是劉揚芬所繪，收於陳步墀 1918 年編的《宋臺集》。二者比較，伍氏的作品，叢林深壑，隱逸的意味較濃；劉氏所繪，人物較多，房舍櫛比，較富田園生活氣息。

至於《宋臺秋唱》和《宋圖秋詠》，二者雖然都是由蘇澤東所編，屬於姐妹作品，但二者的重點略有差異。前者收錄陳伯陶的作品較多，例如是書卷上先列陳伯陶的詩詞，然後是眾人的和作；卷下所錄的田園鄉居作品共八十七首，陳氏一人即佔三十首，明顯是重心所在。後者則首錄蘇澤東的四首七絕題詩，然後再錄各人的和作，最後又有蘇氏的答謝詩〈宋臺圖詠蒙海內外詞人疊賜和章賦此鳴謝〉，故全書乃以蘇氏為中心。

根據蘇澤東《宋臺圖詠・自序》，是書的編纂背景如下：

> 辛亥國變後，萑苻不靖，桑梓騷然。迨丙辰春，莞志局遷寓九龍寨。編纂之暇，登眺宋王臺，弔古聯吟，遂有《宋臺秋唱》之作。南海伍懿莊都轉為之繪圖。賸水殘山，觸景成詠，漫題七言四截於上，自攄胸臆。番禺吳玉臣太史見之，歎賞不置，曰「大有灞橋銅狄、冷眼看春之概」，首和四絕，併書圖內相詒。而張豫泉、黃日坡、梁又農詞壇諸名宿，不我遐棄，亦惠佳什。嗣因同人索閱，付排印以供清覽。書成，而和者又疊至。如張漢三臬使、丁伯厚侍講、黃宣廷星使、左子興領事、姚俊卿、汪憬吾各孝廉，暨海內詞人、詩僧、閨秀，珠玉紛投，藏諸敝篋，珍若拱璧，檢出續印，庶不負苔岑雅意。

據此可知，宋臺雅集後，蘇澤東在伍德彝的〈宋皇臺秋唱圖〉上題上四首七絕，抒發胸臆，澹庵見此，便「首和四絕」，以後才陸續有其他數人的和作。此外，集末蘇澤東的答謝詩〈宋臺圖詠蒙海內外詞人疊賜和章賦此鳴謝〉中，第二首

伍德彝所繪的〈宋皇臺秋唱圖〉，澹庵〈和蘇選樓澤東自題宋臺秋唱圖〉，即指此圖。

劉揚芬所繪的〈宋臺秋唱圖〉，載於陳步墀編的《宋臺集》中。

謂:「巴唱何來白雪吟,穀人首和屬知音。」原註:「謂吳玉臣太史首為和詩書贈」,也是特意鳴謝澹庵的首作唱和。

按 1917 年粵東編譯公司版的《宋臺秋唱》,卷首已錄有蘇、吳等八人的題畫詩共三十二首。由此可知,澹庵四詩,當撰於 1917 年。只是陳伯陶同年刊刻的聚德堂本《宋臺秋唱》,卻把這些詩全數刪去。此外,根據日人阿部定映的和作,詩題為〈蘇選樓先生徵宋臺圖詠,為之賦詩〉,可知以後眾人的和作,皆出於蘇澤東有意廣邀。最後蘇氏把這些和作總集起來,編印成《宋臺圖詠》集。

3.〈避地香江偶成〉(1911)

壯歲窮群籍,勞生不自由。
蹉跎身坐老,紛放苦難收。[1]
多難雙行篋,孤燈一小樓。[2]
虞生雖寂寞,未忍負窮愁。[3]

1 紛放:即放紛,放縱與紛亂。《左傳.昭公十六年》:「刑之頗類,獄之放紛。」杜預注:「放,縱也;紛,亂也。」

2 行篋:即行囊,出門旅行時所用的行李箱。《宋史.忠義十.馬伸傳》:「故在廣陵,行篋一檐,圖書半之。」

3 虞生:戰國時代趙相虞卿,著有《虞氏春秋》。窮愁:因勢窮而愁困。《史記.平原君虞卿列傳》太史公曰:「虞卿非窮愁,亦不能著書以自見於後世云。」司馬貞《史記索隱》:「虞卿失相,乃窮愁而著書也。」

簡析

武昌起義後,全國革命運動風起雲湧,各省紛紛獨立。廣州地處南陲,又是革命的最早發源地,迅即人心惶惶,謠言四起，甚至風傳革命黨行將屠城，不少人因此搬離廣州。公曆 11 月 8 日，廣州革命黨人起義，共推胡漢民為都督，更激發一波滿清官僚和富人的逃亡潮，澹庵與陳伯陶等人，皆於辛亥、壬子之交來港。澹庵曾替戴鴻惠（戴鴻慈之弟）《悶勿悶廬詩草》撰寫序文，即明確記述：「辛亥之變，羊垣人士多避地。君遊濠鏡，余居香海。」

又按，《澹庵詩存》由張學華、汪兆鏞等人刪定編次，全卷大致按時間先後排序。由於張、汪二氏跟澹庵交遊甚密，年輩相近，編次當可信從。本詩置於〈癸丑夏再避亂油麻地〉前，據此可推斷是撰於 1913 年以前。當廣州局勢稍為穩定，澹庵即回穗，直至 1913 年夏，才再第二次來港。

在中國文學史上，「窮愁」是非常普遍的議題。例如杜甫詩「年年至日長為客，忽忽窮愁泥殺人」、白居易詩「帝城行樂日紛紛，天畔窮愁我與君」。詩人窮愁，可謂尋常之至；而客觀環境的困苦，反而更能激發起作者撰述的動力，提高其作品的水平，此即歐陽修在《梅聖俞詩集．序》的名言，所謂「窮者而後工」。本詩結尾說「虞生雖寂寞，未忍負窮愁」，正是此意。此外，澹庵在同一時期還有〈累月無詩或以為疑，書此答之〉詩，亦說「窮愁例是詩人事，窮到無詩更可憐」，意思更為顯豁，正可作為此作的註腳。

4.〈移居龍湫，潛客辱以詩賀，次韻奉答〉（1912）

倦遊君忽返征轡，卜宅我亦遲歸輪。[1]

頻年風鶴苦行役，海隅蜷局常酸辛。

故人枉存意良厚，緘詩遠寄寂寞濱。[2]

詩中盛譽新居樂，使我不復傷風塵。
我因有味漆園語，蓋云名者實之賓。[3]
頗詫君詩戾名實，拓地有願胡逡巡。[4]
世外仙源安所得，陸沉何地非迷津。
故鄉風景豈不戀，登臨舉目百感新
玉山峰高冷叢桂，歲寒堂寂無松筠。[5]
瓜廬寄此雖少僻，成眾例已符三人。[6]
臨池學書或訪伍，漢臘能談亦有陳。[7]
潘輿倘更奉此地，慈觴同舉羅浮春。[8]
谷音一卷詩可續，南村三徑菊可耘。[9]
更待無邊花柳動，努力加餐為天民。[10]
莫問滄桑桑梓劫，且結樂天天隨鄰。[11]

1 征轡：原意是遠行的韁馬，一般泛指遠行。按《澹庵詩存》，本詩前一首即〈送姚丈俊卿、丁君潛客還廣州〉，由於丁仁長已返回廣州，故謂倦遊、返轡。全聯意思，您忽然倦遊居港，返回廣州，我則因尋找香港的居宅，遲了回去。

2 枉存：「枉」是謙辭，「存」即問候。《戰國策．秦策五》：「無一介之使以存之，臣恐其皆有怨心。」高誘注：「存，勞問也。」全句之意，有勞您的慰問，情意深厚。

3 漆園：指莊子。《史記．老子韓非列傳》：「莊子者，蒙人也。名周，周嘗為蒙漆園吏。」名者實之賓：按《莊子．逍遙遊》，許由曰：「名者，實之賓也，吾將為賓乎？」

4 拓地有願胡逡巡：「逡巡」即猶豫徘徊。全句之意，假如自己真有拓地隱居的想法，何故還會猶豫徘徊呢？此句有原註：「君詩有『恨不拓地村朱陳』語。」按白居易撰有〈朱陳村〉詩，描寫一處遠離塵俗的世外桃源，所謂「縣遠官事少，山深人俗淳。有財不行商，有丁不入軍。家家守村業，頭白不出門。生為村之民，死為村之塵。田中老與幼，相見何欣欣。」澹庵雖卜宅於九龍城龍湫村，但其實並無長居之意，故有「逡巡」之語，並以此糾正丁仁長所謂拓地歸隱之說。參以首聯「遲歸輪」一語，似亦暗示早晚當歸返廣州。

5 玉山峰高、歲寒堂寂：原註：「君嘗作〈玉山延秀圖〉，年來風流雲散，無復文酒之會。節庵所居歲寒堂，客遊不歸，亦闃其無人矣。」

前句指丁太史已久無文酒雅集，後句指梁鼎芬種樹皇陵，久不居粵。全聯慨歎師友飄零，重聚無期。

6　瓜廬：指陳伯陶的居宅。成眾例已符三人：俗語有所謂「三人成眾」，典出《漢書．高惠高后文功臣表序》：「三人為眾，雖難盡繼，宜從尤功。」

7　伍：原註：「璒公」，即伍銓萃。陳：原註：「纛公」，即陳伯陶。漢臘：按《後漢書．陳寵傳》，陳咸於王莽篡漢後，即「閉門不出入，猶用漢家祖臘。人問其故，咸曰：『我先人豈知王氏臘乎？』」原義是漢代的臘祭，這裏泛指清朝的舊制度。全聯之意，閒來無事，可拜訪伍、陳二人，請教有關書法藝術和前朝的典章制度。

8　潘輿：指奉養雙親。潘岳〈閒居賦〉：「太夫人乃御板輿，升輕軒，遠覽皇畿，近周家園。…… 壽觴舉，慈顏和。浮杯樂飲，絲竹駢羅。」按：丁仁長很早便已辭官歸里，奉養老母。羅浮春：蘇軾貶謫惠州時，從土人處學得釀製藥酒之法。〈奇鄧道士〉：「一杯羅浮春，遠餉採薇客。」全句之意，假如閣下能奉母同居於此，我們便可舉杯為她祝壽。

9　谷音：元代杜本曾輯纂宋遺民詩，成《谷音》一卷，詳見前〈宋臺秋唱序〉。南村三徑菊可耘：此句化用陶淵明語。〈歸去來辭並序〉：「三徑就荒，松菊猶存。」又〈移居〉二首：「昔欲居南村，非為卜其宅。聞多素心人，樂與數晨夕。」全聯之意，不妨仿效杜本輯錄遺民詩歌，以及陶淵明歸隱耘菊之舉。

10　努力加餐：「餐」原作「飡」，誤。〈古詩十九首〉：「棄捐勿復道，努力加餐飯。」天民：指明乎天理、順乎天性的賢者。《孟子．盡心上》：「有天民者，達可行於天下而後行之者也。」朱注：「民者，無位之稱，以其全盡天理，乃天之民，故謂之天民。」《莊子．庚桑楚》亦謂：「人之所舍，謂之天民。」

11　桑梓：故鄉。《詩經．小雅．小弁》：「維桑與梓，必恭敬止。」朱子《詩集傳》：「桑、梓二木。古者五畝之宅，樹之牆下，以遺子孫，給蠶食、具器用者也。」且結樂天天隨鄰：原註：「借用張船山事。」按「樂天」即唐代詩人白居易；「張船山」即清代乾嘉時期四川詩人張用陶（1764－1814）。張氏登乾隆五十五年（1790）進士第，官至山東萊州知府。其後辭官，遨遊四海，最後寓居於蘇州。所居山塘街青山橋，鄰近白居易祠，遂名其室為「樂天天隨鄰屋」，並撰〈題樂天天隨鄰屋〉詩。全聯之意，不要理會家鄉的戰亂了，何妨隨緣結為鄰居。

簡析

《宋臺秋唱》卷下亦錄此詩，詩題稍長，〈移居龍湫，潛客辱以詩賀，次韻奉答，即以招之，並呈九龍真逸及登公〉。根據《澹庵詩存》的編次，此詩在癸丑夏天以前，今故繫於1912年。《丁潛客先生遺詩》亦有〈過澹庵龍湫新居詩以賀之，並簡真逸〉一首。據此可知，丁仁長曾親臨澹庵位於九龍城龍湫村的新居，其後回到廣州，再寄詩至香港，以作祝賀。根據丁詩的描述，澹庵的龍湫新居，環境優美，堪稱不陋。澹庵次韻和答，在酬謝其盛讚的美意時，卻又反駁其「拓地村朱陳」之說，認為不符合自己的心意。澹庵之意，龍湫村居雖好，附近又有陳伯陶、伍銓萃等太史相伴，並不愁寂寞，但自己無意長期歸隱於此。理由有二：一是清廷既已覆亡，天下從此大亂，人間已無淨土，「世外仙源安所得，陸沉何地非迷津」。更重要者，澹庵其實更眷戀自己的故鄉，所謂「故鄉風景豈不戀，登臨舉目百感新」，目前只是隨緣暫居而已。

龍湫村位於九龍城宋皇臺附近，全名龍湫井村。在十九世紀末至廿世紀初，九龍城一帶繁盛熱鬧，稱九龍街，是商品集散的墟市。據九龍城老街坊朱石年先生憶述：「一百年前，九龍城最繁盛的商業區是由龍津碼頭通往城寨之九龍大街（正街），它是一條用花崗石鋪砌的街道，附近還有很多橫街窄巷，如通往舊時樂善堂的打鐵巷、沙欄下、上沙埔、下沙埔和近城寨的龍湫井、福佬村、東頭村、西頭村等多處地方。」

最先遷居至龍湫井村的，其實是陳伯陶，澹庵是稍後才遷至的。《澹庵文存》有〈勝朝粵東遺民錄序〉，稱：「辛亥之變，九龍真逸棄其圖書宅舍，遯於海濱之龍湫。龍湫，宋季故墟也。桑海易觀，異世同感……」由此可推斷，幾位太史所以捨港島而特意遷居於此，主要原因還是附近的宋皇臺遺址，容易引起他們的「異世同感」。

5.〈登公有「亂離身世一琴多」之句，而復以詩乞琴於方拱垣，廣文人咸怪之。為詩釋其意，並質九龍真逸〉[1]（1912）

身世離憂付一琴，對琴乃轉悲身世。[2]
亂離身世一琴多，轉語細參殊有味。
世間大患在有身，身外之物滋為累。[3]
固哉裴頠典午時，著論崇有徒階厲。[4]
君不見夥頤之王天下棄，金谷之富奴輩利。[5]
蝸戰據角蠻觸豪，鴟嚇甘腐鸞鳳避。[6]
坐爭一有生百患，鑄氣成兵大亂至。[7]
達人空諸有，義蓋取諷世。
充類之盡至於琴，未必一琴無著地。
試看此物幾滄桑，金徽玉柱猶完器。[8]

1　登公：即伍銓萃。伍氏曾一度主持羅浮山酥醪觀，道號「永登」，故人稱「登公」。方拱垣：即方啟華，蘇澤東《宋臺秋唱》集所收錄的詩人之一（見卷中〈丙辰登宋王臺，歸謁楊侯廟，次蘇君選樓原韻〉），著有《朱次琦傳》。陳伯陶有詩〈拱垣內兄同年，辛亥後兄屢過九龍，結鄰經歲，乙丑夏回穗垣，音訊時至。今年八十，以自壽詩索和，因次原韵奉答，以當介祝〉，可知方氏乃陳伯陶髮妻方夫人的兄長，辛亥革命後曾居九龍。九龍真逸：即陳伯陶。

2　離憂：遭遇憂患。《史記．屈原賈生列傳》：「離騷者，猶離憂也。」司馬貞《史記索隱》引應劭曰：「離，遭也。」首聯之意，原先是想藉琴音以抒發身世的憂思，結果是更加激發起莫名的悲慟情緒。

3　世間大患在有身：《老子》第十三章：「吾所以有大患者，為吾有身，及吾無身，吾有何患？」滋：更加。

4　裴頠：裴頠（267－300），字逸民，河東聞喜人，西晉官僚與思想家。裴頠出身於高門士族，父祖俱為尚書令，因不滿正始以來崇尚虛無的玄風，名教陵遲，士人不遵禮法，特著〈崇有論〉，矯正流弊。典午：典，主也，司也；午：十二生肖屬馬。故典午為「司馬」的隱語。晉代以司馬為國姓，故後世亦以「典午」指謂晉朝。崇有：即〈崇有論〉。厲階：禍端。《詩經．大雅．桑柔》：「誰生厲階，至今為梗。」《毛傳》：「厲，惡。」按：澹庵批評裴頠著〈崇有論〉，導致世人執着於「有」，此話並不如理。説「無」是為了對治「有」執，同樣地，説「有」是為了對治「無」執。執着不執着，只屬於「人病」，不是「法病」，豈能説是「徒厲階」？這裏只宜視作文人一時的隨意揮灑，不必過於計較。

5　夥頤：《史記．陳涉世家》：「見殿屋帷帳，客曰：『夥頤！涉之為王沉沉者。』」司馬貞《史記索隱》引服虔云：「楚人謂多為夥。」頤是助聲之詞。夥頤就是驚歎艷羨之意。陳勝因宮帳華麗，故客有此歎。金谷：金谷園是西晉石崇在洛陽所築的園第，奢靡華麗，盛極一時。全聯之意，像陳勝那樣崇尚物質享受的王者，最終為世人所唾棄；像石崇那樣窮奢極侈，最終還不是被孫秀那樣的小人所誅殺，家產全遭抄沒。

6　蝸戰據角蠻觸豪：《莊子．則陽》：「有國於蝸之左角者曰觸氏，有國於蝸之右角者曰蠻氏，時相與爭地而戰，伏屍數萬，逐北旬有五日而後反。」蝸戰據角，譬喻因細事而引起爭鬥。鴟嚇甘腐鸞鳳避：《莊子．秋水》：「南方有鳥，其名為鵷鶵，子知之乎？夫鵷鶵發於南海，而飛於北海，非梧桐不止，非練實不食，非醴泉不飲。於是鴟得腐鼠，鵷鶵過之，仰而視之曰：『嚇！』」鴟是貓頭鷹，竟猜忌鳳凰奪其腐鼠，此喻小人妬才，排斥君子。

7　鑄氣成兵：因意氣而生仇殺之心，攻擊他人。厲鶚〈焦山古鼎〉：「鑄氣為兵事豪奪，攸熺一例如狼貪。」全聯之意，人每因執着（有）而引起禍患，因意氣爭奪而產生變亂。

8　金徽玉柱猶完器：原註：「真逸定此琴為唐代物。」按「徽」是琴外側用玉石或螺鈿做成記號，一般共十三個，用以標示泛音。「柱」是琴上用以繫弦的部件。這裏以「徽柱」借代為整張琴。全聯之意，雖然幾經滄桑，但這張唐朝的古琴至今仍保存完好。

簡析

伍銓萃（1865－1934），字榮建，號叔葆，廣東新會人。登光緒十八年（1892）進士第，官至湖北省鄖陽知府。辛亥革命後來港，隱居於九龍城。伍太史除精於醫學和書法外，同時亦是古琴高手。梁鼎芬有〈同林國賡、伍銓萃遊琴臺〉詩，曾提及梁氏藏有一張名「玉雁」的古琴。

伍銓萃

澹庵此詩相當有趣。事緣伍銓萃曾以詩向方啟華乞取古琴，而他本人此前卻寫過「亂離身世一琴多」的詩句，因此遭人譏諷言行不一。既然亂離之世，一琴尚且嫌多，何解還要向人乞琴？澹庵乃撰此詩，替其辯解。

澹庵之意，説空説無，不過是為了對治世人執着於物的毛病，所謂「達人空諸有，義蓋取諷世」。「空」是動詞，「空諸有」即打破對「有」的執着。假如把這個道理「充類之盡」，當然琴亦不能執着。但是，説「空」不能過於泛濫，一空到底，以此來否定世間一切的價值，這樣便會淪為虛無主義。（按釋氏稱此為「惡取空」，視此比「有執」還要差，所謂「寧執我見如須彌山，不執空見如芥子許」。）

亂離之世，一身尚且不保，何況古琴？故曰「亂離身世一琴多」。但這並不代表一張保存完好的唐代古琴，便完全沒有價值（未必一琴無著地）。古琴作為載體或者工具，可以藉此抒發個人身世之悲，所謂「身世離憂付一琴，對琴乃轉悲身世」；又或寄託其亡國之思，如澹庵〈夜過真逸宅聽登公彈琴〉詩所謂「沉沉信國饗，寂寂水雲風」。因此，重視古琴的價值，跟告誡世人不要過於執着於外物，二者之間，其實並無矛盾。

6.〈夜過真逸宅聽登公彈琴〉（1912）

琴留唐故物，地近宋遺宮。
惆悵一揮手，高寒生暮空。
沉沉信國饗，寂寂水雲風。[1]
七百年來望，知音誰與同。[2]

1 信國：指宋末民族英雄文天祥（1236－1283），他在南宋末年官至右丞相，封信國公。文氏因抗元兵敗，被俘至大都，最後不屈而死。饗：通「響」，指琴音。寂寂水雲風：原註：「汪水雲，宋遺民。」按汪水雲即汪元量（1241－1318）。汪氏字大有，號水雲，一號楚狂、江南倦客，宋末愛國詩人、古琴名家。德祐二年（1276），臨安陷落，汪氏隨恭帝北徙大都，羈留北方十三年；曾訪文天祥於獄中，交往唱和。後出家為道士，獲准南歸。此後他組織詩社，在錢塘築起「湖山隱處」，並終老於此。

2 望：風采。《晉書．鄭沖傳》：「有姿望，動必存禮。」《魏書．崔鑑傳》：「風望閒雅。」

簡析

此詩跟以上〈跫公有「亂離身世一琴多」之句……〉為同一時期之作。原屬於方啟華的唐物古琴，被伍銓萃彈起來，令人頓時產生一股淒冷之感。更重要者，由於九龍城「地近宋遺宮」，在此文化氛圍下，動輒令人聯想到「遺民」的風采。透過移情作用，琴音表達的，全被想像成「信國饗」、「水雲風」。我們由此不難理解，何以陳伯陶等人會選擇九龍城作為歸隱之地。宋皇臺不過是一文化符號，由此卻足以令他們取得一種身份上的認同之感。

7.〈癸丑夏再避亂油麻地，暑夜不寐，望香江燈火一絕〉（1913）

重重燈火萬星懸，山半樓臺到海邊。
哀樂望中渾不辨，逃亡屋與綺羅筵。[1]

1 逃亡屋與綺羅筵：原註：「時避亂者雜居港中。」綺羅筵，即華麗豐盛的筵席。按此句實化用唐人聶夷中的〈詠田家〉詩：「我願君王心，化作光明燭。不照綺羅筵，只照逃亡屋。」

簡析

詩中描寫萬家燈火，半山樓臺，是從九龍遠眺香港島的景象。當時流亡者眾，一方面是避難異地的淒酸，但富者仍不忘大排其綺羅筵席，夜夜笙歌，二者合成一幅哀樂共生的浮世繪。

至於澹庵此次避亂的背景，當跟 1913 年（癸丑）夏天爆發的「二次革命」（討袁之役）有關。是年 6 月 9 日，袁世凱斷然罷免江西都督李烈鈞（1882－1946），其後廣東都督胡漢民（1879－1936）、安徽都督柏文蔚（1876－1947）等皆相繼被黜。李烈鈞稱江西討袁軍總司令，二次革命正式爆發。但僅兩個月，李烈鈞、黃興先後兵敗，江西、江蘇、安徽、廣東、福建、湖南、四川七省的討袁軍徹底覆滅，孫中山等人亦出走日本與南洋。

8.〈丙辰端節後感賦二首〉（1916）

黃屋非心且自娛，驚心一局陡全輸。[1]
術窮室鬼皆爭瞰，[2] 事去錢神亦受愚。[3]
如虎如龍能幾日，自埋自搰畏千夫。[4]
不須身後留疑塚，生見漸臺莽逭誅。[5]

鼠薰狐逐社城憂，風鶴聲中雜喜愁。[6]
龍戰已看成浩劫，鱗潛何處有安流。[7]
迷離鄉夢頻欹枕，[8] 悵望餘春強倚樓。
天意茫茫窮擬議，[9] 尊前且盡酒盈甌。

1　黃屋非心：無意於帝位。范曄〈樂遊應詔詩〉:「山梁協孔性，黃屋非堯心。」按袁世凱起初強調自己無意稱帝，但最後卻於 1915 年 12 月 12 日宣佈改元洪憲，恢復帝制，故澹庵譏其言不由衷，純為自娛。陡：忽然。由於全國普遍反對，洪憲帝制前後僅維持 102 天便告失敗。1916 年 3 月 22 日，袁氏自動取消帝制，故謂「陡全輸」。

2　室鬼皆爭瞰：揚雄〈解嘲〉:「高明之家，鬼瞰其室。」《文選》五臣注:「是知高明富貴之家，鬼神窺望其室，將害其滿盈之志矣。」原意是說鬼神專門窺探富貴顯達而不仁者，利用其滿盈之志，施加禍害。但此處應該是另有所指。按袁氏手下幾員心腹幹將，如陝南鎮守使陳樹藩、四川督軍陳宧、湖南督軍湯薌銘等，原先皆支持袁氏稱帝，但當見袁氏遭全國聲討，大勢已去，就紛紛宣佈獨立，加入反袁陣營。袁氏在此眾叛親離的局面下，含恨氣憤而終。所謂「室鬼爭瞰」，當暗指陳、湯等人。

3　錢神亦受愚：西晉魯褒著有〈錢神論〉，諷刺當時貪鄙之風。但這裏亦疑另有所指，即袁世凱手下梁士詒（1869－1933）。他曾出任袁世凱的財政部次長兼代理部務，兼交通銀行總經理，有「梁財神」的綽號，是「交通系」政治集團的首腦人物。在袁氏當國期間，梁氏致力組織請願活動，推動帝制，並提供大量資金，供袁氏收買政敵之用，因而在袁氏倒台後，他亦一度以帝制運動主犯而遭全國通緝，以致逃亡香港。所謂「錢神受愚」，意即梁士詒亦受袁氏牽累。

4　自埋自搰：《國語．吳語》:「狐埋之而狐搰之，是以無成功。」韋昭注:「埋，藏也；搰，發也。」意謂狐狸生性多疑，剛埋藏一物，隨即便掘出查看。此處是說袁氏生性遲疑不決，反覆無常。千夫：大眾輿論的壓力。

5　疑塚：古代為防止盜墓者而虛設的墳墓。漸臺：漢武帝修建章宮，內有太液池，中有漸臺，居於水中，高二十餘丈。新朝末年，綠林軍攻破長安，王莽逃至此而被殺。逭誅：逃避誅罰。《尚書．太甲中》:「天作孽，猶可違；自作孽，不可逭。」《孔傳》:「孽，災；逭，逃也。」《明史．趙錦傳》:「無功可以受賞，有罪可以逭誅。」全句之意，袁世凱就像王莽那樣，必無善終，生前即難逃殺戮的懲罰。

6　鼠薰狐逐：指禍害國家的敗類遭到清算和驅逐。按鼠寄生於社壇，狐挖洞於城牆，自古即喻為危害國家的奸臣，所謂「城狐社鼠」。《晏子春秋》曰:「夫社，束木而塗之，鼠因往託焉，熏之則恐燒其木，灌之則恐敗其塗，此鼠所以不可得殺者，以社故也。」風鶴：風聲鶴唳。這裏主要指政局動蕩，風雨飄搖。全聯之意，袁氏雖敗，國家形勢尚未徹底扭轉，故謂喜中帶愁。

7　龍戰:《易．坤卦》上六曰:「龍戰於野，其血玄黃。」這裏指 1916 年初的討袁戰爭，護國軍與袁軍激戰於四川、湖南一帶。鱗潛：即魚。王粲〈贈蔡子篤〉:「潛鱗在淵，歸雁載軒。」這裏可作二喻，一是指黎民百姓，二是像自己的隱逸者。安流：指安定的環境。

8 欹枕：即倚枕，斜靠枕頭。白居易〈東樓竹〉:「卷簾睡初覺，欹枕看未足。」

9 擬議：揣度猜測。

簡析

單看此詩的題目，無法得知作者所感為何物，但結合歷史背景，則一目了然。丙辰的端午節即1916年6月5日，是年5月底，洪憲皇帝袁世凱（1859－1916）病況轉危，至6月6日終於撒手塵寰，得年五十七。故澹庵此詩所感諷者，必指袁氏無疑。

在一眾晚清遺臣心目中，袁世凱絕對是亡國的元惡大憝。武昌起義後，袁氏憑藉手執的兵柄，利用奕劻、載灃、隆裕太后等人昏庸怯懦，大耍其兩面手段。他一方面乘機勒索朝廷，要錢要官，同時又跟革命軍暗通消息，軟硬兼施。最後，袁世凱跟革命黨達成協議，迫使清帝退位。現在事情才相隔數載，袁氏政權即告覆滅，對於清室追隨者而言，當然是可喜可賀之事，彈冠相慶，故詩曰「尊前且盡酒盈甌」。澹庵寫作本詩時，正值逃難於香港，詩中所謂「迷離鄉夢頻欹枕」之語，可作佐證。

9.〈閩公詠明遺民詩，漫題其後〉(1918)

灞橋惆悵摩銅狄，[1] 有淚縱橫灑一尺。
流光彈指三百年，又見空山薇再碧。[2]
擲之欲薦昔賢魂，情多地遐招不得。
長吟和淚入詩篇，詩成字字化為赤。[3]

我生百年會有期，乾坤四顧苦無色。
逃虛且喜聞谷音，如意不辭長碎石。[4]
澗阿遺躅已難尋，離憂豈謂詩能釋。[5]
獨抱悲心結古歡，來者茫茫今視昔。[6]

1 銅狄：秦始皇曾收六國兵器，鑄為十二銅人，各重四十二萬斤，立於宮門之前，謂之金狄。魏明帝欲遷之許昌，重不可致，止於霸上。《水經注》卷十九〈渭水下〉:「魏明帝景初元年徙長安金狄，重不可致，因留霸城南。人有見蓟子訓與父老共摩銅人曰:『正見鑄此時，計爾日以近五百年矣。』」後世以「摩娑銅狄」譬喻歲月流逝，人事變遷。

2 薇再碧：此用伯夷、叔齊典故。二人本孤竹國君子，殷商亡後，義不食周粟，採薇於首陽山，詠〈採薇歌〉曰:「登彼西山兮，採其薇矣。以暴易暴兮，不知其非矣。」最終餓死。薇是野豌豆，開紫紅色花，種子和嫩梢俱可食用。全聯之意，明代亡國，忠臣義士淪為遺民。轉眼三百年，滿清亦亡國，自己成了清遺民。

3 赤：血淚。句意謂張學華太史的詠明遺民的詩歌，感情真摯，字字出自肺腑。

4 逃虛：指拋棄紅塵，逃禪入道。谷音：元代杜本編的宋遺民詩集，詳見前〈宋臺秋唱序〉。如意不辭長碎石：如意是玉製的貴重器物，「不辭」即不懼怕變成。全句之意，寧為玉碎，也絕不仕於異朝。

5 澗阿：山澗彎曲之處。遺躅：遺跡。離憂：參見前〈登公有「亂離身世一琴多」之句……〉詩注。此聯之意，明代遺民的遺跡已很難尋找了，而亡國的憂恨，亦非單憑吟詠詩歌所能化除的。

6 結古歡:與古人結為好友。今視昔:王羲之〈蘭亭集序〉:「後之視今，亦猶今之視昔，悲夫！」

簡析

此詩乃為張學華《采薇續詠》題詞。張學華避地香港後，先後依據《明史・遺逸傳》和陳伯陶《粵東遺民錄》分別撰成絕句百餘首和五十首，以補史傳志乘。澹庵為《續詠》題詞，以表讚揚。據張學華的序文所載，此文記於「戊午（即 1918 年）三月」，故將此詩繫於此年。

自古及今，未有不亡之國。只要有朝代，便有勝朝遺民。本來「人同此心，心同此理」，「事有曠百世而相感」，就主觀意願説，晚清居港的一眾太史，大多有着較強烈的「遺民」意識，他們十分認同宋、明兩朝的遺民，不僅形諸歌詠，「長吟和淚入詩篇」，「獨抱悲心結古歡」，甚至還有像陳伯陶那樣招魂遙祭之舉。但畢竟宋明之亡，跟滿清之亡，客觀性質上絕對不可同日而語。王夫之《宋論》有一名言：「漢唐之亡，皆自亡也。宋亡，則舉黃帝堯舜以來道法相傳之天下而亡之也。」明亡亦然。顧炎武亦有「亡國」、「亡天下」的區分。宋明之亡，匹夫有責，因為這是民族文化的大悲劇，代表着華夏衣冠的徹底淪喪。然則清亡呢？剛好相反，它代表漢族重光，身為炎黃子孫，理應額手相慶，家祭毋忘告乃祖。奈何，清遺民的政治立場偏向保守，並一直心繫清室，無法調節心態，更不能與時並進，接納新政權。類似作品，隨處可見，故謂他們的作品均顯見其「遺民」意識。

10.〈辛亥癸亥，歲星一周，避地香海凡六度，歲暮小病，元旦試筆〉[1]（1923）

殘棋一局劫何頻，[2] 急景凋年又海濱。
病馬困鞭愁故道，寒燈留藥過新春。
支床守歲渾無賴，[3] 試筆成詩尚有神。
我愧樊山懷抱達，[4] 傷心七十一年人。

1 歲星一周：古代中國人觀測到歲星（木星）大約每隔十二年便運行一周天，於是從戰國秦漢之際開始，即以「歲次某某」作為一年的標誌。辛亥是 1911 年，癸亥是 1923 年，中間相隔剛好十二年。避地香港凡六度：限於史料，澹庵在此十二年間，六度來港的具體起迄時間，今已無法一一準確考證。

2 劫：打劫，圍棋的術語，即雙方於一處交互吃一子爭奪，直到一方能建立兩眼，生存下來而取勝。這裏是借指民初的軍閥混戰，相互爭奪地盤。

3 支床：支撐於床。《世説新語．德行》：「王戎、和嶠同時遭大喪，俱以孝稱。王雞骨支床，和哭泣備禮。」無賴：無聊。陸遊〈雨中作〉：「多情幽草沿牆綠，無賴群蛙繞舍鳴。」

4 樊山：樊增祥（1846－1931），字嘉父，號雲門，一號樊山，湖北恩施人。光緒三年（1877）進士，官至陝西布政使、江寧布政使。辛亥革命後，避居上海。袁氏當國，曾出任參政院參政。樊氏曾師事張之洞、李慈銘等人，擅長詩詞駢文，是著名的同光派詩人。他的遺詩達三萬餘首，今收錄於《樊山全集》內。按此句實為反語，所謂自愧不如其懷抱曠達，其實是譏諷他出仕新朝，恬不知恥。

簡析

澹庵生於咸豐三年（1853），至 1923 年，剛好七十一歲。人生的大不幸，莫過於遭逢亂世，性命賤於螻蟻；且頻年避難，飄萍蓬轉，至老猶未有所安，所謂「傷心七十一年人」。根據澹庵自述，十二年間，嘗六度來港避難，足見他跟香港的關係匪淺。今人當思和平統一的環境，得來不易，應該好好珍惜。隨着北伐勝利，全國復歸統一，廣州政局轉趨穩定，澹庵在最後幾年的歲月，一直長居廣州，似再無「逃港」之舉。

第二章

丁仁長

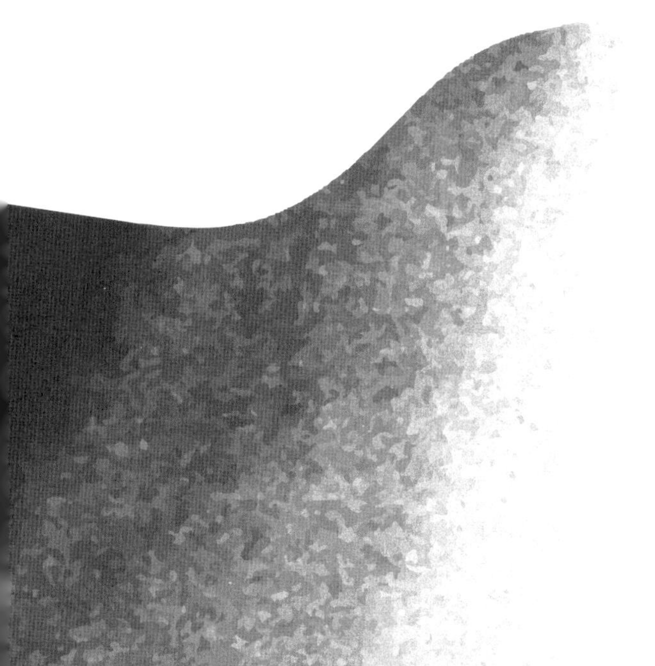

續修番禺縣志姓名錄

倡修

梁鼎芬　凌福彭　張學華　盧維慶

總理局務

何天輔　李兆椿　汪兆銓　陳崇鼎　李祖蔚

總纂

丁仁長　吳道鎔　梁慶桂

分纂

凌鶴書　汪兆鏞　潘應祺　徐紹棨　謝祖賢　鄔慶時

繪圖

陶厚圻　馬秩瀾

收掌

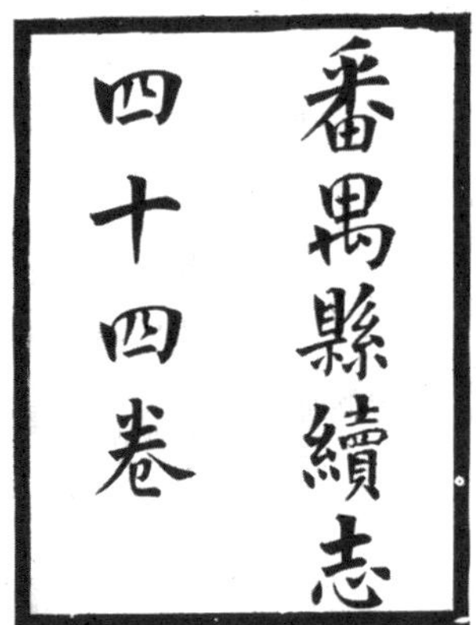

番禺縣續志

四十四卷

民國七年（1918），梁鼎芬倡修《番禺縣續志》，丁太史與吳道鎔、梁慶桂三人同為總纂。

一、生平簡介

丁仁長（1861－1924），字伯厚，號潛客。祖籍安徽懷寧，先世遷粵，遂落籍於廣州府番禺縣。幼承家學，登光緒九年（1883）進士第，授翰林院庶吉士；光緒十二年散館，授翰林院編修；次年，改國史館協修官；二十年，以侍講升用。期間先後外任貴州鄉試正考官、順天鄉試同考官等。

光緒二十一年（1895），中日甲午戰爭爆發，潛客與同官集議於松筠庵，籌畫戰守，彈劾貽誤邊事疆臣，皆進呈掌院代奏；又上疏請求起用恭親王入輔朝政，言辭剴切。

光緒二十二年，補翰林院侍講，轉侍讀，充日講起居注官。首疏請求重開經筵，尚節儉，並力陳內務府積弊。又蒐集經史材料，按類抄纂，成五大冊，進呈光緒皇帝察覽。全書分為九法九戒，除引據先帝訓諭，兼採諸儒粹言，大旨以正君德為先，次及用人行政等，宏綱細目，悉皆備舉。不久，潛客接獲父親病重消息，隨即請假還鄉，惜未及家門，其父已先去世，遂辭官歸粵，專志奉養老母。

光緒二十三年，潛客應兩廣粵督譚鍾麟（1822－1905）之聘，主掌越華書院。光緒二十八年（1902），清廷頒佈學堂章程，廢書院，興學堂。潛客倡議由惠濟義倉每年撥款三千元，廣州府屬十四縣紳士再酌量捐助，開辦公學，並定名為教忠學堂（即今廣州市第十三中學前身）。「教忠」一詞，取自張之洞《勸學篇》內篇目，可見其辦學的保守宗旨。是年教忠學堂成立，潛客出掌首任監督，並兼兩廣大學堂監督。次年，應元書院、菊坡精舍合併，改辦為廣東存古學堂，潛客亦受聘為首任監督。新式學堂皆分科教授，成就甚眾。

宣統元年（1909），因朝中大臣推薦，特旨進京召見。潛客以母老為由，懇辭推卻。

據張學華〈誥授通奉大夫日講起居注官翰林院侍讀丁君行狀〉（以下簡稱「丁君行狀」）所述，潛客辭官返粵後，「嘗貽書論時事，力言憲法必不可行」，足見其政治立場十分保守。又，當時粵省盜寇成風，官府無力緝捕，百姓深受其患。潛客乃建請當局，在廣州設置團保總局，實行保甲制度，聯鄉自衛。此議雖無成效，然而二十年後，南京國民政府即以保甲制度，推行於全國。

潛客跟香港有一定淵源。1911 年辛亥革命爆發，他隨即逃難來港。民國初年，廣州政局不穩，滇、桂、粵系軍閥迭興，戰禍延年。計自清亡至潛客逝世（1926），其間共十五六年時間，他曾多次攜母往來於港穗之間。據〈丁君行狀〉所稱，「其後余居香港，君奉母三遷」；而潛客本人在詩中亦有「五為查客累衰親」之句，他顯然並非長期定居於香港。網上有不少資料，輾轉傳抄，說他在辛亥後便「遷居香港，設塾課徒自給」；「遷居香港，繼續設塾教學，致力於培養人才」云云，其實皆不甚準確。

1924 冬，溥儀被馮玉祥逐出紫禁城，其後遷居於天津張園。潛客聞訊，遂於 1925 年夏天奔赴行在，庶竭愚忠。他先後輯纂《中興金鑑》、《先正讀史法》、《無逸齋十二思表》各一卷奏進，但溥儀的小朝廷因財政匱乏，無法給其安排職位。1926 年初冬，潛客因感染風寒之疾，10 月 6 日卒於天津寓所，終年六十五歲。潛客並無兒子，靈柩由其姪丁全運回粵中。

潛客的著作，如《中興金鑑》、《先正讀史法》、《毛詩傳箋義例考證》等，均已散佚。今存《丁潛客先生遺詩》，乃其去世後，由門人李麟頤輯錄，汪兆鏞、張學華編次校定。此外，據稱其門人陳善伯另輯有《遺詩續稿》，惜至今未見，疑已散佚。

二、作品選讀

1.〈偕澹盦、闇公、跫廬訪九龍山居，和真逸二首〉(1913)

嚶鳴相應和，千里同一聲。[1]
久別艱過從，驟見喜且驚。
憶昔遊崔臺，酒賦餘豪情。[2]
江南理歸榜，滄浪濯塵纓。[3]
懽悰能幾何，墋黷天柱傾。[4]
龍川有大長，象郡無堅城。[5]
三年搆兩亂，[6] 海濱待誰清。
卷施心不死，苕華念無生。[7]
方寸各箕潁，無讓初何爭。[8]
君獨專一壑，息壤當先盟。[9]

東陵豈炫瓜，彭澤非戀園。[10]
烈士多苦心，難與悠悠言。
乘邪恣攫搏，銳欲朱其門。[11]
芬華不盈眥，災禍相批根。[12]
鼎食亦鼎烹，[13] 得喪誰復論。
且歌紫芝曲，還我桃花源。[14]

十九世紀的九龍城

龜游甘曳泥，雉啄志處藩。[15]

聊以遠機辟，清淨為道根。[16]

巖棲未厭邃，野屏期共敦。[17]

元元文五千，瞽籥安足捫。[18]

1　嚶鳴：禽鳥唱和。《詩經．小雅．伐木》：「嚶其鳴矣，求其友聲。」

2　崔臺：今廣州市越秀山麓第二中學，其前身為廣東存古學堂；再往上溯，即清同治五年（1866）由廣東巡撫蔣益澧和兩廣鹽運使方浚頤所創辦的菊坡精舍。菊坡精舍取名於南宋廣州名人崔與之（號菊坡，1158－1239），屬於晚清官辦的大型書院。其地位處應元宮西側，本名長春仙館，中有建築曰「瑤臺」。據《番禺縣續志》：「光緒十三年，巡撫吳大澂改瑤臺為崔臺」，蓋為紀念崔氏之故。陳伯陶嘗於此跟潛客等友人歡宴，詳見下註。

3　江南理歸榜：榜原指船槳。《楚辭．九江．涉江》：「乘舲船余上沅兮，齊吳榜以擊汰。」王逸注：「吳榜，船櫂也。」「歸榜」借代指歸舟。按此句有原註：「真逸由江寧返，讌於菊坡精舍。」陳伯陶於光緒三十二年（1906）署任江寧提學使，次年署江寧布政使。宣統元年（1909），補授江寧提學使；二年入都，先自南京返粵。時潛客久已辭官，出任廣州存古學堂監督，故二人有菊坡精舍宴飲。滄浪濯塵纓：《孟子．離婁上》：「滄浪之水清兮，可以濯我纓。」這裏只是洗塵接風之意。

4 懽悰：快樂。黃庭堅詩：「老色日上面，歡悰日去心。今既不如昔，後當不如今。」墋黷：混沌不清貌。庾信〈哀江南賦〉：「濆濆沸騰，茫茫墋黷。天地離阻，人神慘酷。」天柱傾：天柱是古代神話中支撐天空的石柱。《淮南子．墬形訓》：「昔者共工與顓頊爭為帝，怒而觸不周之山，天柱折，地維絕。」這裏喻指清朝亡國。

5 龍川、象郡：二者皆嶺南地名。按秦末南海龍川尉趙佗割據稱南越王，併擊桂林、象郡。梁佩蘭詩：「象郡尚留邕管地，龍川誰識伯王才。」大長：強大的首領。按：漢初南越國一度歸順為漢朝藩屬。呂后時，南越復叛。至文帝，派遣陸賈再度出使南越。《史記．南越列傳》：「陸賈至南越，王甚恐，為書謝，稱曰：『蠻夷大長老夫臣佗，……』」此二句大意是說，廣東在辛亥革命後宣告獨立，不復聽命於清廷。

6 三年搆兩亂：指 1911 年的辛亥革命和 1913 年的二次革命。

7 卷施心不死：卷施是宿草，即使拔掉其心，也不會死掉，一般多喻指忠臣堅貞。《爾雅．釋草》：「卷施草，拔心不死。」郭璞〈卷施贊〉云：「卷施之草，拔心不死。屈平嘉之，諷詠以比。」苕華念無生：《詩經．小雅．苕之華》：「苕之華，其葉青青。知我如此，不如無生。」按苕即凌霄花。詩意原指荒年乏食，人民生不如死，這裏只取其「不如無生」之意。

8 方寸：內心。箕潁：指隱逸之志。皇甫謐《高士傳．許由》：「由於是遁耕於中岳潁水之陽，箕山之下，終身無經天下色。」

9 壄：指窮鄉僻壤。息壤當先盟：按《戰國策．秦策二》，秦與魏盟於息壤，攻打韓國，圍困宜陽五月而無法拔城，秦乃有退兵之意。「樗里疾、公孫衍二人在，爭之王，王將聽之。召甘茂而告之。甘茂對曰：『息壤在彼。』」全句之意，大家約定在此隱居，當以君馬首是瞻。

10 東陵豈炫瓜：漢初召平種瓜，意不在炫耀瓜之美。典故詳見本書前吳道鎔〈宋臺秋唱序〉注。彭澤非戀園：陶潛，字淵明，東晉末曾出任彭澤令。他歸隱田野，意在脫離官場黑暗，而非單為眷戀家園。

11 乘邪：踐踏邪險的路徑。班固〈答賓戲〉：「據徼乘邪，以求一日之富貴。」攫搏：猛獸舞爪伸掌，捕取獵物。《淮南子．說山訓》：「熊羆之動以攫搏，兕牛之動以觝觸。」這裏喻指謀取富貴。朱其門：使自己門庭顯貴。按此下數句，皆言官場險惡，富貴不足恃。

12 芬華：喻美好的事物。不盈眥：轉瞬之間，形容極短暫的時間。《漢書．敘傳上》：「朝為榮華，夕而焦瘁，福不盈眥，既溢於世。」顏師古注引李奇曰：「當富貴之間，視不滿目，故言不盈眥也。」批根：聯結一起，排斥攻擊他人。《史記．魏其武安侯列傳》：「及魏其侯失勢，亦欲倚灌夫引繩批根生平慕之後棄之者。」

13 鼎食亦鼎烹：按《史記．平津侯主父列傳》：「且丈夫生不五鼎食，死即五鼎烹耳。」鼎既可以是鐘鳴鼎食之具，亦可為烹殺的刑具，以此譬喻功名利祿實為雙刃劍。

14 紫芝曲：隱逸避世者之歌。按《樂府詩集．琴曲歌辭二》有〈采芝操〉，相傳是秦末商山四皓所作，其辭曰：「漠漠商洛，深谷威夷。曄曄紫芝，可以療飢。皇農邈遠，余將安歸？駟馬高蓋，其憂甚大。富貴而畏人，不若貧賤而輕世。」桃花源：隱逸的理想地，典出陶潛〈桃花源記〉。

15 龜游甘曳泥：烏龜寧願自由自在地爬行於污泥之中。《莊子．秋水》：楚王欲以莊周為官，莊乃釣於濮水，曰：「吾聞楚有神龜，死已三千歲矣。王巾笥而藏之廟堂之上。此龜者，寧其死為留骨而貴乎？寧其生而曳尾於塗中乎？」雉啄志處藩：《莊子．養生主》：「澤雉十步一啄，百步一飲，不蘄畜乎樊中。神雖王，不善也。」成玄英疏：「飲啄自在，放曠逍遙。」這裏反用其意，批評山雞為了謀求飲食，甘願處於人的藩籬之下。

16 機辟：捕鳥獸的器具。《莊子．逍遙遊》：「東西跳梁，不辟高下；中於機辟，死於罔罟。」成玄英疏：「辟，法也，謂機關之類也。」清靜為道根：按《老子》第十六章：「夫物芸芸，各復歸其根。歸根曰靜，是謂復命。」

17 邃：幽深僻遠貌。野屏：隱退於田野。敦：親密和睦。

18 元元：黎民百姓。文五千：狹義指老子《道德經》，廣義則指道家思想。瞽籥安足捫：瞽是盲眼之人，籥是管狀樂器，捫是以手觸撫。按蘇軾〈日喻〉：「生而眇者不識日，問之有目者。⋯⋯或告之曰：『日之光如燭。』捫燭而得其形。他日揣籥，以為日也。日之與鍾籥亦遠矣，而眇者不知其異，以其未嘗見而求之人也。」全句之意，對於道家深奧的義理，普通人只能以己意胡亂猜度，與真實意思相距甚遠。

簡析

從「三年構兩亂，海濱待誰清」一語，可知本詩乃撰於1913年，潛客第二度來香港時。有關此詩的寫作背景，宜略作交待。按吳道鎔《澹庵詩存》在1913年初有〈送姚丈俊卿、丁君潛客還廣州〉詩，其中有句「眼底模糊新甲子，篋中檢點舊琴書」，可知潛客於是年春節後不久，便已跟姚筠返回廣州。何以短短數月間，他又重臨香江？原因是此年7、8月間，廣州出現戰亂。

1913 年，二次革命爆發。7 月 12 日，江西都督李烈鈞首先在湖口宣佈獨立，接着安徽都督柏文蔚亦響應，其他如黃興從南京，陳其美從上海，皆舉兵討袁。7 月 18 日，新上任的廣東都督陳炯明也宣佈廣東獨立。袁世凱遂任命龍濟光為廣東都督，命其以所部三千「濟軍」，從梧州出擊，討伐陳炯明。陳部抵抗不力，西江防線一觸即潰。8 月 4 日，陳部下第二師師長蘇慎初叛變，自立為廣東都督，宣佈廣東取消獨立。陳炯明因都督府遭受炮擊，乃倉皇逃走，先至香港，繼轉赴新加坡。11 日，龍濟光攻佔廣州，開啟此後三年由龍氏主政廣東的時期。

龍濟光（1867－1925）

詩題中澹盦即吳道鎔，闇公是張學華，蹬廬是伍銓萃，真逸是陳伯陶。當時陳伯陶已遷居至九龍城宋皇臺附近，眾人時常往其家拜訪。相同的題材，並見於他們的詩文集中。當時上距清室覆亡尚不遠，各人的想法，大致上都是一方面既尚存忠貞之念，期待清室復國，所謂「卷施心不死」、「烈士多苦心」；另一方面又已萌現退隱之志，所謂「方寸各箕潁」、「還我桃花源」。這兩種主題同時並存，構成各人此階段作品的共同特色。

又，陳伯陶的原詩是〈闇公、蹬公同澹菴、潛客二老過九龍山居〉，合共四首；參以《宋臺秋唱》，潛客的次韻奉答，亦有四首。然未知何故，《丁潛客先生遺詩》僅輯其前二首。茲錄其餘於下：

龍山好峰巒，龍湫洌泉水。
靈境不終閟，津逮從此起。
同儕推祭酒，先生命杖履。
從來季重名，雅與孔璋比。
欣然挈家具，買鄰得所止。
花竹信娟靚，尤樂土風美。
似聞十畝間，仍招二三子。
樹題交讓枝，門署高陽里。
五馬舊諳徑，傳車時在鄙。
何必定入林，聞遁色然喜。

逃空思避喧，乃墮群囂界。
飛車當門馳，日夜趣行邁。

魂夢困抓簸，恐壓坤軸壞。
士女豈不都，空詠髮卷蠆。
高浪怒搏人，床席險欲敗。
賈空者誰氏，舉室駴遒怪。
今晨果斯遊，御風吸仙瀣。
頓令耳目淨，一洗胸芥蒂。
頹暉懼莫挽，貪此數刻快。
不合望荒臺，滄涼發深喟。

2.〈丙辰二月，港樓與真逸、闇公晤談三首〉（1916）

動作經年別，相逢卻比鄰。
由來真隱傳，同是歲寒身。[1]
海外有天地，旅中何主賓。
依然得酣放，那敢怨風塵。[2]

白馬聲猶赫，元龍氣最遒。[3]
清遊足蓬島，小謫亦羅浮。[4]
肝膽一雙劍，[5]歌吟百尺樓。
著書明節義，非盡為虞愁。[6]

跡早東皋閟，文防北壟嘲。[7]
龍蛇仍起蟄，狐鼠各爭巢。[8]
將毋無長策，交親為縛茆。[9]
眉間黃忽動，早晚看剸蛟。[10]

興漢道 2 號，建於 1916 年，已於 2014 年拆卸，屬於喬治復興風格（Georgian Revival Style）。根據 1904 年頒佈的〈山頂區保護條例〉，港島半山區不允許有中式樓宇。

1　歲寒身：指老年人。潘岳詩：「春榮誰不慕，歲寒良獨希。」《文選》李善注：「春榮喻少，歲寒喻老也。」

2　酣放：酒後肆意放縱。《世説新語．簡傲》：「唯阮籍在坐，箕踞嘯歌，酣放自若。」風塵：旅途的困頓艱辛。秦嘉〈與妻書〉：「當涉遠路，趨走風塵。」

3　白馬：三國時蜀國大臣馬良（187－222），字季常，兄弟五人，俱有時望，其中馬良眉間有白毛，才能尤其出眾，故人稱「馬氏五常，白眉最良」。元龍：三國時陳登（163－201），字元龍，據《三國志．魏志．陳登傳》，名士許汜曾對劉備稱讚他：「陳元龍湖海之士，豪氣不除。」遒：強勁。按此二句之意，是以馬良和陳登來譬況陳、張二太史。

4　蓬島：道教所言的三神山之一，神仙居住之地。《史記．秦始皇本紀》：「齊人徐市等上書，言海中有三神山，名曰蓬萊、方丈、瀛洲，仙人居之。」羅浮：羅浮山，位於廣東惠州博羅縣，著名的道教勝地。全聯之意，香港確實是理想的歸隱避世之處。

5　肝膽：真誠磊落，關係密切。雙劍：指二人具英雄俠骨的豪邁氣慨。

6　著書明節義：按此句有原註：「真逸近輯《故明粵東遺民錄》。」所謂著書即指此。虞愁：像戰國時代虞卿那樣潦倒愁困。詳見前吳道鎔〈避地香江偶成〉詩註。

7 東皐：泛指隱居之地。閟：隱藏。北壟嘲：被人撰寫文章譏諷，指其言行不一。按孔稚圭〈北山移文〉嘲弄虛偽的隱居者，曰：「於是南嶽獻嘲，北隴騰笑，列壑爭譏，攢峰竦誚。」

8 龍蛇、狐鼠：按是年年初護國軍與袁軍激戰於四川、湖南一帶；桂系陸榮廷與滇系龍濟光亦在廣東對壘，龍蛇、狐鼠皆是對他們的貶斥語。

9 將母：奉養母親。《詩經．小雅．四牡》：「王事靡盬，不遑將父。」《毛傳》：「將，養也。」縛茆：即縛茅，建造簡陋的茅屋，意即歸隱。宋濂〈寶蓋山實際禪居記〉：「子盍縛茅於重山密林而究明之乎？」

10 眉間黃忽動：眉間黃動，屬於吉兆。《太平御覽》卷三引《相書占氣雜要》：「黃氣如帶當額橫，卿之相也，有卒喜皆發於色，…… 黃色最佳。」韓愈詩：「城上赤雲呈勝氣，眉間黃色見歸期。」剸：割斷。剸蛟，喻指袁世凱早晚將被除掉。

簡析

從詩題看，丙辰二月，即公曆 1916 年的 3 至 4 月間，潛客第三度來港。相同經歷的，還有吳道鎔、張學華等人。1913 年護國戰爭對廣州的影響不大，持續時間短暫，陳炯明敗走後，局勢很快趨於安定，潛客亦返回廣州，直至兩年多後才再度來港，故本詩一開始便說「動作經年別」。

1916 年年初，護國戰爭爆發。隨着各地護國軍紛紛討袁，形勢上對袁世凱越來越不利。廣西都督陸榮廷（1859－1928）原先支持袁氏，3 月 15 日卻宣告獨立，加入護國軍。他除率部進入湖南作戰外，還派遣部下莫榮新（1853－1930）率軍向廣東進攻。龍濟光原先積極支持袁世凱稱帝，晉封郡王。4 月 6 日，龍濟光無法支撐，也宣告廣東獨立。以上是此年潛客來港的背景。汪兆鏞（1861－1939）的經歷也十分類似，只是他選擇避居澳門，而非香港。汪氏《微尚老人自訂年譜》記載：「丙辰，五十六歲。二月，滇桂軍交鬨，余又攜家至澳門，寓荷蘭園旁。…… 九月，廣州平定，挈家返舍。」

參以本書下錄〈闇公、荔垞招飲放歌〉詩，潛客此年留寓香港，當一直持續至冬天以後。

3.〈昔在一首贈闇公，時同客香港興漢道〉(1916)

昔在釋褐初，妙年同見稱。[1]
同讀東觀書，[2] 平生見未曾。
玉堂有譜牒，穅粃猥先升。[3]
會文競蟲篆，壯采揚蛟騰。[4]
咿唔對操牘，結習成瘕癥。[5]
鏤心閣晨饌，賞句張雪鐙。[6]
臭味既無差，游宴時相仍。[7]
我巢子遞居，子軒我並乘。
熙熙人海中，百刺飛文綾。[8]
蕭然絕干謁，自詑署月冰。[9]

西營盤興漢道是廿世紀初年香港富裕華人較喜歡聚居的地段

1 釋褐：「褐」是平民穿着的粗布衣服，「釋褐」喻指初入仕途。妙年：少壯之年。杜甫詩：「扈聖登黃閣，明公獨妙年。」按：潛客登光緒九年（1883）進士第，時年二十三；張學華太史登光緒十六年（1890）進士第，時年二十八，二人俱屬少年科第。

2 同讀東觀書：「東觀」是東漢時皇家的藏書處，後用以指稱修撰國史的場所。二人俱為翰林修撰出身，故有此語。

3 玉堂：指翰林院。譜牒：年代世系的文獻紀錄。穅秕：原指粗劣的糧食，此處為潛客自謙之詞。

4 蟲篆：泛指文詞。《後漢書．楊賜傳》：「造作賦説，以蟲篆小技見寵於時。」壯采：華美壯麗的文采。《文心雕龍．詮賦》：「仲宣靡密，發端必遒；偉長博通，時逢壯采。」揚蛟騰：喻指才華優異，超越同群。王勃〈滕王閣序〉：「騰蛟起鳳，孟學士之詞宗。」

5 咿唔：吟誦時的象聲詞。朱子詩：「咿唔何處經年韻，多在湖東喬木間。」操牘：撰寫文章。《韓詩外傳》：「願為諤諤之臣，墨筆操牘。」瘕癥：中醫對結塊腫瘤病症的通稱，這裏喻為根深柢固的癖好。

6 鏤心：精研構思。然此處的鏤心閣疑為地名。全句之意，大家經常在鏤心閣用早飯。雪鐙：下雪天的馬鐙。全句是指冬日郊遊，賞雪吟詩。

7 臭味：志趣。元稹詩：「吾兄諳性靈，崔子同臭味。」相仍：連續不斷。《楚辭．九章．悲回風》：「觀炎氣之相仍兮，窺煙液之所積。」王逸注：「相仍者，相從也。」

8 刺：書寫。劉熙《釋名．釋書契》：「書稱刺書，以筆刺紙簡之上也。」文綾：有文采的綾絹，這裏泛指書信。

9 干謁：向權貴拜會請託。詫：誇耀。《史記．司馬相如列傳》：「田罷，子虛過詫烏有先生。」裴駰《史記集解》引郭璞曰：「詫，誇也。」暑月冰：指不合時宜，清高而不肯同流合污。

是時天衢亨，寰海猶鏡澂。[10]
顧慚舌得官，難稱恩貸宏。[11]
雖乏啟沃資，前徽念從繩。[12]
庶揚大鈞惠，普洽黎與烝。[13]
出處一以乖，離索從此增。[14]
我先投劾歸，耕斸無寸塍。[15]
皋比代負米，倚席良兢兢。[16]

窮年煮文字，兀若癡凍蠅。[17]
庠序唱異學，嘉穀傷群螣。[18]
齗齗揭忠孝，敢信綿薄勝。[19]
但懼絕書種，彝訓存高曾。[20]
海濱壙霑化，萑苻多可憎。[21]
妄意古連鄉，弄潢其自懲。[22]
眾情甚搏沙，縛無千丈絙。[23]
拙謀百不遂，歎息徒撫膺。[24]

10 天衢：往京師的大道。亨：暢通。楊時詩：「齊庭有鳥久不鳴，會須一舉天衢亨。」天衢亨譬喻為政治清明，國運亨通。鏡澂：像鏡子般清朗澂明。

11 舌得官：潛客自謙之辭，指其曾任侍讀之官。恩貸：帝王的施恩寬宥。《漢書．王訢傳》：「不如時有所寬，以明恩貸，令盡死力。」

12 啟沃：開啟與灌溉。《尚書．說命上》：「啟乃心，沃朕心。」前徽：前人的美好德行。顏延之〈宋文皇帝元皇后哀策文〉：「欽若皇姑，允迪前徽。」從繩：依照繩墨取直，借喻為匡正君主過失。《舊唐書．李蔚傳》：「臣過忝渥恩，言虧匡諫，但舉從繩之義，少裨負扆之明。」

13 大鈞惠：皇帝重大的恩惠。黎與烝：群黎與烝民，皆百姓之意。

14 出處一以乖：出處之道有失。按這裏當指潛客因離家仕宦而未能送父之終，是自責之辭。離索：離群索居的情懷。杜甫詩：「離索晚相逢，包蒙欣有擊。」仇兆鰲《杜詩詳注》：「離索，離群索居，見《禮記》子夏語。」

15 投劾：引罪自責，呈遞辭職文書。蘇軾〈春菜〉：「明年投劾徑須歸，莫待齒搖並髮脱。」耕斸：耕種。韓愈詩：「惟當待責免，耕斸歸溝塍。」塍：田地。《徐霞客遊記．楚遊日記》：「土人環石為陂，壅為巨潭，以灌山塍。」

16 皋比：鋪上虎皮的座席，一般多喻指教職。戴叔倫詩：「猊坐翻蕭瑟，皋比喜接連。」負米：指外出求取俸祿錢財，以孝養父母。《孔子家語．致思》：「昔由也事二親之時，常食藜藿之實，為親負米百里之外。」倚席：經師把教席倚於一側，象徵廢學不講。《後漢書．儒林傳序》：「自安帝覽政，薄於藝文，博士倚席不講，朋徒相視怠散。」章懷太子注：「倚席，言不施講坐也。」

17 窮年：一輩子。《荀子．榮辱》：「欲夫餘財蓄積之富也，然而窮年累世不知不足，是人之情也。」煮文字：賣文為生。黃庚詩：「耽書自笑已成癖，煮字元來不療飢。」兀：靜止昏沉，懵懂無知之貌。孫綽〈遊天台山賦〉：「渾萬象以冥觀，兀同體於自然。」《文選》李善注：「兀，無知之貌也。」痴凍蠅：冬天受寒凍的蒼蠅，譬喻為愚魯疲鈍，毫無瀟灑逸氣。韓愈詩：「默坐念語笑，癡如遇寒蠅。」

18 庠序：學校。異學：指當時為適應現代社會而出現的西學。群螣：各種害蟲。《禮記．月令》：「五穀晚熟，百螣時起，其國乃饑。」這裏指新式學堂教授的內容，導致社會風氣敗壞。

19 齗齗：爭辯之貌，同「斤斤」。《史記．魯周公世家》：「甚矣魯道之衰也！洙泗之間齗齗如也。」裴駰《史記集解》引徐廣曰：「齗齗爭辭，所以為道衰也。」勝：能夠承擔得起。《詩經．商頌．玄鳥》：「武丁孫子，武王靡不勝。」

20 書種：有文化教養的人。黃庭堅詩：「諸兒莫斷詩書種，解有無雙聳搢紳。」彝訓：常道訓戒。《尚書．酒誥》：「聰聽祖考之彝訓。」高曾：高祖和曾祖，這裏泛指古人。

21 海濱：這裏指廣東。壙：荒廢。《管子．形勢解》：「明主上不逆天，下不壙地。」霑化：德治教化。萑苻：指盜賊。

22 連鄉：古代的保甲制度。按：宣統年間，鑑於廣東治安不靖，潛客曾建請當局在廣州設團保總局，實行保甲制度，聯鄉自衛。弄潢：不自量力而建兵成亂。《漢書．龔遂傳》：「海瀕遐遠，不霑聖化，其民困於飢寒而吏不恤，故使陛下赤子盜弄陛下之兵於潢池中耳。」按此為潛客自嘲之詞。

23 摶沙：捏沙成團。此處比喻為不能團結。蘇軾詩：「親友如摶沙，放手還復散。」絙：粗繩。

24 遂：達成。撫膺：拍打胸口，表示惋惜憤慨。李白〈蜀道難〉：「捫參歷井仰脅息，以手撫膺坐長歎。」

君別我何之，矯舉盤秋鷹。[25]
名跡中御史，白簡生風棱。[26]
望之試馮翊，子贍得文登。[27]
課最移濟南，大邦非郲滕。[28]
俄又擢外臺，豸冠高崚嶒。[29]
便當摶扶上，九萬摩天鵬。[30]
唾手取節旄，黑頭拜疑丞。[31]

豈知時命迕，六月息歊蒸。[32]
彭澤將之官，深谷驚為陵。[33]
徘徊春申浦，天視悲瞢瞢。[34]
故土豈不懷，嶺祲昏若凝。[35]
咄咄王謝門，蠱飛何薨薨。[36]
決計入荒島，巖棲最高層。
陰求力士椎，遠謝虞人矰。[37]
辟兵我數來，為我芟蘿藤。[38]
卜鄰得爽塏，氣欲青雲凌。[39]
小園敧春紅，[40]石欄亦可憑。
攜手恣遊眺，歌呼聲相應。
沐雨衣淋浪，踏月樹鬅鬙。[41]
筒詩疲小史，遑吝揮縑繒。[42]

25　矯舉：展翅高飛貌。范梈詩：「嘗因矯舉思鴻鵠，何幸升平睹鳳麟。」

26　名跡：聲名與業跡。《漢書．張安世傳》：「其欲匿名跡、遠權勢如此。」中御史：按張學華散館後曾出任山西道監察御史。白簡：古代彈劾官員的奏章。陸遊詩：「白簡萬言幾慟哭，青編一傳可前知。」風棱：剛正不阿的風骨。

27　望之試馮翊：西漢名臣蕭望之（？－前 46），曾出任三輔的地方官。《漢書．蕭望之傳》：「宣帝察望之經明持重，論議有餘，材任宰相，欲詳試其政事，復以為左馮翊。」子瞻得文登：北宋神宗元豐八年（1085），蘇軾獲知登州（文登）的任命。按此二事，皆以喻指張學華出任山東登州知府。

28　課最：課是朝廷對地方官的政績考核，最是最優異等級。《晉書．賀循傳》：「除陽羡令，以寬惠為本，不求課最。」按此句是説張學華因政績考核優異，由登州知府升遷為濟南知府。郲滕：春秋戰國時代在今天山東半島上的小國。郲在今山東省鄒城市，滕即今山東省滕縣。

29　豸冠：古代糾察執法的官員所戴「獬豸冠」的簡稱。《舊唐書．肅宗紀》：「御史臺欲彈事，不須進狀，仍服豸冠。」按張學華由濟南知府升為濟東泰武臨道，兼管濟南商埠監督，山東清理財政公所會辦。

峻嶒：高聳之狀，借以象徵人格剛直。秋謹詩：「俠骨峻嶒傲九州。」

30 摶扶：乘風而向上。杜甫詩：「五雲高太甲，六月曠摶扶。」九萬摩天鵬：典出《莊子．逍遙遊》：「鵬之徙於南冥也，水擊三千里，摶扶搖而上者九萬里，去以六月息者也。」

31 節旄：原為古代使者所持的旌節，這裏借代為清朝總督、巡撫級別的地方大吏。疑丞：傳說上古四輔之類的高級官僚，後多泛指中央輔政大臣。《禮記．文王世子》：「虞夏商周有師保，有疑丞。」

32 六月息：六月的氣息，即六月風，詳見前注引《莊子．逍遙遊》。歊蒸：因炎熱而地氣升騰。《漢書．揚雄傳下》：「泰山之高不嶕嶢，則不能浡滃雲而散歊烝。」顏師古注：「歊烝，氣上出也。」

33 彭澤將之官：「將之彭澤官」的倒裝。彭澤即今江西省九江市。按宣統三年（1911），張學華獲授江西提法使，因辛亥革命爆發，各省獨立，無法上任而折回廣東。深谷驚為陵：見前吳道鎔〈宋臺秋唱序〉註。

34 春申浦：指上海市。上海有春申江，即黃浦江，相傳為戰國時代春申君所開鑿。瞢瞢：昏昧之狀。

35 嶺祲昏若凝：「祲」是日邊的雲氣。《左傳．昭公十五年》：「吾見赤黑之祲。」杜預注：「祲，妖氛也。」全句是指廣東一帶妖氣彌漫，革命思潮澎湃。按此句化自唐韓愈〈永貞行〉：「江氛嶺祲昏若凝，一蛇兩頭見未曾。」

36 咄咄：感歎。《後漢書．嚴光傳》：「咄咄子陵，不可相助為理邪？」王謝門：泛指門宦之家。蠱飛：即飛蠱。《左傳》昭公元年：「穀之飛，亦為蠱。」杜預注：「穀久積，則變為飛蠱。」薨薨：蟲飛的象聲詞。二句之意，辛亥革命後，廣州一帶的衣冠門第皆遭革命黨人的衝擊侵擾。

37 力士椎：用漢末張良僱力士以大鐵椎刺殺秦始皇的典故。《史記．留侯世家》：「秦皇帝東游，良與客狙擊秦皇帝博浪沙中，誤中副車。」虞人：周代專門管理王家園林的官員。矰：拴繫絲繩的短箭。按此二句之意，是指張學華心懷復清之念，謝絕民國一切官職的誘惑。

38 辟：通「避」。芟：刈除。蘿藤：生長於深山互相纏繞的藤蔓植物，這裏當指一些生活上的小麻煩。

39 卜鄰：選擇鄰居。《左傳》昭公三年：「且諺曰：『非宅是卜，唯鄰是卜。』二三子先卜鄰矣。」杜預注：「卜良鄰。」爽塏：高燥乾爽之地。《左傳》昭公三年：「子之宅近市，湫隘囂塵，不可以居，請更諸爽塏者。」杜預注：「爽，明；塏，燥。」氣欲青雲凌：凌，升也。全句之意，豪情壯志直升雲霄。按此句化自傅玄〈白楊行〉：「驥來對我悲鳴，舉頭氣凌青雲。」

40 攲：通「倚」。

41 淋浪：沾濕貌。王安石詩：「直須傾倒樽中酒，休惜淋浪坐上衣。」鬅鬙：參差散亂貌。按此句化自蘇軾〈上元夜〉詩：「散策桄榔林，林疎月鬅鬙。」

42 筒：插放詩箋的器具，一般為竹製。小史：書童之類的侍從。遑：怎能。吝：吝嗇。揮縑繒：原意是指揮霍錢財，購買書籍文物。這裏疑指即席揮毫，從事書法活動。蘇軾詩：「吳興太守真好古，購買斷缺揮縑繒。」

興闌憶疇曩，來往同硯朋。[43]
就中數陳戴，旦旦均茵馮。[44]
戴公大福相，遭時居股肱。[45]
翩然跨鶴去，[46] 不識天柱崩。
陳子河之麋，經年闕書縢。[47]
度嶺事猶昨，空懷酒如澠。[48]
死別生又睽，得非數所應。[49]
比幸依蛩蟨，況味居家僧。[50]
人情暱其暱，親舊愛所恒。
小住差不惡，里名嘉可承。[51]
坐看妖氛豁，驗茲漢道興。
八紘復清泰，萬祼綿雲礽。[52]
重賦帝京篇，[53] 毋曰余未能。

43 興闌：酒會將完結。疇曩：從前。梅膺祚《字彙．田部》：「疇，曩也」；《儀禮．士相見禮》：「曩者，吾子辱使某見。」鄭玄注：「曩，曩也。」「曩」與「疇」皆為曩昔之意。同硯：使用同一塊硯台，譬喻一起研討學問。劉禹錫詩：「常時同硯席，寄此感離群。」

44 陳戴：即陳伯陶和戴鴻慈（1853－1910）。均茵馮：按《史記．周陽由列傳》：「汲黯為忮，司馬安之文惡，俱在二千石列，同車未嘗敢均茵馮。」顏師古注曰：「茵，車中蓐也。馮，車中所馮者也。……馮讀曰憑。」所謂「均茵馮」，就是平分車上的茵席和扶手，譬喻為過從甚密，交情匪淺。

45 居股肱：按戴鴻慈字少懷，廣東南海人，官至協辦大學士、軍機大臣，是清代粵籍官員中官位最高者，所謂居股肱即指此。

46 跨鶴去：按：按戴鴻慈自宣統元年（1909）八月以尚書銜任軍機處行走，次年正月即逝世。

47 河之麋：「麋」通「湄」，即河邊。《詩經．小雅．巧言》：「彼何人斯？居河之麋。」書幐：即書囊。《說文解字．巾部》：「幐，囊也。」

48 酒如澠：典出《左傳》昭公十二年。晉侯與齊侯饗宴，以投壺為戲，齊侯投矢前，歌曰：「有酒如澠，有肉如陵。寡人中此，與君代興。」全句之意，是懷緬昔日宴遊之樂。

49 睽：睽違阻隔。數所應：命數所注定。

50 蛩蟨：蛩和蟨是兩種奇獸，按「蛩」的全名為「蛩蛩距虛」，《呂氏春秋．不廣》：「北方有獸，名曰蹶，鼠前而兔後，趨則跲，走則顛，常為蛩蛩距虛取甘草以與之。蹶有患害也，蛩蛩距虛必負而走。」蛩蟨喻為互相扶持，交情深厚。況味：景況與情味。歐陽修詩：「山木不知官況味，也隨紅日上東廊。」

51 里名嘉可承：表示自己喜歡「興漢道」這個名稱。

52 八紘：即八方，泛指溥天之下。《淮南子．墜形訓》：「九州之外，乃有八殥。…… 八殥之外，而有八紘，亦有千里。」高誘注：「紘，維也。維落天地而為之表，故曰紘也。」萬禩：萬年。雲礽：泛指遙遠的後代。按《爾雅．釋親》，自己的第七代孫曰礽孫，第八代孫曰雲孫。

53 重賦帝京篇：〈帝京篇〉是唐代駱賓王（640－684）所作的著名詩篇，描述唐朝國力鼎盛，長安繁華的風貌。這裏喻指重振清室。

簡析

〈昔在一首 ……〉，原詩不分段。由於篇幅較長，茲分為四段，方便閱覽。

首段記述丁、張二太史俱為翰林出身，在京師供職時，彼此志趣相投，遊宴甚歡。

第二段記述潛客任職侍讀，其後為了孝養母親而辭官，歸粵講學的經歷。其中「庠序唱異學，嘉穀傷群螣」一語，反映他面對清末學制改革時，所持的保守立場。另外，詩中還提到他在清末提倡鄉閭保甲，但因眾人意見不一而無法推行，因而極感痛惜。

第三段記述張學華在清末的仕宦經歷，以及他在辛亥革命後卜居香港的情況。

第四段回憶其他好友，包括陳伯陶和戴鴻慈。在慨歎生離死別、命運無常時，強調必須珍惜二人的交誼。最後以「興漢」之名，勉勵張學華為國出力，掃除妖氛。

興漢道是位於香港般含道和薄扶林道之間的一條小徑，與香港大學的東閘和馮平山博物館近在咫尺。1916 年時，賴際熙已出任香港大學中文學院的教職，潛客此次來港，所以選擇在此旅居，推測可能是跟賴際熙的選址有關。

比較耐人尋味的是，何解由興漢道之名，竟會聯想到清室復辟？本來民國建立，五族共和，漢族重光，倒頗符合「興漢」之名，所謂「坐看妖氛豁，驗茲漢道興」。難道一定要由滿洲人當皇帝，統治漢族，漢族才能復興嗎？

換了在康雍乾時代，「興漢」很自然便會跟「排滿」相連繫，士大夫膽敢妄議此者，鮮不招致殺身之禍。然而時移世易，到了清末民初，至少在部分士大夫眼裏，滿漢已是一家親，密不可分。所謂「華夷之辨」，夷狄的角色，早由洋人承繼過去，滿清並非夷狄。

究其原因，一方面是清代統治者政治手段高明，民族問題處理得比較好。眾所周知，滿清對蒙古的駕御十分成功，是歷代中原王朝所無法企及的。此外，作為異族政權下的統治者，清廷對於滿漢關係的措置，其實亦不差。儘管民族矛盾未能完全消除，但也不算十分激烈。特別是經過近三百年的磨合後，至少在部分人心目中，已建立起聞「漢」而思「滿」的意識。

4.〈五月十二日會飲荔垞寓齋〉(1916)

五年逋竄棲黃菅，胸中壘塊高於山。[1]
偶然相從作舊臘，[2] 痛定思痛難為顏。
今夕何夕揮大斗，報道長鯨僵且朽。[3]
淋漓共喋仇人血，飲器真成月支首。[4]
酒讙歡呼驚四鄰，可憐百憤才一伸。
恨無爆竹助狂興，峻罰那顧旁人嗔。
玉淵神龍尚潛蟄，[5] 一怒須增十倍力。
會見明堂親舉萬年觴，大酺之恩覃鬼方。[6]

1916 年袁世凱葬禮

1 逋竄：逃亡流竄。黃菅：即黃茅。古代嶺南在秋天黃茅枯萎的季節，瘴氣時作，稱黃茅瘴。北人水土不服，容易喪命。蘇軾詩：「孤臣南游墮黃菅，君亦何事來牧蠻。」壘塊：心中鬱結的不平之氣。《世説新語．任誕》：「阮籍胸中壘塊，故須酒澆之。」

2 舊臘：懷念前朝的舊禮儀。詳見前吳道鎔〈移居龍湫，潛客辱以詩賀，次韻奉答〉詩注。

3 長鯨：古代常把逆臣大奸借喻為長鯨。劉知幾《史通．敘事》：「論逆臣則呼為問鼎，稱巨寇則目以長鯨。」黃滔詩：「長鯨入鼎兮中原，六龍迴轡兮蜀門。」

4 喋：吮吸。飲器真成月支首：《史記．大宛列傳》：「匈奴破月氏王，以其頭為飲器。」

5 玉淵：泛指深潭。神龍尚潛蟄：這裏以潛蟄的神龍譬喻溥儀。張先詩：「須信夜光誰可得，玉龍沉睡玉淵寒。」

6 明堂：古代天子朝會祭祀、宣明政教的場所。《孟子．梁惠王下》：「夫明堂者，王者之堂也。」萬年觴：向皇帝祝壽的酒杯。蘇轍詩：「入夏民間初解愠，宮中時舉萬年觴。」大酺：盛大飲宴。《史記．秦始皇本紀》：「五月，天下大酺。」張守節《史記正義》曰：「天下歡樂大飲酒也。」覃鬼方：施及邊遠地區的少數民族，典出《詩經．大雅．蕩》：「內奰于中國，覃及鬼方。」《毛傳》：「鬼方，遠方也。」

簡析

農曆五月十二日，即1916年的6月12日，距離洪憲皇帝袁世凱之死，僅有六天。潛客等人在賴際熙家中聚會，縱酒狂歡。從詩中所見，他們酒後的形態，跡近顛狂。喧鬧之聲，驚擾四鄰，只好道歉一聲，求其諒解，因為「可憐百憤才一伸」。潛客甚至用上吮吸其血、以其頭顱作飲器等譬喻，足見滿清遺臣對於袁世凱的痛恨程度。

5.〈闇公、荔垞招飲放歌〉(1916)

我生漂蕩如鳧鷗，有家不歸棲荒陬。[1]
進退惟谷鯁在喉，羈思恐貽高堂憂。[2]
旦晚上壽希臂韝，時分餘瀝銷咿嚘。[3]
今夕何夕羅賓儔，意氣直欲橫九州。
蓬山軒軒非常流，[4] 客取諸鄰不外求。
南烹有味宜綢繆，羶酪詎數殊方饈。[5]
燕酣之樂非觥籌，高談喝月星倒浮。[6]
誰謂神物能巧偷，一軀何啻蘗萬仇。[7]

遊魂已作魚挂鈎，負固公孫猶巢樓。[8]
儒生恨無鐵兜鍪，口誅凜凜攢霜矛。[9]
助桀何人最稱尤，河伯使者怱且咻。[10]
銳身首戴從炎洲，事成唾手公與侯。[11]
天奪其魄非人謀，[12] 積金如山惟買愁。
悔不二頃歸鋤耰，[13] 人生分定良有由。
非望鮮不招瘡疣，[14] 作賊何曾見白頭。
挽海不洗鄉閭羞，[15] 歌聲門外何悠悠。
雍門之悲有意不，乾顛坤覆經幾秋。[16]
人心思漢天右周，霹靂一震起潛虬。[17]
迅掃妖霧無餘留，萬方雷動騰歡謳。
請從隗始飛賀甌，呼僮臠雞炙肥牛。[18]
排日爛漫更獻訓，[19] 雖欲不醉安能休。

1　荒陬：荒僻遐遠之處，這裏當指香港。左思〈吳都賦〉：「其荒陬譎詭，則有龍穴內蒸。」

2　進退惟谷：進退兩難。《詩經．大雅．桑柔》：「人亦有言，進退維谷。」《毛傳》：「谷，窮也。」孔穎達疏：「谷謂山谷，墜谷是窮困之義，故謂谷窮。」羈思：即羈旅之思，指飄流異鄉。鮑照詩：「紛紛羇思盈，慊慊夜弦促。」

3　卷：捲起衣袖。韝：皮製的護套。《說文解字》：「韝，臂衣也。」按《史記．淳于髡傳》：「若親有嚴客，髡帣韝鞠䩕，侍酒於前。時賜餘瀝，奉觴上壽。」司馬貞《史記索隱》曰：「帣，謂收袖也。」餘瀝：剩下的酒。咿咻：喉間發出不清晰的歎息聲音。韓愈詩：「親逢道邊死，佇立久咿嚘。」二句之意，美酒要留作母親九十大壽時招呼賓客之用，但偶爾也拿點來自奉澆愁。

4　蓬山：傳說中仙人所居之地，即蓬萊山。軒軒：氣宇軒昂之貌。《世說新語．容止》：「諸公每朝，朝堂猶暗，唯會稽王來，軒軒如朝霞舉。」

5　南烹：用南方烹飪手法弄出的菜餚。韓愈詩：「我來御魑魅，自宜味南烹。」綢繆：情意殷切。李陵〈與蘇武詩〉：「獨有盈觴酒，與子結綢繆。」羶酪：羶肉漿酪，即奶酪和肉食。李陵〈答蘇武書〉：「羶肉酪漿，以充飢渴。」詎數：怎能不數。殊方饈：這裏當指西式的飲食。

6　觥籌：盛酒的器皿和行酒令的籌具。喝月星倒浮：指藉酒興而豪情揮灑，喝令月亮星星倒行，下浮於海。李賀詩：「酒酣喝月使倒行，根雲櫛櫛瑤殿明。」

7　神物：即神器，指皇帝之位。藂：即「叢」，聚集。

8　遊魂已作魚在鈎：魂魄離散，如魚已上鈎，距離死亡不遠。負固公孫猶巢樓：按三國時代，公孫瓚與袁紹交戰不利，乃營築易京，以圖固守。《三國志．魏志》：「為圍塹十重，於塹裏築京，皆高五六丈，為樓其上；中塹為京，特高十丈，自居焉，積穀三百萬斛。」此處以公孫瓚譬喻前此袁世凱垂死掙扎。

9　兜鍪：頭盔。《東觀漢記．馬武傳》：「身被兜鍪鎧甲，持戟奔擊。」攢：拿着。

10　河伯使者：鱷魚之類的動物。崔豹《古今注》：「呼童子魚為土父，呼鼉為河伯使者。」這裏是以同音字影射前雲南都督蔡鍔（1882－1916）。炰且咻：炰咻一作「炰烋」，即咆哮，野獸瘋狂吼叫。

11　鋭身：挺身奮起。炎洲：指南方炎熱之地。李白詩：「遊莫逐炎洲翠，棲莫近吳宮燕。」王琦注：「炎洲，謂海南之地。」這裏指護國運動在南方如雲南、廣東等省的根據地。

12　天奪其魄：上天要其死亡。《左傳．宣公十五年》：「原叔必有大咎，天奪之魄矣。」孔穎達疏：「魂魄去之，何以能久。」

13　二頃：兩百畝之地，泛指微薄的田產。按《史記．蘇秦列傳》，蘇秦喟然歎曰：「使我有洛陽負郭田二頃，吾豈能佩六國相印乎！」

14　招瘡疣：招致禍害痛苦。《法苑珠林》卷十八引《觀佛三昧經》：「父王無辜，自招瘡疣。」

15　挽海：挽者，引也。「挽海」即拿海水之意。林景熙〈用拙為金罍徐氏賦〉：「一墮叔文累，挽海不可湔。」

16　雍門之悲：破國亡家的悲傷哀歎。劉向《説苑．善説》記載，雍門子周以琴見孟嘗君，為使其產生悲痛之情，乃先預測田氏家族日後破敗的情況：「千秋萬歲後，廟堂必不血食矣。高臺既以壞，曲池既以漸，墳墓既以下而青廷矣。」結果「孟嘗君涕浪汗增，欷而就之曰：『先生之鼓琴，令文立若破國亡邑之人也。』」。

17　潛虬：一作潛蚪，即潛龍。謝靈運〈登池上樓詩〉：「潛虬媚幽姿，飛鴻響遠音。」

18　請從隗始：請從我開始。《史記．燕召公世家》：「燕昭王於破燕之後即位，卑身厚幣以招賢者。……郭隗曰：『王必欲致士，先從隗始。況賢於隗者，豈遠千里哉！』」臠：切割成方塊。

19 排日：每天。陸遊詩：「排日醉過梅落後，通宵吟到雪殘時。」爛漫：隨意放浪，不拘形跡。杜甫詩：「定知相見日，爛熳倒芳樽。」訓：《說文解字》：「訓，譸也。」《玉篇》：「訓，答也。」指用言語或詩文應答酬唱。

簡析

根據本詩，可證此年的大部分時間，潛客皆在香港度過。從詩題看，闇公是張學華，荔垞即賴際熙。從類似的詩作中，不難發現這批居港的晚清遺老，不時會有飲宴聚會。同樣是會飲於荔垞寓所，本詩的內容，卻跟上錄一首頗有不同。本詩的前半部分，仍是痛罵袁世凱窺竊神器，惡貫滿盈，自取滅亡。但從「助桀何人最稱尤，河伯使者皂且咻」開始，所罵之人顯然不再是袁世凱了。因為袁氏是亡清的最大禍首，不應説是「助桀之尤」。所謂「河伯使者」，參以崔豹《古今注》，「呼童子魚為土父，呼鼉為河伯使者」，當是「鱷」魚一類的水生動物。再看下文，此人曾經「鋭身首戴從炎洲」（挺身而出，支持南方的護國運動），而且已經鶴駕歸西，「天奪其魄」了。由此可推斷，此詩下半部分應是談論「護國三傑」之一的蔡鍔。

蔡鍔（1882－1916）的戎裝照片

長期以來，蔡鍔在教科書的形象都十分正面，但在潛客等人眼中，他跟袁世凱其實是一丘之貉。所謂「助桀」，指蔡鍔作為雲南都督，曾在二次革命期間，支持過袁世凱。當袁氏手握大權後，由於不信任地方武人，於是把各省都督召至北京，就近安置監視。出於籠絡目的，袁世凱先後任命蔡鍔為陸軍部編譯處副總裁、參政院參政、將軍府昭威將軍、全國經界局督辦等。蔡鍔所以要背叛袁世凱，潛客的看法，不過是為己身而謀，「事成唾手公與侯」，原非出於公義之心。

袁世凱敗亡後，同年 11 月 8 日（農曆十月十三日），蔡鍔亦在日本病逝，年僅三十三歲，比袁世凱多活不足半年，即潛客所謂「作賊何曾見白頭」。

6.〈客港日為真逸校東官《宋遺民錄》，既里旋，真逸以祀秋曉先生生日詩見示索和，賦此卻寄〉(1917)

海上辟兵蹋斗室，手校蟫編師宋逸。[1]
篁墩舊錄須補遺，開卷玉淵呼即出。[2]
公詩多態態不群，公氣勇激榴花軍。[3]
魯連蹈海恨不早，靈旗長繞厓山雲。[4]
薦菊何人奠瓊斝，龍湫道人好事者。[5]
未辦祠堂傍宋臺，先集衣冠迎汐社。[6]
拜坡生日陳坡詩，西陂韻事誰嗣之。[7]
茆屋菜羹興不淺，可似温塘題壁時。[8]
況公本是文山客，柴市蒼涼痛薤碧。[9]
百拜宜兼畫象懸，孤貞還侑朱鳥食。[10]
噫吁嘻！[11] 禾油歌罷歌黍離，前人倘識後人悲。[12]
願將蝗夢君臣意，寫入神弦迎送詞。[13]

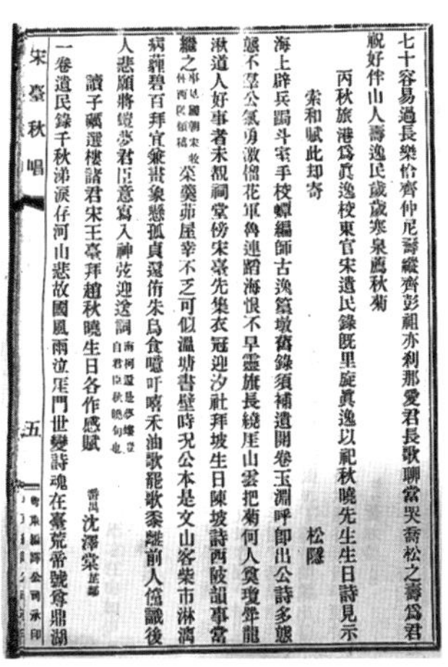

七十容易過長樂佮齊仲尼壽纔齊彭祖亦刹那愛君長歌聊當哭壽松之壽爲君
祝好伴山人壽逸民歲歲寒泉薦秋菊

丙秋旅港爲貢逸校東官宋遺民錄既里旋貢逸以祀秋曉先生生日詩見示
索和賦此却寄　松隱

海上辟兵跼斗室手校蟫編師古逸篁墩舊錄須補遺開卷玉淵呼即出公詩多慷慨不羣公氣勇激榴花軍魯連蹈海恨不早靈旗長繞厓山雲把菊何人奠瓊斝龍湫道人好事者未覩祠堂傍宋臺先集衣冠迎汐社拜坡生日陳坡詩西陂韻事當繼之（事見國朝宋牧仲西陂類稿）粢羹茆屋幸不乏可似溫塘書壁時兄公本是文山客柴市淋漓病薤碧百拜宜兼甘象懸孤貞蹟佑朱鳥食噎吁嗟禾油歌罷歌黍離前人儻識後人悲願將鐙夢君臣意寫入神弦迎送詞（[illegible]）

讀子颺還樓諸君宋王臺拜趙秋曉生日各作感賦　番禺　沈澤棠

一卷遺民錄千秋涕淚存河山悲故國風雨泣厓門世變詩魂在臺荒帝號尊鼎湖

宋臺秋唱　五

粵東編譯公司承印

粵東編譯公司版《宋臺秋唱》書影，「松隱」即潛客別號。

1　辟兵：逃避戰亂。跼：屈處。蟫編：蟫是專蝕衣服書籍的蠹蟲，蟫編即久已塵封的舊書籍。宋逸：南宋的遺民。

2　篁墩舊錄：指明代程敏政（1445－1499）所撰的《宋遺民錄》。程敏政，字克勤，號篁墩。玉淵：趙必瑑（1244－1294），字秋曉，號玉淵。按陳伯陶《宋東莞遺民錄》二卷，即以〈趙必瑑傳〉為開首。

3　公氣勇激榴花軍：榴花是地名。按廣東省東莞市城東七公里銅嶺之巔，建有一座磚砌的明朝風水古塔，名榴花塔，塔的附近有榴花村，即宋末義士熊飛的故里。據史載，德祐二年（1276），熊飛在趙必瑑等人激勵下，率東莞義軍勤王，並於銅嶺阻擊元軍，斬殺元將姚文虎於陣前，盡殲其軍，並乘勝收復東莞縣城。

4　魯連蹈海：戰國時齊國人魯仲連義不帝秦，曾謂秦如稱帝，則蹈東海而死。《史記．魯仲連傳》：「彼即肆然而為帝，過而為政於天下，則連有蹈東海而死耳，吾不忍為之民也。」後以此譬喻寧死也不願屈辱降敵的氣節情操。靈旗：戰旗。《漢書．禮樂志》：「招搖靈旗，九夷賓將。」顏師古注曰：「畫招搖於旗以征伐，故稱靈旗。」厓山：宋末與元軍決戰的地方。

5　薦菊：寒泉秋菊，祭祀常用之物。瓊斝：祭祀時玉製的酒杯。江淹〈饗神歌〉：「瓊斝既飾，繡簋以陳。」龍湫道人：指陳伯陶。

6　汐社：南宋滅亡，遺民謝皋等所組織的文社。全句之意，陳伯陶集合滿清遺臣，仿效汐社，時作詩文雅集。

7　拜坡生日：「坡」指蘇軾（號東坡，1037－1101）。清代文人群體，喜為其文化偶像作祝壽雅集，其中最常見的就是壽蘇會。雅集一般是先懸掛人物畫像與書畫碑帖，然後焚香祭祀，共同展拜，最後題詠賦詩。西陂韻事：此句有原註：「事見國朝宋牧仲《西陂類稿》。」按宋牧仲即宋犖（1634－ 1713），字牧仲，號漫堂，一號西陂，河南商丘人。宋氏自幼即仰慕蘇軾，康熙三十九年（1700）春，他從江南購得《施注蘇詩》殘本，乃請人補其殘闕。是年東坡生日，宋犖乃召集門人子弟拜祭蘇軾，並賦詩紀念。此為清代歷史上首見的壽蘇雅集，見宋犖詩〈刊補施注蘇詩竟，於臘月十九坡公生日，率諸生致祭〉。

8 茆屋菜羹：比喻清貧的隱逸生活。按趙必𤩪〈題居室〉：「詩人只合住茅屋，天下未嘗無菜羹。」溫塘題壁：按趙必𤩪在入元後隱居於東莞溫塘村，「題壁」即指上引趙氏的〈題居室〉詩。

9 文山：即宋末民族英雄文天祥（1236－1283）。柴市：位於大都（今北京），文天祥就義之處。薶：「埋」的本字。碧：碧玉。據《莊子．外物》：「萇弘死於蜀，藏其血，三年而化為碧。」成玄英疏：「萇弘遭譖，被放歸蜀，自恨忠而遭譖，遂刳腸而死。蜀人感之，以匱盛其血，三年而化為碧玉，乃精誠之至也。」後世常以「碧血」指稱忠臣烈士所流的鮮血。

10 侑：祭祀時的勸食。《詩經．小雅．楚茨》：「以為酒食，以享以祀，以妥以侑，以介景福。」〈毛傳〉：「侑，勸也。」朱雀：傳説中天上四靈之一，代表南方的神鳥。

11 噫吁嘻：感歎詞，表示驚異或慨歎。李白〈蜀道難〉：「噫吁嚱，危乎高哉！蜀道之難，難於上青天！」

12 禾油歌：「油」即「油油」，飽滿潤澤貌。《史記．宋微子世家》：「箕子朝周，過故殷墟，感宮室毀壞，生禾黍。……乃作〈麥秀〉之詩以歌詠之。『麥秀漸漸兮，禾黍油油。彼狡童兮，不與我好兮。』」後世常拿此跟《詩經》的〈黍離〉並舉，表示亡國的哀痛。黍離：《詩經．王風》的一篇。按《毛詩序》：「〈黍離〉，閔宗周也。周大夫行役，至於宗周，過故宗廟宮室，盡為禾黍，閔周室之顛覆，徬徨不忍去而作是詩也。」

13 螘夢君臣意：螘同「蟻」字。此句有原註：「『南柯還是夢，螻螘自君臣』，秋曉句也。」按唐代李公佐撰〈南柯太守傳〉，諷喻人間的榮華富貴，不過是南柯一夢。趙必𤩪〈和朱水鄉韻〉則順此再推，即使是南柯一夢，終究還有君臣大義，無法磨滅，雖螻蟻亦何曾有異。神弦迎送詞：祭祀時迎神宣祝文詞。按蘇澤東原刊的粵東編譯公司編印本《宋臺秋唱》集，卷首載有祭禮的祝詞，陳伯陶自印的聚德堂本則刪去。

簡析

本詩亦見錄於《宋臺秋唱》集，但詩題稍有出入。《丁潛客先生遺詩》作「客港日為真逸校東官《宋遺民錄》，既里旋，真逸以祀秋曉先生生日詩見示索和，賦此卻寄」；粵東編譯公司版《宋臺秋唱》本，「客港日」三字作「丙秋旅港」；陳伯陶聚德堂本《宋臺秋唱》則作「丙辰秋旅港」。

從詩題看，可知本詩必撰於 1916 年秋天以後。根據本書上錄〈闇公、荔垞招飲放歌〉一詩，此年直到公曆 11 月 8 日蔡鍔去世時，潛客仍然居港。然則所謂「里旋」，必在冬天以後。《丁潛客先生遺詩》有〈冬自港歸，諸公攜酒見過為大人壽，賦謝〉，即撰於是年冬天。潛客得陳伯陶之書，奉和又必稍在其後，故此詩的撰述時間，筆者推斷當遲至 1917 年初。

7.〈為杜鵑菴主題春心圖〉(1919)

臣甫於杜鵑，每見必下拜。[1]
謂是古帝魂，拳拳寓忠愛。
且拜且漣而，熱血濡厚塊。[2]
幻為花之熒，班班血痕在。[3]
開當望帝啼，娟如靜女態。[4]
何人出新意，作此無聲畫。[5]
問花花不語，我請為花對。
託根炎海濱，移入雕欄內。
蓂階沐湛露，芍砌吟煙靄。[6]
破空撒冰雹，眾香日憔顇。[7]
多少舊桃李，強顏鬬眉黛。
亭亭色不變，握丹出肝肺。[8]
卷施拔愈勁，葵霍傾靡懈。[9]

李孺所繪的〈春心圖〉，懸崖上有杜鵑花叢開。

喚春春不歸，寸寸芳心碎。
誓將千載後，永與化碧配。[10]
天地尚榛蕪，風塵混蘭艾。[11]
惟餘枯松根，遙峙白雲外。

1 臣甫：指唐代詩人杜甫（712－770）。杜甫〈北征〉：「東胡反未已，臣甫憤所切。」自此「臣甫」即成杜甫或忠臣的借代詞。每見必下拜：杜甫〈杜鵑〉詩：「我見常再拜，重是古帝魂。」

2 漣而：即漣洏，淚流貌。王粲詩：「中心孔悼，涕淚漣洏。」厚塊：即大塊，大地之意。

3 熒：微光閃爍之貌。班班血痕在：按杜鵑花南方所常見，有五瓣，中間花瓣上有比花瓣略紅的紅點。古來傳說，紅點為杜鵑鳥的啼血。杜甫詩：「子歸夜啼山竹裂，王母畫下雲旗翻。」仇兆鰲注引《禽經》曰：「甌越間曰怨鳥，夜啼達旦，血漬草木，凡啼必北向。」

4 望帝啼：杜鵑鳥一名子規，相傳是古巴蜀望帝杜宇死後之魂所化。左思〈蜀都賦〉：「碧出萇弘之血，鳥生杜宇之魂。」《文選》李善注引《蜀記》曰：「蜀人聞子規鳥鳴，皆曰望帝也。」娟：嫵媚秀麗。靜女：嫻靜端莊的女子。《詩經．邶風．靜女》：「靜女其姝，俟我於城隅。」《毛傳》：「靜，貞靜也。」

5 無聲畫：即圖畫。按：圖畫屬視覺藝術，本來便無聲，蘇軾曾將畫譬喻為無聲之詩，詩則是有聲之畫，後世遂訛畫為「無聲畫」。如方夔〈雜興〉詩：「屏張前世無聲畫，架插今生未見書。」

6 蓂階：長滿瑞草的庭階。《竹書紀年》卷上記載，帝堯時「有草莢階而生……，名曰蓂莢。」湛露：濃重的露水。屈原《楚辭．九章．悲回風》：「吸湛露之浮涼兮，漱凝霜之雰雰。」朱子《楚辭集注》：「湛，厚也。」芍砌：種滿芍藥的台階。煙靄：雲霧。按：以上數句是譬喻時局昇平，忠臣享受國家恩澤。

7 破空：劃破長空。憔顇：即憔悴。

8 握丹：紅潤而有光澤。《詩經．秦風．終南》：「顏如渥丹，其君也哉！」

9 卷施：見前〈偕滄盦、闇公、惢廬訪九龍山居，和真逸二首〉詩注。葵霍傾靡懈：葵藿有向陽習性，譬喻為忠臣事主，其赤誠之心，從不稍有怠懈。《三國志．魏志．陳思王植傳》：「若葵藿之傾葉，太陽雖不為之回光，然向之者誠也。」杜甫詩：「葵藿傾太陽，物性固難奪。」

10 化碧：鮮血化為碧玉，喻忠臣烈士。詳見前〈客港日為真逸校東官《宋遺民錄》，既里旋，真逸以祀秋曉先生生日詩見示索和，賦此卻寄〉詩注。

11 榛蕪：草木叢雜之貌，喻為國運衰微。風塵：凡塵俗世。混蘭艾：蘭香艾臭，喻為君子小人混雜，良莠不齊。

簡析

1917 年 7 月，張勳（1854－1923）復辟，溫肅獲授都察院副都御史之職。《清溫侍御毅夫年譜》：「聞命遄程北上，二十一日抵滬，道梗不得前進。」復辟行動不旋踵便失敗，溫肅大為悲慟。《年譜》續載：「六月還家。九月築杜鵑庵新居。」（按：年譜所載均為農曆月份）本詩詩題的「杜鵑菴主」，即指溫肅太史。

「杜鵑庵」的取名，乃來自杜甫拜鵑的典故。杜甫入蜀後，曾寫下多首跟杜鵑有關的詩篇，例如〈杜鵑〉、〈杜鵑行〉、〈子規〉等。〈杜鵑〉詩云：「我見常再拜，重是古帝魂。」從此拜鵑便成為歷代歌詠愛國忠臣常用的典故。例如黃庭堅詩：「臣結春陵二三策，臣甫杜鵑再拜詩。」南宋遺民汪元量詩：「南人墮淚北人笑，臣甫低頭拜杜鵑。」

至於〈春心圖〉，其名乃取自李商隱著名的〈錦瑟〉詩：「莊生曉夢迷蝴蝶，望帝春心託杜鵑。」所謂「春心」，不是一般泛說的傷春悲秋，而是哀悼帝魂或亡國的心。至於杜鵑之名，可有二指，一為杜鵑鳥，二是杜鵑花，傳統文學作品以歌詠前者較多（如〈錦瑟〉詩），而李孺所繪的〈春心圖〉，則為杜鵑花。

李孺（1862－1931），原名李寶巽，字子申，號龠庵、五峰山人，出生於河北遵化，漢軍正白旗人。光緒十一年（1885）中舉，以道員候補湖北。1904至1906年間，他曾被湖廣總督張之洞派為駐日學監。

李孺是他在清亡後才改的名字。在藝術上，李孺是民初活躍於天津畫壇的有名畫家，擅繪花卉松梅，筆姿豪爽；同時他亦工治印，稱譽一時。此外，李孺也能寫作詩詞，曾參加過天津的遺民詞社，作品集名《龠闇詞詩》（1933）。他跟梁鼎芬頗為友好，時常有詩文唱和，《節庵先生遺詩》中有關他的詩共十首。1911年，梁鼎芬在給端緒的書信中便提到：「李大爺此人最好，惟心氣浮粗，不求甚解。」此李大爺即指李孺。

溫肅如何結識李孺，今已無從稽考，估計可能是透過梁鼎芬的關係。此外溫肅在清亡後，有頗長時間活動於天津，加上彼此在政治立場上意氣相投，兩人不難結為好友。

參以《丁潛客先生遺詩》的編次，此詩當撰於 1919 年左右。〈春心圖〉現今尚存，根據梁基永先生〈《春心圖》：一場前清遺老的復國春夢〉一文的介紹，〈春心圖〉上的題跋共有十八處，作者包括陳伯陶、陳寶琛、朱汝珍、黎湛枝、陳毅、王國維、張學華、曾習經、何藻翔、梁用弧、吳道鎔、勞乃徵、鄭孝胥、朱益藩、楊鍾羲，但潛客卻不在其中。

8.〈滋田約同澹庵、闇公、真逸遊屯門〉(1920)

樓居殊不惡，風御忽泠然。[1]
靈境杯曾渡，飛車電作鞭。[2]
漂流餘皁帽，仄徑入瓜田。[3]
十丈黃塵外，真成半晌仙。[4]

韓公遇風處，一髮認屯門。[5]
卻倚青山寺，平分綠水園。[6]
百年古榕石，一磴小桃源。
雞犬如相識，何由俗慮喧。[7]

故侯好身手，豪色五花驄。[8]
涸跡魚鹽侶，脫身蛾焰中。[9]
鄉關尚蠻觸，人世總雞蟲。[10]
領取餘甘味，藏舟樂未窮。[11]

屢作秋槎客，驚呼春夢婆。[12]
壯懷隨海盡，愁鬢得霜多。
竟阻梯雲約，聊為踞石哦。[13]
釣磯吾所愛，端合買煙簑。[14]

1 樓居殊不惡：本句原註：「到港後兼旬不出。」按《丁潛客先生遺詩》本，本詩四首俱無附註。陳伯陶《瓜廬詩賸》卷二有詩〈過青山晴雪廬，丁潛客前輩詩先成，次韻柬廬主人曹漁隱觀察，並吳晦盦、張闇公兩前輩〉，後附潛客原作，並有多處註釋。以下凡言原註者，俱指《瓜廬詩賸》本。風御忽泠然：《莊子．逍遙遊》：「夫列子御風而行，泠然善也，旬有五日而後反。」郭象注：「泠然，輕妙之貌。」按：第一首詩是略敍遊玩屯門的背景。此句以列子御風而行，喻其出行郊外。

2 靈境杯曾渡：此句有原註：「屯門山即杯渡山，見蔣穎叔〈杯渡山紀略〉。」按蔣穎叔即北宋官僚蔣之奇（1031－1104），他曾撰文記述杯渡事跡。相傳南朝時有杯渡禪師，能以大木杯泛海而行，嘗駐錫於屯門，今屯門尚有杯渡山和杯渡路。飛車電作鞭：傳說仙人能以雷為車，以電為鞭。此句描述潛客等人乘車疾馳出行。

3 皁帽：黑色的帽子。《三國志．魏志．管寧傳》：「寧常着皁帽、布襦袴、布裙」，後世多指隱世高士的服飾。杜甫詩：「扁舟不獨如張翰，皂帽還應似管寧。」仄徑：小路。按此句有原註：「真逸所居曰瓜廬，在野田中。闇公、漁隱躬往要之，余輩停車迓之。」闇公是張學華，漁隱是曹受培（滋田），二人下車，親至瓜廬恭迎陳伯陶。「余輩」指潛客和吳道鎔，二人登第較早，輩分較高，故只留坐車上等候。

4 十丈黃塵：原意是滾滾黃沙，一般泛指繁華俗世。龔自珍詩：「胡不采藥桐山顛，乃買黃塵十丈之一廛。」半晌：半天。按此聯是描述出行的愉快心情。

5 韓公：指唐代詩人韓愈（768－824）。一髮認屯門：此句有原註：「韓詩云『峽山逢颶風』，下云『近岸指一髮』，又云『屯門雖云高，亦映波浪沒』。」按此數句，見韓愈〈贈別元十八協律〉第六首。

6 綠水園：曹園內有頗大的湖池，可作划船之遊。

7 雞犬如相識：王安石〈回橈〉詩：「數家雞犬如相識，一塢山林特見招。」俗慮：塵俗的種種煩慮。暄：繁雜。按：「何由俗慮喧」一句，化自宋代胡寅〈示能仁長老祖秀〉詩：「幽懷久自契，俗慮何由侵。」

8 故侯：已經離休的官員。蘇軾詩：「幅巾我欲相隨去，海上何人識故侯。」五花驄：即五花馬。此詞可有二解，一是借喻曹園主人如良馬般俊逸豪邁；二是指曹氏當年曾當過地方官。《幼學瓊林．文臣》：「府尹之祿二千石，太守之馬五花驄。」

9 溷跡：即「混跡」，隱身之意。魚鹽：《孟子．告子下》：「膠鬲舉於魚鹽之中。」按曹氏在屯門經營鹽田，故潛客稱其「魚鹽侶」。蛾焰：飛蛾有趨光撲火的本性，最終亦以此焚身。蛾焰喻為世俗爭名奪利的危險場所，如官場、商場之類。

10 蠻觸：因小利而興爭鬥。詳見前錄吳道鎔〈登公有「亂離身世一琴多」之句……〉詩注。雞蟲：可作二解，一是世人常為蠅頭小利而爭鬥。王安石詩：「雞蟲得失何須算，鵬鷃逍遙各自知。」二是世間的是非對錯，往往難作截然的判斷。杜甫〈縛雞行〉：「小奴縛雞向市賣，雞被縛急相喧爭。家中厭雞食蟲蟻，不知雞賣還遭烹。蟲雞於人何厚薄，吾叱奴人解其縛。雞蟲得失無了時，注目寒江倚山閣。」賣雞遭烹是殺生，不賣雞讓其繼續啄食蟲蟻也是殺生。究竟該不該賣，詩人無法判斷。這裏兩種解釋皆於義可通，但若取前者解釋，則跟上句「蠻觸」意思重複，故取後者，於義為長。

11 領取餘甘味：此句有原註：「地產餘甘，堆盤纍纍。」按餘甘子為嶺南野果，入口酸澀，回味餘甘。藏舟：竊疑當為「藏身」之字訛。杜甫〈北鄰〉詩：「明府豈辭滿，藏身方告勞。」仇兆鰲《杜詩詳注》：「《杜臆》：『藏身而方告勞，亦見在官不憚勞矣。』《詩》：『黽勉從事，不敢告勞。』」「藏身樂」，即卸任離休，免除勞苦之樂。

12 槎客：泛指乘舟往外地之人。按此句有原註：「自辛亥以來，九年之中，侍大人到港者凡四。」春夢婆：指世事變幻無常，功名富貴如過眼雲煙。蘇軾詩：「投梭每困東鄰女，換扇惟逢春夢婆。」相傳蘇軾貶官至昌化時，遇一老婦，語其曰：「內翰昔日富貴，一場春夢！」

13 竟阻梯雲約：按此句有原註：「山僧以藍輿迓三君，余與漁隱望崖而返。」踞石哦：踞坐在石上吟哦。按：潛客跟曹園主人分屬姻戚，關係最為密切（詳見下文）。二人何故沒有登山，可能是由於藍輿不足之故，最後只讓張學華、吳道鎔、陳伯陶三人往遊杯渡山。

14 釣磯：垂釣的磯石。按此處用嚴子陵釣臺的典故。據《後漢書．嚴光傳》，嚴光為光武帝同學，東漢立國後即隱居不仕。「帝思其賢，乃令以物色訪之。後齊國上言：『有一男子，披羊裘釣澤中。』……後人名其釣處為嚴陵瀨焉。」全句之意，自己本亦有歸隱的志趣。端合：理應。煙簑：農夫所穿的簑衣。鄭谷〈郊園〉詩：「煙蓑春釣靜，雪屋夜棋深。」

簡析

這是一組五言律詩，每首各有重點。第一首是交代郊遊的背景，第二首描寫青山與曹園的景色，第三首稱頌曹園主人曹受培，第四首是作者抒懷。

青山曹園門前的牌坊，攝於 1930 年代。

從詩題看，吳道鎔（澹庵）、張學華（闇公）、陳伯陶（真逸）都是晚清遺老，交遊密切，本書皆有所介紹。至於「滋田」其人，亦頗值得一述。

禺山曹氏源自江蘇南京，清代康熙年間始遷粵。其祖起先出任幕友，後以經營鹽業致富，遂成清代廣州的名門望族。至同治年間，曹秉濬、曹秉哲兄弟相繼進士登第，榮選翰林，一門兩太史，堪稱佳話，家族亦達至極盛。

曹秉哲（1841－1891），字仲明，同治四年（1865）進士，官至河南按察使，著有《紫荊吟館詩賦鈔》。其妻許氏，乃慈禧寵臣許應騤（1830－1906）之妹。曹秉哲有二子，長名曹受培（1868－1925），字滋田，生於同治七年，捐納出身，官至歸綏兵備道，補授冀甯道，充山西督練公所總參議。清朝覆亡後，曹受培隱居於香港屯門，別號青山漁隱。大概在 1915 至 1918 年之間，他先後購入屯門新墟幾個地段，興建園宅。根據黃佩佳《香港新界百詠．屯門晴雪廬》（1938 年 6 月）的介紹：

> （晴雪廬）在屯門新墟，濱海而立。民國七年秋，曹受培建，亦曰曹園。…… 曹氏退官居此，經營鹽田，鹽佈海濱，一望如晴雪，故名其廬。曹別署曰「青山漁隱」，築漁隱釣磯，臨水為亭，題碑誌勝。園內亦頗擅亭臺花木之雅；而於其暇日，嘗集丁伯厚、張學華、陳子礪、吳道鎔等，倡為文會，詩酒流連；所成佳什，榜諸其室。今則曹氏已歿，鹽田亦廢。庭間草蔓，興人琴之悲矣！

此外，黃氏在《新界風土名勝大觀》一書中亦有記述：

> 晴雪廬，在屯門新墟，為已故遜清道員曹受培別業，建於民國七年秋，四周範以短垣，並為門顏曰曹園。有聯云「紫氣迎門，青山擁戶；喜園迢遞，樂樹扶疎」。進內，為萬綠草堂，…… 內為曜室，為枕石亭，為花園，為漁隱釣磯等，莫不盡水榭亭臺之勝。

戰後，曹園於 1951 年售與陳日新，並改建為鹿苑酒店，上世紀五、六十年代成為香港市民一處休憩娛樂勝地，有餐廳客房、划艇釣魚等設施，與容龍別墅、青山別墅齊名。隨着新市鎮的發展，鹿苑酒店早於 1980 年代初拆卸，但屯門至今仍有鹿苑街的遺痕。

曹受培是潛客的妹夫，二人不單同屬遺老，且更具郎舅的姻戚關係。根據《重修禺山曹氏家譜》，曹受培「配丁氏，同邑誥封通奉大夫翰林院侍讀加三級志璧公次女，…… 生同治丁卯年正月初七日子時，終宣統庚戌年十月二十五日酉時，年四十四。」參以張學華所撰〈誥授通奉大夫日講起居注官翰林院侍讀丁君行狀〉「父志璧，縣學生，候選同知」，這位志璧公正是潛客的父親。

青山禪院上著名的「高山弟一」石碑，即出自曹受培的手筆。其中「弟」字後來被人塗改為「第」。

曹受培葬於香港仔華人永遠墳場

金督命駕赴
青山曹園消夏

本月十號星期日、金督應殷商譚少偉伍華兩君之請、命駕赴青山之曹園、先是該園主人、已佈置妥當、上午十一時左右、金督由九龍乘汽車巡往、同車者爲二先鋒、及至曹園、當事人即燃串炮、奏中樂迎迓、金督與諸人見禮甚歡、旋即隨意散步園中、於評閱脩蠶之餘、並釣魚爲樂、金督極讚該園、曲徑通幽、綠陰掩映、尤爲消夏勝地、正午十二時許、主人設宴款待、

1927 年 7 月 12 日，《工商日報》報道港督金文泰前往曹園遊覽。當時曹受培已經身故，故由其子曹幹濟接待。

除了本詩外，潛客還有〈書感一首，寄題青山漁隱晴雪廬〉，撰於 1919 年冬天以前，當為祝賀曹氏新宅落成之作。至於本詩，《丁潛客先生遺詩》的編次乃在「庚申六月」（1920）〈今雨歎〉之後，〈甲子正月，孔曼部郎招集泰華樓祝嘏，禮畢醵飲，恭紀以詩〉（1924）前，年份跨度頗大。再以張學華的《闇齋詩稿》作對照，集內有詩〈曹大滋田新築晴雪廬，為消夏之約，因題長句奉贈〉，緊接於〈庚申元日〉之後，而在〈辛酉中秋〉（1921）諸詩之前。據此可推斷，潛客等人前往屯門曹園遊玩，當在 1920 年的夏天，性質是應曹受培「消夏之約」。

9.〈毅夫館丈以癸亥三月奉詔入直，僕方居憂，未與祖筵。今夏奔問行在，從容話舊，賦簡四首〉（1925）

奉天作詔正須才，破浪乘風亦壯哉。[1]
景倩登仙休浪擬，麾戈曾作魯陽來。[2]

五為查客累衰親，與漢相逢意氣真。[3]
痛煞素衣如雪裏，輸它張柬話江濱。[4]

群盜鄉關劇亂麻，南灣風月屬誰家。[5]
天涯漂泊都堪念，差喜連墻捧日華。[6]

鵠立通明老伴空，觀書此日賜羹同。[7]
右軍龜紐非輕假，頗牧由來出禁中。[8]

1 奉天：唐德宗遭涇源兵變，出逃奉天（今陝西乾縣），並被叛軍包圍月餘。1924 年末溥儀被驅離紫禁城，寓居天津，故有此喻。作詔：按唐德宗居奉天時，詔書多出自陸贄（754－805）；溫肅入值南書房後，亦替溥儀撰寫詔書。破浪乘風：指奮勇前進，前途遠大。《宋書．宗慤傳》:「慤少時，炳問其志。慤答曰：『願乘長風，破萬里浪。』」首聯以陸贄和宗慤（？－465）來譬況溫肅。

2 景倩登仙：《太平廣記．雜錄二》:「班景倩自揚州採訪使，入為太理少卿，路由大梁。倪若水為郡守，西郊盛設祖席。宴罷，景倩登舟，若水望其行塵，謂掾吏曰：『班公是行，何異登仙乎。為之騶殿，良所甘心。』默然良久，方整回駕。」揮戈魯陽：按《淮南子．覽冥訓》，魯陽公與韓人交戰，直至日暮黃昏，雙方仍難分難解，魯陽公乃「援戈而撝之，日為之反三舍」。後世即以「魯陽揮戈」或「返日之戈」譬喻具有逆轉形勢、力挽危局的能力。此聯之意，溫肅此行，不會像班景倩那樣，仕途順暢，飛黃騰達；而是應像魯陽公那樣，為國忘身，力挽狂瀾。

3 查客：即槎客，乘舟之人。這裏泛指飄泊旅居於異地。興漢相逢：指 1916 年潛客寓居港島興漢道時，曾與溫肅相聚。

4 素衣：孝服。張柬：張柬之（625－706），字孟將，襄陽人，武后神龍元年（705），策動復辟，迫使武則天禪位於唐中宗，唐室重興。江濱：指香港。全聯之意，慨歎自己當日因孝服在身，無法親往香江，為中興大臣餞行。

5 南灣：指澳門。按《丁潛客先生遺詩》，1925 年有詩〈慵叟避地濠鏡，於海濱山麓訪得一泉，味清而甘，夏不溢，冬不涸，有類於君子之德，因名以「君子泉」，賦詩表彰之。澹庵、闇公並有和作，寄示津寓，為賦二絕，時乙丑十一月也〉，其中有云：「何時共醉南灣月，會有愚溪賚此翁。」此句意指，因時局不靖，好友汪兆鏞（慵叟）已遷居澳門。

6 連墻：居住於隔壁。捧日華：日華指太陽的光照。捧日華借喻為忠心輔助君主。《三國志．魏志．程昱傳》裴松之注引王沉《魏書》:「昱少時常夢上泰山，兩手捧日，昱私異之，以語荀彧。⋯⋯或以昱夢白太祖，太祖曰:『卿當終為吾腹心。』」盧肇詩:「驅車雖道還家近，捧日惟愁去國遙。」

7 鵠立：像鵠鳥一般引頸直立。崔祐甫〈故常州刺史獨孤公神道碑銘〉:「仕而遭時，鵠立於朝。」通明：傳說中玉帝所居的宮殿。蘇軾詩：「侍臣鵠立通明殿，一朵紅雲捧玉皇。」老伴空：老來甚麼也沒有了。按此句有原註：「僕以光緒丁酉備員講讀，屢侍禁嚴，今荏苒將及三十年矣。」觀書：觀看圖書。賜羹：賜與羹食。此聯是自述當年曾立朝充侍讀官，最近獲得皇帝召見，同一天內觀書賜羹。

8 右軍：右將軍的簡稱。龜紐：原指印章上雕以龜形的印紐，後多借代為官印。謝靈運〈辭祿賦〉:「解龜紐於城邑，反褐衣於丘窟。」按:此句有原註：「觀書侍食，皆初秋丙戌日被召之事，是日君又賜古印一，大僅方寸，文曰右將軍印。」頗牧：廉頗（前 327－前 243）和李牧（？－前 229），戰國時代趙國的名將。出禁中：指來自皇帝身邊的近臣。按《新唐書．畢諴傳》:「党項擾河西，宣宗嘗召訪邊事，諴援質古今，條破羌狀甚悉，帝悅曰：『吾將擇能帥者，孰謂頗、牧在吾禁署，卿為朕行乎。』諴唯唯，即拜刑部侍郎，出為邠寧節度、河西供軍安撫使。」後世或以「禁中頗牧」來比喻宮廷內兼備文武才略的侍從近臣。

簡析

1923 年春，溫肅奉詔晉京，入值南書房。潛客當時因喪服在身，無法參與送行酒宴（祖筵）。至 1924 年末，溥儀被逐出紫禁城後，潛客遂於次年夏天，「奔問行在」。可惜他空有報君之心，然而早已脱離政治多年，缺乏人脈；更重要者，張園的財政拮据，根本無法安插多餘人員，潛客一無職位，二無俸祿，僅能獲得觀書侍食之類的待遇。溥儀賜其一枚古印，上刻「右將軍印」，他便以「禁中頗牧」自期，並跟溫肅互相勗勉。

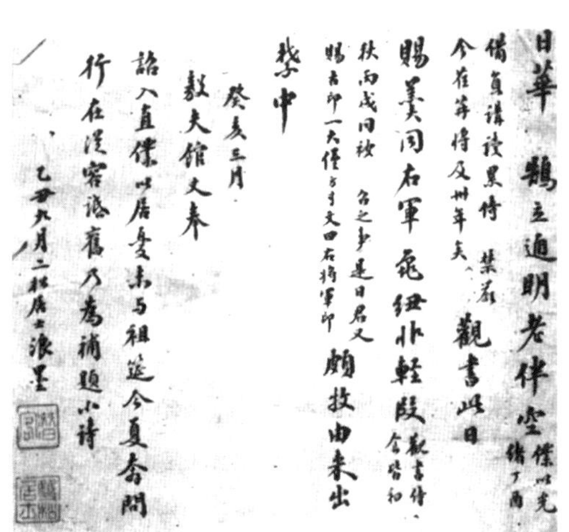

〈香江送別圖〉中潛客的手跡。下款可見是撰於「乙丑九月」，即 1925 年 10 至 11 月之間。「二松居士」是他的另一別號。

第三章

張學華

闇齋遺照

闇齋文稿

毛定直公奏議序　　番禺張學華

同治元年歷城毛定直公鴻賓總制吾粵時先大夫佐公幕府司章奏是歲學華始生稍長即識公名忽忽四十餘年矣公子稚雲觀察舉光緒戊子鄉薦與學華有齊年之誼比來濟南因得訂交過從話舊出公奏議若干卷見示學華謭陋何足以知公顧嘗讀中興名臣奏議於公奏陳湖南募勇之弊及緩裁釐金兩疏竊歎其選將以治兵而不徇時俗之見理財以濟用而不持矯激之論老成謀國用心良苦今所刊奏議數百篇自軍興以來規畫遠大至其慮事之詳知人之哲往往事後而益見當是時洪楊搆亂擾攘十餘年蹂躪半天下雖以曾胡之賢運籌於帷幄多餉之勇効命於疆場而一時封疆大臣苟非有洞達時勢深明治體者同心

《闇齋稿》書影

一、生平簡介

張學華（1863－1950），初名鴻傑，字漢三，晚號闇齋。原籍江蘇丹徒，祖父張恩詔因游幕來粵，遂定籍於廣州番禺。登光緒十六年（1890）進士第，殿試三甲第八名，改翰林院庶吉士。十八年，散館，授翰林院檢討。二十二年，充國史館協修。二十七年，丁母憂，回籍守制。

光緒三十一年（1905），服闋，補授山西道監察御史。曾連上三疏，請求革除積弊，如對美國爭取終止排華條約；開放東三省通商，以牽制日俄，得慈禧太后賞識，命在政務處行走。

光緒三十二年，出為山東登州知府。次年，補授濟南知府。宣統二年（1910），因前登州任內救護商船之功，擢濟東泰武臨道，兼管濟南商埠監督、法政學堂提調。三年，補授江西提法使。先至上海療疾，復因革命後各省紛紛獨立，長江道梗，未能履任，乃折返香港。

闇齋跟香港有一定淵源，滿清覆亡後，他以遺老自居，避世不仕，曾連續六年寓港。因陳伯陶之邀，著籍羅浮山酥醪觀，道號永闇，故一般除尊稱他為張漢三臬使、張漢三提刑外，多稱之為闇公。據張澍棠《張提法公年譜》所載，1912年壬丑，「自此歲後，公居海外凡六年。時粵中吳澹庵、陳香輪、丁潛客、陳真逸、許稚雲、少雲等，同作寓公，相與往來，作為詩歌以見志。《闇齋稿》詩及《詠明季遺逸》詩，多此時作。」所謂《詠明季遺逸》詩，即《采薇百詠》，乃闇齋居港期間，輯錄明代遺民行誼事跡，並繫以絕句之作，合計一百二十首，有丁仁長太史題署。

闇齋在居港期間，除跟一眾晚清遺老作詩文交往外，基本上是杜門不聞外事。賴際熙曾有意推薦他為香港大學中文學院教習，亦為其婉拒。

1920 年代後，闇齋主要里居於廣州西關，直到 1937 年中日戰爭爆發，始因門人黃梓林（1872－1962）之邀，重寓香江。1938 年冬，再遷澳門。抗戰勝利後，返回廣州，1951 年卒於里第，年八十九。遺命不派訃開弔，亦不作佛事，一切悉從儉約。

闇齋平生著述，除《采薇百詠》外，詩文匯輯為《闇齋稿》，為其親手校定。吳道鎔編纂《廣東文徵》二百四十卷，輯彙自漢至清粵人著作，綜計達六百餘家，蔚為大觀；另附《作者考》十二卷，人各繫一傳。惜遺稿未及寫定，特別是《作者考》，頗有闕漏。闇齋里居時，續為校正，並補齊傳記，成七百一十二家，於 1947 年由北京圖書館、香港大學圖書館油印出版（闇齋撰有序文）。

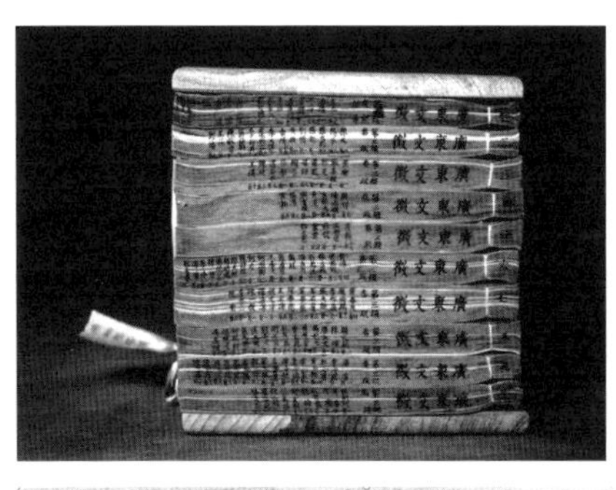

廣東省中山圖書館所藏闇齋捐贈《廣東文徵》

廣東文徵原稿
張太史贈藏
省立圖書館

（本市消息）廣東文徵[illegible]吳[illegible][illegible]編修，道鎔輯纂，全書凡二百四十卷，惜未能付梓，原稿由張學華太史所藏，雖歷經兵燹，幸未散佚，現張太史以該書為本省重要文獻之一，[illegible][illegible]慎保存，以廣流傳，昨將全稿共凡十冊移贈省立圖書館，公諸同好，其熱心文獻，嘉惠儒林，本省人士無不深為[illegible][illegible]

《國華報》1948 年 11 月的有關報道

二、作品選讀

1.〈瓜廬詩賸序〉(1931)

陳文良公《瓜盧詩賸》二卷，哲嗣公眉世兄將以付刊，而屬為之序。公平生大節，不必以詩傳；晚年著述，亦不欲以詩傳。顧其出處蹤跡，略可考見。

當夫入直承明，[1] 出膺使命，輶軒所歷，[2] 兩入滇黔，一登泰岱，[3] 憑眺山川，流連弔古，皆以助其攄寫。[4] 洎車駕西巡，麻鞋奔問，陟華岳，渡河洛，足跡半天下。情來興往，紙墨遂多，此一時也。甲午、庚子而後，海波澒洞，朝局蜩螗，[5] 杜陵憂亂之篇，香山感時之作，[6] 俯仰太息，情見乎詞。及視學金陵，敷政之餘，吟事不廢，而積薪厝火，[7] 隱患已深，九諷憂時，五噫去國，[8] 此又一時也。辛亥以還，桑海既易，管寧避地，[9] 焦先結廬；[10] 棲遲寂寞之鄉，問訊漁樵之侶。時與二三故舊，登宋王之臺，訪楊侯之廟，野哭欷歔，谷音慷慨，[11] 嘗擊竹而碎石，或呵壁而問天，[12] 此又一時也。

嗟乎！春明回首，陵谷驚心。[13] 只此數十年間，世運之遷流，人事之變幻，皆得於公詩見之。如讀夢華之錄，陳跡都非；[14] 若譜冬青之吟，悲涼欲絕。[15] 綜公一生，燭先幾，則為長沙之痛哭；[16] 堅晚節，則為表聖之歸休。[17] 忠愛纏綿，蒼茫感喟，豈唯導揚風雅、模擬騷辯而已耶？

公嘗語：「余早歲學詩，得東塾先生 [18] 指授，始解詩法。」東塾少好為詩，晚而棄去。公隱居後，注《孝經》以諷世，錄《遺民》而見志，凡所撰著，咸具微旨，詩亦其緒餘耳。不辭譾陋，輒為喤引。[19] 世之讀公詩者，當不能無「風雨如晦，雞鳴不已」之感也。[20]

1 入直承明：漢代承明殿旁有廬舍，專供侍臣值宿時所息，稱承明廬。《漢書．嚴助傳》：「君厭承明之廬，勞侍從之事，懷故土，出為郡吏。」這裏所謂入直承明，乃指陳伯陶於光緒三十一年（1905）奉旨入值南書房事。

2 輶軒：古代使臣乘坐的輕車。揚雄〈答劉歆書〉：「嘗聞先代輶軒之使，奏籍之書，皆藏於周秦之室。」

3 兩入滇黔：指陳伯陶於光緒十九年（1893）奉命出任雲南鄉試副考官；光緒二十三年（1897）出任貴州鄉試副考官。一登泰岱：指陳伯陶於光緒二十八年（1902）出任山東鄉試副考官。

4 攄寫：抒寫。康熙帝《全唐詩．序》：「雖窮達殊途，悲愉異境，而以言乎攄寫性情，則其致一也。」

5 澒洞：水勢洶湧貌。蘇軾〈廬山二勝〉：「空濛煙靄間，澒洞金石奏。」此喻海疆不靖。蜩螗：原指蟬或其鳴叫聲，借喻為喧鬧紛擾，不得安寧。《詩經．大雅．蕩》：「文王曰諮，諮女殷商。如蜩如螗，如沸如羹。」

6 杜陵：杜甫。香山：白居易。

7 積薪厝火：柴薪之下放置火種，喻為危機重重。賈誼〈治安策〉：「夫抱火厝之積薪之下而寢其上，火未及燃，因謂之安，方今之勢，何以異此。」

8 九諷憂時：《九諷》是晚唐皮日休（約 838－883）的作品。皮氏因「懼來世任臣之君，因謗而去賢；持祿之士，以猜而遠德」，故仿宋玉之〈九辯〉、王褒之〈九懷〉、劉向之〈九歎〉、王逸之〈九思〉，而撰〈九諷〉。五噫去國：按《後漢書．梁鴻傳》，鴻見京師宮室之盛，乃撰〈五噫歌〉，章帝聞而非之。鴻乃變易姓名，遷徙於齊魯之間，終老於吳。

9 管寧避地：管寧（158－241），字幼安，因漢末天下大亂，曾避地於遼東。

10 焦先結廬：焦先，字孝然，漢末隱者。《三國志．胡昭傳》裴松之注引魚豢《魏略》：「十六年，關中亂。先失家屬，獨竄於河渚間，食草飲水，無衣履。⋯⋯自作一瓜牛廬，淨掃其中，營木為床，布草蓐其上。至天寒時，搆火以自炙，呻吟獨語。」

11 谷音：參本書選錄吳道鎔〈宋臺秋唱序〉。

12 呵壁而問天：指發洩心中憤悶。〈天問〉是屈原放逐後的作品，王逸序：「屈原放逐，彷徨山澤。見楚有先王之廟及公卿祠堂，圖畫天地山川神靈，琦瑋僪佹，及古賢聖怪物行事，因書其壁，呵而問之，以洩憤懣。」

13 春明回首：春明是唐代首都長安城門之一，借代為京師故國。胡應麟詩：「十日爐頭問酒頻，春明回首各風塵。」陵谷：《詩經．小雅．十月之交》：「高岸為谷，深谷為陵。」《毛傳》：「言易位也。」這裏指清朝覆亡的翻天覆地變化。

14 夢華之錄：指南宋時孟元老所撰《東京夢華錄》，是書描寫北宋首都汴京的繁華舊事。

15 冬青之吟：指宋遺民謝翱的〈冬青樹引別王潛〉。有關「六陵冬青之役」，可參本書所錄陳伯陶〈宋皇臺懷古並序〉，茲不重贅。

16 長沙之痛哭：賈誼（前 200－前 168），西漢洛陽人，年二十二，舉為博士，一歲遷太中大夫。因議改革，不為守舊老臣所容，乃出為長沙王太傅。誼目睹當時諸侯王國疆域過大，有尾大不掉之勢，乃上《治安策》痛陳利害。開首即謂：「臣竊惟事勢，可為痛哭者一，可為流涕者二，可為長太息者六。」

17 表聖之歸休：司空圖（837－908），字表聖，曾隱居中條山王官谷，當道屢薦為官，皆堅辭不受。《舊唐書．司空圖傳》：「圖本居中條山王官谷，有先人田，遂隱不出。作亭觀素室，悉圖唐興節士文人。名亭曰『休休』，作文以見志曰：『休，美也，既休而美具。故量才，一宜休；揣分，二宜休；耄而聵，三宜休；又少也惰，長也率，老也迂，三者非濟時用，則又宜休。』」劉克莊詩：「展禽出仕曾三已，表聖歸休有四宜。」

18 東塾先生：指晚清廣州著名學者陳澧（1810－1882）。

19 譾陋：粗略淺陋。喤引：替人撰書序時的謙詞。古時官吏出行，前驅騎卒喝道騶唱，稱「引喤」。

20 風雨如晦，雞鳴不已：語出《詩經．鄭風．風雨》。後世喻指政治社會黑暗，仍不乏志操貞潔的有識之士。

簡析

陳伯陶的生平與作品選讀，詳見本書相關部分。陳伯陶卒於 1930 年，其《瓜廬詩賸》初版於 1931 年，書首有闇齋序文，末題「辛未十月，番禺張學華序」，而《闇齋稿》本文則無此語。據此可知，本文必撰於 1931 年冬無疑。

在晚清遺老中，闇齋跟陳伯陶的關係最為親密。據廖景曾〈誥授榮祿大夫江西提法使張公行狀〉，「嘗與陳文良、溫文節、吳澹庵、丁潛客、汪微尚遊，迭相唱和，文良過從尤密。甲子、戊辰以來，時有獻議，必與之往復商榷。」陳伯陶去世後，闇齋曾為之撰寫傳記。末云：「公曩與余同避地香港，晨夕過從。每有撰著，必以見示。間述生平行事感慨，往復商榷，一日數函，至今盈篋。偶一檢視，悲愴無已。公嘗戲語余：『他日為我作墓銘。』余悚謝不敢當。」足見陳、張二太史的交誼，實屬匪淺。

縱觀本篇序文，可謂用語精鍊，條理暢達。不過，闇齋將陳伯陶的詩作按時間劃分，有所謂三個「一時也」，其實是欠準確的。即按闇齋所云，比較合理的論述，大致應以辛亥為界，劃為前後兩段時期；而就題材言，前一階段又可分為兩大類型。

辛亥以前，為陳伯陶居朝時期，一方面由於各種政治經歷，足跡半天下（甚至遠赴南洋），登臨弔古，「情來興往，紙墨遂多」，此為一類；其次則是傷時憂亂之作。晚清國運陵夷，內憂外患，陳伯陶時有感觸，發為詩什，此為另一類。二者在時間上有所重疊，不能以時間前後，說「此一時也」、「此又一時也」。

辛亥之後，為陳伯陶隱居時期。觀乎本書所錄陳氏〈宋皇臺懷古〉、〈登九龍城放歌〉諸作，誠如闇齋所言，忠愛纏綿，悲涼欲絕。我們固然不必認同他忠於清室的政治立場，但詩作的確是發乎肺腑，感人至深，猶如趙翼《甌北詩話》稱讚元好問於金亡後諸作，謂：「此等感時觸事，聲淚俱下，千載後猶使讀者低徊不能置」，可堪比擬。

2.〈輓許稚筠寺丞〉(1912)

風雪漫天百感侵，憐君獨抱歲寒心。[1]
未能屈節辭官早，卻為憂時得病深。[2]
藥杵敲殘鄉夢遠，琴弦淒絕廣陵沉。[3]
東華舊是同游地，回首金門淚滿襟。[4]

當年武庫最知名，萬里驚聞薤露聲。[5]
東省簪毫成故事，西山游屐負平生。[6]
耐官自守硜硜節，報國長懷惓惓情。[7]
曾是祝宗祈死志，[8] 滿腔悲憤總難平。

1 百感侵：百感交迫。李東陽詩：「三復來詩百感侵，寂寥雲漢有遺音。」歲寒：喻堅貞氣節。《論語．子罕》：「歲寒然後知松柏之後凋也。」

2 未能二句：按《番禺縣續志．人物三》：「宣統三年監國攝政王退位，(許)秉琦告人曰：『吾輩不可留矣。』急謝病解職。明年，憤鬱發病卒。」

3 藥杵敲殘：譬喻屢醫無效。廣陵沉：喻指臨終前的淒涼境況。按三國時，稽康善彈〈廣陵散〉，後因政治鬥爭而被殺。《晉書．稽康傳》：「康將刑東市，太學生三千人請以為師，弗許。康顧視日影，索琴彈之，曰：『昔袁孝尼嘗從吾學〈廣陵散〉，吾每靳固之，〈廣陵散〉於今絕矣！』時年四十。海內之士，莫不痛之。」

4 東華：指史館。按清代史館設於東華門內，故以此指代。蔣良騏著名的清代編年體史書，即取名《東華錄》。又按，闇齋自光緒二十二年(1895)充任國史館協修，其間遭遇拳匪之亂與丁母憂，直至三十一年(1905)始服闋補授山西道監察御史。至於許秉琦，未詳於史館有何職務。金門：即金馬門，漢代長安宮門之一，大臣常於此等待皇帝召見。後世常借代指京師帝都。王維詩：「既至金門遠，孰云吾道非。」

5 武庫：此以西晉經學家杜預(222－285)的才學來比擬許秉琦。史載杜預學識淵博，有「武庫」之譽。《晉書．杜預傳》：「預在內七年，損益萬機，不可勝數，朝野稱美，號曰『杜武庫』，言其無所不有也。」注。薤露：漢代輓歌名稱，與〈蒿里〉齊名。其辭曰：「薤上露，何易晞！露晞明朝更復落，人死一去何時歸。」這裏借代為死亡。

6　東省：東省在唐代原指門下省，杜甫任門下左拾遺時，有詩曰：「宮中每出歸東省，會送夔龍集鳳池。」但這裏是指清末新政時，1901年所新設的督辦政務處。此機構專責規劃新政改革，由榮祿、慶親王奕劻、李鴻章、王文韶等出任督辦政務大臣，下設提調二人，章京若干人。簪毫：即簪筆。古代史官、諫官或侍從近臣，簪筆於帽，以便隨時書寫。蔣士詮詩：「館閣簪毫須大手，文章結綬見清緣。」這裏泛指任職。成故事：已成過去。按《張提法公年譜》，闇齋於光緒三十一年（1905）「奉旨補授山西道監察御史，充政務處幫總辨」。次年二月，補授山東登州府知府。至於許秉琦，亦曾出任政務處幫總辦。二人過去因曾有過共事經歷，故謂「簪毫成故事」。西山：位於北京以西三十里外，是著名的風景區，有碧雲寺、香山公園等遊覽勝地。遊屐：出遊所穿的木屐，按《宋書．謝靈運傳》，康樂喜遊山，「常着木屐，上山則去前齒，下山去其後齒」，即後世所謂謝公屐。這裏泛指遊山玩水。平生：老朋友。蘇洵〈與歐陽內翰第三書〉：「年近五十始識閣下，傾蓋晤語，便若平生。」全句之意，因未能踐約共遊西山，辜負了老朋友。按：此聯闇齋有原註：「張文襄目政務處為東省，余與君同直，約同游西山，不果。」

7　硜硜：原意指淺陋而固執，這裏只取後義。《論語．子路》：「言必信，行必果，硜硜然小人哉！」葛洪《抱朴子．逸民》：「昔夷齊不食周粟，鮑焦死於橋上，彼之硜硜，何足師表哉！」按此句有原註：「君為榮文忠倚任，同官多躋顯要，君獨退然自守也。」榮文忠即慈禧寵臣榮祿（1836－1903）。惓惓：忠誠懇摯貌。《漢書．劉向傳》：「欲終不言，念忠臣雖在甽畝，猶不忘君，惓惓之義也。」顏師古注：「惓惓，忠謹之意。惓讀與拳同。」

8　祝宗祈死志：希望自己早日死去，以免看到國家滅亡。典出《左傳》成公十七年：「晉范文子反自鄢陵，使其祝宗祈死，曰：『君驕侈而克敵，是天益其疾也，難將作矣，愛我者唯祝我，使我速死，無及於難，范氏之福也。』」杜預注：「祝宗，主祭祀祈禱者。」

簡析

西關許氏，號稱廣州第一家族，近代以來，名人輩出。其中官位最高、家勢最顯赫者，首推晚清重臣許應騤（1832－1903）。許應騤政治態度保守，因反對戊戌維新，一度被光緒帝革職；政變後獲擢為閩浙總督，「仍在紫禁城騎馬，並在西苑門內騎馬」，榮寵一時。庚子義和團之役，許應騤參與東南互保。光緒二十八年（1902）被御史李灼華上奏彈劾，雖經查核並無實據，仍遭開缺回籍處分。許應騤回粵後，深居簡出，杜門謝客，次年病逝。

許應騤畫像

許秉琦，字稚雲，許應騤次子。有關他的生平事跡，今天可知者已不多，據《番禺縣續志》卷二十〈人物三〉許應騤傳附載：「秉琦，光緒十九年舉人，以蔭生授兵部主事，為大學士文忠公榮祿所倚重，歷官至宗人府府丞，充政務處副提調。宣統三年監國攝政王退位，秉琦告人曰：『吾輩不可留矣。』急謝病解職。明年，憤鬱發病卒。」

按：隆裕皇后所下的清室遜位書，在宣統三年十二月二十五日，即公曆 1912 年 2 月 12 日。傳文所謂「明年，憤鬱發病卒」，乃就農曆而言。若從公曆，應該還屬同年。許秉琦乃在清室滅亡後不久便去世，故輓詩有「祝宗祈死」之語。從本詩「風雪漫天」一語推測，當撰於 1912 年的冬天。

又按張澍棠《張提法公年譜》，壬子（1912）年謂：「自此歲後，公居海外凡六年。時粵中吳澹庵、陳香輪、丁潛客、陳真逸、許稚雲、少雲等，同作寓公，相與往來，作為詩歌以見志。」果如所言，許秉琦乃卒於香港當「寓公」之時。這便跟輓詩所言，有着明顯的衝突。本詩明說「藥杵敲殘鄉夢遠」、「萬里驚聞薤露聲」，顯然許秉琦去世時，既不在家鄉廣州，更不會在香港，應該還留在北方，如此才符合所謂的「萬里驚聞」。

3.〈除日九龍山人惠酥醪菜白沙鴨賦謝〉[1]（1913）

春盤蔬果及時新，乍喜分甘有故人。[2]
領取山家風味足，食鮭休道庾郎貧。[3]

自分平生咬菜根，感君厚意勸加餐。[4]
仙家舊有麒麟脯，[5] 莫作尋常雁鶩看。

西山薇蕨萬緣休，巾麈蕭閒百尺樓。[6]
我愧中年聞道晚，[7] 更無清福住羅浮。

1　除日：指農曆十二月的最後一天，是夜為除夕。九龍山人：指陳伯陶。酥醪菜：即菜乾，廣東人烹老火湯常用的材料，以產於惠州博羅縣羅浮山酥醪村而得名。白沙鴨：即白沙油鴨（又稱臘鴨、板鴨），以產於東莞虎門鎮白沙村最為著名。

2　及時新：合時而鮮美的東西。清．錢澄之詩：「向晚兒童泅水戲，搴來菰菜及時新。」

3　山家：指隱居者。梅堯臣詩：「一獲山家贈，令吾媿汝曹。」食鮭休道庾郎貧：按《南齊書．庾杲之傳》：「庾杲之⋯⋯清貧自業，食唯有韭葅、蒲韭、生韭雜菜，或戲之曰：『誰謂庾郎貧，食鮭常有二十七種。』言三九也。」後世以食鮭、庾郎指謂清貧的生活。元好問詩：「相馬自甘齊客瘦，食鮭誰顧庾郎薄。」

4　咬菜根：指能忍受清苦的生活。呂本中《東萊呂紫微師友雜志》：「汪信民嘗言：『人常咬得菜根，則百事可做。』胡安國康侯聞之，擊節歎賞。」加餐：慰勸對方多進飲食，保重身體。〈古詩十九首〉：「棄捐勿復道，努力加餐飯。」

5　麒麟脯：傳說仙人王方平曾以麒麟脯作仙餚，款待麻姑，詳見葛洪《神仙傳》。白居易詩：「麒麟作脯龍為醢，何似泥中曳尾魚。」

6　西山：即首陽山，在今山西省永濟縣南，相傳為伯夷、叔齊隱居之處。〈採薇歌〉曰：「登彼西山兮，採其薇矣。」薇蕨：豆科野菜，貧者常食。西山薇蕨，喻指清朝亡國。萬緣：世間一切因緣糾葛。按闇齋此句化用元好問〈太原〉詩：「南渡衣冠幾人在，西山薇蕨此生休。」巾麈：手拿着麈尾，不戴冠冕而只施巾幘（穿着便服）。蕭閒：瀟灑安閒。百尺樓：這裏當用漢末名士陳登的典故來讚譽陳伯陶，而自己則遠居其下，非實指百尺的高樓大廈。陳登，字元龍，徐州名士。據《三國志．魏書．陳登傳》，某日劉表、劉備、許汜三人閒聊。言談間，許汜表示不滿陳登態度傲慢，二人某次相見，陳登「無客主之意，久不相與語，自上大床臥，使客臥下床」。劉備卻反斥許汜空有國士之名，卻只尋求個人利益，毫無憂國之志，如果換了是自己，「欲臥百尺樓上，臥君於地，何但上下床之間邪！」。劉表聽後大笑，弄得許汜極其尷尬。

7　中年聞道晚：據廖景增〈誥授榮祿大夫江西提法使張公行狀〉：「辛亥以還，遯跡海濱，先後十餘年，屏絕人事，以闇齋顏其室，著籍羅浮山酥醪觀，託黃冠以避世，號闇道人。」《張提法公年譜》於壬子（1912）下繫「公注羅浮酥醪觀道藉，道侶陳永燾為介」。按此年闇齋五十歲，故曰「中年聞道晚」。

簡析

根據《闇齋詩稿》的編次，本詩緊接在〈輓許稚雲宗丞〉和〈答蕭紹庭〉二詩之後，許秉琦既卒於 1912 年，則此詩所謂的「除日」，當為 1913 年 2 月 5 日。

本詩的內容十分簡單，陳伯陶贈予菜乾和板鴨，闇齋則賦詩道謝，可謂尋常之至，並無太多需要解釋的地方。但當中散發着濃郁的生活氣息，頗能反映這群遺民在居港期間的日常生活。檢視各人的詩文集，不乏類似的題材，例如《瓜廬詩賸》有〈謝闇公餉茶笋〉、〈謝澹庵餉笋並簡趸公〉；《澹庵詩存》有〈清和之月燾公惠菊賦謝〉；《闇齋稿》則有〈少筠惠牡丹花賦謝〉、〈少筠惠鮬魚賦謝〉等等。所謂物輕情義重，從這類互贈的行為，足見他們之間交誼的深厚真摯。

4.〈次韻答許少筠見贈〉（1913）

故人歸臥幾經年，得遂幽棲意灑然。[1]
樓閣參差山作障，煙波澹沱屋如船。[2]
滄桑劫後知何世，風月吟邊別有天。[3]
且喜市塵飛不到，茶香一榻夢痕圓。[4]

蕭瑟平生寄託深，[5]漫從塵世問知音。
奇書遍讀虞初集，古調重彈賀若琴。[6]
十載星霜迷鹿夢，一天風雨作龍吟。[7]
歲寒長抱冰心在，冷笑隗臺市駿金。[8]

1　幽棲：指隱居。白居易詩：「懶鈍尤知命，幽棲漸得朋。」

2　澹沱：蕩漾貌。元好問〈渡湍水〉：「秋江澹沱如素練，沙浦空明行暮雲。」屋如船：由於許氏大宅位於中環半山區，遇到雲海蒼茫的日子，房屋便恍如波濤浩蕩中的船隻。

3　吟邊：詩歌吟詠的內容與境界。

4　市塵：都市的塵囂。榻：專供坐臥的矮床。夢痕圓：指夢中遇到美好的事情。按此句化用清初張虁〈依綠軒新霽〉詩「蕭然長晝憑書枕，一榻茶香午夢遲」之句。

5　蕭瑟平生：一生境況悲涼。杜甫〈詠懷古跡五首〉：「庾信平生最蕭瑟，暮年詩賦動江關。」

6　虞初集：泛指各種小說。按虞初為西漢武帝時人，嘗以方士為郎。張衡〈西京賦〉：「小說九百，本自虞初。」他所著的《虞初周說》早已亡佚，後世多以「虞初」為小說的代名詞。賀若琴：〈賀若〉為琴曲的名稱，蘇軾曾撰〈聽武道士彈賀若〉詩，曰：「琴裏若能知賀若，詩中定合愛陶潛。」宋人朱翌《猗覺寮雜記》據此考證，當為唐宣宗時翰林待詔賀若夷所製。「以賀若比潛，必高人。或謂賀若弼也。考弼之為人，殊不類潛⋯⋯余考之，蓋賀若夷也。夷善鼓琴，王涯居別墅，常使琴娛賓，見涯傳。」

7　星霜：指歲月。迷鹿夢：指多年來的經歷，已不知是否迷夢一場。按《列子．周穆王》記載一故事，鄭國有樵夫獵得一鹿，藏匿後以柴枝覆蓋好，但事後卻忘記所放的具體位置，以為作夢，並把事情告訴別人，其人按其所說，尋到鹿後便拿走。是夜，樵夫真的作夢，夢到藏鹿之處與取鹿之人。第二天清晨，便循跡尋至，雙方為鹿而生起爭執，最後鬧至士師（法官）處。士師判決二人平分。鄭君問國相，國相曰：「夢與不夢，臣所不能辨也。欲辨覺夢，唯黃帝、孔丘。今亡黃帝、孔丘，孰辨之哉？」龍吟：傳說龍有掌管風雨的能力，故古籍常把風嘷雨嘯稱作龍吟。

8　歲寒：借喻處境困難。《論語．子罕》：「歲寒，然後知松柏之後凋也。」冰心：節操高潔的心靈。《宋書．陸徽傳》：「年暨知命，廉尚愈高，冰心與貪流爭激，霜情與晚節彌茂。」隗臺市駿金：泛指求賢殷切。按《戰國策．燕策一》，燕昭王卑辭厚幣，廣招天下賢才。郭隗建議用千金市骨的辦法，必能得到千里馬。昭王乃築黃金之臺，師事郭隗。全聯之意，大家都抱着忠於清室的心志，對於民國政府招賢之邀，冷笑卻之。

簡析

許應騤有二子，長名秉璋，次名秉琦。許秉琦字稚雲，卒於1912年，闇齋有輓詩，已見本書前錄。至於許秉璋，字少筠，光緒二年（1876）舉人，內閣中書，江蘇候補道，著有《誦先芬室詩集》。他跟闇齋的關係十分親密，檢視《闇齋稿》全書，賦詩奉和最多的人就是他，計有〈少筠惠牡丹花賦謝〉、〈少筠惠鱘魚賦謝〉、〈菽莊主人以黃牡丹菊徵詩，作者千人，少筠得牡丹狀元，置酒傷客，賦此為賀〉、〈偕香輪同過少筠，疊前韻〉、〈中秋和少筠〉等。他們關係友好，除了是出於鄉情外，闇齋登光緒十六年庚寅進士第，而是歲的主考官，即包括時為禮部侍郎的許應騤。基於這份座師之誼，闇齋跟許家的親密關係，便不難理解了。

闇齋等晚清遺老一般都是1911年辛亥革命後才來港的，許秉璋則不然，他在許應騤去世後不久，1905年便已遷居香港，原因未明，推測可能跟政治上失勢有關，因此本詩首聯即謂「故人歸臥幾經年」。也正因此緣故，許秉璋能以較低的代價，購入大批香港房產，待至辛亥以後，南來移居者眾，房地產價格飛漲，許氏因此發其大財，晉身城中富豪，並過着奢華生活。根據伯子在〈辛亥革命後前清遺老在香港的活動〉一文的憶述：

民國成立後，清朝遺老紛紛挾其所積孽錢，徙居香港。……由於富有資財的遺老抵港後都急需買屋自居，使香港的房地產一時生意驟增。前清閩浙總督、禮部尚書許應騤之子許秉璋，在干諾道中買得洋房數幢。許半身不遂，不能行動，交其第二妾經管。初意只冀租金收入，能維持家用。由於地價一漲再漲，屋租一增再增，買入時每幢不過港幣二三萬元，其後竟漲至每幢值十多二十萬元，許所購置的物業，總值竟達一百數十萬元之巨，較許應騤畢生做官所有遺產總額，尚多一二倍。

除了中環干諾道中外，許秉璋的太太也購入了香港灣仔整整兩條街。根據許氏後人許建勳所述：

我的曾祖父許應騤是慈禧太后的寵臣。到了辛亥革命，滿清政府大勢已去，清朝臣子紛紛南下。許應騤的子孫在 1905 年已帶着家當移居香港，所以擁有的珍貴文物沒有在內地遭軍閥割據、內戰和文革等時期被搶奪或破壞。不過，慈禧太后賞賜給許應騤的夜明珠，在長子許秉璋夫人帶來港後賣掉了，當時她將賣得的錢買下整條灣仔日街和月街，所以成為香港第一女富豪。[9]

許家的奢華排場，伯子在其文中已有記述，這裏不擬多說。在交際上，根據許氏後人所言，「1905 年，許子孫移居香港，長子許秉璋在半山羅便臣道大宅內闢設『雲林精舍』，成為居港前清遺老賴際熙、俞叔文等聚會之所」。[10] 所謂「精舍」，自然不是指佛教徒靜修的場所，而是聯誼會、俱樂部的性質，這在伯子之文亦有提及。伯子說：

雲林俱樂部設於羅便臣道妙言臺上，交通不便，往返須乘肩輿代步。每日下午 5 時後俱樂部同人周壽臣、曹善允，巨賈張心湖、關心焉等二十餘人常來聚會。遺老蘇志綱、陳慶保、黎季裴、俞鼐、劉伯端等，幾乎每日必到。俱樂部以賭博（麻雀為限）抽水為主要收入，盛時每晚可抽水數十元，故其供應的晚飯、宵夜甚佳。至香港大罷工後，雲林俱樂部才告結束。

至於許氏何年去世，恕無法得悉，若從《闇齋稿》看，最後一首有關他的作品是〈重陽日與次嚴、少筠、季裴、伯端、叔文太平山頂登高〉，乃撰於 1916 年。又按 1922 年，溥儀大婚，陳伯陶以萬元巨款晉京祝賀，香港遺臣多有報效，但獻納者名單中，並無許氏之名，估計他已離世。

9 見香港《文匯報》2011 年 12 月 3 日〈與名人有約系列：大家族就是這樣精彩〉。

10 見香港《蘋果日報》2011 年 11 月 4 日〈專題報道：廣州第一望族〉。

5.〈乙卯元日〉(1915)

春光不解為誰妍，[1] 獨臥空山雨雪天。
曉夢驚回殘臘後，芳尊辜負好花前。[2]
南飛何處棲烏鵲，北向潸然拜杜鵑。[3]
賸有匣中心史在，一編私署景炎年。[4]

桑海遷流已幾經，[5] 此身敢復怨飄零。
蒼茫故國雲中樹，寥落知交曙後星。[6]
偶為題詩撩舊恨，未能耽酒怕長醒。[7]
年來愁閱興亡史，又報春風到野亭。[8]

1 妍：美麗。按此句化用蘇軾詩：「此日使君不強喜，早春風物為誰妍。」

2 曉夢驚回：早上睡醒。方孝孺〈聞燕〉:「曉夢驚回燕語巢，窗前紅日在花梢。」芳尊：即芳樽，原指精緻的酒杯，也可借代為美酒。杜甫詩：「過逢連客位，日夜倒芳樽。」

3 南飛何處棲烏鵲：曹操〈短歌行〉:「月明星稀，烏鵲南飛，繞樹三匝，何枝可依？」潸然：流淚貌。拜杜鵑：此用杜甫〈杜鵑〉詩「我見常再拜，重是古帝魂」之典，詳參本書丁仁長〈為杜鵑菴主題春心圖〉詩註。

4 匣中心史：指宋遺民鄭思肖的《鐵函心史》。相傳鄭思肖在宋亡後，把自己多年所著詩文編為《咸淳集》、《大義集》、《中興集》、《久久書》、《雜文》、《大義略敍》等，總題為《心史》，並以鐵匣密封，埋於蘇州承天寺古井中，直至明末始重見天日。景炎年：景炎是宋末端宗的年號。按《心史》被發現時，以錫匣盛裝，匣內有用蠟漆封裹的紙包，外層包紙書有「大宋鐵函經」、「德祐九年佛生日封」，旁邊又有對聯：「大宋世界無窮無極」、「此書出日一切皆吉」。德祐乃宋末恭帝年號，只有兩年，德祐二年恭帝降元，端宗即位，即改元景炎。鄭思肖堅持沿用的宋朝年號，本為「德祐」，此句為了遷就律詩的平仄要求，故寫成「景炎」。

5 桑海：即桑田滄海，指世事變遷。遷流：時間流逝。袁宏道〈述懷〉:「歲月無停晷，遷流快織梭。」

6 蒼茫：迷糊朦朧貌。雲中樹：指地遠相隔，遙望只見雲和樹。方干詩：「晴尋鳳詔雲中樹，思繞稽山枕上窗。」曙後星：指友朋寥若晨星，越來越少。張鵬翮詩：「朝回獨坐歎伶俜，館閣同年曙後星。」

7 耽酒：沉緬於酒。杜甫〈述懷〉詩：「漢運初中興，生平老耽酒。」全句意思，自己雖然不好酒，但也不願過於清醒，故有時亦會喝上幾杯，排遣心中愁悶。

8 野亭：野外供人休息的亭子。梅堯臣詩：「春風擺撼桃杏醉，野亭置酒話亹亹。」

簡析

乙卯即 1915 年，這時上距滿清亡國，已足有三個年頭。從內容看，本詩基本上就是表達作者對清朝的緬懷，誓抱忠貞之節，矢志不渝。所謂「北向潸然拜杜鵑」、「一編私署景炎年」，幾乎同是遺民創作的基調。

6.〈重陽日與次巖、少筠、季裴、伯端、叔文太平山頂登高〉(1916)

佳日登高覺眼明，雲巖飛度笥輿輕。[1]
往來一路渾如砥，始信山名是太平。[2]
小立風前帽影攲，[3] 游人不斷夕陽時。
黃花莫笑頹顏老，[4] 便折幽香欲贈誰。

1 笥輿：即竹製的藍輿，香港俗呼為山兜。王安石詩：「獨往獨來山下路，笥輿看得綠陰成。」

2 渾：質樸渾厚。砥：平坦。左思〈魏都賦〉:「長庭砥平，鐘簴夾陳。」太平：太平山（Victoria Peak），又名扯旗山、爐峰，香港島的主峰。據説此山原名硬頭山，清末因海盜張保仔接受清廷招安，島民從此得安享太平，故易名太平山。

3 攲：歪斜。

4 黃花：指菊花。舊時有重陽賞菊的習俗。

1915 年明信片中的香港交通工具 ── 人力車和肩輿

簡析

根據《闇齋詩稿》編次，本詩在〈甲辰元日〉之後，九月十七日宋臺秋唱之前，可知是撰於 1916 年 10 月 5 日的重陽節當天。

有關是遊的人物，宜略作交代。次嚴姓蘇，名志剛。1927年，何藻翔親家蘇玉衡靈柩自滇南運回香港，何氏與崔伯樾、蘇次嚴諸人，公祭於玉衡學塾，事見吳天任《何翽高先生年譜》。《宋臺秋唱》錄有蘇澤東詩〈客中晤次嚴宗兄感賦，兼呈盧君佐臣〉;《瓜廬詩賸》也有〈同蘇次嚴舍人重過晴雪廬…… 次前韻〉詩。有關其人事跡，待考。

少筠即許秉璋，已見本書上錄詩。伯端是劉景棠，有關其人事跡，可參本書後錄溫肅〈題劉伯端心影詞〉簡析。

至於季裴，即黎國廉（1870－1940）。他字季裴，號六禾，廣東順德人，光緒十九年（1893）舉人。其父黎召民（1827－1894），官至福建船政大臣、光祿寺卿，梁慶桂《式洪室詩文遺稿》有其行狀。六禾自幼聰穎，家中藏書豐富，少有文名。庚子拳匪事變，兩宮西狩，六禾與梁慶桂等五人，間關遠赴西安，進獻方物，獲召見並授予道員銜，任福建興泉永道。但他生性不喜當官，不久即稱疾回鄉。

六禾任俠好義，甚孚眾望。當時粵湘鄂人民欲把粵漢鐵路修築權集資收回，兩廣總督岑春煊（1861－1933）欲藉此斂財，六禾乃集紳商聯名反對，岑一怒之下，將其下獄。此事引起全粵人民公憤，在京粵籍官員，更聯署彈劾岑氏，而奏文即出自闇齋手筆。《張提法公年譜》載乙巳十二月（1906),「粵督岑春煊因鐵路籌款，捕拿在籍道員黎紳國廉等。粵省同鄉京官憤之，聯名奏參，推唐紹儀領銜，並推公秉筆擬稿，有『疆臣横暴，民憤莫伸;勒捐滋事，奏報欺蒙，請派大臣查辦』一疏」。

辛亥革命後，黎國廉一度被舉為廣東民政長，不久稱疾去職，以後遠離官場，往來於省港京之間，以詩文自娛。他尤其擅長謎道，有「謎中亞聖」之譽。

最後，叔文是俞安鼐（1874－1959）。他是廣東番禺人，晚號彌遯老人。因不喜舉業，早年負笈譯學館。清亡後移居香港，初設塾課徒，後歷任德明、敦梅、麗澤、寶覺諸校教職；曾參與學海書樓的創辦與運作，任職司理兼講師。他跟粵港兩地的文士交遊密切，常為詩鐘文酒之會，後卒於香港。

以上諸人，共同點是屬於專擅賦詩填詞的文人，跟一般混跡官場的遺老稍有不同，可說是自成一類。本書上文曾引述過伯子〈辛亥革命後前清遺老在香港的活動〉一文，稱許秉璋在妙言臺有雲林俱樂部，「遺老蘇志綱、陳慶保、黎季裴、俞（安）鼐、劉伯端等，幾乎每日必到」；而以上人名，大部分皆見於闇齋本詩的詩題。故此我們不難推測，是日他們大概是先在羅便臣道許秉璋的家中集合，然後乘坐山兜，經舊山頂道至太平山頂遊玩。

7.〈丙辰元日〉（1916）

春風依舊到吾廬，抗首長吟興不孤。[1]
花鳥向人猶旖旎，[2] 雲山如夢總模糊。
兒童笑樂還簪勝，鄰舍懽呼正得盧。[3]
莫問義熙何甲子，但須強飲學屠沽。[4]

1　抗首：昂首舉頭。《漢書．朱云傳》：「抗首而請，音動左右。」

2　旖旎：溫婉柔情貌。揚雄〈甘泉賦〉：「夫何旟旐郅偈之旖旎也。」《文選》李善注引服虔曰：「旖旎，從風柔弱貌。」

3　簪勝：勝即華勝，一作花勝，古代婦女的頭飾。司馬相如〈大人賦〉：「吾乃今日睹西王母，暠然白首，戴勝而穴處兮。」顏師古注曰：「勝，婦人首飾也；漢代謂之華勝。」梁朝宗懍的《荊楚歲時記》記載：「正月七日為人日⋯⋯又造華勝以相遺，登高賦詩。」可見正月造華勝，已有一千五百年以上的歷史，直到廿世紀初香港社會似還有此風俗。除了闇齋本詩外，如陳伯陶〈人日〉詩亦謂：「家家鏤華勝，相對更酸辛。」得盧：賭博時得勝的歡呼聲。《南齊書．張瓌傳》：「獻捷，太祖以告領軍張沖，沖曰：『瓌以百口一擲，出手得盧矣。』」按香港舊日民間普遍有新春家內開賭的習俗。

華勝

4 義熙何甲子：此化用陶淵明不書劉宋年號的故事。《宋史．陶潛傳》：「自以曾祖晉世宰輔，恥復屈身後代，自高祖王業漸隆，不復肯仕。所著文章，皆題其年月，義熙以前，則書晉氏年號；自永初以來，唯云甲子而已。」此外，闇齋〈六十自述〉詩亦謂：「老去懶編長慶集，歸來猶是義熙年。」全句之意，即不要問我為何仍用前朝的年號。屠沽：一作屠酤，屠夫和沽酒者，泛指出身微賤的販夫走卒。《後漢書．禰衡傳》：「是時許都新建，賢士大夫四方來集。或問衡曰：『盍從陳長文、司馬伯達乎？』對曰：『吾焉能從屠沽兒耶？』」

簡析

本詩撰於 1916 年 2 月 3 日。如果跟去年的〈乙卯元日〉相比較，本詩對於政治的表態，有所淡化，轉至加強歸隱的意趣。作者表示，希望能徹底融入周邊的社區，好好地活下去。

按：陳伯陶對此詩有兩首和作，見於《瓜廬詩賸》。其一云：「春光撩我拂蓬廬，歎息龔生調太孤。新室元年驚瞥過，漢家臘日敢含糊。傳聞角上爭蠻觸，悶煞盤中有雉盧。獨坐無聊須一醉，屠蘇酒盡且重沽。」其二：「曾記承明入直廬，觚棱回首夢魂孤。文成賀歲階前進，帖賜宜春座上糊。一自落花飄糞溷，那堪啼鳥勸壺盧。歸休苦憶斜川老，深谷逃名未許沽。」

8.〈和香輪〉(1916)

稀社徜徉日，[1] 秋光晚更佳。
菊花開老圃，木葉下空階。[2]
物外機心息，尊前倦眼揩。[3]
筍輿歸路近，[4] 風雨故人偕。

鄉國易為別，煙塵望不清。[5]
難回天北轉，漸見道西行。[6]
避世求真隱，逢人怕獨醒。[7]
青山曾有約，猿鶴解相迎。[8]

1 稀社：秋社，即立秋之後的第五個戊日。白居易詩：「社近燕影稀，雨餘蟬聲歇」，「牛馬因風遠，雞豚過社稀」。徜徉：安閒徘徊貌。

2 老圃：古老的園圃。空階：無人的石階。

3 物外：超然脱俗。張衡〈歸田賦〉：「苟縱心於物外，安知榮辱之所如。」機心：機巧詐利之心。《莊子 · 天地》：「機心存於胸中，則純白不備。」成玄英疏：「有機動之務者，必有機變之心。」文徵明詩：「物外機心聊奕旨，老來多事坐詩逋。」揩：以手擦拭。

4 筍輿：竹製的轎子。詳參前錄〈重陽日與次嚴、少筠、季裴、伯端、叔文太平山頂登高〉詩注。

5 煙塵：烽煙和戰場上揚起的塵土，喻指戰亂。高適〈燕歌行〉：「漢家煙塵在東北，漢將辭家破殘賊。」

6 難回天北轉：古人認為天是向北運轉，蔡槃〈金陵〉詩：「星河天北轉，江漢水東流。」元好問詩：「日月盡隨天北轉，古今誰見海西流。」此句是説：清朝亡國已成既定事實，雖萬般無奈，卻亦無法挽回。漸見道西行：此句大概是指社會風氣日趨西化。

7 逢人怕獨醒：此句當意謂，雖然隱逸必須真切力行，但亦應和光同塵，不應過於驚世脱俗，崖岸自高。「獨醒」典出《楚辭 · 漁父》：「眾人皆醉我獨醒。」曾鞏〈西亭〉詩：「空羞避俗無高節，轉覺逢人惡獨醒。」似為闇齋所本。

8 猿鶴解相迎：猿和鶴都是山中動物，後人常以猿鶴相迎來形容決意歸隱。如黃裳詩：「閒跂長林跨深壑，遙見猿鶴來相迎。」董養河詩：「崖前猿鶴喜相迎，管領雲山豈用名。」

簡析

陳慶桂，號香輪，廣東番禺縣人，登光緒六年（1880）進士第。光緒二十年（1894），任戶部主事；二十五年，任福建道監察御史；二十七年，任江南道監察御史；二十八年，任工科給事中。他是闇齋的表兄，彼此關係親密，《闇齋詩稿》現存四首跟他有關的詩。

1911 年初，闇齋尚在濟東泰武臨道的任內，陳慶桂請假離朝，二人曾在濟南見面敍舊，並同遊泰山。《闇齋詩稿》有〈陳香輪表兄假旋過濟，流連話舊，翌日同遊泰山〉詩。清朝滅亡後，陳慶桂移居香港，成為遺老。1916 年秋，陳伯陶在宋皇臺組織的壽趙會，他是與會的十六人之一。根據蘇澤東的詩題，「諸公時會者，張漢三臬使、陳香輪給諫……」，由於他倆老表的官職最高，故列名於首位。至 1918 年左右，陳慶桂即病逝，並歸葬於廣州增城，故遺老現存提及他的作品並不多。

9.〈丁丑七月避兵香港，寓薄扶林，覺公寄示南灣晚眺詩，依韻和作〉（1937）

日日驚濤珠海灣，誰從忙裏意猶閒。[1]
側身無地真沉陸，被髮何人竟入山。[2]
烽急頻聞鳶有信，天空獨羨鳥知還。[3]
廿年重踏經行路，[4] 白髮飄零換舊顏。

瓊樓高詠感蒼茫，夢落江湖路阻長。[5]
劫後全翻棋黑白，天邊愁見血玄黃。[6]

誰云魚爛猶能國，自笑鷗浮便是鄉。[7]
何日相從過僧院，不辭三宿話滄桑。[8]

1　珠海灣：泛指澳門一帶的海域，今澳門以北即為珠海市。首聯交代汪兆鏞忙裏偷閒，自澳門寄示〈南灣晚眺〉詩。

2　側身：即廁身，置身之意。杜甫詩：「側身天地更懷古，回首風塵甘息機。」沉陸：即陸沉，指國土淪喪。《世説新語．輕詆》：「桓公入洛，過淮泗，踐北境，與諸僚屬登平乘樓，眺矚中原，慨然曰：『遂使神州陸沉，百年丘墟，王夷甫諸人，不得不任其責！』」被髮：古人束髮，披頭散髮乃蠻夷習俗。《禮記．王制》：「東方曰夷，被髮文身，有不火食者矣。⋯⋯西方曰戎，被髮衣皮，有不粒食者矣。」《論語．憲問》：「微管仲，吾其被髮左衽矣！」竟入山：最終逃入深山。按此句化自明遺民彭孫貽的〈驚聞〉詩：「文身在昔本荊蠻，被髮於今且入山。」閣齋之意，自己因戰亂而在內地無處容身，唯有來到香港這塊夷狄的殖民地。

3　鳶有信：南朝侯景之亂，梁武帝被困台城，曾利用紙鳶傳遞訊息，但未能成功。《獨異志》卷中：「梁武帝大清三年，侯景反，圍台城，遠近不通。簡文與太子大器為計，縛鳶飛空，告急於外。侯景謀臣謂景曰：『此必厭勝術，不然即事達人。』令左右射之。及墮，皆化為禽鳥飛去，不知所在。」此處大概是譬喻為戰況危急。鳥知還：陶潛〈歸去來辭〉：「雲無心以出岫，鳥倦飛而知還。」

4　廿年重踏經行路：按《張提法公年譜》，閣齋自庚申（1920）「秋初赴港，任夫人挈子媳隨行。秋末，返里」後，直至丁丑重臨，其間並無踏足香江的記載。所謂「廿年重踏」，乃取其約數。

5　瓊樓：猶如神仙居住的華麗建築。皮日休詩：「夢入瓊樓寒有月，行過石樹凍無煙。」瓊樓高詠，即指汪氏的〈南灣晚眺〉詩作。夢落江湖：夢中經過江湖，遠道往訪。饒節詩：「扁舟今日與君別，明朝夢落江湖上。」

6　劫後全翻棋黑白：此喻戰亂之世，社會的價值是非觀念，全幅顛倒。天邊愁見血玄黃：天地的顏色是玄（黑）和黃。又《周易．坤卦》上六爻詞：「龍戰於野，其血玄黃。」此句蓋指戰事爆發，翻天覆地，令人憂懼。

7　魚爛：指內部腐敗，局勢糜爛。《春秋公羊傳》僖公十九年：「其言『梁亡』何？自亡也。其自亡奈何？魚爛而亡也。」何休注：「魚爛從內發。」鷗浮：即浮鷗，譬喻行蹤飄泊不定。王庭圭詩：「向老江湖雙病眼，此身天地一浮鷗。」此二句閣齋先歎時局糜爛，又自嘲身如浮鷗，何家鄉之有。

8　相從過僧院：按閣齋此聯有自注：「君書來約遊普濟禪院。」是冬，閣齋遂有濠鏡之遊，見《閣齋詩稿》〈丁丑冬月，過濠鏡，與覺公同遊蓮峰、普濟禪院，並過盧氏園〉詩。三宿：佛教言僧人不當於同一桑樹下度過三宿，目的是不欲其對事物產生迷戀之心。《後漢書·襄楷傳》：「浮屠不三宿桑下，不欲久生恩愛，精之至也。」蘇軾〈別黃州〉：「桑下豈無三宿戀，尊前聊與一身歸。」這裏闇齋是反用原意，表示願意跟友人三宿於桑下，暢談近況。

簡析

1937 年 7 月 7 日，盧溝橋事變發生，中日進入全面戰爭階段，闇齋乃倉惶攜眷，重臨已經闊別十七年的香江。此時，汪兆鏞自澳門寄來書函，有〈南灣晚眺〉詩，闇齋遂撰此和作。

自民國以來，廣東每有戰亂，港澳作為英葡殖民地，皆是遺老的首選避難所。二者比較的話，大英帝國國力雄厚，自租借新界後，香港的幅員大增；作為其在遠東貿易的重要基地，更是市廛繁榮，紙醉金迷，物質生活豐盛。相較之下，葡國弱小，澳門更是十足的彈丸之地，直到上世紀五六十年代，基本上仍是寧靜的小漁村。正因如此，它更具世外桃源的韻致，而生活費用亦較低廉。二地可謂各具特色，遺老亦各有所愛。

在一眾遺老中，無疑以汪兆鏞跟澳門的淵源最深，其次才為闇齋。根據章文欽在《澳門詩詞箋注》的統計，汪氏自辛亥以還，寓居澳門凡十二次，每次短則數日，長則一兩年。最後更是終老其地，並停柩六年，直到抗戰勝利後，才歸葬廣州。

汪兆鏞（覺公，1861－1939）晚年照片

至於闇齋，從壬子 1912 年起，連續六年，長居香港，與陳伯陶、吳道鎔、陳慶桂、許秉璋

等往還，詩文唱和，本書所收錄闇齋的作品，大部分皆撰於此段時期。然自 1920 年秋初赴港，冬初返里後，十多年間，闇齋再無踏足香港。除了居里外，他活動較多的地方反而是澳門。1921 年他曾跟吳道鎔、汪兆鏞同遊澳門普濟禪寺；1925 年，又與吳道鎔、金芝軒在澳門聖味基街各購一屋，相約為鄰，為卜居之計。1926 年，仍留寓澳門。此後廣州的局勢漸趨穩定，他有頗長一段時間沒有離鄉。

直到抗戰軍興，闇齋才再有避地之舉。從 1938 年冬，直至 1945 年冬，前後七年，除了中間一度為營救嗣子而返過一趟廣州外，基本上是長居澳門。1949 年夏，又曾居濠數月。故此章文欽謂其「在前清遺老中，與澳門因緣之深，僅次於汪兆鏞」。

本來闇齋在澳門早已購置物業，此幢樓宇直到 1945 年才出售。《闇齋詩稿》有詩〈避地澳門，今七年矣，將為歸計，以屋轉售於人，感而有作〉，原註：「東西鄰屋往澹庵、芝軒同時所購，今二十年，皆已易主。」何故在 1937 年時他不逃往澳門，反而是先至香港？從現存資料看，闇齋選擇香港，當

1935 年的澳門南灣照片

跟其門徒黃梓林的力邀有關。有關詳情，可參下詩。

本詩詩題的「薄扶林」，即薄扶林道，香港大學附近，乃當時黃梓林的住處。覺公即汪兆鏞，其所撰〈南灣晚眺〉詩，今不見錄於《尚微齋詩續稿・辟地集》中，相信早已散佚。南灣，位於澳門半島南部，即葡京娛樂場所在，昔日是商船停泊之處，沿岸亦是全澳的政治、商業中心。

10.〈將之澳門，留別同人〉(1938)

匆匆襆被促征輪，蓬轉依然海外身。[1]
漂泊江湖蹤易散，亂離朋舊意逾親。
休論松菊荒三徑，尚喜桃花別一津。[2]
帶水相望長不隔，未應空谷絕音塵。[3]

1 襆被：用袱子巾幅包裹衣被，意即整頓行裝。宋之問詩：「載筆儒林多歲月，襆被文昌事吳越。」征輪：遠行者所乘坐的車輛，這裏當指輪船。促征輪，即「征輪促」的倒裝。蓬轉：轉徙流離，如蓬草隨風飛轉。葛洪《抱朴子・安貧》：「有樂天先生者，避地蓬轉。」

2 松菊荒三徑：泛指故鄉家園荒蕪。陶淵明〈歸去來辭並序〉：「三徑就荒，松菊猶存。」桃花別一津：此用桃花源的典故。王維〈桃源行〉：「魚舟逐水愛山春，兩岸桃花夾古津。」頸聯之意，廣州故鄉雖遭戰火摧殘，猶幸尚得港澳避世福地。

3 帶水：「一衣帶水」的省略，形容狹窄的水面。《南史・陳紀下・後主》：「隋文帝謂僕射高熲曰：『我為百姓父母，豈可限一衣帶水不拯之乎？』」香港跟澳門，僅隔伶仃洋而相望，十分鄰近。空谷絕音塵：意指音書阻隔，無法通問。

簡析

本詩撰於 1938 年冬，時闇齋將從香港遷居於澳門。據《張提法公年譜》：「戊寅，七十六歲。冬，遷居澳門，有〈留別寓港同人〉詩，及〈留別居停了因弟子〉詩（按：即〈留別居停了因道長〉）。先是，公與吳澹庵、汪覺公、金永定於澳門聖味基街各購一屋，為此鄰之約。至是，汪覺公在澳，屢勸公遷往；又以澳門費用較廉，乃移居焉。」

闇齋自辛亥以還，一直拒絕出仕，生計自然難免支絀；寄人籬下，終非長久之計，加上他原先已在澳門置有物業，於是居港一年後，在汪兆鏞的力勸下，遂遷濠鏡，開始以後七年的寓澳生涯。

闇齋一貫的詩風，皆是平易近人，用典不會過於僻冷深奧，而情真意切，感人至深。詩中一方面慨歎自己暮年猶蓬轉飄泊，但在艱難的境況下，反而倍顯友情珍貴。最後安慰大家，雖然未能久聚，但港澳不過是一水之隔，音書通問，大概不會有任何困難。

11.〈留別居停了因道長〉[1]（1938）

杜陵廣廈能相庇，王粲登樓強自寬。[2]
南海囂佗今世渺，東京廚顧古人難。[3]
萍蓬迭轉無歸計，鷗鷺重招拾墜歡。[4]
兵氣銷沉終有日，卑棲互祝一枝安。[5]

1 居停：居停即寄寓，這裏是「居停主人」的省語。《老殘遊記》第二回：「現在天氣漸寒，貴居停的病也不會再發，明年如有委用之處，再來效勞。」

2 杜陵廣廈：杜陵即杜甫，其〈茅屋為秋風所破歌〉有「安得廣廈千萬間，大庇天下寒士俱歡顏」之句。闇齋避亂來港，寓居於了因之家，故有此謝。王粲登樓：王粲（177－217）字仲宣，山陽高平人，擅詞賦，建安七子之一。王粲以漢末喪亂，往荊州投靠刺史劉表，但未獲重用。其代表作品為〈登樓賦〉，乃暇日登臨，懷戀故鄉之作。其中有謂「路逶迤而修迥兮，川既漾而濟深。悲舊鄉之壅隔兮，涕橫墜而弗禁」。闇齋因戰亂客寓香港，故以此自況。

3　南海囂佗：指任囂和趙佗。據《史記．南越王列傳》，趙佗本真定人，「秦時用為南海龍川令。至二世時，南海尉任囂病且死，召龍川令趙佗語曰：『……中國擾亂，未知所安，豪傑畔秦相立。南海僻遠，吾恐盜兵侵地至此，吾欲興兵絕新道，自備待諸侯變，會病甚。且番禺負山險，阻南海，東西數千里，頗有中國人相輔，此亦一州之主也，可以立國。……。」即被佗書，行南海尉事。」趙佗所建立的南越國，直至漢武帝時始被攻滅。黃梓林既非軍人，亦非政府官員，更無割據之跡，闇齋此句，主要是指戰亂之世，能夠像任囂、趙佗那樣，給予百姓一處晏然安穩的生活環境，極其難得。同樣，黃梓林為闇齋提供避亂居所，亦是世所稀有。東京：即東漢。廚顧：指名士。按東漢重士風，尚氣節，名士喜好互相標準，並仿效上古八元、八凱之例，立八俊、八廚、八顧、八及之號。其中「度尚、張邈、王考、劉儒、胡母班、秦周、蕃嚮、王章為八廚。廚者，言能以財救人者也」，「郭林宗、宗慈、巴肅、夏馥、范滂、尹勳、蔡衍、羊陟為八顧。顧者，言能以德行引人者也」。古人難：這裏乃暗用張儉望門投止的故事。張儉為山東督郵，八及之一，因得罪宦官侯覽，被誣謀反，通緝追捕。儉亡命山東，天下因慕其高義而爭相收容，不少人因被牽連而破族亡家。《後漢書．張儉列傳》：「儉得亡命，困迫遁走，望門投止，莫不重其名行，破家兼容」，「天下聞其風者，莫不憐其壯志，而爭為之主。至乃捐城委爵、破族屠身，蓋數十百所」。

4　萍蓬迭轉：如浮萍和秋蓬那樣，隨水與風而不斷飄泊。宋．釋文詩：「萍蓬漂轉成何事，不及林猿有定棲。」鷗鷺重招：再次以歸隱相邀。鷗鷺，表示淡泊忘機、隱居避世。如趙蕃詩：「豈有夔龍輩，而從鷗鷺招」，「渺渺江湖趣，悠悠鷗鷺盟」。拾墜歡：本意是指夫妻重拾往昔的恩愛，這裏則指朋友分散後又再重聚。《後漢書．光武郭皇后紀》論曰：「愛升，則天下不足容其高；歡隊（通「墜」），故九服無所逃其命。」

5　兵氣：戰爭的氣氛。兵氣銷沉即恢復和平。常建〈塞下曲四首〉：「天涯靜處無征戰，兵氣銷為日月光。」卑棲：原指地位低下，皇甫冉詩：「調補無高位，卑棲屈此賢。」這裏主要是闇齋因寄寓而作的自謙詞。一枝安：暫時的安寧。杜甫〈宿府〉詩：「已忍伶俜十年事，強移棲息一枝安。」

簡析

此詩撰於 1938 年冬闇齋離港赴澳時。據《張提法公年譜》，1937 年丁丑，「秋，赴港，弟子黃君了因以所居屋三樓延公家人住」。由於闇齋居港時是居於黃梓林之家，故首聯有「廣廈能相庇」之語。

黃梓林（了因）道長像

黃梓林之弟黃健之（綉登道長）

黃梓林哲嗣黃允畋為香港著名宗教界人士

黃梓林（1872－1962），南海官窑人，晚清秀才。少從學於張學華、區大典二太史，二十四歲中秀才。後遷居香港營商，1924 年創辦香港本德置業按揭有限公司，並出任董事長；因參與灣仔區填海工程，出售樓宇，獲利甚豐。

黃氏出入三教，平生樂善好施。在孔教方面，他創辦孔聖堂，支持賴際熙建立學海書樓，出資捐助孔教學院，籌建大成中學等。此外，他亦同時出入於釋道二教。其法號稱圓因居士，道號稱了因山人。

黃梓林跟香港道教的關係尤為密切。1920 年代，他入道的抱道堂從廣州南遷香港，黃氏即捐出堅尼地城太白台的物業，助其遷壇（1959 年再遷北角以迄今）。此外，他又曾協助創建香港道德會福慶堂、香港興德會福興堂、香港道教聯合會等組織。在其影響下，其子黃允畋（1920－1997）亦於 1952 年加入嗇色園為道長，並一直出任嗇色園主席、香港道教聯合會永遠顧問等職。

黃梓林跟闇齋的關係十分密切，可謂是得意門生。根據香港可立中學禮堂的〈黃梓林堂記〉所稱，黃氏「庠名偉材，字梓林，道號了因山人，乃區大典、張學華兩太史之高足弟子。清社既屋，張太史隱於羅浮酥醪觀，號為闇道人，先生相從為酥醪道士。」盧湘父（1868－1970）在孔教大成中學的〈三樂堂記〉中則載:「黃梓林先生，為南海茂才，且為張漢三太史之入室弟子，蓄道德，能文章，加以飫聞師訓，故富而好義，重道崇儒。」

解放前，黃梓林為償闇齋之願，曾出資修復廣州文廟。據《張提法公年譜》:「春，公倡議修葺廣州文廟。廣州文廟迭經兵燹，大成殿四配十二哲，暨兩廡先賢先儒神牌，蕩然無存。西廡棟宇摧折。公發起重修並捐款，以為之倡。顧費繁力薄，門人等善體師意，慨捐助以底竣功。於是楹奠聿修，禮器具備，宮牆肅穆，頓復舊觀。」

對於《闇齋稿》的刊印，黃梓林亦頗有推動之功。據廖景增〈誥授榮祿大夫江西提法使張公行狀〉:「門人黃了因等以印行文集為請，公再三遜謝，而了因索之益堅，與同門高圓悟、董圓良、董圓修、胡圓通諸君集資，促其付印。公重違其意，遂檢篋中存稿，屬景曾編次，成《闇齋稿》三卷，皆公手定者。」此事《年譜》繫於1948年戊子闇齋八十六歲時。

除了詩文稿外，〈張公行狀〉又記載:「（闇齋）避地香港時，偶閱明代遺佚傳，輒摘敍事略，並為絕句記之，成一百二十首，丁潛客署其端，曰『采薇百詠』。…… 庚寅孟秋，公以手寫《采薇百詠》及《續詠》送黃了因保存。了因將稿影印，以存其真。此為公三十年前之墨跡，印成僅數月，而哲人長逝。」按庚寅即1950年。

直到1951年初，闇齋臨終前不久，黃梓林雖身在香港，未能親臨探望，但仍不時有書信問候。《張提法公年譜》記載:「（十二月）初七日，公以屢得門人黃了因寄詩候起居，口占七律二首作答，命樹芝筆錄寄港。」作為闇齋門人，黃梓林可謂克盡弟子之禮。

第四章

陳伯陶

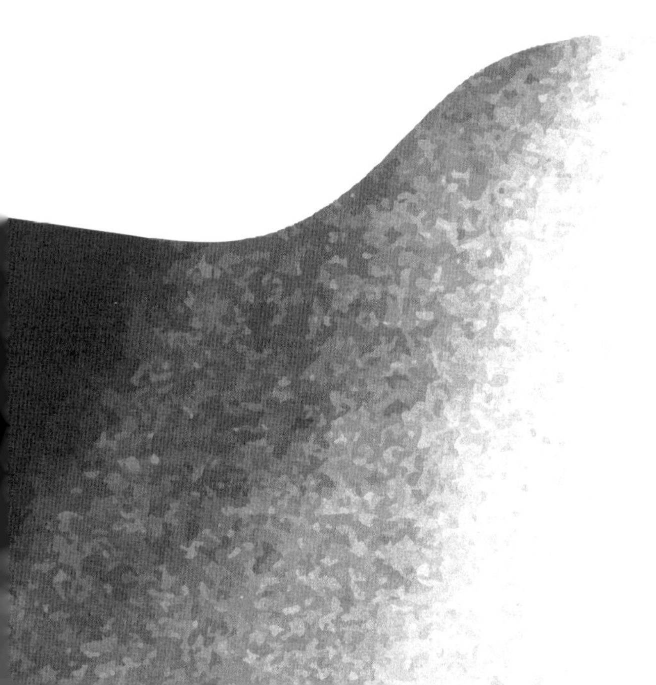

陳伯陶

一、生平簡介

陳伯陶（1855－1930），字象華，一字子礪，晚號九龍真逸，別署礪道人、九龍山人等，廣東東莞縣中堂鎮鳳湧鄉人。其父陳銘珪（1824－1881），咸豐二年（1852）副貢，與著名粵籍學者陳澧（字蘭甫，號東塾，1810－1882）為故交。咸豐十一年（1861），陳澧主講於東莞石龍鎮龍溪書院，真逸年方六歲，即往拜師，以後學問亦深受東塾影響。此外，陳銘珪信奉道教，自號酥醪洞主，為著名羅浮山酥醪觀主持。真逸年輕時曾隨父讀書於酥醪觀，因而亦著籍觀中，道號永燾。

光緒五年（1879），真逸年二十二，舉廣東鄉試第一名（俗稱解元）。以祖母、父親先後去世，居鄉守制。至弟妹完婚嫁，始復出會試。光緒十八年（1892），以一甲第三名（俗稱探花）登進士第，授翰林院編修、文淵閣校理、武英殿協修等職。此後數年間，先後外任雲南、貴州、山東等地鄉試副考官。

甲午戰爭期間，曾受軍機大臣李鴻藻（1820－1897）之命，微服出訪南洋，偵伺英日同盟虛實，並聯絡華僑，籌措軍餉。

光緒二十六年（1900），八國聯軍攻陷天津，真逸先攜眷返鄉安頓，隨即趕赴西安，追隨帝后。次年，和議成，乃隨鑾返京，旋以文學侍從身份，入值南書房。光緒三十二年（1906），外調江寧提學使。曾親赴日本，考察教育；後返南京，推廣實業高等學堂，創辦方言學堂、暨南學堂。前者教授外語，後者專門教育華僑子弟，為今廣東省暨南大學前身。

光緒三十四年（1908），真逸署江寧布政使。曾改革賦稅上解制度，又與英方商定「禁煙之約」。十月，光緒帝駕崩，時局險峻，漸呈土崩之勢。宣統二年（1910）五月，真逸棄官返回東莞故鄉。宣統三年，出任廣東省教育總會會長。同年九月，武昌起義，廣東宣告獨立，革命軍一度包圍其宅。真逸攜眷遷往香港，初居紅磡，母喪後再遷九龍城。不剪髮，不易服，自號「九龍真逸」；又名其居為「瓜廬」、「槃廬」，以示不忘故朝，並以隱居終其身。

龍濟光主政廣東期間，曾力邀真逸出山佐政；又設廣東省志局，請其主持修志，皆堅拒不就。後應東莞同鄉葉湘南之邀，就地於九龍設局，組織人手，纂修《東莞縣志》。全書仿阮元《廣東通志》體例，博行採訪，詳加徵引，歷時六年而成書，凡九十八卷（另附《沙田志》四卷），一百三十多萬字，頗獲好評。

1922 年，宣統皇帝溥儀大婚，真逸向居港遺民募捐，最終籌得萬元巨款，攜帶入京祝賀。1923 年，賴際熙太史創辦學海書樓，據説真逸亦常「欣然渡海，登壇説經」。他去世後，部分藏書捐贈予學海書樓。

真逸隱居香港期間，一心埋首著作。因其學養深厚，成果甚豐。除前述《東莞縣志》外，尚有《孝經説》三卷、《瓜廬詩賸》二卷、《瓜廬文賸》四卷、《袁督師遺稿》三卷、《東江考》四卷、《增補陳琴軒羅浮志》十五卷等。特別是他接受張學華太史的建議，着手編纂宋元以來廣東遺民的傳記資料，先後撰成《勝朝粵東遺民錄》四卷、《宋東莞遺民錄》二卷、《明季東莞五忠傳》二卷等，皆有寄寓其懷念故朝的深意。除了經史詩文外，真逸亦兼通醫術、地理。他擅長書畫，書法以楷體見長。

1930 年 8 月 20 日，真逸卒於香港九龍城寓所，終年七十六歲，溥儀聞訊，賜謚曰「文良」。

位於東莞莞城榜眼坊的陳伯陶故居

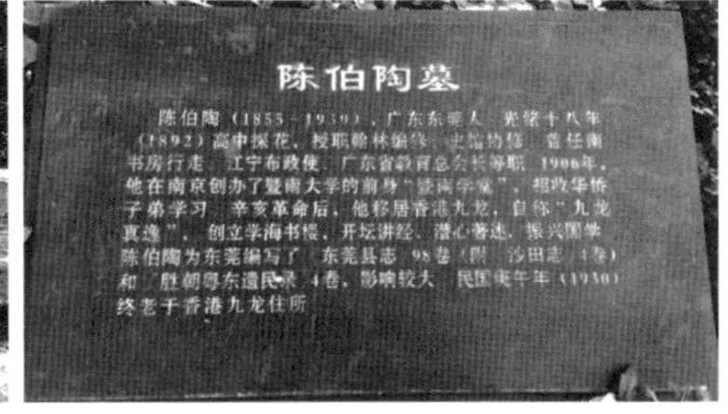

位於廣州黃埔區金嶺峰的陳伯陶墓地

二、作品選讀

1.〈御賞福壽字四品卿銜吳君理卿墓碑銘〉(1916)

君諱梓材，字季材，號理卿，福建泉州府晉江縣靈水鄉人。先世僑廈門，自君父遷梧貫，[1] 因籍焉。君生而奇慧，腹具八卦文。年十九失怙，家赤貧，母命賈於南洋。南洋群島以萬數，漳泉之民僑是間者，毋慮數十萬人。自康熙初海禁嚴，不得歸，流寓之久，或數百年。然墾闢經營，不遺餘力，其積貲之巨，亦或數百萬。乾嘉以後，泰西人役屬群島，於是僑民苦於無告，喁喁思內向。[2] 君賈南洋十餘載，凡新嘉坡、檳榔嶼、蘇門答臘、婆羅洲諸大埠無不至，遂以起其家。顧於僑民之無告，則痛心蹙額，思有以達於朝。

光緒甲午，日人肇釁，李傅相遣余往南洋，[3] 覘僑民向背。余道香港，語君，君年已六十，奮起偕行。抵新嘉坡，則鳩漳泉諸僑民，籌所以報效。逾年，余入都，力言其事於李傅相暨許尚書。[4] 及尚書督閩，因是有廈門保商局之設。[5] 丁未，楊侍郎奉命往南洋考察商務，[6] 聞君名，持王部丞函訪君香港。[7] 君時年七十三，老且病，不能隨侍郎行，則為之陳僑民疾苦與商務之所以興廢，並致函南洋諸舊識，鼓舞其忠愛。故侍郎奏稱：「臣所歷新嘉坡、檳榔嶼、蘇門答臘、菲獵濱、爪哇、西貢、曼谷諸埠，皆家設香案，户懸國徽，額手高呼，歡聲雷動，即外人旁睹，亦為改容。」旋即奏保君人才，懇恩錄用。奉旨賞四品卿銜，事具《東華續錄》中。[8] 其後侍郎言君老病，上復賜福、壽字以寵之。蓋君之所以報國，與求所以俾僑民及於寬政者，至是乃少酬云。

君之曾祖書紳，祖績臣，父次惠，俱以侍郎奏，給三代封典，贈榮祿大夫。

君性至孝，以父不逮養，事母逾謹。又推其敬愛，築先塋，建祖祠，贍宗族，復創修靈水、梧貫《吳氏族譜》，費逾萬金。英人摩地倡建香港大學堂，以教華人，商於君，君慨然助五萬金，大學堂遂成，此皆可稱述者。

宣統辛亥之變，余避地香港，晤君，君時益老且病，然憤悒見於辭色。逾二年，遂卒。君生道光乙未八月十五日，終癸丑十一月初八日，年七十九。元配林氏，繼配黃氏，有壼德，[9] 並贈封夫人。子五人：長啓東、次啓齡，林出。次啓瑞、次啓榮，黃出。次啓俊，簉室出。[10] 孫三人：碧石、植銳、炳光。曾孫二人：永祺、永彬。丙辰二月，奉葬於香港華人永遠墳場□□向兼□□之原。其孤具行狀來請銘，余與君舊，烏可辭？銘曰：

海氛惡，島民縛。[11] 天恩渥，島民躍。宣德誰？臣士琦。周爰咨，薦君才。嗟陵谷，豐碑矗。銘無恧，[12] 過者讀。

右上為吳理卿家居照，約攝於 1908 年。左邊是吳氏位於中環半山堅道的住宅，中間乃其做生意之地。

1 梧貫：又名五貫、鰲冠、吳貫、吳冠，是歷史悠久的著名僑鄉，舊屬福建省海澄縣，今屬福建廈門市。

2 喁喁：仰望期待貌。內向：歸心朝廷。《後漢書．班固傳下》：「議者或以為匈奴變詐之國，無內向之心。」喁喁思內向，語本揚雄〈劇秦美新〉文：「海外遐方，信延頸企踵，四面內向，喁喁如也。」

3 李傅相遣余往南洋：此句有原註：「鴻藻。」按李鴻藻（1820－1897），字季雲，諡文正，直隸高陽人，同治皇帝師傅，歷任五部尚書、軍機大臣等職。真逸出行南洋一事，詳見下文「簡析」。

4 許尚書：原註：「應騤。」按許應騤（1830－1906），字昌德，號筠庵，廣東番禺人。光緒二十三年（1897）出任禮部尚書，因與維新派對立，一度被罷黜。戊戌變法失敗後，擢為閩浙總督。庚子拳匪之亂，參與東南互保。光緒二十九年（1903），解職。

5 廈門保商局之設：按廈門保商局乃閩浙總督許應騤於光緒二十四年（1898）四月設立，目的是保護出國歸籍的華商。凡回籍者，須赴局報照，以便照顧保護，免受莠民敲詐勒索之苦。

6 楊侍郎：原註：「士琦。」按楊士琦（1862－1918）於光緒三十三年（1907）十月，以農工商部侍郎身份，赴南洋群島考察商務，撫慰華僑，並引資回國，先後經過小呂宋、暹邏、爪哇、新加坡等地，至翌年春，返京覆命，並上奏〈考察南洋各島華僑商務摺〉。

7 王部丞：原註：「清穆。」按王清穆（1860－1941），字希林，江蘇崇明人，光緒二十九年（1903）出任商部左丞。

8 事具《東華續錄》中：按《光緒朝東華錄》，楊士琦在〈考察南洋各島華僑商務摺〉中一共保薦兩位華僑，即錫礦大王胡國廉和吳梓材。前者為花翎鹽運使銜，賞給三品卿銜；後者為花翎候選道，賞給四品卿銜。

9 壼德：即婦德。袁宗道〈壽徐母沈夫人五帙序〉：「其壼德婦行亦多可述者。」按壼是古代宮中的巷道，引申指內宮或婦女居住的內室。《詩經．大雅．既醉》：「其類維何，室家之壼。」朱注：「壼，宮中之巷也。」注意此「壼」（粵音綑）字不是「壺」字，二者形近易混淆。

10 簉室：妾侍的別稱。俞正燮《癸巳類稿．釋小補楚語笄內則總角義》：「小妻曰妾，曰嬬，曰姬，曰側室，曰簉室。」

11 海氛：海疆形勢。全句之意，海疆形勢兇險，島民的行事亦多拘緊畏縮。

12 恧：慚愧。

簡析

吳理卿（1835－1913），原名梓材，字季材，號理卿。早歲經商於南洋，遍歷新加坡、檳城等地，後回港從事出入口貿易。吳理卿一生有不少值得稱述的地方，就真逸在銘文中提及者，即包括：協助清廷推展僑務工作、出資修纂吳氏宗譜、捐助成立香港大學。

先就僑務工作説，清廷起初對華僑持敵視態度，目為漢奸。例如 1740 年，荷蘭人在印度尼西亞屠殺華人，史稱紅溪慘案。當清廷得知消息後，福建總督策楞（？－1756）進奏，卻稱「被害漢人，以居番地，屢邀寬宥之恩，而自棄王化，按之國法，皆干嚴譴。今被其戕殺多人，事屬可傷，實則孽由自作」；乾隆帝同意此説，也認為華僑是「天朝之棄民，不惜背祖宗廬墓，出洋謀利，朝廷概不聞問」。

華僑即使落葉歸根，返回祖國，亦往往遭受地方官員監禁處罰、胥役無賴恐嚇勒索。最著名的事例就是乾隆十四年（1749）的陳怡老案。陳怡老為印尼華僑，經商致富後攜同家眷財物，衣錦還鄉，結果卻被福建巡撫潘思榘（1695－1752）拘捕，並上奏朝廷，認為他有奸細之嫌。乾隆皇帝聖裁，也認為「此等匪民，私往番邦，即干例禁；況潛往多年，其或借端恐嚇番夷，虛張聲勢，更或洩漏內地情形，別滋事釁，均未可知」，直接把陳怡老的全部財產充公，家屬發配充軍。這類事情傳回南洋，在華僑社群中引起的惡劣影響，可想而知。

直到晚清，因受歐西重商主義的影響，政府才對保護華僑逐漸重視。光緒二十年（1894），真逸曾奉李鴻藻之命，微服出訪南洋。據真逸〈七十述哀詩一百三十韻〉自註所載：「甲午夏日，⋯⋯ 高陽李先生鴻藻聞英人助日，命余往南洋覘之，且擬奏遣，余不可，謂此密偵事，當備資微服往。十月抵新嘉坡，具得英人實情，電告高陽。諸僑民亦踴躍助餉，以英人陰禁之，乃止。」

根據吳理卿墓誌銘所言，真逸因得吳氏偕行，鼎力協助，故抵達新加坡後，受到華僑熱情接待。其後，真逸把事情經過與吳氏對僑務的建議詳奏於清廷，至光緒二十四年（1898）許應騤出任閩浙總督，為保護歸國華僑，乃有廈門保商局之設。光緒三十三年（1907）楊士琦再往南洋，吳理卿雖以年邁體弱，未克同行，但仍致函各地僑領，代為疏通。事後因楊士琦奏摺的推薦，吳理卿亦獲四品卿銜的獎勵。

對於桑梓故鄉，吳理卿最大的貢獻，是出資纂修吳氏族譜。墓誌中提到的「靈水、梧貫《吳氏族譜》」，其實是兩本書，但由謝創志點校的《陳伯陶集》，則誤為一本書。真逸在墓誌中已交代得很清楚，吳理卿的祖籍是「福建泉州府晉江縣靈水鄉」，但先世已僑居廈門，至其父親吳次惠時，始遷至海澄縣的梧貫。現存有《晉江靈水吳氏家譜》（1909）二十七卷，題為呂紹莘纂修，吳梓材監修；又有《海澄梧貫吳氏家譜》（1908）五卷，題吳梓材等修。據墓誌所稱，吳理卿為修纂族譜，前後花費達萬金之巨。

此外，值得一提的是，1906 年正式通車的潮汕鐵路（南起汕頭，北抵潮安，全長 39 公里），是我國第一條由華僑集資創辦的私營鐵路，吳理卿是合資者之一。

香港大學在創辦初期，其實並不順利。1907 年，剛履任不久的港督盧吉（Frederick John Dealtry Lugard, 1858-1945）提出建立香港大學的構想時，雖然隨即得到其好友印裔富商麼地（Sir Hormusjee Naorojee Mody, 1838-1911）的積極響應，並慨捐十五萬作為籌辦經費，但華英商界的反應卻普遍冷淡。直到何啟（1859－1914）、吳理卿二人牽頭，華商才陸續有所行動。1909 年，何啟出任香港大學助捐委員會主席，吳理卿

香港大學外科學院和解剖及生物學館外觀，攝於 1945 年。

則為副主席之一。吳氏出資五萬，興建解剖學館，1913 年落成，外科學院得以開辦；同時期，文學院則由馬來亞華僑陸佑（1846－1917）捐獻五萬而成立。

除了香港大學外，吳理卿亦是香港南北行公所的發起人之一。該組織成立於 1868 年，目的是排解不同鄉籍商人之間的糾紛，維持南北行的公平商業競爭。

2.〈誥授榮祿大夫廣東勸業道陳公墓碑銘〉（1930）

歲己巳，省三陳公重燕鹿鳴，[1] 御賜「鹿苹賡雅」扁額。余賦詩馳賀，方擬摳衣登堂，鞠䐜上壽，[2] 而公訃至。余既更賀而弔矣，逾年，公嗣曾琪奉安窀穸[3]畢，乞余為墓碑。公官吾粵，久有善政；及隱香港，與余過從最密，義不敢辭。

公諱望曾，省三其字，閩之漳浦人，以先世經商，家台灣。曾祖□□，祖□□，父志仁，俱有隱德，後以公貴，贈如其官。公少穎異，劬於學，年十三失怙，母曾夫人茹苦佐讀，學益進。年十八舉於鄉，逾四年成進士，官中書，以母故乞假歸。旋改官知府，迎母至粵。

公仕粵，署雷州、韶州、廣州等府，補廣州府知府，薦陞勸業道，[4]署按察使及提學使。所歷諸任，承流宣化，吏肅而民安，教行而政舉。粵為財賦藪，同光間平髮、平捻、平回諸役，[5]咸資粵餉以濟。舊設有海防兼善後總局，歲出入以千萬計，日久弊生，大吏委公提調局務。公稽核釐剔，御下若束濕，[6]宿弊悉清，歲增餉百餘萬。

自甲午而後，軍需日亟，新政亦日繁。公籌措裕如，歷任大吏咸倚公為左右手。計任糈局[7]凡二十餘年，勞勣比其他卓著。

辛亥湖北事起，余造謁公，欷歔蹙頞，[8]謂時事不可為，遂避地香港。然江湖魏闕，日廑於懷，[9]遇有慶典，必出貲附獻，以故歷蒙御賜門福壽大幅字、「永享年壽」春條及「風規自遠」扁額，此尤公志節之大者。

公事母至孝，辛丑母歿，哀毀逾恒人。弟望霖白首同居，友愛如一日。台灣之割，公舉所積產分給內外諸親，不少吝。其篤於內行又如此。

公生咸豐癸丑四月初七日，歿己巳七月二十八日。子男一人：曾琪。孫男六人：祖恩、祖安、祖健、祖蔭、祖康、祖頤。以庚午正月□□日葬公香港華人永遠墳場□□向之原，從公志也。銘曰：

公產於閩，世稱白眉。[10]公宦於粵，道載口碑。而乃生不能返北海管寧之宅，[11] 歿不能起桐鄉朱邑之祠。[12] 運阨陽九，[13] 而止於斯。昔吳札有言：「骨肉歸復於土，命也，若魂氣則無不之也。」[14] 無不之也，吾知公之神長往來於閩海之灣與粵江之湄。嗚呼！噫嘻！

1 己巳：即 1929 年。重燕鹿鳴：清代科舉文化，對於具科第而又享高壽者，有所謂重遊泮水、重宴鹿鳴、重宴瓊林等慶賀儀式。凡得到秀才生員資格者，六十年後再行入學儀式，稱重遊泮水；中舉後六十年仍在世，得赴為新科舉人所設的鹿鳴宴，彼此以「同年」稱呼，即重宴鹿鳴；進士及第者，則稱重宴瓊林，但人數很少，有清一代只得三十多人。

2 摳衣登堂：摳衣即提起衣袖前襟，以表示恭敬。《禮記．曲禮上》：「毋踐屨，毋踖席，摳衣趨隅，必慎唯諾。」摳衣登堂，語出《漢書．儒林傳》：「唐生、褚生應博士弟子選，詣博士，摳衣登堂，頌禮甚嚴。」鞠䠊上壽：「䠊」同「跽」，長跪也，也是恭敬之意。《史記．淳于髡傳》：「若親有嚴客，髡帣韝鞠䠊，侍酒於前。時賜餘瀝，奉觴上壽。」

3 窀穸：墓穴。《後漢書．劉陶傳》：「死者悲於窀穸，生者戚於朝野。」

4 勸業道：詳見下文「簡析」。

5 平髮、平捻、平回諸役：指平定太平天國、捻匪、西北回亂等軍事行動。

6 束濕：捆紮濕物，一般是形容官吏馭下嚴苛酷急。西漢酷吏寧成，《漢書》本傳記載其「操下急如束濕」。顏師古注曰：「束濕，言其急之甚也。濕物則易束。」

7 糈局：糈者，糧餉也；糈局即上文所說「廣東海防兼善後總局」。

8 欷歔：即唏噓，歎息也。蹙頞：愁苦貌。《孟子．梁惠王下》：「百姓聞王鐘鼓之聲，管籥之音，舉疾首蹙頞而相告。」趙岐注：「蹙頞，愁貌。」

9 江湖魏闕：魏者，高聳貌；闕是皇宮門前兩邊的樓觀。魏闕一般借代為朝廷。江湖魏闕，意即雖然離開了朝廷，身處江湖，但仍心繫國事。語出《莊子．則陽》：「身在江海之上，心居乎魏闕之下。」廑：即「勤」。日廑於懷，即經常殷勤關切。

10 白眉：三國時蜀漢大臣馬良，字季常，眉間有白毛。兄弟五人，俱有時望，而良才能尤為出眾，故有「馬氏五常，白眉最良」的稱譽。

11 生不能返北海管寧之宅：管寧（158－241），字幼安，北海人。漢末天下大亂，寧聞公孫度威令行於海外，遂與邴原、王烈等避地遼東。曹丕即位後，徵寧，寧乃帶領家眷浮海，還歸故鄉。

12 歿不能起桐鄉朱邑之祠：《漢書．朱邑傳》：「朱邑字仲卿，廬江舒人也。少時為舒桐鄉嗇夫，廉平不苛，以愛利為行，未嘗笞辱人，存問耆老孤寡，遇之有恩，所部吏民愛敬焉。⋯⋯及死，其子葬之桐鄉西郭外，民果共為邑起冢立祠，歲時祠祭，至今不絕。」按：此兩句是説陳望曾生前未能返回家鄉台灣，死後亦未得到故鄉人民的懷念。

13 運阨陽九：《漢書．王莽傳》記載王莽篡位後，詔書曰：「予之受命即真，到於建國五年，已五載矣。陽九之厄既度，百六之會已過。」到了新莽末年，群盜四起，王莽又下詔：「予遭陽九之阨，百六之會，枯旱霜蝗，饑饉薦臻，蠻夷猾夏，寇賊奸軌，百姓流離。」所謂「陽九之厄」，乃西漢儒者根據《周易．無妄》卦義而推衍的陰陽災異理論。每一紀元共有 4,617 年，期間必經歷九輪災厄，第一輪稱為「陽九」；從漢武帝太初改曆起，106 年後便會發生，故曰「陽九之厄，百六之會」。真逸此處所謂「運阨陽九」，只是泛指其命途艱厄，「陽九」並無實義。

14 吳札：指吳公子季札，又稱延陵季子。《禮記．檀弓下》載其子死，「既葬而封，廣輪掩坎，其高可隱也。既封，左袒，右還其封且號者三，曰：『骨肉歸復於土，命也。若魂氣則無不之也，無不之也。』而遂行」，因此孔子稱讚他，謂：「延陵季子之於禮也，其合矣乎！」

簡析

陳望曾（1853－1929），字省三，號魯邨，祖籍福建漳浦，台灣台南府人。登同治十三年（1874）進士第，初授內閣中書，曾先後署理廣東省韶州、雷州、廣州的知府。甲午戰敗，清廷割讓台灣予日本，陳氏乃棄其廬室，舉家內遷，並

陳望曾家族位於香港仔華人永遠墳場的墓地

「舉所積產分給內外諸親，不少吝」。光緒二十五年（1899），出任廣州知府。

陳氏擅長理財，在廣東曾長期兼任提調「廣東海防兼善後總局」一職，前後達二十多年。任內稽核嚴明，革清宿弊，確保朝廷軍需糧餉，故歷任兩廣總督皆倚之為左右手。又，據真逸〈陳母曾太夫人暨蒙婦劉夫人合葬墓碑〉所載：「余自庚戌（按：1910年）乞養歸里，值禁賭事起，為力陳其害於制府（按：指兩廣總督張鳴岐，1875－1945）。制府以聞，部議令籌抵賭餉六百萬。乃謀諸商人，除議加鹽餉三百萬外，復加煙酒餉三百萬，以足其數。逾年，遂邀俞旨。時贊畫其間者，省三力為多。」足見陳氏確實理財有方。

「道」是明清時期省級以下的地方區劃，其官員稱「道台」。嚴格而言，「道」不算是正式的行政區域（清代正式的地方行政區劃只有省、府、縣三級），而是布政使司和按察使司的工作範圍區劃，屬於二司派出的行動機關，負責監察考核的工作，最常見的有兵備道、督糧道、鹽法道等。按照清代乾隆十八年（1743）的定制，知府是從四品，道員為正四品。光緒三十四年（1908），陳望曾從廣州知府晉升為廣東勸業道。

勸業道是晚清才新設的官職，掌管全省農工、商業、交通諸事務，亦即民國以後各省實業廳的前身。大概是陳望曾理財手腕出色，故獲推薦出任。陳氏在任內，先後創辦士敏土（水泥）工廠、電力公司、自來水公司、農業試驗場、工藝工廠、蠶絲學校、北江煤礦等。

辛亥革命後，陳望曾避居香港，跟一眾遺老交往密切，各人口中經常提及的陳省老、陳勸業，即為其人。例如，溫肅在〈陳子丹墓誌銘〉中，歷數居港的晚清遺老：「自辛亥後，朝官遺老，避亂寓港者眾：東莞陳提學子礪、番禺張提法漢三、丁侍講潛客、吳編修澹庵、閩縣陳勸業省三。」當中便提及他。

從真逸所撰墓誌銘看，陳氏顯然是屬於盡忠清室的官員。根據伯子〈辛亥革命後前清遺老在香港的活動〉一文所述，所謂民國以後在香港的晚清遺老中，「只有陳伯陶、陳望曾存有清代袍褂禮服各一套，祝『萬壽』時只好輪流穿着對溥儀相片行三跪九叩頭禮」，盡顯他們忠於清室的心態。至於「江湖魏闕，日廑於懷，遇有慶典，必出貲附獻，以故歷蒙御賜門福壽大幅字，『永享年壽』春條及『風規自遠』扁額，此尤公志節之大者」，所謂的「慶典」，自然首推 1922 年溥儀大婚。據伯子在同文所述，真逸本人率先捐出港幣一千元，陳望曾隨之捐獻港幣三千元，並由真逸攜帶萬元巨款入京祝賀。又 1926 年清東陵被孫殿英盜掘，真逸聞知後痛哭流涕，旋即手書粵港遺老，募款重修。

在一眾晚清遺老中，真逸跟陳望曾的關係最為密切，原因之一，是他們皆長期定居香港，而非遊走於港粵之間。陳望曾卒於 1929 年，僅早於真逸一年，而其墓誌銘，更是真逸臨終前數月之作。除了這篇墓誌銘外，《瓜廬文剩》卷四尚有〈陳母曾太夫人暨蒙婦劉夫人合葬墓碑〉一文，乃撰於 1919 年，墓主即陳望曾的母親及髮妻。

3.〈九龍城宋王臺新築石垣記〉(1915)

九龍為海舶往來孔道，東呀鯉門，南劃香港；[1] 重巒蟠其西，巖嶂揭其北。[2] 而其中有土戴石，嵬然下瞰海堧者，[3] 則崖巔石刻曰「宋王臺」。

予以壬子夏五[4]養痾九龍，扶杖登眺，退而稽諸史乘，乃知斯地為古官富場，而臺則宋景炎駐蹕之所也。考錢士升《南宋書》云：「景炎元年十二月，帝次甲子門。二年二月，次藍蔚；四月，進次官富場。九月，劉深攻淺灣，帝走秀山。」計次官富場僅六閱月，然宋之亡也，諸臣間關相從，[5]有死無二。當次官富場時，張鎮孫復廣州；文天祥、趙時賞復吉、贛諸縣，進圍贛州；張世傑復邵武軍，淮兵在福州者，亦謀殺王積翁以應，似尚有可為者。

1920年代的宋王臺，新築的石垣清晰可見。

吾意斯臺也，宋之君臣擁旄北望，必有呼渡河與直抵黃龍者焉。[6] 而又規形勢，繕宮室，千乘萬騎，散居山海間。其艤艑之輻湊，衢路之填委，郵傳之交午，[7] 餉道之絡繹，櫛比鱗萃，雖不比汴杭故都，亦必成一都會焉。乃至今日而荒煙蔓草，樵童溪叟躑躅於其間，漠然惟見海潮之澎湃與厓石之巑屼。[8] 蓋相去已七百七十餘年矣！微石刻，又孰知為景炎之遺蹟乎？

李君瑞琴慮古蹟之遂湮也，乃周臺之麓，繚以石垣，俾供遊賞，而屬予為之記。予謂《新安縣志》稱「台南上帝廟為宋行宮舊址」，今廟右有村名二王殿，元人修《宋史》，以景炎、祥興附帝㬎後為「二王紀」，石刻、村名蓋皆傳自元時；《縣志》又云，「臺後有晉國公主墓。公主，楊太妃女，死於溺，鑄金身以葬，俗亦呼金夫人墓」；又臺之西北有楊侯王廟，相傳為宋季忠臣，不詳其名，余考之史，知即為太妃弟亮節。是皆宜磨厓書石，俾與斯臺並傳。李君曰：「唯。」因並記之，以諗來者。[9] 李君名炳榮，嘉應州人。

1　呀：張開。文天祥〈有感〉：「心在六虛外，不知呀網羅。」劃：分割開。

2　重巒：連綿的山脈。蟠：遍佈。《孔子家語．致思》：「旍旗繽紛，下蟠於地。」巖嶂：直如屏障的高山，一作巖障。《南齊書．州郡志》：「夷獠叢居，隱伏巖障。」揭：高舉。《詩經．小雅．大東》：「維北有斗，西柄之揭。」

3　嵬然：屹立貌。《文子．符言》：「至德道者若邱山，嵬然不動。」海堧：一作海壖，泛指海邊之地。

4　壬子：即 1912 年。

5　間關：形容路途遙遠而艱險。胡銓〈戊午上高宗封事〉：「向者陛下間關海道，危如累卵。」

6　擁旄：旄是以犛牛尾為飾的軍旗，「擁旄」即統領軍隊。呼渡河：此用宋代宗澤（1059－1128）的故事。按《宋史．宗澤傳》，澤留守汴京，臨終前，「無一語及家事，但連呼『過河』者三而薨」。直抵黃龍：此用南宋岳飛（1103－1142）的故事。《宋史．岳飛傳》：「金將軍韓常欲以五萬眾內附。飛大喜，語其下曰：『直抵黃龍府，與諸君痛飲爾！』」

7 艤艑：艤是使船靠岸，艑是巨舟。艤艑即巨舟靠岸。輻湊：車輛匯聚。填委：堆積聚集。劉楨〈雜詩〉：「職事相填委，文墨紛消散。」郵傳：傳舍驛館。交午：縱橫交錯。歸有光詩：「蒼松老柏馳道旁，朱紅交午歧路當。」

8 巑岏：山峰高聳貌。鮑照詩：「嶄絕類虎牙，巑岏象熊耳。」

9 諗：知悉。

簡析

香港開埠初期，石材是最重要的建築材料。到了十九世紀末，不少人在宋王臺四周挖採石材，對古跡構成嚴重威脅。九龍城居民遂發起保護宋王臺運動，並得到香港定例局（即立法局的前身）議員何啟（1859－1914）的支持。何氏在 1898 年 8 月 15 日定例局上提出動議，要求政府立法永久保存宋王臺。次年，定例局通過〈保存宋王臺條例〉，禁止所有人在聖山範圍開採石礦。

李炳，字瑞琴，1870－1953。

今天殘存的宋王臺石碑

至 1915 年，五華籍建築商人李炳，捐資在聖山修建石垣，還附置牌坊、涼亭、花園等，使聖山成為遊覽休憩地，古跡不致遭受破壞。真逸此文，即記頌其事。

可惜到了日治時期，日軍為了擴建啟德機場跑道，求取石材，乃炸毀聖山，宋王臺勝跡遂蕩然無存。戰後發現，原石上刻有「宋王臺」三個大字的部分，仍幸運地得以保存，香港政府遂把它切割下來，另在馬頭圍道闢置公園安放，此即今天的宋王臺公園。

李炳（1870－1953），原名炳榮，字瑞琴，號崇慶，廣東五華人。香港早期的建築業，主要被五華人所壟斷。李炳幼年隨父親李玉山來港，經營建造業，因承接大量政府水務工程而發家致富。李炳熱心公益，曾有份推動創辦深水埗公立醫局，組織渡海輪船，倡建香港仔和荃灣的華人永遠墳場等。另外在其他慈善事業，特別是教育上，他亦不遺餘力。今天香港有聖公會李炳中學、九龍婦女福利會李炳紀念學校，都是李氏後人以其名義捐建的。

尤其值得一提者，在 1921 年，香港的客家籍居民，在賴際熙太史的帶領下，創立崇正總會（原稱旅港崇正工商總會）。客籍商人中，李炳是出力捐資最多者，他亦因此被推舉為名譽會長。

最後，有關本文的寫作時間，蘇澤東所編的《宋臺秋唱》（粵東編譯公司本）載錄有此文，最末並有「時乙卯夏五九龍真逸記」十個字，由此可知李炳捐建石垣，乃至此文的撰寫，俱在 1915 年的夏天。（按：真逸刊印的聚德堂本《宋臺秋唱》，未有收錄此文。）

[附]〈宋皇臺懷古並序〉(1913)

九龍，古官富場地，明初置巡司。嘉慶間，總督百齡築砦，改名九龍。道光間，復改官富巡司為九龍巡司，而官富場之名遂隱。其地東南，有小山瀕海，上有巨石，刻曰宋王臺。《新安縣志》以為帝昺駐蹕於此。考明錢士升《南宋書》稱：「端宗景炎二年二月，帝舟次梅蔚，四月次官富場，九月次淺灣。」三地俱新安縣界，相去不遠。《宋史．二王紀》只云：「至元十三年十壹月，昰次甲子門。[11] 十四年十月，劉深攻淺灣，昰走秀山。[12]」無次官富場之文。然《宋史．杜滸傳》云：「文天祥移屯潮州，使滸護海舟至官富場。[13]」《元史．唆都傳》云：「至元十四年，塔出令唆都取道泉州，泛海會於廣之富場。」又云：「唆都進攻潮州，知府馬發不降，恐失富場之期，乃捨去。」皆景炎二年事。當時遺臣奔赴，敵人會攻，並指茲地，《南宋書》所云，當得其實，〈二王紀〉偶失載耳。逮至元十五年四月，端宗崩於碙州，[14] 帝昺立，六月遷厓山，不再至茲地。然則臺乃端宗駐蹕之所，非帝昺也。《一統志》稱：「宋行宮三十餘所，可考者四，其一為官富場。」《廣州府志》則云：「殿址猶存。」今惟厓山最著，茲地改稱九龍，世罕有知之者矣。余登眺之暇，因為考證諸書，以著其實。石刻舊稱「宋王」，以史稱「二王」而然，[15] 茲正之曰「宋皇」，蓋使後之人無惑焉爾。

11　甲子門：原註：「在惠州。」按甲子門即今汕尾市陸豐甲子鎮。

12　秀山：原註：「今虎門。」按秀山即今東莞虎門鎮虎頭山。

13 富場：原註：「即官富場，史省文。」

14 硇州：原註：「即今大嶼山。」按硇州地望，說法有二。吳萊《南海人物古蹟記》：「大奚山在東莞南大海中，一曰硇州。」真逸乃至近人如羅香林《宋王臺與宋季之海上行朝》、簡又文〈宋末二帝南遷輦路考〉等俱主此說。然亦有反對意見。饒宗頤〈硇州非大嶼山辨〉認為其地當在粵西的化州，即今廣東湛江吳川市。

15 史稱二王：按真逸之意，宋王臺本當作「宋皇臺」，因元修《宋史》把端宗與帝昺的「二王紀」附於瀛國公之後，後人遂沿此而稱「宋王」。

朔方白雁翔杭湖，五更頭叫頭白烏。[16]

龍爪合尊朝上都，遺二龍子南溟逋。[17]

金甲神人斗膽粗，戈船閩廣相提扶。[18]

行宮草創三十所，富場榁桓閎規模。[19]

零丁惶恐節義徒，麻衣草屨來于于。[20]

鐵石忠肝一團血，誓徇塊肉捐微軀。[21]

秀山癘疫井澳颶，[22]當年弓劍號龍胡。[23]

不知天祐趙氏無，黃龍復隱硇州郛。[24]

浮沉袍服魚腹見，慈元殿下生青蕪。[25]

茲臺兀立海裔孤，西望厓山血模糊。[26]

化為朱鳥張其味，海潮不起群嗚呼。[27]

皋羽所南足跡絕，遺黎老死云誰吁。[28]

君不見臨安宮禁啼鷓鴣，蘭亭抔土冬青枯。[29]

建炎陵闕一朝盡，[30]何況航海行崎嶇。

噫！庚申帝亡亦如此，和林草荒雪塞塗，[31]彼送子英胡為乎？[32]

16 朔方白雁：南宋滅亡前，江南盛傳讖謠，謂：「江南若破，白雁來過。」白雁一作「百雁」。事後所見，白雁之讖，蓋指元軍主帥伯顏（1236－1295）。元代劉因（1249－1293）有〈白雁行〉詩，寄託其故國之思。詩曰：「北風初起易水寒，北風再起吹江干。北風三起白雁來，寒氣直薄朱崖山。乾坤噫氣三百年，一風掃地無留錢。萬里江湖想瀟灑，佇看春水雁來還。」杭湖：杭州西湖，南宋的國都所在。頭叫：在城頭鳴叫。頭白烏：白頭烏鴉，乃極度不祥之物。杜甫〈哀王孫〉：「長安城頭頭白烏，夜飛延秋門上呼。又向人家啄大屋，屋底達官走避胡。」《古今圖書集成》引《三國典略》曰：「侯景篡位，令飾朱雀門。其日，有白頭烏萬計，集於門樓。童謠曰：『白頭烏，拂朱雀，還與吳。』杜工部詩：『長安城頭二白烏，夜上延秋門上呼。』蓋用其事。」

17 龍爪：天子的象徵，這裏指宋恭帝趙㬎。他在降元後封為瀛國公，曾徙居於大都燕京和上都開平。合：應當。南溟：南方的大海，又作南冥。《莊子．逍遙遊》：「是鳥也，海運則將徙於南冥。南冥者，天池也。」逋：逃亡。

18 金甲神人斗膽粗：按此句乃歌頌張世傑（？－1279）的忠義。郎瑛《七修類稿．鐵膽金甲》：「《山房隨筆》載陸秀夫輓張世傑詩，『曾聞海上鐵斗膽，猶見雲中金甲神』，惜其全篇不傳。又注二句故實云：『為焚張之屍，其膽如斗而不化。須臾，雲中見金甲神人曰：「我關係不小，身後出必恢復也。」』」

19 梐枑：木製的欄柵，置於官署前，遮攔人馬，又稱行馬。閎：通「宏」，大也。按此句之意，可參閱本詩序文。真逸引《清一統志》云：「宋行宮三十餘所，可考者四，其一為官富場。」

20 零丁惶恐節義徒：節義徒乃指文天祥。其〈過零丁洋〉詩：「惶恐灘頭說惶恐，零丁洋裏歎零丁。」麻衣草屨：泛指布衣平民。于于：連續不斷。蒲道源〈閒居記事〉：「凌晨出求糴，于于如櫛比。」

21 鐵石忠肝：忠義之心如鐵石般堅定。按此句全用文天祥故事，據《宋史．王應麟傳》，應麟閱文天祥試卷，歎曰：「是卷古誼若龜鏡，忠肝如鐵石。」遂定為是科狀元。一團血：文天祥〈出真州〉詩：「不是白兵生眼孔，一團冤血有誰知。」塊肉：指宋帝昺。據《宋史．瀛國公紀》，祥興二年，元兵陷厓山，陸秀夫背帝昺跳海死。「楊太后聞昺死，撫膺大慟曰：『我忍死艱關至此者，正為趙氏一塊肉爾，今無望矣！』遂赴海死。」

22 秀山癘疫：按《宋史．二王紀》，景炎二年十一月，「元帥劉深以舟師攻昰於淺灣，昰走秀山」。秀山即今廣東省東莞市虎門鎮虎頭山，真逸《東莞縣志》卷六〈虎頭山〉引證甚詳。至於癘疫之事，據《元經世大典》所載：「又聞舟師至港口，為廣州官軍殺退，回在海內，有一山名秀山，又名武空山，山上民萬餘家，有一巨富者，昰買此人宅宇作殿闕，屯駐其兵，病死者甚多。」井澳颶：按《宋史．二王紀》，景炎二年十二月，「昰至井澳，颶風壞舟，幾溺死，遂成疾」。學者考證，井澳即今天澳門市附近大小橫琴島一帶。

23 弓劍號龍胡：此用軒轅黃帝故事。據《史記．封禪書》:「黃帝采首山銅，鑄鼎於荊山下。鼎既成，有龍垂胡髯下迎黃帝。⋯⋯小臣不得上，乃悉持龍髯，龍髯拔墮，墮黃帝之弓。百姓仰望黃帝既上天，乃抱其弓與胡髯號。」又劉向《列仙傳》:「軒轅自擇亡日與群臣辭，還葬橋山，山崩棺空，唯有劍舄在焉。」後世或以「弓劍之思」表示對死去皇帝的哀悼。杜甫詩曰 :「先帝弓劍遠，小臣餘此生。」

24 黃龍復隱：指宋端宗趙昰病逝。鄭思肖《鐵函心史》載 :「八月，景炎帝欑葬於碙州，謚端宗，陵曰永福。」碙州：詳見序文注。郛：城廓。

25 浮沉袍服魚腹見：指陸秀夫背宋帝昺投海殉國。慈元殿下生青蕪：慈元殿位於廣東省江門市新會區官沖村崖山。祥興元年（1278），張世傑擁帝昺駐於崖山，立正殿名慈元殿，為楊太后議政居住之處。青蕪指叢生的雜草。南宋滅亡後，宋帝行宮淪為廢墟。

26 海裔：海邊之地。《淮南子．原道訓》:「遊於江潯海裔。」厓山：宋元最後一場海戰所在地。宋軍失敗後，政權隨即徹底覆滅。

27 咮 : 鳥嘴。《詩經．曹風．候人》:「維鵜在梁，不濡其咮。」《毛傳》:「咮，喙也。」噍 : 通「啾」，鳥鳴之聲。揚雄〈羽獵賦〉:「王雎關關，鴻雁嚶嚶。群娛乎其中，噍噍昆鳴。」《文選》李善注 :「噍，與『啾』同。」按「化為朱鳥張其咮」一句，取自謝翱〈登西臺慟哭記〉。翱等曾哭祭文大祥，「作楚歌招之曰 :『魂朝往兮何極？莫歸來兮關塞黑。化為朱鳥兮有咮焉食？』」

28 臯羽：謝翱（1249－1295），字臯羽，福建浦城人。他曾率鄉兵數百人，協助文天祥抗擊元軍。宋亡後，避地浙東，結月泉吟社，詩歌多寓亡國悲痛。所南：鄭思肖（1241－1318），字憶翁，號所南。宋亡後隱居於蘇州，坐臥必南向，以示不忘故國，故以「所南」為號。著有《鐵函心史》等。謝翱與鄭思肖皆為宋遺民的代表。吁：歎息。

29 蘭亭：山在今浙江省紹興市，以王羲之〈蘭亭集序〉而知名於世。抔土 : 原指一抔之土，後或借代為墳墓。屠隆《曇花記．郊遊點化》:「恨無情抔土，斷送幾英豪，今古慣，有誰逃。」按南宋六帝的陵墓皆建於紹興。冬青枯：冬青是落葉喬木，又名女貞木，具松柏後凋於歲寒的氣質，宋帝諸陵多有種植。元世祖至元二十一年（1284），番僧楊璉真伽盜掘紹興宋六帝陵，斷骨殘骸，委棄於草莽間，理宗頭骨更被製成飲器。此舉激起汐社遺民無比憤慨，在唐鈺、王英孫等人的策劃下，收拾宋帝遺骸，重加安葬於蘭亭山天章寺前，並手植冬青以為標識，史稱「六陵冬青之役」。所謂「冬青枯」，即指此次挖陵事件。

30 建炎：南宋第一個年號，借代指南宋政權。

31 庚辛帝：指元朝末代皇帝元順帝妥懽貼睦爾（1320－1370），他出生於延祐七年，歲次庚申，故葉子奇《草木子》稱其為「庚申帝」。和林：全稱哈喇和林，即今蒙國前杭愛省哈爾和林蘇木，是忽必烈建立元朝以前蒙古帝國的首都所在。至正二十八年（1368），明太祖命徐達率軍北伐，元順帝北逃，此後北元政權即以和林為首都。

32 彼送子英胡為乎：此句有原註：「元蔡子英為明太祖所得，不肯屈，太祖命有司送出塞，令從故主於和林。」按蔡子英，永寧人，元末進士，官至行省參政。元亡後，往依擴廓帖木兒（？－1375）。後軍敗，單騎逃亡於關中，終為明軍所俘，太祖強任以官職。《明史．蔡子英傳》載：「忽一夜大哭不止。人問其故，曰：『無他，思舊君耳。』帝知不可奪，洪武九年十二月命有司送出塞，令從故主於和林。」

簡析

此詩的撰寫時間，已無法準確考證。但從《瓜廬詩剩》的編次看，此詩緊接於 1913 年〈得寓公九月五日滬上漫成，次和潛客韻，再疊奉寄〉一詩之後，當亦為同年之作。

詩序主要辨識三點。首先，根據錢士昇《南宋書》，端宗景炎二年，宋帝曾駐蹕於官富場達六個月。《宋史．二王紀》雖有失載，然考諸同書其他章節，猶有蹤跡可尋。其次，宋末駐蹕於九龍城者，乃宋端宗趙昰，而非《新安縣志》所稱的宋帝昺。第三，後人因受《宋史．二王紀》的誤導，遂把「宋皇臺」誤寫作「宋王臺」，其實並不正確。

至於詩的正文，不外乎歌頌宋亡三傑文天祥、張世傑等人的忠烈事跡，同時慨歎謝翱、鄭思肖等南宋遺民的歷史蹤跡，早被時間洪流吞噬，無法復見。最後，真逸慨歎歷代遺民的遭遇，大率如此。宋末亡國，君臣航海崎嶇，固屬淒涼；及至元亡，君臣逃竄塞外，荒草雪途，何嘗不是如此。

4.〈槃園記〉(1924)

余竄伏九龍，得地於牛池灣之西，廣一畝有奇。幽澗漩洄，注為小池。後枕崇阿，饒竹木之勝；前俯平陸，極煙嵐之觀。因樊之，名曰槃園。中構屋三椽，曰槃廬，取《詩・考槃》義也。

〈考槃〉三章，首言碩人之寬，次言其薖，次言其軸。[1]《毛傳》:「考槃，樂也；薖，寬大貌；軸，進也。」《鄭箋》謂:「碩人窮處成樂，而寬然有虛乏之色。薖，飢意；軸，病也。」與《毛》異。朱子《集傳》用《毛》説，云:「詩人美賢者，隱處澗谷之中，而碩大寬廣，無戚戚之意。」考《孔叢子》述夫子之言曰:「吾於〈考槃〉，見遯世之士，而無悶於世。」《孔叢》偽書，不足據，然固與《毛》合也。余生不辰，居海濱者十有三年矣。昔人嘲夷齊不食周粟而食周薇，惟茲租借地，彼客而我主，固非首陽比也，而槁餓則同，[2]余於鄭説蓋有取焉。

嗚呼！滄海横流，[3]處處不安。王尼之悲，[4]復見今日。若茲地，則逢子慶之浮海，而戴瓦盆也；[5]管幼安之居遼，而穿藜榻也。[6]其空乏其身，[7]不免於飢且病也固宜。然視薰以香燒，膏以明銷者有間矣。[8]此余所以獨寤寐其間，而永矢弗諼、弗過、弗告也。若以為碩大寬廣，無戚戚之意，則余豈敢復為之。

詩曰：槃園何有兮？有果有蔬。槃廬何有兮？有琴有書。彼槃旋者何人兮？山澤之癯。[9]嗟四方其靡騁兮，九夷與居。扃袁閎於土室兮，臥焦先於草廬。[10]念天地悠悠兮，[11]吾生須臾。獨窮處成樂兮，噫！斯其為古碩人之徒與？

1 〈考槃〉三章句：按〈考槃〉為《詩經．衛風》的一篇作品，全詩共分三章：「考槃在澗，碩人之寬。獨寐寤言，永矢弗諼。考槃在阿，碩人之薖。獨寐寤歌，永矢弗過。考槃在陸，碩人之軸。獨寐寤宿，永矢弗告。」據《毛傳》，所謂「碩人」，指道德清高之士。首章言其「寬」，即心胸廣闊，舒緩寬綽；次章言其「薖」，即神情寬和；末章言其「軸」，即日進於德之義。

2 槁餓：窮困飢餓。

3 滄海橫流：海水四處泛濫，譬喻時局動亂。范寧《春秋穀梁傳．序》：「孔子睹滄海之橫流，迺喟然而歎曰：『文王既沒，文不在茲乎！』」

4 王尼之悲：指落泊潦倒。按《晉書．王尼傳》載：「尼早喪婦，止有一子。無居宅，惟畜露車，有牛一頭，每行，輒使子御之，暮則共宿車上。常歎曰：『滄海橫流，處處不安也。』」

5 逢子慶之浮海，而戴瓦盆也：按《後漢書．逢萌傳》，逢萌字子慶，北海都昌人，嘗遊學於長安，通《春秋》經。因見王莽殺其子王宇，乃解冠掛東都城門而歸。「將家屬浮海，客於遼東。萌素明陰陽，知莽將敗，有頃，乃首戴瓦盎，哭於市曰：『新乎，新乎！』因遂潛藏。」瓦盎即瓦盆。

6 管幼安：管幼安即管寧。穿藜榻：按皇甫謐《高士傳》載：「管寧自越海及歸，常坐一木榻，積五十餘年，未嘗箕股，其榻上當膝處皆穿。」古人跪坐，管寧的日常生活，自律甚嚴，從不箕踞，故其坐榻當膝處幾被磨穿。

7 空乏其身：《孟子．告子下》：「天將降大任於是人也，必先苦其心志，勞其筋骨，餓其體膚，空乏其身，行拂亂其所為，所以動心忍性，曾益其所不能。」

8 薰以香燒，膏以明銷：指因隱逸而招來清譽，結果反受其害，不得善終。猶如薰草具香氣之質，油膏因其照明之用，遭人焚燒。按龔勝（前 68－11），字君實，西漢楚國人，哀帝時徵為諫大夫，後請歸，不復仕宦。王莽篡漢，徵為太子師友祭酒，勝拒命不受，絕食十四日而死。據《漢書．龔勝傳》，勝去世後，「有老父來弔，哭甚哀，既而曰：『嗟虖！薰以香自燒，膏以明自銷。龔生竟夭天年，非吾徒也。』遂趨而出，莫知其誰」。

9 癯：通「臞」。《說文解字》：「臞，少肉也。」《爾雅．釋言》：「臞，瘠也。」此處指清瘦的儒者。

10 扃袁閎於土室兮：扃，閉鎖也。袁閎，字夏甫，汝南汝陽人，漢末隱士。《後漢書．袁閎傳》：「延熹末，黨事將作，閎遂散髮絕世，欲投跡深林。以母老不宜遠遁，乃築土室，四周於庭，不為戶，自牖納飲食而已。」臥焦先於草廬：有關焦先營瓜牛廬事，詳參本書所錄張學華〈瓜廬詩賸序〉註。

11 念天地之悠悠兮：想到天地蒼茫，歷史久遠。句出陳子昂〈登幽州台歌〉：「前不見古人，後不見來者。念天地之悠悠，獨愴然而涕下。」

簡析

真逸於1913年喪母後，遷居於九龍城，但前此他早已在九龍紅磡居住。本文既稱「余生不辰，居海濱者十有三年矣」，計自辛亥（1911）末來港，則當撰於1924年左右。

真逸在九龍城的居所，據其描述，乃位於牛池灣以西，面積達一畝多。幽澗清池，竹林嵐靄，前面是一片濱海的平地，背靠獅子山，自然風景頗佳。至於居廬的名稱，一般較為人熟知者為「瓜廬」。其實，除了瓜廬外，還有「槃園」、「槃廬」的別稱。1924年，黃詠雩（1902－1975）參加真逸在九龍城家中舉行的雅集後，即撰有〈九龍槃園賦贈陳太史子礪四首〉（原註：甲子）及〈陳太史子礪招讌槃園承贈所撰《勝朝粵東遺民錄》，賦謝並呈同席方孝廉拱垣〉二詩，可見當時是使用「槃園」之名。但後來黃詠雩在〈感懷詩〉三十二首中，懷念起真逸時，卻稱「瓜廬高隱宅，天水二王村。野史遺民淚，春風望帝魂」，則捨「槃園」而用「瓜廬」了；而真逸本人也名其詩文集曰《瓜廬詩賸》、《瓜廬文賸》。總之「瓜廬」之稱，遠較「槃園」來得知名。

有關「瓜廬」的取義，一般多以為是運用秦亡後東陵侯召平種瓜自給的典故，以示作者忠於清室，不仕二朝之志。此說固然沒錯，但若就真逸本人的主觀構想看，恐怕非首要之義。真逸在詩文中較少用到召平的典故，更多提到的人物，是管寧、王烈、邴原、龔勝等，強調的是「避地」和「隱居」。所謂「瓜廬」，直接典出於「瓜牛廬」，瓜牛即蝸牛。除了本文以上提及的「臥焦先於草廬」外，三國時代尚有楊沛，也曾建過「瓜牛廬」。據《三國志・賈逵傳》裴松之注引《魏略》云：「沛前後宰歷城守，不以私計介意，又不肯以事貴人，故身退之後，家無餘積。治疾於家，借舍從兒，無他奴婢。後占河南夕陽亭部荒田二頃，起瓜牛廬，居止其中，其妻子凍餓。」因此，瓜廬的取義，首先當指其狹陋貧寒。

至於「槃園」或「槃廬」，根據真逸本人的明確解釋，乃出自《詩經・考槃》。傳統注疏家對於〈考槃〉的釋義，儘管在細節上頗為紛紜，但皆同意是對隱士的歌頌。《毛傳》強調的是碩人胸懷寬廣和樂，《鄭箋》則進一步詮釋，雖然寬厚和樂，然而窮處仍不免有虛乏之色。真逸在文中強調，對於槃園的取名，「余於鄭説蓋有取焉」，即主要取其空乏其身、槁餓且病之義，「若以為碩大寬廣，無戚戚之意，則余豈敢復為之」。

由此即不難明白，〈槃園記〉一文的寫作旨趣，不過是故示謙虛。若謂以碩人賢者以自況，則余小子豈敢。但無論如何，始終不免招人矜誇自負之譏，這亦是真逸後來少用「槃園」而多用「瓜廬」的主要原因。

此外，本文所謂「昔人嘲夷齊不食周粟而食周薇，惟茲租借地，彼客而我主，固非首陽比也」一語，也是十分值得注意。它清楚解釋了真逸來港後，選擇九龍城作為終身隱居地的原因。除了此地附近有宋王臺古跡，在文化氛圍上容易引發故國之思外；更重要一點，九龍城位於界限街以北，不屬於英國的永久殖民地，而是清廷根據 1898 年 6 月《展拓香港界址專條》，暫時租借於英方的地方，它始終還是大清的故土（「惟茲租借地，彼客而我主」）。這樣便能巧妙地免除人家可能的質疑，即：你既視民國為不共戴天的仇敵，不肯履踐其地，然則履外夷之地，受其保護，豈非五十步而笑一百步乎？情況就像伯夷、叔齊，既不食周粟，卻採薇於首陽山，難道首陽山不是周地嗎？既然義不食周粟，何故又甘食周薇呢？真逸強調，新界既非民國之地，亦非英國之地，不能拿首陽山來相比。

本書以上曾經提及，陳望曾及其母親、妻子，皆葬於香港島的香港仔華人永遠墳場。真逸在〈陳母曾太夫人暨蒙婦劉夫人合葬墓碑〉（1919）一文中，也有強調死不葬夷地之意。如果說夷地非淨土，那麼葬於香港島上，何故又無此嫌呢？真逸解釋說，香港只是清廷以通商之故，暫時「借」給英國人而已。「香港，故粵島也。道光間，英以通商故，於我乎借，今又劃為我墳場，此固乾淨土也，兩夫人其得所歸宅也已。」可見其護清之想法。

5.〈避地香港作〉（1911）

瓜牛廬小傍林扃，海上群山列畫屏。[1]
生不逢辰聊避世，死應聞道且窮經。
薰香自燒憐龔勝，藜榻將穿慕管寧。[2]
惆悵陽阿晞髮處，那堪寥落數晨星。[3]

1　瓜牛廬：像蝸牛殼的簡陋狹小居室。林扃：園林。群山：島嶼。畫屏：有畫飾的屏風。按此句取自厲鶚〈二月三日同少穆竹田諸君集湖上題酒樓壁〉詩：「湖上群山列畫屏，探芳齊上上船亭。」

2　熏香自燒憐龔勝：龔勝不仕王莽，最後絕食而死。有老父批評其不懂退隱之道，終因清高之名而未能終其天年，就如香草因有香氣而被人焚燒一樣。詳見本書前錄真逸〈槃園記〉注。藜榻將穿慕管寧：管寧於漢末避地遼東，其後中原逐漸安定，乃還故鄉。曹丕篡漢後，曾徵為太中大夫，寧固辭不受；魏明帝即位，亦多次徵召，寧皆不應命。藜榻將穿事，亦詳見本書上錄真逸〈槃園記〉注。按：此聯真逸是引不仕新莽和曹魏的龔勝和管寧以自況。

3　陽阿：山的南面。晞髮：曬乾頭髮。按此句典出謝靈運〈石門岩上宿〉詩：「妙物莫為賞，芳醑誰與伐。美人竟不來，陽阿徒晞髮。」原意是好友遠隔，面對如此美好的景色和醇醪，卻無人能跟自己分享，唯有等到早上，讓早晨的陽光，曬乾自己的頭髮。真逸之意，能像自己這樣堅持忠於清室的人，恐怕不會多，唯有寂寞地仰視稀疏的辰星。

簡析

本詩是 1911 年辛亥革命後，真逸初到香港時之作。據張學華〈江寧提學使陳文良公傳〉所載：「辛亥，武昌難作，九月，廣州城陷，黨人蜂起，洶洶欲致公。乃走避香港，奉母居紅磡。尋丁母憂，移居九龍城。」至於更具體的時間，真逸〈壬戌北征記〉云：「宣統三年冬，臣避地香港之九龍租界。」〈七十述哀一百三十韻〉詩自注則謂：「張督（按：兩廣總督張鳴岐）逃後，革軍至，余被困邑城三日。既得間，即奉先慈竄香港之九龍。」據此可知，真逸是在公曆 11 月 8 日廣州被革命黨人攻佔後不久，得間即攜同母親，匆匆逃亡香港，應該不會遲於是年的年底。

詩中明確表示，將以龔勝、管寧為榜樣，聞道窮經，了此餘生，絕對不會出仕新政府，充分反映其遺老的氣節。

6.〈紅磡新居成，移家感賦〉（1912）

翩然浮海復居夷，[1] 避地能安足療飢。
莫笑章縫驚越俗，且欣雞犬異秦時。[2]
卜鄰我正思羊仲，將母人翻訝介推。[3]
今夕燈前兒女樂，街頭言語學侏離。[4]

牽蘿補屋更綢繆，[5] 風雨漂搖幸勿憂。
人謂校書同馬肆，天教終老得菟裘。[6]
掃除一室謀非拙，突兀千間事已休。[7]
回首先人廬墓遠，不堪家祀涕長流。

1　翩然：瀟灑貌。浮海復居夷：此處化用孔子之語。《論語．公冶長》：「道不行，乘桴浮於海」；《論語．子罕》：「子欲居九夷。或曰：『陋，如之何？』子曰：『君子居之，何陋之有？』」

2　章縫：「章甫縫掖」的省稱，《幼學瓊林》卷二：「章甫縫掖，儒者衣服。」按章甫即禮冠，縫掖是大袖的寬袍。又，章縫也可借代指儒家學說或有道的儒者。雞犬異秦時：陶潛〈桃花源記〉記陵漁者入桃花源，見「阡陌交通，雞犬相聞」，居民「自云先世避秦時亂，率妻子邑人來此絕境，不復出焉，遂與外人間隔。」此聯之意，自己縱使未能以儒術使香港移風易俗，但對於世道人心，始終不無小補。

3　羊仲：指志同道合的隱士。謝靈運〈田南樹園激流植援〉詩：「唯開蔣生逕，永懷求羊蹤。」《文選》李善注引《三輔決錄》：「蔣詡，字元卿，隱於杜陵。舍中三逕，惟羊仲、求仲從之遊。」介推：即介子推。《左傳》僖公二十四年：「晉侯賞從亡者，介之推不言祿，祿亦弗及，……其母曰：『能如是乎，與女偕隱。』遂隱而死。」頸聯之意，自己效法介子推，偕母而隱，只希望能找到志同道合之士，成為鄰居。

4　侏離：《後漢書．南蠻傳》：「衣裳班蘭，語言侏離。」原意是指少數民族或外國的語言，這裏或指九龍一帶的土話。

5　綢繆：指加固屋廬，預為防範。《詩經．豳風．鴟鴞》：「迨天之未陰雨，徹彼桑土，綢繆牖戶。」

6　校書同馬肆：陶潛〈示周續之、祖企、謝景夷三郎〉詩：「馬隊非講肆，校書亦已勤。」原意是馬廄並非講學的地方，您們在此校書也很辛苦了。終老得菟裘：《左傳》隱公十一年，魯隱公表示將在魯桓公長大後，把國君之位還給他，自己則隱退，「使營菟裘，吾將老焉」。全聯之意，大家都認為，在香港宣揚文化，就像在馬廄校書一樣，並不適宜。但上天能給我這樣隱居終老之所，還是很不錯的。

7　掃除一室：指獨善其身。《後漢書．陳蕃傳》：「蕃年十五，嘗閒處一室，而庭宇蕪穢。父友同郡薛勤來候之，謂蕃曰：『孺子何不灑掃以待賓客？』蕃曰：『大丈夫處世，當掃除天下，安事一室乎！』」突兀千間：指兼濟天下。按杜甫〈茅屋為秋風所破歌〉：「安得廣廈千萬間，大庇天下寒士俱歡顏，風雨不動安如山！嗚呼！何時眼前突兀見此屋，吾廬獨破受凍死亦足。」辛棄疾〈和趙昌父問訊新居之作〉詩用其意，有「苦無突兀千間庇，豈負辛勤一束書」之句。

簡析

真逸來港，初居某處，次遷九龍紅磡，最後定居於九龍城宋王臺附近。張學華〈江寧提學使陳文良公傳〉說得十分清楚，「奉母居紅磡」；而本詩有「卜鄰我正思羊仲，將母人翻訝介推」之語，足證紅磡新居落成時，真逸之母必仍健在。據真逸〈先妣葉太夫人墓志〉，其母「終於癸丑二月初七日申時」，即公曆 1913 年 3 月 14 日，故本詩比較大機會是撰於 1912 年。當然，也不能排除撰於 1913 年年初的可能。詩中所謂「不堪家祀涕相流」，或指壬子除夕（1913 年 2 月 5 日）的家祭。

本詩所流露的感情，可謂既喜且憂。一方面是覓得棲身之地，從此獨善其身，至少也能暫時苟安，享其天倫之樂；另一方面，背井離鄉，今後未能常展先人之廬墓，不覺黯然神傷。至於政治抱負，從「突兀千間事已休」一語看，基本上已經死心。在這片英夷的化外之地，一切比較自由，從事文化工作，縱使不無「馬肆校書」之感，始終仍是有點希望的。

7.〈九龍山居作〉（1913）

蓬蒿三徑少人行，[1] 擬託幽居老此生。
迷路東西逢子慶，在山南北法高卿。[2]
井華近汲龍湫曉，雲絮遙披鶴嶺晴。[3]
傍晚鯉魚門外望，滄浪還喜濯塵纓。[4]

布衣皁帽自徘徊，地比遼東亦痛哉。[5]
異物偶通柔佛國，[6] 遺民猶哭宋皇臺。
驚風蓬老根常轉，[7] 浮海桑枯葉已摧。
欲學忘機狎鷗鳥，[8] 野童溪叟莫相猜。

1 三徑：這裏指隱居者的家園。趙岐《三輔決錄．逃名》：「蔣詡歸鄉里，荊棘塞門，舍中有三徑，不出，唯求仲、羊仲從之遊。」陶潛〈歸去來辭〉：「三徑就荒，松竹猶存。」

2 迷路東西逢子慶：按《後漢書．逸民傳》，逢萌字子敬，北海都昌人。光武帝以「詔書徵萌，託以老耄，迷路東西，語使者云：『朝廷所以徵我者，以其有益於政，尚不知方面所在，安能濟時乎？』即便駕歸。連徵不起，以壽終。」在山南北法高卿：按《後漢書．逸民傳》，法真字高卿，扶風郿人，生性恬靜寡欲，不交人間事。太守請以為功曹，襄助政務。真曰：「以明府見待有禮，故敢自同賓末。若欲吏之，真將在北山之北，南山之南矣。」此聯之意，真逸是以逢萌和法真自況，並非真說其在山中迷路。

3 井華：清晨初汲的井水。蘇軾詩：「碧玉盌盛紅馬瑙，井華水養石菖蒲。」龍湫：指九龍城附近的龍湫井。鶴嶺：即九龍城的白鶴山。按龍湫井即在白鶴山的西麓，蘇澤東有〈龍湫井〉詩，載《宋臺秋唱》集中，原題註：「在九龍寨鶴嶺下西陂田中。」又，祁正〈龍湫井〉詩云：「鶴嶺西陂下，人間第幾泉。天留飲遺老，清結在山緣。」

4 鯉魚門：維多利亞港東邊的出入口。滄浪還喜濯塵纓：按《孟子．離婁上》載孺子歌：「滄浪之水清兮，可以濯吾纓。」原意是說達則兼濟天下，真逸用此則無實義，純為浪漫想像。

5 布衣皁帽：皁帽即黑色的帽，後世多以布衣皁帽指稱隱士的常服。《三國志．魏書．管寧傳》：「寧常着皁帽、布襦袴、布裙，隨時單複。」遼東：漢末天下大亂，不少中原人民逃難於遼東，管寧即其一。文天祥〈正氣歌〉：「或為遼東帽，清操厲冰雪。」按此聯之意，真逸把自己逃難於香港的節操，比擬為昔日管寧流亡於遼東。

6 柔佛國：柔佛蘇丹國成立於 1528 年，位置在今馬來亞南島的南部。1914 年，柔佛成為馬來亞屬邦。真逸此句有原註，稱「新架坡，古柔佛國，土人多航海往該埠」。按真逸在甲午戰爭時，曾奉軍機大臣李鴻藻之命，微服出訪新加坡，刺探英日關係，兼籌募軍餉，當時曾道經香港，故有「偶通」之語。

7 驚風蓬老根常轉：蓬是野草，秋枯根拔，常隨風而轉。曹植〈雜詩〉：「轉蓬離本根，飄搖隨長風。」劉敞〈城樓送別〉：「驚風走枯蓬，百里不暫息。蓬老初無根，豈辭遠為客。」

8 忘機狎鷗鳥：按《列子．黃帝》載一故事：「海上之人有好鷗鳥者，每旦之海上，從鷗鳥遊，鷗鳥之至者百住而不止。其父曰：『吾聞鷗鳥皆從汝遊，汝取來，吾玩之。』明日之海上，鷗鳥舞而不下也。」陸龜蒙詩：「除卻伴談秋水外，野鷗何處更忘機。」

簡析

真逸母親卒於癸丑二月初七，張學華〈江寧提學使陳文良公傳〉載：「丁母憂，移居九龍城。九龍，古官富場，為宋帝駐蹕地。公登宋王臺賦詩憑弔，感慨欷歔。」參以《瓜廬詩剩》的編次，本詩緊接在〈壬子除夕〉和〈人日〉之後，故可推知撰於移居九龍城之初。作者在詩中以逢萌、法真、管寧等人作自況，表示甘願終老於此。

[附]〈登九龍城放歌〉[9]（1913）

鯉魚風緊鮫人泣，鯉魚門開巨鯨入。[10]
飛雲蓋海駕轟濤，[11] 直拍九龍城下濕。
九龍之山高插天，九龍城與山鈎連。
龍頭巃嵸列戰格，下瞰瀲碧環深淵。[12]
清時置戍防海賊，海賊未平夷患亟。
已悲堠卒化蟲沙，復見疆臣棄雞肋。[13]
石城何盤盤，[14] 憑眺慘我魂。
千山鱗甲忽破碎，玄黃血濺群龍奔。[15]
迢迢南望銜艫舳，[16] 左走東瀛右西竺。
回看直北是神州，墮地弓髯萬人哭。[17]
城邊野老長苦飢，我亦寓公歌式微。[18]
內蛇外蛇鬬未已，橫流滄海吾安歸？[19]
吁嗟乎！橫流滄海吾安歸？

9 九龍城：按詩題下原註：「九龍砦，土人呼之曰城。」可知這裏所說的「九龍城」，非今天泛指的九龍城地區，而是專指已遭拆毀的九龍寨城。

10 鯉雨風：即秋風。李商隱〈河內詩〉：「後溪暗起鯉魚風，船旗閃斷芙蓉幹。」鮫人泣：張華《博物志》：「南海水有鮫人，水居如魚，不廢織績，其眼能泣珠。」按二者似無典故關係，純為真逸想像之詞。巨鯨：喻指大船。

11 駕：掀起。劉禹錫詩：「雲銜日腳成山雨，風駕潮頭入渚田。」轟濤：轟鳴的浪濤。

12 巃嵸：山勢高峻貌。潘岳〈西征賦〉：「九嵕巀嶭，太一巃嵸。」戰格：防禦障礙物。杜甫〈潼關吏〉：「連雲列戰格，飛鳥不能踰。」仇兆鼇《杜詩詳注》：「戰格，即戰柵，所以捍敵者。」澂碧：即澄碧，清澈而碧綠。李白詩：「君去滄江望澄碧，鯨鯢唐突留餘跡。」

13 堠卒：守軍。化蟲沙：指將士戰死沙場。《太平御覽》卷九一六引葛洪《抱朴子》：「周穆王南征，一軍盡化，君子為猿為鶴，小人為蟲為沙。」疆臣棄雞肋：按根據 1898 年《展拓香港界址專條》，清政府雖租借界限街以北土地予英人，然仍保留九龍寨城的管治權，並駐有官員辦公處。1899 年，英人在接收新界的過程中，遭原居民激烈抵抗，遂以此為藉口，指新安縣官員背後策動軍事對抗，違反《專條》不得干預香港武衛的協議，遂派兵把九龍寨城的官員軍兵全數驅逐。真逸這裏指責疆臣「棄雞肋」，並不十分符合事實，根本不是清廷官員主動放棄九龍寨城的。

14 盤盤：曲折回繞貌。唐李白〈蜀道難〉：「青泥何盤盤，百步九折縈巖巒。」

15 千山鱗甲忽破碎：鱗甲原指甲殼類生物，蘇軾詩：「千山動鱗甲，萬谷酣笙鐘。」指千山草木隨風而動，好像鱗甲騰躍。真逸此句，則泛指山河破碎。玄黃血濺群龍奔：按《周易・坤卦》上六爻詞：「龍戰於野，其血玄黃。」此處指軍隊奔逐，血戰神州。

16 迢迢：遙遠貌。銜：相連。艫舳：即舳艫，泛指船隻首尾相連。郭璞《江賦》：「舳艫相屬，萬里連檣。」

17 墮地丹髯：指國君去世。按《史記・孝武本紀》：「黃帝採首山銅，鑄鼎於荊山下。鼎既成，有龍垂鬍髯下迎黃帝。黃帝上騎，群臣後宮從上龍七十餘人，龍乃上去。餘小臣不得上，乃悉持龍髯，龍髯拔，墮黃帝之弓。百姓仰望黃帝既上天，乃抱其弓與龍鬍髯號。」

18 寓公：按《禮記・郊特牲》：「諸侯不臣寓公，故古者寓公不繼世。」寓公原指失去領地而寄居外國的封君貴族，後多泛指流亡寄居他鄉的士紳官僚。式微：《詩經・邶風》的一篇，表示思歸。〈毛詩序〉：「〈式微〉，黎侯寓於衛，其臣勸以歸也。」

19 內蛇外蛇鬬未已：指內戰不斷。《左傳》莊公十四年：「鄭厲公自櫟侵鄭。⋯⋯初，內蛇與外蛇鬥於鄭南門中，內蛇死，六年而厲公入。」從當時的背景說，此句是指以孫中山為首的南方革命派，與袁世凱為首的北洋政府之間的戰爭，即所謂二次革命。橫流滄海：見前真逸〈槃園記〉注。

九龍寨城原有的城牆，日治時期全遭拆毀。

九龍城背後的白鶴山，頗如真逸詩所云，九龍之山高插天，九龍城與山鈎連。

九龍寨城依山面海，前方所見是碼頭前的龍津石橋。

被英軍佔領驅逐後荒廢的九龍寨城

簡析

此詩開始描述九龍寨城的形勢，轟濤拍岸，頗見氣勢。然而筆鋒一轉，內憂外患，城池毀頹，堠卒戰死，極目所見，一片慘淡。再進一步，君死國亡，自己亦流寓於此，不禁發出吁嗟乎的重歎。

此詩的撰寫時間，已難作準確考證。從《瓜廬詩剩》的編次看，介乎〈九龍山居作〉和是年八月〈闇公、弢公同澹庵、潛客二老過九龍山居〉（見下文）之間，可知亦是撰於 1913 年。又從詩末「內蛇外蛇鬭未已，橫流滄海吾安歸」一聯作推測，大概當撰於是年 9 月革命派在二次革命中徹底失敗以前。

又可注意者，真逸此時尚有「式微」、「吾安歸」之歎，則似乎還未完全斷絕歸去的念頭。特別是詩中並無日後常見所謂九龍城乃「乾淨土」之類的話頭，也是初遷時心態的反映。

[附]〈鶴嶺散步〉（1913）

城郭人民倏已非，令威去後暮雲飛。[20]
蒼蒼白石青松路，悵惘山頭待鶴歸。
齋廚煮石道人居，絳帕蒙頭髮未梳。[21]
一卷黃庭隨意寫，更無鵝換右軍書。[22]

20 倏：忽然。《説文解字》：「倏，犬走疾也。」段玉裁注：「引伸為凡忽然之辭。」令威：即孔令威。按此用「鶴歸華表」的典故，指乘鶴而來者。據陶潛《搜神後記》：「丁令威，本遼東人，學道於靈虛山。後化鶴歸遼，集城門華表柱。……今遼東諸丁，云其先世有升仙者，但不知名字耳。」

21 煮石：道教傳説，神仙方士能燒煮白石為糧。葛洪〈神仙傳〉載白石先生「常煮白石為糧，因就白石山居」。韋應物詩：「澗底束荊薪，歸來煮白石。」後世也引伸指煉製丹藥，或淡泊名利，放浪形骸的生活。絳帕蒙頭：絳是正紅色；帕是古代男子裹頭的巾幘。按《三國志．吳志．孫策傳》裴松之注引〈江表傳〉，孫策欲斬妖道于吉，諸將為之求情。策曰：「昔南陽張津為交州刺史，舍前聖典訓，廢漢家法律，常着絳帕頭，鼓琴燒香，讀邪俗道書，云以助化，卒為南夷所殺。」故蘇軾詩云：「從今免被孫郎笑，絳帕蒙頭讀道書。」可知這裏所謂「絳帕蒙頭」，跟上句「齋廚煮石」，俱非實指。全聯之意，不過是泛説這裏有道人居住而已。

22 黃庭：指道教的典籍《黃庭經》。鵝換右軍書：右軍即大書法家王羲之（303－361）。據《晉書．王羲之傳》，羲之性愛鵝，「山陰有一道士，養好鵝，羲之往觀焉，意甚悦，固求市之。道士云：『為寫《道德經》，當舉群相贈耳。』羲之欣然寫畢，籠鵝而歸，甚以為樂。其任率如此」。李白詩：「山陰道士如相見，應寫黃庭換白鵝。」此為真逸此句所本。然據《晉書》，右軍所書者實為《道德經》，並非《黃庭經》，李白大概是為了遷就平仄而改。又，真逸此句有原註：「嶺上有石刻『鵝』、『鶴』兩大字。」

廿世紀初的九龍城，右側的高山即為鶴嶺。圖中可見九龍寨城的城牆，一直蜿蜒直抵山巔。

侯王廟中式方亭內所見的「一筆鵝」，旁有對聯「古石書鵝摹逸少，名山駕鶴仰侯王」。字原是光緒年間三水張壽仁的手筆；對聯則為光緒十三年羅浮山黃龍觀道人何星祥、胡罡乾所勒，東莞黎慶曾手書，匠人謝賢邦鐫刻。日治時期，軍政府為擴建啟德機場，「一筆鵝」石被炸毀，充作石材。今天所見乃 1970 年重新摹刻者。

侯王廟現存的「一筆鶴」，旁有對聯「道古仙岩歸鶴嶺，侯王顯赫鎮龍城」，乃光緒十四年「法柱盧潤華書」。

8.〈闇公、璒公同澹菴、潛客二老過九龍山居〉(1913)

(一)

空石中有觙，不聞蚊虻聲。[1]
跫然足音至，[2] 頓使耳目驚。
我本麋鹿性，[3] 山居遺世情。
卅年墮塵網，梏拲被裾纓。[4]
寒花抱晚節，[5] 況此時運傾。
綽約姑射山，縹渺化人城。[6]
分非希有鳥，[7] 未許翔太清。
控搶枋榆間，[8] 庶以得此生。
茲山似仇池，[9] 福地世莫爭。
隱居復談道，且與諸公盟。

1 空石中有觙，不聞蚊虻聲：典出《荀子．解蔽》：「空石之中有人焉，其名曰觙。其為人也，善射以好思。耳目之欲接則敗其思，蚊虻之聲聞則挫其精，是以闢耳目之欲，而遠蚊虻之聲，閒居靜思則通。」全聯之意，自己有如觙處身於石穴之中，四周寧靜，聽不到一絲聲響。

2 跫然：走路時的腳步聲。《莊子．徐無鬼》：「夫逃虛空者，藜藋柱乎鼪鼬之逕，踉位其空，聞人足音跫然而喜矣。」成玄英疏：「跫，行聲也。」

3 麋鹿性：指率性自然，不喜羈絆。蘇軾詩：「我本麋鹿性，諒非伏轅姿。」

4 梏拲：按《周禮．秋官．掌囚》：「凡囚者，上罪梏拲而桎，中罪桎梏，下罪梏。」梏拲原指把二手同繫於一木的刑具，喻指束縛。裾纓：顯貴者的服飾，喻指仕宦。

5 寒花晚節：以寒天而不凋謝的花，比喻年老而操守愈堅。韓琦〈九日水閣〉：「雖慚老圃秋容淡，且看寒花晚節香。」

6 綽約姑射山：典出《莊子．逍遙遊》：「藐姑射之山，有神人居焉，肌膚若冰雪，綽約若處子。」縹渺：高遠而隱約可見之貌。木華〈海賦〉：「群仙縹眇，餐玉清涯。」《文選》李善注：「縹眇，遠視之貌。」化人城：以幻術化出的城廓，典出《法華經．化城喻品》。原意是説一群商旅在山中探寶，遇險惡而思退卻，商主為鼓舞他們，乃幻化出一座城池，讓其休息，然後繼續前行。按此二句泛指神仙的境界。

7　希有鳥：傳説中的大鳥，典出《神異經．中荒經》：「（崑崙之山）上有大鳥，名曰『希有』，南向張左翼覆東王公，右翼覆西王母。」李白〈大鵬賦序〉：「余昔於江陵見天台司馬子微，謂余有仙風道骨，可與神遊八極之表，因著〈大鵬遇希有鳥賦〉以自廣。」

8　控搶枋榆間：典出《莊子．逍遙遊》：「蜩與學鳩笑之曰：我決起而飛，搶榆枋，時則不至而控於地而已矣，奚以之九萬里而南為？」控：投擲也；搶：觸碰。

9　仇池：山名，在甘肅省成縣西。蘇軾〈和桃花源〉序：「他日工部侍郎王欽臣仲至，謂余曰：吾嘗奉使過仇池，有九十九泉，萬山環之，可以避世如桃源也。」

（二）

李聃隱柱下，蒙叟游漆園。[10]
學禮有答問，衛道多寓言。[11]
德義世通家，[12] 隸也出聖門。
荀非十二子，老莊不批根。[13]
奈何溝瞀儒，直并釋氏論。[14]
豈惟寡通識，亦昧河海源。
闍跫兩道人，近頗涉其藩。[15]
俱映日月輝，遠窮天地根。
黃冠與草服，古處誓與敦。[16]
玄談得至契，足示迷者捫。[17]

10　李聃：即老子。隱柱下：相傳老子為周室的柱下史。《史記．張丞相傳》：「秦時為御史，主柱下方書。」司馬貞《史記索隱》：「周、秦皆有柱下史，謂御史也。所掌及侍立恒在殿柱之下，故老子為周柱下史。」蒙叟：指莊子。游漆園：莊子曾為蒙地的漆園吏。《史記．老莊申韓列傳》：「莊子者，蒙人也，名周。周嘗為蒙漆園吏，與梁惠王、齊宣王同時。」

11　學禮有答問：按《史記．孔子世家》：「適周問禮，蓋見老子云。辭去，而老子送之。」同書〈老莊申韓列傳〉：「孔子適周，將問禮於老子。老子曰……」衛道多寓言：指《莊子》一書中往往以孔子作為寓言故事的正面角色。

12　德義世通家：這裏暗用孔融與李膺的故事，指二家具先世的交誼。《世説新語．言語》：「孔文舉年十歲，隨父到洛。時李元禮有盛名，為司隸校尉；詣門者，皆俊才清稱及中表親戚乃通。文舉至門，謂吏曰：『我是李府君親。』既通，前坐。元禮問曰：『君與僕有何親？』對曰：『昔先君仲尼與君先人伯陽有師資之尊，是僕與君奕世為通好也。』元禮及賓客莫不奇之。」

13　荀非十二子：指《荀子》一書中的〈非十二子篇〉。批根：排斥擯棄。《史記．魏其武安侯列傳》：「及魏其侯失勢，亦欲倚灌夫引繩批根生平慕之後棄之者。」按：荀子所非的十二子，包括墨翟、孟子以下十二人，卻不包括老子和莊子，故真逸引此作儒道互不排斥的證據。

14　溝瞀：愚昧無知。《荀子．儒效》：「甚愚陋溝瞀而冀人之以己為知也，是眾人也。」楊倞注：「溝，音寇，愚也。溝瞀，無知也。」直并釋氏論：指愚者以「釋老」並稱。

15　闇逕兩道人：指張學華（闇公）和伍銓萃（逕公）二太史。藩：領域。《莊子．大宗師》：「意而子曰：『雖然，吾願遊其藩。』」

16　黃冠與草服：粗劣的衣着，引申為清貧的生活。蘇過詩：「殘杯冷炙慚佳節，草服黃冠慕野夫。」古處：指以故舊之道來相處。「古」通於「故」。《詩經．邶風．日月》：「乃如之人兮，逝不古處。」馬瑞辰《毛詩傳箋通釋》：「古者，『故』之消借，凡以故舊相處謂之故，故之言固也。」誓與敦：敦是致力、崇尚之意。全句是誓以故舊之道跟眾人相處。阮大鋮詩：「遙敦古處約，忍遣寸心違。」

17　捫：蒙蔽。歐陽修詩：「嗟予有口莫能辯，歎息但以兩手捫。」

（三）

昔聞王彥方，[18] 避地渡遼水。
桓桓曹征西，纁帛徵不起。[19]
東夷感德化，相與撰杖履。[20]
管邴神龍姿，亦從卜鄰比。[21]
我慚蹈海節，[22] 穴室此棲止。
澹潛二大老，[23] 乃樂風土美。
介山負慈母，鹿門攜妻子。[24]
云將賃新居，過我同栗里。[25]
世無桃花源，九夷幸勿鄙。[26]
他時雞黍局，素心至可喜。[27]

18 王彥方：王烈（141－218），字彥方，青州平原人，漢末名士。董卓之亂，乃避地遼東。

19 桓桓：威武貌。《尚書．牧誓》：「勗哉夫子！尚桓桓。」《孔安國傳》：「桓桓，武貌。」曹征西：指曹操。〈讓縣自明本志令〉：「後徵為都尉，遷典軍校尉，意遂更欲為國家討賊立功，欲望封侯作征西將軍，然後題墓道言『漢故征西將軍曹侯之墓』，此其志也。」纁帛：黑色的幣帛，又稱玄纁，古時帝王常以此作為徵聘賢士的贄禮。按《後漢書．嚴光傳》，嚴光為東漢光武帝同學，「帝思其賢，……乃備安車玄纁，遣使聘之。三反而後至。」徵不起：據《後漢書．王烈傳》：「避地遼東，夷人尊奉之。……曹操聞烈高名，遣徵不至。」

20 東夷：指遼東之民。撰杖屨：指侍奉長者。按《禮記．曲禮上》：「侍坐於君子，君子欠伸，撰杖屨，視日蚤莫，侍坐者請出矣。」

21 管邴：管寧和邴原，二人於漢末亦同往遼東躲避戰亂。

22 蹈海節：指如魯仲連義不帝秦的氣節。詳參本書前吳道鎔太史〈客港日為真逸校東官《宋遺民錄》，既里旋，真逸以祀秋曉先生生日詩見示索和，賦此卻寄〉詩注。

23 澹潛二大老：指吳道鎔（號澹庵）和丁仁長（號潛客）。

24 介山：指介子推，詳參本書前〈紅磡新居成，移家感賦〉詩注。此處喻指丁仁長攜母避難於香港。鹿門攜妻子：漢末龐德公曾攜帶妻子，隱居於湖北襄陽之鹿門山。此處喻指吳道鎔。

25 栗里：陶淵明曾經居住的地名，在今江西省九江市西南。白居易〈訪陶公舊宅〉：「柴桑古村落，栗里舊山川。」

26 九夷：夷狄所居之地。《論語．子罕》：「子欲居九夷。」

27 雞黍局：指具備雞和黍的飯局。孟浩然〈過故人莊〉：「故人具雞黍，邀我至田家。」素心：純潔而淡泊的心。陶潛〈移居〉詩：「聞多素心人，樂與數晨夕。」

（四）

蒲澗安期境，羅浮稚川界。[28]
昔誦髯蘇詩，笠屐欲從邁。[29]
風塵何須洞，名勝遭破壞。[30]
大澤蟠龍蛇，深叢聚蜂蠆。
杞狗茯苓龜，[31] 一一成餕敗。
茲來海濱地，造物闢靈怪。[32]

夕波浴濛氾，朝露飲沆瀣。[33]

雖匪方壺居，胸次不芥蒂。[34]

乃知避秦者，徐市獨愉快。[35]

願言招四皓，搔首發深喟。[36]

28 蒲澗：廣東白雲山東麓的山澗，其地以盛產菖蒲聞名，宋代羊城八景有所謂「蒲澗簾泉」。安期：秦漢時代的方士安期生，相傳他在秦時曾至廣州，在蒲澗結廬而居，服食菖蒲，於七月二十五日成仙飛升。羅浮：廣東博羅的羅浮山。稚川：東晉名道葛洪，字稚川，西晉末年曾至羅浮山隱居，採藥煉丹。按：此二句全出自蘇軾的〈和陶桃花源〉詩。

29 髯蘇：指蘇軾。〈客位假寐〉詩：「同僚不解事，慍色見髯蘇。」笠屐：竹箬做的斗笠和木做的屐。李公麟自題其〈東坡笠屐圖〉云：「先生在儋，訪諸梨不遇。暴雨大作，假農人箬笠木屐而歸。市人爭相視之，先生自得幽野之趣。」從此直至明清時期，戴笠穿屐成為東坡的標準形象，有關的詩畫創作不絕。

30 澒洞：瀰漫迷濛之貌。風塵澒洞即風煙瀰漫。杜甫詩：「風塵澒洞兮豺虎咬人。」文天祥詩：「風塵澒洞昏王室，天地慘慘無顏色。」名勝遭破壞：指民國以來羅浮山各道觀屢遭寇賊洗劫。

31 杞狗茯苓龜：按蘇軾〈和陶桃花源〉詩：「苓龜亦晨吸，杞狗或夜吠。」苓龜是龜狀的茯苓，杞狗是由犬隻守護的枸杞。茯苓和枸杞都是養生的佳藥。

32 造物鬬靈怪：指大自然鬼斧神功，造出各種令人驚歎的事物。

33 濛氾：傳說太陽日落後棲息的地方。《楚辭．天問》：「日月安屬？列星安陳？出自湯谷，次於蒙氾。」全句是說夕陽照射在波濤之上。沆瀣：夜間的露水。《楚辭．遠遊》：「餐六氣而飲沆瀣兮，漱正陽而含朝霞。」王逸注：「沆瀣者，北方夜半氣也。」嵇康〈琴賦〉：「餐沆瀣兮帶朝霞。」《文選》五臣注：「沆瀣，清露也。」

34 方壺：傳說中神仙居住的地方，一名方丈。《列子．湯問》：「渤海之東，不知幾億萬里，有大壑焉⋯⋯其中有五山焉：一曰岱輿，二曰員嶠，三曰方壺，四曰瀛洲，五曰蓬萊。」胸次：胸懷。芥蒂：介意或不滿。

35 徐市：即徐福，秦代方士，因受秦始皇之命，帶領數千童男女往東海尋找三神山，遂不返還。此二句是說，避地最好還是選擇海外。

36 願言：殷切期望貌。《詩經．衛風．伯兮》：「願言思伯，甘心首疾。」《鄭箋》：「願，念也。我念思伯，心不能已。」四皓：又稱「商山四皓」，即東園公、夏黃公、綺里季、甪里。四皓乃秦末隱士，因避秦亂而隱居商山，採芝而食，鬢眉皆白，故稱四皓。這裏是借四皓來譬喻張學華、吳道鎔、丁仁長、伍銓萃等四位太史。深喟：深深歎息。《楚辭．離騷》:「依前聖以節中兮，喟憑心而歷茲。」王逸注：「喟，歎也。」

簡析

此組詩共四首，必撰於 1913 年真逸移居九龍城之後。從詩題看，是次來訪九龍山居者，包括張學華、伍銓萃、吳道鎔、丁仁長四位太史。其中丁太史有奉和之作，內有「三年搆兩亂」之句，可知必在 1913 年之內。其後丁氏也特賦詩〈寓港踰月，歸意撩亂，闇公招同澹庵、澄公訪真逸於九龍山居，遊眺至暮，得詩二首〉，並寄予真逸索和，真逸遂有〈潛客過山居後詩來索和，次韻奉答〉之作；張學華也有〈癸丑八月偕澹庵、潛客、澄公同訪九龍真逸，次潛客韻〉，三詩韻腳相同，可推知四人此訪乃在 1913 年的農曆八月間，發起人為張學華。

真逸此組詩共有四首，第一首先對四人的突然來訪，表示驚喜，然後指出自己的隱逸之志，非企慕神仙境界，只願如蜩與學鳩一般，控搶於榆枋之間，了此餘生。

第二首是有關他們的談論內容，即儒道的會通問題。真逸因父親為道觀主持，對於道教有迴護之情，在所難免。其意認為，一般人多以「釋老」並言，實為陋儒淺見，「儒道」才是真正相通。然而真逸所舉的理據，諸如孔子曾問禮於李聃，顯然過於膚淺乏力。姑勿論此李聃是否即老子、老子與孔子的時代先後等問題，今本《老子》書中出現極多掊擊儒家的言論，所謂「大道廢，有仁義，六親不和有慈孝」，「絕聖棄智，絕仁棄義」，此豈能簡單以孔子曾問禮而搪塞過去？至於說荀子非十二子，獨不及老莊，情況可以是老莊在當時的實際影響力十分有限，並不代表荀子認同他們的思想。總之，所謂「玄談得至契，足示迷者捫」，其實是相當顢頇的。

第三首是以漢末王烈避地遼東作自況。當時管寧、邴原亦俱至遼東，真逸故希望丁、吳二人能卜鄰於此，互相好有照應。其實，所謂「云將賃新居」，只有吳道鎔太史。他其後的確移居於龍湫村，至於丁仁長，則無此意向，他事後賦詩於真逸，一開始便説明自己早有歸計，「日日言歸未得歸，天教聯袂款巖扉。」

第四首是指舊日所曾隱居讀書的羅浮山，自辛亥以來，屢遭賊寇兵災，早已殘破不堪，看來，避地只能選擇香港這個「海外」之地了。詩的末聯，以秦末漢初的商山四皓，譬喻張、吳、伍、丁四位太史，並希望向他們招隱。

9.〈丙辰正月六日，與李君瑞琴、張君魯齋，暨闇公、智公同遊沙田，李君為言黎悦真居士擬築靜室山中，悼古傷今，慨然有作〉(1916)

昔聞陶靖節，歸休樂斜川。[1]
發春朋簪集，[2] 邀我遊沙田。
沙田在何許，涉行窮海邊。
翠巘亙西東，[3] 中有陌與阡。
草屋枕荒麓，稻畦瀉清泉。
亭亭望夫石，矗立南山巔。
夫君不可見，淚目窮幽燕。
我如老客婦，中情慨蘭荃。[4]
念茲石不轉，守節師前賢。

周室昔代殷，溥天皆王土。[5]
食薇不食粟，夷叔節空苦。[6]
沙田本租界，要約載盟府。
九十九年中，聖清尚為主。
南服橫鱣鯨，[7] 中原鬬豺虎。
尺地無乾淨，何方覓安堵。
黃冠不歸里，烏瞻此焉取。[8]
生當葺重茅，死當穴宿莽。

黎子齋繡佛，[9] 度地築茅庵。
逶迤深谷間，樹石侵雲嵐。[10]
緬懷曹洞宗，衣鉢走嶺南。[11]
天然祖心輩，花葉傳經函。[12]
當時王陳屈，雷峰相聚談。[13]
國破圖自全，洗心面瞿曇。[14]
居士豈有意，遺民夙所諳。
寒泉薦秋菊，配食應同龕。[15]
靈運冀生天，[16] 我懶安敢貪。
庶幾白蓮社，斗酒容沉酣。[17]

1　歸休樂斜川：東晉陶潛有〈遊斜川〉詩，其序云：「辛丑正月五日，天氣澄和，風物閒美，與二三鄰曲，同遊斜川。」

2　朋簪：指朋輩。《周易．豫卦》九四爻辭：「九四，由豫，大有得。勿疑，朋盍簪。」孔穎達《正義》曰：「盍，合也；簪，疾也。若能不疑於物，以信待之，則眾陰群朋合聚而疾來也。」

3　翠巘：青翠的山峰。杜牧〈朱坡〉詩：「日痕絙翠巘，陂影墮晴霓。」

4　中情：內心的真實感受。《墨子．尚同下》：「今天下王公大人士君子，中情將欲為仁義。」孫詒讓《墨子閒詁》：「情，實也。」蘭茎：本為兩種芳草之名，借喻為高潔品格。《楚辭．離騷》：「蘭芷變而不芳兮，荃蕙化而為茅。」

黎乙真（1872－1937），香港密宗的奠基者。

5 溥天皆王土：《詩經．小雅．北山》：「溥天之下，莫非王土。率土之濱，莫非王臣。」

6 食薇不食粟，夷叔節空苦：夷叔指伯夷、叔齊。據《史記．伯夷列傳》，周武王滅殷後，「伯夷、叔齊恥之，義不食周粟，隱於首陽山，采薇而食之。……遂餓死於首陽山。」後人或有質疑，譏其既義不食周粟，何故又甘食周薇，故真逸謂其「節空苦」。

7 南服：古代王畿以外的地區分為五服，南服泛指南中國。鱣鯨：海中兩種兇猛的巨魚。賈誼〈弔屈原賦〉：「彼尋常之汙瀆兮，豈能容夫吞舟之巨魚？橫江湖之鱣鯨兮，固將制於螻蟻。」顏師古註曰：「鱣，亦作鱏。」按二句指民國以來屢遭戰亂，南北皆無淨土。

8 黃冠不歸里：按《宋史．文天祥傳》，文天祥被押往大都後，誓不降元，臨當就刑，忽必烈猶派王積翁至牢房勸降。文天祥回答：「國亡，吾分一死矣。倘緣寬假，得以黃冠歸故鄉，他日以方外備顧問，可也。若遽官之，非直亡國之大夫，不可與圖存；舉其平生而棄之，將焉用我？」烏瞻：即瞻烏，指烏鴉聚集於得志小人的屋頂。《詩經．小雅．正月》：「瞻烏爰止，于誰之屋？」《毛傳》：「富人之屋，烏所集也。」蘇軾詩：「我窮惟四壁，破屋無瞻烏。」按此二句之意，若不能以黃冠道服歸隱故里，則只能如文天祥那樣殉節一死，決不肯趨炎附勢，出仕二朝。

9 繡佛：以彩色絲線繡成的佛像。杜甫〈飲中八仙歌〉：「蘇晉長齋繡佛前，醉中往往愛逃禪。」

10 逶迆：道路曲折綿延之貌。揚雄〈甘泉賦〉：「梁弱水之濎濴兮，躡不周之逶迆。」五臣注：「逶迆，長曲貌。」樹石侵雲嵐：指古木巨石參天。

11 曹洞宗：禪宗南派的一脈，所謂一花開五葉，即曹洞宗、臨濟宗、溈仰宗、雲門宗、法眼宗。衣鉢走嶺南：按中國佛教禪宗分為南宗和北宗，南宗的開創者為六祖惠能（638－713），相傳他往依五祖弘忍於黃梅，得其所傳衣鉢，乃返嶺南，開宗於曹溪。以後五宗法系，皆承自惠能門下的青原行思與南岳懷讓。

12 天然祖心輩：指天然和尚（1608－1685）和函可和尚（1612－1660），二人俱是道獨禪師（1600－1661）的門人。天然和尚，俗姓曾，世為廣州番禺望族，崇禎十三年（1640）出家，為曹洞宗第三十四代傳人。清康熙二十四年，卒於海雲寺，年七十八。函可和尚俗姓韓，廣東博羅人，曹洞宗詩僧，其父為明南京禮部尚書韓日纘（1578－1636），崇禎十二年出家，法名函可，法字祖心。清順治四年（1647），函可攜帶有關明臣殉難事跡的《再變記》返回廣東，但被南京邏卒搜出，目為「逆書」，身被重刑，雖免死而流放瀋陽，史稱函可案，為清代第一宗文字獄。花葉傳經函：此用禪宗創宗故事。據《五燈會元》：「世尊在靈山會上，拈花示眾，是時眾皆默然，唯迦葉尊者破顏微笑。世尊云：『吾有正法眼藏，涅槃妙心，實相無相，微妙法門，不立文字，教外別傳，付囑摩訶迦葉。』」禪宗遂奉摩訶迦葉為西土禪宗初祖，二十八傳至達摩，為東土禪宗初祖，六傳而至惠能，開南宗一系。道獨和尚為禪宗曹洞宗第三十三代傳人，他立天然為第一法嗣，函可為第二法嗣。

13 王陳屈：原註：「謂説作、喬生、獨漉、翁山。」按説作即王邦畿（1618－1668），喬生即陳子升（1614－1692），獨漉即陳恭尹（1631－1700），翁山即屈大均（1630－1696）。雷峰相聚談：雷峰指廣州番禺雷峰寺，又名海雲寺。清初天然和尚曾駐錫於此，庇護明遺民，其中有不少人如屈大均等，為逃避清軍追捕，於此削髮為僧。

14 瞿曇：按佛祖釋迦牟尼，俗姓瞿曇（Gautama），名悉達多（Siddhārtha）。全句之意，即一心一意皈依佛教。

15 配食應同龕：指若祭祀明末忠良臣民的話，天然與函和二位和尚亦應當在列。

16 靈運冀生天：靈運即南朝著名詩人謝靈運，他平生篤信佛教。「生天」指六道輪迴中往生為天神。據《宋書．謝靈運傳》，會稽太守「孟顗事佛精懇，而為靈運所輕，嘗謂顗曰：『得道應須慧業，丈人生天當在靈運前，成佛必在靈運後。』顗深恨此言。」

17 白蓮社：按東晉名僧釋慧遠（334－416）在廬山東林寺，與慧永、慧持、劉遺民、雷次宗等一百二十三人，結為白蓮社，專修念佛法門，誓往生於西方淨土。斗酒容沉酣：按慧遠因仰慕陶淵明，特為其破戒，允許他在寺中喝酒。《蓮社高賢傳》載：「時遠法師與諸賢結蓮社，以書招淵明，淵明曰：『若許飲，則往。』許之，遂造焉。」真逸二句引此，意謂若許其飲酒，則二人縱使釋道不同，亦可相往來。

簡析

這組詩共有三首，每首各有側重點。第一首除了交代郊遊的時地與緣起外，主要表達真逸對清室忠貞不二的情懷。作者把自己比擬為望夫石傳說中的婦人，「守節」不移。所謂「淚目窮幽燕」云云，相信只是真逸的自身寫照而已。

第二首也是經常出現於真逸作品的主題思想，即新界乃「淨土」。根據 1898 年的《展拓香港界址專條》，深圳河以南，界限街以北，清廷租借與英國九十九年。因此，沙田既不屬於中華民國，也非屬於英國，而是「聖清尚為主」。筆者淺見，箇中糾結，甚無謂也。不管香港、九龍抑或新界，難道是天地洪荒，自古以來即為女真一族的棲息地嗎？還不是三百年前才從大漢皇明手中搶奪而來，世間豈有賊徒奪人財物，猶斤斤於「乾淨」與否的道理？

1950 年代的沙田望夫石

第三首是專寫黎乙真的。黎是佛教徒，與真逸本來應該是「道」不同不相為謀的。真逸之意，當年雷峰寺的天然和尚，曾庇護大批明末遺民；而遺民中如屈大均等人，為了躲避追捕，也曾出家為僧。天然的師弟祖心函可和尚，也因遺民之累而遭流放東北。因此，釋氏與遺民，原非對立，甚至可以成為同道中人。只要黎居士能容忍他們的世俗習氣，彼此還是可以建立友誼的。

至於本詩的寫作背景，首先應交代的是時、地、人。「丙辰正月六日」即公曆 1916 年 2 月 8 日；地點是香港新界沙田，人物除了真逸外，根據詩題，還包括李炳（瑞琴）、張學華（闇公）、賴際熙（智公）、黎悦真（按當作黎乙真）。至於那位「張君魯齋」，其名待考，只知他是晚清秀才，有份出席是年九月真逸主辦的宋皇臺秋祭謝秋曉聚會。是會出席者共十六人，張魯齋是其一，見於蘇澤東的詩作。

今天沙田有一處屋廬，獲香港古物古蹟辦事處評為一級歷史建築，名為玉山草堂。按李玉山是廣東五華人，即李炳的父親。李炳幼年隨父來港，因承接政府建築工程而致富。其父於 1915 年去世，葬於沙田。1916 年的農曆大年初六，李炳與幾位太史和黎乙真等人同遊沙田，顯然不會是一般的聚會，估計是跟相地興築墓廬有關。玉山草堂建成於兩年後（1918），是專供李氏後人掃墓時作歇息之用。門楣上方有四個大題字，即出自真逸手筆。

至於黎乙真（1872－1937），他是香港密宗發展的奠基者。佛教密宗分為藏密和東密，黎氏所傳為東密。黎乙真的父親黎芳（1838－1890）是香港最早的攝影師，在皇后大道開設華芳映相樓，是香港最早營業的照相館。黎乙真十九歲即承繼

玉山草堂的外觀

玉山草堂的題字

父親產業，加上長袖善舞，跟香港一眾官商名流，頗有交往。他原初是修習顯教的，中年以後才轉而弘揚密教。真逸寫作本詩時，黎乙真應該還未歸向密宗。1924 年，黎乙真邀請日本真言宗傳燈阿闍梨權田雷斧（1846－1934）來港，在東蓮覺苑開壇，並受其灌頂。1926 年，他與胡毅生（1883－1957）、王弘願（1876－1937）、莫幹生（1882－1958）等人，在香港島大坑建立香港佛教真言宗居士林道場。1930 年，其妻張圓明（1872－1946）也在港成立女居士林，成為香港第一位女教授阿闍梨。（按：阿闍梨，佛教術語，意指導師。）

玉山草堂後的李氏墓道入口

李氏墓道

李玉山墓

10.〈遊杯渡寺〉[1]（1916）

陰厓合十擁蓮臺，[2] 傳道真禪渡海來。
碧嶂千盤高聳髻，滄溟一葦小如杯。[3]
幡垂雨氣桄榔長，梵答潮聲贔贔迴。[4]
惆悵六朝彈指盡，山河舉目有餘哀。[5]

1　杯渡寺：按詩題有原註：「寺後有石巖，相傳劉宋時杯渡禪師止此。」

2　陰崖：背陽的山崖。合十：僧人的敬禮動作，兩手當胸，十指相合。蓮臺：佛座。

3　碧嶂：翠綠而如屏障的山峰。李白詩：「開窗碧嶂滿，拂鏡滄江流。」千盤：指山路盤繞。滄溟：大海。一葦：原意是一束蘆葦，後多喻指小船。《詩經．衛風．河廣》：「誰謂河廣，一葦杭之。」

4 幡：寺前所豎立的幡柱旗幟。桄榔：一種棕櫚科的樹木，嶺南常見。梵答：指佛寺的敲鐘誦經聲響。贔屭：傳說中喜好負重之靈龜。

5 彈指：指短暫的時間。山河舉目：抬頭觀望世界。李白詩：「舉目山河異，偏傷周顗情。」

簡析

參以《瓜廬詩剩》的編次，此詩跟以下〈遊屯門青山贈陳春亭居士〉一詩緊接相連，當為同一背景之下的作品。至於準確的寫作時間，則未易判定。《瓜廬詩剩》編在〈丙辰正月十日太白紀異〉詩以後，〈丙辰九月十七祀宋趙秋曉先生生日，次秋曉生朝觴客韻〉之前，如果編次無誤的話，則當撰於1916年。

又，真逸此番遊覽青山，乃偕張學華等同行。《闇齋詩稿》亦有〈與九龍山人同游青山，宿盃渡寺〉一詩，介於乙丑〈中秋和少筠〉和〈丙辰元日〉之間，然則當撰於1915年的下半年至1916年初之間。

由於缺乏進一步資料，今亦無法準確判定二人這次屯門之行，究竟是在丙辰元日以前，抑或在其後。我們知道，《瓜廬詩剩》和《闇齋詩稿》都是作者生前手訂的，編次相當可靠，所以出現這種微細差異，可以肯定此行距離丙辰正月前後定必不遠，今故繫於1916年。

杯渡寺位於香港新界青山（今稱屯門），相傳南朝劉宋元嘉年間，有杯渡禪師曾於此駐錫。真逸纂修的《東莞縣志》亦稱，「杯渡之山，在東莞屯門，界三百八十里。耆舊相傳，昔日杯渡師來居屯門，因以為名。」由於史料缺乏，傳說真偽混雜，有關杯渡禪師與杯渡寺的歷史，這裏亦不擬詳究。

本詩的思想比較簡單，不過是登臨覽勝，興起山河變異之

青山寺內的「杯渡遺蹟」牌坊

慨。其中最重要者，就是最末一句「山河舉目有餘哀」。這其實是暗用《世説新語・言語》中「新亭對泣」的典故：「過江諸人，每至美日，輒相邀新亭，藉卉飲宴。周侯中坐而歎曰：『風景不殊，正自有山河之異。』皆相視流淚。」風景與舊日一般無異，而河山巨變，清室覆亡，因而才有慨歎餘哀。

[附]〈遊屯門青山贈陳春亭居士〉(1916)

浩劫茫茫塞大千，勞生何處息塵緣。[6]
回心願學陳居士，管領青山閱歲年。[7]

道人舊隱是羅浮，布襪青鞋記昔遊。[8]
今夕屯門東北望，鐵橋風雨夜猿愁。[9]

6　大千：世界。勞生：辛苦勞累的生活。《莊子・大宗師》：「夫大塊載我以形，勞我以生，佚我以老，息我以死。」塵緣：世俗的拖累。

青山禪院正門的牌樓，落成於 1929 年，正面橫扁是由港督金文泰所題的「香海名山」四字。

牌樓的背面是「回頭是岸」，內柱有真逸親題的對聯：「遵海而來杯渡情依中國土，高山仰止韓公名重異邦人。」

7　回心：轉念。陳居士：指陳春亭。按此句有原註：「山有杯渡寺、青雲觀，久廢，居士為之重葺。」閱歲：一年。

8　布襪青鞋：道士的日常衣着。蘇軾〈贈李道士〉：「故教世世作黃冠，布袜青鞋弄雲水。」

9　鐵橋：羅浮山有勝跡名「石梁」和「鐵橋」。蘇軾〈游羅浮山示兒子過〉詩：「鐵橋石柱連空横，杖藜欲趁飛猱輕。」原註：「山有鐵橋、石柱，人罕至者。」

簡析

顯奇法師，即陳春亭改信佛教後的法號。

過去屯門跟香港市區的交通相對閉阻，即日來回顯然是過於匆忙，故本詩末聯謂「今夕屯門東北望」，張學華的詩亦有「曉天如畫送歸舟」之句，皆可證明二位太史此遊曾在青山上渡宿一宵。

陳春亭（1859－1932），祖籍福建漳州，生長於越南，自幼即長期持素，嚮往入道。他來港後營生致富，乃萌退隱山林之念。當時屯門青山有所青雲觀，屬道教式廟宇，其旁有杯渡岩。所謂杯渡寺，其實是非常簡陋的建築，二者同屬當地陶氏族人的族產。1914 年，陶姓一族見陳春亭貌若忠厚，是「正經慈善之人」，於是便把寺觀的管領權送贈予他，交由其發展，而且答應終身不易。陳氏於是籌募資金，收購土地，大興土木。但其後陳氏在黎乙真等佛教徒的勸誘下，逐漸產生捨道入佛的念頭。他於是將發展的方向，由建道堂變為興佛寺，此即今天的青山禪院。1921 年，他更跟高鶴年前往寧波，拜會天台宗第四十三代祖師諦閑和尚（1858－1932），翌年受其剃度出家，法名得真，法字顯寄。

正由於陳春亭求法的曲折經歷，青山禪院亦與青雲觀產生一段曖昧的關係，數十年間糾纏不清，最後還就業權的問題，對簿公堂。1998 年經香港高等法院判決，二者業權與管理權分離，各自獨立。

真逸此詩，提供了不少寶貴的信息，有助我們了解青山禪院的早期歷史。「回心願學陳居士，管領青山閱歲年」，陳春亭 1914 年才從陶氏族人那裏取得青雲觀的管領權，至 1916 年初，大概只有一年左右，故稱「閱歲年」。「道人舊隱是羅浮，布襪青鞋記昔遊」，顯然直到這時，陳春亭仍是以道士自居，故真逸稱他為「道人」。而且，真逸大概早已跟他認識，因此這次青山之遊，極可能是出於陳氏的邀請，前來參觀最近的興作。按真逸的父親陳銘珪，是羅浮山酥醪觀的主持，真逸年少時曾隨父親讀書於此。

最後，本詩所表達的感情，跟上一首稍有不同。本詩主要是抒發作者對個人經歷的感慨，跟國家興衰無關。「今夕屯門東北望，鐵橋風雨夜猿愁」，羅浮山位於惠州博羅縣，在屯門的東北方向，真逸當年曾隨父親在此刻苦讀書，如今想起東坡筆下的鐵橋石柱、飛猿夜月，自然令人緬懷興歎。

第五章

何藻翔

何翽高先生晚年僧服照

自序

詩以人傳人不以詩傳德業無所成死後遺詩文數卷此最傷心事也辛亥前雅不欲以詩鳴不得已偶作率不存稿每見舊詩輒憎厭胸中似別有高妙者覓之終不可得朋輩不知我者以扇箋索錄舊作苦憶如夢囈國變後棄官南歸於破簏中蒐集得數十篇益以比年傷亂之作彙鈔一冊殆多有不得已於中者然祇此區區應酬之作不免雜出已自恨其多矣王之渙所傳不過六篇裴說行卷祇十九首古人豈以多爲貴哉十篇以後意境大畧相似劉長卿且然何有於末學斷乎不足存也我死三十年後乃可出眎人畧紀行藏崖畧云爾鄒崖逋者自識

鄒崖詩集　一

《鄒厓詩集・自序》

一、生平簡介

1. 晚清仕歷

何藻翔（1865－1930），原名國炎，字翽高，一字梅夏，號浦亭，清亡後改號鄒厓逋者，廣東廣州府順德縣馬寧鄉人。曾肄於廣州應元書院，登光緒十八年（1892）進士第，任兵部武選司主事。

光緒二十一年（1895），甲午戰敗，鄒厓激於忠憤，聯同禮部主事羅鳳華上書，參劾軍機大臣、兵部尚書孫毓汶（1833－1899）貪驕誤國等六大罪；同年參與組建京師強學會，研究新學。次年，任總理各國事務衙門章京。嘗約張元濟（1867－1959）、張蔭棠（1864－1937）、陳昭常（1867－1914）等七人，結為健社，修習英文。鄒厓政治立場傾向維新，與康有為（1858－1927）、梁啟超（1873－1929）、楊銳（1857－1898）等人過從甚密，被目為維新一黨。光緒二十三年（1897）因母喪回鄉守制，次年戊戌政變，幸免於難。

光緒二十五年（1899），起復入都。時慈禧立溥儁（1886－1942）為大阿哥，意行廢立，鄒厓聞座師徐桐（1819－1900）參與其謀，憤而脫門生籍。次年，庚子義和團事起，鄒厓留居京師。亂平，總理各國事務衙門易名外務部，鄒厓旋以父喪回籍守制。光緒三十年（1904），服闋入都，仍官外務部主事。

1905 年，張蔭棠出任議藏印商約欽差大臣。次年，因張氏之薦，以外務部主事身份，調為議約大臣參贊，道經香港，出使印藏。期間曾助張參劾駐藏大臣有泰、員弁劉文通、藏官噶布倫、齊丁溫珠等人貪贓枉法，誤國殃民。又條畫擬訂藏俗改良辦法，如九局章程、西藏善後問題廿四條等；又建言政府派兵入藏，收回政權，改設行部大臣；與廓爾喀訂立攻守同盟。後復與英印代表議定商約，據理力爭，堅持不准英印人擅往商埠以外地區；凡按舊例在境內往來居留者，皆歸中國政府管治。凡此謀畫，皆以維護國權為主旨。

光緒三十四年（1908）還京，補外務部考工司主事，轉員外郎，充幫總辦。宣統元年（1909），朝廷修纂《德宗實錄》，鄒厓上摺，請求更正戊戌、庚子二年實錄，並參劾慶親王奕劻（1838－1917）與袁世凱誣衊先帝、離間宮闈等罪。二年（1910）九月，資政院開院，鄒厓出任欽選議員。三年，辛亥革命爆發。十二月，清帝遜位詔下，鄒厓即日棄官，毫不留戀。

2. 遺老隱退

滿清亡國後，鄒厓以遺老身份，拒仕民國，先後謝絕袁世凱、熊希齡（1870－1937）、馮國璋（1859－1919）諸人出山之邀。1912 至 1919 年間，主要活動於廣州，曾充廣東省長朱慶瀾（1874－1941）顧問三年。民國四年（1915），出任為廣東通志館總纂，同時受聘者，還有溫肅、伍銓萃、梁慶桂、汪兆銓等人（按《廣東通志》最終未能成書）。

民國五年（1916），鄒厓堅拒朱慶瀾政務、警察兩廳廳長之邀，僅以鄉紳資格，受聘為廣東全省保衛團局長，兼順德團局長。其間曾勸朱氏聯結陳炯明、李福林、魏邦平等，抵抗桂系。

民國六年（1917），張勳等策謀復辟，沈曾植（1850－1922）函邀鄒厓與溫肅北上參議。鄒厓主張以三十三人聯推馮國璋、張勳為主盟，先固結曹錕、張作霖等，務能畫江而守，謀定而始動。及聞張勳倉卒起事，乃以南北佈置未就緒，倉卒未行，最後復辟亦浹旬而敗。同年，鄒厓出任廣州醫學實習館館長。民國九年（1920），與汪兆鏞、沈澤棠（1846－1928）、林鶴年（1858－1924）、姚筠等七人，受聘為學海堂學長。

1920 年秋，鄒厓移居香港。初以李景康（1890－1960）之薦，充任聖士提反中學教席。爾後先後出任漢文師範學校、文宣學校、湘父學校等處講席；又以賴際熙之薦，出任富商傅翼鵬（1860－1936）、馮香泉（1875－1941）家教席，課其子女；又兼講學於學海書樓。執教之暇，復懸壺行醫。1922 年，出任《順德縣志》總纂（1929 年成書，鄒厓有序）。1930 年 9 月 30 日，病逝於香港，年六十六。陳伯陶輓聯：「京華通籍閱卅八載，世推名士；海上忍飢凡十九載，今之逸民。」僅十天後，陳太史亦鶴駕仙遊。

生平著述，有《六十自述》、《鄒厓先生詩稿》；此外還編纂有《嶺南詩存》、《藏語》等。

1930 年 10 月 1 日《香港工商日報》對鄒厓病逝的報道。全文如下：「何翽高先生逝世　順德何翽高先生（藻翔）在前清時，以名進士供職部曹，學問氣節，士林欽仰，張伯憩公使（蔭棠）入西藏議印藏商約時，奏調先生充參贊，力爭國權，有聲外交界，（先生曾著有藏語一書）。其後入外交部當員司。民國成立，袁世凱欲羅致先生，而先生知其早蓄異志，不肯就聘。歸粵後，曾從事全省團練，未幾亦棄去。來港就教職者垂十年，及門多成才，近寓本港聖士提反里七號，最近抱病月餘，昨三十日逝世，定今日正午十二時出殯，停柩東華義莊，在上路永別亭辭靈云。嶺南耆舊又弱一個矣。」

二、作品選讀

1.〈香港走送圓默道人北行，歸途舟中口占卻寄〉[1]（1913）

一天雺霧去何之，不解棲皇歲暮時。[2]
取月獼猴緣井苦，逆風鷁鳥退飛遲。[3]
餘生分作溝中斷，引著重參劫外棋。[4]
避世伯鸞私自念，死應塚愧傍要離。[5]

1 按：此詩詩題，1958 年版《鄒厓詩集》作〈香港走送毅夫北行，歸途舟中口占卻寄〉。圓默道人亦即溫肅，毅夫是其號。又，兩版俱有原註：「十二月廿三日」，即公曆 1913 年 1 月 29 日。

2 雺霧：霧氣迷濛。《隋書．天文志下》：「將雨不雨，變為雺霧。」棲皇：即栖遑、栖皇，奔波忙碌貌。庾信詩：「栖遑終不定，方欲涕沾袍。」

3 取月獼猴：按《法苑珠林．愚戇篇》載有一故事，波羅奈城有猴群，見井中月影，以為月墮井中，世界將長夜冥暗，思有以救之。為首獼猴乃手握樹枝，其餘則捉猴尾，輾轉相連，以入於井。最後樹枝不堪負重而折斷，群猴皆墮入井中。緣：攀援。全句之意，溫肅為清室奔波，有點像救月獼猴，自尋苦惱。逆風鷁鳥：《春秋》僖公十六年載：「是月，六鷁退飛過宋都。」退飛：倒退着飛行。全句之意，溫肅像逆風倒飛之鳥，未有順應時勢，作適當改變。

4 溝中斷：典出《莊子．天地》：「百年之木，破為犧尊，青黃而文之，其斷在溝中。比犧尊於溝中之斷，則美惡有間矣，其於失性一也。」意即木頭刻削為神像，被供奉於神壇，其餘棄材則委於溝壑。此處鄒厓以天地之棄材喻己。引著：拿起棋子。按 1958 年版《鄒厓詩集》作「一著」。劫外棋：清初查慎行詩：「交頭對倚花前杖，斂手閒看劫外棋。」劫即「打劫」，圍棋術語。此句之意，面對時局紛繁動蕩，自己只能冷眼旁觀。

5 避世伯鸞：東漢高士梁鴻，字伯鸞，曾避地於吳，見《後漢書．逸民列傳》。自念：按 1958 年版《鄒厓詩集》作「自責」。死應塚愧傍要離：按 1958 年版《鄒厓詩集》此詩有原註：「圓默留別詩有『要離』語，世有其人，以父事之。」「世有其人，以父事之」八字為舊版詩注所無，疑為衍文。所謂「圓默留別詩」，指溫肅著名的〈出都留別諸公〉詩：「生平不拜首陽祠，喚作遺民亦自悲。一事告君煩記取，死應穿塚傍要離。」要離是春秋時吳國的刺客，受命於公子光，行刺吳王僚之子慶忌。據《後漢書．梁鴻傳》，梁鴻去世後，「（皋）伯通等為求葬地於吳要離塚傍。咸曰：『要離烈士，而伯鸞清高，可令相近。』」鄒厓之意，自己如梁鴻避世，只求潔身隱退，若死後埋塚於要離之傍，也應感到愧疚。言下之意，只有溫太史之忠義，才配塚傍要離。

簡析

1913 年初，溫肅太史取道香港，轉航北上，圖謀復國大計。《清侍御毅夫年譜》記述：「十二月，遊香港。晤賴煥文、陳子礪、張漢三諸公。何翽高、岑敏仲里居，聞余至，亦來會，並獲識陳子丹。」

從現存資料看，鄒厓前此已不止一次來港。例如〈贈莫六〉詩自注：「己亥翔入都供職，雲裳親送至港，與弟藻泉湘甫招待甚摯。」這是指光緒二十五年（1899）十月，鄒厓起復入都之事（參見〈六十自述〉）。又如光緒三十二年（1906）出使西藏、印度，任職參贊，來回皆道經香港。

本詩首聯點出歲暮時序與送行背景，頷聯以取月獼猴、退飛鷁鳥譬喻溫肅。必須注意者，鄒厓只是模擬世間常人的眼光與口吻，藉此反襯溫肅栖遑勞苦，具備知其不可為而為之的奮鬥精神，並非真有嘲諷其不合時宜的用意。頸聯是鄒厓自喻，自己不過是袖手旁觀的吃瓜群眾而已。尾聯回應溫肅所謂塚傍要離之語，表示自己愧無此氣魄。

高伯雨先生在《聽雨樓隨筆．遺老詩人何藻翔》一文中，稱「何藻翔以遺老自居，對新國家持敵視態度，在精神上他支持復辟黨的活動，但也只是『得把聲』而已」，雖略嫌有點直率，但未嘗不是準確評語。從日後張勳復辟時他的表現，以至本詩「溝中斷」、「劫外棋」等話，皆可證明鄒厓實無任何復辟的行動力，「得把聲」可謂一語中的。

2.〈甲寅人日宿九龍山人家題壁〉(1914)

綠裹園亭自一家，年來種菜是生涯。[1]
五更枕上關心事，雀啄新畦豌豆花。[2]

1 綠裹：綠色植物所包圍。范成大詩：「纖纖綠裹排金粟，何處能容九里香。」

2 雀啄新畦豌豆花：此句有原註：「翌廬主人自述心事，撰句贈之。」按 1958 年版《鄒崖詩集》無「撰句贈之」四字。

簡析

甲寅人日即 1914 年 2 月 1 日。按康有為跟鄒厓關係頗佳，1913 年康氏因母喪，從上海回港。甲寅春，鄒厓與溫肅等俱有來港弔唁。

伍銓萃跟鄒厓是同年進士，在北京時，兩人過從頗密。據鄒厓〈六十自述〉，光緒二十五年（1899）慈禧以溥儁為大阿哥，謀行廢立，「余適在粵東酒館座，語伍編條叔葆曰：『祖制不立太子，大禍在眉睫矣。』」故鄒厓此行來港，新春人日乃主其家。

伍銓萃於辛亥革命後不久便來港，居住於九龍城，與陳伯陶家頗為相近。從鄒厓此詩反映，他此時顯然已經心如止水，斷絕一切政治上的掛慮，專意於歸隱，種菜務農，這可說是遺老中的一類典型。

3.〈阿彬律道山樓夜話述呈長素工部〉[1]（1914）

殉城虛愧二千石，[2] 居攝寧堪十四年。[3]
山海沉冥龍虎伏，網羅抶破鳳鸞翩。[4]
感懷風義悲靈運，名德期頤笑褚淵。[5]

贈我松筠詩扇在，紅羊劫換各華顛。[6]

1　阿彬律道：疑即今天中環亞畢諾道（Arbuthnot Road）的舊譯。此路上與半山堅道相連，下接中環荷里活道。長素工部：即康有為。

2　殉城虛愧二千石：此句原註：「甲午相余，謂他日當以太守殉城，今靦然。亡國大夫，求死不得，至可痛也。」按鄒厓〈壽長素先生六十〉詩，康何二人初識於光緒八年（1882），時康有為至順天參加鄉試。光緒二十一年（1894），康有為入京參加會試，二人更經常見面，過從親密。鄒厓〈六十自述〉謂：「每深夜過余，痛論西國政教得失，遂成莫逆。」看相預言殉國云云，即在此時。

3　居攝寧堪十四年：此句原註：「余謂新室歷十四年，兩人墓木拱矣。先生曰：『外人不我待也。』」按「十四年」，1958 年版《鄒厓詩集》詩句與原註皆作「十七年」。衡諸史實，新莽國祚前後十四年。鄒厓之意，假如民國一如新莽，國祚能達十餘年，則吾二人恐怕至此亦早已去世。康氏回答，其他人不會等待我們，趕快行動吧。

4　龍虎伏：按此句有原註：「嘗以『虎氣必騰上，龍性誰能馴』楹帖見贈。」此聯之意，前句是說國運陵夷，自己只能蟄伏於野；後句則指康氏自戊戌政變後，如掙脫網羅的鳳鸞，遨遊四海。

5　靈運：南朝劉宋詩人謝靈運（385－433）。按謝靈運為官荒怠，政聲不佳，最後以謀反罪被誅。所謂「感懷風義」，可能是指他曾「非毀執政」徐羨之等人，因而被外放為永嘉太守一事。名德期頤：期頤指百歲壽期。按《南齊書．褚炫傳》，褚炫高風亮節，不齒其堂兄褚淵（435－482）所作所為，曰：「使淵作中書郎而死，不當是一名士邪！名德不昌，遂令有期頤之壽。」意思是褚淵名德不立，縱有期頤之壽，亦復何用。笑褚淵：按 1958 年舊版《鄒厓詩集》作「歎褚淵」。褚淵是南朝劉宋重臣，曾受宋明帝託孤重任，最後卻支持蕭道成篡位，深受時論所非議。民間歌謠曰：「可憐石頭城，寧為袁粲死，不作褚淵生。」又按，此聯有原註：「並是夕語。」

6　贈我松筠詩扇在：此句有原註：「乙未承贈長句云：『君不見諫草之堂何巍巍，三百年來過者頭皆低。紫藤書屋何鬱鬱，中有二直人不識。』」按北京松筠庵為明嘉靖諫臣楊繼盛（1516－1555）故址。繼盛以參劾嚴嵩（1480－1567）而被處斬，以後其居成為士大夫文人吟遊集會之所。乙未即光緒二十二年（1895）。馬關條約簽訂後，朝議嘩然，康有為等舉人集合於松筠庵，發起公車上書；鄒厓則與禮部主事羅鳳華上書彈劾軍機大臣、兵部尚書孫毓汶貪驕誤國六大罪。康有為撰贈〈順德二直歌〉，把鄒厓比作楊繼盛。原註「君不見」云云，即出自〈順德二直歌〉。紅羊劫：詳見本書前吳道鎔〈和蘇選樓澤東自題宋臺秋唱圖〉詩注。華顛：頭髮花白。權德輿詩：「振衣慚艾綬，窺鏡歎華顛。」

簡析

康有為（1858－1927）

戊戌政變後，康有為逃亡來港，此後遊歷列國，而家屬則一直安置於香港。1913 年 8 月，康母病逝，公曆 11 月 11 日，康有為乘搭日輪丹波丸抵港，回家奔喪。康同璧《康南海先生年譜續編》記載：「十月，先君由日本奔喪歸港。十一月四日，從海明輪運勞太夫人與弟幼溥靈襯歸羊城，港督及粵督均以官兵軍艦護送。十六日安葬於南海縣銀塘鄉之後岡。」年譜所用乃農曆，可知康有為是公曆 1913 年 12 月 1 日離港，親護靈柩返粵安葬的。

此後有關康有為的行蹤，康同璧的《年譜續編》未有記載。其實，康有為在葬母後，仍返回香港，並居住了一段短時間，於是才有鄒厓專程來港弔唁，並跟康在亞畢諾道作一夕之晤。吳天任《何翽高先生年譜》繫此詩於民國三年（1914），處理正確。吳氏並謂：「正月遊香港，主於伍叔葆（銓萃）之九龍躉廬。訪康長素於其阿彬律道山樓夜話，先生均有詩紀之。」參以《鄒厓文集》的編次，本詩亦緊接〈甲寅人日宿九龍山人家題壁〉一詩之後，可推知當撰於 1914 年的正月。

康有為此次回港，除了何鄒厓外，還會見了溫肅，可能還有梁鼎芬。按康、梁原為知交，但戊戌變法時，因政見牴觸，梁斥康為「邪教邪説，心同叛逆」，又支持張之洞查封上海強學會，二人自此反目。辛亥革命後，在共同好友如鄒厓等人的拉攏下，彼此捐棄前嫌，組成統一戰線，其後張勳復辟時，二人便緊密配合。《清溫侍御毅夫年譜》：「（甲寅）正月，赴香港，訪康長素。時康方丁憂，寓港鄉中。」又溫氏〈跋梁文忠書札〉一文稱，「宣統癸丑，［康］先生丁內艱，寓香港之畢律道，余勸文忠（按：即梁鼎芬）往唁之，從此蹤跡復合。」

至於鄒厓居間調停，據其〈六十自述〉所稱，「初，梁節庵、康長素二人，自戊戌政見齟齬。遂絕往來，及康丁艱，梁赴西樵謁康母墓，余為兩家媒介交歡。故復辟一役，沆瀣一氣。」限於目前資料，我們未能確定梁鼎芬是春有否來港，鄒厓此行有否見過溫、梁二人，但從〈六十自述〉所言推測，他跟康有為此夕的面談，應該是有提及康、梁二家和解的問題。

香港中環亞畢諾道近貌

4.〈九月十七日宋皇臺祝趙秋曉先生生日和九龍真逸〉（1916）

嶺南今士族，半出宋遺民。[1]
重話白鵬事，都為龍漢塵。[2]
雲車風馬想，甲子大奚濱。[3]
一盞薦寒菊，秋風吹角巾。

設位兼林謝，[4] 招魂復趙方。[5]
儘教亡國鬼，坌集化人場。[6]
生死還今日，興亡盡此觴。
茫茫十七史，何必問滄桑。

攬揆登高後，[7] 江山秋氣多。
併為三日哭，且續八哀歌。[8]
天命已如此，古人無奈何。
菜羹行處有，初念肯蹉跎？[9]

九龍非我有，[10] 漫說宋皇臺。
只合中原死，寧徒易姓哀。
忠臣出盜賊，遺老空蒿萊。[11]
淚盡崖門水，花溪魂儻來。[12]

1 半出宋遺民：原註：「自南雄珠璣巷來。」1958 年版作「多宋末自珠璣巷來」。又《宋臺秋唱》此句作「半是宋遺民」。按清代廣東珠三角以至粵中、粵西一帶的族譜，大多記載有本族在宋末咸淳年間，從粵北南雄珠璣巷南遷的故事。其內容千篇一律，皆謂南宋年宮廷有胡妃（一說蘇妃）從宮中逃出，隨商人黃貯萬歸南雄，事為官府察覺，欲派兵夷平其地，於是由貢生羅貴率領五十八村九十七人，結隊南行，是為廣東各姓村族的始遷祖先。其實，此事純屬子虛烏有，乃互相抄襲的結果，並非信史。可參陳樂素：〈珠璣巷史事〉。

2 白鷴事：《宋臺秋唱》集作「重話咸淳事」。按張岱《夜航船．四靈部．飛禽》：「白鷴：宋帝昺駐蹕厓州山，為元兵所追，丞相陸秀夫抱帝赴海死。時御舟一白鷴，奮擊哀鳴，墮水以殉。」陳伯陶〈丙辰九月十七祀宋趙秋曉先生生日，次秋曉生朝觴客韻〉即用此故事，首曰「翠旗虹旃海上槎，白鷴刷羽鳴荒遐」。龍漢塵：指中國人。《宋臺秋唱》本作「龍漢人」。

3 雲車風馬：原指神仙的車駕，此處意謂浪漫遐想。甲子大奚濱：1985 年版《鄒厓先生詩集》作「甲子大溪濱」，1958 年舊版、《宋臺秋唱》集俱作「甲子大奚濱」。按陳紀〈故宋朝散即簽書惠州軍事判官兼知錄事秋曉趙公行狀〉：「宋亡，…… 遂退隱於邑之溫塘村，足跡不入城郭，惟西走大奚，東走甲子，短衣敝笠，徘徊海岸，不挾一童，每望厓山，則伏地大哭。」甲子、大奚俱為粵東地名，甲子即今汕尾陸豐甲子鎮，大奚即今香港大嶼山，「大溪」顯誤。

4 林謝：原註「霽山」、「皋羽」。按林霽山即林景熙（1242－1310），字德暘，號霽山，浙江溫州人。少有詩名，咸淳七年進士，官至禮部架閣。元兵陷建康，棄官歸里。宋亡後與謝翺、唐珏、胡僑等結為山陰遺民吟社，詩文酬唱，著有《白石稿》、《白石樵唱》等。謝皋羽即謝翺，生平見本書前錄陳伯陶〈宋皇臺懷古並序〉注。

5 趙方：原註「晉」、「興」。按趙晉當為趙溍，字元溍，號冰壺，衡州人，趙葵之子。咸淳末，知建康府；端宗即位於福州，任為江西制置使；其後曾入駐廣州，卒年不詳。方興（1243－1279），字毅軒，臨湘人。宋末響應號召，起兵勤王。元兵陷臨安，隨文天祥、張世傑等轉戰東南，擁立帝昺。方興獲封詔討使，厓山兵敗，隨陸秀夫負帝投海殉國。據〈故宋朝散即簽書惠州軍事判官兼知錄事秋曉趙公行狀〉，趙必瑑曾勸熊飛：「吾聞宋主舟在海中，將遣趙溍、方興制置安撫東廣，不若建宋號，通二使，尊宋主，然後舉兵入城，事成則可雄一方，不成亦足以垂不朽。」「飛深然之，遂擇日返正，署宋旗，改衣冠，舉兵向城，而黃、梁亦遁去。遂迎趙、方二使入廣。」

6 坌：一併。司馬相如〈哀秦二世賦〉：「登陂陀之長阪，坌入曾宮之嵯峨。」《漢書》顏師古注引張揖曰：「坌，并也。」化人場：原義是火化場，此處解作祭奠的場所。1958 年版《鄒厓詩集》此句作「都集化人場」。

7 攬揆：生日，這裏指趙必瑑的生日紀念聚會。錢謙益〈畢封君八十壽序〉：「覽揆之辰，易衣破涕。」

8 併為三日哭：三日哭，泛指亡國的哀悼。《晉書．羅憲傳》：「魏之伐蜀，憲守永安城。及成都敗，知劉禪降，乃率所部臨於都亭三日。」庾信〈哀江南賦序〉：「三日哭於都亭，三年囚於別館。」按新版《鄒厓先生詩集》此句有原註：「九月十九日為廣東辛亥獨立紀念日。」意即此次遺民聚會，除了紀念趙秋曉的生日外，還可兼哀悼昔年辛亥革命時，廣州亦於是月為黨人所據，宣佈獨立。且續八哀歌：按此句有原註：「《東莞八遺民錄》，劉鴻漸撰。」意指陳伯陶的《宋東莞遺民錄》，能上續劉氏之作。

9　菜羹行處有：此句原註：「秋曉先生句：『詩人只合住茅屋，天下何嘗無菜羹？』」初念肯蹉跎：蹉跎此處解作衰減銷亡。全句之意，自己忠臣不仕二主的初念，又怎會有所銷減。1985 年版《鄒厓先生詩集》此句有一原註，為 1958 年舊版所無，謂:「辛亥十二月二十六日棄官，甲寅熊內閣招聘，丁巳馮國璋電聘出山，不敢負初志也。」按甲寅乃 1914 年，熊指熊希齡，時任中華民國總理。熊氏所組成的內閣，英俊林立，日後被譽為「人才內閣」。據鄒厓詩〈發大願戒詩，兩月醉後忽得三律，書寄癭庵〉自注：「癭公書述熊鳳凰推轂意，內閣提議三次。梁某曰：『翽高必不肯出，姑稍待之。』」癭庵即羅惇曧（1872－1924），熊鳳凰即熊希齡，梁某大概是指當時的司法總長梁啟超。

10　九龍非我有：《宋臺秋唱》本作「九龍成異域」。

11　遺老空蒿萊：新版《鄒厓詩集》作「遺老空塵埃」，今據 1958 年版及《宋臺秋唱》本。新版此句下還有一原註：「南歸十年，不願逃港澳託庇外人，故第三句云然。」按 1958 年版與《宋臺秋唱》皆無此注。全句之意，自己既作遺老，便只應隱居於蒿萊之間，卻不願託庇於外夷。

12　花溪魂：指趙必瑑與熊飛之魂。按蘇澤東〈九月十七宋趙秋曉先生生日，九龍真逸集同人於宋王臺下，設像拜之，賦此紀盛〉詩：「花溪欽義士，茅屋祀詩人。」原註：「公助熊飛起兵花溪。」

東莞榴花新圍的熊飛墓園

簡析

有關本詩的背景，即 1916 年秋天陳伯陶發動為宋遺民趙必瑑祝壽集會，並廣邀遺老同調，詩詞酬唱之事，本書前已有所交代，茲不復贅。鄒厓這四首應和詩，中心要旨，其實就是結穴於「菜羹行處有，初念肯蹉跎」一句上。從鄒厓日後的行跡看，他的確能做到不仕民國，無負初心。

5.〈贈莫六〉(1924)

三十年前孔李交，滄桑邂逅島山坳。[1]
羨君海運鵬摶翮，[2] 老我無家鳥覆巢。
赤雅新編東塾稿，白頭重纂北堂鈔。[3]
上方請劍慚無補，荊聶相推漫解嘲。[4]

1 孔李交：此用孔融和李膺的故事，詳參本書前錄陳伯陶〈闇公、趕公同澹菴、潛客二老過九龍山居〉第二首詩注。邂逅：相遇。

2 海運：指莫鶴鳴任職太古洋行買辦。鵬摶翮：翮是鳥翼，鵬摶翮即大鵬展翅，盤旋而上，典出《莊子・逍遙遊》。兩版《鄒厓詩稿》俱作「鵬搏翮」，誤。

3 赤雅：《赤雅》原為明末鄺湛若（露）的作品。湛若嘗遊廣西，歸而述其所見聞，凡山川物產，風俗人情，皆詞藻簡雅，序次典核。莫鶴鳴以此為其齋號，所開設古玩店，即取名赤雅。東塾稿：東塾即晚清著名學者陳澧。1924 年，高學廉購得陳澧遺稿六百餘冊，莫鶴鳴乃建議延請鄒厓與鄧爾雅、崔伯樾三人分別校理，稱《學思餘錄》，鄒厓並撰有序文。汪兆鏞《微尚齋日記》乙丑正月廿三日：「昨在娛園遇莫鶴鳴、蔡哲夫從港來，交（校）閱何翽高撰《學思餘錄・序》，擬將東塾先生平日讀書小冊，為之校理，以付石印。此事本極好，出自港中尤難得，但東塾先生論學精要，全在《讀書記》中，此箚記皆糟粕耳。」按書稿整理，前後持續兩年，最後隨着 1928 年利希慎被刺殺而結束。北堂鈔：隋代虞世南任秘書郎時，曾於秘書省後堂（北堂）集結群書，摘錄片段，成《北堂書鈔》，為我國現存首部類書。但此處所說的北堂，實指利氏借出的北山堂，所謂北堂鈔，亦同指陳澧的《學思餘錄》。

4　上方請劍：《漢書・朱雲傳》：「成帝時，丞相故安昌侯張禹以帝師位特進，甚尊重。雲上書求見，公卿在前。雲曰：『今朝廷大臣上不能匡主，下亡以益民，皆尸位素餐，孔子所謂「鄙夫不可與事君」，「苟患失之，亡所不至」者也。臣願賜尚方斬馬劍，斷佞臣一人，以厲其餘。』」按此句之意，自己雖然被隆重請出來校纂書稿，然而慚愧尚未交出顯著績效。荊聶：荊軻與聶政，俱戰國時代著名的刺客。所謂「荊聶相推」，就是推許自己為壯烈之士。按此句有原註：「莫六以余劾袁慶疏，引為精武會員。」據鄒匡〈六十自述〉，宣統元年（1909），曾上章劾袁世凱和慶親王。「正月，德宗奉安崇陵，命廷臣纂修實錄。余繕奏請更正戊戌庚子實錄，劾慶袁誣蠛先帝，離間宮闈。戊戌政變，與庚子拳禍相為倚伏，當時偽詔，有調兵劫圍頤和園，幾陷朕躬不孝之語，置先帝於何地。」全句之意，現在隨便重提這件事，聊以解嘲。

鄧爾雅 1932 年所繪的鶴鳴圖，下有區大原、江孔殷、區大典、岑光樾等人的題詩。

簡析

早期香港著名的家族，有不少是買辦出身。所謂買辦，指外資洋行、銀行、船務公司聘請的華籍代理人。他們一般擁有廣泛的人脈關係，通常能兼通中外語言，透過居間協調，洽談商貿，在華洋兩邊同時賺取佣金；而且他們通常還自營商舖，長袖善舞，因而致富者頗眾。

香港最著名的買辦，無疑首推何東（1862－1956），至今還被人津津樂道。但其實比何東更早，還有莫仕揚家族。莫仕揚（1820－1879）是廣東省香山縣金鼎鎮會同村人（其地今屬珠海市）。廣東是買辦的主要來源地，而香山縣由於毗鄰澳門，與廣州、香港相距也不遠，更加成為買辦的搖籃。著名的香山買辦，除了莫仕揚家族外，還有吳健彰（1791－1866）、唐廷樞（1832－1892）、郭亞祥（？－1880）、鄭觀應（1842－1922）等等。跟何東白手興家不同，香山會同莫氏背景遠為深厚，早自康熙朝以來，已有不少族人通過經商致富，成為地方上深具影響力的鄉紳。只是到了莫仕揚，由於祖孫三代出任太古洋行的總買辦，富甲一方，家族聲勢更為顯赫。

太古洋行是英資施懷雅（Swire）家族的企業，實力雄厚，是香港英治時期最重要的財團，民間有所謂「太古有錢，渣甸有面」。1870 年，太古洋行在香港成立，莫仕揚出任總買辦。1879 年莫仕揚病逝，總買辦一職由次子莫藻泉（1857－1917）承繼，以後又傳至其孫莫幹生（1882－1958）。其間會同莫氏大批族人進入太古洋行當僱員，族人甚至戲説「只知有莫，不知有英」（按莫、英二字，字形相近易訛），幾成喧賓奪主之勢。直至 1931 年，由於太古的嫉忌和排擠，莫幹生被迫辭職，莫氏一族跟太古的關係才宣告結束。

莫漢（1872－1953），原名履卓，字鶴鳴，號養雲，以字行。他是莫仕揚的旁系孫輩（跟莫幹生同輩），曾任開封輪船經理、香港中國銀行司庫。1905 年被派往海南島海口市，開設太古代理處，成為太古買辦。1908 年回到廣州，出任太古廣州分行買辦。1928 年，與人合資創辦中山縣岐關車路公司；晚年還一度涉足電影事業。

莫鶴鳴除了從商外，還熱衷於文教公益事業。特別對於家鄉香山的地方建設，貢獻尤巨。舉凡義學、團防、電燈、公園、植林等，無不鼎力支持。平糶是晚清以來珠三角一帶流行的賑濟方式，一般由慈善機構或富商華僑在災年籌集資金，購進大米，再以低價向貧民出售。1919 年東亞與東南亞食米供應短缺，商人乘機囤積居奇，廣東糧價飛漲，貧民苦不堪言（香港甚至出現搶劫米店風潮）。適逢前一年日本亦發生「米騷動」，遂同至安徽蕪湖（中國四大米市之一）搶購白米。粵商由劉鑄伯等人發起，組成「廣東糧食救濟總會」，電請北洋政府總統徐世昌出面協調，最終獲安徽省政府相助，得從蕪湖購入大批白米回粵應急，成為中國近代史上著名的大型平糴事件。其間莫鶴鳴運用其在太古航運的影響力，積極支持，最後平糴成功，存活饑民無數。1924 年，他出任香山會同藻泉學校校長，以及精武體育會會長。

莫鶴鳴還能寫作詩文，又喜好書畫鑑藏，是莫氏一族中最具文化氣息的商人。1924 秋，他向利希慎商借利園山的二班行，組成北山詩社，成為香港開埠以來最具規模的文學社團。同年 10 月，莫鶴鳴赴海口公幹，社友遂以「重陽前三日送莫六之瓊厓」為題，賦詩送行。可惜北山詩社運作的日子不長，至 1925 年隨着省港大罷工的爆發而解散。

有關鄒厓跟莫鶴鳴的交遊關係，此詩提供了很多寶貴資料。鄒厓在詩題下附有一長註，謂：「光緒丁酉令叔雲裳茂才約先武翼都尉厚農府君，到會同村相墓，盤旋半月，歸述其家法之善，興未有艾也。己亥翔入都供職，雲裳親送至港，與弟藻泉、湘甫招待甚摯。癸巳除夕，鶴鳴約喫香山粉果，重談家世，不勝風木之悲。」

按：光緒丁酉，即光緒二十三年（1897）。那位「雲裳茂才」，即莫仕揚的長子莫冠球（字雲裳，1842－1900），他是莫鶴鳴的叔父輩；厚農府君，即鄒厓父親何家饒（字厚農，？－1901），他中光緒二年丙子恩科武進士，官至營用守備。大概當時莫冠球有至親去世，於是邀請何厚農至會同村，一起相墓。二人關係，顯然非比一般，故鄒厓詩稱「三十年前李孔交」。己亥是光緒二十五年（1899），是歲十月，鄒厓起復入都，重新供職，莫冠球親送至香港。莫藻泉原名莫冠鎏，莫仕揚次子，太古洋行總買辦一職，就是由他來承繼。鄒厓在香港，獲得他們兄弟二人的盛情款待。

最後，所謂「癸巳除夕，鶴鳴約喫香山粉果」云云，實有筆誤。按癸巳是1893年。前面本說1897年之事，何以忽然說回更早之前，顯然是時序錯亂；何況當時鄒厓父母還在世，何有風木之悲？參以《鄒厓詩集》的編次，此「癸巳」實為「癸亥」之誤。癸亥除夕，即公曆1924年2月4日，二人重談起三十年前的舊事，不勝唏噓，故鄒厓才有此詩贈予莫鶴鳴。

6.〈中元後一夕愚公簃玩月〉[1]（1924）

端居不樂思月泉，故宮禾黍今何年。[2]
山鬼窈窕哀中元，重續何郎明月篇。[3]
嫦娥笑我忽華顛，[4]今月不似兒時圓。
昨宵風露盂蘭筵，銅鉦盎鼓千燈燃。[5]
出入地獄賽目連，百六罡星飛上天。[6]
愚簃主人好事者，[7]置酒留賓愛風雅。
少年拳棒習少林，老輩風流追汐社。[8]
會登旂山絕頂浮大白，泠然御風機軋軋，河山空相無南北。[9]

1　原註：甲子，即1924年。

2　端居：即閒居。孟浩然詩：「欲濟舟無楫，端居恥聖明。」月泉：即月泉吟社，南宋遺民吳渭、方鳳、謝翱等所組織的詩社，詳見本書前錄吳道鎔〈宋臺秋唱序〉注。此處是指愚公簃詩社。故宮禾黍：指滿清亡國。今何年：此句原註：「紂以甲子亡。」按《禮記．檀弓下》：「子卯不樂。」孔穎達《正義》曰：「紂以甲子死，桀以乙卯亡。王者謂之疾日，不以舉樂為吉事。」滿清自1912年壬子亡，轉瞬一紀，至1924年甲子，又逢子歲，鄒厓故有「不樂」之思。

3 窈窕：嫻靜美好貌。《楚辭．九歌．山鬼》：「若有人兮山之阿，被薜荔兮帶女蘿。既含睇兮又宜笑，子慕予兮善窈窕。」中元節即盂蘭節，是超渡施食於孤魂野鬼的節日，俗稱鬼節，故有「山鬼窈窕」之語。何郎明月篇：何郎指明朝文學家何景明（1483－1521），前七子之一，〈明月篇〉是其著名作品。王士禛〈戲仿元遺山論詩絕句〉：「接跡風人明月篇，何郎妙悟本從天。」

4 華顛：參前〈阿彬律道山樓夜話述呈長素工部〉詩注。

5 銅鉦盋鼓：盋即「鉢」，與鉦、鼓俱為祭祀時的敲擊法器。千燈燃：過去廣東的盂蘭節，除了燒香燃燈外，民間流行「燒街衣」。如由社團主辦較大型的盂蘭勝會，更會焚燒紥作紙品，如大士皇、城皇等。

6 目連：即目犍連，釋迦牟尼弟子，神通第一。民間傳說，目連以神通法力，見其母因生前作惡，死後墮於餓鬼道受苦。目連乃出入地獄，向其母施食，然食物一到嘴邊，即化成焰灰。目連向佛祖求助，乃以盂盆盛水，供結夏安居結束後的修行羅漢盥洗，並置百味五果於盆中，供養十方僧眾，藉此大功德，最終解救其母。百六罡星：按道教的說法，北斗叢星有三十六顆天罡星，七十二顆地煞星，所謂凶神惡煞，合共一百零八。故《水滸傳》有一百零八好漢，第七十回曰：「三十六天罡臨化地，七十二地煞鬧中原。」鄒厓此處所謂的「百六」罡星，疑為「百八罡星」之誤。又按此句有原註：「東海卅六沙有大星墜地，光熊熊，聲如雷。」此「東海卅六沙」，當為「東海十六沙」之筆誤。東海十六沙地在香山縣，原為大海，宋元以來逐漸圍墾成沙田。當地匪患嚴重，械鬥激烈，1911年香山公會編印有《東海十六沙紀實》一書。香山縣的沙田，除東海十六沙外，還有西海十八沙，二者以西江為界。《鄒厓詩集》編校者不諳地理，乃誤為「卅六沙」。至於大星墜地云云，當屬隕石之類，其事大概是鄒厓在北山詩社雅集上，從莫鶴鳴處聽得的時事新聞。

7 愚簃主人：指莫鶴鳴。

8 少年拳棒習少林：莫鶴鳴曾主持廣東精武體育會。又北山詩社成員中，如羅嘯傲、熊長卿等，都是廣東精武體育會幹事。老輩風流追汐社：指莫鶴鳴組織北山詩社。

9 旂山：即旗山。香港島的最高峰是太平山，民間別稱扯旗山，因昔日港島為海盜張保仔所據，乃以扯旗為號，調動指揮部眾。浮大白：浮，罰也；白：酒杯。《說苑．善說》：「魏文侯與大夫飲酒，使公乘不仁為觴政，曰：『飲不嚼者，浮以大白。』」後多引申指暢飲一番。泠然御風：參本書前錄丁仁長〈滋田約同澹庵、闇公、真逸遊屯門〉註。機軋軋：按此句有原註：「座客有飛機師。」河山空相無南北：指醉眼紛花，一切皆空，無分南北。王安石〈明妃曲〉：「君不見咫尺長門閉阿嬌，人生失意無南北。」

簡析

1924 年，香港北山詩社在莫鶴鳴等人的組織下，正式成立，社員共達百多人，是本港開埠以來規模最大的文學團體，鄒厓亦應邀參加。詩社設在港島銅鑼灣利園山，該山位於鵝頸橋以東，原名渣甸山，本為英資渣甸洋行的產業。1924 年渣甸洋行以此山及樓宇，轉售予商人利希慎。根據勞緯孟《五十年人海滄桑錄・記利園山賞菊雅會》（載《華僑日報》1955 年 11 月 10 日、11 日）所述：「中山莫君鶴鳴（漢）請於利氏，借其原日之渣甸洋行副經理室，所謂二班行者，設北山詩社，名曰北山堂，又名曰愚公簃，為詞壇儔侶雅集之所，利氏樂於允許，而且常常作雅集的東道主人。」

北山詩社得名於北山堂，從詩社最初幾次的徵稿看，皆是採用「愚公簃」之名。「愚公」典出《列子・湯問》愚公移山的故事，表達了利氏對於移平渣甸山、建設利園的決心。詩社正式成立的日期，是 1924 年 8 月 20 日，見《華字日報》刊登的啟事。其中提及「今秋中元後壹夕，簃主人歎諸友於此，偶談及潛社事，慨有光復之思」。中元節後一夕，即 1924 年 8 月 15 日晚上。鄒厓亦有參與該次聚會，故可視為北山詩社（愚公簃詩社）的創社成員。

同篇啟事最末還附有「第壹會詩題」的徵稿啟事，題目是「甲子中元後壹夜愚公簃玩月」，不拘體韵。鄒厓此詩，即為應稿之作。詩中除了中元節風俗的一般描述外，主要還是對愚簃主人莫鶴鳴的讚揚。

吳天任先生曾函問勞緯孟有關北山詩社的情況，勞氏覆函稱：「社友中就所記憶，其常到者，為崔伯樾、鄧爾雅、潘蘭泉、鄒靜泉、楊輝山、劉伯端、陳菊衣、何冰甫、潘惠疇等。每次吟侶所為詩詞，均由弟分送報章發表。」《何翽高先生年譜》據此斷定：「大抵先生亦不常到社，至翌年社集停歇，更如廣陵散矣。」從今本《鄒厓先生詩集》所存的作品看，年譜的判斷大抵準確。除了以上錄兩首外，詩集還有〈愚公簃曼陀石畔竹亭品茗〉、〈題曼陀石〉、〈北山詩社同人留祝東坡生日〉三詩。考慮到北山詩社成立後，幾乎每週皆有聚會徵稿，鄒厓顯然不算是十分活躍的社員。

值得注意的是〈題曼陀石〉一詩，這是愚公簃詩社第三次的徵稿題目，由鄒厓所出。據《華字日報》1924 年 9 月 2 日的徵稿啟事，鄒厓對詩題的解釋是：「愚公簃有山石，挺聳人立，高丈有強，狀如僧頭，圓而禿，因名曰曼陀。瞰海，又類胡賈望波羅云。鄒厓逋者記。」今天此石已蕩然無存。

香港華字日報　捌月式拾號　禮拜叁

●愚公簃詩社小引

香島受南溟之激盪，孤懸海中，闤闠雲連，市聲雷响。繁絃急管，大酒肥魚，語乎風雅，去海上遠矣。比年我國兵戈擾攘，名士過江如鯽，結習未忘。稍樹壇坫之幟，於是有潛社之結合。風雨如晦，雞鳴不已。未嘗不可消遣客子光陰，顧社址難尋，招集匪易，重以人事牽率，離合靡常，雖餘韻之尚存，覺前塵其已渺。嗟乎，屑荷辭綂，因若斯其艱鉅也。銅鉦灣之西隅，有愚公簃者，峙於小邱之上。風景佳絕，孤嶂造日，戴以玉樓，茗亭亭，恆有落勢，顧視衆島，浮龜出沒，雲海徵碧，光搖頗黎。置身其中，如在天際。今秋中元後壹夕，簃主人款諸友于此，偶談及潛社事，慨然有光復之思。語其友蔡子哲夫曰：吾粵自四方多難，風雅迹熄，選事名目多不軌之音，吾儕遨諸山巔水涯，抱殘守缺，作東南之撐拄，此其樂寧有極耶。乃相與再約，闢詩社于此。花之晨，月之夜，相與命儔歡侶，剡燭擊砵，庶幾有浣花之感乎。

▲第壹會詩題　甲子中元後壹夜愚公簃玩月（不拘體韻）三歡迎投卷由本報彙收限七月廿叁日星期六截止（函面請注明愚公類字）

愚公簃詩社第三會題目

曼陀石（不拘體韻）

愚公簃有山石，挺聳人立，高丈有強，狀如僧頭，圓而禿，因名曰曼陀。瞰海，又類胡賈望波羅云。

（鄒厓逋者記）

（正誤）廿九號刊今學居士玩月二首今誤作七學，華木山叢閣（華大訛作為）近知煖井掾（知字訛作封）風格寧異趣（異字訛作豈）合即更正

（左）1924 年 8 月 20 日《華字日報》有關愚公簃詩社成立與第一會詩題徵稿啟事

（右）1924 年 9 月 2 月《華字日報》愚公簃詩社第三會徵稿啟事，題目是曼陀石，出題者乃何鄒厓。

利園山的觀音像，最初放置在曼陀石之上，後徙至利園山西端。此圖攝於 1950 年代，觀音像尚存。其後利園山徹底剷平，此像遂遷至沙田萬佛寺，並保存至今。

[附]〈北山亭看菊〉(1924)

白露曖空秋已老，黃英含蕾開還早。[10]

柴桑死後無菊花，山中只有寄奴草。[11]

10 白露：秋天的露水。《詩經．秦風．蒹葭》：「蒹葭蒼蒼，白露為霜。」曖：溫暖。王儉〈褚淵碑文〉：「曖有餘暉，遙然留想。」《文選》李善注：「曖，溫貌。」曖空即溫暖消失。曾幾詩：「今年書到玉溪上，曖空白露為清霜。」全句之意，已到深秋時分，天氣漸涼。黃英：指菊花。

11 柴桑：指東晉隱士陶潛（365－427）。潛字潛明，江西柴桑人（今江西省九江市）。其〈飲酒〉詩膾炙人口，所謂「採菊東籬下，悠然見南山」。寄奴草：指菊科蒿屬植物奇蒿（Artemisia anomala），此草俗名劉寄奴，廣泛生長於南方各省，主治金瘡湯火，霍亂痢疾。按：此句有原註：「黨人時寄居於此。」

廿世紀初的利園山

1920 年代利園的入口牌坊

簡析

據勞緯孟《五十年人海滄桑錄·記利園山賞菊雅會》一文所述：「北山詩社既成立，社友數十人，每週均有雅集，飲酒賦詩於蒼翠之間，市囂遠隔，塵慮全消，利氏原建大廈於堅尼地道，別有園林，種菊甚多，是歲秋季，運菊花百餘盆，公佈於北堂前，公開供遊客欣賞。詩社吟侶，遂為雅集賞菊，懸題吟詠，詩詞並作。」這場大型的賞菊會，原定舉行日期為 1924 年 11 月 15 至 17 日。由於反應熱烈，參觀者眾，故此再延長至是月 19 日。事後詩社以「北山亭賞菊」為題，共徵得七十六位社友古近體詩一百二十九首、詞四十四闋。鄒厓此詩，即當日諸作之一。

從內容上看，鄒厓此詩十分簡單，放在眾多佳作中，毫不起眼。單看所謂「柴桑死後無菊花，山中只有寄奴草」，如果沒有原註「黨人時寄居於此」一語，根本不知道作者原來是含沙射影，意有所指，把社友罵為「寄奴」。

據勞緯孟所稱：「北山詩社，由莫君鶴鳴發起及主持，而社事多屬順德蔡君哲夫執行。」蔡哲夫即蔡守（1879－1941），他跟莫鶴鳴的關係十分密切，莫氏在灣仔開設的赤雅樓骨董店，即由蔡守掌管。莫鶴鳴、蔡守跟北山詩社的其他骨幹成員，如崔師貫、楊玉銜等，都是南社的成員。南社屬於清末支持革命的文學團體，政治立場跟遺老可謂南轅北轍，因而居港遺老中，除了鄒厓外，一律沒有參加北山詩社，理由不言而喻。至於鄒厓，所以肯跟一眾「寄奴」為侶，相信主要還是礙於莫鶴鳴的情面，而他此時對於這群「黨人」社友，其實仍舊帶有一定的輕蔑，甚至是敵視。

畢竟世事難料，從鄒厓後來的交遊看，他跟崔師貫便十分要好，二人成為鄰居，同住港島聖士提反里，過從親密。鄒厓去世後，遺稿被門人鄧爾雅棄如敝屣，不聞不問，若非楊玉銜這位同盟會的黨人「寄奴」及時出手，鄒厓詩稿會否就此湮沒，實未易說。

7.〈自清風臺晚步歸口占〉(1925)

天風吹我髮鬅鬙，[1] 望遠登高得未曾。
雲裏電車山頂樹，雨中星點海門燈。[2]
白衣紗帽今無恙，散髻斜簪病未能。[3]
十載不曾齏粥斷，夢中苦樂互除乘。[4]

1 鬅鬙：零散蓬亂貌。

2 雲裏電車：指來往於中環花園道至太平山爐峰的山頂纜車（Peak Tram）。自 1888 年起，運行至今。直到 1920 年代舊山頂道開通前，纜車是唯一連接山頂與中環的交通工具。海門燈：泛指維多利亞港上的漁燈。

3 白衣紗帽：指清遜帝溥儀。按《舊五代史》卷八十五，後晉出帝為遼所俘，安置於遼陽。至「漢乾祐元年四月，永康王至遼陽，帝與太后並詣帳中，帝御白衣紗帽，永康止之，以常服謁見」。無恙：沒有災禍。按《舊五代史》卷八十五，後晉出帝被擄後，「周顯德初，有漢人自塞北而至者，言帝與后及諸子俱無恙，猶在建州」。病未能：按此句原註：「聞狩天津事。」鄒厓之意，自己老病纏身，無法如丁仁長般，親詣天津行在，為溥儀效命。

4 齏粥：齏是醃菜。據《湖山野錄》，宋代名臣范仲淹少時貧窮，在僧舍讀書時，日煮粟二升，作粥一器，經宿遂凝，以刀畫為四塊，早晚取二塊，並佐以斷齏數十莖而食之。所謂「斷齏畫粥」，譬喻為清貧艱苦的生活。除乘：即乘除，互相抵消之意。蘇軾詩：「飢貧相乘除，未見可弔賀。」兩句之意，清亡後自己生活清貧。回想一生經歷，可謂苦樂參半。

簡析

1924 年 11 月 5 日馮玉祥驅逐溥儀離開北京紫禁城，溥儀

香港西半山柏道 4 號寶威閣，即清風臺舊址。

港島香港大學附近。右側繁忙的馬路為般含道（Bonham Road），左側向上是巴丙頓道（Babington Path，張愛玲小說《傾城之戀》有提及者），中間的小徑即聖士提反里（St. Stephen's Lane），時鄒厓與崔師貫皆居於此。圖外再往左即屋蘭士里、聖士提反女子中學、柏道。

聖士提反里的另一端路口，右方為般含道，右側有汽車轉上者為西邊街（Western Street），正前方的建築物為英皇書院（King's College）。

先遷居於生父醇親王府。至 1925 年 2 月，在陳寶琛（1848－1935）、鄭孝胥（1860－1938）等人的策劃下，加上日本人協助，成功逃至天津日租界，開始張園時期。從此詩原註「聞狩天津事」一語，可推知此詩當撰於 1925 年間。

據《張元濟日記》所載，鄒厓在 1920 年來港，起初寄寓於港島堅道 27 號（學海書樓前身）。此後的情況，吳天任《何翽高先生年譜》引李景康、張曦丹，與鄒厓長孫肇穎等人所述，「在港初寓太子台十七號，次寓般含道六十四號 A 傅翼鵬家，最後聖士提反里七號二樓。時與先生同居者，為次女寶珞，六子鴻騫，其樓下為崔伯越掌教之子褒學校云。」

聖士提反里是一條十分狹小的里弄，在香港大學附近。至於清風臺，位於柏道，今已拆卸，地圖上已找不到。二者的距離並不算遠，走路亦只需約十來分鐘。本詩估計是鄒厓晚飯後散步時口占之作。

8.〈隨齋主人石塘侍宴應教三首〉（1925）

十五珠孃惻惻吟，石塘燈火夜沉沉。[1]
岐王妙解龜茲譜，知是招魂梵筴音。[2]

南海何從賦大招，座中潘岳更魂消。[3]
齋堂雲板三更月，春夢一場心血潮。[4]

北地背城辭慷慨，中山聞樂畏讒疑。[5]
相逢荒島滄桑後，回憶乾清侍蹕時。[6]

1 珠孃：即珠娘，指妓女。錢泳《履園叢話．八月十五晡》：「閩語謂夜為晡，屋為宅，妓女為珠娘。」袁枚《隨園詩話》卷七：「廣東珠娘皆惡劣，無一可者。」石塘：石塘嘴，位於香港島的西部，原為荒涼的採石礦場，1903 年香港政府為發展此一帶，下令上環水坑口的妓院遷至此繼續營業，開始以後廿年的塘西風月。至 1932 年，港府宣告禁娼，塘西繁華才告落幕。

2 岐王：唐玄宗之弟李隆範（686－726），擅長文詞書法，亦通音律。龜茲譜：龜茲音樂，唐代貞觀所定宮廷十部樂之一，源出於北印度，流行於中國後，演變成唐代的佛曲。全句之意，恭親王溥偉就像岐王那樣通解胡樂，一聽便能分辨出是梵音來。梵莢：佛經。《資治通鑑》唐懿宗咸通三年：「又於禁中設講席，自唱經，手錄梵夾。」胡三省注：「梵夾，貝葉經也。以板夾之，謂之梵夾。」按此句有原註：「石塘妓近愛吹竹管，長約二寸，恭邸一聽，知為梵音。」

3 大招：原為《楚辭》的篇名，後世多泛指招魂或悼亡之辭。龔自珍〈水調歌頭〉：「一掬大招淚，灑向暮雲間。」此句是說自己無法回鄉參與妻子的超渡法事。潘岳：西晉詩人，曾撰〈悼亡詩〉三首，膾炙人口。元稹〈三遣悲懷〉：「鄧攸無子尋知命，潘岳悼亡猶費詞。」後世多用為喪妻者之喻。魂消：極度哀愁。

4 雲板：一種敲擊樂器，寺院廟宇常用作法器。《儒林外史》第三十八回，老和尚「擊雲板，傳齊了二百多僧眾」。此句為擬想寺門法事的場景。心血潮：指思潮起伏，心緒不寧。全句是說昨夜一夢，心潮澎湃，久久不安，似已有不祥預感。按：此句原註：「是夕適聞程淑人訃。」程淑人即鄒厓髮妻程氏。

5 北地：指蜀漢後主劉禪之子北地王劉諶（？－263）。背城辭慷慨：鄧艾兵臨成都，劉諶主張背城一戰，堅決反對投降。《三國志》裴松之注引《漢晉春秋》：「後主將從譙周之策，北地王諶怒曰：『若理窮力屈，禍敗必及，便當父子君臣背城一戰，同死社稷，以見先帝可也。』後主不納，遂送璽綬。是日，諶哭於昭烈之廟，先殺妻子，而後自殺，左右無不為涕泣者。」中山：春秋戰國時代白狄的一支，國土位於燕、趙之間。樂：戰國時魏文侯的大將樂羊。畏讒疑：此句有原註：「是夕語及宮闈黨事。」按《韓非子．說林上》：「樂羊為魏將而攻中山，其子在中山，中山之君烹其子而遺之羹。樂羊坐於幕下而啜之，盡一杯。……樂羊罷中山，文侯賞其功而疑其心。」按樂羊之子仕於中山，故先遭魏國猜疑，後雖食其子之羹以明志，復受生性殘忍之讒。全句是以樂羊受讒，比喻清末宮廷政治鬥爭險惡。

6 乾清：北京紫禁城的乾清宮。侍蹕：蹕是皇帝出外時，開道清道。崔豹《古今注》：「警蹕，所以戒行徒。」後多泛指皇帝的行止。侍蹕即指皇帝出行時，隨侍於左右。按此句有原註：「外使帶見於陛戟侍班，丰采如昨。」這是說當年曾於光緒帝的侍衛中見過溥偉，事隔廿年，溥偉風采依舊。

簡析

恭親王溥偉照

愛新覺羅溥偉（1880－1936）是恭親王奕訢的嫡孫，1898年襲封為恭親王。他別號錫晉齋主，即本詩詩題的「齋主人」。溥偉屬於清室中的復辟派，曾堅拒在溥儀的退位詔書上簽字。辛亥革命後，溥偉遷居至山東青島（時為德國殖民地），跟肅親王善耆等人組成「宗社黨」，積極謀求復辟。1913年，他聯絡駐紮於山東兗州的張勳，策動兵變，溫肅亦有參與，但最終失敗，史稱癸丑復辟。1922年青島回歸中華民國，他便遷居至遼寧大連。

1925年，溥偉曾蒞臨香港，港澳遺老紛紛前來跟他會面，鄒厓這三首詩，即撰於其時。

第一首說溥偉聽到妓樂哀怨，即時判斷為梵唄。其實，溥偉所言，只是隨便說說，並無真實根據。石塘咀乃煙花柳巷、尋歡作樂之地，妓女豈有演奏梵唄佛曲之理？估計是粵樂中有所謂「乙反調」（合尺定弦，但以乙反兩音為主，乙音降低半度），曲調哀怨悽苦，如泣如訴，著名的曲目有〈別鶴怨〉、〈雙聲恨〉、〈禪院鐘聲〉等，聽起來也有點梵唄興味。

第二首則說自己剛收到妻子去世的消息，情緒低落。參以鄒厓〈七夕悼亡。廿四日始聞耗，適航路阻，不得歸〉一詩，可知石塘侍宴，乃在乙丑六月廿四，即1925年8月13日。吳天任先生《何翽高先生年譜》謂：「七月七日，配室程氏在鄉

廿世紀初的塘西妓女

妓院與酒樓關係密切，圖為塘西著名的金陵酒家（第一代）。

病卒，先生於二十四日始聞耗。是夕清恭親王溥偉抵港，約宴石塘咀，以梵瑲助哀。」並不正確。按〈七夕悼亡〉詩明謂:「石塘聞梵唱，悽感動東阿。」顯然是撰於〈隨齋主人石塘侍宴應教三首〉之後。故鄒厓妻程淑人病卒，必不在七月七日，而是在六月廿四之前。當時正值省港大罷工，交通阻絕，鄒厓既不得歸，至七夕之期，適逢情人佳節，乃感而賦詩。

第三首是讚譽恭親王忠於大清，戮力王室，雖一別多年，至此仍風采依然。

參以汪兆鏞的記述，鄒厓等人其後還在中環香港大酒店宴請過溥偉一次。《微尚齋日記》:「八月八日，晨起七鐘，偕玉老（按：吳道鎔）、筱老（按：梁慶桂）、芝軒（按：金湛霖）附播寶輪船赴香港，八鐘開行，十一鐘半到港，住歧豐行。晤陳勵老（按：陳伯陶）、陳省老（按：陳望曾）、賴煥文、何翽高、潘佩如（按:潘寶珩）、盧禮孫（按:盧寶鑑）等十五人，至大酒店，設筵請恭邸夜宴。」

9.〈餘生〉(1929)

餘生復幾何，明年六十六。
作惡力不能，為善亦不足。
少誤詞章學，義理罕蘊蓄。
晚更元黃變，[1]心境苦縛束。
出門無所詣，獨居常仰屋。
明知憂傷人，無那甘天梏。[2]
雖欲強排遣，無端復牴觸。[3]
鬬螘震聾耳，空華生病目。[4]

默數生平惡，棄親徇微祿。
廿年何所得，百身今莫贖。
急來抱佛腳，楞嚴奧難讀。[5]
夜持報恩咒，庶以資冥福。[6]
戴罪許懺悔，淨土有歸宿。

1 元黃變：元黃即玄黃。所謂「玄黃變」，可作二解。一指天地的顏色，喻指翻天覆地的大變，即滿清覆亡。《易傳．坤文言》：「夫玄黃者，天地之雜也，天玄而地黃。」二指戰亂，特別是民初廣東的亂局。《周易．坤卦》上六爻詞：「龍戰於野，其血玄黃。」

2 無那：無奈。天祰：向天默禱。二句之意，明知坐困斗室，憂思傷神，無奈性格不願多作應酬，只想默坐自思。

3 排遣：驅散愁悶，開解自己。牴觸：指思想出現衝突。

4 鬬螘震聾耳：螘即「蟻」，全句指出現耳鳴現象。空華生病目：指老眼昏花。

5 楞嚴：《大佛頂如來密因修證了義諸菩薩萬行首楞嚴經》，簡稱《楞嚴經》。自宋元以來，此經備受推崇，廣泛流行於中土，有所謂「自從一見《楞嚴》後，不讀人間糟粕書」。然此經只有漢譯，未見梵本，學者多懷疑屬國人偽撰，非天竺舊有。

6 報恩咒：全稱〈報父母恩咒〉，出北宋遇榮《佛説盂蘭盆經疏孝衡鈔》。資冥福：據説經常持誦〈報父母恩咒〉，可使父母延壽；父母去世後，也可藉其功德之力，使陰間者超拔於苦罪，即所謂「冥福」。

簡析

鄒厓卒於 1930 年，得壽六十六。據此詩「明年六十六」之語，可知乃撰於 1929 年。辛亥革命後，鄒厓不仕近十年，至 1920 年始迫於生計，來港教書。張元濟跟鄒厓為同年進士，彼此頗為相契。1923 年張氏來港視察商務印書館業務時，特往拜訪。當時鄒厓還寄寓於港島堅道二十七號（學海書樓前身），張氏在日記中，用了十二個字來形容他的處境——「室僅容膝，貧病交侵，殊可憐也」。

以後隨着工作落實，鄒厓在生活上當有較顯著的改善。高伯雨先生〈遺老詩人何藻翔〉一文認為，鄒厓「晚景是非常可憐的，但心境卻非常寧靜，仰不愧，俯不怍，堂堂正正」。個人淺見，似非中肯評論。單就本詩看，從「晚更元黃變，心境苦縛束」、「雖欲強排遣，無端復牴觸」等語，心境顯然不能說是「非常寧靜」。如果再看〈自贈〉等詩，鄒厓其實是相當不滿現狀，一肚子牢騷。

鄒厓晚信佛教，有〈自題僧像〉詩，「五更風雪乾清夜，可似蒲團自在眠」，「經疏羊皮滿行篋，而今一筆總勾消」，尚貌似豁達，但其實他對佛學並無真切體會。從本詩所見，他自己亦承認，「急來抱佛腳，楞嚴奧難讀」。所謂皈依我佛，不過是念咒持誦，懺悔祈福，望能得往生極樂、離苦得道而已。

[附]〈自贈〉

花榜秦淮女狀元，霓裳供奉憶梨園。[7]
沿街賣唱蓮花落，誰識當年寇白門。[8]

駿馬貂裘美少年，珠江風月韻紅船。[9]
而今乞食歌姬院，一曲燒衣二百錢。[10]

7　霓裳供奉：泛指侍奉達官貴人。按唐代詩人李白曾以翰林供奉身份，入侍唐明皇，撰下〈清平調三首〉，音樂上亦稱〈霓裳羽衣曲〉，為其一生最得意時期。吳偉業〈金人捧露盤〉：「記當年，曾供奉，舊霓裳。」梨園：泛指演唱曲藝。

8　蓮花落：清末民初前流行於北方（特別是京津一帶）的民間賣藝乞食形式，始源於僧人募化時唱的警世歌，宋代已經出現。通常是由一人自打竹板，自說自唱。寇白門：原名寇湄（1624－？），字白門，明末著名歌妓，秦淮八艷之一，即首句所說的「秦淮女狀元」。

9　駿馬貂裘：經濟富裕，生活奢華。李齊賢〈巫山一段雲〉：「千金駿馬擁貂裘，何似臥漁舟。」紅船：清代中葉以後廣州珠江上的妓船，為專供達官貴人、文人雅士交際應酬、消遣娛樂的高級消費場所。

10 燒衣：清末民初，粵港的妓院，均有盲眼瞽師或師娘，演唱南音，賣藝謀生。演唱的曲目眾多，不勝枚舉，其中最為膾炙人口的，包括〈客途秋恨〉、〈男燒衣〉等。〈男燒衣〉講述某妓女自殺後，其恩客在水邊祭奠的場景。此外還有〈女燒衣〉，別名〈老舉問米〉，講述痴情妓女祭奠男友，流行程度遠不及〈男燒衣〉。

簡析

本詩詩題原註「客香島日赴朱門教書」，具體寫作時間無考，但從《鄒厓詩集》編次看，在 1924 年前，或為居港初期的作品。據吳天任《何翽高先生年譜》，鄒厓來港後，以賴際熙太史之薦，曾先後出任港商傅翼鵬和馮香泉的家庭教席，課其子女；又據年譜所載，鄒厓來港後，曾「寓般含道六十四號 A 傅翼鵬家」，然則赴朱門教書，當以馮香泉家的機會較大。

鄒厓本詩把自己譬喻成乞食的街頭賣藝人和妓院賣唱的瞽者，充滿着淒酸不滿，自怨自艾，談不上絲毫曠達，卻頗能反映他晚年的實際心境。

從現存資料看，馮香泉對鄒厓可謂敬重有加。1927 年，鄒厓的親家蘇玉衡客死雲南，鄒厓情商於香泉，由後者出資運其靈柩回香港。1930 年 9 月 30 日，即鄒厓病逝當天，馮香泉還帶同西醫杜閣臣，親臨其家視診。《何翽高先生年譜》又載:「先生之逝，凡喪事經紀，運柩回籍，胥賴馮香泉之助，時論咸稱之。」凡此已超過一般東家與西賓的關係，甚至非簡單「敬重」二字所能概括，不知鄒厓何故還有乞丐的自況。

我們不難體會，鄒厓當年進士及第，春風得意，位居社會最頂層；如今託命外夷，教書謀生，落差不可謂不大。但反過來想，在晚清居港遺老中，鄒厓無論科第與官職，俱不算突出。

反觀其他遺民，生活態度卻比較樂觀。賴際熙是徵逐豪門，石塘侍宴，洋酒灌肚後，醉裏乾坤大；溫肅雖曰愚忠，但栖栖惶惶，積極復辟，倒也活得踏實；吳道鎔、陳伯陶俱一心歸隱，著述傳世，磊落瀟灑；岑光樾則專意教育，桃李春風。從他們現存的作品看，皆沒有鄒厓那種意志消沉、潦倒窮酸之態。所謂社會眾生相，鄒厓在晚清遺老中，絕對可以自歸為一類。

廣州五桂堂版男燒衣唱本

蓮花落唱本

晚清廣州的紅船花艇

10.〈鄧生爾疋藏鄺海雪綠綺琴，近卜居大埔，以名其園〉（1929）

悽絕葉金吾，相將屈左徒。[1]
囊琴攜海雪，夜月彈豐湖。[2]
雲嬋昔同弄，沁園今已蕪。[3]
故家宮羽換，補入誦芬圖。[4]

1　葉金吾：原註：「猶龍舊藏。」按葉維城，字宗翼，號猶龍。金吾即執金吾，漢代官職，位比九卿，負責統領北軍，巡徼京師，禁備盜賊，審治獄案。葉猶龍是葉夢熊（1531－1597）尚書之孫，因襲父爵，授錦衣衛指揮同知僉事，故人稱「葉金吾」或「葉錦衣」。明末，綠綺琴歸南海名士鄺露（字湛若，號海雪，1604－1650）。順治七年，廣州城破，鄺氏殉國。此琴其後為清軍販售於市，葉維城得知後，以百金購得。相將：相偕在一起。王符《潛夫論・救邊》：「相將詣闕，諧辭禮謝。」屈左徒：原指屈原。據《史記・屈原賈生列傳》，屈原曾「為楚懷王左徒」。但這裏有原註「一靈」二字，可知是指屈大均（1630－1696）。

2　囊琴攜海雪：此乃「攜海雪囊琴」的倒裝句，海雪即鄺露的別號。夜月彈豐湖：按葉猶龍購得綠綺琴後，曾邀約明遺民陳恭尹（1631－1700）、屈大均、梁佩蘭（1629－1705）、今釋和尚（1614－1680）等人，於月夜泛舟豐湖，共賞琴韻。當説及亡國之痛與鄺露的悲壯故事時，大家不禁淒然下淚。按：此句有原註：「七古見詩外。」當指屈大均和今釋和尚二人的〈綠綺琴歌〉。屈詩有序，曰：「琴為武宗毅皇帝內府之器，其名綠綺，向藏於中書舍人鄺露家。庚寅冬，舍人殉難，朔方健兒得之，以鬻於市。金吾葉卿見而歎曰：『噫嘻！是御琴也。』解百金贖歸。暇日泛舟豐湖，命客一彈，再鼓，大均聞而流涕。」

3　雲嬋：按鄺露因得罪南海縣令黃熙，曾亡命西南，充當廣西猺族女土司雲嬋娘記室數年，二人有過一段愛情經歷。沁園：原註：「葉名園。」按沁園是葉夢熊的私家園林，全盛時期，園林面積非常大，整個豐湖水域皆被納入其中。網上資料，互相傳抄，多誤作「泌園」。

4　宮羽：原為音樂的聲調，這裏借代指綠綺琴。補入誦芬圖：按此句原註：「鄧廉訪詩《誦芬堂集》。」鄧廉訪即鄧爾雅的父親鄧蓉鏡（1831－1900），著有《誦芬堂詩文稿》。全句之意，綠綺琴幾經易主，今後成為鄧家之物。

簡析

鄧爾雅的晚年照

鄧爾雅（1884－1954），原名溥霖，後名溥，又名萬歲，字寵恩，又字季雨，號爾雅（一作爾疋），以號行，廣東東莞人，晚清翰林鄧蓉鏡之子。出生於北京，隨父仕宦至江西。幼承家學，詩畫書篆俱精，是粵東近代有名的文士。著有《文字源流》、《鄧齋筆記》、《藝觚草稿》、《集唐宋詩聯》、《聊齋索引》等。鄧爾雅的外甥容庚（1894－1983）、容肇祖（1897－1994），女婿黃般若（1901－1968）等，俱為一時知名的學者文士。

光緒二十三年（1897），鄒厓以母喪返家守制；次年，在廣州館於蘇棫農之家，課其二子。《鄒厓先生詩集》有〈米貴

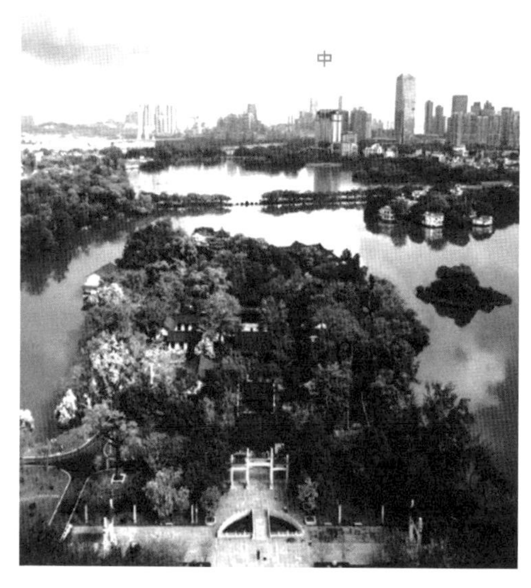
豐湖是惠州西湖的一部分，豐湖書院即葉氏沁園舊址。

書寄爾雅〉，詩後「附記」曰：「光緒戊戌，爾雅從余讀書蘇氏晚翠園。」吳天任《何翽高先生年譜》引鄒厓三子鴻平（叔準）之語，云「同里蘇械農寓廣州西關寶華正中約之晚翠園，聘先生館於其家，教其二子伯雄、仲驥讀，鄧爾雅、黃仲豁附讀」。正由於鄧爾雅年少時曾從學於鄒厓，故本詩詩題稱其為「鄧生爾疋」。參以鄧氏《綠綺園詩稿》，凡提及鄒厓，皆尊稱為「師」，例如〈何鄒厓師為朱九江先生請祀鄉賢，募金置祭田，瞻遺裔，為長句記其事，見示命同作〉、〈何鄒厓師與崔今嬰見訪山居〉。

鄧家收藏的文物頗富，尤以明末鄺露的綠綺臺琴，最為珍貴。據屈大均《廣東新語》，此琴為唐代武德年間所製，原為明武宗的御琴，武宗賜琴於臣下劉某，明末乃歸廣東南海名士鄺露。順治七年（1650），清兵陷廣州，據說鄺露抱琴殉國。此後，歸善葉維城以百金從清兵手上購得。

葉家沒落後，道光年間，此琴又歸東莞可園主人張敬修（1824－1864），張還特於可園中修築綠綺樓以藏之。民國初年，張家亦告沒落。1914 年，張氏後人乃把綠綺琴售予同邑鄧爾雅。其實，在鄧爾雅接手綠綺琴時，琴的首尾俱已朽蠹，不堪彈奏，只是由於意義非凡，爾雅對此仍極其珍惜。1918 年，鄧氏特撰〈綠綺臺琴記〉，以志其事。

其後葉恭綽在市肆上購得今釋和尚手書的〈綠綺臺歌〉長卷，1929 年初轉贈給鄧爾雅。兩件歷史文物睽違近三百載，一朝重聚，宛如數百年前豐湖雅集再現，鄧爾雅高興不已。同年八月，他來港定居於大埔，乃把新築的居室取名為綠綺園，以後詩集也稱《綠綺園詩稿》。據其外孫所述，鄧爾雅在臨終前，仍置綠綺琴於身旁，撫弄不已，直到最後一息。據稱此琴至今仍在鄧氏後人手中。

1937 年，香港發生特大颱風，史稱丁丑風災，綠綺園所在的大埔受災尤為嚴重，園宅盡為颶風摧毀。幸好鄧爾雅冒死抱琴走避，綠綺琴才幸免於難，至於其餘書籍文物，俱毀諸一旦。1940 年，中國文化協進會假香港大學馮平山圖書館舉辦廣東文物展覽會，鄧爾雅出任籌備執行委員，兼徵集組組長，綠綺琴和〈綠綺臺歌〉詩卷俱有展出。

根據《鄒厓詩集》的編次，此詩在〈餘生〉之後，庚午正月以前；又從詩題「近卜居大埔，以名其園」，皆可證明此詩的撰寫時間，必稍晚於 1929 年 8 月。

至於何鄒厓與鄧爾雅的師徒關係，則不得不談談《鄒厓詩集》的問題。根據鄒厓門人張曦丹女士所稱，鄒厓生前曾作遺命，其詩須俟死後三十年始可面世，並囑以門生鄧爾雅善書，已約其抄寫繕正，以備他日付梓云云。鄒厓去世後，張曦丹等人檢視遺物，見架上有詩稿一秩，內有點竄眉批，還間有崔師貫的評語，知為鄒厓手定本。張曦丹秉承師命，乃與黃國芳一起往訪鄧爾雅於大埔，並面致詩稿。「時鄧君居大埔一小村中，路甚僻。…… 厥後屢造其居，詢繕寫事，均言貧病未暇及也。未幾而蘆溝橋變作，文士多集香江，相見咸以先生遺稿見詢。歲庚辰（按：1940 年），楊師鐵夫（按：楊玉銜，1869－1943）以世變靡定，先生遺稿慎不可失，遂索丹所藏副本，為之編次。」據稱這個副本是鄒厓長孫肇穎的手抄本，而今天我們所能見的《鄒厓詩集》，就是楊玉銜根據手抄本編次而成者。至於它跟鄒厓原來那個自定本有沒有差異，則不得而知了，因為後者相信早已毀於丁丑風災中。

11.〈六月十六夜床上口占，贈別英港教育司羅富士，戲效俳體〉（1930）

石塘金陵賣酒家，倫敦歸客乘星槎。[1]

高樓燈火照天半，鏡光人影攝煙霞。[2]

燕窩鶏脯鷓鴣粥，一盃竹露歌渝巴。[3]

三萬海里使支那，二十五年期及瓜。[4]

年年恩俸五百鎊，虬髯未白眼未花。

三島休去歸桑麻，中國實業方萌芽，[5]那不令人長歎嗟。

憶領月鐃參齋衔，[6]百金未足供瓜茶，蚊腳紙尾押塗鴉。[7]

問我結交吉勤那，幾年天竺歌黃華。[8]

羅富士之回國期（本報特訊）

已定六月六日

或與修頓偕行

署理教育司羅富士告假回國，已誌前報，頃查羅氏已定於下月六日乘英郵船丹打號離港，此行先赴小呂宋，再轉赴澳洲等處游遊，然後方返祖國，聞本港護督修頓此次亦假回國，或亦與羅氏偕行云云（發一）

另函云　本港官立學校各教員，昨早集合皇仁中學大堂內，與署理教育司羅富士話別，到者數百人，與[illegible]代表各人發言，詳述羅氏對於本港之教育及教育事業，用功垂卅年，故有今日之發展云云（中略）旋以銀枝[illegible]盃聯等物贈羅氏，羅氏致答辭後，衆歡呼三聲而散，

香港《工商日報》1930 年 5 月 28 日的新聞

漢語未熟聲聱牙，[9] 忽指架上笑啞啞。
秦磚漢瓦紛羅葩，舊籍破碎版麻沙。[10]
芝英倒薤蟠螭蛇，[11] 束裝歸國載滿車。
樓船萬斛下爪窪，蛟龍雷電來攫拏。[12]
我今欲歸無田又無家，效村學究歈烏紗。[13]
送人歸隱背癢爬，因羡生妒不我瑕。[14]

1 石塘金陵賣酒家：按此句有原註：「漢文夜師範教師公讌送羅，別於此。」(1958 年版《鄒崖詩集》無「漢文」二字)。金陵酒家是當時石塘咀最著名的酒家。星槎：原意是傳説中往返天河的木筏，後多泛指舟船。劉基〈浣溪沙〉：「澧浦空捐遊子佩，河源不返客星槎。」

2 攝煙霞：吸食鴉片煙。

3 竹露：露指露酒，一般是以蒸餾酒為基，浸以藥材而調配出的酒類。竹露應指著名的山西竹葉青酒。渝巴：古曲調名，王灼《碧雞漫志》：「至唐武后時，舊曲存者，如〈白雪〉、〈公莫〉、〈巴渝〉、〈白苧〉、〈子夜〉、〈團扇〉…… 等六十三曲。」這裏泛指歌曲。

4 支那：即中國。期及瓜：指官吏任職期滿，由他人接替。《左傳．莊公八年》：「齊侯使連稱、管至父戍葵丘。瓜時而往，曰：『及瓜而代。』」按此句有原註：「英服官年滿，例給長俸。」

5 三島：指英倫三島。中國實業方萌芽：此句原註：「羅兼實業科長。」按此注語不甚清晰準確。1907 年，港英政府開辦「官立實業專科學院」(Hong Kong Technical Institute)，又稱「香港實業學堂」，根據《工商日報》1930 年 5 月 19 日特訊：「署教育司及香港實業學堂監督羅富士之回國訊……」云云，可知所謂「實業科長」，當指此學院監督。此學院最重要任務，就是培訓師資人才，自 1914 年開始，即設有在職男子漢文師範班、在職女子漢文師範班，專門培訓小學教師，故羅富士以教育司兼任實業學堂監督。

6 月餼：即月薪。餼原指餽贈糧食，後或用為薪俸。《禮記．王制》：「此四者，天民之窮而無告者也，皆有常餼。」鄭玄注：「餼，廩也。」齋衙：官署。

7 蚊腳：原指一種纖小的字體。唐代韋續《墨藪．五十六種書》云：「蚊腳書者，尚書詔版也。其字仄纖，垂下有似蚊腳。」這裏或指英文字母。押塗鴉：指簽收。全聯意思，自己薪俸微薄，還要每月往見羅富士，在英語文件的最末處畫押簽收。

8 吉勤那：按《鄒崖詩集》有〈追懷吉勤那將軍二十一韻〉，詩有原註，云:「英侯爵吉將軍,統帥印軍三十萬。性癖嗜古瓷,儲藏頗富。光緒卅二年,余使印參贊,與印外部戴諾議印藏商約。偶因事謁吉,一見如故,時招午茗,倩西醫官全希聖充繙譯,唯談古瓷,不及他事。盤旋十八閱月,贈余元製火器,每冬獵獲雉兔,必相餽,報以青花碟印合數事,掀髯大喜。」其後於一戰時,吉勤那所乘戰艦,於愛爾蘭海域遭德國潛艇攻擊,因而殉國。黃華:又作皇華、皇荂,指俚俗歌謠。《莊子．天地》:「大聲不入於里耳,〈折楊〉、〈皇華〉,則嗑然而笑。」陸德明《經典釋文》曰:「『荂』,本又作華。李頤曰:『〈折楊〉、〈皇華〉,皆古歌曲也。』」黃庭堅詩:「黃華雖眾笑,白雪不同腔。」

9　聱牙:原意是文句艱澀難通,這裏指羅富士的漢語說得不流利順暢。韓愈〈進學解〉:「周誥殷盤,佶屈聱牙。」

10　秦磚漢瓦:泛指古代的陶瓷文物。葩:華麗精美。韓愈〈進學解〉:「《易》奇而法,《詩》正而葩。」版麻沙:麻沙位於福建省建陽縣,宋元時代刻書事業十分發達,書坊林立,麻沙本風行全國,但質量未算上乘。全聯之意,羅富士搜羅了很多精美陶瓷,又有一些殘缺的宋元古籍。

11　芝英、倒薤:上古文字的書體名稱。封演《封氏聞見記．文字》:「南齊蕭子良撰古文之書五十二種,鵠頭、蚊腳、懸針、垂露、龍爪、仙人、芝英、倒薤、蛇書、蟲書、偃波、飛白之屬,皆狀其體勢而為之名。」蟠螭:螭是傳說中無角而近於龍的蛇狀神物,蟠螭即盤曲的無角之龍。按此句有原註:「壁懸高麗人飛白體書。」(高麗,1958 年版《鄒匡詩集》作「高句麗」)。全句之意,羅富士居室壁上懸掛着各式各樣的書法藝術。

12　樓船萬斛:可以負重萬斛的大型船隻。鄒浩詩:「洞庭波面忽如雷,萬斛樓船舞一杯。」瓜窪:或作渣華,今譯作爪哇(Java),印度尼西亞首都雅加達所在的大島。這裏泛指東南亞一帶,不必坐實。據《工商日報》的報道,羅富士「乘英郵船丹打號離港,此行先赴呂宋,再轉赴澳洲等處漫遊,然後方返祖國。」蛟龍雷電:閃電或呈龍蛇之狀,故傳說描述蛟龍出現時,多為風雨雷電交作之時。攫拏:一作攫挐,張牙舞爪作擒拿之狀。王延壽〈魯靈光殿賦〉:「奔虎攫挐以梁倚。」《文選》五臣注:「攫,舉爪也;拏,以手持也。若舉爪持梁以相倚也。」全聯之意,羅富士攜帶大量珍寶返回英倫,蛟龍也要在途中劫奪。

13　攲烏紗:紗帽歪斜,常為描述酒醉之狀。樓鑰詩:「棋枰戰文楸,醉帽攲烏紗。」

14　不我瑕:「不我瑕棄」的省略語。《詩經．召南．汝墳》:「既見君子,不我瑕棄。」古漢語語法,賓語常置於動詞前。不我瑕棄,意思就是「不要把我拋棄得遠遠的」。

金陵酒家最先開設於山道與德輔道西的交界，1927 年遷至皇后大道西（原共和酒樓，箭咀的位置），原址則改為廣州酒家。

由德輔道西北望南里，最右是廣州酒家，中間遠方是聯陞酒店，中間偏左（箭咀所指）即第二代的金陵酒家，招牌隱約可見，約攝於 1928 年。

簡析

羅富士是香港的署理教育司，1930 年離開香港，報章有廣泛報道，可知本詩乃撰於該年。從詩題看，六月十六夜，即 1930 年 7 月 11 日，距離鄒厓逝世（西曆 9 月 30 日），僅兩個多月。

詩題「戲效俳體」，俳體即俳諧體，屬於詼諧遊戲之作。但全詩透露的心境，卻不幽默曠達。鄒厓除自歎「無田又無家」外，又嗟怨薪俸「不足供瓜茶」；面對羅富士「年年恩俸五百鎊」，則直言不諱，因羡生妒，不快之感如脊背癢爬。總之，全詩表達作者對羅富士的成就既羡慕又嫉妒，反觀自身時，更充滿一股自怨自艾的不忿之情。作為遺民，鄒厓晚歲自命皈依釋氏，還特拍釋服遺照，但從此詩看來似乎未能看透世事；遁跡空門，卻無法徹底放下自在，實在令人慨歎。

第六章

賴際熙

賴際熙

1930 年香港大學中文系師生合照，前排左六為荔垞。

一、生平簡介

賴際熙（1865－1937），字煥文，號荔垞，廣東增城人。晚歲入道，著籍羅浮山酥醪觀，道號圓智。生於同治四年，早歲曾入讀廣州廣雅書院；光緒十五年（1889）鄉試中式為舉人，續登光緒二十九年（1903）進士第，欽點翰林院庶吉士。後派入進士館，修習法政新學；畢業授翰林院編修，充國史館纂修，旋晉升總纂。

辛亥革命後，荔垞移居香港，既知清室恢復無望，乃轉以興辦文教為己任。1913 年起，與區大典（1868－1937）同出任香港大學「傳統漢文」課程（Classical Chinese）講師，二人分別教授史學和經學。其後，參與創辦香港大學中文學院，並一直任教至 1933 年。此外，又創辦學海書樓，聚書講學，對於保存文獻，弘揚國粹，厥功甚偉。

1921 年，香港客家人在荔垞倡導下，成立崇正總會，成為香港客籍人士第一所具規模的公開組織。荔垞出任首六屆會長之職，前後長達 13 年。為了推揚客家文化，凝聚客籍士民團結意識，1925 年，在荔垞主持下，崇正總會編成《崇正同人系譜》一書。

1923 年，荔垞為振興斯文，弘揚聖道，乃籌建崇聖書堂（後更名為學海書樓）。二、三十年代，香港匯聚着一群晚清遺老，除荔垞外，還有陳伯陶、陳望曾、區大典、溫肅、張學華、岑光樾等等，不下十餘人，荔垞先後邀請他們在書樓開講。以後近百年間，除日治時期外，學海書樓所辦國學講座從未間斷，在香港文化史上，揭開重要一頁。

1925 年，金文泰出任香港總督。金督雅好漢學，作為港大校監，為了進一步推動中文教育，積極支持荔垞之議，在香港大學增設「華文部」，並在原有經、史二學基礎上，增辦「文詞學」。但港大自建校以來，長期遭遇財困，一時間難於成事。荔垞為此隨同校長康寧（W. Hornell, 1878-1950）前赴馬來亞，向華僑募捐，最後共籌得港幣四萬多元。1927 年，香港大學成立「中文學院」（School of Chinese Studies），荔垞獲聘為中國歷史教授（Reader in Chinese History），主持院務，溫肅、朱汝珍（1870－1942）等太史亦相繼受聘。

荔垞除協助創辦港大中文學院外，又為大學圖書館籌置中文藏書。今存〈香港大學藏書目錄例言〉，見錄於《荔垞文存》卷一。

早在赴南洋時，荔垞已央請馬來亞僑領陳永、廖榮之等人，捐獻設立振永書藏。至 1929 年秋，適值富商馮平山（1860－1931，時任香港大學永遠值理）七十壽辰，荔垞乃力請其捐建中文圖書館。最後馮氏捐款十萬元，建設馮平山圖書

1932 年的馮平山圖書館，為一所紅磚砌成的建築物，樓高三層，座落在花崗岩地基上。圖書館一直使用至 1961 年始遷離。

館，並 1932 年落成啟用。今天香港大學的馮平山圖書館，雖早已遷離原址，移至大學圖書館總館（原址改為馮平山博物館），然而荔垞篳路藍縷，經始之功，實不可沒。

由於香港大學中文學院的經史教育，作風保守，遭受魯迅（周樹人，1881－1936）等新文化運動作家激烈批評。1933 年，香港大學文學院改組，中文學院納入文學院，成為「中文系」(Department of Chinese)，荔垞亦辭任教授一職。

1937 年 2 月 15 日，荔垞因病辭世，享年七十三歲，遺著匯輯為《荔垞文存》兩卷。此外，還編纂有《崇正同人系譜》十五卷、《增城縣志》三十一卷、《赤溪縣志》八卷、清史大臣傳若干卷等。

二、作品選讀

1.〈籌建崇聖書堂序〉(1923)

國於天地必有以立，其世守之倫紀道德，相沿之典章制度，即其立國之根本。而倫紀道德、典章制度，所藉存而弗墜者，則在簡篇之記載，師儒之傳述。徵文考獻，翼教即所以維世焉。

吾國開化，自堯、舜、禹、湯、文、武、周公，淵源受授，至孔子而集其大成。數千餘年，冊府之儲藏，士林之講誦，日新月盛，美而且備。中間雖煨燼於暴秦，摧拉於胡羯，而抱殘守缺，考逸鈎沉，搜討彌勤，保全益力。劉《略》班《藝》之所紀，虞《志》荀《錄》之所存，[1] 前無所損，代有所增。如日月經天，如江河行地，其為萬古不廢焉可知矣！

風會遞降，習尚斯歧；士厭故常，人趨新異。三綱則昌言廢除，六經則嚴禁誦讀。非聖無法，此尚萌芽；遷流至今，則邪説愈張，正學逾晦。援人以入獸，既甘冒不韙；激治而為亂，更悍然不顧。僉邪既互為鼓吹，當路復資以勢力。神州文化，行見陸沉；軒轅遺裔，盡將沙汰。挾書之令，秦以嚴刑禁之，尚有孑遺；畔道之端，今以曲説誘之，自然風靡。誠斯道存亡絕續之交，君子怵惕危慮之會也。

籌建學海書樓序

興於天地必有與立其世守之倫紀道德相沿之典章制度即其立國之根本而倫紀道德典章制度所藉存而勿墜者則在簡編之記載師儒之傳遞徵文考獻翼教即以維世焉吾國開化自堯舜禹湯文武周公淵源授受至孔子而集其大成數千餘年册府之儲藏士林之講誦日新月盛矣而且備中間雖灰燼於嬴秦摧拉於胡羯而抱殘守闕考逸鈎沉搜討彌勤保全益力劉畧班藝之所紀隋志荀錄之所存前無所損代有所增如日月經天如江河行地其爲萬古不廢可知矣風會遞降習尚斯歧士厭故常人趨新異三綱則昌言廢除六經則嚴禁誦讀非聖無法此尙萌芽遷流至今則邪說愈張正學愈晦援人以入獸既甘冒不韙激治而爲亂更悍然不顧崎邪既互爲鼓吹當路復資以勢力神州文化行見陸沈軒轅遺裔盡將沙汰挾書之令秦以嚴刑禁之尙有孑遺畔道之端今以曲說誘之自然風靡誠斯道存亡絕續之交君子怵惕危慮之會也幸香江一島屹然卓立逆燄所不能爆顛波所不能靡中西之碩彥宏達之官商咸有存古之心皆富衛道之力主持教育者屢宣提倡中學之言訓誨子弟者時抱羅得人師之慮今擬順人心之趨向拯世道之淪胥裒集巨資徵存載籍甲乙丙丁諸部期搜采而靡遺元儒文史之書亦網羅而勿失更築精舍延聘耆英相與討論講習於其間以收賞奇析疑之實益但體制必須明備始足振學者之精神規模必極恢宏乃克聳瀛寰之屬望願貲衆力樂助其成從此官禮得求諸域外鄒魯即在於海濱存茲墜緒斯民皆是周遺挽彼狂瀾其功不在禹下矣是爲序例畧

崇聖書堂其後改名為學海書樓

幸香江一島，屹然卓立，逆焰所不能熵，頹波所不能靡。中西之碩彥，宏達之官商，咸有存古之心，皆富衛道之力。主持教育者，屢宣提倡中學之言；訓誨子弟者，咸抱難得人師之慮。今擬順人心之趨向，拯世道之淪胥，冀集巨資，徵存載籍。甲乙丙丁諸部，期搜采而靡遺；元儒文史之書，亦網羅而勿失。更築精舍，延聘耆英，相與討論講習於其間，以收辨惑釋疑之實益。但體制必求明備，始足振學者之精神；規模必極恢宏，乃足饜瀛寰之願望。願資眾力，樂助其成，從此官禮得存諸域外，鄒魯即在於海濱。存茲墜緒，斯民皆是周遺；挽彼狂瀾，其功不在禹下矣。謹序。

1　劉《略》班《藝》之所紀，虞《志》荀《錄》之所存：泛指古代書目所記錄的典籍文獻。「劉略班藝，虞志荀錄」，語出《梁書．王僧孺傳》。「劉略」指西漢劉歆（前 50－23）的《七略》;「班藝」指東漢班固（32－92）的《漢書．藝文志》;「虞志」指西晉摯虞（250－300）所撰的《文章流別志》;「荀錄」指西晉荀勖（？－289）的《中經新簿》。其中《七略》和《漢書．藝文志》是中國目錄學的鼻祖；荀錄今已失傳，然其首創「經子史集」的四部分類法（當時稱甲乙丙丁），對後世影響極為深遠。

簡析

學海書樓創辦於 1923 年。其初以「尊崇孔道，羽翼經訓」為宗旨，取名「崇聖書堂」；後因景仰兩廣總督阮元（1764－1849）創辦學海堂，故改易為「學海書樓」。

早在 1920 年，荔垞已租用港島中環堅道 27 號地下，作為國學講壇之用，每週舉辦兩次。由於成效滿意，1923 年遂有擴大規模、正式籌建書堂的計劃。倡議得到一眾紳商如何東、利希慎、李海東（1891－1973）、郭春秧（1860－1935）等鼎力支持，乃先購下港島般含道 20 號，作為永久藏書和講學場所；其後不斷搜羅古籍，並供市民自由借閱。當時香港未有公共圖書館，即使香港大學亦未有中文圖書館（馮平山圖書館啟用於 1932 年），故此學海書樓堪稱香港首間公共圖書館。據統計，書樓所藏經史子集超過一千九百種，合共三萬四千六百餘冊，數量相當可觀。

1962 年，香港中環大會堂落成啟用，其中高座設有公共圖書館。次年，學海書樓位於般含道的原址因拆卸改建，遂把藏書全部寄存於大會堂圖書館。至 2001 年，學海書樓特藏再遷至香港銅鑼灣中央圖書館九樓的參考圖書館，仍供讀者自由參閱。

學海書樓凝聚了荔垞畢生心血。據説他在病榻臨終之際，還拉着朱汝珍之手，鄭重叮囑其務必好好保存書樓藏書。而在本篇序文中，我們亦不難感受到荔垞在保存國粹上，態度之果決，信心之堅定，真所謂「如日月經天，如江河行地，其為萬古不廢焉」。可以説，荔垞對於維護傳統文化，着意甚至還遠在恢復清室之上。

與此相應，對於稍前新文化運動提倡全盤西化，號召打倒孔家店，荔垞亦在文中表露出深痛惡絕的敵視態度。他把新學流行，譬喻為「援人以入獸」，認為這樣下去，「神州文化，行見陸沉；軒轅遺裔，盡將沙汰」。為了挽救世道沉淪，他能夠做到的，就是「冀集巨資，徵存載籍」；同時「更築精舍，延聘耆英，相與討論講習於其間，以收辨惑釋疑之實益」。

荔垞與學海書樓在香港文化史上的意義和貢獻，本來毋庸費詞多贅。平情而論，舊文化未必一無是處，新文化亦不必盡善盡美，而潮流大勢之所趨，背後必有其深刻原因。清代以

1936 年 10 月遺老攝於學海書樓。從右至左：陳煜庠、左霈、朱汝珍、區大典、周廷幹、賴際熙、區大原、陳念典、岑光樾、溫肅。

來，傳統文化已逐步走進死胡同。到了二十世紀初，中華民族無論在政治、軍事，抑或社會、經濟上，皆陷於水深火熱中，能否保種存國，屹立於世界，已成疑問。這時立志要在文化上維護傳統，固然是任重道遠，但主事者必須在學問眼光上，能夠抉剔出傳統文化的精髓與不足，然後才能做到「存茲墜緒」、「挽彼狂瀾」。單是聚書講學，顯然是遠遠不足的，但他們作為清遺民，仍堅持以發揚傳統中國文化為己任，挽狂瀾於既倒，若從此點來看，他們的理念無疑值得後人欣賞。

2.〈送檗老副憲同年奉召入直南齋序〉[1]（1923）

國朝禮重儒臣，天聰三年，命儒臣分直文館；順治十七年，命翰林官輪宿直房，不時召見顧問。康熙十六年，諭張英、高士奇在內供奉，是為南書房入直之始。[2]嗣是遞相沿袒，皆以翰林文行尤卓者充其選。文字以外，絲綸之重，密勿之謀多諮之。[3]一代風尚，文人以得入翰林為榮，翰林以得待南齋為重，地至近，遇至隆也。

檗老自官翰林，文采高一世。官御史，直聲震朝野。[4]辛亥以後，奔走南北，忠壯之譽，益洋溢中外。今上聰明睿聖，知之有素，不次擢遷副都御史。庚申壬戌，先後入覲，[5]前席所陳，必多有裨國是，默契聖心者。今春被召入侍南齋，人皆頌聖主能得賢，鴻毛巨魚，乘風縱壑，[6]有以喻之。雖然，世不極屯蒙，[7]則撥亂之機猶未動；士不遭時會，則濟變之略無可施。今

今天北京故宮的南書房

之世運，於《易》象為剝，諸陽消剝已盡，獨上九一爻尚存。然陽無可盡之理，陽剝則為坤，陽來則為復，剝盡於上，則復生於下。[8] 撥亂之機已動，濟變之略可施，惟其時矣。上之所以知檗老，非僅在區區文字；檗老之所以酬知遇，亦必有遠大之猷，而不僅在區區文字也。檗老勉乎哉！

熙竄身孤島，逾紀迄今，[9] 而夢繞觚稜，[10] 則恒如一日。幸海濱商旅，愛重逢萌，[11] 日與陳述國恩，宣揚聖德，皆能感發興起，瞻雲就日之心，沛然莫禦焉。他時宣室從容，[12] 宜敷奏及之。湛恩汪濊，[13] 必有以慰此海隅蒼生矣。際熙拜上。

1 檗老：溫肅，號檗庵。副憲：1917 年張勳復辟，授溫肅都督院副都御史一職，此為其畢生所獲最高職位，然未履任而復辟即告失敗。入直南齋：詳見本文「簡析」。同年：荔垞與溫肅同登光緒二十九年（1903）癸卯進士第，故彼此互稱為「同年」。

2 是為南書房入直之始：按王先謙《東華錄》，康熙十六年（1677）十一月，「辛卯，大學士等遵旨，選擇翰林內廷侍直，列名請旨，始設南書房。命侍講學士張英，加食正三品俸，供奉內廷。其書寫之事，一人已足，止令高士奇在內供奉，加內閣中書銜，食正六品律俸。」《清史稿》中，〈聖祖本紀〉、〈張英傳〉等所載略同。

3 絲綸：指皇帝的聖旨。《禮記．緇衣》：「王言如絲，其出如綸。」孔穎達疏：「王言初出，微細如絲，及其出行於外，言更漸大，如似綸也。」密勿：機密。《三國志．魏志．杜恕傳》：「與聞政事密勿大臣，寧有懇懇憂此者乎？」

4 直聲震朝野：按《清溫侍御毅夫年譜》，宣統二年（1910）庚戌九月二十二日，溫肅「補授掌湖北道監察御史」。履任後，不畏權貴，多有奏劾。如「十二月十九日，奏參安徽巡撫朱家寶。二十五日，奏請令親貴王公就學，又劾鼐親王善耆違制演戲。二十七日，奏參資政院議決刑律草率，憲政館員汪榮寶姦邪」。次年二月，「劾貴州巡撫龐鴻書溺於嗜好，用人徇縱。……劾外務部奕劻、那桐、鄒嘉來等貪利誤國」等。

5 庚申壬戌，先後入覲：按《清溫侍御毅夫年譜》，1920 年庚申，「七月初六日，詣宮門請安，蒙召見養心殿，賞御書福字、壽字各一方，尺頭二卷。十四日，謝恩，復蒙召見」。1922 年壬戌，「九月，起程赴京，恭賀大婚慶典。十月初五日，赴宮門請安，蒙召見，賞御容照片一張。……十二、十五兩日，進內叩賀」。

6 鴻毛巨魚：王褒〈聖主得賢臣頌〉：「翼乎如鴻毛遇順風，沛乎若巨魚縱大壑。」後多喻指賢臣得蒙聖主恩寵，施展才華。

7 屯蒙：屯、蒙是《周易》六十四卦之一。〈彖傳〉曰：「屯，剛柔始交而難生，動乎險中。」「蒙，山下有險，險而止。」二卦皆有艱險難進、困頓蹇厄之象，故此處取以譬喻清室狀況。

8 剝復之義：剝、復亦是《周易》的二卦。剝卦是上九一陽居頂，五陰在下，意象是小人道長，君子道消。正道剝削，已被逼至險盡之境，不絕如縷。至於復卦，剛好倒轉，初九一陽萌動於下，其上雖全為陰爻，形勢險峻，但已初現曙光，〈彖傳〉所謂「復其見天地之心」也。

9 逾紀迄今：王粲〈登樓賦〉：「遭紛濁而遷逝兮，漫越紀以迄今。」一紀即十二年。

10 夢繞觚稜：按觚稜為宮闕上瓦脊的稜角，後多借代指王室或朝廷。《學林．觚角》：「所謂觚稜者，屋角瓦脊成方角稜瓣之形，故謂之觚稜。」所謂夢繞觚稜，指心繫清室。

11 逄萌：逄萌，字子慶，西漢末因王莽之禍而避地遼東。光武中興，屢加徵召，皆託以老耄而不至。詳參本書前錄陳伯陶〈槃園記〉、〈九龍山居作〉注。此處荔垞亦以逄萌避地作自況。

12 宣室：原為漢代宮殿名稱，這裏泛指皇帝御前。李商隱〈賈生〉詩：「宣室求賢訪逐臣，賈生才調更無倫。」

13 湛恩汪濊：語出《漢書．司馬相如傳》：「漢興七十有八載，德茂存乎六世，威武紛紜，湛恩汪濊。」顏師古注：「汪濊，深廣也。」

簡析

1923 年春，溫肅獲清遜帝溥儀召為「南書房行走」。五月，溫氏入京，道經香江。據《清溫侍御毅夫年譜》，癸亥「三月初一日，奉諭着在南書房行走。同被召者，楊鍾羲、景方昶、王國維。…… 五月，啟程赴京。攜麥氏妾、兒必復、女如昭隨行。過香港，諸朋好友有饋贐者，…… 六月初一日，詣宮門謝恩，蒙賞食三品俸」。可見此文當撰於 1923 年農曆五月溫肅入京之時。

何謂「南書房行走」？自從明太祖朱元璋廢除宰相制度，此後便以內閣大學士取代其主要職能。但內閣制度一方面效率低下，同時保密程度極差。故清康熙十六年（1677），帝乃於平日閱讀的南書房，另組秘書處。獲選入值的大臣，多為翰林院成員。他們帶着「南書房行走」或者「入值南書房」的頭銜，平日陪伴皇帝讀書，講説經史，談詩論賦；同時，在政務處理上，皇帝也可向其諮詢，或命其具草詔旨。

南書房並非正式政務機關，但入值者必為皇帝信賴的心腹，所謂「非崇班貴檁，上所親信者不得入」（見蕭奭《永憲錄》卷一）。入值者的本職，仍舊是翰林或其他官員，個別甚至有布衣白身（例如桐城派大師方苞）。顯然，這些人雖然位卑年輕，但幹勁活力，絕非混跡官場多年的內閣大學士所能相比。因此在康熙朝中期以後，決策中心便轉移至南書房。

直到雍正皇帝建立軍機處後，南書房的地位才有所下降。但入值者因時常得見皇帝，故仍視為清要之選。光緒二十四年（1898），德宗皇帝在慈禧太后的壓力下，傳旨撤銷南書房。溥儀此時雖予恢復，然而實際意義，早已今非昔比。當時奉召入值者，除溫肅外，還有景方昶（1866－？）、楊鍾羲（1865－1940）、王國維（1877－1927）三人。王氏的功名僅止秀才，能獲垂青，主要是原先的人選羅振玉（1866－1940）無意出任此閒職，才舉薦友人自代。

文中強調《周易》中的「剝復之機」，對於當時號令僅限於紫禁城的清室而言，「剝」確為恰切的譬況。荔垞當時大概還比較樂觀，認為清室「撥亂之機已動，濟變之略可施，惟其時矣」。這點在事後看來，當然是誤判。不久，遜帝被逐，連宮室亦不保，正好否定所謂「陽無可盡之理」。更後偽滿成立，不過是傀儡政權，實無恢復可言。

最後，荔垞在文中，表達了他對清室的眷念之情，所謂「夢繞觚稜，則恒如一日」。他平日跟香港的富豪進退周旋，深察其中頗多屬於「愛國商人」，「瞻雲就日之心，沛然莫禦焉」。因此，文章結尾鄭重叮囑溫肅，必須在遜帝面前，有所條陳，如此才能對他們的愛國情懷，有所告慰。參以溫氏年譜，「過香港，諸朋好友有饋贐者，約二千金，一一酬以書畫。陳子丹意獨厚，另酬之」云云，二千銀圓不算是小數目，而陳步墀（子丹，1870－1934）所貢獻的金額，可能還不在其中。按陳氏跟居港太史的交遊，以荔垞最為親密，因此本文所謂「宜敷奏及之」，相信主要就是為陳氏而發。

3.〈崇正同人系譜序〉（1925）

自辛亥島居，奄忽十年，值島中商旅有崇正總會之設，得濫竽席末，周旋尊俎間，見吾系人物之蕃盛，氣誼之親睦，規模之閎遠，事業之日新月異，於鑠偉矣。疇昔泛漫無紀，今則萃聚一堂如家族焉。有建言者曰：「人物既蕃盛，非各考其系統，則無以知其蕃盛之所由；氣誼既親睦，非互述其淵源，則曷以究其親睦之所底；規模既閎遠，事業既日新，非詳敘其前後，則尤恐美弗彰而盛弗傳。系譜之修，不可闕矣！」僉以熙昔忝史官，屬總其役，而程鄉李君佐夫、增城郭君炯彤、劉君友梅，同勷纂輯。若采訪之任，則凡屬同人，皆與有責焉。始於甲子孟冬，訖於乙丑季秋。[1] 書成，爰為之語曰：

譜牒之作，非以標榜閥閱，矜誇博贍也；將使人皆從流溯源，因此知彼，在己無自貶之見，於人無相輕之心。不自貶則可以邁遠，不相輕則可躋大同。故自古譜牒掌諸史官，其體最尊，其職極重。《周禮》以小史「奠系世，辨昭穆」，西漢則有帝王年譜，東漢則有《鄧氏官譜》，晉世摯虞作《族姓昭穆記》。南北朝尤重門第，其書轉廣，有四海大姓、郡姓、州姓、縣姓之目。[2]《隋書．經籍志》，著錄譜系之書至繁。唐詔高士廉、韋挺、岑文本，齎天下譜牒，參考史傳，修《氏族志》，[3]《新唐書》因有「宰相世系表」。五季之亂，文運中否，兹事亦歇。宋歐陽、蘇氏出，譜學益以明備。[4]旁行斜上，[5]一以周譜為法，後之言譜學者，無能出其範圍。沿明迄清，彌崇斯體。國史以外，益以玉牒。[6]省郡州縣，皆有志乘。族則有譜，家則有傳。以至結社聯姻，通家會族，皆紛陳齒錄，競述家風；詠烈誦芬，成為風尚。

兹譜之作，無省郡州縣之區分，而會傳志譜牒之通例。匪云創格，實守成規。相期讀此編者，祛其自貶之見，化其相輕之習；振邁遠之精神，躋大同之盛軌，則區區楮墨為不虛矣！舊史官賴際熙序。

1　始於甲子孟冬，訖於乙丑季秋：按梁基永先生《道從此入 —— 清代翰林與香港》一書稱，「《崇正統人系譜》（按：當作《崇正同人系譜》），此書在 1921 年開始編撰，歷時五年，文辭優美，史料豐富，是客家史研究的開山之作」（頁 205），時間考證上略有疏誤。荔垞在序文中已有明確交代，編撰時間其實不足一年。

2　《周禮》以小史……縣姓之目：按以上數句，基本脫胎自《隋書．經籍志二．譜系．序》，今略釋如下。所謂「西漢則有帝王年譜」，《漢書．藝文志》著錄有《帝王諸侯世譜》二十卷、《古來帝王年譜》五卷，學者多以為即世表、年表之類，記載帝王諸侯的世系。「東漢則有《鄧氏官譜》」，其書只見載於《隋書．經籍志》，其餘無考。所謂「摯虞作《族姓昭穆記》」，摯虞是西晉著名學者，博通典籍，著述不倦。據《晉書》本傳：「虞以漢末喪亂，譜傳多亡失，雖其子孫不能言其先祖，撰《族姓昭穆》十卷，上疏進之。」據《隋書．經籍志》，其書與《鄧氏官譜》，皆「晉亂已亡」，今亦無考。四海大姓等是北朝時中原漢人門閥所分的高下等級。《隋書．經籍志》云：「其中國士人，則第其門閥，有四海大姓、郡姓、州姓、縣姓。」

3 唐詔高士廉……修《氏族志》：按《舊唐書．高士廉傳》：「是時，朝議以山東人士好自矜誇，……太宗惡之，以為甚傷教義，乃詔士廉與御史大夫韋挺、中書侍郎岑文本、禮部侍郎令狐德棻等刊正姓氏。於是普責天下譜牒，仍憑據史傳考其真偽，忠賢者褒進，悖逆者貶黜，撰為《氏族志》。」

4 宋歐陽、蘇氏出，譜學益以明備：經歷唐末五代戰亂，舊有士族與族譜皆靡有孑遺。北宋官僚大多平民出身，歐陽修（1007－1072）和蘇洵（1009－1066）是最先重新提倡恢復譜學的士大夫。他們親為表率，撰寫本族家譜，並互有討論。

5 旁行斜上：指族譜中以橫向表格形式排列的譜表。

6 玉牒：皇室的族譜。

簡析

「客家」是中國唯一不按地域劃分的民系。所謂「客家人」，其實是指以嘉應方言（梅州話）為母語的族群，屬於廣東三大民系之一。他們原來主要分佈於粵、閩、贛三省交界的山區，清初藉着東南遷界與復界的機遇，大舉遷進珠江口一帶。經歷百餘年孳息，人口漸蕃。由於語言隔閡，加上資源爭奪，他們跟土著的矛盾日深。在咸豐、同治年間，粵西十餘縣更出現「土客大械鬥」，歷時十數載，腥風血雨，死亡不下百萬，可謂慘絕人寰。此後，廣府人每視客民為「蠻夷」、「蛇人」（畲人），客籍士民亦不甘示弱，反唇相譏，雙方在十九、二十世紀之交，不時發生筆戰。

1921 年，香港客家人在荔垞的率領下，成立崇正總會。

崇正總會首屆成員合照

在〈崇正同人系譜序〉中，茘垞說得相當謙遜，只謂「濫竽席末，周旋尊俎間」，實則卻是發起人，大家馬首是瞻。據羅香林〈故香港大學中文學院院長賴煥文先生傳〉所稱：「民國十年，旅港客屬人士，議設崇正總會，先生厠身其間，其議遂決。由是選為臨時會長，而一屆、二屆，以至六屆，皆為會長。群士仰望，即辭不可，蓋至是而先生任會長十三年矣。」

《崇正同人系譜》始修於 1924 年冬，完成於 1925 年秋。全書共十五卷，內容除譜例、氏族源流、語言禮俗等外，大部分篇幅是客籍名人的傳記。究其撰述宗旨與背後心態，茘垞在序文亦說得相當清楚，主要就是凝聚客家人的族群認同感和自豪感，反駁外人所謂「蠻夷」的污衊。茘垞一再強調，「在己無自貶之見，於人無相輕之心」、「祛其自貶之見，化其相輕之習」。實則所謂防範「自貶」，於義為輕；破斥外人「相輕」，才是重心所在。

有關總會的取名，今天大多以「崇正黜邪」作釋。其實，其名真正的寓意，亦是以正統中國人自居，駁斥外人嘲諷。以至稍後如羅香林的名著《客家源流導論》（1933），強調客家民系血統最為純正，客家話乃中原正音云云，都是同一背景下的產物，亦可謂矯枉過正矣。

《崇正同人系譜》

馮平山圖書館惠存

崇正同人系譜

岑光樾署

崇正同人系譜序

自辛亥島居奄忽十年値島中商旅有崇正總會之設得濫竽席末周旋尊俎間見吾系人物之蕃盛氣誼之親睦規模之閎遠事業之日新月異於鑠偉矣疇昔汎漫無紀今則萃聚一堂如家族焉有建言者曰人物既蕃盛非各考其系統則無以知其蕃盛之所由氣誼既親睦非互述其淵源則曷以究其親睦之所底規模既閎遠事業既日新非詳叙其前後則尤恐美弗彰而盛弗傳系譜之修不可闕矣僉以熙昔忝史官屬總其役而程鄉李君佐夫增城郭君炯形劉君友梅同勷輯若采訪之任則凡屬同人皆與有責焉始於甲子孟冬訖於乙丑季秋書成爰爲之語曰譜牒

（左）《崇正同人系譜》有岑光樾太史的題署
（右）書中荔垞原序的書影

4.〈清誥授朝議大夫香港定例局議員少岐周府君墓表〉(1926)

君諱祥發，字文輝，號少岐，廣東東莞人。以納粟振荒功，授朝議大夫、知府銜。曾祖慶長，祖鈞瑞，父永泰，由推恩曲禮，皆封贈如君品秩。

君少長於香港，聰穎有大志，學中西文於皇仁書院。年十九畢業，出任船政署記室八年，精心體察，後之屢營航業，皆著成效者，由此歷練為多。繼復展其學識，騁其才力，舟車之通濟也，貨幣之周轉也，產業之建置也，財物之保安也，緩急之質貸也，資用之積儲也，大則助天然製造之力，小則為閒暇游息之謀，凡可以營為商業、裨益民生者，靡不乘時規畫，竭智振興。其自為創設者六七所，代任主管者八九所，任至閎博，事至煩劇，而能統籌兼顧，縝密精詳；審時撥勢之重，簿書會計之微，必躬必親，能張能弛，運其籌策，咸操勝算，良由人定，而非天幸也。

然而務於適己事者，或不暇為人謀；亟於營本業者，或無志圖公益，君則出其有餘之力，奮其經世之才，有利物濟人、急公赴義之事，見而必為，為之必勇，繼續為太平局紳二十年，兩為東華醫院主席，三為定例局議員。他若團防、保良諸局，火水保險、水災賑濟、戰事救助各會，皆毅力主持，精心策畫，事無不集，動輒有功。其著者尤以敬教勸學、興賢育才之事為重。先後為香港大學、聖士提反學校、孔聖會中學各校學董，籌措既周，造就極廣。復自資建少岐義學，莘莘學子，無小無大，咸受培植焉。

職是薄海內外，官府以逮閭巷，搢紳以暨編氓，事無巨細難易，皆資君以成。咸願君壽，永得倚仗。遽以不測風雲，溘然長逝。耗聞，官愁歎於府，士悽愴於室，學輟課於堂，編戶齊民，亦咨嗟於道路。貴者賤者，親者疏者，皆撤食以哭之，空巷以送之。人之哀慕於君者，多知君之加惠於人者廣也。

予自避地島居，於商場進退，如從壁上觀秦楚戰鬥。馳騖者蹶，拘守者跼。跼則不能展，蹶者不復振。乍起旋落，既卻復前，目眩神駭，莫可端倪。視君措置，則謀而能成，慎而不葸，操贏制餘，自迨迄終，有進一尺，無退一寸，任波濤震撼，風雲詭譎，卓然特立，不隨世局為升降。復從容以其暇日，謀家國公私，惠人濟世，盛大德業。使盡其才，出任當世艱巨，固管范之流亞也。天遽奪之，惜哉！

卒於乙丑年五月二十七日，享壽六十有三。娶江氏，先君卒，贈恭人。側室三：葉、高、詹氏。有子五：曰埈年，學於英國牛津大學，畢業授文學碩士，選倫敦大狀師。次曰澤年，曰熙年，曰杰年，曰植年，皆習中西文於聖士提反學校。孫曰孝懷。女四：長適同知鄧兆祺，次適縣知事佘永年，三、四待字。以是年八月二十一日，葬於香港華人永遠墳場。

葬之明年，埈年述狀，屬為文以表之。予觀君之德業，其光遠矣，猶若未竟也；其澤普矣，猶若未罄也。天既予之，何復靳之？殆留俾後人，揚其輝而振其流，傳諸無盡歟？諸子崢嶸頭角，益信蒼蒼者之不閟於善人也。爰撮舉崖略，揭之於阡，以告來者。

簡析

甲、事業成就

在廿世紀，直到八十年代以前，東莞周氏絕對稱得上是香港最頂級的顯赫家族。周氏的祖籍是廣東省東莞縣橋頭鎮（後遷石龍鎮），第一代奠基者是周永泰（原名永能，字承歡，號永泰，1830－1888）。他大約於1860年代初攜同妻李氏（1843－1925）來港發展，最初經營婚喪祭品服務，稍有蓄積後，改從事於金銀首飾業務。

周少岐

周永泰共育有四子三女，長子周少岐（1863－1925），次子周蔭橋（1866－？），三子周卓凡（1872－1954），幼子周祥滿（1879－1894）。

周少岐自幼接受西式教習，十九歲時（1882）畢業於中央書院（Government Central School，即皇仁書院前身），先後出任 Wootton and Deacon Solicitors 和香港國家醫院（Government Civil Hospital）的文職工作，但為時甚短，其後便進入政府船政署（Harbour Office），出任秘書工作長達八年，期間學習到大量有關船務和保險的知識，對其日後事業的發展，影響至巨。此即墓表所謂「後之屢營航業，皆著成效者，由此歷練為多。」

其後，周少岐轉投私人公司，先後出任萬安保險有限公司、全安保火險有限公司秘書司理等職。當具備一定經濟實力和人脈關係後，他又跟友人一起創辦多所公司，包括香港九龍置業按揭有限公司、元安船務公司、兆安船務公司、泰新銀行

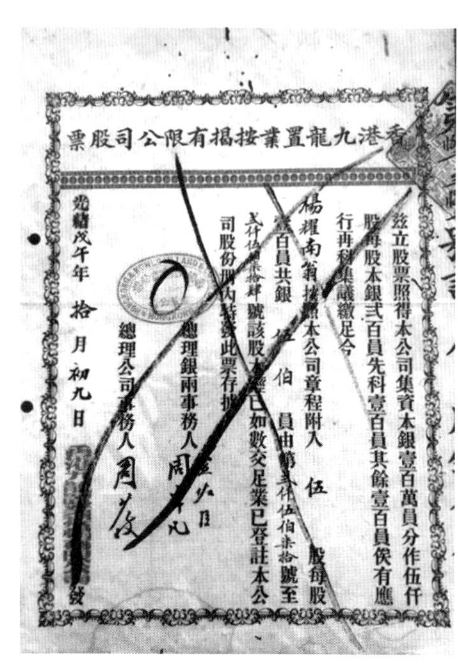
香港九龍置業按揭有限公司股票

茲立股票照得本公司集資本銀壹百萬員分作伍仟股每股本銀弍百員先科壹百員其餘壹百員俟有應行再科集議繳足今

楊耀南翁按照本公司章程附入 伍 股每股壹百員共銀 伍 伯 員由第弍仟伍伯肆拾號至弍仟伍伯肆拾肆號該股本銀已如數交足業已登註本公司股份冊內特發此票存據

總理銀兩事務人 周

總理公司事務人 周

光緒戊午年 拾 月 初九日 發

香港九龍置業按揭有限公司的股票。該公司始創於1899年，主要從事物業按揭，是中國最早專門從事這方面業務的股份公司。從照片可見，公司發行股本為五千股，合共集資銀圓一百萬，每股二百元。這張股票於1918年發出，當時清朝早已亡國，但公司仍用「光緒戊午」的年號。

等等，業務涉及航運、地產、保險、按揭、股票、匯兑、借貸等，長袖善舞，成為極度成功的華商。

周少岐同一時間能身兼多職，料理繁劇，假若沒有過人的辦事能力，根本不可能取得如此成就。墓表中說他「任至閎博，事至煩劇」、「統籌兼顧，縝密精詳」、「運其籌策，咸操勝算，良由人定，而非天幸」云云，皆顯屬實情，並無任何誇大。

乙、公職慈善

周少岐除了在事業上取得輝煌成就外，他亦樂於出任政府和慈善團體的義務公職。在公職方面，自十九世紀末，他便出任香港法院的陪審員；1903年，周氏獲委任為太平紳士，以表揚他長期以來對社會的貢獻。1909年，港督盧吉委任他為潔淨局（市政局的前身）議員；1916 年出任團防局議員。

1914 年，第一次世界大戰爆發，香港作為英國殖民地，主要貢獻是籌款。周少岐出任戰爭慈善事業委員會委員，經過協商，華人業主同意開徵 7% 的特別戰務差餉，合共籌得超過二百萬港元。期間周氏的表現，無疑得到港英政府的高度認可。1921 至 1923 年，港督司徒拔委任他出任華人非官守議員，以後他才力辭此任，故此〈墓表〉說他「三為定例局議員」。

在周少岐出任定例局議員期間，發生了一件大事，頗值得一提。1922 年 1 月 13 日，香港爆發海員大罷工。至 2 月底，全港已有十萬左右的居民響應罷工，並返回廣東省內地，工運進入高潮。港英政府的對策，一方面宣佈戒嚴，定例局通過《緊急狀態條例》，禁止張貼海報和公眾集會，並授予警察更大權力，可以隨意檢查郵件和搜身。同時為了減輕經濟損失，定例局又通過周少岐的提議，限令每名華人離境時，只准攜帶港幣伍元，餘者一律沒收。

相比於政府公職，周少岐更熱衷於社會慈善工作。在內地，他曾捐米賑荒，獲清朝政府沿例授朝議大夫、知府銜。在香港，他長期出任東華醫院總理，1903 年更獲推舉為主席。1907 年，周少岐與何啟等人籌辦廣華醫院，至 1911 年正式建成。（1931 年廣華醫院與東華醫院合併，更名東華三院。）1914 年周氏再度出任東華醫院主席。此外，周氏於 1912 年也出任過保良局總理。

香港自開埠以來，一直沒有專為華人而設的永久墳場。1911 年，周少岐聯同十七位華人紳商賢達，向港府申請撥地興建華人永久墳場，獲得港督盧吉的支持。經政府撥地，1913 年，位於香港仔石排灣的華人永遠墳場落成，周少岐與弟周卓

周氏家族的墓地，位於香港仔華人永遠墳場。

凡俱為獨立管理委員會成員，周少岐出任司庫，其弟則出任值理。

荔垞在〈墓表〉中，特別讚揚周少岐「以敬教勸學、興賢育才之事為重」。除了文中提及的聖士提反學校、孔聖堂中學外，尤其值得一提者，乃周少岐跟香港大學的關係。1908 年港督盧吉正式提出倡辦香港大學，1909 年的初步預算，單是前期建築工程費用，即達 25 萬元之巨，盧吉乃向在港的華洋紳商呼籲募捐，周少岐獲委任為大學籌款委員會董事。他在港大的籌建過程中，表現相當積極，除向友朋勸捐外，本人及旗下商號先後多次應捐，為數不菲，因而港大於 1911 年正式創立時，周少岐即獲委任為校董之一。

總結而言，〈墓表〉中盛讚周少岐「利物濟人、急公赴義」;「惠人濟世，盛大德業」，結合周氏的生平事跡看，還是比較符合實情，不能視作諛墓之詞。

丙、意外身亡

回顧香港歷史，發生過不少山泥傾瀉事故，而死亡人數最多的一宗，發生在 1925 年 7 月 17 日上午 9 時。是月自 14 日颱風過後，連降四天暴雨（天文台紀錄達 430 毫米），上環普慶坊附近一堵護土牆倒塌，導致七幢樓宇被毀，死亡人數共達七十五人，另有多人受傷。

普慶坊的位置，比中環堅道稍低，屬於太平山區。這裏原是華人聚居地，人口稠密，衛生環境十分惡劣。但自世紀之交爆發鼠疫後，港府力加整頓，在拆毀大批民房後，改闢為卜公花園，面貌瞬即煥然一新。論環境，此處背山面海，鳥語花香，加上靜中帶旺，成為華人高級住宅區。周少岐的居宅，位於普慶坊 12 號，是一幢連地下合共四層的高尚排屋，三面單邊。根據報章報道，在是次意外中，周家成員共有十一人喪生，包括：一、周少岐本人；二、其母周李氏；三、其妾周高氏；四、其妾周詹氏；五、周少岐第十子周傑年；六、周少岐第十二子周燦年；七、周少岐長子周埈年的妻子周蘇氏；八、周少岐次子周澤年的妻子周許氏；九、周少岐孫兒周頌球（周埈年長子，時未滿周歲）；十、周少岐孫女周炯儀；十一、周少岐孫女周淑儀。此外，還有六名家僕及女傭，亦於是次天災中罹難。

據報章報道，周少岐在獲救時，起初還有意識，能詢問家人傷亡情況，其後終因頭部重創而死亡。至於周埈年，據其所述，當時住在二樓，在睡夢中忽然聽到隆然巨響，倒地後迅速躲進一張大酸枝枱下，因而幸免於難，僅額頭略受輕傷。

〈墓表〉提及周少岐兩位待字幼女，即周麗嫻和周麗霞。根據香港亞洲電視的《香港百人》節目，周麗霞後來回憶，當時她年僅八歲，在意外當天下午四時被人從泥堆中救出，僅臉

普慶坊山泥傾瀉現場的照片

部輕傷。由於年齡尚少，所知不多，僅記得獲救後被人送往東華醫院。

5.〈周埈年先生大廈落成頌〉

古來聖賢豪傑功成名立，必經營第宅，啟闢園林，以示其寬閒，以寄其懷抱。如裴晉公之綠野堂，[1] 李贊皇之平泉別墅，[2] 世稱其一花一石皆具有調燮之精神，策畫之條理，出與處皆有所表見，而非常人所能希仰。周君埈年，其庶幾焉。

周君磊落有大志，少年遊學英國，習申韓法，得大律師名位。歸國展其蘊蓄，善承嚴君夙志，致力於公益事業。東華醫院則永任顧問，保良局則永任總理，團防則舉為局紳，潔淨局、定例局則任為議員。日籌維其濟眾之事、惠商之謀，固已德澤普遍於群倫，聲名洋溢乎中外矣。然其權雖重大，意卻安閒，於島中建成甲第於花園道。此道前瞰重溟，[3]後依峻嶺，茂樹繁花，環繞左右，崇樓傑閣，綿貫中邊，俯察仰觀，皆稱勝境。君以暇日優游其中，廣植楩楠，徧滋蘭玉，為樂未央，亦具有裴、李二公調燮精神，策畫條理，而寄託於此間也。惟裴、李二公，則建立於退休林下之時，而君則建立於進取勳庸之日，則君業之盛，更未可量也。謹獻頌詞，以落其成，其辭曰：

巍巍之宮，於島之中；渠渠之屋，在島之麓。居此樂兮樂未央，陰陽協兮壽而康。山川靈兮景物淑，奠攸居兮受百福。燕雀賀兮謹摛詞，善頌禱兮孰傒斯。[4]愚弟賴際熙拜撰並書。

1 裴晉公之綠野堂：裴度（765－839），中唐人，因助憲宗平定藩鎮，號稱賢相。晚年退居洛陽，與世沉浮。《舊唐書．裴度傳》：「自是，中官用事，衣冠道喪。度以年及懸輿，王綱板蕩，不復以出處為意。東都立第於集賢里，築山穿池，竹木叢萃，有風亭水榭，梯橋架閣，島嶼迴環，極都城之勝概。又於午橋創別墅，花木萬株；中起涼台暑館，名曰綠野堂。」

2 李贊皇之平泉別墅：李德裕（787－850），中唐名相，唐文宗時嘗封贊皇縣伯，故後世或稱李贊皇。平泉即平泉莊，位於洛南以南二十里，即今河南省伊川縣北之梁存溝。李德裕於開成元年除太子賓客，分司東都，嘗寓居於此。他撰有《平泉山居草木記》，晁公武《郡齋讀書志》云：「記其別墅奇花異草樹石名品，仍以歎詠其美者詩二十餘篇附於後。平泉即別墅地名。」

3 重溟：大海，此處指維多利亞港。孫綽〈遊天台山賦〉序：「或倒景於重溟，或匿峰於千嶺。」《文選》李善注：「重溟，謂海也。」據說周埈年當年的居宅，為了遷就風水，加強財運，大門特意斜開，正向於鯉魚門。

4 傒：等待。善頌禱兮：典出《禮記．檀弓下》：「君子謂之善頌善禱。」孔穎達疏：「張老因美而譏之，故為善頌；文子聞過即服而拜，故為善禱也。」按晉國卿大夫趙文子的新居落成，群大夫往賀，張老在頌詞中暗寓規諫之義，趙文子聞而服義，故曰前者善頌，後者善禱。

簡析

周埈年（1893－1971），香港政商界名流，周少岐的第七子（頭六位兄長皆先其夭折），周永泰家族的第三代成員。周氏在香港出生，1910年，畢業於香港聖士提反書院；後往英國牛津大學修讀法律，1914年畢業，獲大律師資格，續而獲取牛津大學文學碩士學位。返港後，周埈年經營家族業務，主要從事金融及保險工作；曾出任安全火燭保險公司及香港九龍置業按揭公司總經理，並為多間公司董事。

周埈年

周埈年繼承父親作風，非常樂於出任政府及慈善團體的義務公職，深受港英政府器重。1922年獲港府委任為太平紳士，1929年委任為潔淨局局紳。1931年，港督貝璐委任他為立法局非官守議員；1937年，晉升為立法局首席華人非官守議員，直至1939年才因任期屆滿而退出。香港重光後，周埈年於1946年再次擔任立法局首席華人非官守議員，後兼行政局議員，先後與八位港督共事。他在政壇上的地位，可謂無人能出其右。他跟堂弟周錫年（1903－1985）俱是廿世紀香港華人精英的代表。

此外，周埈年還曾出任東華三院永遠顧問、保良局永遠總理、那打素醫院董事、中華總商會名譽會董及顧問、香港大學校董等等。因其對社會的貢獻，周氏於1939年獲頒CBE勳章，1956年獲授勳為爵士。

此文歌頌的周埈年大宅，位於港島半山區的羅便臣道1

號，與花園道交界，是一座白色外牆的西班牙式大屋，建築面積達一萬平方呎，景觀開揚，當年也屬於香港的地標之一，曾有多位港督和官商名流作客於此，據説港督葛量洪最為常客。

根據周埈年兒子周湛樵的憶述，周宅分兩層半，地下是中式及西式客廳，另有一個可大排筵席的飯廳。地下一層樓底極高，達四米以上。樓上是五間房和祖先廳、佛堂，另有半層是工人房。

（左）周埈年舊宅的照片
（右）今天的羅便臣道 1 號，屬於中半山豪宅，1975 年落成。

此座大宅的地基十分高厚堅固，究其原因，自然跟周埈年在 1925 年死裏逃生的經歷有關。1971 年周埈年去世後，其後人經過商議，決定把大宅拆卸，重建為 28 層的住宅大廈，周家子弟保留高層的單位自住。

6.〈利公希慎墓表〉(1928)

公諱廷羨，字希慎，又字輯世，廣東新會人。曾祖諱策名，祖諱炬明，皆以清德素行，著望鄉黨。父諱朝光，始遊美洲，經商致富。有四子，公其仲也。

天資聰穎，八齡即於生長地就外傅，學行輒冠其同列，為塾師所激賞。年十七，朝光公倦遊，挈之歸里，旋又挈之居香港。時香港雖隸英國版圖，而華人能通歐美學術者尚罕，政垣為設皇仁書院，作育僑民子弟。以公俊秀，獲選入院肄業，苦身篤志，覃精研思，遂通狄鞮之學。[1] 中西人士有所接洽而辭不能達者，皆藉公為喉舌。學成，一掌本院教席，身受雨露之滋，還為雨露以滋物，其效已大著矣。

會母疾，辭席歸侍，當路倚仗方殷，謀別以要職厚俸縻之而不可得，其孝思之肫摯為何如也！母病愈，有營南北行瑞榮昌商業者，以公幹練誠實，聘主肆務。適予赴都道港，於稠人中見公言論風采，卓越流輩。與談天下事，激昂慨慷，縱橫上下，宏博貫通，高視遠拓，涵蓋中外，許為命世材，而非闤闠[2]所能局，遂訂交。

嗣是予回翔京洛，公亦壯游南洋群島、仰光諸埠，從實際考察商運墾植、時機消長、物力盈虛，確有心得。歸港主持雙德豐公司船務，復創辦南亨船務公司。本其閱歷所得，運以精心毅力，兼營他業，遵道得路，遂致巨富。

自辛亥國變，予亦避地海濱。與公居處既通，過從益密，促膝抵掌，互談志業。益知其所治者為經世之學，所抱者為匡時之心。凡世局之升沉，時事之得失，人物之臧否，無不默計而審處之。顧未得一試，而才思所蓄，蓬勃鬱積，不可遏抑。旁溢而為陶朱、白圭之業，微露其穎，已足弁冕時彥；若竟其量，則成就豈易測度哉！

其氣概如此發越，而內行彌覺敦謹。孝友之行，任卹之風，內外既無間言，遐邇同聲稱譽。遇慈善之舉、公益之事，役財以助其成者，更僕難數。於公行誼，此特其小焉者，可無贅述焉。公素耿直，喜任俠。直則志剛，俠則氣盛；志剛則不屈於人，氣盛則更能屈人。群聚議論，恒面折口斥，不為容悅；或拂之，更攘臂奮袂，無所忍避。予恒陳老子剛禍柔福之戒，未嘗不心善之，卒不能有以自克，遂為不逞者所伺隙，竟罹征羌舞陰之厄，[3] 惜哉！

以戊辰年三月十一日卒，年四十九歲。配室黃。男子子七，曰榮根、榮森，嫡室出；曰銘澤、銘洽、榮杰、榮康、榮達，庶室出。女子子七，皆待字。以是年某月某日，葬於香港華人永遠墳場。爰為文以表其墓，乃銘之曰：「膏以明爇，鋼以堅折。惟德不朽，永貽來哲。」

1 狄鞮之學：指翻譯西方民族的語言。《禮記．王制》：「五方之民，言語不通，嗜欲不同。達其志，通其欲，東方曰寄，南方曰象，西方曰狄鞮，北方曰譯。」孔穎達疏曰：「鞮，知也，謂通傳夷狄之語，與中國相知。」

2 闤闠：市場商店，也可借代泛指商業界。唐玄奘《大唐西域記．印度總述》：「闤闠當塗，旗亭夾路。」

3 征羌舞陰之厄：指遭人行刺之禍。按東漢初年大臣征羌侯來歙（？－35），於領兵平定巴蜀公孫述政權時，被刺客暗殺。舞陰則指東漢初年名將岑彭（？－35），他同樣在統一戰爭過程中，遭公孫述派遣的刺客殺害。

簡析

利希慎

利希慎（1879－1928），原名廷羨，以字行，廣東新會人，出生於夏威夷。十七歲時回港，入讀皇仁書院。由於成績優異，英語水平上佳，畢業留校任助教，繼而出任香港上海滙豐銀行職員。但利氏一心求富，不久便毅然離開香港，輾轉於南洋、緬甸一帶，尋找商機。他除了曾在馬來西亞短期任職翻譯工作，也曾在仰光開辦雙德豐船務公司。回港後，利氏接手父親生意，尤其看重鴉片的買賣。所創裕興公司，獲利甚巨，由此利氏亦晉身為富甲一方的成功商人。

進入廿世紀，禁毒已成國際潮流。英國政府迫於輿論壓力，在1909年亦下令香港停止鴉片專賣，並關閉所有鴉片煙館。1913年，港府雖然關閉煙館，不過未有全面停止銷售鴉片，此後改由港府接手直接銷售。（直到二戰結束後，鴉片公開販售，才告徹底消失。）裕興公司股東面對此大環境，對於是否繼續經營鴉片生意，內部出現嚴重意見分歧。利希慎堅持己見，並暗中收購另一家鴉片公司，趁低價大批買入。此舉雖然獲利豐厚，卻導致公司股東極大不滿。1914年股東告上法庭，事情纏繞前後長達四年，最後以利氏勝訴結束。

利希慎透過鴉片生意，獲得極豐厚利潤。1923年，他以380萬元巨款，從英資渣甸洋行手中，收購東角一帶土地，此即日後的利園山。今天香港銅鑼灣的地標，如希慎廣場、利舞臺、利園酒店、白沙道、啟超道等，通通都是利氏對後人的遺澤。鴉片的歷史早成過去，利氏族人憑藉先人餘蔭，加上百年來香港地產市道長期蓬勃，縱使他們已無法完全恢復昔日的光芒，但終始仍能躋身香港數一數二大家族的行列，這大概亦印證了古人所謂「逆取順守」的道理。

隨着港府逐步收緊鴉片的公開買賣，利希慎遂把視線轉移至鄰埠澳門。當時澳門在葡人的管治下，鴉片貿易仍能合法經營。為了取得鴉片專營權，利氏在 1927 至 1928 年又再次捲入澳門的鴉片官司中。1928 年 4 月，利希慎第二度贏得訴訟。就在其躊躇滿志、以為事業又將步進另一高峰之際，卻在同月 30 日中午，在港島九如坊與威靈頓街交界處被人暗殺。利氏連中三槍，命喪當場，殺手則逃去無蹤。

我們比較荔垞所撰周少岐和利希慎的兩篇墓表，墓主同樣是香港廿世紀初期的頂級富豪，而行文間卻存有明顯差異。在周少岐的墓表中，強調周氏事業上的成功，但更強調他在慈善事業上的傑出表現，並且祝願他的後人，能夠「揚其輝而振其流，傳諸無盡」。至於個人私交，則隻字未提。

相反，在利希慎的墓表中，荔垞的讚揚便顯得有點虛浮無力。例如利氏畢業於皇仁書院後，留校任教，墓表便說他「身受雨露之滋，還為雨露以滋物，其效已大著矣矣」；其後利氏辭去教職，主要是不屑於打工，一心求富，墓表則說他是歸侍母疾，「其孝思之肫摯為何如也」。對於利氏的公益行為，墓表只簡單地說了一句「遇慈善之舉、公益之事，役財以助其成者，更僕難數」，卻無實際事例，甚至還說此類行徑「於公行誼，此特其小焉者，可無贅述焉」。

對於利氏發跡的由來，墓表中完全未有提及「鴉片」二字，只是說「本其閱歷所得，運以精心毅力，兼營他業，遵道得路，遂致巨富」。然則「他業」究竟是甚麼，便有點諱莫如深了。至於利氏倒斃街頭，墓表除用較為典雅和婉轉的表述，所謂「竟罹征羌舞陰之厄」外，主要還是從比較正面的角度，歸因於利氏性格為人過於「耿直」、「志剛」、「氣盛」。但明眼人不難從利氏一直以來的生意門路，特別是那兩場轟動一時的港澳官司中，體會到這類「偏門」生意，難免觸犯過多黑白兩道利益，因而才結下如此深仇大恨，這豈是「耿直」二字所能解釋？

利希慎及其夫人黃蘭芳的墓園，位於香港仔華人永遠墳場，旁邊有荔垞所撰的墓表。

跟周少岐的墓表不同，荔垞在利希慎的墓表中，花了頗大篇幅，敘述二人之間的私下交誼。據表文所稱，二人的初交，乃在利氏主理上環南北行瑞榮昌商號之日。當時利氏還未壯遊南洋，而荔垞則剛好「赴都道港」，這大概是指光緒二十九年（1903）春闈赴試的稍前。辛亥革命（1911）後，荔垞移居香港，二人關係更為密切，荔垞自述是「居處既通，過從益密，促膝抵掌，互談志業」，關係似非一般。究竟二人平日談論的是甚麼，今天當然無法得知，但墓文所謂「其所治者為經世之學，所抱者為匡時之心」云云，實在不禁令人產生疑問，疑是諛奉之辭。

7.〈香港大學中文學會輯識第一期序〉（1932）[1]

學問之事，首在集思廣益，古今一也。故在昔書院課文，必選佳作，編輯成集，以資攻錯；今之學堂，則各有歲刊，或稱雜志，咸事纂錄。惟書院之文集，專輯一院之傑構，斷限甚嚴；學堂之雜志，兼采時彥之高文，範圍漸廣。綖垓既闢，風會日新，事業增進，月異而歲不同；而文章著作，亦愈恢而愈廣，自非墨守一師之說，足以肆應此更迭之世局。文集雜志，編輯範圍，寬嚴廣狹，即隨此世局為遷移，所以為集思廣益之宗旨則一也。

中文學院成立，已三閱寒暑矣。今春雜志初刻始成，謹為芻言，以綴其末。夫行文之要道，非徒炫其詞華，將以發揮其道藝也。編文之本旨，亦非徒采其詞華，將以討論其道藝也。綜古今之聖賢，合遠邇之俊

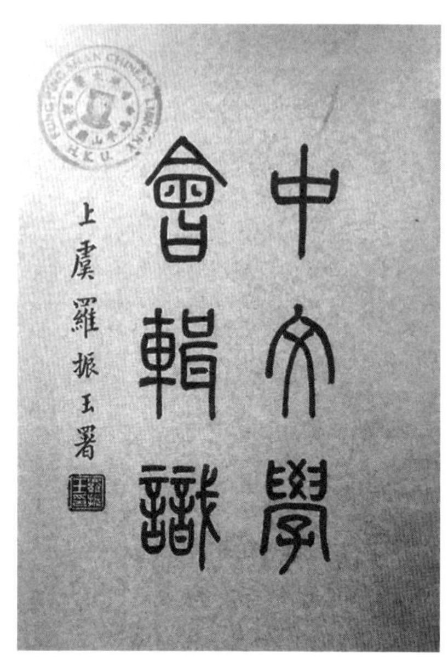

清室遺老羅振玉為《中文學會輯識》所署的書題

彥，欲傳其道藝，非藉文無以為發明。承學之士，欲考其道藝，亦非文無以為依據。況今日當學之事日煩，則考文之途益廣，此志著錄，匪擷其華，務崇其實，所謂博古通今，明體達用之詣，願與作者、閱者共循斯軌也。

1 「雜誌」之「誌」，古字原作「志」，或作「識」。例如宋人筆記有周煇的《清波雜志》，亦有周密的《癸辛雜識》。故《輯識》之「識」，粵語不應讀作「sik1」，當讀為「zi3」。

簡析

1927 年，香港大學中文學院（School of Chinese）正式組建，而香港大學中文學會則於 1930 年 2 月成立。學會的發起者，包括講師林棟（1890－1934）與當時就讀的一眾學生。首屆主席是富商馮平山的兒子馮秉芬（1911－2002），會長是教授區大典，副會長則為教授賴際熙、溫肅，與講師林棟。

根據宋蘅芝〈港大中文學會紀事〉一文的回憶，學會成立時，原本制訂有「每年編刊中文雜誌一次，由學生方面擔任編輯」的方針，並商定由李棪（1910－1996，晚清翰林李文田的裔孫）負責具體的編務工作。但是由於集稿困難，雜誌無法如期出版。直到一年後，即 1932 年初，《香港大學中文輯識》的創刊號才正式出版。

荔垞在《輯識》的序文中，強調兩點編輯原則。首先是雜誌應當百川匯海、兼收並蓄，除了學院師生的作品外，還須「兼采時彥之高文」。同樣，學會主席馮秉芬在〈序言〉中，亦是根據《周易．象傳》「大畜」卦「君子以多識前言往行，以畜其德」之義，強調「識大識小雖不同，多識則多得也」。

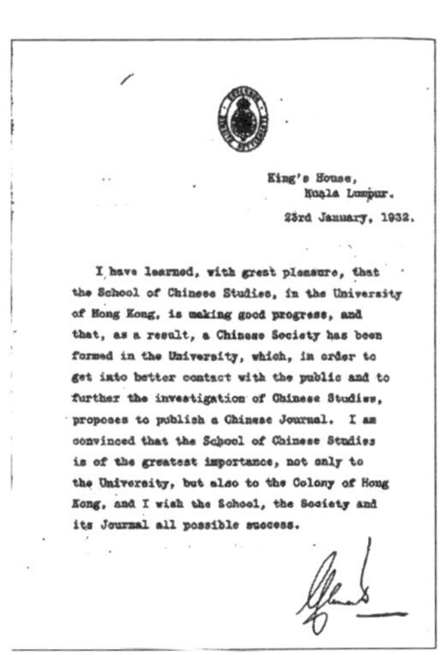

King's House,
Kuala Lumpur.
23rd January, 1932.

I have learned, with great pleasure, that the School of Chinese Studies, in the University of Hong Kong, is making good progress, and that, as a result, a Chinese Society has been formed in the University, which, in order to get into better contact with the public and to further the investigation of Chinese Studies, proposes to publish a Chinese Journal. I am convinced that the School of Chinese Studies is of the greatest importance, not only to the University, but also to the Colony of Hong Kong, and I wish the School, the Society and its Journal all possible success.

前港督金文泰對《中文學會輯識》出版的賀函。按金督早於 1930 年 2 月已卸任離港。

序言

學問之事首在集思廣益古今一也故在昔書院課文必選佳作編輯成集以資攻錯
今之學堂則各有歲刊或稱雜志咸事纂錄惟書院之文集專輯一院之傑構斷限甚
嚴學堂之雜志兼采時彥之高文範圍漸廣埏垓既闢風會日新事業增進月異而歲
不同而文章著作亦愈恢而愈廣自非墨守一師之說足以肆應此迭更之世局文集
雜志編輯範圍寬嚴廣狹即隨此世局爲遷移所以爲集思廣益之宗旨則一也中文
學院成立已三閱寒暑矣今春雜志初刻始成謹爲芻言以綴其末夫行文之要道非
徒炫其詞華將以發揮其道藝也編文之本旨亦非徒采其詞華將以討論其道藝也
綜古今之聖賢合遠邇之俊彥欲傳其道藝非藉文無以爲發明承學之士欲考其道
藝亦非文無以爲依據況今日當學之事日煩則考文之塗益廣此志著錄匪擷其華
務崇其實所謂博古通今明體達用之詣願與作者閱者共循斯軌也增城賴際熙序

賴太史為《輯識》所撰的〈序言〉

二人之說，可謂如出一轍。

綜觀全期的內容，既有本院師生如區大典、林棟、馮秉華、蘇曾懿等人的作品，亦有院外時彥如羅憩棠、陳伯陶、朱汝珍、丁傳靖（1870－1930）、陳寶琛（1848－1935）等的著述。特別是詩歌方面，全期共錄有三十八首，其中絕大部分都是院外人士沈曾植（1850－1922）、于式枚（1856－1915）、何藻翔、陳寶琛、王國維等五人的作品；本院則只有學生李棪、李幼成的四首而已，比重可謂相當懸殊。

此外，荔垞還主張，雜誌應當秉承為學「非徒采其詞華，將以討論其道藝也」的宗旨。因而從全期的文章編次看，亦是以經學的解說為先，而以書畫詩文居末。

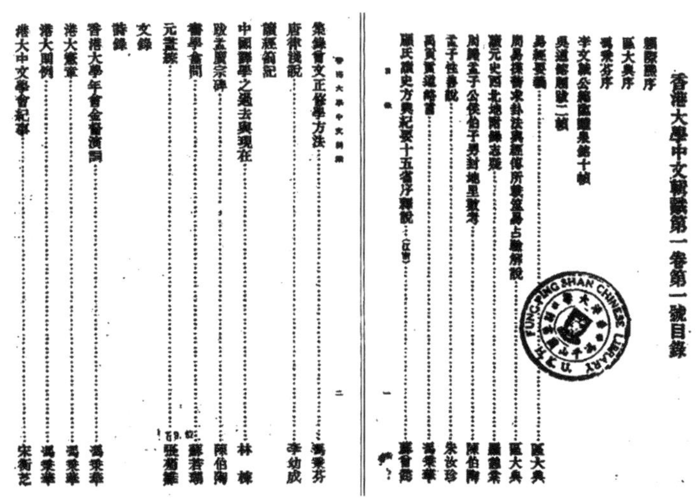
香港大學中文輯識第一卷第一號目錄

賴際熙序
區大典序
馮秉芬序
李文誠公[illegible]
吳道鎔[illegible]
易經要義……區大典
周易[illegible]……區大典
蒙元史西北地理[illegible]……羅憩棠
附錄孟子公侯伯子男封地里數考……陳伯陶
孟子性善說……朱汝珍
禹貢[illegible]……馮秉華
顧氏讀史方輿紀要十五省序釋說……（[illegible]）……蘇曾懿
一

集錄會文正修學方法……馮秉芬
唐律淺說……李幼成
讀經劄記
中國醫學之過去與現在……林棟
[illegible]宗碑……陳伯陶
書學答問……蘇若瑚
元[illegible]……張[illegible]
文錄
詩錄
香港大學年會[illegible]演詞……馮秉華
港大[illegible]……馮秉華
港大則例……馮秉華
港大中文學會紀事……宋衡芝
二

《香港大學中文輯識》創刊號的目錄

8.〈東蓮覺苑祖堂記〉(1935)

佛學自東漢傳入中國，歷魏晉以至今日，已二千餘年。遵之者不止恒河沙數人，詆之者亦不止恒河沙數人。實則遵之者只得其跡，詆之者亦未得其平。求實能遵之，究其理而非徒誦其言，行其道而不徒襲其貌，使儒與佛真實顯著之學說，會通而踐履之者，惟於靜容女士見之焉。

嘗讀《四十二章經》有曰：「凡事天地鬼神，不如孝其親，二親最神。」與儒者孝為人本，孝弟之至，通於神明，宗旨相印合。女士善體之，少日是以慎以肅，孝其父母；既嫁則以恭以順，孝其舅姑，此過去事也。現在則經營東蓮覺苑，建祖堂於其中，崇祀其父母舅姑；更撰文述德，以表揚其父母舅姑。純全懿行，昭著於無窮，此其不匱之孝思，流被於將來者，尤久而且遠。此豈古今恒河沙數佞佛之流，徒誦其言，徒襲其貌者所能見到？洵卓然異矣！

按女士姓張氏，嬪於何族。其先父德輝公，素供職九江海關。時海禁開未久，司關務者恒視為利藪，多致巨富。公則潔己奉公，於常俸之外，一無所取，所謂處脂膏而不潤者。長官察其廉，故久於其任，始終未嘗徙他職。性義俠，喜施予，周人之急，恒罄囊橐，以至乞鄰質貸無所吝。尤好結客，饋問飲食無虛日，故處境恒患不足。母氏楊，備婦德，勤女紅，能將順其美，時出所蓄以贍其用，使無內顧憂。迨公捐館時，[1] 已家無長物，遺二孤子女。子名沛楷，女即女士。鞠育教誨，一身肩任，使皆卓然成立，古人所謂嚴父慈母，是能兼之，可謂賢矣！

先舅士文贈公，多潛德，經營事業，數奇而未克展拓。[2] 然志氣宏遠，制行篤實，義所當為之事，必竭盡心力以赴之。濟與不濟，人皆諒其心而感其惠。先姑施太夫人，持家勤儉，待人慈惠。贈公卒後，主持家政，凡贈公生平志所欲為，而力有未逮者，皆善體其意，次第成全之。尤善教子，有男子子五，女子子三。長者為女，適蔡，次適黃，又次早殤。男長啟東，為女士之丈夫；次啟福，三啟滿，早殤；四啟棠，五啟佳。啟佳留學英國，啟東、啟福、啟棠，皆建偉績盛業於香港，令聞廣譽，洋溢中外。咸知修德獲報，不於其身，而於其子孫，皆太夫人有以相成之也。

際熙誼屬通家，見聞至洽，今值堂成，謹撮舉其明德嘉譽，落落大者，敬為之記，使後之陳世德者有所徵焉。增城賴際熙敬撰並書。

1　捐館：捐棄居住的館舍，即「去世」的委婉說法，常見於對父母死亡的表述。

2　數奇：命運不好。《漢書．李廣傳》：「大將軍陰受上指，以為李廣數奇，毋令當單于。」王維〈老將行〉：「衛青不敗由天幸，李廣無功緣數奇。」

簡析

東蓮覺苑位於香港島跑馬地山光道 15 號，是港島區首座佛教寺院，始建於 1935 年，由富商何東爵士（Sir Robert Hotung, 1862-1956）的夫人張靜蓉女士（法號蓮覺居士，1875－1938）創辦。

戰前香港的歐亞混血家族，盛行內部聯姻，所謂「何羅施冼蔡，女不憂嫁外」。張靜蓉的父親張德輝（？－1892），與何東同屬混血兒，但生活已經相當華化。張靜蓉是張氏長女，自幼受家庭影響，信奉佛教。何東的原配夫人麥秀英女士，是張靜蓉的表姐。她跟何東婚後並無所出，為了替丈夫延續子嗣，於是在 1895 年撮合表妹跟何東的婚姻，姐妹兩人不分嫡庶，並為「平妻」。張靜蓉不負所托，最終替何東誕下三子七女。

按「平妻」並非中國普遍的禮俗，既違背儒家禮教，亦觸犯國家法律。自《唐律・戶婚》起，已有明文規定，嚴懲犯禁者。《大清律例》卷十亦清楚列示：「有妻更娶妻者，亦杖九十，後娶之妻離異歸宗。」然而法禁雖嚴厲，民間富商卻往往漠視。

1931 年，何東為慶祝跟麥秀英金婚紀念，於是給予麥秀英和張靜蓉每人各十萬銀圓，以便她們興辦慈善福利事業。張

東蓮覺苑

中華民國二十年二月二號

香港新聞

何東爵士今日舉行金婚典禮

英國前任首相魯意喬治等來電致賀……

華商總會等四團體派代表宣讀祝詞……

何爵紳捐助善界二十萬元以誌紀念……！

1931 年 2 月何東與麥秀英金婚紀念的報章報道

靜蓉一直有志弘揚佛法，1932 年她先在新界青山設立寶覺佛學研究社，專門培育女性的弘法人才；1933 年在譚煥堂的協助下，以一萬七千多元低價，跟政府投得香港島跑馬地山光道一塊地皮，面積達一萬二千餘方尺，建築連裝修費用，合共八萬餘元。至 1935 年，工程全部完成。為了紀念何東之助，寺院的命名，分別冠以何東和張蓮覺的名字。東蓮覺苑落成後，先前設立於波斯富街的女子義學，以及青山的佛學社亦相繼遷入。

東蓮覺苑瓦頂斗拱，紅磚黃牆，屬於中國傳統寺廟的格局，但亦結合部分西洋建築元素（例如彩繪玻璃），整體給人典雅堂皇、莊嚴和諧的感覺，可謂別樹一格。2009 年，它獲古物古蹟辦事處列入香港一級歷史建築。

本文所述的「祖堂」，今天是位於苑內「蓮覺紀念樓」的二樓。按此樓是為紀念張靜蓉八秩冥壽而建，於 1954 年落成。根據 1935 年 5 月 15 日《天光報》的報道，對於東蓮覺苑內部建築的描述是「大雄寶殿後，為觀音堂，⋯⋯ 閱書樓及藏經所則位於樓上。另有一念祖堂，聞係供奉蓮覺女士夫族及母族先祖者。念祖堂之側為蓮覺女士辦理院中書務所」。由此可推斷，祖堂最初當為一獨立建築，可能就是今天「蓮覺紀念樓」的位置。

祖堂包括世勤堂、懷恩堂、感恩堂。世勤堂位於中央，取名是為了紀念張蓮覺替何東所生的長子何世勤（1898－1900，三歲即夭折）。祖堂主要供奉何家親屬一眾的長生牌位，但由於何東本人及麥秀英二人信奉基督教，故未有設立。牆上還懸掛有多幅人物肖像油畫，包括何東的母親施氏、張蓮覺的父母、麥秀英的母親等等。

記文對於何東父母的記述，頗多虛美之處。眾所周知，何東的母親施娣（1843－1896）先被荷蘭籍猶太商人何仕文（Charles Henry Maurice Bosman, 1839-1892）包養，二人之間並無婚姻關係，僅屬同居性伴侶（Concubinage）關係。何仕文其後不辭而別，拋棄施氏母子，施氏被迫改從中國商人郭興賢。故此何甘棠（1866－1950）跟何東、何福，只是同母異父的兄弟。

何仕文在 1859 至 1873 年之間曾居港發展，但未有創獲，最後還背負一身債務，只好失意離開。記文所謂「經營事業，數奇而未克展拓」，尚為情實；至於「志氣宏遠，制行篤實，義所當為之事，必竭盡心力以赴之」云云，則全屬虛文，並無實義。同樣，說施氏於「贈公卒後，主持家政，凡贈公生平所欲為而力有未逮者，皆善體其意，次第成全之」，亦只能視為恭維之詞。

何東發跡後，在香港自然列入名門望族，而其本人出身並不顯赫，原非甚麼秘密，這亦無損他的豐功盛業。荔垞既跟何東「誼屬通家，見聞至洽」，當然不會不知道何仕文跟施氏的實際關係。在香港大學和學海書樓創辦時，何東曾有過不少捐助，荔垞以書法文章作為應酬，也是義不容辭；略有溢美，則俗情所難免。

9.〈登宋王臺作〉(1913)

九州何更有埏垓，小絕朝廷此地開。[1]
六璽螭龍潛海曲，百官牆壁倚山隈。[2]
難憑天塹限胡越，為訪遺碑剔草萊。[3]
宋道景炎明紹武，皇輿先後總南來。[4]

登臨遠在水之湄，豈獨興亡異代悲。[5]
大地已隨滄海盡，怒濤猶挾故宮移。[6]
殘山今屬周原外，塊肉曾無趙氏遺。[7]
我亦當年謝皐羽，西臺慟哭只編詩。[8]

1　埏垓：邊際。司馬相如〈封禪文〉:「上暢九垓，下泝八埏。」全聯之意，神州原無絕對界域，宋末之際，東南相繼淪陷，趙宋朝廷遂播遷至香港一帶。

2　六璽：秦漢相傳除了傳國璽外，天子尚有六璽，詳見《後漢書．光武帝紀上》李賢注。螭龍：傳說中古代的神獸。《説文解字》:「螭，若龍而黃，……或無角曰螭。」六璽皆白玉所製，上有螭虎紐。「六璽螭龍」即宋帝的借代。倚山隈：九龍城有白鶴山，又名鶴嶺，據〈九龍宋皇臺遺址碑記〉:「白鶴山之遊仙巖畔，有交椅石，據故老傳聞，端宗嘗設行朝，以此為御座云。」本詩所説的「山隈」，當即指鶴嶺。按：此二句是擬想當日南宋朝廷的情景，皇帝委身於蕞爾海濱，百官則朝立於山隈之上。

3　天塹：天然的險阻。句意是慨歎古來皆無法依靠天險來阻止外族入侵中國。遺碑：當指聖山上刻有「宋王臺」大字的巨石；但也有可能兼指附近譚公爺山上的金夫人墓石碑。

4　景炎：宋端宗的年號。紹武：南明四政權之一紹武帝的年號。帝即位於廣州，僅四十天即被清軍攻破。皇輿：皇帝的乘輿，借代指皇帝。

5　湄：岸邊。《詩經．秦風．兼葭》：「所謂伊人，在水之湄。」興亡異代：異代興亡的倒裝。全句之意，難道我只因宋代的興亡而深感悲痛嗎？當然不是，自己亦因清室之亡而感同身受。

6　大地……故宮移：此聯描述宋王臺一帶的景貌：天涯海角，陸地至此而窮；波濤浪挾，昔日故宮早已湮沒無跡。

7　殘山：指聖山。周原：指中國。塊肉：指南宋末年帝昺，詳參本書前陳伯陶〈宋皇臺懷古並序〉注。全聯之意，香港今已淪為英國的殖民地，宋帝昺亦無遺裔在此。

8　謝皋羽：謝翱（1249－1295），詳見本書前陳伯陶〈宋皇臺懷古並序〉注。西臺：浙江桐廬縣富春山是東漢嚴子陵的隱居處，有東西二臺，各高百餘米，東臺即著名的勝跡「嚴子陵釣臺」。元世祖至元二十七年（1290），謝翱登臨西臺，設文天祥牌位以招魂，並撰有〈西臺哭所知〉、〈登西臺慟哭記〉等多篇著名詩文。

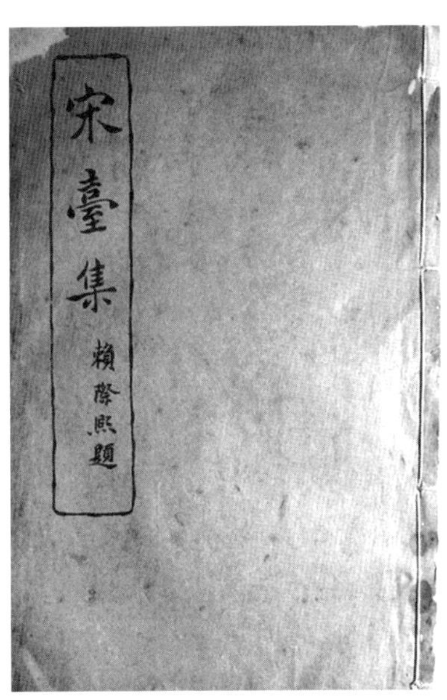

陳步墀《宋臺集》的賴太史書題

簡析

有關二詩的寫作背景，宜略作點考證。按二詩見載於各版本的《宋臺秋唱》集，可知必撰於 1912 至 1916 年之間。按《宋臺秋唱》有吳道鎔〈癸丑秋日，偕九龍真逸、張闇公、伍瑤公、賴智公遊龍山，訪宋季遺蹟感賦〉四絕句，可知荔垞曾於 1913 年的秋天，登臨宋皇臺。二詩當即撰於其時。

當然，荔垞遊覽宋皇臺，絕對不止一次。其中最為人樂道者，首推 1916 年秋，陳伯陶偕同張學華、陳慶桂、賴際熙等十餘位清室遺老，以紀念南宋遺民趙秋曉生日為由，於九龍城宋皇臺舉行祀典。不過，觀乎二詩的內容，只説及登臨，卻無

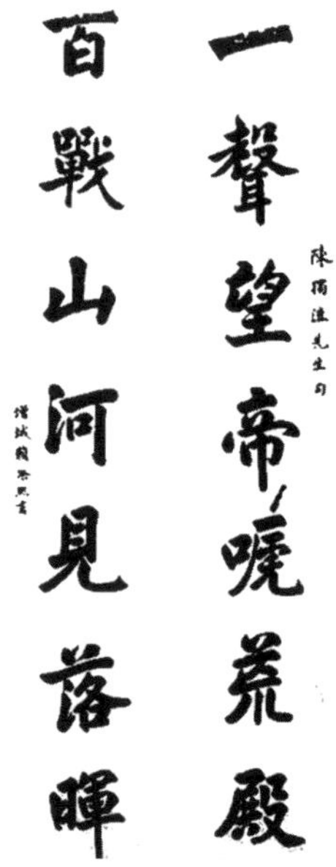

宋王臺舊日入口處有牌坊，其上對聯亦為荔垞手書。

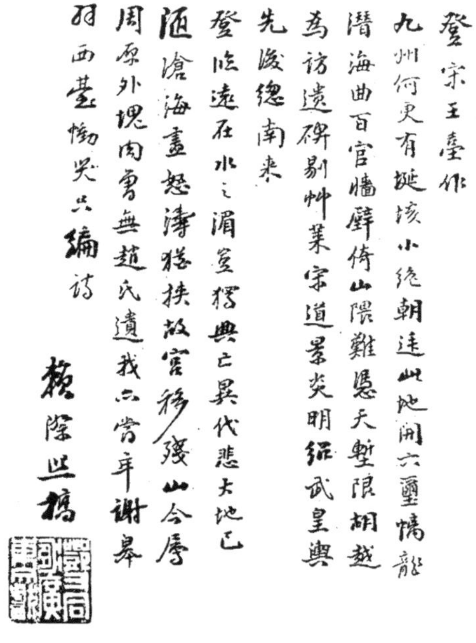
登宋王臺作

九州何處有堧垓，小絕朝廷此地開。六璽攜能潛海曲，百官牆壁倚山隈。難憑天塹限胡越，為訪遺碑剔艸萊。宋道景炎明紹武，皇輿先後總南來。

登臨遠在水之湄，室錫興亡異代悲。大地已淪滄海盡，怒濤猶挾故宮移。殘山今屬周原外，愧肉曾無趙氏遺。我亦當年謝皋羽，西臺慟哭只編詩。

賴際熙稿

〈登宋王臺作〉詩的手稿，見《荔垞文存》末頁。

涉於祭祀；人物只提謝翱，卻不言秋曉。筆者據此推斷，二詩當跟 1916 年的秋祭無關，而是前此的登臨之作。

作者除憑弔古跡，慨歎異代興亡，抒發其黍離之悲，還特以宋末詩人謝翱作自況，表露其忠於清室的遺民心志。全詩感情真摯，今天讀來，仍不禁令人動容。

10.〈輓丁伯厚前輩〉(1926)

説經趨殿有丁鴻，[1] 彈指興亡唱惱公。[2]
遯世已隨陶靖節，授詩仍賴澓中翁。[3]
九閽無地安前席，一瞑何心問故宮。[4]
料得瀋都華表鶴，粵東不返返遼東。[5]

鯫生珥筆紫宸初，[6] 聽説君歸奉板輿。[7]
英蕩暫停司馬諭，[8] 李桃濃繞子雲居。[9]
遺規白鹿傳薪火，[10] 遠訊青鸞返柳車。[11]
學海樓頭煙墨在，斷腸非獨秣陵書。[12]

昔年慟哭梁文節，[13] 此日思君涕復零。
師友蕭條蒿里唱，[14] 山河感慨酒爐經。[15]
藏舟壑徙空銜石，[16] 倚杵天低易隕星。[17]
欲遣巫陽歌楚些，[18] 楓江月黑雨冥冥。[19]

1　丁鴻：字孝公，穎川人，東漢名儒。據《後漢書・丁鴻傳》，鴻年十三，隨桓榮習歐陽《尚書》，明章句。明帝永平十年（67），徵召入朝。章帝建初四年（79），會諸儒於白虎觀，議論五經異同，帝親作裁決。「鴻以才高，論難最明，諸儒稱之，帝數嗟美焉。時人歎曰：『殿中無雙丁孝公。』」此句以丁鴻譬況丁仁長。按：丁氏於光緒二十年（1894）曾出任侍講，二十二年轉侍讀，所謂「說經趨殿」，意即指出。

2　彈指：表示極短的時間。《法苑珠林》卷三引《僧祇律》:「二十念為一瞬，二十瞬名一彈指。」彈指興亡就是說千古興亡的歷史，恍如彈指之間，轉瞬即過。惱公：唐代詩人李賀的艷情冶遊作品。然說者對此詩見解不一，或謂閨情狹斜遊戲之作，或謂暗寓諷喻之意。此句大意是指丁太史除經學外，還擅長詩文創作。

3　陶靖節：晉代田園詩人陶潛，字淵明，因不恥為五斗米折腰，辭官隱居，死後友人私謚曰「靖節先生」。丁仁長自老父病逝，即不復仕。澓中翁：漢宣帝劉詢起自民間，據《漢書．宣帝紀》，帝微時嘗「受詩於東海澓中翁，高才好學」。此句是指丁太史曾以經術出任帝師。

4　九閽：朝廷。按：1924 年 10 月溥儀被馮玉祥驅離紫禁城，避居天津。丁仁長本已多年不問政治，亦奔赴行在，慰問帝安，然未獲重用，並無授予實際官職，故詩謂「無地安前席」。一瞑：閉目不顧一切。

5　瀋都：遼寧省瀋陽市，清人最早的國都，今仍存清室故宮。華表鶴：詳見本書前錄陳伯陶〈鶴嶺散步〉詩注。兩句意謂丁仁長因忠於清室，死後亦當像丁令威般，魂歸遼東，而不是返回粵地故鄉。

6　鯫生：淺陋愚昧之人，此處是荔垞自謙之詞。按《史記．項羽本紀》:「鯫生說我曰：『距關，毋內諸侯，秦地可盡王也。』」裴駰《集解》引服虔曰:「鯫，小人貌也。」珥筆：插筆於冠側，以便隨時記錄，一般多指史官或諫官工作。曹植〈求通親親表〉:「安宅京室，執鞭珥筆。」《文選》李善注:「珥筆，戴筆也。」紫宸：朝廷。按：荔垞於清末宣統年間曾出任國史館總纂等史職。

7　板輿：古代交通工具，多為老者代步之用。潘岳〈閒居賦〉:「太夫人乃御板輿，升輕軒。」後世一般多借代指年邁母親。奉板輿，即侍養老母。據張學華〈丁君行狀〉，丁仁長於光緒二十二年（1896）曾「以父病請急歸。未抵里，父卒。不及視含，抱憾終其身，遂不復出」。

8　英蕩：古代竹製符節，一作「英簜」，後泛指官員外任時的印信憑證。司馬諭：此蓋用西漢辭賦家司馬相如的事跡。據《漢書．司馬相如傳》:「相如為郎數歲，會唐蒙使略通夜郎、僰中，發巴蜀吏卒千人，郡又多為發轉漕萬餘人，用軍興法誅其渠率。巴蜀民大驚恐。上聞之，乃遣相如責唐蒙等，因諭告巴蜀民以非上意。」丁仁長辭官歸里後，自然再無外任之事。

9　子雲：西漢學者揚雄（前 53－18），字子雲。據《漢書．揚雄傳》，揚雄為人「少嗜欲，不汲汲於富貴，不戚戚於貧賤，不修廉隅以徼名當世。家產不過十金，乏無儋石之儲，晏如也」。後世多以子雲居處，象徵學者不慕榮利，潛心學問。如王績〈田家〉:「草生元亮徑，花暗子雲居。」盧照鄰〈長安古意〉:「寂寂寥寥揚子居，年年歲歲一床書。」

10 遺規白鹿：廬山白鹿洞書院，宋代四大書院之首，南宋朱熹（1130－1200）曾講學於此，並親撰〈白鹿洞書院學規〉。此句是讚揚丁仁長在地方教育上的貢獻，堪比大儒朱子。按丁仁長棄官後，曾主掌廣州越華書院，又創辦教忠學堂，還兼任兩廣大學堂、存古學堂等處監督。傳薪火：典出《莊子・養生主》:「指窮於為薪，火傳也，不知其盡也。」即後世成語所謂「薪盡火傳」。

11 青鸞：傳説中鳳凰的一種，神仙所騎乘。陳珮〈哭程夫人〉詩：「忽駕青鸞返碧虛，瓊花吹折痛何如。」柳車：即喪車。《史記・季布列傳》:「迺髡鉗季布，衣褐衣，置廣柳車中。」裴駰《集解》引鄧展曰：「載以喪車，欲人不知也。」按：此句丁仁長去世後，靈柩由後人運返粵地。

12 煙墨：墨跡。秣陵：清初屈大均抒發其家國之痛的五律詩篇，內有「如何亡國恨，盡在大江東」之句。尾聯蓋指學海書樓保存有丁仁長手書〈秣陵〉等詩的墨跡。

13 梁文節：指廣東番禺梁鼎芬（1859－1919）太史。梁氏號「節庵」，一生忠於清室，謚曰「文忠」。「文節」蓋為遷就平仄格律而作的截搭。

14 蒿里：漢代輓歌名稱。古代傳説，人死則魂魄歸於蒿里。崔豹《古今注・音樂》:「〈薤露〉、〈蒿里〉，並喪歌也，出田橫門人。」

15 酒爐經：泛指緬懷故友，非實指酒會，出《世説新語・傷逝》。按王戎為竹林七賢之一，嘗「經黃公酒壚下過，顧謂後車客：『吾昔與嵇叔夜、阮嗣宗共酣飲於此壚。竹林之遊，亦預其末。自嵇生夭、阮公亡以來，便為時所羈紲。今日視此雖近，邈若山河。』」。頷聯總意是慨歎師友凋零，物是人非。

16 藏舟壑徙：《莊子・大宗師》:「夫藏舟於壑，藏山於澤，謂之固矣，然而夜半有力者負之而走，昧者不知也。」後世多喻為世事變遷，無法固執墨守。銜石：《山海經・北山經》:「炎帝之少女名曰女娃。女娃遊於東海，溺而不返，故為精衛，常銜西山之木石，以堙於東海。」陶潛〈讀山海經〉:「精衛銜微木，將以填滄海。」後世多用以譬喻堅毅不屈，不顧力量微弱，矢志達成目標。全句之意，時勢發展，共和已定成局，清室復興無望，然而丁仁長仍不懼艱苦，奔赴天津，知其不可而為之。

17 倚杵天低：《初學記》卷一引《河圖挺佐輔》:「百世之後，地高天下，不風不雨，不寒不暑……如此千歲之後而天可倚杵，洶洶隆隆，曾莫知其始終。」此原為談《易》數者無稽之辭，意謂天地最終變得貼近，即使立柱於地，亦可上倚於天。欲隕星：天低而星辰易殞落。此處借喻為丁仁長逝世。

18 巫陽：《楚辭》中傳説的女巫。屈原〈招魂〉：「帝告巫陽曰：『有人在下，我欲輔之。魂魄離散，汝筮予之。』（巫陽）乃下招曰：『魂兮歸來！』」蘇軾詩：「餘生欲老海南村，帝遣巫陽招我魂。」楚些：招魂之曲。按《楚辭．招魂》是屈原模仿楚地民間招魂習俗的作品，每句句尾皆有「些」字作助詞。洪興祖《楚辭補註》謂：「凡禁咒句尾皆稱『些』，乃楚人舊俗。」後世乃以「楚些」代表招魂。按：「遣」字，《學海書樓主講翰林文鈔》本誤作「遺」。

19 冥冥：煙雨微茫貌。《楚辭．九歌．山鬼》：「雷填填兮雨冥冥，猨啾啾兮狖夜鳴。」邵晉涵詩：「九曲河堤柳幔青，關津月黑雨冥冥。」尾聯屬於虛寫，意指丁仁長逝世，愁雲慘淡，天地亦為之傷感。

簡析

這三首是哀悼丁仁長太史的輓詩，撰於 1926 年。有關丁氏生平，已詳見本書前述有關部分。本詩雖然用典較多，然而未算艱僻，且大多貼切。特別是第一首，先以漢代名儒丁鴻來譬況丁太史的經術，最末又用丁令威鶴歸華表之喻，意味深遠，頗見工巧。第三首抒發師友凋零、山河巨變的感慨，情感最為沉痛。全詩突出丁仁長矢志復興清室的心跡，「一瞑何心問故宮」，「藏舟壑徙空銜石」，真可謂竭其悃愊，繼以忠貞，這何嘗不是荔垞本人的心跡？

第七章

溫肅

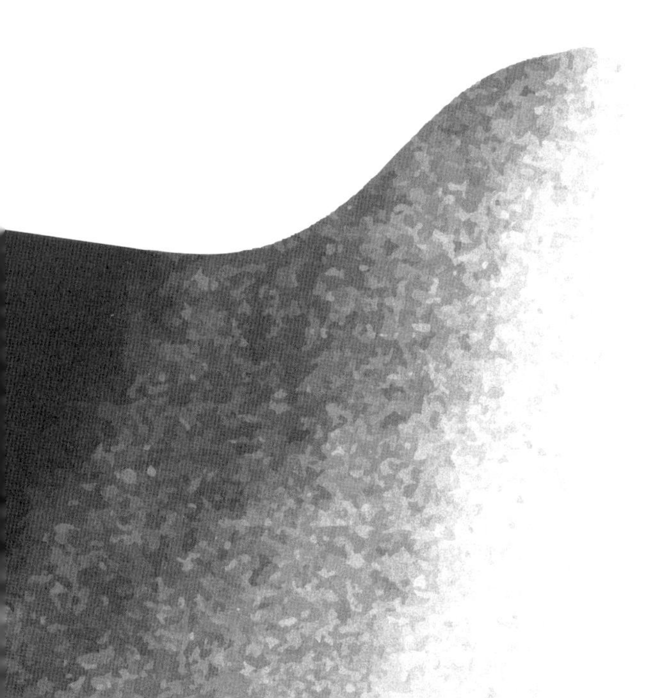

溫肅遺像

香港大學文學院 1930 年全體師生合照，前排左四為溫肅。

一、生平簡介

溫肅（1879－1939），初名聯瑋，字毅夫，一字伯安，號檗庵，晚號清臣、杜鵑庵主，諡文節。生於光緒四年，廣東順德縣龍山鄉人。該地文風鼎盛，歷代名人輩出。檗庵父親溫𣯛廷（1832－1889），同治七年（1868）進士，官至戶部主事，故其府第稱「司農第」。

檗庵長於史學，曾編纂《德宗景皇帝實錄》；又嘗與黎湛枝（1870－1929）、歐家廉二太史以私家之力，合修《德宗景皇帝聖訓》一百四十五卷進呈。檗庵為溥儀侍讀，曾著《貞觀政要講義》；任職香港大學時，撰有《哲學講義》。此外，檗庵頗熱衷於整理鄉邦文獻，除修撰《溫氏族譜》，總纂《廣東通志》、《龍山鄉志》外，又替明末廣東名臣陳恭尹（1631－1700）撰寫《陳獨漉先生年譜》，寄寓其遺臣心志。詩作方面，有《遺民詩》、《感舊集》若干卷，其子溫必復合刊為《溫文節公集》行於世。

1. 早歲仕歷

檗庵家學淵源，幼承庭訓，父親對其課業督責甚嚴。《清溫侍御毅夫年譜》（以下簡稱《檗庵年譜》）稱：「先大夫督課嚴，歲晚仍不輟讀。每讀一經畢，必令再溫一遍，乃授他經。」光緒二十九年（1903），年甫二十六，即登進士第，初授翰林院庶吉士。光緒三十年，充編書處協修官。三十三年，散館，授翰林院編修。三十四年，充國史館、實錄館協修。

宣統二年（1910），補授湖北道監察御史。宣統三年，兼署四川道監察御史。任內不畏權貴，曾上疏五十餘摺，遍彈內

戴鴻慈以協辦大學士入值軍機處，是清代粵籍官員中仕宦最顯赫者。

外大臣，包括肅親王善耆、慶親王奕劻、大學士那桐、外務部尚書鄒嘉來、湖廣總督瑞徵、袁世凱、貴州巡撫龐鴻書等，充分顯示其年輕進取的作風。可惜清室氣運早盡，辛亥革命爆發，很快即陷入土崩瓦解局面。

2. 謀求復辟

清廷滅亡後，檗庵仍以遺臣自居，竭誠盡忠。他寓居於天津，同時四出奔走，遊説各地武人政客，謀求復辟，先後拉攏過升允（1858－1931）、趙爾巽（1844－1927）、張勳（1854－1923）、馮國璋（1859－1919）、龍濟光（1867－1925）、陸榮廷（1859－1928）等，其中只有張勳的態度比較積極。

據張學華〈都察院副都御史南書房翰林溫文節公神道碑〉（以下簡稱〈溫文節公神道碑〉）所稱：「會忠武（按：指張勳）

移鎮徐州，公客幕中，走金陵，結馮國璋，相與交懽；赴邕謁陸榮廷，赴粵謁龍濟光，皆以忠義激動之。」

張勳照片。袁世凱去世後，北洋政府出現府院之爭。段祺瑞首先利用張勳復辟，打倒黎元洪，自己再收「三造共和」之功。

1913 年 4 月，恭親王溥偉（1880－1936）等人在山東青島策劃兵變，史稱癸丑復辟，檗庵亦有參與。〈溫文節公神道碑〉:「是時，恭親王溥偉由大連徙居青島，遺臣咸集。公與德化劉文節公廷琛、湘鄉陳侍郎毅等，密謀匡復。奉新張忠武公方駐兗州，往來通問；又約前陝督文忠公升允，起兵西北。袁世凱偵知之，使其黨王天縱陰伺掩捕。御史玉春、中書朱江同時被難，公亦幾不免。」按當時張勳駐守於兗州，按計劃應由此揮師襲取濟南，但因事機不密，走漏風聲，復辟行動旋告失敗。檗庵先走兗州，再赴鎮江，投附張勳。

1917 年，張勳在北京發動復辟，史稱丁巳復辟。當時檗庵正鄉居，獲授都察院副都御史之職。他聞訊即倉促北上，但復辟僅維持十二天即告失敗，只好折返。此後，檗庵隱居鄉里，寄情於撰述。他取「望帝春心託杜鵑」之意，把居室取名為「杜鵑庵」，以示內心不忘復興清室。1920 年夏，檗庵以貢獻方物進京，蒙召見養心殿，賞御書福、壽字各一方。據《檗庵年譜》，遜帝溥儀特加慰勉，面稱：「你這幾年，在外頭很辛苦了，我都知道的。」

1923 年末，溥儀召以「南書房行走」，同時獲召用者，還有楊鍾羲、景方昶、王國維。1924 年春，檗庵取道香港，轉赴京津。諸友餞行，姚筠為繪〈香江送別圖〉，黎湛枝題字，陳伯陶撰〈送溫毅夫副憲回京入直南書房序〉，賴際熙撰〈檗老副憲同年奉召入直南齋序以送之〉，其他題詩者還有吳道鎔、陳步墀等人。此後一年間，是檗庵畢生最穩定和快意的時期。

可惜好景不常，1925 年，溥儀被馮玉祥逼宮，驅離紫禁城，先移居醇親王邸，其後遷至天津張園，期間檗庵一直追隨左右。溥儀命其與萬繩栻（1879－1933）至瀋陽，與張作霖交涉，爭回清宮太廟和陵寢的部分權益。不久，檗庵與鄭孝胥、胡嗣瑗同被任命為進講官，他主講《貞觀政要》，冀望遜帝能效法唐太宗，勵精圖治。

3. 港大歲月

溥儀自離京後，財源逐漸枯竭，無法繼續留用大批臣僚。1926 年秋，乃裁撤天津的行在辦事處，遣散侍從。檗庵起初仍堅持留津，在張家教導張勳二子，以便隨時晉謁。據《檗庵年譜》，1927 年「十月二十七日，蒙召見，垂詢近況，且以經費

溫肅在任職港大期間，曾出任中文學會副會長。

大學中文哲學課本

荀子

荀子之學。在諸子中最爲純正。史記。荀卿與孟子同傳。漢書藝文志儒家類。孫卿子三十三篇。亦次孟子十一篇之後。自漢以前。孟荀固並稱也。唐韓愈讀荀子云。孟氏。醇乎醇者也。荀與揚。大醇而小疵。逮以荀與揚雄並列。宋朱子語類云。不要看揚子。他說話無好處。議論亦無的實處。荀子雖然是有錯。到說得處也自實。不如他說得恁地虛胖。則揚不如荀。蓋有定論矣。宋以來。論荀者毀譽不一。要譽多而毀少。晁公武郡齋讀書志。稱荀以性爲惡。以禮爲僞。非諫爭。傲災祥。尚強伯之道。論學術。則以子思孟軻爲飾邪說文姦言。與墨翟惠施同詆焉。論人物。則以平原信陵爲輔拂。與伊尹比干同稱焉。其指往往不能純粹。故後儒多疵之云。而 國朝四庫全書總目。

大學中文哲學課本 哲學講義 荀子 壹 欒菴輯

香港大學中文學院哲學講義

溫肅所撰《哲學講義》，內容只述荀子與莊子二家。

支絀，未能頒給薪俸為憾。肅對：『臣毫無才具，不能為皇上辦得一點情事，還要皇上操心到臣等薪俸的事，洵是天恩高厚，只臣心裏更慚愧了。』」

1929 年，檗庵為謀生計，只好因同年好友兼親家賴際熙的介紹，受聘於香港大學中文學院，主講「先秦哲學」及「文詞」兩科。檗庵在港大前後三年（1929－1931），為方便就近上課，寓居於港島薄扶林道。三年間，檗庵仍頻繁往來於中港之間。據《年譜》所載，1929 年農曆四月，學期剛結束，他便立即至天津謁見溥儀，七月又返故鄉。1930 年夏，「五月，歸里。時學校暑假，但足疾纏綿，遂阻赴闕之願。七月，赴港」。1931 年，「四月，自港赴天津。二十四日，叩謁皇上於靜園，…… 六月初旬，返抵香港。十二月，回里，於是辭去港大教席」。足見檗庵根本志不在此，全幅心思，始終掛在復辟之上。

4. 晚年心跡

偽滿皇帝溥儀照

1931 年 6 月 13 日天津出版的《北洋畫報》第 637 期，有檗庵留辮的報道。其文謂：「粵文學家溫毅夫為清末名御史。三年前始離京南歸，就任香港大學文學教授。現因暑假，北來遊歷，於日前抵津，寓熙來飯店，其髮辮尚未剪去。」留辮當然是明確的政治立場表述。同年九一八事變發生，檗庵在學期結束後即辭去港大教職。參看《鄭孝胥日記》1931 年 12 月 12 日條：「廣東紳士黃誥、溫肅等廿餘人聯名上折，勸乘機謀恢復。」

1932 年偽滿政權成立，檗庵遠赴長春，晉謁溥儀。《檗庵年譜》：「蒙諭將以文教部次長見任，暫教授護軍。懇辭告歸。」1933 年夏，檗庵再度赴東北晉謁，蒙賞旅費三百元。這次溥儀跟他說：「熱河地方尚缺省長，將以爾委任，俟召張海鵬與爾會商之後乃下令。」就《檗庵年譜》所載看，檗庵並無任何辭卻之意，只是他身體狀況日益欠佳，足疾復發，步履維艱，乃遷至瀋陽療養。檗庵此行，跟去年有很大不同，去年只逗留一個多月，這次卻住了足足一年。估計是他起初還力圖振作，希望康復後便可出任官職，可惜身體狀況日差，自料難再東山復起，1934 春，乃召兒子溫必復、溫必信前來東北，最後把大兒子安插在偽滿供職，然後才放心離開。《檗庵年譜》：「旋命舊僕彭新歸，取復兒、信兒來。⋯⋯ 七月，南歸。時復兒蒙恩派在盛京陵廟辦事處供職，⋯⋯ 月杪抵家。」

檗庵還鄉後，此後再無面聖機會，但他對溥儀的愚忠之情，卻毫不稍減。直到謝世前，每逢正月聖誕，必設案焚香，北向遙祝。另一方面，溥儀也屢有賞賜，例如 1935 與 1936 年，連續兩年皆賞銀一千元；1938 年初，為賀其六十大壽，特賜「雅志懷貞」扁額。

1937 年，七七事變爆發，戰火紛飛，地方治安日趨惡化。1939 年秋，檗庵家的祖墳被賊匪盜掘，卻無可奈何。《檗庵年譜》：「七月，盜發先高祖、曾祖墓穴。時鬼魅晝行，萑苻載道，而手無斧柯，聞訊徒滋悲恨耳，已而疾作。」兩個月後，檗庵亦因病與世長辭，享年六十二歲。

綜觀檗庵一生，大半皆在憂患中度過。雖然他能趕上科舉的末班車，但仕途算不上是十分得意，而他對清室的眷念，卻數十年如一日，「文節」的謚號，可謂當之無愧。跟其他清室遺老相比較，檗庵的政治色彩最為濃厚，是最標準的「政治遺民」。有論者認為，儘管檗庵追隨溥儀，但他始終沒有參與偽滿朝廷的政治活動，尚有民族氣節。但問題是，偽滿成立，溥儀出任執政時，他上過賀表，還親往晉謁；到最後不得已離開，還不忘替兒子謀得一官半職。種種行跡，實在無法談得上民族氣節。

偽滿政權的傀儡性質，路人皆知，檗庵不可能不明白。觀乎他早年的奏摺，不無義正詞嚴的「抗日」聲音。例如他任職監察御史期間所上〈請密防日本陰謀摺〉，便痛斥「日本蓄謀陰狡」；在〈請速定大計以挽危局摺〉中，批評「朝廷曲意遷就，僅獲暫安。然彼既蓄意圖我，必有決裂之一日」，「臣愚以為今日事勢，非一戰不足以立國」，「伏願皇上有鑑於此，隨時防範，密諭軍諮處籌備戰具，期以五年，必與日人決戰」。但自清亡後，卻閉口不談抗日，特別是從他自編的《年譜》看，絕無半點抗日思想的痕跡。理由十分簡單，他跟溥儀都十分明白，除非不謀復辟，否則唯一能寄望的，就只有日本人。至於是否引狼入室、飲鴆止渴，便顧不得那麼多了。

檗庵平生推重陳恭尹，親撰年譜，但他似乎忘記了，陳氏不獨是其順德鄉賢，同時更是抗清的民族英雄。明末遺民，有些本人雖然拒不仕清，但不反對兒子出仕，理由是他們出生在明亡以後，既非明朝遺民，自無守節必要。就此而言，理據尚算說得過去。溫氏的情況剛好相反，溫必復出生於民國，何解反要盡忠於偽滿？這除了滿清朝廷曾給予他們一家某些恩榮外，難以再作其他解釋。仕宦恩榮只屬於「私」，國家民族才屬於「公」，檗庵在面對「朝廷」與「國家」的抉擇時，最終仍是私心掩蓋了公義。千秋萬世後，如此行徑，畢竟是難免受到譴責的，這點我們亦不必諱言。

二、作品選讀

1.〈岑伯銘六十壽序〉(1919)

昔孟子謂：「邪說誣民，充塞仁義，其禍至於人將相食。」其言允矣！其不至於相食者，必其充塞未極，尚有處仁由義之君子存焉。第不在上而在下，故及物之量不宏。而一鄉一邑之間得之，亦常足維持於不敝，於吾友南海岑君伯銘見之矣。

岑伯銘曾出任保良局總理。1932 年保良局中座大樓落成，岑氏捐款一千元，此為當年的瓷照。

昔歲甲寅、乙卯，粵江水暴發，南、順二邑之桑園圍決焉，[1] 十三堡頓成澤國。君竭力堵塞，墊捐二十餘萬金，不少吝，心竊敬之，意其人必慷慨而雄於貲，如古游俠者流。及識面，和靄可親。是時帥粵者為滇人，[2] 與君稔，其部下販運滇藥致巨利，政府派大員董其事，帥為主，眾爭投貲附股，君獨無。其不苟取如此，以是益重君。君顧慊然，以己未嘗學問，命其子從余受業，講求聖賢之學、仁義之旨，且倡辦南海九江之小學校數十區，以教鄉人。噫！何其偉也。

昔禹思天下有溺者，由己溺之；稷思天下有飢者，由己飢之，以在位故也。若顏子簞瓢陋巷，雖有己飢己溺之心，亦唯孟子所能識之。故晚近世講求仁術，不論心而論事。五都之市，善堂林立，有一人而盈千累萬施焉者，豈不曰是乃仁術乎？不知親親而仁民，仁民而愛物，固自有等；博施濟眾之名，而靳鄰里鄉黨之粟，圖遠遺近，君子恥焉。今君之澤物廣矣，而惟近是圖；愛人至矣，而當務是急，豈與夫兼愛無等、逞意氣之豪者可同日語哉！孔子曰：「能近取譬，可謂仁之方。」此之謂也。

今歲六月二十日，為君六十誕辰。適逢歲閏，[3]愛君者皆欲舉觴為壽。君以太夫人在堂，於禮，「恒言不稱老」，[4]婉言謝客。余維虛文不足以致敬，而制行如君，誠可風也，因援古誼相勉，願與世之知君者共證之，即以為康爵之侑，何如？

1 南、順二邑之桑園圍決焉：按 1914 和 1915 年，特大洪水成災，佛山桑園圍堤決，詳見下文「簡析」及引錄〈重修桑園圍志序〉。

2 時帥粵者為滇人：按此帥粵者乃指廣東軍閥龍濟光。1913 年二次革命時，龍氏因支持袁世凱，被任命為廣東宣撫使。在成功驅逐革命黨人後，主政廣州。直到 1916 年，始遭驅逐，退守海南島。次年再圖復起，兵敗後逃往北京。

3 適逢歲閏：按民國八年己未（1919），閏七月。

4 恒言不稱老：語出《禮記．曲記上》。其意謂父母仍在，即使年事已高，平常也不能在父母面前説自己年邁衰老，以免增加父母的憂慮。

簡析

岑伯銘（1860－1939），原名兆徵，字仲卿，號伯銘，南海九江人，香港著名富商，華商總會成員，歷任旅港南海九江商會會董。曾任職香港日資正金銀行買辦，並開辦道勝銀行；又從事中港航運業務，為粵安輪船東。

岑氏熱心公益，推動文教，曾任保良局總理、學海書樓董事等。1909 年香港大學募捐籌款，岑氏曾捐助三百元，見《華字日報》1909 年 4 月 22 日報道。至 1923 年港大中文學會成立時，岑氏亦有捐款五十元。清末宣統年間，岑氏曾以捐資報效，誥授榮祿大夫、一品道員官銜；國民政府則頒予二等嘉禾獎章。香港政府亦於 1917 年委任他為太平紳士，以表揚其對社會的貢獻。

但相比於香港，岑伯銘更熱衷於家鄉南海九江的慈善福利工作。他長年興辦救濟院、孤兒院、義學，歷任九江學務公所主席、九江救濟院院長等職，造福桑梓，可謂不遺餘力。這亦是檗庵所以在其六十壽序中，特別稱讚他能近取譬、惟近是圖之故。壽序中只提及岑伯銘在九江創立了數十所小學，其實還不止此。根據岑氏家人在《岑伯銘先生訃書》中所述：「往時九江善團，勢分力簿，先嚴籌劃統一辦理救濟院，並將全鄉劃分四方，每方分設施醫所。病贈藥，死贈棺，葬贈地。設孤兒所，收養無數孤兒，教以書算工藝，規模閎遠，不厭求詳。更於九江東方，創設仁濟善堂，歲捐善款，亦復不貲。又於香港大埔創辦省躬草堂，集合同志，以為行善團體。曩年潮汕風災、黃河水災，草堂咸捐巨款，先嚴之力居多。」(頁 12)

檗庵跟岑伯銘初交的時間，今已無法詳考，據其〈一品夫人岑母馮太夫人八秩晉六壽序〉所稱，「自某為客香港，獲交南海岑君伯銘」云云，則當在 1913 年檗庵初次旅港時。溫岑二人的籍貫雖然不同，但其實順德龍山，跟岑氏的家鄉南海九江，相距近在咫尺。據檗庵為岑伯銘父親岑子滔所撰的〈岑公錦源墓誌銘〉，岑父的山墳，即遷於順德龍山。因此，岑氏在九江的慈善事業，檗庵定必早有所聞。特別是 1913 與 1914 連續兩年夏天出現特大洪水，佛山桑園圍皆決堤，岑伯銘率先捐款，復墊巨資，倡議成立救災公所，統籌賑災與復堤固修等事宜，並獲推選為「桑園圍修基總理」。凡此種種，檗庵更是留下深刻印象。〈重修桑園圍志序〉稱：「至於動款數十萬，起科歷六七年，非有熟讀巨力者倡墊於先，事何由集？岑君之功，亦奚可忘哉？⋯⋯自癸丑奉諱歸里，甲乙兩災，均所目擊。」據說堤圍經此修固，雖然技術上未有任何突破，但全堤培土加高達三尺，此後直到新中國成立，再無決堤事故。

1913 與 1914 年的兩場洪水，在《檗庵年譜》中亦有提及。「（甲寅）六月，大水，桑園圍決。新築樓，奉黎太夫人避水其中，不虞樓旁有典肆高六丈，受水淹崩塌，急遷避，幸脱險，然樓東一角已毀矣。」「（乙卯）六月，大水，桑園圍復決，較甲寅水勢尤大。至八月，水始退盡。」

在香港芸芸富商中，跟檗庵關係最密切者，除了陳步墀外，首推便是岑伯銘。據《清溫侍御毅夫年譜》，1927 年初，檗庵三兄遭地方駐軍誣陷通匪，拘捕囚禁於江門。當時檗庵遠在天津，「終以道遠無濟，只發電託香港岑伯銘、邑團長蘇鶴屏營救」。

岑伯銘於 1939 年 8 月 16 日逝世，兩個多月後，檗庵亦歸道山。

2.〈香港東華醫院六十週紀念記〉（1930）

歲庚午，余掌教香港大學堂，適港中東華醫院創立屆六十年，主席梁君弼予徵文紀念。蓋院雖以醫名，然救窮振乏，教養兼焉，如內地之有善堂也。港中自東華設後，有東院焉，皆東華所擴也。主席職如院長，由僑商舉之，每歲一易。[1]

紀念者，所以述往事，詔來者，泰西人尚之，或碑或記，從時好也。其行諸六十週者，天運六十年一變，盛衰之所繫也。韓退之〈送幽州李端公序〉[2] 云：「十日十二子相配，數窮六十，其將復平，平必自幽州始，亂之所出也。」今之紀念記，由斯意也。[3]

余竊維香港之初，一裙帶山村落耳。[4] 道光廿二

十九世紀末的東華醫院

年，英吉利人居之；越三十年，而斯院成。更六十年至今日，華商之盛，鱗萃雜沓，殆無隙地；而院費之增，六十倍於前而未已。其故由內亂日迫，四民襁負輻湊，[5] 胥願受廛而賃廡焉。[6] 夫港地之盛，內地之衰也。抑以醫院言之，王者之有事也。古者大道之行，老有所終，壯有所用，幼有所長，矜寡、孤獨、廢疾者皆有所養。王官失職，而後民庶始以任卹相尚，醫院之興，亦王政之缺也。雖然，由香港言之，則有間矣。華離之地，[7] 王政所不及也。王政之所不及，而諸君以節縮之餘，使疾病死喪有所歸，童蒙有所學，自治之力富矣；而救災卹鄰，常以其餘力周海內外，抑何偉也！

梁君念創造之艱，前勞者之不可泯，於是乎有斯舉。凡經始若干區宇，續增若干區宇，董其役者某人，

繼其任者某人，積款幾何，歲費幾何，皆可紀者也。是為記。

1　主席職如院長，由僑商舉之，每歲一易：按直到二戰前，香港東華三院董事局的成員，大多為洋行買辦與南北行商賈。非商人出身者，寥寥無幾。辛亥革命前，董事更大多捐有滿清官銜。故此東華三院作為慈善組織，無疑是帶有濃厚的紳商團體色彩。檗庵這裏把東華三院的人事管理，説得比較自由和簡單，實際上東華的院務一直受着港英政府的直接監管。為了牢牢控制其董事局，1870 年港府立例，明確規定東華醫院董事局的人選，必須徵得港督同意；遇有缺額，亦由港督委補。1906 年，東華醫院組成永遠顧問委員會，由政府的總登記官（Registrar General）出任當然主席。

2　送幽州李端公序：按李端公即中唐著名詩人李益（746－829），當時他赴幽州節度使劉濟的幕職。韓愈此文撰寫於憲宗元和年間，上距天寶十四載（755）安祿山自范陽起兵作亂，接近六十年。

3　由斯意也：據《新唐書．藩鎮盧龍傳》，其後譚忠遊説劉濟之子劉總歸唐，所持理由亦跟韓愈相同，即所謂「天地之數，合必離，離必合。河北與天下離六十年，數窮必合」。檗庵所謂「由斯意也」，顯然就是此意。

4　一裙帶山村落耳：「裙帶」是香港的地名，甚至可作香港的省稱。據英國史學家賴德（Arnold Wright, 1858-1941）《香港，上海與中國各通商港口》（*Twentieth Century Impressions of Hong-kong, Shanghai, and Other Treaty Ports of China*）一書所述，香港開埠前，英軍早於 1837 年已開始勘察地理。佔領後即在原有小徑基礎上修建道路，本地人稱為「Kun Tai Lu」（裙帶路），英語意譯「Petticoat-string path」。又，1841 年 5 月 15 日的《香港轅門報》（The Hong Kong Government Gazette）載有香港島開埠初期最早的人口統計，全島共有 16 條村落，其中有「群大路」（Kwun-tai-loo），屬於小漁村（Fishing village），居民只有 50 名。現藏澳洲國立圖書館的一幅 1866 年《新安縣全圖》，在今天中環附近，亦標示「群帶路」，「群」只為「裙」的同音字訛。

5　襁負：指背着幼兒。《論語．子路》：「四方之民，襁負其子而至矣。」輻湊：聚集。班固〈東都賦〉：「平夷洞達，萬方輻湊。」

6　受廛：接受統治，成為子民。《孟子．滕文公上》：「遠方之人，聞君行仁政，願受一廛而為氓。」賃廡：租住房屋以寄居。按《後漢書．梁鴻傳》，梁鴻「至吳，依大家皋伯通，居廡下，為人賃舂」。

7　華離之地：指狹小而邪敧不正之地。左思〈魏都賦〉：「飾華離以矜然，假倔彊而攘臂。」李周翰注：「華離，地形也。言蜀都之地小狹，華離斜角不正，徒誇飾以為沃壤也。」

簡析

梁弼予是香港商人，1930 年曾出任東華三院主席，1934 至 1935 年出任保良局主席。

檗庵雖曾數度踏足香港，但他跟香港發生密切關係，主要還是 1929 至 1931 年。期間他任教於香港大學中文學院，假期則往返於內地。1930 年前後，諸如東華三院六十週年紀念慶典、港督金文泰離任，檗庵皆應東華三院主席梁弼予之邀，撰寫紀念文字。

正如檗庵所言，香港本來只是「一裙帶山村落耳」。自 1842 年南京條約割讓予英國後，隨着內地政局動蕩，數十年間，移民定居的人數激增，由是遂有建設大型醫院的需要。東華醫院始籌建於 1869 年，1870 年正式成立，至 1872 年上環普仁街院舍落成啟用，是香港歷史最悠久、規模最宏大的華人慈善團體。

東華醫院的創辦，最早可溯源至 1856 年位於港島太平山街的廣福義祠。該祠原為向貧民提供施棺殮葬服務的慈善機構，因而吸引不少華人把垂死病人送往祠內等待死亡。1869 年香港政府總登記官李思達（Alfred Lister）巡視時，驚見該處衛生情況異常惡劣。事件經《南華早報》報道後，引發輿論抨擊。港督麥當奴乃利用政府積存的賭捐收入，加上華人富商的慷慨捐款，籌建東華醫院，香港至此才有服務貧民大眾的新型醫院。

1911 年，廣華醫院成立，服務擴展至九龍半島。開始時，二院皆採用東西結合模式，即以西式醫院的運作，配合中醫中藥診治病人。直到 1929 年東華東院落成，始全採西式建築與西式醫療設備。除醫療服務外，東華醫院還兼辦其他慈善事業，諸如義莊、義學等。每遇突發大型災難，皆施賑糧食，派發寒衣，惠及香港及內地的平民。

檗庵認為，醫療福利事業本來應屬於政府的工作，所謂「王者之事」。現在轉交民間興辦，其實亦是「王官失職」、「王政之缺」的表現。不過，香港這塊彈丸的化外之地，竟能做得如此出色，疾病死喪有所歸，童蒙有所學，甚至惠澤內地同胞，如此豐功偉績，豈能不大書特書，稱讚一番。

比較有意思的是，檗庵特意引用韓愈的〈送幽州李端公序〉。傳統的天干地支，有所謂數窮六十，天道循環，世運轉移之說。檗庵鄭重指出，「其將復平，平必自幽州始，亂之所出也。今之紀念記，由斯意也」，這幾句話便相當耐人細味。眾所周知，南京條約開數千年未有之變局，是清朝走向衰敗的開始，一如盛唐國運是由河北（幽州）安祿山作亂而出現轉折。然則，檗庵此文實有神州禍亂，快將否極泰來，暗指香港亦必復歸中華的寄意。

3.〈香港大學中文學會說詩〉(1930)

古今詩浩如淵海，從何說起？美惡高下無定評，清奇濃淡各有偏嗜。昔謝太傅讀《毛詩》，取「訏謨定命，遠猷辰告」二句，謝征西則取「楊柳依依」，謝道韞則取「穆如清風」。[1] 準斯以談，詩之好尚，視乎人身之所處、心之所寄焉耳。

今日在座諸君多少年身，鄙人亦經過少年之境，少年心理頗能道出。以詩境論，少年人大半好雄武風流一

香港大學中文學會 1930 年全體成員合照。前排左起：林棟、羅憩棠、溫肅、鄧志昂、馮平山、曹允善、馮秉芬、周壽臣、校長康寧、賴際熙、羅旭龢、區大典、文學院院長科士打、李棪、郭少鎏。

派。唯鄙性卻有僻處，於雄武詩要帶有敵愾同仇之意者方佳，風流詩要曉得發情止禮者方佳。即如《三百篇》中，〈風〉之〈無衣〉，〈雅〉之〈常武〉、〈江漢〉、〈六月〉、〈采芑〉，發揚蹈厲，皆為王事。〈常武〉六章，且提出「王」字，斯亦可見古詩人之心理矣。至於〈風〉詩，莫佳於〈小戎〉之女子，雖思念君子，至於亂其心曲；然一轉念，「厭厭良人，秩秩德音」，終不以兒女累風雲之氣，此聖人所舉示詩旨，所謂「邇之事父，遠之事君」，又曰「思無邪」也。[2]

今人開口動言「風騷」，風既如上所云，騷亦何常不然？「哀高邱之無女」，至於見有娀而輙思求偶，與《周秦行紀》涉想何異？[3] 而古今稱誦之，謂其合事君之道，何也？史遷曰：「〈國風〉好色而不淫，〈小雅〉怨誹而不亂。若〈離騷〉者，可謂兼之。」[4] 真知言哉！凡此皆陳言，然猶津津樂道者，以見作詩不可無宗旨也。

少年人於詩既具此好尚，其於近代詩，必喜吳梅村。[5]《甌北詩話》[6]稱梅村詩千嬌百媚、嬌艷動人，可謂善於形容。然集中苟無〈臨江參軍〉、[7]〈雁門司馬〉、[8]〈後東皋草學堂〉、[9]〈殿上行〉、[10]〈東萊行〉[11]幾篇傑作，則如劇場之無台柱，雖嬌艷未見得便動人。此固猶善於選題，亦見詩之一道，原本忠孝，方足傳也。

若篇篇如〈圓圓曲〉、〈永和宮詞〉，不過起結佳耳，餘尚未免平衍之病。要論結構之精，莫如〈蕭史青門曲〉，本詠寧德公主，而先說樂安公主，後加入榮昌公主，三人身世不同，鋪敘處賓主分明，末復添長平公主一段，絕不冗沓。且起處由妃后婕妤家，折入沁園公主第，收處借夢境，將「先後傳呼喚捲簾，貴妃笑折櫻桃倦」回應起處，不使一滴滲漏，其細密處真如天衣無縫。〈東萊行〉之詠姜如農、如須兄弟，中間忽插入宋九青、左懋第，如邀客要請來即來，要打發走即走，極操縱自如。學梅村，當於此等處着眼也。

又梅村雖擅艷體，然其中有寓意，或隱指一事者，方有意味。若實寫艷情，如〈琴河感舊〉四首，〈戲贈〉十首，雖妖冶而不耐觀，況「青衫憔悴卿憐我，紅粉飄零我憶卿」[12]此等濫句邪！若〈古意〉六首，則有寓意，便令人低徊欲絕。[13]〈雜感〉之「武安席上」一首、〈仿唐人本事詩〉四首，則有所指，故耐人探索。[14]推之唐人，玉溪〈無題〉、冬郎《香匳》，[15]莫不然也。

總之，詩以言志，詩中有人，方足傳其詩。梅村以曠代逸才，遭時鼎革，不遂其高節，慚悔伊鬱，情見乎詞，而紀事論人，是非不謬，故稱詩史。後人讀其詩，哀其遇，不儕之於蒙叟、芝麓，[16] 惜其人也。然則吾人欲作好詩，何不先學作好人乎？

1 昔謝太傅讀《毛詩》…… 穆如清風：《世說新語．文學》：「謝公因子弟集聚，問《毛詩》何句最佳。遏稱曰：『昔我往矣，楊柳依依。今我來思，雨雪霏霏。』公曰：『訏謨定命，遠猷辰告。』謂此句偏有雅人深致。」又《晉書．謝道韞傳》：「叔父安嘗問：『《毛詩》何句最佳？』道韞稱：『吉甫作頌，穆如清風。仲山甫永懷，以慰其心。』安謂有雅人深致。」按謝太傅即東晉名相謝安（320－385），謝玄（小名遏，343－388）乃其兄謝奕之子，謝道韞是謝玄之姐，二人跟謝安俱屬叔姪關係。「訏謨定命，遠猷辰告」，見《詩經．大雅．抑》，意即弘圖遠謀事關重大，必須及時昭告於大眾；「昔我往矣」句，見《詩經．小雅．采薇》，詩人嗟歎征戰行役艱辛漫長；「穆如清風」，見《詩經．大雅．烝民》。仲山甫遠行，尹吉甫作詩相贈，詩歌和美如清風。吉甫希望他能長久記取，以慰其離別愁懷。

2 邇之事父，遠之事君：《論語．陽貨》：「子曰：小子何莫學夫詩？詩，可以興，可以觀，可以群，可以怨。邇之事父，遠之事君。多識於鳥獸草木之名。」思無邪：《論語．為政》：「子曰：詩三百，一言以蔽之，曰思無邪。」

3 見有娀而輙思求偶：按屈原〈離騷〉：「忽反顧以流涕兮，哀高丘之無女」，「望瑤臺之偃蹇兮，見有娀之佚女。」然傳統註解，多以為有所寄意，非真為男女言情之作。王逸注：「楚有高丘之山，女以喻臣，言己雖去，意不能已，猶復顧念楚國無有賢臣，心為之悲而流涕也。」與《周秦行紀》涉想何異：《周秦行紀》乃唐代傳奇小說，是李黨韋瓘偽託牛僧孺之名而作，目的是政治誣陷。文中記述牛氏落第後返歸，路過鳴皐山，偶入仙宅，見西漢薄太后、王昭君、南齊潘妃、唐楊玉環等人。楊玉環直呼德宗之母沈氏為「沈婆」；又薄太后命王昭君侍寢，理由是她已曾兩度嫁於匈奴單于，無名節可言。「昭君不對，低然羞恨。」此顯然是以王昭君的情況，影射德宗生母沈氏曾兩度失身，落入安史亂賊之手，以此嫁禍於牛僧孺。因此，《周秦行紀》雖然格調低俗，然亦非志怪言情之作，而是牛李黨爭的產物。

4 〈國風〉好色而不淫…… 可謂兼之：語出《史記．屈原賈生列傳》。

5 吳梅村：吳偉業（1609－1672），字駿公，號梅村，蘇州人，明末清初文學家。崇禎四年（1631）進士，明亡後一度隱居不出。後因清廷屢加徵召，敦逼再三，順治十一年（1654）出任秘書院侍講。著有《梅村家藏稿》、《梅村詩餘》、《綏寇紀略》等。其詩長於敍事，尤以七言歌行最為出色，現存詩作約一千多首。《四庫全書總目》稱：「其少作大抵才華艷發，吐納風流，有藻思綺合、清麗芊眠之致。及乎遭逢喪亂，閱歷興亡，激楚蒼涼，風骨彌為遒上。」

6 《甌北詩話》：清代著名史學家趙翼（1727－1814）的詩學理論批評著作。

7 〈臨江參軍〉：〈臨江參軍〉的主題是歌頌明末殉國的忠臣楊廷麟（？－1646）。吳氏在《梅村詩話》中提及此詩，謂：「余與機部（按：即楊廷麟）相知最深，於其為參軍周旋最久，故於詩最真，論其事最當，即謂之詩史可勿愧。」

8 〈雁門尚書〉：即指〈雁門尚書行〉一詩。詩中記述明末忠臣孫傳庭（1593－1643）殉國事跡。孫傳庭以兵部尚書督師潼關，因朝廷屢促出戰，最終兵敗戰死。《明史》本傳謂：「傳庭死而明亡矣。」本詩前有序，稱「余曾識公於朝，因感賦此什。公死而天下事以去；然其敗由趣戰，且大雨絕糧，此固天意，抑本廟謨，未可專以責公也」。

9 〈後東皋草學堂〉：按〈後東皋草堂歌〉是有關明末殉國大臣瞿式耜（1590－1651）的七言古詩。東皋草堂是瞿氏在家鄉常熟的別墅。瞿氏為錢謙益門人，順治三年（1646）在廣西擁立明宗室桂王抗清，並出任宰相。至順治七年，孔有德攻陷桂林，瞿式耜被俘，因不肯降清，壯烈犧牲。吳偉業早在崇禎九年（1636）瞿氏被誣陷下獄時，已寫過一首〈東皋草堂詩〉。此詩撰於順治五年，當時瞿仍在桂林抗清。

10 〈殿上行〉：此為吳偉業早期的作品，描寫明末黨爭之事。宰相溫體仁誣陷錢謙益與瞿式耜，並欲株連復社成員。吳、瞿二人為好友，當瞿氏下獄時，梅村曾親到獄中探訪，並贈詩表達同情。

11 〈東萊行〉：此詩記述明末山東遺民姜埰、姜垓兄弟、宋玫、左懋第的事跡。馮其庸、葉君達《吳梅村年譜》於順治四年（1647）秋，載：「至蘇州，遇姜垓，相與把酒論文，作〈東萊行〉詩，於姜埰、姜垓以及宋玫、左懋第之不幸遭遇，深致悲慨。」以上五首，俱是跟政治密切相關的詩作。

12 青衫憔悴卿憐我，紅粉飄零我憶卿：二句見〈琴河感舊〉四首之三，全詩記述吳氏與秦淮名妓卞玉京在明亡後相會的情景。

13 〈古意〉六首……低徊欲絕：〈古意〉的寓意，解說不一。其中如「掌上珊瑚憐不得，卻教移作上陽花」、「手把定情金合子，九原相見尚低頭」等句，論者或謂描寫順治帝廢后博爾濟吉特氏和董鄂妃的事跡。但更多人認為，詩中所寫的女性，其實是暗指失節降清的明朝遺臣。

14 〈雜感〉……耐人探索：按〈雜感〉詩云：「武安席上見雙鬟，血淚青娥陷賊還。只為君親來故國，不因女子下雄關。取兵遼海哥舒翰，得婦江南謝阿蠻。快馬健兒無限恨，天教紅粉定燕山。」本詩其實是以降於安史的唐代蕃將哥舒翰、唐玄宗時女伶謝阿蠻，影射吳三桂和陳圓圓（哥舒翰平生從未戰於遼海，謝阿蠻亦非江南人）。所謂「天教紅粉定燕山」，亦即〈圓圓曲〉所謂「衝冠一怒為紅顏」，大明江山便斷送在這名歌妓身上。至於〈仿唐人本事詩〉四首，則以明末漢奸定南王孔有德（？－1652）之女孔四貞事跡為題材。孔有德死於桂林，孔四貞以父棺帶回北京，被孝莊文皇后收為養女，封和碩格格，其後嫁於孫延齡。

15　玉溪〈無題〉：晚唐詩人李商隱（813－858）號玉溪生，其〈無題〉詩有多首，歷代論者多就其為政治詩抑或愛情詩，爭論不休，迄今無定論。冬郎《香奩》：「冬郎」指唐末詩人韓偓（842－923）。他是李商隱的外甥，所著《香奩集》，其詩大部分以艷情和閨怨作題材，一般亦多以艷體視之。然據其〈思錄舊詩於卷上悽然有感因成一章〉所云：「緝綴小詩鈔卷裏，尋思閒事到心頭。自吟自泣無人會，腸斷蓬山第一流。」則其中相當部分，似有所隱寄，並非單純的艷情作品。民初震鈞撰《香奩集探微》，更認為韓詩其實全是借艷詞以寄託其忠君愛國之志，甚至把韓偓比喻為屈原。這裏檗庵説《香奩集》屬於「有寓意」、「有所指」，應該也是此思路。

16　蒙叟：錢謙益（1582－1664），晚號「蒙叟」。南明覆亡，他以禮部尚書一度降清，出任禮部侍郎，以母喪去官，此後終身從事反清復明活動。芝麓：龔鼎孳（1615－1673）的別號。他在明末官至兵科給事中，先降於李自成，後降清，出任太常寺少卿、左都御史、禮部尚書等職。吳偉業與錢、龔二人合稱「江左三大家」。相較之下，他們雖皆曾降清，然而錢與龔當有所區別。檗庵把二人等視而論，似未為中肯。

簡析

香港大學中文學會成立於1930年2月28日，同年舉辦有七場學術講座。本文即檗庵主講「詩學源流」的演説大綱。其餘的六場講座，即區大典主講「創立中文學會之宗旨」、賴際熙主講「文學源流」、陳煥章主講「依據孔教組織世界大同政府議」、林棟主講「譯學之過去與現在」、黃彥主講「中國對世界新文化之貢獻」、傅秉常主講「新民法關於婚姻問題」。

檗庵的詩論，不外乎就是「作詩不可無宗旨也」一句。所謂「宗旨」，根據檗庵的解釋和舉例，就是要在雄武之中帶有敵愾同仇之意，風流之中曉得發情止禮之義，所謂「邇之事父，遠之事君」、「思無邪」。用今天的說法，前者就是政治正確，後者則是合乎道德規範。只有滿足這兩大要求，才能屬於好詩，所謂「詩之一道，原本忠孝，方足傳也」。

以他最欣賞的清初詩人吳偉業為例，被他認定為壓軸之作者，即〈臨江參軍〉、〈雁門尚書行〉、〈後東皋草堂歌〉、〈殿上行〉、〈東萊行〉五首，俱跟政治（王事）密切相關。相較之下，一般人比較推崇吳氏的〈圓圓曲〉(其中「衝冠一怒為紅顏」一句，可謂膾炙人口)，檗庵則批評為「不過起結佳耳，餘尚未免平衍之病」。專就吳偉業的作品看，檗庵認為結構最為嚴謹、佈局最為精妙者，首推〈蕭史青門曲〉和〈東萊行〉這二首。

對於梅村的艷體詩，檗庵比較欣賞〈古意〉六首、〈雜感〉(武安席上)、〈仿唐人本事詩〉四首等。由於它們都只是表面言情，實則另有所寄，因而「方有意味」、「耐人探索」。純粹艷情的作品，如〈琴河感舊〉、〈戲贈〉等，則「雖妖冶而不耐觀」。

最後，檗庵以詩品即人品，欲作好詩必先作好人作結，這亦是傳統「詩言志」理論下的主張。

4.〈陳子丹墓誌銘〉(1935)

甲戌秋，余南歸抵香港，聞吾友陳公子丹病篤。趨視之，不數日而訃至。逾年，其家擇期將葬，持增城賴荔垞編修所為行狀來請銘。[1]

公諱步墀，粵之饒平人，子丹其號也。幼工舉業，為諸生試，輒高等，食廩餼，[2] 有名於時。宣統初元，以恩貢太學，方慨然有用世志，遭國變，隱於商，主所營香港乾泰隆肆事廿餘年，以終其身。

陳步墀中年照

自辛亥後，朝官遺老避亂寓港者眾。東莞陳提學子礪、番禺張提法漢三、丁侍講潛客、吳編修澹庵、閩縣陳勸業省三，[3] 皆重公行，通縞紵，[4] 而賴荔垞為尤稔。余之交公，因賴而深。三人者，遇必置酒縱談，盱衡世事，雜以嘲詈。然一有他客，公即沉默，亦不作軟媚態向人，其和而有執如此。

余曩以從亡在外，資用常不給，公時濟其困。初第感其用情之厚，及觀其他事，凡關於倫紀風誼、拯災振乏之事，知無不為；其輕重多寡，一準以義，義所當為，雖傾囊不吝。嘗報效實錄館、宗人府及修陵諸費頗巨，屢承傳旨嘉獎，賞頭品頂戴，賜御書「寒木春華」扁額，御書福方，寵賚特厚。充其志，茍有裨於君國，雖竭其有不惜也。

生平敦孝友，事其兄步鑾，尤盡敬禮。其他行事，詳余所為壽文及〈週伍西阡記〉中，不得復贅。週伍西阡者，公葬其母與妻之所。即於其左營生壙，今所葬地是也。公有題阡詩，極沉摯。公詩諸體皆備，唯此種尤動人。著有《寒木春華齋詩》若干卷。生於同治庚午八月初七日，終於甲戌七月廿七日，享年六十五。

曾祖有執，祖慶瑞，父煥榮。配李夫人，早卒；繼配，其女弟也，亦先公卒。子五：興邦、孝邦、澤邦，原配出，孝邦早歿；定邦，側室楊出；選邦，側室盧出。孫四：由齡、庸齋、由勤、由笙。曾孫四：中孚、用中、時中、振中。女二：長適王，次適許。以某年月日窆。銘曰：

草莽而效無位之忠，闤闠[5]而高處士之風，不昌其身而詩是工。嗚呼子丹！離爾恒幹，[6]即此幽宮。浩氣已還太虛，不朽者與石而垂無窮。

1 持增城賴荔垞編修所為行狀來請銘：按《學海書樓主講翰林文鈔》此句作「逾年，其家擇期將葬於增城，賴荔垞編修為行狀來請銘」，大誤。陳子丹乃潮汕人，無歸葬廣州增城之理。「增城」二字當屬下文賴太史的籍貫。受此誤導，近人著述每有類似說法。例如香港中文大學圖書館所編的《翰苑流芳 —— 賴際熙太史藏近代名人手札》附錄二〈近代名人手札本事注〉陳子丹條下謂：「逝世後歸葬增城週伍西阡」（頁 114、115）；黃坤堯〈《繡詩樓詩》研究〉：「1935 年，歸葬曾城周伍西阡」，凡此俱是誤讀學海書樓本所致。

2 輒高等，食廩餼：按清代府、州、縣學的生員，部分可獲政府補貼廩膳（每年白銀四兩），稱為廩生或廩膳生。由於名額有限，須經歲、科兩試名列一等前列者，才能獲得。

3 東莞陳提學子礪……陳勸業省三：按「東莞陳提學子礪」即陳伯陶；「番禺張提法漢三」即張學華；「丁侍講潛客」即丁仁長；「吳編修澹庵」即吳道鎔。以上四人詳見本書有關作品選讀與生平簡介。「閩縣陳勸業省三」，即陳望曾（1853－1929），曾出任廣州知府、廣東勸業道，辛亥革命後移居香港。詳參本書選錄陳伯陶〈誥授榮祿大夫廣東勸業道陳公墓碑銘〉。

4 縞紵：交情。《左傳》襄公二十九年，吳季札「聘於鄭，見子產，如舊相識。與之縞帶，子產獻紵衣焉。」

5 闤闠：詳參本書賴際熙〈利公希慎墓表〉注。

6 恒幹：即身體形軀。屈原〈招魂〉：「魂兮歸來，去君之恒幹，何為乎四方些。」王逸注：「恒，常也；幹，體也。」

簡析

陳步墀（1870－1934），字子丹，一字幼儕，號雲僧，生於同治九年，粵東饒平人。其父陳煥榮（1815－1909）自咸豐元年（1851）起，即於香港上環文咸西街開設乾泰隆號，經營南北行出入口貿易，業務遍及東南亞。特別是他自營航運，專從泰國輸入大米，因致巨富。

陳氏對於子女的安排，一如當時其他的華人富商，多取分途發展的策略，長子陳步鑾（字子周，號慈釁，1843－1921）經營家族生意，而幼子陳步墀則攻習舉業。陳步墀雖然於文詞頗有天賦，又曾拜東莞陳伯陶、番禺許之珽為師，可惜一直未能中舉。至 1905 年清廷廢除科舉，入仕之路從此斷絕，唯有改弦易轍，專意經營家族生意。但他仍雅好詩文，跟文壇中人有着密切的往還。著有《繡詩樓詩》、《繡詩樓詩二集》、《茅茨集》、《宋臺集》、《寒木春華齋詩》、《有光集》、《雙溪詞》、《十萬金鈴館詞》等詩詞集八種。又曾編刻《繡詩樓叢書》三十六種，對於保存嶺南文獻，貢獻良多。

陳步墀最為後人津津樂道者，莫過於他的慈善事業。清光緒三十四年（1908）粵東大水，十多縣泛濫成災，民不聊生。陳步墀時任保良局總理，乃於《實報》發表〈救命詞〉三十首，呼籲各方籌款賑濟。香港婦女界亦舉辦慈善義賣活動，由名人題詩，閨秀名媛如李玉芝、葉賢貞、馬慧君等，特於會場繡詩，競價拍賣，此為香港慈善拍賣活動之始。其後，繡詩義賣更伸展至廣州、澳門、汕頭等地，可謂開風氣之先。陳氏亦因此而聲名大噪，他特把書齋「十萬金鈴館」更易為「繡詩樓」。檗庵所謂「凡關於倫紀風誼、拯災振乏之事，知無不為；其輕重多寡，一準以義，義所當為，雖傾囊不吝」，主要即指此事。

清朝覆亡後，陳步墀一直以遺民自居，效忠於清室。對於遜帝溥儀，不斷有大筆的報效。墓誌只説他「嘗報效實錄館、宗人府及修陵諸費頗巨」，據 1930 年檗庵所撰〈陳子丹夫婦六十晉一壽序〉:「計年來報效實錄館、宗人府兩處經費，動輒盈千；而貢方物，助陵工，暨萬壽節進奉，歲一行之，未嘗後人，其忠於上也如是。」參以賴際熙〈誥授光祿大夫子丹陳公行狀〉一文，亦謂陳氏「每年萬壽節，必衣冠望闕叩祝。復集合多人，虔備方物，遠致貢獻。值實錄館、東陵捐修，則貢獻尤巨」。

對於居港的晚清翰林遺老，陳步墀十分樂意在財力上支助他們。從現存資料看，他跟賴際熙的關係最為密切，其次才是檗庵。正如墓誌所言，陳氏跟「賴荔垞為尤稔」,「余之交公，因賴而深。三人者，遇必置酒縱談，盱衡世事」。因此在 1934 年陳步墀去世後，行狀與墓誌銘亦分別由他們二人執筆。

比較之下，陳步墀主要是支持賴際熙的文化事業；對於檗庵，主要卻是政治活動。墓誌對此的交代比較簡單，只説：「余曩以從亡在外，資用常不給，公時濟其困。」按：1923 年，檗庵有入值南書房之召，據年譜所稱:「過香港，諸朋好友有饋贐者，約二千金，一一酬以書畫。陳子丹意獨厚，另酬之。」何謂「意獨厚」? 按 1928 年檗庵在與賴際熙的書信中曾提及:「癸亥年來京時，子丹語弟每年許餽三百金，以十年為期。」陳氏以個人之力，出資三千元，作為復興清室活動的經費，這在當時亦非小數目。所謂「意獨厚」，大概就是指此。

[附]〈題寒木春華齋詩集〉(1931)

昔賢雄直未終亡，獨漉堂中得瓣香。[7]
最是五言多古意，長城應不讓文房。[8]

性靈格律苦爭論，忠孝為詩道始尊。[9]
試把週阡諸什誦，感人端不在多言。[10]

粵臺風雅杳難求，玉軸牙籤亦罕收。[11]
自刻叢書三十種，海濱還有繡詩樓。[12]

頻年廡寄比皋梁，同調諸人各老蒼。[13]
把卷更增思舊痛，春風無復入文良。[14]

7 獨漉：明末清初詩人、書法家陳恭尹（1631－1700）的別號。陳恭尹字元孝，號羅浮布衣，晚號獨漉子，廣東順德龍山人。其父陳邦彥（1603－1647），因抗清失敗而舉家被殺，恭尹時年十七，隻身逃出，明亡後隱居不仕，有《獨漉堂全集》行世。他與屈大均、梁佩蘭並列為清初嶺南三大家。瓣香：指師承。洪亮吉《北江詩話》：「近來浙中詩人，皆瓣香厲鶚《樊榭山房集》。」按此聯稱讚陳步墀詩作的雄直風格，頗得陳恭尹的神韻真傳。

8 長城應不讓文房：按文房指中唐詩人劉長卿（字文房，726－790）。他擅長五言近體詩，曾自詡為「五言長城」。王士禎〈戲仿元遺山論詩絕句三十二首〉：「不解雌黃高仲武，長城何意貶文房。」檗庵此聯讚賞陳步墀的五言詩作，絲毫不弱於劉長卿。

9 性靈格律苦爭論：在我國文學理論史上，有所謂性靈、格律之爭。例如在清代，性靈派的代表，首推袁枚。《隨園詩話》：「須知有性情，便有格律，格律不在性靈外」，「詩者，由情生者也。有不可解之情，而後有必不可朽之詩」，「詩者，各人之性情耳」。陳恭尹其實亦屬性靈派，曾說過「性情乃詩之泉源」、「詩真須情真」。如果我們把性靈理解為「內容」、格律理解為「形式」的話，檗庵此聯強調，陳步墀的詩雖亦偏於前者，但他尤重發揮「忠孝」之道，也不是一般泛說的性靈。

10 週阡：全名「週伍西阡」。按陳步墀母親逝世後，由於父亡已久，不忍驚擾其墓；加上生母非屬正室，於禮不宜合葬，於是把母親別葬於週伍西阡。其後陳氏再把亡妻葬於其右，以盡生侍死依之義；

又於其左別營生壙，以備死後合葬。〈陳子丹墓誌銘〉謂：「迴伍西阡者，公葬其母與妻之所。即於其左營生壙，今所葬地是也。公有題阡詩，極沉摯。公詩諸體皆備，唯此種尤動人。」此聯之意，陳氏的題阡諸詩，為真情性靈所鍾，故真摯動人。

11 玉軸牙籤亦罕收：牙是象牙，玉是美玉。古代卷型書本，皆有標籤和卷軸，故玉軸牙籤可借代指精美的書籍。傅幼安〈味書閣賦〉：「黃簾綠幕之閉，牙籤玉軸之藏，出則連車，入則充梁。」按此聯指世道陵夷，粵東文風衰落，無人收藏精美圖書。

12 自刻叢書……繡詩樓：此聯讚美陳步墀保存文化，出資自刻《繡詩樓叢書》三十六種。

13 廡寄：寄寓。皋梁：指東漢的皋伯通與梁鴻，見《後漢書．逸民傳》。按此聯是檗庵自述與慨歎，即師友凋零，自己如梁鴻寄人籬下，陳步墀則如皋伯通般諸多接濟。

14 文良：陳伯陶的謚號。按陳伯陶是陳步墀的業師，此句有原註：「陳文良，公之師，有〈春風入座圖〉，師生各有題詠。」全聯之意，閱讀陳子丹之詩，因而想及其師，物換人非，更添悲愴，故有「春風無復」之歎。又按：溥儀賜陳步墀御書「寒木春華」扁額，事在1919 年。然本詩既提及陳伯陶的謚號，則必撰於 1930 年陳氏逝世以後；而《寒木春華齋詩集》出版於 1932 年，故據此推斷，此組題詩當撰於 1931 至 1932 年間。

簡析

陳步墀是廿世紀初香港著名的儒商，他一直心懷清室，跟香港幾位晚清遺老的關係十分密切。1909 年，溥儀登位，陳步墀以納貲獲得「頭品頂戴花翎候選道」的頭銜。清亡後，仍陸續不斷有大筆的報效，至 1919 年陳步墀五十歲生日時，溥儀特賜「抱淑守真」、「寒木春華」扁額，另有「福」、「壽」二方。此即行狀和墓誌銘提到，陳氏「屢承傳旨嘉獎，賞頭品頂戴，賜御書『寒木春華』扁額，御書福方，寵賚特厚」。1934 年陳步墀去世時，岑光樾有輓聯：「文采風流，自賞孤芳終市隱；顯榮褒大，永懷寒木憶宸章。」所謂寒木宸章，即指溥儀的題贈。

陳氏得到溥儀的賜額後，為表忠忱，乃特意把位於皇后大道西乾亨台所居的「繡詩樓」，易名為「歲寒堂」。又把晚年所撰的詩作共五十首，編為《寒木春華齋詩》一冊，收為《繡詩樓叢書》第三十種，並於 1932 年刊印。

所謂「寒木春華」，典出《顏氏家訓》，指松柏等耐寒不凋的樹木，以及春天盛開的花朵。前者借喻指人的品格貞烈，後者則借喻為文辭華麗。《顏氏家訓・文章》:「齊世有辛毗者，清幹之士，官至行臺尚書。嗤鄙文學，嘲劉逖云:『君輩辭藻，譬若朝菌，須臾之翫，非宏才也。豈比吾徒，千丈松樹，常有風霜，不可凋悴矣。』劉應之曰:『既有寒木，又發春華，何如也？』席笑曰:『可哉！』」

陳步墀一生詩作甚多，就現存幾本詩集作統計，合共超過六百首。據黃坤堯先生〈繡詩樓詩研究〉一文的介紹，陳氏一生的詩作約可分為三段時期。「早期《繡詩樓詩》、《繡詩樓詩二集》寫成於壯歲光、宣之際，陳步墀在商場大展拳腳，甚至擬向日本取經，發展乾泰隆的家族生意，長袖善舞，意氣飛揚，救急扶危，寫出懷抱。中期《茅茨集》、《宋臺集》成稿於中年國變之後，中原無主，國家陷入軍閥混戰的亂局之中，憂患交侵，作者頗有避世之意，意欲遠離是非，懷古傷今，感慨蒼涼。晚年《寒木春華齋詩》、《有光集》老成凋謝，酬酢漸疏，洗脫紛華，尤多讀書懷古之什，鵑泣蛩啼，哀意似訴。」

5.〈題劉伯端心影詞〉(1920)

可是龍洲劉改之，風流儒雅足吾師。[1]
娵隅卻抱蠻參恨，有井能歌柳七詞。[2]
誰識瓣香宗白石，生憎時論比烏絲。[3]
當今作者稱陳許，王後盧前恐未宜。[4]

《心影詞》卷前有玉照一頁，雲僧（即陳步墀）題詩曰：「伯璣殊愧我，三影最憐君。玉樹臨風貌，金荃絕世交。無人歌古調，有汝抹微雲。安得天台去，重談到夜分。」按是年劉伯端三十歲。

1　龍州劉改之：劉過（1154－1206），字改之，號龍洲道人，江西廬陵人，南宋著名豪放派詞人。有《龍洲詞》傳世。首聯是以同姓的詞家譬況劉景棠。

2　娵隅：古代南方少數民族對魚的別稱。蠻參：官職名，全稱是「南蠻參軍」。按《世説新語．排調》：「郝隆為桓公南蠻參軍……既飲，攬筆便作一句云：『娵隅躍清池。』桓問娵隅是何物，答曰：『蠻名魚為娵隅。』」韓翃〈送劉評事赴廣州使幕〉詩：「蠻府參軍趨傳舍，交州刺史拜行衣。」按：檗庵此處的用典，大概不是説劉氏作品中，多雜有外來翻譯的詞語（蠻名），而只是以「蠻府參軍」比喻他曾任職於廣東提學使司署的學務公所。有井能歌：葉夢得《避暑錄話》：「凡有井水處，皆能歌柳詞。」柳七：北宋著名詞人柳永（985－1053），因家族內排行第七，時人多以「柳七」稱之。此聯首先指出劉氏曾出任廣東的基層官僚，同時讚揚他的詞作一如柳永，意顯情深，通俗易懂，因而流傳甚廣，風靡一時。

3　瓣香：師承、景仰。白石：南宋著名詞人姜夔（1155－1209），字堯章，號白石道人。烏絲：即烏絲闌，原指以烏絲織成闌，再以朱墨界行的絹素箋紙；此處借代為文詞作品。全聯是説劉景棠的詞學宗姜夔，但不作門戶之見，反對流俗比拼高下的風氣。

4　陳許：按此句有原註：「陳椿軒、許守白。」陳椿軒，生平不詳，待考。許守白即許之衡（1877－1935），廣東番禺人，曾留學於日本，畢業於明治大學，歷任北京大學國文系、北京師範大學教職。許氏為古典詞曲專家，對詞曲聲律頗有研究，此外亦精於書畫印刻與陶瓷鑑賞，著有《中國音樂小史》、《曲律易知》、《守白詞》、《飲流齋説瓷》等，曾為檗庵杜鵑庵居第繪製圖畫。王後盧前：王指初唐詩人王勃（650－676），盧指盧照鄰（634－689），二人與楊炯（650－？）、駱賓王（640－684）並稱「初唐四傑」。楊炯不滿時人對其所作排名次第，嘗道「吾愧在盧前，恥居王後」。此聯大意是説，當今詞壇很多人推稱陳、許二家，劉景棠的作品，跟他們相比，毫不遜色，毋須強分軒輊。

簡析

劉景棠（1887－1963），一作景堂，字守璞，號伯端，廣東番禺人，祖籍福建閩侯。早年曾任職於廣東學務公署，1911年廣州黃花崗起事後來港，任政府華民政務司署文案。劉氏曾加入南社，來港後1912年即與友人創立海外吟社，與陳步墀、張學華、汪兆銓等人多有唱和；晚年又與羅忼烈（1918－2009）、廖鳳舒（1865－1954）等組織堅社，為廿世紀上半葉香港詞壇最具影響力的人物，著有《心影詞》、《滄海樓詩鈔》等。其子劉殿爵（1921－2010），香港中文大學教授，為香港著名翻譯家。

劉景棠居港超過五十年，是香港詞壇的翹楚，但論輩分，檗庵比劉景棠年長十歲，屬於前輩，題詩所謂「風流儒雅足吾師」，當然只是恭維之詞。

劉景棠跟陳步墀的酬唱頗多，參以黃坤堯先生〈陳步墀詩樓所藏名家墨藏及其交遊網絡〉一文，根據陳氏《繡詩樓叢書》編錄的《卅家尺素》、《尺素續編》、《尺素三編》等作統計，共藏名家墨寶五十九家、一百八十一函，其中以賴際熙二十六函最多，其次便是溫肅十三函、劉景棠十二函。

從現存資料推斷，劉景棠跟檗庵的關係不算十分親密，檗庵可能只是因陳步墀的關係，才跟劉氏有所交往。從現存劉氏作品看，提及檗庵的亦僅有〈題姚俊卿為溫毅夫所作《香江送別圖》〉一首，見載於《滄海樓詩鈔》。詩云：「太真風義千秋矗，圖畫空留別恨長。二十四朝經眼盡，人間何處不滄桑。」按：姚俊卿即姚筠（1841－1927），廣東番禺人，同治十二年（1873）舉人，工詩與畫，尤善畫松，著有《懺庵隨筆》。〈香江送別圖〉描繪的是1924年春檗庵經香港轉赴北京，任職溥儀「南書房行走」時，友朋故舊在影憐酒家餞行時的情景。但劉景棠似未有參與是會，題詩只是事後的補題。

按檗庵長子溫必復（字中行，1918－1985），戰後寄寓香江，跟劉景棠頗有交往。溫必復曾拿着〈香江送別圖〉，廣邀名家題詠，其中即包括劉景棠。溫氏後來撰有〈鷓鴣天・呈伯端丈〉一詞，謂：「文酒紅樓屢見招，三珠交映識清標。綠荷池幕簪毫麗，紅樹關山入夢遙。憐舞袖，教吹簫。新詞低唱韻多妖。題圖語妙吾尤記，經眼滄桑廿四朝。」末語顯然是化用劉氏所題的詩句。

最後，劉景棠的《心影詞》初出版於1920年，收進陳步墀的《繡詩樓叢書》第二十九種。書前已有檗庵的題詩，另有玉照一幀，故將此詩繫於此年。

6.〈壽馮平山七十〉（1929）

長裾綷縩躋華堂，葡萄美酒稱瑤觴。[1]
主人舉杯還醉客，客欲侑爵無文章。[2]
君年三五見頭角，逸足待聘跧飛黃。[3]
書記姓名安足學，培風巨翼南溟翔。[4]
巴東三峽巫峽長，估帆西指瀕青羌。[5]
赤甲白鹽恣所歷，黃精赤箭盈青囊。[6]

《香港工商日報》1929 年 9 月 21 日對馮氏七十壽慶的報道

馮平山遺照

良工醫國寓深意，詎唯賣藥同韓康。[7]
儲材要備梁公籠，[8] 歸航不僅蜀中薑。
滔大橫流忽湯湯，學海源枯文潮狂。[9]
君拾叢殘掃榛莽，大啟學舍收材良。[10]
輔以圖書建以館，[11] 海濱鄒魯兹焉倡。
餘事更及貧民塾，保良團防殫劻勷。[12]
只今七十老彌劭，育才興學仍皇皇。[13]
詩書澤長古有訓，厚報行見鍾諸郎。[14]
我聞老學如炳燭，衛武抑戒前史詳。[15]
喜君格言不離手，不欺之學師湘鄉。[16]
洪範五福首壽富，君尤好德兼康彊。[17]
莘莘學子謠黃髮，英英哲嗣傳青箱。[18]
論交我自比群紀，進頌但愧非班揚。[19]
上壽期頤理可券，次亦繼躅君家唐。[20]

1　綷縩：衣服摩擦聲。《漢書．外戚傳下》：「感帷裳兮發紅羅，紛綷縩兮紈素聲。」顏師古注：「綷縩，衣聲也。」瑤觴：玉杯。此聯描繪馮氏壽宴場面熱鬧，富麗堂皇。

2 客：檗庵自謂。侑爵：爵是酒杯，侑爵即勸酒助興。檗庵之意，聊獻此詩以助酒興。

3 三五：十五歲。馮氏家境一般，只接受過基礎教育，十五歲即輟學，從叔父經商於暹羅。逸足：才能非凡。跧：蜷伏。此聯謂馮氏年少即已嶄露頭角，然如飛黃跧伏，尚有待發揮。

4 培風：乘風。《莊子・逍遙遊》：「風之積也不厚，則其負大翼也無力，故九萬里則風斯在下矣，而後乃今培風。」南溟翔：飛往南方的大海。《莊子・逍遙遊》：「鵬之徙於南冥也，水擊三千里，摶扶搖而上者九萬里，去以六月息者也。」

5 巴東三峽：三峽指瞿塘峽、西陵、巫峽。由長江溯流而上，過三峽即為重慶。此聯描述馮氏的藥材生意，遠至四川重慶一帶。青羌：青海的羌人。由重慶再往西走，便是青海與康藏地區，那裏是羌藏等少數民族的聚居地。

6 赤甲白鹽：兩座山峰的名稱，俱在瞿塘峽的北岸。杜甫〈夔州歌十絕句〉：「赤甲白鹽俱刺天，閭閻繚繞接山巔。」黃精赤箭：赤箭即天麻，與黃精俱為著名的補益中藥。青囊：藥袋。此聯謂馮氏搜購良藥，足跡遍及川渝一帶。

7 醫國：按《國語・晉語八》，醫和曰：「上醫醫國，其次疾人，固醫官也。」王符《潛夫論》：「上醫醫國，其次下醫醫疾。」韓康：漢代的隱居賣藥者。《後漢書・逸民傳》：「韓康，字伯休，一名恬休，京兆霸陵人，家世著姓。常采藥名山，賣於長安市，口不二價三十餘年。」此聯謂馮氏並非普通的賣藥者，而是具有上醫醫國理念的儒商。

8 梁公籠：梁公即唐代名相狄仁傑（630－704）。據《舊唐書・元行沖傳》，行沖性不阿順，常進規誡，仁傑笑謂人曰：「此吾藥籠中物，何可一日無也。」句意指馮氏不僅販運藥材，同時重視替國家社會培育人才。

9 湯湯：動蕩不安。「湯」是「蕩」字的假借。《山海經・西山經》：「其原沸沸湯湯。」此聯描述五四新文化運動後，社會一片打倒舊文化的叫囂呼聲。

10 大啟學舍：指馮平山捐助香港大學。按馮氏鼎力支持港大，自 1923 年即成為校董會永久成員。據《馮平山自記年譜》：「因捐款五萬元另圖書費貳千五百元，永遠應得免費大學額四名，或送與戚友亦可。」特別是 1927 年港大成立中文學院，馮氏的態度更為積極。自記年譜又載：「為昌明國學，保存國粹起見，大學漢文科之設立，實刻不容緩。本港大學與夫熱心此事之人，曾商議多次，卒根據政府之意，先由華商捐足十萬之數，繳交政府開辦。於是勸捐款項，余助一萬元。」

11　輔以圖書建以館：為了完善香港大學中文學院的教研工作，馮平山積極支持大學修建專用的中文圖書館。詳見本詩的「簡析」。

12　餘事更及貧民塾：1917 年馮平山在家鄉新會縣會城創辦平山貧兒義塾，又在香港與孔聖會合力興辦三所免費的男女義塾。1922 年，又在新會捐款重建平山小學。保良團防：指保良局與團防局。馮氏於 1914 年曾出任保良局主席；1931 年擔任香港上環文咸西街南北行公所的團防局紳。

13　劭：勸勉。《漢書．成帝紀》：「先帝劭農，薄其租稅。」顏師古注：「劭，勸勉也。」皇皇：急遽之意。揚雄《法言．學行》：「堯、舜、禹、湯、文、武汲汲，仲尼皇皇，其已久矣。」此聯讚譽馮氏雖年已七十，猶勉力於興教育才，汲汲皇皇。

14　詩書澤長：指文教的福澤，綿長久遠。唐順之詩：「歲月生涯短，詩書世澤長。今看墓木拱，猶自披恩光。」鍾：聚集。此聯指馮氏興辦各種文教福利事業，定能將福澤遺蔭後人，子孫必獲厚報。

15　炳燭：燃亮燭光。劉向《說苑．建本》：「晉平公問於師曠曰：『吾年七十，欲學恐已暮矣。』師曠曰：『何不炳燭乎！……臣聞之少而好學，如日出之陽；長而好學，如日中之光；老而好學，如炳燭之明。炳燭之明，孰與昧行乎？』」後世即以「炳燭」比喻老而好學。衛武抑戒：《詩經．大雅．抑》是衛武公晚年自警之作，兼以刺時王。《國語．楚語》：「昔衛武公年數九十有五矣，猶箴儆於國……於是乎作《懿戒》以自儆也。」「懿」即「抑」。詩所戒者，主要是敬慎威儀、夙興夜寐、守禮慎言、投桃報李、誠不自欺、勿沉緬酒色等。此聯讚揚馮氏老而好學，且能戒懼自勵。

16　湘鄉：指晚清名臣曾國藩（1811－1872）。此聯指馮氏平生仰慕曾國藩，以其為楷模。按曾氏之學，首要強調〈大學〉、〈中庸〉的誠不自欺。如致弟家書謂：「誠意者，即其所知而力行之，是不欺也」，「蓋實者，不欺之謂也。人之所以欺人者，必心中別著一物，心中別有私見，不敢告人，而後造偽言以欺人」。

17　洪範五福首壽富：按《尚書．洪範》有所謂「九疇」，其中第九曰「五福」：「一曰壽，二曰富，三曰康寧，四曰攸好德，五曰考終命。」檗庵此句，意謂馮氏五福俱備。

18　黃髮：長者。《尚書．秦誓》：「雖則云然，尚猷詢茲黃髮，則罔所愆。」青箱：古代收藏字畫書籍的箱籠。劉禹錫詩：「青箱傳學遠，金匱納書成。」按此聯是稱讚港大學生向年老教授諮詢學問，馮氏子弟則承傳家學文化。

19　群紀：指漢末陳紀與陳群（？－237）父子。《三國志．魏志．陳群傳》：「魯國孔融高才倨傲，年在紀群之間，先與紀友，後與群交。」後世多以「群紀之交」譬喻累世交誼。由於馮平山的兩位兒子馮秉芬和馮秉華，俱肄業於香港大學中文學院，為首屆畢業生，馮秉芬更是中文學會第一任主席，欒庵跟他們父子皆認識，故有此況。班揚：漢代的文學家班固（32－92）和揚雄（前53－18）。欒庵自謙並無班揚的文采。

20 上壽：百歲。《莊子．盜蹠》：「人上壽百歲，中壽八十，下壽六十。」期頤：亦是指百歲之壽。《禮記．曲禮上》：「百年曰期頤。」券：保證。繼躅：足跡相接。家唐：疑當作「家堂」。此聯欒庵祝願馮氏壽考，後嗣昌盛。

簡析

馮平山（1860－1931），原名朝安，廣東新會人，早年以從事藥材生意而致富。1929年9月20日，為慶祝其七十大壽，乃假香港柏道一號馮氏大宅舉行茶會。冠蓋雲集，場面盛極一時，港督金文泰更親自蒞臨祝賀。欒庵亦是座上賓客，本詩即其為馮氏祝壽之作。

香港西半山柏道一號馮氏居宅，西式建築風格，修建於1929年，以慶祝其七十大壽。

四川重慶是中國西南地區貨物的集散樞紐，十九世紀末，馮平山便在此開設安記號，購銷中藥，主要是把砂仁、桂皮、木香等熱帶香料，銷往華西；同時又把西部的藥材（特別是冬蟲夏草），購回香港。他自資向英國購買兩艘貨船，販運於香港與重慶之間；又採用先進的電報技術（甚至自行研發獨家的電碼系統），聯絡客戶，因而獲利豐厚。

其後馮平山離開重慶，遷回廣東居住。1909 年，馮氏於廣州開設兆豐行，繼續從事藥材業務。1913 年兆豐行遷往香港，成為著名的南北行商號。此外，馮氏還與友人合資開辦過其他商號，如岐豐行、南生行、穗安銀號、亦安銀號、東亞銀號（東亞銀行前身）、華人置業、肇安榮置業等等。

馮氏在家鄉新會與香港，皆有廣泛的慈善活動，但主要集中於文化教育。其中最為人樂道者，首推香港的中文教育。他是香港官立漢文中學（後改名金文泰中學）最早的倡議者，又曾積極捐款，支持香港大學創辦中文學院。七十壽辰之際，在賴際熙的遊説下，馮氏更答允為香港大學的中文圖書館捐助十萬港元。這在當時絕對稱得上是一筆巨款，足證馮氏對香港中文教育的支持，已達不遺餘力的地步。1932 年，港督貝璐爵士在港大馮平山圖書館開幕典禮的演講辭透露：「本校於 1929 年收得馮平山先生來函，提及他一位朋友準備認捐十萬元，支持港大建立中文圖書館。馮先生謙讓低調，不以本身名義捐輸，後來他表露善長身份接觸本校，把捐款金額增加至十多萬元。」又據其子馮秉華所稱，馮平山直到離世前一兩個星期，仍處處關心港大中文圖書館項目的建設進程。可惜的是，他生前未能親眼目睹圖書館的落成和啟用。（參見馮美蓮、尹耀全：《庋藏遠見：馮平山》，頁 128。）

7.〈金文泰去思頌並序〉(1929)

歲在屠維，月為嘉平，[1]督憲金文泰公將移節星加坡。港中人士既攀留不獲，東華醫院紳董梁弼予等，深惟公德澤在人，不可縷數，欲舉其所身受者，著之歌詠，以誌去思，而命温肅為之頌。頌曰：

太平山高高且長，溟海環之島中央。
唯公德澤與頡頏，如山岌嶫海汪洋。[2]
輶車昔來觀國光，美錦學製遊五羊。[3]
武庫羅胸杜當陽，餘事為文富縹緗。[4]
來工柔遠古訓彰，彼蚩者氓忽鴟張。[5]
桀黠構煽口如簧，山河咫尺窮梯航。[6]
公來成鎮挈其綱，恩威並濟迭柔剛。
排山怒潮不敢狂，立掃榛莽成康莊。
更施痌瘝蘇痍瘡，廣我醫院建之堂。[7]
奠厥基址相周詳，落成襜蓋臨趨蹌。[8]
嗷嗷哀鴻今徜徉，如久病暍得仁漿。[9]
萬家生佛天降將，不知與古誰低昂。
嗟我僑黎託保障，或佐籌防或保良。[10]
莘莘學子能文章，書樓學舍承提倡。
祝公久任健而康，摩天巨翮忽南翔。[11]
星洲一水遙相望，借寇不獲心徬徨。[12]
攀轅亦復情皇皇，作為詩歌如琳琅。[13]
祝公重來示周行，或鐫金石矢毋忘。[14]
吾儕語拙慚圭璋，[15]唯知仁風永奉揚。
福星載道照飛艎，獻詩聊當臨歧觴。

1 歲在屠維：《爾雅．釋天》：「太歲在己曰屠維。」古代以天干地支紀年，凡天干中有「己」的年份，稱為屠維。公曆 1929 年即農曆己巳年，故稱歲在屠維。嘉平：農曆十二月（臘月）的別稱。《史記．秦始皇本紀》：「三十一年十二月，更名臘曰『嘉平』。」

2 頡頏：原指飛鳥上下雀躍之貌，引伸為抗衡較量、不相伯仲之意。《晉書．文苑傳序》：「藩夏連輝，頡頏名輩。」岌嶪：高峻貌。張衡〈西京賦〉：「疏龍首以抗殿，狀巍峩以岌嶪。」張銑注：「岌嶪，高壯貌。」按首四句讚揚金督在任內，功業崇高偉大，足與太平山和太平洋相媲美。

3 輶車：朝廷派遣使臣所乘坐的車輛。觀國光：察看一地的風土人情、文物制度。《周易．觀卦》六四爻辭：「觀國之光，利用于賓王。」美錦學製：新手拿美好的錦綢來學習剪裁。《左傳．襄公三十一年》：「子有美錦，不使人學製焉。」原意指欠缺從政經驗的新人充當重要職務，屬於貶義，這裏僅指金督在政壇上初出茅廬。遊五羊：五羊城即廣州。按：英政府自十九世紀六十年代開始，實行名為「官學生計劃」的文官銓選制度，即日後「政務主任」（AO）的前身，港府高級官員的質素自此大為提升。金文泰在 1899 年即獲港府聘任，隨即前往廣州，學習粵語。但不久由於庚子拳亂爆發，1900 年 7 月被迫折返香港。

4 武庫羅胸杜當陽：西晉名臣杜預，因平吳之功封為當陽侯，「武庫」喻其學識淵博，詳參本書前錄張學華〈輓許稚筠寺丞〉詩。縹緗：縹是淡青色，緗是淺黃色。古代常用此二色的絲帛作為書囊和書衣，故又借代為書卷。蕭統《昭明文選．序》：「詞人才子，則名溢於縹囊；飛文染翰，則卷盈乎緗帙。」按此四句稱讚金文泰才高識廣，著述繁富。

5 來工柔遠：招徠百工，懷柔遠人。《禮記．中庸》：「凡為天下國家有九經，曰：修身也，尊賢也，親親也，敬大臣也，體群臣也，子庶民也，來百工也，柔遠人也，懷諸侯也。」彼蚩者氓：那些愚昧而戇厚的人。《詩經．衛風．氓》：「氓之蚩蚩，抱布貿絲。」鴟張：像鴟鷹張開雙翼那樣兇暴囂張。《三國志．吳志．孫堅傳》：「卓不怖罪而鴟張大語。」

6 桀黠：兇悍狡黠的壞人。《史記．貨殖列傳》：「桀黠奴，人之所患也。」構煽：挑撥煽動。口如簧：善作巧偽之言。簧指樂器中用以發聲的片狀振動體。《詩經．小雅．巧言》：「巧言如簧，顏之厚矣。」山河咫尺：指香港和廣州相距不遠，近在咫尺。梯航：登山渡水的工具，引伸指水陸交通。「窮梯航」即水陸交通瀕臨斷絕。按：以上四句是描述發生於 1925 年 6 月的省港大罷工的情況。當時香港受內地五卅慘案的影響，在工運份子的號召鼓動下，市民紛紛發起罷市、罷課、罷工行動，廣州的國民政府亦宣佈接待回省的罷工工人和學生。短短兩個月內，即有約 25 萬華人離港（當時香港總人口才

72 萬多）。由於海員集體罷工，廣東省政府又實施武力封鎖，省港之間運輸幾乎陷於斷絕。香港物資匱缺，價格飛漲，銀行擠提，經濟一度癱瘓。

7 痌瘝：一作恫瘝，指疾病和苦痛。《尚書．康誥》：「王曰：嗚呼！小子封，恫瘝乃身，敬哉。」痍瘡：指天災和戰亂引起的創傷。廣我醫院：按金督為了緩解香港的社會矛盾，任內積極改善香港的醫療福利。1929 年成立醫務衛生局；同年建成九龍醫院、東華東院，金督皆有蒞臨主持開幕儀式。此外，金督還宣佈將在港島薄扶林興建一所規模宏大的醫院，以代替位於西營盤已較為老舊的公立醫院（國家醫院），此即 1937 年落成的瑪麗醫院。

8 趨蹌：指步趨中節合度。《詩經．齊風．猗嗟》：「巧趨蹌兮，射則臧兮。」孔穎達疏：「禮有徐趨疾趨，為之有巧有拙，故美其巧趨蹌兮。」按以上四句是歌頌金督在香港興辦醫院，竭盡心力。

9 嗷嗷：哀鳴之聲。《詩經．小雅．鴻雁》：「鴻雁于飛，哀鳴嗸嗸。」徜徉：安閒自得貌。韓愈〈送李愿歸盤谷序〉：「膏吾車兮秣吾馬，從子於盤兮，終吾生以徜徉。」病暍：中暑。《淮南子．人間訓》：「病暍而飲之寒，此眾人所以為養也，而良醫之所以為病也。」

10 籌防：指香港戰前的民間治安團體「團防局」（District Watch Force）。此組織成立於 1866 年初，以華商原先僱用的看更隊為基礎，專責在中上環一帶進行更練的巡邏事務。至 1910 年，其覆蓋範圍已達半山區。由於經費由華商店舖捐助，港府毋需承擔任何財政開支，且可補警力之不足，故亦樂於提倡。但港府同時又規定，團防的「練目」必須由總登記官（即日後的華民政務司）任命和指揮，這是華人社團接受港府控制之始。1891 年，總登記官駱克（Sir James Lockhart, 1858-1937）改組團防局，設立團防局委員會，加強局紳的諮詢職能。此後直至 1941 年太平洋戰爭爆發，香港淪陷，團防局的工作才告終止。保良：指成立於 1880 年的保良局，宗旨是「保赤安良」、「崇正黜邪」，即遏止當時熾盛的誘拐婦孺風氣，為受害者提供庇護及教養。1893 年，港府通過新例，加強對保良局的監管，規定保良局董事會必須由港督提名，以總登記官為當然主席，主法局華人議員為當然副主席。對於團防局和保良局，金督在任內並無重大的興廢變革，槃庵在此只是隨便一提。

11 翮：鳥翼。曹植〈送應氏詩〉：「願為比翼鳥，施翮起高翔。」忽南翔：按金文泰於 1929 年 11 月獲英國政府委任為海峽殖民地總督，接替因病離職的休．克利福爵士。

12 借寇：指地方百姓對長官的挽留。據《後漢書．寇恂傳》，恂為潁川太守，頗著政績。建武七年，光武帝征隗囂，恂從行至潁川，百姓遮道曰：「願從陛下復借寇君一年。」按金督獲委新任命後，香港多名華人代表曾上書英廷，請求挽留金文泰，但未獲批准，即本詩序文所謂「港中人士既攀留不獲」。又按《槃庵文集》中，此二句原置於「嗟我僑黎託保障，或助籌防或保良」之後；而「莘莘學子能文章，書樓學舍承提倡」二句，則置於「摩天巨翮忽南翔」之後。從內容上看，「嗟我僑黎」四句是讚譽金督在港政績，「祝公久任」四句則是敍述得聞金督離任的惋惜心情。特別是不可能在「借寇不獲心彷徨」後，緊接着又説「祝公久任健而康」，顯然是語意錯亂，不成文理，今予調改，俾其文從義順。

13 攀轅：轅是車前的橫木，攀轅即鄉民強行挽留，不讓賢明地方長官離開。岑參詩：「攀轅人共惜，解印日無多。」琳琅：精美玉石。張衡〈南都賦〉：「琢琱狎獵，金銀琳琅。」引伸泛指美好的事物、人才、詩文。葛洪《抱朴子．任命》：「崇琬琰於懷抱之內，吐琳瑯於毛墨之端。」

14 周行：同朝官員。《詩經．周南．卷耳》：「嗟我懷人，寘彼周行。」〈毛傳〉：「行，列也。思君子，官賢人，置周之列位。」此聯大意是祝願金督能重來香港任職，到時再把這些送行詩展示於同僚。又或把它們鐫刻於金石，印刷成書，俾使流傳久遠。

15 圭璋：原指玉製的貴重禮器，引伸泛指一切典雅高貴的美好事物。

簡析

金文泰

金文泰（Sir Cecil Clementi, 1875-1947）是香港第十七任總督，但他在履任前，已曾在港英政府服務多年。1899 年以官學生身份來港，1904 至 1906 年，出任新界助理田土官兼巡理府，負責丈量、登記土地，兼審理案件。期間他深入新界各地，由於處事認真、態度親民，深得鄉民讚譽。此外，他還出任過助理輔政司、行政立法兩局秘書、署理輔政司兼兩局當然官守議員等職務，對香港的政治經濟、社會民情，可謂瞭如指掌。

1925 年 11 月，金文泰抵港履新，接替剛被省港大罷工折騰得焦頭爛額的前督憲司徒拔（Sir Reginald Edward Stubbs,

1912 年 5 月港督施勳接見前中華民國臨時大總統孫中山，金文泰（右一）時為署理輔政司，後排左一為何啟。

1876-1947）。他上任後，首要事務自然是盡快平息罷工。名義上，省港大罷工是由 1925 年 6 月開始，至 1926 年廣州國民政府解散「省港罷工委員會」，大罷工正式結束，前後持續大約一年半；但實際上，罷工的高潮主要只在開首兩個月。從 1925 年 7 月下旬開始，香港市面已大致恢復原狀，茶樓、戲院、百貨公司等，皆已全面營業。

金文泰一開始是採用比較積極的政策，主動跟廣州國民政府溝通。他先後派遣杜應坤醫生、律政司金培源、署理輔政司夏理德等前往廣州，商討解決罷工。金文泰認識到，罷工的源頭乃在廣州，如非取得其合作，問題無法解決；進一步而言，香港如要長治久安，亦必須跟廣州政府建立良好關係。但是，國民政府開出的條件，諸如賠償罷工工人損失、重新安排其工作等，有點過於苛刻。金文泰遂改變策略，於十二月末宣佈不介入談判，但也不阻止在港華商自行籌劃，解決問題。

金文泰認為，假如過於妥協，即使能暫時平息工潮，但勢必助長工會勢力，鼓勵日後更多的罷工。另一方面，廣州政權其實並不安穩，內部派系對立嚴重，特別是國共矛盾日深，擁有軍權的蔣介石，政治去向未明，倒不如靜觀其變。事後證明，金文泰的眼光是完全正確的。

1926 年 3 月 20 日，「中山艦事件」發生，蔣介石宣佈廣州戒嚴，逮捕共產黨員五十多人，並派兵包圍蘇聯顧問處及省港罷工委員會。當時蔣介石雖未跟國民黨左派完全決裂，但已對他們施以沉重打擊。5 月份，汪精衛下野，赴歐養病；國民黨舉行二屆二中全會，通過「整理黨務」提案，對共產黨施予各種限制（諸如國民黨員不得參加共產黨，國民政府的高級職位，不得由共產黨員擔任等等）。

此後，國民政府籌備出師北伐，為免後顧之憂，更反過來主動跟港府示好。港府的態度，更趨強硬，堅拒賠償與承擔沙基慘案的責任。6 月間，國民政府派遣宋子文、陳公博、陳友仁與港英政府談判，金文泰的覆函卻是「罷工實際已成過去」。7 月 9 日，國民政府宣佈軍事動員令，正式出師北伐；9 月 18 日，外交部宣佈將於雙十節結束罷工。

檗庵的送行詩，對金文泰四年多以來的施政，無疑是推崇備至。他把省港大罷工背後的組織者貶為「桀黠」，參與者的表現則是「鴟張」，顯示其保守的政治立場，但這正好跟港英政府口徑完全一致。檗庵把金文泰的策略總結為「公來成鎮挈其綱，恩威並濟迭柔剛」，也是十分中肯的。所謂「挈其綱」，金文泰總體的方針不外乎兩點，一是必須跟國民政府搞好關係，二是國民政府內部不穩，不必操之過急。所謂「恩威並濟」，一是對廣州政府既不妥協，亦不翻臉；二是既不肯賠償工人，但事後則略為改善勞工和工廠的法制，例如限制聘用童工；並重新規劃貧民區，改善下層市民的生活。

在解決罷工問題上，我們固然不能否認金文泰頗有「行運醫生執手尾」的幸運成分，但是他秉持的政策，顯然也較只用強硬手段的司徒拔高明得多。到了 1927 年，香港的社會經濟，基本上已經回復到罷工前的水平，這正如欒庵所言，「立掃榛莽成康莊」。

金文泰在任內最為後人稱道者，莫過於興辦教育，特別是支持中文教育，此即欒庵所謂「莘莘學子能文章，書樓學舍承提倡」。特別是在高等教育上，1911 年，香港大學籌備建立時，曾得到金文泰的鼎力支持。港大的拉丁文校歌，即出自其手筆。此外，他又捐贈書籍、協助籌款。為答謝其勞效，香港大學也於 1916 年向其頒贈榮譽法學博士學位。1927 年，香港大學成立中文學院，更是金文泰一力促成。

在初中等教育方面，1926 年 3 月，官立漢文中學成立，成為香港首間中文官立學校。該校聘請前清科舉人士如梁廣照、葉次周、黃慈博等出任教師，並由教育司署的漢文視學官兼任校長，此校即日後的金文泰中學。

1928 年，港府頒佈《中小學中文課程標準》，規定香港中文學校與國民政府採用相同的「六三三」學制，讓中文學校學生能夠銜接內地的學校課程。

香港作為英國的殖民地，按理凡事應開西化風氣之先，文化應較內地來得前衛。但事實上恰好相反，香港自開埠以來，華人社會的價值觀，一直傾向維護舊式禮教，強調秩序穩定；

1929 年 11 月 27 日，金文泰主持東華東院開幕儀式，逾百嘉賓大合照。

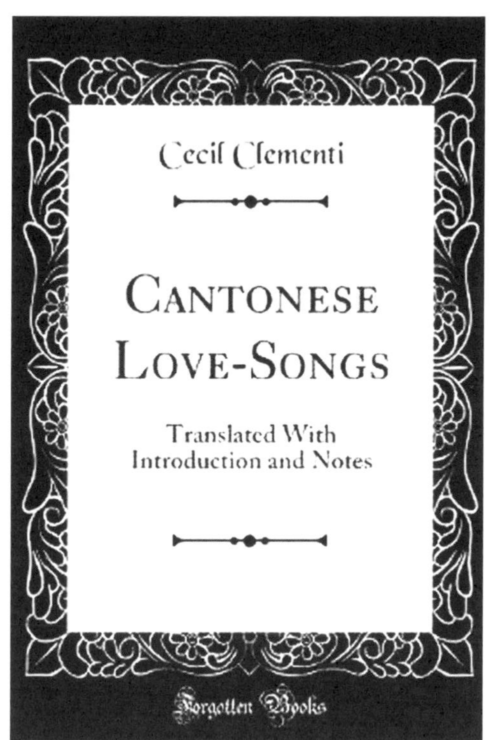

1904 年金文泰把粵人招子庸的《解心粵謳》翻譯成英語

而政府的文教政策，也是偏於保守。特別是經過省港大罷工，港府對於五四運動以來的新文化思潮，更為忌憚，政策越加保守。恰逢金文泰是位中國通，具備一定的漢學根基，除每星期跟賴際熙學習經書外，又時常在督憲府邀請殷商名流，討論國學。由於港府長期積極提倡讀經復古，民間出現不少舊式傳經授業的學校，即檗庵所謂「莘莘學子能文章，書樓學舍承提倡」。在整個二十年代，香港頗有海濱鄒魯之風。

檗庵身為前朝遺老，堅持復古，對於新文化思潮，自然深表反感。從革新者的立場看，崇古思想固是陳腐守舊，毫無生氣；但對於港英政府而言，卻跟其文教政策極其合拍。1934 年，旅港作家友生在〈香港小記〉中有此記述：「英人之經營殖民地者，多為保守黨人，凡事拘守舊章，執行成法。立異趨奇之主張，或革命維新之學說，皆所厭惡。我國人之知識淺陋，與思想腐迂者，正合其臭味。故前清之遺老遺少，有翰林、舉人、秀才等功名者，在國內已成落伍，到香港走其紅運，大現神通，⋯⋯ 彼輩之為教也，言必堯舜，書必讀經史，文必尚八股，蓋中英兩舊勢力相結合，牢不可破。」撇開其文化立場不談，友生的描述，可謂扼要而準確。由此我們亦不難明白，何以檗庵會對金文泰如此歌頌稱揚。

8.〈題陳向元泰寧去思圖〉(1930)

崇陵石馬夜嘶風，儀行樹倒祭器空。[1]

君來駐師戢姦暴，[2]政成倏去思無窮。

風蕭蕭兮古易水，種樹盧荒梁鬣死。[3]

吁嗟壯士今豈無，收京謁陵報天子。[4]

1 崇陵：清德宗（光緒帝）與孝定景皇后（隆裕太后）的合葬陵墓，位於河北省易縣金龍峪，宣統元年（1909）興建，至 1915 年竣工。儀行樹：皇陵兩旁的儀仗樹。例如崇陵三座門內所栽的十八棵雲杉，分列左右，象徵十八羅漢替光緒帝守陵。按首聯先描繪陵墓一片衰頹荒廢的景象，樹木、祭器遭受人為盜伐、偷竊、毀壞。

2 君來駐師：按陳孝威參加北伐，1924 年蘭封之役一戰成名，大敗軍閥部隊。1929 年，以中將旅長出任泰寧鎮守使。據陳氏《泰甯去思圖題詠集》卷前鄭孝胥（蘇勘）所撰的〈捧日臺記〉,「泰甯鎮轄易州、蔚州、淶水、淶源四邑，紫荊、飛狐諸隘在焉，自古為用兵必爭之地」，其轄地正好包括崇陵所在的河北易縣。戢姦暴：易縣是清四帝九后的西陵所在，清朝滅亡後，陵墓的維護機關已無力保衛，導致諸陵屢遭盜掘。據鄭孝胥的〈泰甯紀事〉:「永甯山諸陵所在號曰西陵，松柏際天，亙數十里，劉驥伐而售之，議直百萬。未畢，而陳增榮（按：陳孝威原名）至鎮，罪盜斫者，乃止。然倒臥縱橫，彌滿澗谷，增榮命易州官吏，移為學校之費，士民稱快。陵廟金銀祭器，為馬瑞雲、劉驥所取者，約六千件。劉去，挾銅錫之器以行，陳增榮遣兵追還，以歸主者，凡四千五百八十件。」由此不難明白，陳孝威何以深受清室遺臣的歌功頌德。《泰甯去思圖題詠集》，有清室貝子溥伒作圖，羅振玉題字，鄭孝胥紀事，陳寶琛、溫肅等遺老太史、名流鄉彥共七十六人題和詩什。

3 風蕭蕭兮古易水：據《戰國策．燕策三》，燕太子丹派遣荊軻行刺秦王，送行至易水之上，軻歌曰:「風蕭蕭兮易水寒，壯士一去兮不復還。」易水即在河北易縣。種樹廬：由於財政困難，在清代的皇陵中，崇陵是唯一沒有植樹項目的陵寢。其後，由清室遺臣梁鼎芬四出籌措，終得巨款。1914 年，梁氏獲任命為「崇陵種樹大臣」，前後三年，栽植松柏楓楊等達四萬餘株。崇陵內有「種樹廬」，即其當日居所。梁鬚死：梁鬚即梁鼎芬，其人以美鬚聞名，並早於 1919 年去世。

4 收京謁陵報天子：按末聯是勉勵陳氏能效法古之壯士，一舉收復京師，進謁皇陵，以報效於天子。細味句意，不無拉攏武人的用心。

簡析

陳孝威（1893－1974），原名增榮，後改名向元，福州人。保定陸軍軍官學校二期畢業，1926 年隨國民革命軍北伐，任第七軍高級幕僚，與李宗仁、白崇禧等關係較深。1928 年，陳孝威曾短期出任泰寧鎮守使一職。據鄭孝胥〈捧日臺記〉:「向元來為鎮將，兵民相安，才十旬而罷去。」又羅振玉

陳孝威晚年照片

的題跋亦謂：「陳君向元在泰甯鎮才數月耳，而去思如此，人亦何苦而不為善哉！」

陳孝威在職期間，由於積極保護清皇陵，故深獲一眾遺老的愛戴，有所謂捧日臺、去思圖等題詠。溥伒的〈泰寧鎮去思圖〉繪於1929年冬，鄭孝胥的〈捧日臺記〉撰於1929年初夏，陳寶琛的題詩撰於1929年初秋。至於欒庵此詩的具體撰述時間，今已難確考，但必在1930年春天以後。

據《泰寧鎮去思圖題詠集》前的「凡例」，「陳太傅弢菴（按：即陳寶琛）首賦長古以詠之，京津遺老，見而和之。於

一九五一年一月二日　天文臺

天文臺

THE OBSERVATORY REVIEW

每份零售港幣一毫

蘇肯冒戰爭危險介入韓戰乎

中共最秘密武器要推什麼？

釜山仁川兩灘頭守得住嗎？

蘇聯戰力足夠發動戰爭否？

陳孝威

本報特稿

原子彈倒有多少？

論醞釀中的第一

兵器的生產能力

《天文臺》是二十世紀香港五、六十年代頗具名氣的小報

是海內名宦、名士、鄉彥，先後為此圖題詠，歷己巳、庚午、辛未，凡三年，得七十四人」，「本集所有題詠，皆由原作者手書於詩箋，時孝威尚居津，裱裝成為四冊，並留白以待。嗣在香港、上海各獲題詩者一人，併合為七十六人」。據此可知，七十六人的題詩，基本上都是撰於 1929 至 1931 年之間，當時檗庵主要居於香港，任職於香港大學中文學院。所謂在香港所「獲題詩者一人」，估計應指檗庵。

「凡例」又稱：「本集之詩，同一古體或近體，則以原作中之年月排先後，其無年月者列於後。」題詠集的七言古詩共四首，陳三立之詩撰於「己巳冬十一月」，寶熙則撰於「庚午春」（庚午即 1930 年）。檗庵的題詩列於最末，但無具體時間，今姑繫於 1930 年。

1931 年九一八事變後，偽滿州國成立，陳孝威斷然拒絕鄭孝胥出任陸軍副總參謀長的邀請，1936 年移居香港，11 月創辦小報《天文臺》（三日一刊）。1941 年，太平洋戰爭爆發，《天文臺》被迫停刊。1945 年，在重慶復刊，改為每週一期；至 1947 年，上海復出為三日刊；1949 年遷廣州，1950 年再遷香港，改為週刊。此後直到 1974 年陳氏去世，《天文臺》一直堅持出版。陳氏去世後，雜誌改由黎晉偉承辦，直到 1985 年 3 月才宣告結業。

《天文臺》屬於武人辦報性質，首重軍事評論。其中最為時人津津樂道者，是陳氏數度成功預測二戰局勢的發展。諸如日本發動太平洋戰爭、德國入侵蘇聯、蘇聯出兵東北等，皆一一如陳氏所料，可謂臆測屢中。

9.〈題崔伯樾是詩簃圖〉[1]

王風委蔓詩何有，人海飄萍古與稽。[2]
寫取荊公詩外意，目空千古具金鎞。[3]
天涯倦客一樽同，三字題齋少保公。[4]
壁上龍蛇空掛眼，人間何處問仙翁。[5]

月下笛
爲溫清臣題許守白繪杜鵑庵圖卽送其歸龍山
飄轉江湖粱謀歲迫酒人輕散怖隨雁驚偏是沙漚忍飢
慣蛤蜊菰葉橫塘路早夢落歸舟已辦奈荒庵頭白號鵑
苦切故臣心眼　天遠春何晚況惡浪驚飆寄巢誰伴年
年社飯萬花空見飛亂難忘燈月招尋夜那更得郵航往
返恐後會總無憑都付紉紈淚灕
瑣窗寒
廿壁奎歿遲赴告爲此哭之用張玉田悼玉笥均
十四

論値便是槎頭縮項鯿
南園衰柳日飄蕭水際吟魂不可招誰問詩人舊鄉里強
留片碣記無聊 南園後五子吳面侍先生且爲沙面人曾爲鄉里立石誌其居里竟不果
港居書感
幾兩平生屐天涯尺地饒花光分月厂燈影上春潮詩思
閒中得讒譏病裏消何時脫塵鞅歸夢逐蘭橈
赤柱山是詩簃風雨中追懷翽高員外
自失論文友夷居負此廛交風柯向亂過雨市聲收早計
緣多苦無聊欲勿休 時直著殺 雞鳴過午夢茗椀若爲酬
二十一

南社是清末支持革命的文學團體，跟一眾太史政治立場對立。崔師貫雖是南社成員，但跟清末遺老的關係卻頗佳。

1　簃：樓閣旁邊的小屋。服虔〈通俗文〉：「連閣曰簃。」「是詩簃」是崔師貫書齋的名號。

2　王風：王者風教，即合乎古典正道的文化。委蔓：委棄於野草之間。李白〈古風〉：「王風委蔓草，戰國多荊榛。」與稽：相合。《禮記．儒行》：「儒有今人與居，古人與稽。」鄭玄注：「稽，猶合也。」

3　荊公：指宋代文學家王安石（1021－1086）。詩外意：按王安石〈送董伯懿歸吉州〉詩：「是非評眾詩，成敗斷前史。」崔師貫取其評論眾詩之意，名其齋為「是詩簃」。金鎞：古代醫治白內障眼疾的工具，據説由印度、波斯一帶傳入。其物形如箭頭，能刮去眼膜，使患者重見光明。此聯是説崔師貫獨具慧眼，目空千古，喜歡品評古今詩歌。

4　三字題齋：指手題「是詩簃」三字。少保公：當指清末遺臣郭曾炘（1855－1929）。郭氏字春榆，號匏庵，晚號遯叟，福州侯官人。光緒六年（1880）進士，官至禮部侍郎。宣統元年（1909），出任實錄館副總裁，奉命纂修《德宗實錄》。1922 年書成，加太子少保銜。

清亡後，郭氏寓居都下，曾受聘為《清史稿》總纂；又寄情於吟詠，與陳寶琛、樊增祥、孫雄、李宣倜、丁傳靖等多有唱和，頗具詩名。郭氏詩風典雅，深穩沉鬱，於杜甫詩契會極深，著有《讀杜札記》，乃近代杜學名著。此外還有《匏廬詩存》、《邴廬日記》、《郭文安公奏疏》等。

5 龍蛇：指書法作品。李白〈草書歌行〉：「怳怳如聞神鬼驚，時時只見龍蛇走。」空掛眼：不重視、不措意。按：崔氏本人亦精於書法，著有〈論方筆圓筆〉。按末句是讚揚崔氏仙風道骨，有仙翁雅緻。

簡析

崔師貫（1871－1941），一作詩貫，原名景元，字伯樾（或作百越），一字今嬰（或作今瓔），號北邨，廣東南海人。清末秀才，南社社員，以詩馳名。歷任廣東視學官、瓊崖中學監督及汕頭商業中學校長。民國建立後，曾居澳門，設塾授徒；後寓居香港，任教於子褒學校。1924 年與鄧小蘇、區月恆等創辦養中女學校。1933 年香港大學中文系於賴際熙離職後，曾聘請崔氏與羅憩棠為兼任講師。但二人在任時間均不長，1935 年末即已離職。著有《北邨類稿》、《丹霞遊草》等。

崔師貫跟晚清遺臣的交往，以何藻翔最為密切。據蔡守（1879－1941）《牟軒璅》所稱：「余曩歲避地香港，與莫養雲、何鄒厓、崔今嬰等結赤雅社。」按：莫養雲指莫鶴鳴，何鄒厓即何藻翔，崔今嬰即崔師貫。莫鶴鳴是買辦世家出身，但雅好文藝，在港島灣仔區開有赤雅樓古玩店，並結社酬唱。1924 年，莫氏向利希慎借得利園山樓房，組成北山詩社，何藻翔與崔師貫俱有參與。同年，高學廉購得陳澧的六百冊遺稿，亦是聘請何藻翔與崔師貫等人共同校理。詳見本書前述何藻翔部分。

何藻翔〈贈崔伯越〉詩謂：「一卷新詞似夢窗，珠喉微澀帶京腔（原註：君生長外省）。海青雙笛石塘咀，不遣銅琶唱大江。」據此可知崔師貫雖然祖籍南海，但卻生長於外省，後來又流寓港澳，這確如檗庵題詩所謂「人海飄萍」、「天涯倦客」。何氏又謂崔氏的婉約詞風，接近宋末吳文英（1205－1260）一派。至於其家，則在港島西區的石塘咀。

眾所周知，南社是清末支持革命運動的著名文學團體。由於政治立場相左，南社成員跟一眾遺老尠有來往。但崔師貫卻屬例外，他跟幾位太史的關係都相當不錯。除了何藻翔外，以檗庵為例，《北郈類稿》便有〈春晚送溫五肅之天津〉詩四

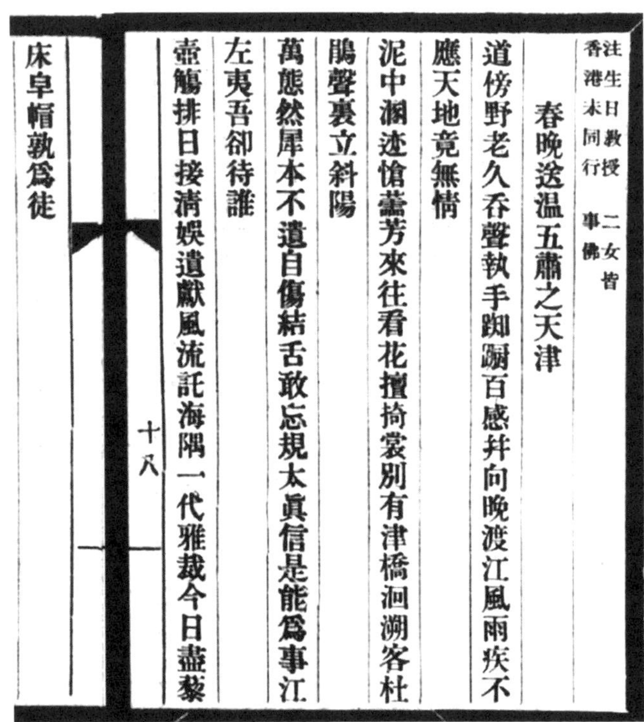
注生日教授　二女皆
香港未同行　事佛
春晚送溫五肅之天津
道傍野老久吞聲執手踟躕百感并向晚渡江風雨疾不
應天地竟無情
泥中涸迹愴蘦芳來往看花擅掎裳別有津橋洄溯客杜
鵑聲裏立斜陽
萬態然犀本不遺自傷結舌敢忘規太眞信是能爲事江
左夷吾卻待誰
壺觴排日接清娛遺獻風流託海隅一代雅裁今日盡黎
床皁帽孰爲徒
十八

崔師貫〈春晚送溫五肅之天津〉

首和詞〈月下笛・為溫清臣題許守白繪杜鵑庵圖，即送其歸龍山〉。

兩篇均是送行之作，前者未能確定是撰於 1929 年（己巳）抑或 1931 年（辛未）。據〈清溫侍御毅夫年譜〉，己巳「四月，自港赴天津，叩謁皇上於靜園」；辛未「四月，自港赴天津。二十四日，叩謁皇上於靜園」。此兩年檗庵都在香港大學任教，學期甫結束，便立即前往天津，拜謁溥儀。

至於後者，當為在香港送別檗庵返回順德家鄉而作，節候是晚春，但無法確證具體的撰寫年月。全詞格調低沉，情深意切，是《北郙類稿》中的上乘之作。全詞曰：

> 飄轉江湖，粱謀歲迫，酒人輕散。慵隨雁鶩，偏是沙漚忍飢慣。蛤蜊菰葉橫塘路，早夢落、歸舟已辦。奈荒庵頭白，啼鵑苦切，故臣心眼。
>
> 天遠、春何晚，況惡浪驚飆，寄巢誰伴。年年社飯，萬花空見飛亂。難忘燈月招尋夜，那更得郵航往返。恐後會，總無憑，都付緗紈淚滿。

「奈荒庵頭白，啼鵑苦切，故臣心眼」，脫胎自張炎〈解連環・孤雁〉的「料因循誤了，殘氈擁雪，故人心眼」；而全詞悽愴愁苦，猶有過之。值得注意的是所謂「難忘燈月招尋夜」，按崔師貫除了住過石塘咀外，其後任職港大時，報稱的住址是「般含道聖士提反里二號」，這裏跟檗庵在 1929 至 1931 年任職港大期間所居的「薄扶林道」，更是近在咫尺，方便晚上促膝談心，因而結下情誼。

第八章

岑光樾

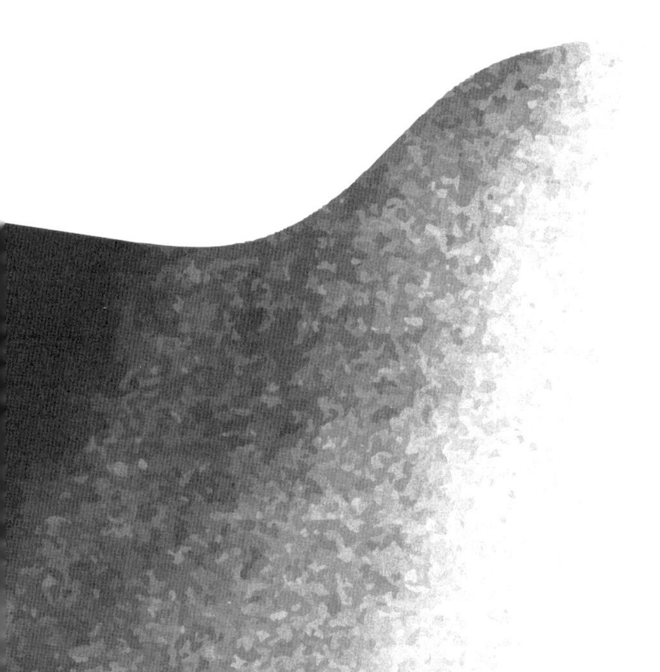

岑光樾晚年的照片，右上方有其本人題詞：「余年八十，始蓄頷下鬚，並試用藤杖，居然老態。」

岑光樾太史遺像

教育界耆宿

岑光樾太史仙逝

明日正午在香港殯儀館舉殯

岑光樾太史，於昨（十七）日上午病逝於養和醫院，享壽八十八歲。遺體準移香港殯儀館治喪，定於八月十九日正午十一時大殮，下午二時在該館大禮堂辭靈，隨即舉殯，安葬荃灣華人永遠墳場。岑太史字敏仲，號鶴禪，爲順德桂洲望族。少從父簡公庭訓，及長游於粵名儒簡竹居先生之門，幼擅詩，善書法，能文章；弱冠後，就試於有司，每試冠其曹。己亥科縣考，以第一人入順德縣學生員。翌年，旋舉庚子辛丑併科孝廉。光緒甲辰恩科，貢士入翰林，奉派遊學東洋，卒業於法政大學。歸國後，授職編修，歷充國史，實錄兩館協修纂修等職。庚戌舉貢考試，欽命派充舉貢考試襄校官。辛亥鼎革後，南下歸里，退隱家園，經十餘載後，應香港官立漢文中學漢文師範之聘，講學多年，現港中知名之士出其門下者，實繁有徒。戰後手創成達中學，循循誘掖，造就人才不少。今遽歸道山，實爲教育界之一大損失，聞者莫不惜之。

1960 年 8 月岑光樾去世時的報章報道

一、生平簡介

岑光樾（1876－1960），原名孝憲，字敏仲，號鶴禪，廣東順德桂州人。生於光緒二年，其父簡莽公，是粵中大儒陳澧的門人，畢生以教書為業。鶴禪早歲從學於名儒簡朝亮（1851－1933），登光緒三十年（1904）進士第，殿試二甲第二十四名，賜進士出身，欽點翰林院庶吉士。1906 年，與朱汝珍、商衍鎏等太史同赴日留學，1908 年畢業於日本法政大學。歸國後散館，考列優等，授翰林院編修，並賞侍讀銜。1909 年，宣統登極，授通議大夫，任國史館協修、纂修、實錄館協修等職。

辛亥革命後，鶴禪先避居天津法租界，1912 年回粵。此後十餘年，基本上退隱於鄉間，只有民國五年（1916）曾因避亂，暫居香港，數月後即返鄉。

1925 年秋，應賴際熙之邀，來港講學於般含道成達書堂。次年，受聘於香港官立漢文中學，兼任漢文師範日夜校講席，並於學海書樓講學。當時鶴禪寓居於港島西營盤英華臺，跟區大原、區大典二太史等為鄰。

1938 年，鶴禪自官立漢文中學退休，同年秋受聘於西南中學，講授文史。1941 年末，太平洋戰爭爆發，香港淪陷；1945 年正月，返鄉避難，在祖祠設帳授徒，亂離中鄉中子弟得從受學。1947 年秋，重返香港，主持成達中學。1960 年，成達中學停辦，鶴禪亦於同年 8 月 17 日病逝於香港養和醫院，享年八十六歲。後人整理其詩文銘贊，遺著有《鶴禪集》。

鶴禪精於書法，字體端莊秀麗，今天香港還留存有很多他的墨寶。例如，東華義莊大門的對聯、香港仔華人永遠墳場的牌匾、黃大仙嗇色園盂香亭的題字、元朗博愛醫院的牌坊對聯，此外還有一些商號招牌等。

二、作品選讀

1.〈清封恭人李氏墓表〉[原註：丙寅(1926)]

恭人姓李氏，封君永泰周府君之配室也，籍東莞縣桔州鄉。性端淑，事父母以孝聞。年十六，歸封君。以事父母者，移孝於其舅姑，必順以敬；[1] 以事舅姑者，推禮於其夫氏之黨，必慎以和。封君家故微，思有以養其親，挈室就時於香港。持籌握算，日不暇給。恭人修家務有法，無巨細咸一身任之。烹飪掃除，澣濯縫紉，無廢事；竹頭木屑，零縑斷素，無棄材；群嬰繞膝，提攜抱負，衣履襁褓，皆自手製，無闕供。凡所以使封君無內顧憂，而益得肆力於所業者，必勤以摯。

香港去廣州府治二百餘里，峰環海抱，輪檣輻湊，為中外互市地之喉襟。素封之家比屋而居於是者，政客軍閥、游俠豪侈之士之旅於其地者，出駕電而鞭霆，[2] 處漿酒而藿肉。[3] 婦人競珍飾，羅僕從，享用之厚，侈乎姬姜。蓋富之所聚，風會然也。恭人居是久，子之稚者寖以立，家之約者寖以饒。長子文輝，尤能光大其業，創辦保險置業輪船公司，席愈豐，履愈厚。當是時恭人年且老，宜有以自娛，而衣服飲食，常不使加於前，劬儉瞿瞿，[4] 如始至時，若深有以自得者，可謂難也已。

恭人生四子，文輝知府銜，日輝五品銜，德輝同知銜，祥滿早卒。女子三人，孫男十二人：炳垣、埈年、澤年、熙年、昌年、堃年、植年、耀年、錫年、釗年、煥年、鴻年，其遊學得博士學士者三人焉，餘亦有聲庠序。孫女十人，曾孫九人，曾孫女三人。文輝兄弟方就傅時，恭人謂封君曰：「致用者學也，擇術者時也。方今寰海大通，西國語言文字，與吾中土之文學，宜若不可以偏廢。」封君然其言，乃命文輝、日輝業西文，德輝業中文。其後卒能各以所就，昌大其家；諸孫繩武，鬱為時秀，恭人教也。

恭人生道光二十三年七月二十四日，卒民國十四年五月二十七日，享年八十有三。以是年八月二十一日葬香港華人永遠墳場，坐乾向巽兼戌辰之原。既踰年，德輝以狀來請文，將表諸阡。謹述次概略，而繫之以辭，曰：

猗嗟恭人德之共，不傾不盈常抱沖。
姑謂婦婉夫謂從，群譽或比郝與鍾。[5]
內諧外附驩融融，若鹽和鼎絲調桐。
子秉母訓金在鎔，[6] 沮倉佉盧思折蔞。[7]
揚鑣分道駸靳同，[8] 騰驤磊落皆驊驄。[9]
孫曾輩起清而豐，詵詵揖揖歌斯螽。[10]
母德常儉家彌豐，惡盈益謙見天工。
伐石銘懿三尺崇，靈祥鬱鬱盤幽宮。[11]

1 必順以敬：《學海書樓主講翰林文鈔》作「必須以敬」，誤。

2 出駕電而鞭霆：傳說中神仙能以雷霆為車，以閃電為鞭。明成祖〈御製真武廟碑〉：「擊電鞭霆，風驅雲馭。」這裏喻指達官富人出入皆以豪華轎車代步。

3 處漿酒而藿肉：視酒肉為漿水豆葉，喻指飲食豪侈。《宋書．周朗傳》：「塗金披繡，漿酒藿肉者，故不可稱紀。」

4 劬儉瞿瞿：瞿瞿，勤謹貌。《詩經．唐風．蟋蟀》：「好樂無荒，良士瞿瞿。」《毛傳》：「瞿瞿然顧禮義也。」《新唐書．吳湊傳》：「湊為人強力劬儉，瞿瞿未嘗擾民。」

5 郝與鍾：「鍾」是西晉司徒王渾之妻鍾琰，「郝」是王渾的弟媳郝氏。《世說新語．賢媛》：「鍾、郝為娣姒，雅相親重。鍾不以貴陵郝，郝亦不以賤下鍾。」「鍾與郝」指妯娌關係融洽，互相敬重。

6 金在鎔：金屬正在鎔冶鍛煉，引伸為教化之意。董仲舒《天人三策》：「夫上之化下，下之從上，猶泥之在鈞，唯甄者之所為；猶金之在鎔，唯冶者之所鑄。」

7 沮倉：沮誦和倉頡，傳說中軒轅黃帝的左右史官，創造漢字的始祖。《世本．作篇》：「沮誦、蒼頡作書。」佉盧：古代印度西北部流行的文字，相傳是佉盧虱吒所創。僧祐《出三藏記集》：「昔造書之主凡有三人，長名曰梵，其書右行；次曰佉樓，其書左行；少者蒼頡，其書下行。」沮倉佉盧，意思就是中外文字。折蔆：《學海書樓主講翰林文鈔》作「折萝」，誤。折是折取，蔆是小樹枝。揚雄《方言》引《傳》曰：「慈母之怒子也，雖折蔆笞之，其惠存焉。」郭璞注：「言教在其中也。」折蔆即教導。

8 驂靳：《左傳．定公九年》齊侯伐晉，王猛語東郭書曰：「吾從子，如驂之有靳。」杜預注：「靳，車中馬也。猛不敢與書爭，言己從書如驂馬之隨靳也。」後世以「驂靳」喻指前後相隨。

9 騰驤：騰飛卓越。磊落：俊偉貌。驊騮：駿馬，喻指俊彥之材。

10 詵詵揖揖歌斯螽：斯螽是鳴蟲，俗稱紡織娘。《詩經．周南》有〈螽斯〉篇，「詵詵兮」、「揖揖兮」都是其中的詩句。〈毛詩序〉：「〈螽斯〉，后妃子孫眾多也。」

11 靈祥：即祥靈、神靈。鬱鬱：像煙氣升騰之貌。幽宮：即墳墓。王維詩：「古墓成蒼嶺，幽宮象紫臺。」

簡析

周永泰家族是香港著名的望族。第一代人物是周永泰（1830－1889），他從東莞赴港發展後致富。其妻周李氏（1843－1925），共育有四子。除了幼子周祥滿早卒外，長子周祥發，字文輝，號少岐；次子周祥森，字日輝，號蔭喬；三子周祥順，字德輝，號卓凡，三人皆以號行。其中周少岐及其子周埈年的事跡，已詳見本書前錄賴際熙相關詩文，茲不復贅。這位李氏恭人，即 1925 年 7 月 1 日上環普慶坊的護土牆倒塌意外中，隨其長子周少岐等多位家人一同罹難者。

傳統撰寫墓誌銘的習慣，假如墓主是女性的話，往往不記其名字，只列姓氏。從內容看，這篇墓文對於李氏生平的記述，跟一般賢妻良母，無甚差異。諸如勤儉、孝敬、柔順等，皆屬於傳統婦德的價值標準。其中比較值得一提者，是她對於兒子出路的安排。

中國自秦漢以來，政治上大部分時間是大一統政府。商人的活動，莫不時刻處於政府強力干預的陰影之下，卑恭屈膝，苟延殘喘，這是中西社會的一大顯著差異。縱使在唐宋以後，政府已無真正的「賤商」政策，但從某些俗諺反映，諸如「無商不奸」、「貧不與富敵，富不與官爭」等等，至少相較於仕宦而言，商人始終是卑微的角色。因此，對於商人家庭而言，不管他們如何富堪敵國，但家長在心態上，始終仍是希望自己的兒子能棄商從仕。

當然，分散投資的道理，商人不會不明白。最佳的辦法，便是由長子克紹箕裘，繼續從商，幼子則攻習舉業，希望有朝一日能平步青雲，躋身仕途，這是傳統中國商人十分普遍的做法。例如本書前述潮汕商人陳煥榮，最初便是安排長子陳步鑾從商，幼子陳步墀從文。周永泰夫婦的做法亦相類似，「致用者學也，擇術者時也。方今寰海大通，西國語言文字，與吾中土之文學，宜若不可以偏廢」。所謂「不可偏廢」，就是分散投資。因而，在教育上，周少岐與周蔭喬都是接受西式教育，畢業於中央書院，能操流利的英語，對於他們拓展事業，極為有利。至於幼子周卓凡，則仍接受中式科舉教育。可惜的是，後者的投資，隨着 1905 年清廷宣告廢除科舉，陳步墀和周卓凡都被迫改作「儒商」。

2.〈鄧母曾太宜人墓表〉[原註：戊辰(1928)]

太宜人姓曾氏，新安縣沙田鄉人，年十八嬪於鄧，是為懷清君之冢婦，壽山君之德配也。[1] 幼而端淑，順父母，宜兄弟，戚無間言。嫁而慎勤，克修婦道，尤得舅姑之歡。篤伉儷十餘年，壽山君不幸早卒，有子一人，鏡芙君也。太宜人守節撫孤，至於成立。為娶於周，是為周宜人，得子樹生，殤焉，[2] 再索三索而生文田、文釗，太宜人於是乎有含飴弄孫之樂。而鏡芙君又不幸早卒，家政一秉諸太宜人之手。小而米鹽零雜之數，大而廢著輕重之權，[3] 酌盈劑虛，各有法度。

蓋懷清君自長樂[4] 移家香港，始創立鄧元昌商號，以建築業起其家，雖創而未大；壽山君蒙業述事，而天不假年，雖美而不彰。太宜人利道而整齊之，壤之膏者日益以饒，財之孳者日益以羨，如百川之奔湊而瀦於淵也。昔寡婦清治其先業，以財雄巴蜀間。秦始皇帝為築懷清之台，[5] 而太史公特筆揄揚，以比諸端木、計然、猗頓、陶朱之列，[6] 太宜人其清之流亞歟！

然有夫而不能相偕以老，有子而不能相依以養，太宜人之遇可謂艱矣！不知天之故厄其遇以顯其節耶？將歷試諸艱而厚其報者耶？大《易》之義，坤為吝嗇。[7] 太宜人獨積而能散，其惠足以仁夫鰥寡孤獨無告之人。饑無食，寒無衣，病無藥，死無棺槨者，皆有助也。宜其氣類相感，婦孝孫賢。有周宜人以佐其理，有文田兄弟以承其志，而家道之隆，未有艾也。

宜人故富家女，勤儉溫惠，一如其姑。好讀書，通文翰。兩子自外塾歸，必稽其所業，督課甚嚴；常以不學無術，不能自立，不能承先為誡。兩子學成，咸秉母訓，時人以此多太宜人之善理財，而美宜人之善教子也。太宜人卒於國變後十六年丁卯六月十一日，享年七十有六。宜人先八年以己未九月九日卒，得年三十有八。太宜人喪既逾歲，卜葬於香港華人永遠墳場，而宜人祔窆其右。以婦從姑，於義宜也，遂為之銘。銘曰：

維姑憐婦，維婦寧姑。
其生也然，歿也何如？
洩洩重泉，晨昏與俱。[8]
松楸萬年，敢告樵蘇。[9]

1 懷清君：鄧元昌，原名懷清，號鶴溪，又名鄧阿六，香港開埠初期著名石匠，發家致富。壽山君：鄧元昌的三子鄧榮泰。

2 得子樹生：據鄧廣殷《我的父親鄧文釗》記述，周麗華（即周宜人）的長子名鄧文樞。「文樞亦在十七歲剛訂婚不久病逝，剩下文釗和二兄文田由祖母曾灶嬌一手撫養長大。」（頁 12）。這裏的「樹生」當即是鄧文樞的別名。殤焉：按古人有所謂「三殤」，《儀禮．喪服傳》：「年十九至十六為長殤。」鄧文樞十七歲去世，故曰「殤焉」。

3 廢著：即買賣。按《史記．貨殖列傳》，孔子門人子貢「廢著鬻財於曹魯之間」。輕重：泛指一切經濟行為。《管子》有〈輕重篇〉，專述經濟之事；清末有人曾把經濟學稱為「輕重學」。

4 長樂：即廣東省五華縣。史載長樂置縣，始於北宋熙寧四年（1071），至民國三年（1914），因與福建、湖北二省長樂縣重名，故易名為五華縣。

5 昔寡婦清……懷清之台：清是秦代四川的富人。《史記．貨殖列傳》：「巴寡婦清，其先得丹穴，而擅其利數世，家亦不訾。清，寡婦也，能守其業，用財自衛，不見侵犯。秦皇帝以為貞婦而客之，為築女懷清台。」

6 端木：即孔子門人子貢，複姓端木，名賜。善貨殖，經商於曹、魯之間，富致千金，為孔門的首富。《史記．貨殖列傳》：「子貢結駟連騎，束帛之幣以聘享諸侯，所至，國君無不分庭與之抗禮。」計然：春秋時謀士、學者。《漢書．貨殖傳》顏師古注曰：「計然者，濮上人也，博學無所不通，尤善計算，嘗南遊越，范蠡卑身事之。」猗頓：戰國時富商，魯人。據《史記．貨殖列傳》，猗頓「用盬鹽起」，

「而王者埒富」。但其他史籍説法不一，例如《孔叢子》説他是以畜牧致富，《淮南子》則説他善鑑珠玉。陶朱：即范蠡。據《史記 · 貨殖列傳》，范蠡相越王勾踐，滅吳後，「乃乘扁舟浮於江湖，變名易姓，適齊為鴟夷子皮，之陶為朱公。朱公以為陶天下之中，諸侯四通，貨物所交易也。⋯⋯十九年之中三致千金，⋯⋯故言富者皆稱陶朱公」。

7 坤為吝嗇：坤為純陰之卦，有柔順吝嗇之象。《易傳 · 説卦》：「坤為地，為母，為布，為釜，為吝嗇。」孔穎達疏：「為吝嗇，取其地生物不轉移也。」按大地生長草木，草木固植於一處，無法移動，猶如人保守財物，不使離開，故有此象。

8 洩洩：和樂舒散貌。按《左傳》隱公元年，鄭莊公跟其母姜氏失和，曾立下「不及黃泉，無相見也」之誓。其後母子和解，乃闕地及泉，隧而見之。姜氏出隧，賦詩曰：「大隧之外，其樂也洩洩。」杜預注：「洩洩，舒散也。」

9 樵蘇：指砍柴刈草的人。《史記 · 淮陰侯列傳》：「樵蘇後爨，師不宿飽。」裴駰《集解》引《漢書音義》：「樵，取薪也。蘇，取草也。」

簡析

香港開埠初期，由於還未使用鋼筋水泥，舉凡建屋、築堤、修渠等大小工程，皆需倚賴石匠。當時採石事業十分興旺，石材甚至是香港唯一的出口產品。五華縣位於粵北，屬貧瘠的客家山區，當地以出產石材和石匠馳名，俗諺有所謂「五華阿哥硬打硬」。香港早期從事石匠行業者，大部分都是五華的客家人，其中最為人熟知的，首推鄧元昌（鄧阿六）和曾貫萬（曾三利，1808－1894）。本文的墓主，所謂鄧母曾太宜人，姓曾名灶嬌（1852－1927），即曾貫萬的長女、鄧元昌的兒媳。

曾灶嬌嫁與鄧元昌的三子鄧榮泰，很年輕便已守寡，他們育有一子名鄧榕茂，即本文所稱的「鏡芙君」。此人應該還有一個字號，名「兆祺」。根據賴際熙所撰〈清誥授朝議大夫香港定例局議員少岐周府君墓表〉，周少岐共有四女，「長適同

著名的沙田曾大屋，其創始人是五華人曾貫萬。

知鄧兆禩」。這位鄧兆禩，當即鄧榕茂、鏡芙君。據其孫鄧廣殷所撰《我的父親鄧文釗》一書所稱，鄧榕茂由於母親自少嬌縱，長期過着花天酒地的日子，體質孱弱，年僅二十八歲便去世，留下兩名兒子鄧文田、鄧文釗。

正如鶴禪在墓文所稱，曾灶嬌可謂命途多舛，「有夫而不能相偕以老，有子而不能相依以養」。但她除了有着客家婦女那股潑辣幹練、克勤克儉的氣質外，還擁有一流的理財天賦。她在丈夫去世後，並非死守着遺產，而是仿效其父的做法，放款收取利息。凡借貸者，必須以房產作為抵押，假如到期無法償還，便沒收其房地。因此，鄧榮泰的財產，從她手裏足足翻了一翻。反觀鄧元昌其他三房兒子，很快便家道中落。據說曾灶嬌畢生保持農村婦女節儉的生活習慣，從中半山家前往灣仔探親，都是自己步行下山，從不坐轎；每天晚上，點上油燈，便書寫租單。鶴禪把曾灶嬌跟秦代的寡婦清相譬，可謂相當貼切。

墓文對曾灶嬌慈善事跡的記述，所謂寒衣餓食，贈棺施藥，「積而能散」云云，未知是確有其事，抑或只是諛墓之辭。但可肯定一點，墓文對於曾灶嬌的死亡，採用了隱諱迴避的處理，只說了「氣類相感，婦孝孫賢」、「家道之隆，未有艾也」之類的門面話。根據鄧廣殷的憶述，鄧家的家宅位於中環半山區西摩道，由兩幢樓宇組成，中間有天橋相連。宅內僕從眾多，十分惹人注目，路人遙看即知是富家大宅。樹大自然難免招風，在 1927 年某天早上，鄧家人一覺醒來後，發現曾灶嬌竟遭人綑綁，嘴裏還塞上一個橘橙，且早已氣絕身亡。由於事發在深夜，全屋竟無人察覺，警方懷疑是內賊所為，但始終無法破案。

鄧榕茂的妻子，乃富商周少岐的長女周麗華（1881－1919），她比曾灶嬌還早八年去世，年僅三十八歲。周少岐對兩位外孫鄧文田、鄧文釗頗為憐惜，經常接他們到周家玩耍，二人跟年齡相近的舅父周竣年頗為投契，日後還一同赴英倫留學。

鄧文釗（1908－1971）畢業於劍橋大學經濟系，獲碩士學位，回港後從事金融工作，先後出任大英銀行經理、華比銀行副經理等職。他娶何香凝（1878－1972）的姪女何捷書為妻，跟廖承志（1908－1983）是姻戚關係，因而結識不少左翼人士，政治態度左傾。抗戰時期，鄧文釗參加了宋慶齡組織的保衛中國大同盟，支持共產黨

曾灶嬌的孫兒鄧文釗

抗日；又創辦著名的左翼《華商報》。此報由其兄鄧文田出任督印人，范長江（1909－1970）為總經理，他本人則當副經理。中共建國後，鄧文釗當選首屆全國人大代表，並出任過廣東省副省長、省政協副主席等職位。1962 年，鄧文釗曾回港一趟，周竣年便在羅便臣道的大宅招待過他。

3.〈為商藻亭同年書畫展覽致詞〉［原註：己丑（1949）］

有清一代，向以科舉取士，廷試重書法，寫小楷，務端莊流麗，章法甚嚴。名書家如劉石菴、何蝯叟輩，[1] 澤古之士，亦不能不斂才就範以求工。蓋應制之體，不得不爾。至其人之造詣，固不能以此為概論之也。

康雍以來，對大廷、躋鼎甲者，[2] 多屬諸江浙；吾粵或數年而一遇，或六七十年而一遇。光緒間，將罷科舉，而甲辰一科，朱隘園、商藻亭兩同年，以粵人而聯登榜探，[3] 為向來所僅見。今隘園已歸道山，藻亭尚精健，書法秀麗活潑，兼長眾體，能作擘窠書；[4] 並工六法，[5] 尤喜畫竹石，皆斐然可觀，蓋亦非以專工應制為能者。

今年春，藻亭倦遊南返，徜徉於羊石濠鏡間，[6] 益以文墨自娛。因徇友人之請，將出其近作，來港公開展覽。其平昔與兄雲汀前輩合作，[7] 暨甲辰鼎臚合作諸品，[8] 咸列於會，備此間名流藝事之切磋，意至美也。予與藻亭久別逾三十年，喜良覯之不遙，[9] 且將得以徧觀其別後之所造，快何如之。書此志喜，且以介諸同好，得共賞焉，斯幸已！

1 劉石庵：即劉墉（1719－1805），山東諸城人，清乾嘉時期政治人物，官至吏部尚書、體仁閣大學士。何蝯叟：即何紹基（1799－1873），湖南道州人，清道光朝政治人物，官至四川提學。劉、何二人皆為清代著名的書法家。

2 鼎甲：明清科舉制度，一甲進士只有三名，鼎足而立，故狀元、榜眼、探花三者合稱為「鼎甲」。

3 榜探：一甲進士第二名稱為榜眼，第三名稱為探花。按：1904 年甲辰榜，是科榜眼為朱汝珍（隘園），探花為商衍鎏（藻亭）。

4 擘窠書：又稱榜書、署書，泛指扁額、碑文所用的書體，即今天一般所謂寫「大字」。朱履貞《書學捷要》:「書有擘窠書者，大書也。」

5 六法：南朝畫家謝赫總結出的六條丹青法要。《古畫品錄》:「六法者何？一、氣韻生動是也;二、骨法用筆是也;三、應物象形是也;四、隨類賦彩是也；五、經營位置是也；六、傳移模寫是也。」

6 羊石：即廣州。按廣州別稱羊城、穗垣，跟傳説中的「五羊獻穗」故事有關。今廣州五仙觀內有一紅砂岩石，名「仙人拇跡」，即舊日羊城八景之一的「穗石洞天」，故廣州又有穗石、羊石之稱。濠鏡：澳門的舊稱，以其地一帶盛產牡蠣（蠔）而得名。據明萬曆年間郭棐所著的《粵大記》，其海圖即有「濠鏡澳」的名稱。又乾隆年間的《澳門紀略》也提到，澳門因有「南北二灣，規圓如鏡，故曰濠鏡」。

7 雲汀：即商衍鎏之兄商衍瀛（1871－1960），廣東番禺人，漢軍正白旗。他較商衍鎏早一年（1903 癸卯科）已高中進士，亦為翰林庶吉士。由於忠於溥儀，商衍瀛在偽滿時期，曾出任宮內府內務處長等職。新中國成立後，留居內地，任中央文史館館員、副館長。

8 鼎臚：按科舉殿試一甲只有三名，鼎足而立；第四名即二甲進士之首，俗稱傳臚。甲辰科狀元為劉春霖（1872－1944），榜眼是朱汝珍，探花是商衍鎏，傳臚是張啟後（1873－1944）。

9 良覿：即良晤，美好的會面。謝靈運詩:「搔首訪行人，引領冀良覿。」

簡析

在明清書法史上，有所謂「館閣體」（或稱「臺閣體」），其流行跟當時科舉考試有着極密切的關係。本來為了避免作弊，科舉考試設有謄錄制度，書法實無關重要。但會試中式後，殿試基本不再拙落，因而亦無謄錄，這時考官評卷高下，往往便看重應試者的書法。凡試卷書寫的楷書不符合朝廷公文規定的標準，即無法取得高第，進入翰林院，此為「館閣體」一詞的由來。這種小楷，強調字形方正統一，墨色光潔烏黑，優點是雍容端莊，缺點是呆板單調。

鶴禪此文，一開始便指出，清代盛行館閣體，理由只是科場「應制之體，不得不爾」；而商衍鎏作為書畫名家，「秀麗活潑，兼長眾體」，造詣早已突破館閣體。眾所周知，在晚清翰林中，朱汝珍、溫肅、商衍鎏等幾位太史，俱以書法名重一時，而鶴禪更是公認的箇中翹楚，他對商氏的褒揚，可謂識英雄重英雄。又據商氏裔孫商志馥在〈我祖父商衍鎏傳略〉一文稱：「我祖父幼學褚、顏，功力很深，但自知受『館閣體』的影響，有筆法單調、不夠開展的弱點，中年以後，從章草下手，轉攻草書，六十歲後逐漸形成自己的風格。」

商衍鎏（1875－1963），字藻亭，一字冕臣，晚號康樂老人，廣州駐防漢軍正白旗人，出生於番禺。光緒三十年（1904）甲辰榜，一甲進士第三名，即俗稱探花（其兄商衍瀛則早一年登進士第）。1906年，派赴日本法政大學留學；1908年畢業回國，授翰林院侍講銜撰文、國史館協修、實錄館總校官等職。

商衍鎏晚年照片

辛亥革命後，1912年商衍鎏應聘赴歐，講學於德國漢堡海外商務學院，教授漢文，並任漢學家福蘭閣（Otto Franke）的研究助理。1916年，約滿回國。

在清末翰林中，商衍鎏無疑是思

身與手足一體外邪間隔故氣不相貫通已與天地萬物一體人欲間隔故心相不貫通身與手足間隔者
醫必有方我與天地萬物間隔者聖人亦必有方故夫子曰能近取譬可謂仁之方也已 思榮先生大雅 劉春霖

蘭亭帖自定武石刻既亡在人間者有數有日減無日增故博古之士以為至寶
思榮先生雅屬即希正之 隘園朱汝珍

古人作畫有得意者多再作之如李成寒林范寬雪山王詵煙江疊嶂之類不可枚舉 思榮先生正 商衍鎏

漢李陵始著五言之目古詩眇邈人代難詳推其文體固是炎漢之製非衰周之倡也自王揚枚馬之徒詞賦競爽而吟詠靡聞甲戌冬月節錄嶸詩品序 思榮仁兄法家正 張啓後

傳世的清末甲辰科〈三鼎甲一傳臚書法四條屏〉，即本文所稱的「甲辰鼎臚合作」者。

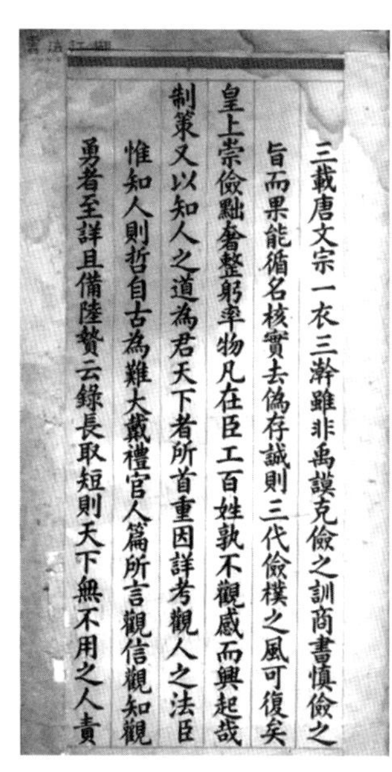

三載唐文宗一衣三澣雖非禹謨克儉之訓商書愼儉之
旨而果能循名核實去僞存誠則三代儉樸之風可復矣
皇上崇儉黜奢整躬率物凡在臣工百姓孰不觀感而興起哉
制策又以知人之道為君天下者所首重因詳考觀人之法臣
惟知人則哲自古為難大戴禮官人篇所言觀信觀知觀
勇者至詳且備陸贄云錄長取短則天下無不用之人責

清代的館閣體書法

想比較開明者。據其子商承祚所述，父親「與某些封建遺老相反，從未有支持或同情復辟派的言行」。由於沒有為清室盡忠守節的顧慮，他此後歷任北京副總統府顧問、江蘇督軍署內秘書、總統府諮議、國民政府財政部秘書、江西省財政特派員等職。直至 1927 年去職，此後以鬻字為生。抗戰軍興，輾轉入川；勝利後，1946 年回南京；其後南下廣州，1947 至 1948 年間，寓居於澳門。

新中國建立後，商衍鎏於 1950 年回國，最初隨其長子商承祖（1899－1975）在南京居住，並出任江蘇省文史館副館長、江蘇省政協委員。1956 年，重返廣州，與幼子商承祚（1902－1991）同居於中山大學，並出任廣東省文史館副館長、廣東省政協常委。1960 年，與陳寅恪一同出任中央文史館副館長。1963 年 8 月病逝，享年八十八歲。著作有《清代科舉考試述錄》、《太平天國科舉考試紀略》、《商衍鎏詩書畫集》等。生平詳見商承祚〈我父商衍鎏先生傳略〉。

本文乃 1949 年鶴禪在商衍鎏香港書畫展覽會上的致詞

商衍鎏探花抵港
書畫聯展明日開幕

吳鼎新氏公開介紹

少昂畫展九日開始

時人行踪

葉德上將明午抵港

《華僑日報》1949 年 10 月 10 日對商衍鎏來港作書畫展的報道

文稿。是年，香港上環筆墨莊九華堂的店主劉少旅（1900－1996），特意邀請其好友商衍鎏在香港作書法展覽，商氏乃建議加展其兄與子的書法藝術。10 月 9 日，商氏抵港；11 至 13 日，展覽會假座中環思豪酒店舉行，頗獲好評。據《星島日報》1949 年 10 月 10 日的報道，評者謂其書法兼有顏體的沉着端莊、褚體的秀勁超逸，尤其是行書，更是神韻滿灑，意趣盎然。

晚年的商衍鎏和商衍瀛（右）

商衍鎏之子商承祚是著名的甲骨鐘鼎文字學家，此為他們父子在 1950 年代攝於廣州中山大學寓所的照片。

4.〈朱聘三同年七十生日〉(1939)

舊夢依稀射策年，到今相對已華顛。[1]
帝秦有恨金甌缺，變魯猶思木鐸傳。[2]
松格凌寒柯不改，玉顏偕老月常圓。[3]
擎觴願趁黃花好，更為椿齡祝八千。[4]

1 射策：指科舉應試。鶴禪與朱汝珍皆是清末最後一屆科舉的同年進士。華顛：頭髮斑白。

2 帝秦：指侍奉無道的新政權。《戰國策．趙策三》有「魯仲連義不帝秦」文。按：朱汝珍曾拒絕北洋政府的任職邀請，堅持不仕於民國，故曰「帝秦有恨」。金甌缺：甌原指酒杯，金甌則譬喻為國土。《南史．朱異傳》：「我國家猶若金甌，無一傷缺。」金甌缺，意即國家破滅。變魯：指移風易俗，改變世道人心。《論語．雍也》：「齊一變，至於魯；魯一變，至於道。」木鐸：本義為巡行時振鳴的器具，警示眾人，引申為主持教化的人。《論語．八佾》：「天下之無道也久矣，天將以夫子為木鐸。」

3 松格：松樹的氣節風格。鄭谷詩：「松格一何高，何人號乳毛。」玉顏偕老：玉顏指朱汝珍的夫人區氏。朱氏夫婦俱出生於同治九年（1870），此時亦健在，故曰「玉顏偕老」。

4 擎觴：舉杯。黃花：菊花。朱氏的生辰為農曆十月初，正是蟹肥菊黃之時。椿齡八千：椿原為樹名，《莊子．逍遙遊》：「上古有大椿者，以八千歲為春，八千歲為秋。」後借指年壽久長。

簡析

朱汝珍（1870－1943），字玉堂，號聘三，一號隘園，廣東清遠人。1904 年末代科舉榜眼，隨即獲選派至日本東京法政大學修習法律；回國後，草擬商業法，曾提交數十萬字的調查報告。溥儀遜位後，朱汝珍一直緊隨左右，授南書房行走，為最重要的幕僚。1924 年末，溥儀被逐離紫禁城，寓居天津張園，朱氏因在租金上有虛報私吞之嫌，從此失寵。他乃遊走於天津、上海間，以鬻字、授徒謀生。1930 年夏，離開天津，返回廣東；1931 年遷居香港。

朱汝珍來港後，曾創辦隘園學院，並出任香港清遠工商總會會長，兼主講於學海書樓。1931 年，溫肅離開香港大學後，朱汝珍曾獲港大的短期聘約，替補出任哲學及文詞兩科教習。1933 年，出任孔教學院院長。太平洋戰爭爆發，香港淪陷，疏散回鄉。1942 年，避居北京，不久病逝。

朱汝珍晚年照片

1939 年農曆十月初，朱汝珍伉儷在香港舉辦七十雙壽盛宴，到會嘉賓包括商衍鎏、江孔殷等同科翰林。一眾太史同賦詩祝賀，此首為鶴禪的賀壽詩。從內容看，本詩純屬酬酢之作，但亦反映了幾位太史在上世紀二、三十年代的交誼情況。

5.〈題胡伯孝湖濱偕隱圖〉(1940)

日月曾幾何，江山不復識。
言念畫中人，[1] 今為島上客。
平居抱雄略，吏隱聊自適。[2]
結此人境廬，[3] 巢枝棲比翼。
六橋秋水闊，清風抗蘇白。[4]
一朝避地去，州里復蠻貊。[5]
回首舊釣遊，山水留破墨。[6]
知君意不忘，尚作滄州憶。[7]
竊聞達者言，天地原匪窄。
世變如轉轂，去住安所擇。[8]

隨意即桃源，澄心君自得。

1 言念：思念。言，助語詞，無實義。《詩經．周南．葛覃》：「言告師氏，言告言歸。」王維〈青溪〉：「言入黃花川，每逐青溪水。」

2 吏隱：無心於功名利祿，身雖出任官職，而心則無異於山林歸隱。宋之問〈藍田山莊〉：「宦遊非吏隱，心事好幽偏。」

3 結此人境廬：典出陶潛〈飲酒〉詩：「結廬在人境，而無車馬喧。」

4 六橋：宋代蘇軾在出任杭州知州時，曾在西湖修築蘇堤，其上有六橋，即映波、鎖瀾、望山、壓堤、東浦、跨虹。清風：高潔的品格。劉勰《文心雕龍．誄碑》：「標序盛德，必見清風之華。」蘇白：唐宋大文豪蘇軾和白居易，二人俱曾任官於杭州。

5 蠻貊：古代對中國四方落後民族的蔑稱。古人有所謂人傑則地靈之説，《論語．子罕》：「子欲居九夷。或曰：『陋，如之何？』子曰：『君子居之，何陋之有？』」這裏反用其意，指賢人離開後，其地復為鄙陋。

6 釣遊：垂釣和遊玩的地方。破墨：中國傳統山水畫技法的一種，當前一墨跡未乾時，又畫上另一墨色，使水墨相互滲透掩映，達到濃淡相間、深淺有致的效果。

7 滄州：按此詞非實指河北省的滄州，而是泛指濱水之地。水濱往往是隱士的居所，故滄洲又可借代為隱居。謝朓〈之宣城出新林浦向板橋〉詩：「既懽懷祿情，復協滄州趣。」五臣注：「滄州，州名，隱者所居。」

8 轉轂：車輪快速轉動，比喻為事情發展迅速。賈島〈古意〉：「碌碌復碌碌，百年雙轉轂。」安：疑問辭，怎能。全句之意，世情變幻無常，人的居處往往亦身不由己。

簡析

胡熊鍔（1880－1958），字伯孝，廣東順德人，詩人，南社成員。師從黃節（1873－1935），著有《偕隱簃亂離吟草兩種》（內含《亂稿》和《噫稿》）。

胡熊鍔在清末畢業於廣雅蠶學館及高等師範本科。民國八年（1919），在北京高等文官考試中獲優等成績，出任浙江金華道尹。1921 年回廣東，出任教育局督學，期間兼任廣雅中學教師，前後凡十六年。抗日戰爭爆發後，輾轉流徙於新會、

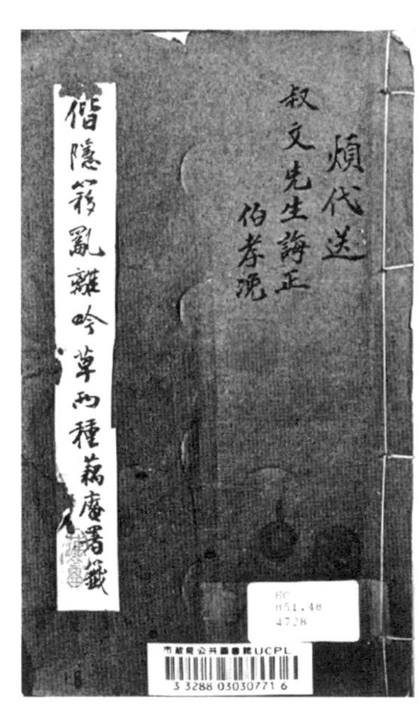

《偕隱簃亂離吟草兩種》

丁巳亂稿自序

昔賢著亂稿。哀亂世也。余自丁丑迄於乙卯。遭亂流離。始廣雅避地湖建。旋徙居大良。復隨學校流寓碧江。其間或居西樵山中。或寓新會邑城。日兵登陸。又飄流港海。時未三載、居凡六易。國破家亡。孑然一身。回首所過。盡成淪陷。歷歷征途之夢。勞勞行者之歌。行篋倉忙大半遺散。偶有省憶。率筆錄存。雜然無章。槩名亂稿。嗟乎。藜床皂帽。海角苟存。柳陌雪綿。天涯何處。蓋不暇爲世哀。祇自述以告哀云爾。

順德伯孝胡熊鍔記

亂稿　自序　一

胡氏〈丁巳亂稿自序〉

順德等地。1938 年末，廣州淪陷後，乃南下香港，直到 1942 年中才離港北上。居港數年間，跟香港文壇（特別是朱汝珍、江孔殷組織的千春社成員）交往頻繁，酬唱甚多。

鶴禪與胡熊鍔俱為順德桂州人，但關係不算很密切。據胡氏對本詩的和作〈岑鶴禪丈為題湖濱偕隱圖步韻和答〉所稱，「兒時憶青燈，祠宇庇卵翼。分攜四十載，相見各頭白」，顯然二人很早便認識。胡氏大概曾得到過岑氏家族某些幫助（推測是指在其祠堂私塾接受教育），但此後四十年間，二人從無會面，直到胡氏成為香港「島上客」後，才再度重逢。

我們不妨先分析鶴禪此詩的內容意旨，然後再考證其具體寫作年份。

首先，胡熊鍔在 1919 至 1921 年間，曾出任浙江金華道尹。據胡氏所撰〈哭林燦予文〉，「旋至浙江，居西湖三年」；再配合此詩「結此人境廬，巢枝棲比翼。六橋秋水闊，清風抗蘇白」云云，即可確定，詩題「湖濱偕隱圖」的「湖」，必指杭州西湖無疑。胡氏跟妻子，曾在西湖邊居住三年。詩中所謂「吏隱聊自適」，即指他一方面出任官職，另一方面又有歸隱的雅志。詩中「知君意不忘，尚作滄州憶」，是說胡氏隱居之志，終身不渝，這點亦可從胡氏最後為詩詞結集所取「偕隱簃」之名，有所反映。

鶴禪最後抒發「隨意即桃源，澄心君自得」的道理，這亦是傳統以來對隱居取向的普遍說法，即所謂「心遠地自偏」、「大隱住朝市，小隱入丘樊」、「此心安處是吾鄉」。

詩中只謂「言念畫中人，今為島上客」，然則胡熊鍔是何時來港的？按〈哭林燦予文〉曰：「前歲，廣州淪敵，余率家人走港，君亦接踵而來，今秋（按：指 1940 年）復同執教西南中學。」〈丁巳亂稿自序〉亦謂：「日兵登陸，又飄流港海。」按日軍登陸大亞灣，廣州淪陷，發生於 1938 年 10 下旬，然則胡氏最早也應是 1938 年底才來港，此為本詩撰述時間的最上限。

《偕隱簃亂離吟草兩種》中的《噫稿》，有胡氏對鶴禪題詩的同韻答和。而全書的書稿，最晚完成於 1946 年秋，見是書最末所附梁孝則的〈校後記〉，此為鶴禪詩撰述時間的最下限。但考慮到岑、胡二人在 1942 年中俱已離開香港；而 1941 年 12 月太平洋戰爭爆發後，腥風血雨，斷無風花雪月的可能，故此可再把本詩的撰述下限，提前至 1941 年 12 月以前。

因此，鶴禪〈題胡伯孝湖濱偕隱圖〉一詩的撰述年份，必然是不出 1939 至 1941 這三年之間。至於更具體的時間，筆者推測是 1940 年。理由如下：

首先，為〈湖濱偕隱圖〉題詩詞者，並不止於鶴禪一人。單就胡氏詩集所見，至少還有葉恭綽（1881－1968）和楊玉銜（楊鐵夫，1869－1943）。《亂稿》有詞〈向湖邊・己卯冬月遇楊鐵夫於香江，為余題湖濱偕隱圖，因次其譜韻，為題桐蔭勘書圖，皆浙中鴻爪也〉。按己卯是1939年。《噫稿・自序》云：「余自丁丑，因避亂各地，至於庚辰，曾雜錄歌謠，襲名《亂稿》。嗣辛巳居港，又遭淪陷，輾轉內渡，由粵北而湘贛桂林，流徙三年，至乙酉之秋，始回穗石，又雜錄居港以來及初復員時之所作，襲名《噫稿》。」由此可知，《亂稿》所收的作品，下限是1939年己卯。楊鐵夫是年冬天才替胡熊鍔題詞，而胡氏的和作，隨即收入《亂稿》中。葉、岑二人的題詩，則顯然較此為後，故胡氏的和作才未及收進。由此可推斷，鶴禪本詩當撰於1939年冬天以後。

又，《亂稿》和《噫稿》的作品，大致是按時間先後編訂次序的。《噫稿》第一篇詩作是〈墜地詞並序〉，撰於1940年秋冬間。是年8月中秋夜，胡氏起床如廁，意外由三樓墜至二樓，折斷手臂。第四篇的詩題十分長，名〈陸丹林以趙堯生鄉居詩，張大千補圖合軸命題，卷中前題者葉遐菴近日為予題湖濱偕隱圖，柳亞子則三十年前曾命予題其分湖舊隱圖者，因並及之〉，葉遐庵即葉恭綽。第五篇就是〈岑鶴禪丈為題湖濱偕隱圖步韻和答〉。第七篇是〈次韻陳二生朝感懷十詠〉，其中有句「雞黍言寒喚奈何，日歸歲暮促驪歌」，可知當撰於1941年初（庚辰冬末）。再下一首是〈陳孝威將軍以上羅斯福大總統詩命同作〉，此事亦發生在1941年。據此可推斷，鶴禪此詩當撰於庚辰冬末以前，較大機會是1940年。

最後值得一提者，西南中學是香港戰前頗具名氣的私立中學，創辦於 1928 年，全盛時期有四所分校，學生達五千人。胡氏來港後，1940 至 1941 年間曾任教於西南中學。除了上引〈哭林燦予文〉「今秋復同執教西南中學」一語外，《噫稿》亦有〈西南中學席間呈得朋社諸君〉詩，中謂「三年莊叟慰逃虛」，可知撰於 1941 年。另一方面，鶴禪亦於 1938 年自官立漢文中學退休後，即轉聘於西南中學。根據胡氏〈岑鶴禪丈為題湖濱偕隱圖步韻和答〉詩所謂「秋聲來西南，剌剌共粉墨」，正可佐證二人的確曾經一起共事。

6.〈辛巳十一月香江紀事〉(1941)

礮聲渡海掀狂濤，殷若雷轂攢相鏖。[1]
天驚石抉神鬼號，嗟哉人命如鴻毛。[2]
礮來破壁已八九，我身無恙心煩忉。
兒孫地隔無消息，咫尺胡越疑所遭。
噫嘻兩間自高厚，胡乃跼蹐無所逃。[3]
六合已成大戰國，戴山負島無靈鼇。[4]
繁華百載夢一覺，魚尾盡赤傷民勞。[5]
君不聞十日隆隆礮未已，機聲更逐飆風起。

1　殷：震動巨響。《詩經．召南．殷其靁》：「殷其靁，在南山之陽。」《毛傳》：「殷，靁聲也。」雷轂：車輪轟隆作響。張衡《天象賦》：「車府息雷轂之聲，造父曳風鑾之響。」攢：簇聚。鏖：激戰。按首聯描述香港保衛戰初期，鏖戰方酣，維港上空炮聲隆隆、殷若雷鳴的景象。

2　天驚石抉：李賀〈李憑箜篌引〉：「女媧煉石補天處，石破天驚逗秋雨。」原意是描述音樂高亢激越，此處指炮聲震驚天地。鴻毛：鴻雁的羽毛，比喻微不足道。韓愈詩：「漂船擺石萬瓦裂，咫尺性命輕鴻毛。」

3　噫嘻：感歎詞，同於「嗚呼」。兩間：天地之間。魯迅〈彷徨〉詩：「兩間一餘卒，荷戟獨彷徨。」跼蹐：局限窘迫。潘岳〈西征賦〉：「籍含怒於鴻門，沛跼蹐而來王。」

4　六合：即天下。戴山負島：上古傳説，靈鰲戴負山河大地，每當鰲動便會發生地震，甚至滄海桑田，詳見《列子．湯問》。屈原〈天問〉：「鼇戴山抃，何以安之？」此聯謂當時戰爭激烈，出現翻天覆地的巨變。

5　魚尾盡赤：《詩經．周南．汝墳》：「魴魚赬尾。」朱熹《詩集傳》：「赬，赤也。魚勞則尾赤。魴尾本白，而今赤，則勞甚矣。」魚尾盡赤，譬喻指人民傷勞困苦之極。

簡析

1941 年，日本發動太平洋戰爭。12 月 8 日，日軍在偷襲珍珠港後，隨即進軍侵略香港。香港保衛戰前後維持了兩個多星期，12 月 13 日九龍半島失陷，18 日日軍登陸港島，守軍負隅頑抗，至 25 日終因彈盡援絕而全線投降。

從本詩所描述的情況看，所謂「十日隆隆礮未已，機聲更逐飆風起」，大約是撰寫於 12 月 13 日至 18 日之間。當時日軍尚未登陸港島，只隔着維多利亞海峽，與英軍以火炮互轟，並出動轟炸機，大規模空襲港島。鶴禪雖然安全無恙，但因與家人通訊中斷，「咫尺胡越」，無法得知消息，因而心情愁悶之極。

1941 年 12 月日軍大舉侵略香港

7.〈寄江霞公同年〉(1945)

村溪閒行月正圓，忽憶我友珠江邊。
解頤妙論驚四筵，纍纍詩卷名山傳。[1]
訛言公死公健存，南山我信無崩騫。[2]
佛門降精千歲猿，[3] 今八十二猶青年。
嘯歌林下且談禪，待觀滄海還桑田。
此時野鶴仍守寒松眠，[4] 相期太古羲皇前。[5]
羲皇知否能復睹，昂頭欲問蒼蒼天。

1 解頤：引人發笑。《漢書．匡衡傳》：「衡說詩，解人頤。」顏師古注引如淳曰：「使人笑不能止也。」四筵：即四席、四座，周圍坐着的人們。名山傳：司馬遷〈報任少卿書〉：「僕誠以著此書，藏諸名山，傳之其人。」後世喻為著作極具價值，能流傳久遠。

2 崩騫：坍塌崩壞。《詩經．小雅．天保》：「如南山之壽，不騫不崩。」

3 佛門降精千歲猿：民間傳言，江孔殷是猴精託身。據林光灝〈江霞公太史軼事〉一文所述，江氏「自言未誕生之前，其太夫人夢見一巨猴，投入她的懷中，驚醒後，胎即作動，太夫人說他在胎中打了幾個觔斗，然後呱呱墮地，可知他在胎中已經是很跳皮的嬰孩了。……其人身長，手亦特別長，右手能繞過頭腦之後，轉過面目之前，自摸其右耳，左手亦能如此摸其左耳。說者謂此亦猴子形的憑證。霞公是猴子託生，不特他自己承認，擅長看相者，都是如此說。」

4 野鶴仍守寒松眠：白居易詩：「寒松縱老風標在，野鶴雖飢飲啄閒。」後多以野鶴寒松取譬某人年高德潔。

5 羲皇：即伏犧氏。太古：遠古。李白詩：「百里獨太古，陶然臥羲皇。」按：相傳上古伏犧之世，社會純樸，人民生活悠閒，無憂無慮，即所謂羲皇上人。鶴禪之意，期盼有朝一天抗戰勝利，大家重過和平安樂的日子。

簡析

這是一首十分有趣的七言歌行，基本上每句押韻，近於柏梁體。當時順德鄉間流傳江孔殷去世的消息，鶴禪得知真相後，寄此詩以慰問友人。

從詩中所透露的幾點信息，不難推證出它是撰寫於 1945 年。首先，從首句「村溪間行月正圓」，可知鶴禪當時正鄉居。根據〈岑太史生平大事年記〉，1945 年「是年正月，始得離港避居故鄉，在介舟祖祖祠設帳授徒。」因此，此詩必撰於是年正月以後。其次，詩中祝願大家能重過「太古羲皇」的安樂生活，但末語又謂「羲皇知否能復睹，昂頭欲問蒼蒼天」，語氣帶有疑問，由此又可推知乃撰於是年八月日本投降以前。此外，詩中謂江孔殷「今八十二猶青年」，按江氏生於同治三年（1864），至 1945 年剛好八十二歲，跟詩意亦完全相合。

8.〈成達中學校歌〉[原註：丁亥（1947）]

校樓翼翼起門牆，黌模舊拓伊重張。[1]
朋來濟濟自遠方，志道問業期皆臧。[2]
端蒙養，進中行，切磋教學多商量。[3]
群言淆亂折諸聖，大道毋使歧亡羊。[4]
新知培養還博涉，兼綜中外咸成章。[5]
崇實用，戒囂張，雞鳴不已凌風霜。[6]
樂爾群，同爾力；萃爾力，集爾長。
明體達用貞厥常，[7] 鬱為時棟為國樑。
庶幾達材成德名副實，皎如旭日升祥光。

1　翼翼：嚴正貌。《詩經．大雅．緜》：「縮板以載，作廟翼翼。」孔穎達疏：「作此宗廟，翼翼然而嚴正，言能依就準繩，牆屋方正也。」黌：學校。按：鶴禪於 1925 年來香港，曾講學於成達書堂；戰後重臨香港，復辦成達中學，故曰「舊拓」、「重張」。

2　朋來：《論語．學而》：「有朋自遠方來，不亦樂乎。」濟濟：眾多貌。《詩經．大雅．旱麓》：「瞻彼旱麓，榛楛濟濟。」《毛傳》：「濟濟，

成達中學正校位於香港灣仔軒尼詩道 282 至 288 號。圖中可見中學部設於樓宇的三樓（只佔半層），小學部位於四樓全層。該處晚上則是香港英文夜學院的上課地點。

眾多也。」臧：善也。皆臧，見《詩經・鄭風・野有蔓草》「邂逅相遇，與子偕臧」。

3 端蒙：端倪與始萌。《易傳・序卦》：「物生必蒙，故受之以蒙。蒙者，蒙也，物之稚也。」中行：大中至正之道。《論語・子路》：「不得中行而與之，必也狂狷乎。」全句之意，童蒙需要教育開導，使其品德純正，進於中道；而老師也可透過跟學生切磋商量，達至教學相長的功效。

4 歧亡羊：成語有所謂「歧路亡羊」，典出《列子・說符》：「大道以多歧亡羊，學者以多方喪生。」後世譬喻社會環境複雜，人容易迷失方向。

5 新知培養：南宋朱、陸鵝湖之會，朱子詩：「舊學商量加邃密，新知培養轉深沉。」成章：既富文采，又具章法。《論語・公冶長》：「吾黨之小子之狂簡，斐然成章。」

6　雞鳴不已：《詩經．鄭風．風雨》：「風雨如晦，雞鳴不已。」後世多喻為環境縱艱辛，君子仍舊保持其操守。

7　明體達用：此四字為成達中學的校訓。貞厥常：貞者，定也。厥常，出《尚書．皋陶謨》：「彰厥有常，吉哉！」全句之意，學生既有內心的信守（體），復能施諸日常行事（用），堅定地執持常軌正道。

簡析

1947 年，鶴禪在一眾子女的協助籌備下，以七十二歲高齡重臨香江，主持成達中學。在前此一年，鶴禪的兩位公子岑公鉽和岑公燧，已先後來港出任教職。成達中學的校舍，位於灣仔軒尼詩道 282 至 288 號。第一年的學生人數，共一百二十六人，至第三年猛增至三百八十五人，達香港教育局法定人數的上限。根據 1950 年該校教務主任在第二屆高小畢業典禮上所作的校務報告，稱：「因校址不敷，現只辦小學七班，英文班兩班，教師十六人。」

大概由於當時內地政局動蕩，移居香港者眾，遂致學額供不應求。為了擴大收容，成達中學在 1948 年復於灣仔洛克道 393 至 395 號增設分校。

成達中學的日常學務，基本上由鶴禪的子女負責，其本人主要是用作「生招牌」，主持各項活動的致詞、頒獎、撰文、題詞等較輕鬆的工作。

從成達中學的校歌看，鶴禪的辦學理念，是以中西結合、傳統與現代並重為宗旨，一方面既「崇實用」，即所謂「新知培養」、「兼綜中外」，同時亦強調「群言淆亂折諸聖」。畢竟時代已前進，成達中學相比於保守的舊式書塾，自然是極大的進步。

1950 年，利銘澤（1905－1983）在成達中學第二屆高小畢業典禮上的致詞，頗能總括成達中學的教育風格。利氏謂：

「回憶多年前，岑校長執教於官立漢文中學，該校以中西文並重，管教嚴明之教育精神，造就不少人才，岑校長在該校執教二十餘年，眼前許多畢業同學，投身社會，學成名立者，不知凡幾，現在之成達中學，在岑老師領導下，一本從前漢文中學之作風，漢學以明其體，西學以達其用，而悉歸於成德達材…… 」

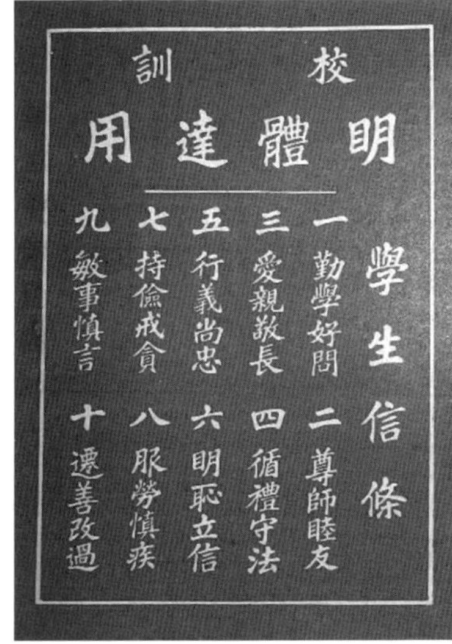

成達中學的學生信條

成達中學的學生手冊

教育文化

成達中學畢業紀詳

利銘澤授憑 岑光樾頒獎

成達中學第二屆高小畢業典禮（1950）的新聞稿

9.〈題溫檗菴癸卯奉召入值南齋香江送別圖〉[原註「乙丑（1949）」]

臨江尚擊中流楫，[1] 杖策能揮返日戈。[2]
往事如煙那忍說，不勝遺恨寄滄波。

1　中流楫：此用東晉祖逖北伐時，中流擊楫的故事。《晉書．祖逖傳》：「將本流徙部曲百餘家渡江，中流擊楫而誓曰：『祖逖不能清中原而復濟者，有如大江！』辭色壯烈，眾皆慨歎。」後世一般喻指報效國家、恢復失地的行為。

2　返日戈：詳見前丁仁長〈毅夫館丈以癸亥三月奉詔入直……，賦簡四首〉詩注。

簡析

有關姚筠所描的《香江送別圖》，前面有關賴際熙和溫肅的選錄作品中，已有詳細交代，茲不復贅。溫肅奉召入值南齋，路過香江，事在 1924 年初夏，當時鶴禪尚鄉居於順德桂州，並無出席餞行宴會。此幅《香江送別圖》，其後為溫肅長子溫必復保存。和平後，溫氏移居香港，拿着此圖遍求父執如江孔殷、桂坫、商衍鎏、張學華等人補題。其中商衍瀛的題詩，末句謂「有兒辛苦抱殘圖」，即指其事。《鶴禪集》此詩原題下有註「乙丑（一九四九）」，當為可信。

溫必復（1918－1985），字中行，曾在偽滿朝廷供職，戰後移居香港，任教於官立中文夜學院、遠東書院中國文史研究所、樹仁學院等多處。著有《三字經今譯》、《強志齋集》、《課詩簃答問》、《古文學今譯》等。

10.〈己亥生朝感賦〉(1959)

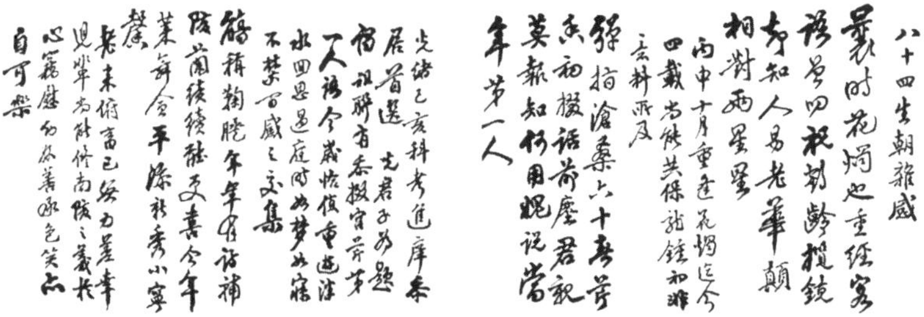

《鶴禪集》中〈己亥生朝感賦〉詩的原手稿

曩時花燭也重經，客語曾叨祝鶴齡。[1]

攬鏡卻知人易老，華顛相對兩星星。

（原註：丙申十月重逢花燭，迄今四載，尚能共保龍鍾，初非意料所及。）

彈指滄桑六十春，芹香初掇話前塵。[2]

君親莫報知何用，愧說當年第一人。

（原註：光緒己亥科考進庠，忝居首選。先君子為題謁祖聯，有「忝掇宮芹第一人」語。今歲恰值重遊泮水，[3] 回思過庭時，[4] 如夢如寐，不勝百感之交集。）

觴稱鞠𦜹年年有，詩補陔蘭續續聽。[5]

更喜今年萊舞會，平添新秀小寧馨。[6]

（原註：老來俯畜已無力，差幸兒輩尚能修南陔之義，於心竊慰。幼孫善承色笑，亦自可樂。）

1 花燭重經：又稱「花燭重逢」，夫婦結婚六十週年，舉行類似今天的「鑽石婚」紀念。六十年為一甲子，清代民間有重燃花燭、再次舉行婚禮的習俗。《清稗類鈔》：「楚俗，凡夫婦年六十以上而猶康強矍鑠者，即視為兩世伉儷。以其周一花甲，而又及成婚之年也。其子孫每強老人飾為新郎新婦，重行合巹，一切服飾禮儀，俱如成婚式，名曰重諧花燭。是日必大宴賓客如新婚。」

2 芹香初掇：指初為縣學生員。按周代諸侯的學校稱為泮宮。《漢書．郊祀志》：「天子曰明堂辟雍，諸侯曰泮宮。」《詩經．魯頌．泮水》：「思樂泮水，薄采其芹。……既作泮宮，淮夷攸服。」鄭玄《箋》：「芹，水菜也。」泮宮水內既有芹，故後世稱入學為「入泮」、「掇芹」、「採芹」。明清兩代，這些詞語多專指考中秀才，成為縣學生員。據〈岑太史生平大事年記〉：「清光緒二十五年己亥（1899），是年科考，古學歷史第一，院試冠軍，補邑庠生。」此即下文原註所謂「科考進庠，忝居首選」。

3 重遊泮水：清代科舉文化，童生考入州縣學後，成為秀才，六十年後，須再舉行入學慶典，稱為重遊泮水，以示初獲功名並得享高壽。鶴禪是光緒己亥院試冠軍，補邑庠生，至 1959 年歲次己亥，適為一甲子，故曰重遊泮水。

4 過庭：指接受父親的教誨。《論語．季氏》：「鯉趨而過庭，曰：『學《詩》乎？』對曰：『未也。』『不學《詩》，無以言。』鯉退而學《詩》。」

5 觴稱：舉杯敬酒，表示祝賀。鞠𦝫：鞠是彎腰。「𦝫」字通「跽」，即長跪，二者皆恭敬的姿勢。《史記．滑稽列傳》：「若親有嚴客，[淳于] 髡帣韝鞠𦝫，侍酒於前。」徐廣曰：「𦝫，其紀反，與跽同。」全句意謂兒女年年向雙親祝壽，態度恭謹。陔蘭：陔是田埂。《詩經．小雅》有〈南陔〉，屬六首笙詩之一，有目無辭，〈毛詩序〉：「《南陔》，孝子相戒以養也。」晉代束晢有〈補亡詩〉，曰：「循彼南陔，言采其蘭。」《文選》李善注：「采蘭以自芬香也。循陔以采香草者，將以供養其父母。」故後世以「陔蘭」稱子孫能修孝養之義。

6 萊舞會：廿四孝有老萊子年七十着五彩衣，為嬰兒戲，以娛其親的故事。「萊舞會」即慰娛親心的聚會。寧馨：「寧馨」為晉宋間俗語，猶言「這樣的」。《晉書．王衍傳》：「衍，字夷甫，神情明秀，風姿詳雅。總角嘗造山濤，濤嗟歎良久，既去，目而送之曰：『何物老媼，生寧馨兒！』」後世用為嬰孩的美稱。

簡析

在幾位居港的滿清遺老中，鶴禪的經歷算不上十分精彩。他早歲雖然享有科第尊榮，但還未有機會施展抱負，清朝即告覆亡，當時他還不過是三十五歲左右的青年。終其一生，大半

1956 年鶴禪八十一歲花燭重逢時跟家人合照

在從事教育工作中度過。不過，論到晚年境遇，則鶴禪無疑是最幸福的。一方面既享高壽，夫妻同偕白首，同時又如他所言：「差幸兒輩尚能修南陔之義，於心竊慰。」從照片可見，父慈子孝，兒孫滿堂，人生如此，夫復何求？

11.〈輓李鳳坡校長〉（1960）[1]

憶當年楷模示周行，早已同聲頌元禮。[2]
悵吾黨英賢齊下淚，不堪回首望崖州。[3]

1 按：岑公焴在編次《鶴禪集》時，此詩題下原註有「戊戌（一九五八）」之語，顯誤。李景康實卒於 1960 年，可無疑問。

2 周行：即同僚，詳見本書溫肅〈金文泰去思頌並序〉註。元禮：東漢名士李膺（110－169），字元禮，為官廉直，剛正不阿，名列「八俊」之首，有「天下楷模李元禮」之譽。上聯以李膺譬況李鳳坡。

3 不堪回首望崖州：中唐名相李德裕（787－849）貶死於崖州，據《太平廣記》卷一八一：「李德裕頗為寒進開路。及謫官南去，或有詩曰：『八百孤寒齊下淚，一時回首望崖州。』」下聯是以李德裕譬況李校長。

簡析

李景康（1890－1960），字銘琛，號鳳坡，齋曰百壺山館，晚號青山道侶，廣東南海人。1911 年，考獲英國牛津大學高等文憑；其後再入讀香港大學，1917 年，獲文學院第一屆首名畢業之殊榮。

李景康一生從事教育工作，曾任官立漢文中學校長，桃李滿門，馮秉芬、利榮森等皆其門人。

1922 年，出任廣州南海中學兼省立南海師範學校校長。1924 年應聘為香港教育司署漢文視學官兼英文視學官。1926 年，出任官立漢文中學（金文泰中學前身）校長，直至 1941 年太平洋戰爭爆發後，學校始停辦。

李氏雖然是讀洋書出身，然而國學基礎極其深厚。他曾從賴際熙學詩，戰前已活躍於各詩社。1939 年，朱汝珍、江孔殷二太史在孔教學院成立千春社，盛極一時，李景康即為重要成員。江孔殷曾以社友姓名，戲撰〈聲聲慢・次鐵夫九日雅集以同人姓名入詞均〉，全詞末句云「仙李共，鳳城霞，江笛唱陪」，即指江孔殷與李鳳坡二人。

香港淪陷期間，李景康避居澳門，重光後始返港。李氏除主持學海書樓外，還參加碩果詩社，馳譽於舊體文壇。1956 年，香港聯合書院成立，中文系主任陳湛銓（1916－1986）擬

香港官立漢文中學同仁在 1949 年重聚時留影。前排左二為岑光樾，左三為李景康。後排左二為國畫名家何漆園（1899－1970），右一為鶴禪長子岑公燧。

聘李景康出任教席，李氏以年事已高推辭。據陳湛銓〈追紀聯合書院故校長蔣法賢先生〉一文所稱：「雖李景康、劉伯端高賢，以耆老體弱，不能俯就教職，亦例必每年踵門拜求，禮聘未闕也。」1960 年 5 月 25 日，李氏病逝於香港瑪麗醫院，享年七十一歲。著有《儒家學說提要》、《七言律法舉隅》、《壬丙間旅途詩錄》、《百壺山詩文存》、《披雲樓詩草》、《李景康先生詩文集》等。

香港官立漢文中學成立於 1926 年，李景康當時為教育司署的漢文視學官，負責草擬籌辦，其後亦順理成章地成為首任校長。鶴禪於 1925 年來港，次年亦獲聘為該校教師。二人前後共事達十五、六年之久，因此鶴禪在輓聯中，謂「憶當年楷模示周行」。

12.〈胡恒錦博士園菊盛開招飲〉

樂事無如一醉融，矧逢秋興集霜叢。
東籬秀擷香逾冷，北海尊酣酒不空。[1]
白日放歌名士宅，黃花晚節古人風。[2]
何當更作餐英會，濟濟騷壇矍鑠翁。[3]

1 東籬秀擷：用東晉陶潛〈飲酒詩〉「採菊東籬下，悠然見南山」典故。香逾冷：「冷逾香」的倒裝。北海尊酣酒不空：漢末孔融為北海太守，據《後漢書》本傳：「性寬容少忌，好士，喜誘益後進。及退閒職，賓客日盈其門。常歎曰：『坐上客恒滿，尊中酒不空，吾無憂矣。』」

2 白日放歌：杜甫〈聞官軍收河南河北〉：「白日放歌須縱酒，青春作伴好還鄉。」黃花晚節：黃花，即菊花，菊花性耐霜寒。黃花晚節，比喻為老年人壯健堅貞。張伯淳詩：「從教蒼狗浮雲過，留得黃花晚節香。」

3 餐英：屈原《楚辭．離騷》：「朝飲木蘭之墜露兮，夕餐秋菊之落英。」餐英會即賞菊之會。矍鑠翁：精神健旺的老人。《後漢書．馬援傳》：「援據鞍顧眄，以示可用。帝笑曰：『矍鑠哉，是翁也！』」

簡析

胡禮垣（1847－1916），號翼南，廣東三水人。少時接受傳統科舉教育，通四書五經；後隨父來港，十五歲入讀中央書院，且曾拜伍廷芳學習英語，因而學貫中西。他從事報業工作，曾擔任《循環日報》翻譯，跟王韜為知交。1902 年，與何啟合作出版《新政真詮》，提倡民權、君主立憲制度，是重要的維新派思想代表。

胡恒錦（1876－1957）是胡禮垣之子，出生於香港。他初畢業於皇仁書院，曾留校任教數學，並出任該校舊生會主席；其後前往英國學習法律，獲倫敦大學授予法學士學位。1913 年返港，並獲執業律師資格，先後在港執業逾四十年，是深負時望的資深律師。他的子女胡百融、胡百熙、胡紫棠，以至姪兒胡伯全等，俱在香港從事法律工作，是典型的律師世家。其子胡百熙同時也是香港遠東交易所、澳門東亞大學的創辦人。

在香港淪陷期間，胡恒錦的長子胡百融逝世，胡氏曾一度離港，返回內地，直至 1946 年才重臨香江。1957 年 6 月 21 日，病逝於家中，享年八十二歲。

胡恒錦雖然是讀番書出身，但對中國文化亦有豐富的知識。他在英國留學期間，曾獲得一個中國文學的學位，並與丹尼爾、鍾士二教授合著《粵語發音讀本》。他曾出任學海書樓董事、香港教育委員會委員、香港大學中文考試員多年。1939 年，胡恒錦獲授太平紳士銜。

大概由於胡恒錦對舊學的態度比較支持，跟文壇中人有一

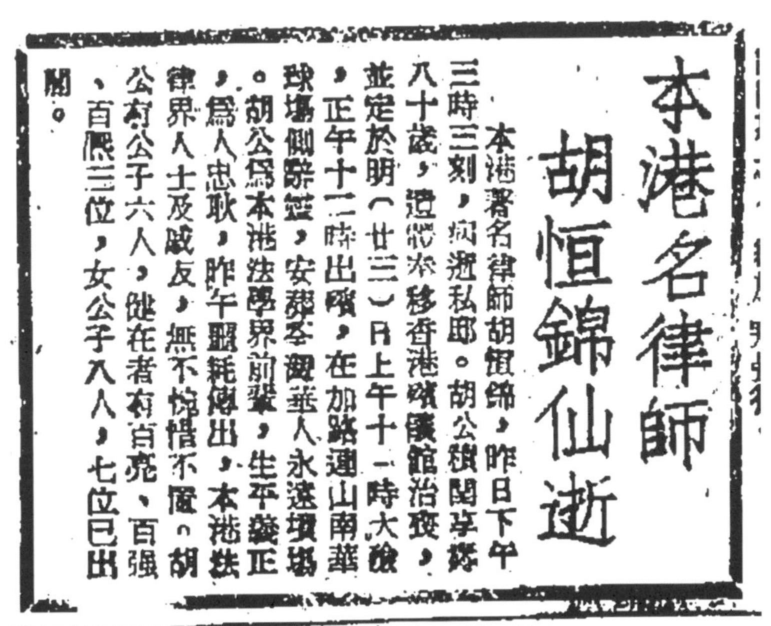

本港名律師胡恒錦仙逝

本港著名律師胡恒錦，昨日下午三時三刻，病逝私邸。胡公積閏享壽八十歲，遺體經移香港殯儀館治喪，並定於明（廿三）日上午十一時大殮，正午十二時出殯，在加路連山南華球場側路祭，安葬香港華人永遠墳場。胡公爲本港法學界前輩，生平嚴正，爲人忠耿，昨午噩耗傳出，本港法律界人士及戚友，無不惋惜不置。胡公有公子六人，健在者有百亮、百強、百熙三位，女公子八人，七位已出閣。

《華僑日報》1957 年 6 月 22 日有關胡恒錦逝世的報道

定交往，故而某年秋天胡宅園中菊花盛放，遂有招飲之邀。從鶴禪詩中「黃花晚節」、「矍鑠翁」等語，推測應是撰於 1946 年二人從內地回港以後，至 1957 年胡氏去世前的十年之間，當時二人俱已年逾七十，垂垂老矣。至於更具體的時間，有待進一步考證。

第九章
江孔殷

江孔殷太史照

兰斋诗词存

蘭齋詩詞存卷一

南海江孔殷霞盦

癸巳鄰捷忽告　生妣周太夫人遺訓志志哀七十九
韻

西飛寒鵲南嶺霜爨桐焦死琴不鏘皋魚夜泣佛堂火
心經遺誦猶琅琅十八入門侍阿父中年禱嗣峩嵋去
鐘樓佛頂歸靈猿蓐坐母懷乳於莬上師摺指虎兒胎
甯馨生是有自來催得曇開倏驚謝德門愛日春復回
先光祿公中年無子求嗣峩嵋金頂寺挚鐘樓白猿入歸逾年兒生百朝開春三日驚風瘨囟門熱雨夜難
宮衆母遞譏妒婦笑兒生外無祖三齡在抱聞人言問
母母家在何處汝南有女出金陵亘家儀鳳門籍稱雲

蘭齋詩詞存　一

一一·三

《蘭齋詩詞存》書影

一、生平簡介

江孔殷（1863－1951），原名鎬，字少泉、韶選，號霞，人稱其江蝦、霞公、江太史，廣東南海縣張槎鎮下塱村人。因曾獲慈禧太后接見，賞以蘭花120盒，故齋號百二蘭齋。

霞公祖上以販茶致富，其父名江清泉，是上海茶葉商人，綽號「江百萬」。霞公最初過繼給伯父，其後唯一兄長早逝，故一人兼祧兩房，繼承大筆資財，遂富甲一方。

霞公少年時曾入讀萬木草堂，師從南海康有為。1895年甲午戰敗，參與公車上書。1904年登進士第，以二甲第二十七名進入翰林院，為庶吉士，成為清代最後的翰林。官僅兩廣清鄉督辦，江蘇候補道。霞公社交能力極強，任清鄉督辦期間，廣結各方人士。他並無堅定的忠清立場，辛亥革命前夕，曾資助李福林前往安南，參加孫中山策動的鎮南關起義；又協助潘達微安葬黃花崗七十二烈士。武昌起義後，各省紛紛宣告獨立，兩廣總督張鳴岐、水師提督李準均心存觀望，霞公曉以利害，最後成功逼使二人同意獨立，與清廷脱離關係。

民國建立後，霞公曾有意出仕，且多番積極活動，曾支持袁世凱、陳炯明等，謀任廣東民政長、省長等職，最終皆告失敗，從此決意退出政壇。他獲得英美煙草公司華南地區的總代理權，與簡照南的南洋兄弟煙草競爭激烈，曾一度獲利豐厚。但其後經營不善，最終失去煙草的代理權。為謀生計，霞公於1930年在廣州市郊創辦江蘭齋農場，改良水果品種，取得羅崗甜橙、黑葉荔枝等優良品種；又引進外國蜜蜂，製成黃金蜂蜜，至今皆馳譽中外。此外，他又創辦羅崗墟至南崗的窄軌鐵路，加上興修水利，最終耗盡錢財。

霞公主要活動於廣州，但跟香港的關係也相當密切。他曾多次來香港，〈己卯香江夏曆元旦〉一詩稱「香江曾見七回春」。較長期的居留則有兩次，一是 1925 年省港大罷工期間，一是 1938 至 1942 年的抗日戰爭時期。前者居留約一年餘，後者則幾達四年。他是汪精衛親姪汪希文的岳丈，抗戰時曾拒絕汪氏出任廣東維持會長一職，並公開與其脱離翁婿關係，深獲時論讚許。香港淪陷後，亦曾拒絕日本總督磯谷廉介（1886－1967）出效之邀，最終因生計困難，返回廣州里第。

1949 年內地易幟前夕，霞公婉拒蔣介石赴台之邀，仍留居廣州。1951 年佛誕，因在廣州六榕寺禮佛時失足，遂致癱瘓，入住荔灣區黎鐸醫院。同年廣東實施土改，霞公列為頭號「清匪反霸」對象，被農會強行以蘿筐抬返張槎，預備批鬥。霞公閉目不語，一度絕食，四十一日而終，年八十八歲。臨終前只以筆留下四句遺言：「今日你是我非，明日你非我是。是是非非，他日方知。」

霞公詩詞書法俱精，然最著名的還是美食，有「百粵美食第一人」的稱譽。至今所謂太史五蛇羹，猶為饕餮所樂道。

霞公妻妾成群，子孫頗眾，然而成就突出者並不多，且大多散居海外。比較著名的是十三子江譽鏐（1910－1984），別字江楓，為著名粵劇寫作家，人稱南海十三郎，晚年流落香江街頭，病逝於精神病院。江無畏是霞公之孫，黃埔軍校十二期畢業，國軍少將，曾擔任台澎金馬海防司令，後移居美國。霞公孫女有江端儀（1923－1966），藝名梅綺，香港粵語片女明星；江獻珠（1926－2014），香港飲食界名人，著有《蘭齋舊事與南海十三郎》及多種粵菜食譜。

二、作品選讀

1.〈今年新曆以九月廿五為中秋節，港居書感〉(1912)

樓頭如水更年華，往日珠厓今是家。[1]
老淚不彈新恨在，大江依舊唱琵琶。[2]

隔歲蟾圓隔世看，素蛾無語倚闌干。[3]
杜陵未老家山別，[4] 今夕風光數說難。

風月依然主客非，柳波尊酒一春違。[5]
江山雖好非吾土，秋遍天涯胡不歸。

醉裏支吾新日月，笑將清節當殘秋。[6]
炎涼風物隨人轉，憔悴天公不自由。[7]

有人鯨背吹簫去，共我鴟夷載酒行。[8]
滄海夜流珠不見，故鄉能得幾分明。[9]

1　珠厓：原是漢武帝平定南越國後，新置九郡之一，地在今海南島的北部。後世或泛指邊遠的海濱之地。傅玄〈擬四愁詩〉:「我所思兮在珠崖，願為比翼浮清池。」特別是香港在歷史上，曾出產過珍珠。康熙《新安縣志》:「媚珠池，《舊志》云：在步海，漢時採珠於此，久廢。」這裏霞公以珠厓指謂香港，亦算相當切合。

2　彈：揮灑。大江依舊唱琵琶：指自己現在的情景，一如當年白居易撰寫〈琵琶行〉,「楓葉荻花秋瑟瑟」、「別時茫茫江浸月」、「江州司馬青衫濕」。

3　蟾圓：即月亮，傳說月亮中有蟾蜍。梅堯臣詩：「期玩秋蟾圓，靜掃庭下地。」素蛾：即嫦娥，這裏亦指代為月亮。謝莊〈月賦〉:「引玄免於帝臺，集素娥於後庭。」《文選》五臣注：「常娥竊藥奔月，因以為名。月色白，故云素娥。」

4 杜陵未老：杜甫自稱少陵野老，故人稱「杜少陵」或「杜陵」，此處霞公以杜甫自況。周密〈清平樂〉：「可是杜陵人未老，日日酒迷花惱。」

5 柳波：即柳浪。楊柳隨風飄拂，起伏如波浪。一春違：春天已逐漸遠離。《詩・邶風・谷風》：「行道遲遲，中心有違。」《毛傳》：「違，離也。」李暢〈春怨〉：「芳草雨餘三月暮，海棠花落一春違。」

6 支吾：說話含混不清。清節：指中秋節。

7 炎涼二句：大意是說境隨心轉，客觀的大自然也不能作主。所謂憔悴天公，蓋取李賀「天若有情天亦老」之意。

8 鯨背吹簫：按李白有騎鯨仙遊的傳說。杜甫詩：「若逢李白騎鯨魚，道甫問信今何如。」吹簫或用蕭史、弄玉乘龍快婿的傳說。周密有〈玉漏遲〉一詞，乃懷念亡友吳文英之作。詞云：「老來歡意少，錦鯨仙去，紫簫聲杳。怕展金奩，依舊故人懷抱。」似為霞公所本。鴟夷載酒：鴟夷是以皮革製成的囊袋，可用為盛酒器具。後世常以「鴟夷」與「載酒」連用。如胡宿〈清明日謝人送酒〉:「寂寞揚雄宅，鴟夷載酒來。」按此兩句的意旨相當隱晦，未能確定所云。疑或霞公懷念某位故友，昔日大家時常一起暢飲。

9 珠不見：「珠」喻指為月亮。按此句有原註：「是夕雨。」

簡析

本詩見錄於《蘭齋詩詞存》卷二，是卷所載諸詩，皆「壬子至戊午」（即 1912 至 1918）年間的作品。根據詩題，是年新曆 9 月 25 日為中秋節。翻檢中西曆書，可知必撰於 1912 年無疑。

按 1911 年，霞公亦曾短暫寓港。武昌起義後，各省紛紛宣告獨立，廣東亦於新曆 11 月 8 日獨立。是年九廣鐵路剛建成通車，廣東都督府下令禁止前清官員出逃境外，並於羅湖關卡加派軍人盤查把守。霞公雖然並不忠於清室，且跟革命黨人早有來往，但他平日土豪劣紳的形象，頗已深入民心；特別是他當過清鄉督辦，社會上出現流言蜚語，指他是劊子手，殺人如麻，早晚必遭清算云云。所謂君子不吃眼前虧，霞公遂在好友潘達微的暗助下，乘坐火車離開廣州，到香港暫避。

參以霞公 1912 年的〈客中生日〉詩：「我辰去歲今何日，惻惻人天兩不居。」自註：「去年今日出亡，正粵省獨立後二日。」可知他是 11 月 10 日逃港的。但他此次居港的時間並不長，只有一個月左右。待風聲一過，廣州一切如舊，霞公便返回廣州。

1912 年春，袁世凱為培植自己勢力，乃積極拉攏前清遺臣，遂以電報邀請霞公入京，商討國事。《蘭齋詩詞存》卷二有〈壬子開春，袁項城電邀入都〉詩。當日京廣之間的交通，以水路乘船，經香港至天津，最為便捷，因而霞公是年頗有旅居香港的作品，本詩即為其一。

2.〈九龍新居頗有轇轕感賦〉（1925）

道南大宅讓周郎，子敬當年慨以慷。[1]
悔擲買鄰錢十萬，天山不葺讀書堂。[2]

昨朝仙尉約移居，轉眼金錢已化蚨。[3]
不分僵桃寧李代，書生何值較錙銖。[4]

1 道南大宅讓周郎：此用孫策、周瑜故事。《三國志 · 吳書 · 周瑜傳》：「初，孫堅興義兵討董卓，徙家於舒。堅子策與瑜同年，獨相友善，瑜推道南大宅以舍策，升堂拜母，有無通共。」子敬當年慨以慷：子敬即魯肅（172－217）。《三國志 · 吳書 · 魯肅傳》：「周瑜為居巢長，將數百人故過候肅，並求資糧。肅家有兩囷米，各三千斛，肅乃指一囷與周瑜。瑜益知其奇也，遂相親結，定僑札之分。」此聯首敍當年周瑜、魯肅等英雄豪傑的慷慨事跡。

2 買鄰：買地擇鄰而居。《南史 · 呂僧珍傳》：「一百萬買宅，千萬買鄰。」天山不葺讀書堂：按杜甫〈不見〉詩，乃懷念李白之作，中有「匡山讀書處，頭白好歸來」等句。匡山，又名戴天山，位於四川省江油縣境內，李白年輕時，曾在此山大明寺讀書，有〈訪戴天山道士不遇〉等詩。此聯之意，霞公後悔以高價買入九龍的新居，卻沒有拿來修葺廣州河南同德里的府第。

3 仙尉：據《後漢書．梅福傳》，梅福字子真，九江壽春人，官至南昌尉。王莽時，棄家隱居，世傳修煉成仙，故有「仙尉」的美稱。李白詩：「仙尉趙家玉，英風凌四豪。」這裏是喻指勸其買宅為鄰的某位友人。化蚨：青蚨是一種似蟬而稍大的昆蟲，後世多借代為金錢。據《太平御覽》引劉安《淮南萬畢術》，傳說中有所謂「青蚨還錢」之術，其法是以青蚨的血塗在銅錢上，再用銅錢去買東西，用掉的錢便會飛回來。這裏所謂「化蚨」是指金錢化為烏有，損失慘重。

4 僵桃寧李代：李代桃僵，代人受罪之喻，典出古樂府〈雞鳴〉：「桃生露井上，李樹生桃傍。蟲來齧桃根，李樹代桃殭。樹木身相代，兄弟還相忘。」較錙銖：錙銖是微少的衡量單位，喻指斤斤計較。《顏氏家訓．治家》：「比量父祖，計較錙銖。」

簡析

1925 年 5 月底，上海發生五卅慘案，由此激起全國的示威抗議浪潮。6 月，香港、廣州相繼爆發大型的罷工、遊行等活動，參與者提出收回租界、廢除不平等條約等多項訴求。6 月 23 日，廣州的示威隊伍行抵沙面一帶時，遭受英法士兵槍擊，白鵝潭的英艦亦有鳴炮，最後廣州市民死傷共達百餘人，史稱「沙基慘案」。這時，廣州局勢嚴峻，霞公為着安全起見，遂帶領全家老少逃往香港。

據江獻珠《蘭齋舊事與南海十三郎》一書的憶述：「那年海員大罷工，祖父舉家遷香港，買了加連威老道一號四層樓的洋房，繼續代理香煙。第二年，我父母從美國學成回港，不久，生了我，從香港遷回廣州……」（頁 91）。按加連威老道位於香港九龍的尖沙咀，霞公在此購置了一幢洋房，作為棲身之地。但江獻珠的記述顯然有不準確之處，所謂「海員大罷工」發生於 1922 年，而霞公舉家遷港一事，卻在 1925 年。所謂「海員大罷工」，實為「省港大罷工」（或霞公所稱「二次罷工」）之誤。

江沛揚《滄桑太史第》一書在引錄這兩首詩時，有此詮釋：「新居不如太史第方便，他感到起居出入、飲食甚為不習慣，尤其缺少讀書、吟詩作賦的環境氣氛，加上人多住得擠，小孩子打鬧，妻妾之間不和，住在這樣擠迫的房子裏更容易發生矛盾，爆發爭吵。沒住幾天，江孔殷就寫了一首詩大吐怨氣，題名〈九龍新居頗有轇轕感賦〉…… 。」（頁 110－111）不過，此書對於本詩內容的理解，可謂完全會錯意。從詩題看，霞公所感慨的是新居頗有「轇轕」，意即糾葛不清；從內容看，令他感到煩心的原因，其實是「悔擲買鄰錢十萬」、「轉眼金錢已化蚨」，根本與家人的爭吵、居住環境狹陋毫無關係。至於他被誰人所坑，詩中所述相當隱晦，給人欲言又止的感覺。

首先，所謂「昨朝仙尉約移居」，霞公是因受「仙尉」的邀約，才有購置洋樓之舉，結果損失慘重。「仙尉」喻指誰人呢？按仙尉本為漢人梅福的雅號，由此可推知，此人姓名中或許有「福」字。又，宋人常以「仙尉」作為縣尉一職的雅稱，如周煇《清波雜志》：「縣尉曰仙尉，蓋用梅福尉南昌故事。」這又可推知，此人或為一介武官。

其次，「不分僵桃寧李代」，典故原來的寓意，是說樹木尚且會代人受災，何況是兄弟一場呢，即所謂「樹木身相代，兄弟還相忘」。此處所指應是霞公的死黨，粵軍第五軍軍長李福林（1872－1952）。

李福林綽號李燈筒，原為綠林盜匪出身，在霞公當清鄉督辦時被收編，此後還參加了革命。二人推心置腹，義結金蘭，

李福林年輕時的照片

一文一武，武斷河南鄉曲。李福林目不識丁，坊間流傳很多有關他的趣事。據説他每次演講時，第一句話就是「你哋班契弟……」；他日常的信件公文，多出自霞公父女之手。例如 1917 年他接受黎元洪策勳，謝呈中竟有「伏念福林白屋起家，綠林隸籍。樓船橫海，曾充下瀨之兵；棨戟牙門，親授單于之曲」等語，連作賊也可以寫作得如此文謅謅，一時傳為笑談。

從「道南大宅讓周郎，子敬當年慨以慷」、「書生何值較錙銖」等詩句，頗能反映霞公其人具有相當的江湖義氣，慷慨大度，對於金錢不甚吝嗇，因而才結交到如此多的江湖豪傑。

由於霞公日後沒有再提，因此尖沙咀這幢樓宇跟李福林有何具體關係，如何令其慘被坑害，凡此我們已無從知曉其詳了。到 1930 年霞公興辦江蘭齋農場時，遂把整幢樓宇出售，充作本金。

李福林跟霞公十分要好，卒年也相同，僅比霞公多活幾個月。他晚年遷居香港，在大埔辦有農場，即今天康樂園所在。李福林除了本人得到善終外，隨着香港地產市道的興旺，李家後人亦大受福蔭，發家致富。相反，霞公晚景淒涼得多，後人亦各散東西，如南海十三郎、梅綺等，更是收場慘淡。其實，李福林曾邀請霞公一起移家香港，但為霞公所拒。一般的理解，霞公不願意把身家託命於外夷，但其實也極可能是受這次購買樓房事件的陰影所致。

今天大埔的康樂園，屬高級豪宅，前身即李福林的農場。

3.〈聞香江漢文學院觀成有日，喜賦東莪老、徽老、敏仲、鳳坡〉(1926)

吾道南行正此時，紛紛秦火更何之。[1]
公羊儻泥尊攘説，翁馬胡由禍福知。[2]
求野猶能裨失禮，循陔誰復補亡詩。[3]
伶倫去國寧無意，況是經生重抱遺。[4]

1 吾道南行：此用程門高第楊時（1053－1135）的故事。楊時南歸閩中，程明道以目送之，曰「吾道南矣」，見《宋史・楊時傳》。這裏的「南行」，專指傳播於香港。秦火：譬喻內地的新文化運動。何之：往何處。

2 公羊：指《春秋公羊傳》。尊攘説：尊王攘夷，即所謂「春秋大義」。翁馬：塞翁失馬，焉知非福，典出《淮南子・人間訓》。頷聯之意，假如囿於《公羊傳》攘夷之説，今日便沒有香港這塊仍舊稍能保存傳統文化的地域了。因此，鴉片戰爭與南京條約，對於中國文化而言，未嘗不是因禍得福的好事。

3 求野猶能裨失禮：《漢書・藝文志・諸子略》：「仲尼有言：『禮失而求諸野。』」循陔：陔指〈南陔〉。按《詩經・小雅・鹿鳴之什》，〈南陔〉、〈白華〉、〈華黍〉、〈由庚〉、〈崇丘〉、〈由儀〉等六首，皆有其篇目而無其詞，《經典釋文》認為「蓋武王之時，周公制禮，用為樂章，吹笙以播其曲」，朱熹《詩集傳》稱之為「笙詩」。其中〈南陔〉一首，《毛傳》釋曰：「孝子相戒以養也。」《昭明文選》錄有西晉束晳的補亡之作：「循彼南陔，言采其蘭。眷戀庭闈，心不遑安。」霞公所謂「失禮」、「亡詩」，皆借代指衰微的傳統文化。

4 伶倫：相傳為軒轅黃帝的樂官，律呂的發明者，中國音樂始祖。《呂氏春秋．古樂》：「昔黃帝令伶倫作為律。」這裏以伶倫去國，喻指賴際熙、區大典、岑光樾等幾位太史流寓香港。抱遺：「獨抱遺經」的省略語。韓愈〈寄盧仝〉詩：「《春秋》三傳束高閣，獨抱遺經究始終。」

簡析

1925 年 12 月，香港紳商周壽臣、羅旭龢、李右泉、馮平山等人，於中環華人行六樓華商俱樂部商議，要求政府撥地，創立一所以中文作為教學語言的學校。此議獲當時教育司庵氏（G. N. Orme）贊同附和，乃委派漢文視學官李景康負責草擬籌備。

至 1926 年，香港官立漢文學校正式成立並開課，是為香港第一所由政府開辦的中文中學。霞公當時正避居香港，得聞此事而賦詩致賀。從詩題看，荔老即賴際熙，徽老是區大典，敏仲是岑光樾，鳳坡是李景康，他們都是當時有份參與創辦官立漢文學校的人，其中李景康更出任首任校長，岑光樾則為教師。

4.〈重陽後一日，南社諸子有九龍石鼓山莫氏墅集之約，余先期歸廣州，和卻寄〉（1926）

有約不來歌石鼓，此歸無似託禪逃。[1]
鞠遲已負團臍蟹，客去還題昨日餻。[2]
風雨滿城懷舊侶，茱萸遍插話兒曹。[3]
夕陽逝水東西影，怕上層臺祗為高。

1 石鼓：即詩題的「九龍石鼓山莫氏墅」，疑是莫鶴鳴位於九龍城的別墅。今天九龍城尚有石鼓壟道。無似：疑問句的語氣，意即「難道不像嗎」。

2 鞠遲：「鞠」通「菊」，句意指菊花遲開，辜負了應節的毛蟹。劉履芬詩：「未愁僻地鉏茅始，頗悔攜樽就鞠遲。」團臍蟹：指母蟹。蟹諺有所謂「九月圓臍十月尖，持螯飲酒菊花天」。農曆九月，正好是食用母蟹的時候。還題昨日餻：意即還題昨日的詩。「題餻」指重陽節題詩，典故出自中唐詩人劉禹錫（772－842）。據邵博《邵氏聞見後錄》卷十九：「劉夢得作〈九日詩〉，欲用『餻』字，以五經中無之，輟不復為。宋子京以為不然，故子京〈九日食餻〉有詠云：『劉郎不敢題餻字，虛負詩中一世豪。』」

3 茱萸遍插：茱萸是氣味辛烈的植物，古人有重陽節佩戴茱萸以辟邪穢的習俗。《西京雜記》卷三：「九月九日，佩茱萸，食蓬餌，飲菊華酒，令人長壽。」王維詩：「遙知兄弟登高處，遍插茱萸少一人。」

簡析

北山詩社成立於 1924 年秋，由富商莫鶴鳴、高蘊琴等人倡始。他們跟利希慎借得利園山的二班樓，作為雅集活動的地點，組成了香港開埠以來最大規模的文學團體。北山詩社有不少成員，是來自清末支持革命的文學團體南社的。1925 年省港大罷工爆發後，北山詩社亦宣告解散，但莫鶴鳴和一眾南社成員，仍常在利園山集會。霞公於 1925 年來港寄寓後，亦時常參與他們的雅集活動。《蘭齋詩詞存》內便有頗多他跟莫鶴鳴、蔡守等人的詩詞酬唱。

由於莫鶴鳴跟利希慎商借二班樓時，訂明期限只為兩年，至 1926 年秋，借用期已屆滿，此後南社的聚會，便只能改在其他地方。從本詩標題可知，他們原定於重陽日後一日（即西曆 10 月 16 日）在九龍城石鼓山莫氏別墅舉行聚會，霞公本亦答允參加，但由於他後來舉家遷返廣州，未能赴約，故才撰此和詩，回寄致歉。

5.〈循環日報五十四週紀念徵詩〉(1928)

遯跡天南老此身，狀元還在亦平民。[1]
白頭為說開天事，中有何戡是舊人。[2]
南遷故國託笙歌，箚語悲涼感喟多。[3]
我料飄零增涕淚，不堪回首舊關河。[4]
東西球隔九萬里，中外聞蒐半百年。
始信樓臺新世界，電傳消息勝郵傳。
從來温室事能言，謦咳千秋我思存。[5]
繼體象賢多不弱，為君重紀一新元。[6]
一周花甲年時近，兩戒滄桑月旦持。[7]
當作弇州詩史看，拾遺心事幾人知。[8]
不隨牛李角恩讎，文字無人弋黨鈎。[9]
咫尺珠厓成棄地，誰知中有魯春秋。[10]
五色旗翻五族同，共和建設不為功。[11]
無端流盡蒼生血，白日青天滿地紅。[12]
赤子猖狂也弄兵，工人神聖亦同盟。[13]
推翻君王無他事，不道平民有鬥爭。[14]
大同附會太支離，[15]孔子偏儕馬克斯。
別有千秋公論在，書生饒舌復何為。[16]
紙貴今朝賽洛陽，安排秒忽萬千張。[17]
不愁錯看麻沙板，老去猶能目十行。[18]
黃金不賣長門賦，彩筆猶生五色花。[19]
同谷未歸詩當哭，杜陵垂老已無家。[20]
夜夜春蠶食葉聲，挑燈和淚說收京。[21]
相期筆下欃槍掃，尊酒他年話太平。[22]

1 遯跡天南：《循環日報》的創辦人王韜（1828－1897），自號天南遯叟。狀元：王韜是江蘇蘇州人，1860 年太平軍攻陷蘇州，王韜適居鄉，遂結識太平軍將領劉肇均，並受其器重。王韜乃化名黃畹，獻上條陳，建議太平天國應與洋人交結，避免進兵上海。其後此議落入清廷手中，王韜被緝拿追捕，遂亡命香港，時人給其綽號「長毛狀元」。

王韜照像

2 白頭為説開天事：開天指唐玄宗的年號開元、天寶。全句化用元稹詩〈行宮〉「白頭宮女在，閒坐説玄宗」之意。中有何戡是舊人：此句有原註：「謂何雅選記者。」按何戡是中唐元和、長慶年間長安的著名歌者。劉禹錫〈與歌者何戡〉詩：「二十餘年別帝京，重聞天樂不勝情。舊人唯有何戡在，更與殷勤唱渭城。」霞公在此是用何戡來比擬當時《循環日報》的總編輯何雅選（1877－1959）。何氏是廣東南海人，年輕時曾參與反清革命活動，後至香港從事報業工作，曾長期服務於《循環日報》。從 1925 年起，他便出任該報總編輯一職，直至太平洋戰爭後，香港淪陷，才返回故鄉任湖洲小學校長。1949 年，再度來港。論到在香港報壇的地位，何雅選僅次於勞緯孟，二人同屬重量級人物。此外，何氏亦擅長詩詞，經常參與文人雅士的酬唱活動。所謂「舊人」，是指他跟霞公同為從清朝過來的人物。

3 笴語：書信中的説話。感喟：感慨歎息。

4 我料二句：此句有原註：「『南遷故國，半託笙歌；北望關河，徒增涕淚』，本遯叟《天南集》中語。」按以上四句是根據王韜本人的話而寫，反映他當日南遷香港的心跡。

5 溫室：漢代長安未央宮有溫室殿。據説殿內以椒塗壁，被以文繡，香桂為柱，殿中溫暖，漢武帝冬季居住於此。事能言：《後漢書．孔光傳》：「兄弟妻子燕語，終不及朝省政事。或問光：『溫室省中樹皆何木也？』光嘿不應，更答以他語，其不洩如是。」霞公這裏一方面反用其意，指該報言論從來沒有隱諱禁忌；同時又以「溫室」雙關指謂「溫氏之室」，即報章的高層溫氏諸君。謦咳：原指咳嗽聲，引申為言笑談論。思存：銘記不忘，念念在心。《詩經．鄭風．出其東門》：「雖則如雲，匪我思存。」

6 繼體：即繼承者。《史記．外戚世家》：「自古受命帝王及繼體守文之君，非獨內德茂也，蓋亦有外戚之助焉。」象賢：效法有賢德的先人。按此句有原註：「謂溫君俊臣喬梓。」喬梓即父子。溫俊臣，廣

循環日報六十週年紀念特刊 （七）

董事主席梁仁甫君

董事溫榮日君

董事劉希成君

總經理溫荔坡君

督印人溫文照君

左下是溫文照，
中下是溫荔坡。

東台山人，服務《循環日報》接近四十年。他由 1881 年起出任翻譯，以後升為主筆、編輯、董事總司理、督印人。他精通英語，擅長翻譯，但思想作風較為保守。其子溫文照、姪兒溫荔坡，皆繼任為該報的管理高層。（見上圖）

7　一周花甲：按地球公轉一周需一年，木星需十二年，土星需三十年。假設三星位於同一角度，則需六十年，三者才能重新面對同一方向。故六十年為一周甲，或一甲子。兩戒：原指國家疆域的南北界限，《新唐書．天文志一》：「一行以為天下山河之象，存乎兩戒。……故《星傳》謂北戒為胡門，南戒為越門。」這裏泛指國土。月旦：評論是非。《後漢書．許劭傳》：「初，劭與靖俱有高名，好共覈論鄉黨人物，每月輒更其品題，故汝南俗有『月旦評』焉。」

8　弇州詩史：弇州山人是明代王世貞（1526－1590）的別號，他是明代著名的文學家和史學家，提倡「天下之文無不歸於史」的觀念。拾遺：補缺匡扶。

9　牛李角恩讎：指中唐時期的牛李黨爭。弋黨鉤：弋是樁，鉤弋是帶鉤的短木樁，可供懸掛照明燈火。黨鉤即鉤黨，《後漢書．靈帝紀》：「中常侍侯覽諷有司奏前司空虞放，太僕杜密……皆為鉤黨，下獄，死者百餘人。」李賢注：「鉤謂相牽引也。」按：二句指《循環日報》持論公正，不會黨同伐異。

10　珠厓：指香港。棄地：指成為英國的殖民地。魯春秋：原指魯國史書，十三經之一的《春秋》。這裏指《循環日報》能本着大義，主持公道，褒貶世事。

11 五色旗：中華民國北洋政府時期的國旗，代表五族共和。不為功：不為無功之意。

12 白日青天滿地紅：按中華民國的國旗，經歷過幾次的更改。武昌起義後，湖北軍政府最初是採用共進會的會旗，即十八星旗，又稱鐵血旗，代表關內十八省。至北洋政府時期，以五色旗為國旗，十九星旗則為陸軍旗，青天白日滿地紅為海軍旗。國民革命軍北伐成功後，立法改以青天白日滿地紅為國旗。從「無端流盡蒼生血」一語，可推知霞公對於國民黨的北伐，並不太過認同。汪沛揚《滄桑太史第》一書把此語詮釋為對蔣介石 1927 年「四一二清黨」，以致血腥鎮壓廣州起義的不滿，頗失諸斷章取義。霞公對於共產黨，實無任何同情可言，這從本詩其下部分即可得知。

13 赤子：指共產主義者。弄兵：按霞公撰此詩稍前一年，中共施行瞿秋白路線，先後發動南昌暴動、秋收起義、廣州暴動等多場軍事行動，並開始建立革命根據地。所謂「弄兵」，蓋即指此。工人神聖亦同盟：中共早期在共產國際的領導下，視勞動為神聖，工人為革命的中堅力量。其後到了毛澤東領導時期，始按照中國國情，把農民上升為主要依靠對象。

14 不道：不料、怎料到。平民有鬥爭：按共產黨不獨以武裝奪權，同時還進行社會土地革命，批鬥地主與土豪劣紳。所謂「平民」，即專指此類人。

15 大同：指《禮記》的〈禮運大同〉篇。所謂附會，指當時有人把共產主義附會於孔子的思想，認為〈禮運大同〉所言「大道之行也，天下為公」、「人不獨親其親，不獨子其子」、「貨惡其棄於地也，不必藏於己」，跟共產主義所言，實為相同。支離：歧出而不恰當。

16 饒舌：嘮叨多言。按：從以上八句，所謂「猖狂」等語，可見霞公對共產主義實抱有負面甚至是敵視的態度。

17 紙貴：指報章廣受歡迎，洛陽紙貴，典出《晉書．左思傳》。秒忽：極度細微。《漢書．敍傳下》：「元元本本，數始於一，產氣黃鍾，造計秒忽。」顏師古注引劉德曰：「秒，禾芒也；忽，蜘蛛網細者也。」

18 麻沙板：麻沙在福建省建陽縣，宋元時代著名的印書中心，有建本幾遍天下之譽。此聯蓋指《循環日報》排版印刷精良，因此自己雖然老眼昏花，猶可一目十行。

19 長門賦：相傳漢武帝陳皇后（阿嬌）失寵，被貶至長門宮，乃以百金遺贈司馬相如，為寫〈長門賦〉，以宮怨感動漢武帝。全句是指報社不會為求利益而替人撰文。彩筆句：此用江淹「江郎才盡」的典故，見《南史．江淹傳》。此句謂報社與自己的文章，皆行文精妙，如彩筆生花。

20 同谷二句：唐肅宗乾元二年（759）七月，關輔饑荒，杜甫棄官而去，客居秦州，十月再遷同谷（今甘肅成縣），寫下〈乾元中寓居同谷縣作歌七首〉。詩當哭：指詩歌可以代替痛哭，抒發悲憤鬱悶的情緒。郭茂倩《樂府詩集》有〈悲歌〉，曰：「悲歌可以當泣，遠望可以當歸。」

21 春蠶食葉聲：描述報館撰稿者忙於書寫，在紙上沙沙作響。語出歐陽修詩〈禮部貢院閱進士試〉：「無嘩戰士銜枚勇，下筆春蠶食葉聲。」挑燈和淚：晚上以悲憤的心情進行工作。華岳詩：「聱牙拊几悔南渡，和淚挑燈編北盟。」收京：〈收京〉是愛國詩人杜甫的作品，描述作者聞得官軍收復長安時的喜悅心情，和對國家未來的憂慮。這裏可能是隱指 1928 年 6 月國民革命軍北伐成功，佔領京津。全句之意，是指撰稿人本着憂國憂民的情懷，報道國家大事。

22 欃槍：即彗星，《爾雅 · 釋天》：「彗星為欃槍。」傳統視彗星為災星凶兆。此處所謂的欃槍掃，喻指掃除侵略中國的列強。高適詩：「亦謂掃欃槍，旋驚陷蜂蠆。」

簡析

《循環日報》初刊於 1874 年，由中國近代著名改良思想家王韜創辦。

1864 年，王韜曾任職香港中文報刊《近事錄編》的編輯，但報章的所有權和經營方針，完全掌握在英國人手裏，他因此深感必須有一份由「華人資本、華人操權」的日報，才能代表香港華人的聲音。

1871 年，倫敦傳道會屬下的香港英華書院停辦。該校原設有一印刷所，自製活字體鉛字。1873 年，王韜和該會的印務所經理黃勝乃合資一萬鷹洋，購下這批印刷設備，並遷往荷李活道 29 號，創立中華印務總局。1874 年 2 月 4 日，《循環日報》創刊，由中華印務總局印刷出版。所謂「循環」，乃取「天道循環，自強不息」之意。

《循環日報》初期由陳藹廷任總司理，王韜任正主筆，這是香港第一家由華人出資、經營的中文報章。王韜在《中華印

循環日報
光緒八年歲次壬午四月十五日
循環日報
明日本報隨報附送
元旦增刊
登法律廣告者請注意
迎接三十五年元旦
TSUN WAN YAT PO
循環日報第二張

《循環日報》

務總局倡設〈循環日報〉通啟》中即鄭重地宣稱:「本局倡設《循環日報》，所有資本及局內一切事務皆由我華人操權，非別處新聞紙館可比。」因此林語堂在《中國報刊與輿論史》(1936)一書，推許王韜為「中國新聞報紙之父」。

當然，在《循環日報》創刊之前，香港已有《華字日報》和《中外新報》。日後大家為了爭奪讀者，以廣招徠，皆標榜自己是「香港第一家中文報紙」。這裏應指出一點，在《循環日報》創刊時，其他兩家中文報紙都只是隔日出版，王韜卻堅持除星期日外，皆按日出版，因而比較能符合「日報」之名。1878 年《循環日報》出版晚報，也是中國最早出現的晚報。

《循環日報》不但流行於香港，在北京、天津、上海、廣州，甚至美國、澳洲、日本、南洋等地，均有代售處。1941 年 12 月，香港淪陷，《循環日報》才停刊。戰後，有人曾襲用

《循環日報》名義，兩度復刊，但皆維持不久，即告結束。

《循環日報》的內容，除了廣告外，最重要是新聞報道，分別有「選錄京報」、「羊城新聞」、「中外新聞」。每日報首皆有政論一篇，早期大多出自王韜之手，這是它最大的賣點。《循環日報》開香港中文輿論的先河，王韜曾明確指出，「日報有裨於時政」;「報中所登之事，無非獨抒管見，以備當事者採擇而已」，充分顯示他辦報已具有強烈的近代輿論意識。從 1874 至 1884 年，王韜前後在《循環日報》發表千餘篇政論，評論政局，鼓吹「變法自強」，發展工商。他尤其大力主張學習西方君主立憲體制，主張中國效法英國和日本，實行「君民合制」。

霞公這組絕句，除了是對《循環日報》，以至創辦者王韜、報社現職高層的褒揚，還抒發了對當時政局的一些看法，其中尤其值得注意的是他對共產黨的態度。除了不滿「赤子猖狂也弄兵」、「不道平民有鬥爭」外，還抨擊共產主義者把馬克思主義，比附於中國儒家的「大同思想」，認為這種做法「附會太支離」。顯然，霞公並不認同所謂的共產革命。

6.〈香港華星發刊一時紙貴，今已屆二百期特刊矣，緯孟索詩，以此壯之〉(1929)

二百叢刊字萬千，雙頒星曜再更躔。[1]
公羊不主尊攘論，司馬能由恢詭傳。[2]
作嫁衣裳吾亦爾，生涯筆墨汝猶賢。[3]
此中大有橫磨劍，露布人知手一編。[4]

風雅天南奉主盟，西園推許亦平情。[5]

模形偶現官場記，筆戰時添娘子兵。[6]
詩畫字羅三絕品，吹彈唱出一狂生。[7]
貞元以後無佳士，兩歲星從海外明。[8]

1 星曜：原為舊時曆法上的註文，用以標示每日的吉凶，這裏泛指曆法。雙頒星曜，即經歷兩年。更躔：躔是日月星辰在黃道上運行的軌跡，「更躔」亦是兩年之意。

2 公羊：《春秋公羊傳》，這裏借喻指該報的政論文章。尊攘論：尊王攘夷之論。全句喻指報章並無既定的政治立場。司馬：《史記》的作者司馬遷。恢詭：恢廓奇詭，荒誕怪異。這裏喻指《華星》的文章風格。

3 作嫁衣裳：指艱辛經營，卻不為自己計較。秦韜玉〈貧女〉詩：「苦恨年年壓金線，為他人作嫁衣裳。」生涯筆墨：以筆墨寫作為終身工作。李綱詩：「三黜先生髮半華，但將筆墨作生涯。」汝猶賢：蘇軾詩：「自視汝與丘孰賢，易韋三絕丘猶然。」

4 橫磨劍：原指善戰的士兵，這裏喻指極大的影響力。《舊五代史．景延廣傳》：「晉朝有十萬口橫磨劍，翁若要戰則早來。」露布：古時軍旅文書如征討的檄文之類，這裏泛指激揚文字。

5 風雅：風流、風月。天南：即嶺南。白居易詩：「詩情書意兩殷勤，來自天南瘴海濱。」奉主盟：指其在芸芸風月小報中首屈一指。西園：原為漢代上林苑的別稱，這裏當泛指塘西妓館的饗宴場所。

6 官場記：指政論文章。筆戰：指與當時另一份小報《骨子》的論戰，詳見下文「簡析」。娘子兵：疑指女性的撰稿者。

7 吹彈唱出一狂生：按此句未知所指，待考。

8 貞元以後無佳士：中唐詩人元稹〈酬白樂天杏花園〉詩：「算得貞元舊朝士，幾人同見太和春。」按貞元（785－805）是唐德宗的年號，太和（827－835）是唐文宗的年號，相隔了幾十年。自此，「貞元」常喻指前朝。如陸游詩：「貞元舊朝士，太學老諸生。」霞公此句之意，勞緯孟擁有前朝附貢生的功名，可歸屬為貞元舊士。自清朝亡國後，便無如此佳士矣。海外明：按《華星》除在香港銷售外，內地如廣州、佛山等城市，海外在馬尼拉、新加坡，均有代理發售。

簡析

進入 1920 年代，香港報業風起雲湧，熱鬧非凡，除了幾份較有分量的傳統報章外，還出現不少所謂的「小報」（版面比大報縮小一半，即一紙四版）。小報的內容五花八門，一般都有自己獨特的賣點，有些突顯政治評論、黨派立場，包括《赤報》、《探海燈》、《胡椒》等；有些專門報道影壇八卦消息，如《銀燈日報》、《明燈日報》；也有主打文藝小說，如《春秋》、《靈簫》、《紅綠》等。至於《華星》跟《骨子》、《開心》、《響尾蛇》等小報，則可歸入風月情色類。

風月小報的出現，跟二十年代塘西風月的全盛密切相關。當時石塘咀一帶的妓院酒家，燈紅酒綠，夜夜笙歌，客觀上需要一些專門介紹妓女生活、歡場消息的刊物。它們除了能滿足星斗市民的好奇心理，主要用途還是讓讀者按圖索驥，訪尋芳蹤。《華字日報》是香港當時地位最高的報章，執業界牛耳，報道內容大抵都屬於比較正經的國家社會大事。為了不想把報章降格，於是便在 1927 年 3 月，另以附屬小報的形式，出版《華星》報。該報屬於三日刊，逢星期三、六出版。至 1929 年該刊出版至二百期，勞緯孟作為當時《華字日報》的總編輯，特向霞公求取支持，霞公遂賦詩相贈。

《骨子》是另一份同類型的小報，創刊於 1928 年 8 月，時間稍晚於《華星》。由於二者性質類近，客路相同，不免出現類似爭風呷醋的現象。霞公第二首詩提及的「筆戰」，即指它們在 1929 年 8 月至 9 月間的論戰。在今天看來，相當無聊，純為一些雞毛蒜皮的事情，諸如某歌姬是否南來，又或譏諷對方英語水平偏低之類。最後由《骨子》主動結束論戰告終。

1935 年港府全面禁娼，妓院結束，此後《華星》便轉而報道舞廳等娛樂場所的消息。同時隨着政局發展，中日關係日趨緊張，《華星》雖仍於首頁刊登舞女照片，但報道重點已轉至抗戰要聞。

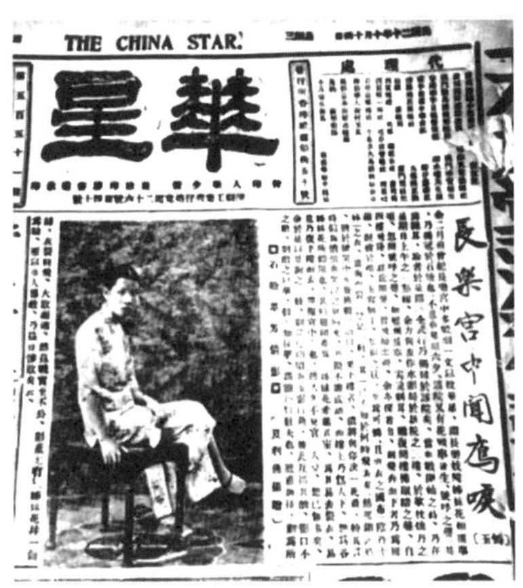

《華星》報

《華星》屬於風月小報，每期頭版都有妓女照片，圖文並茂。儘管用詞較典雅，始終不脱嫖妓指南的本色。

華星第三百四十期『恭維骨子報記者』一篇、已越出辯論正軌、其末段尤非以譏報格自鳴於人如華星報記者誰所宜出此、而華星報記者竟不顧其報格而有此等含血噴人之名箸、本刊認華星報爲已失討論文字價值、此後華星報記者已不配向人講報格、本刊惟有自下期起、終止與之討論文字、爲華星報維持其報格、復次、現在時局又生變化、吾人更不暇以寶貴之篇幅、與無討論文字價值之華星相週旋、是又本刊終止與華星討論文字之重要原因也、特以告愛閱我骨子之各界人士、

——本刊同人白——

《骨子》第一一三期（1929 年 9 月 25 日）的頭版告示

華星三日刊

死雞終無力再撐飯蓋矣

執死雞者

本報與骨子辯論、已數星期於茲矣、乃方入緊張時期、而一一三期之骨子報、乃竟以掩旂息鼓聞、閱其啓事、雖有所謂不配不暇等語、然欲掩其臨陣退縮之迹、是直欲蓋彌彰耳、且吾人非好辯、徒以骨子每橫來挑釁、如歌姬瓊仙之南渡、今已証明屬實、而骨子當時仍強謂其不確、反以此指摘吾報、此事閱者想尙記憶、一事如此、其他可知矣、直至最近、始不得已而與之周旋、非好辯也、不得已也、今該報已免戰牌高高掛起矣、骨子雖欲再撐其飯蓋、亦不可得矣、爰將自與該報正式辯論以來所有問題、依次臚列、使社會知眞正之死雞、究屬誰方焉、

（一）章詩與黃詩　骨子報既誤以章詩爲黃詩、已成鉄案、無可狡辯、乃竟謂並非誤認章詩、不過從黃氏之志耳云云、不知骨子「黃詩人近作」一篇、原文全係攻擊黃氏之作、從志云云、從何說起、且黃氏亦

★時局緊張

李濟深氏、自討桂事發、被蔣介石繋於南京湯山、軍事平定後、得各方要人緩頰、已於月前奉蔣氏許可、提出國務會議准予李氏恢復自由、遷寓南京城內、但李氏行動、仍未

《華星》譏諷《骨子》無力死撐，主動打退堂鼓。

7.〈香港華字日報七十一週紀盛，柬緯孟記者〉(1934)

世界樓臺簇簇新，生涯鉛槧不陳因。[1]
秘辛雜記中西事，周甲平添十一春。
遯叟天南居後輩，君房海外作忙人。[2]
能言當日貞元舊，羈旅還多草莽臣。[3]

電掣風馳攬八荒，亞東消息接狼望。[4]
郵筒非澳兼歐米，閣筆虛星訖昴房。[5]
野火春秋憑月旦，文豪衣鉢繼同光。[6]
舊時甌脱胡須問，[7] 留與遺民説海桑。

1 鉛槧：鉛是鉛筆，槧是木牘，二者皆古代記錄文字的工具，故鉛槧可借代指寫作。杜牧詩：「自笑苦無樓護智，可憐鉛槧竟何功。」此詞近代多指出版印刷業。陳因：陳陳相因，毫無新意。

2 遯叟天南：指《循環日報》的王韜（天南遯叟）。勞緯孟的輩分，相對於王韜而言，自然是晚得多。君房海外：秦代方士徐福，字君房，史載其率領三千童男童女，入海尋找神山而不歸。

3 貞元舊：參前〈香港華星發刊一時紙貴，今已屆二百期特刊矣，緯孟索詩，以此壯之〉詩注。羈旅句：勞緯孟是清朝附貢生，流落香江，故可列入前朝遺臣之列。

4 電掣風馳：像閃電和刮風那樣地迅速。鄭觀應《盛世危言．鐵路上》：「於是而輪船火車出焉，以利往來而捷轉運，風馳電掣，迅速無倫。」八荒：指偏僻極遠之地。賈誼〈過秦論〉謂秦孝公「有席卷天下，包舉宇內，囊括四海之意，并吞八荒之心」，顏師古注曰：「八荒，八方荒忽極遠之地也。」亞東：即東亞。狼望：原為匈奴的地名，見《漢書．匈奴傳》顏師古注。《資治通鑑》胡三省注云：「余謂邊人謂舉燧為狼煙。狼望，謂狼煙候望之地。」這裏的用法，跟前句的「八荒」相近，皆泛指極遠之地。兩句總意是説《華字日報》獲取消息迅速，且無遠弗屆。

5 非澳兼歐米：非洲、澳洲、歐洲、美洲。閣筆：這裏的閣筆，跟前句的郵筒相對偶，當為名詞，指擱筆用的筆架。虛星訖昴房：虛、昴、房皆黃道二十八宿之一。古人有所謂「分野」之説，天上星座的位置，跟人間地域一一相應。由天象的變化，可以預測每一地方的吉凶禍福。這裏當取其「天下」的泛義，跟前面非澳歐米類同。

此聯之意，謂報章銷售面廣，內容豐富，包括世界各地新聞。

6 野火：如野火燎原之勢。春秋：原為魯國史書，十三經之一，這裏指褒貶時事。月旦：評論文章。同光：指晚清同治、光緒兩朝。

7 甌脱：邊界上的緩衝荒地，這裏指新舊文風的限界。胡須：何須。

簡析

《華字日報》1872 年由《德臣西報》（*China Mail*）的編輯陳藹廷創辦，是繼《香港中外新報》後，香港第二份出現的中文報紙。

1871 年 3 月，陳靄廷受聘於《德臣西報》，出任其附印中文刊物《中外新聞七日報》的主編。該報逢星期六出版，附載於《德臣西報》。

《中外新聞七日報》自詡為「香港第一家沿着華人意旨而辦的華文報」，曾對當時華洋不平等現象、政府徵收賭博業稅、豬仔船等問題痛加抨擊。

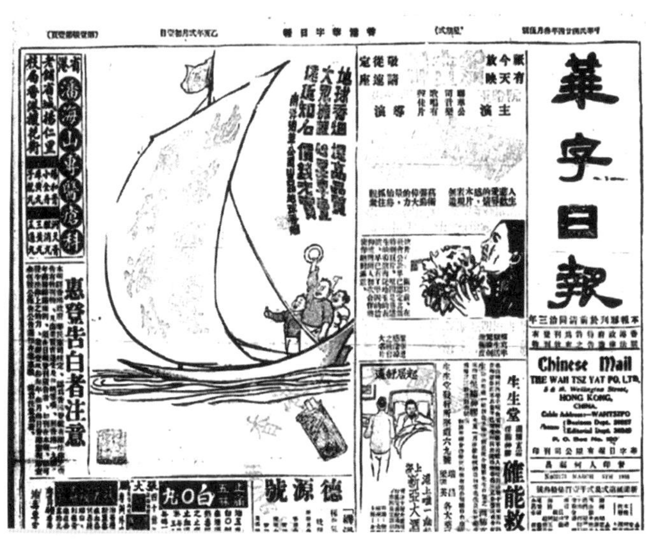
華字日報

Chinese Mail
THE WAH TSZ YAT PO, LTD.
HONG KONG,
CHINA.

惠登告白者注意

德源號

生生堂

《華字日報》

至 1872 年，陳藹廷在伍廷芳、何啟的幫助下，獨立創辦《華字日報》。它主要提供清廷消息，以及粵、港、海外的新聞，其次還有船舶消息、貨價行情、政府告示等消息。此外，商人也會刊登正版廣告、招股啟示及出版資訊。光緒末年，該報又增加「廣智錄」，內容以雜文、中外軼事為主；又有「精華錄」，載有「談叢」、「粵謳」及「歌謠」等內容。

《德臣西報》曾稱譽《華字日報》為第一家「完全由當地人管理」的中文報紙。但其實無論《中外新聞七日報》抑或《華字日報》，均相當依賴《德臣西報》。前者只是附屬品，後者則由《德臣西報》推動創辦，新聞內容多翻譯自該報，甚至連印刷、發行，均仍由《德臣西報》負責。王韜因此批評它：「主筆之士雖係華人，而開設新聞館者仍係西士，其措詞命意未免逕庭。」

1941 年 12 月，日軍攻佔香港，《華字日報》被迫停辦。重光後，1946 年曾兩度短暫復刊，但最終礙於財困，很快即告停刊，從此絕跡於香港報壇。

值得一提的是《華字日報》的創刊年份。1923 年，該報印行六十週年紀念刊，把創刊年份訂於 1864 年；1934 年，又出版《華字日報七十一週年紀念刊》，其實皆誤。根據卓南生《〈香港華字日報〉創刊年號考》一文的考證，《華字日報》當於 1872 年創刊。

本詩詩題的「緯孟記者」，是戰前香港報壇的大老，當時《華字日報》的總編輯。

勞緯孟（1874－1958），原名世選，以字行，筆名今夢生、天夢生，廣東鶴山人。他是清朝的秀才，民國元年遷居香港，曾先後任《廣東日報》、《有所謂報》、《世界公益報》等

勞緯孟照片

報章編輯，最後出任《華字日報》總編輯，前後近三十年。1958 年病逝於香港。

勞氏擅長吟詠，尤嗜聽瞽師鍾德的南音歌謠。某次鍾德來港演出，勞氏聚集同好，各自現場筆錄其唱辭，然後互校，最後結集十四首有關《紅樓夢》故事的南音曲集出版，取名《今夢曲》，至今猶為顧曲周郎所津津樂道。

8.〈己卯香江夏曆元旦〉（1939）

海國羊還存告朔，流人兔又報新年。[1]
破家篋賸生花筆，壓歲囊分買酒錢。[2]
電療赤光能愈疥，地行白木尚撐肩。[3]
三城回首蕭條甚，[4] 徹旦危床夜未眠。

歲歲農忙歷未差，可憐春早尚天涯。
蘿岡地僻知無恙，濠鏡人歸道是家。[5]
呵凍臨池雞穎管，隔年放爆鼠姑花。[6]
蝸居款客無長物，來受觀音一盞茶。[7]

香江曾見七回春，廿八年中一舊人。[8]
故里已非乾淨土，高臺權託亂離身。[9]
鋼琴鄰女翻洋曲，鉛筆嬌兒畫喜神。[10]
鍾句無無來歷字，安排明日鬥尖新。[11]

1 羊還存告朔：古代諸侯有初一朔日以活羊祭告於宗廟，然後聽政之禮，稱為「告朔」。其後禮崩樂壞，逐漸淪為虛文儀式。《論語．八佾》：「子貢欲去告朔之餼羊，子曰：『賜也，爾愛其羊，我愛其禮。』」霞公此句之意，自己雖然逃難外地，過年猶應保持一定的禮數。兔又報新年：按 1939 年農曆為己卯年，生肖屬兔。

2 生花筆：參前〈循環日報五十四週紀念徵詩〉詩注。壓歲囊：指過年的紅包。

3 電療赤光能愈疥：按此句有原註：「余多疥癬，年家子黎鐵孫以赤光外線電療頗效。」這位黎鐵孫醫生，疑為黎國廉的兒子。白木：指木屐之類。

4 三城：即廣州。按北宋熙寧元年（1068）在原南漢舊城基礎上，建為中城（又稱子城）；又以趙佗城為基礎，向東擴築，稱東城；熙寧六年為保護新興的西部商業區和外僑聚居地，再擴築西城，合為三城。至明代洪武十三年（1380），永嘉侯朱亮祖修建廣州城，合宋元三城為一城，逐漸形成今日廣州老城區的格局。

5 蘿崗：墟名，位於廣州市東郊，距廣州市中心約三十公里，今屬廣州市黃埔區。舊日羊城八景之一所謂「蘿崗香雪」，即指此地。霞公於此地開辦有江蘭齋農場。濠鏡：即澳門。按此句有原註：「諸兒女自濠江學校假歸。」

6 呵凍臨池：冬天時呵氣使硯池中凝結的墨汁融解。王圭詩：「想得題詩呵凍硯，固應清興入毫端。」雞穎管：雞毛筆，別稱雞毫，以公雞胸毛為之，性極軟。王羲之《筆經》：「嶺外少兔，以雞毛作筆，亦妙。」鼠姑花：即牡丹花。《神農本草經》：「牡丹味辛寒，一名鹿韭。一名鼠姑，生山谷。」

7 觀音一盞茶：指烏龍茶類的鐵觀音。

8 廿八年：指民國廿八年，1939。按晚清太史一般都拒絕使用民國年號紀年，霞公不屬於典型的遺民，故不以此為忌諱。

9 故里：指廣州，1938 年 10 月淪陷於日寇。高臺：即妙高臺。按霞公在抗戰初期，避地香江，全家三十多人，住在香港半山區羅便臣道妙高臺。

10 喜神：吉祥之神。舊日為祈求吉祥，有除夕迎拜喜神的習俗。富察敦崇《燕京歲時記．迎喜神》：「除夕接神以後，即為新年。於初次出房時，必迎喜神而拜之。」

11 鍾句：指詩鍾聯句。無無：必有。鬥尖新：比賽誰人的作品較為新穎，別出心裁。晏殊〈山亭柳．贈歌者〉：「家住西秦，賭博藝隨身。花柳上，鬥尖新。」

簡析

1938 年 10 月，日軍登陸廣東大亞灣，進逼廣州，霞公為躲避戰火，乃南遷香港。據江獻珠《蘭齋舊事與南海十三郎》所述：「七七抗戰，廣州淪陷前祖父帶同一部分家人避難香港，旅居羅便臣道妙高臺大良龍家的物業。二三十人擠在一層樓，婢僕相繼星散，只餘男侍從一、女僕二，但仍僱用一男廚師。」（頁 93）此時霞公的境況，確如詩中所言，「高臺權託離亂身」、「破家篋賸生花筆」、「蝸居款客無長物」。

霞公的想法，不宜把所有家眷都遷到香港，以免抱團全沒，因而有部分人遷至城郊的蘿崗農場，三子江叔穎則攜帶妻兒逃往澳門。故詩中有云：「蘿岡地僻知無恙，濠鏡人歸道是家。」

妙高臺位於中半山羅便臣道與衛城道的交界，據江獻珠所言，是霞公世交順德大良龍氏的物業。此龍氏未知是誰人。值得注意的是，黎國廉亦是順德的巨紳，他跟霞公為同年舉人，辛亥革命後遷居香港，即住於妙高臺。從現存資料看，霞公於 1939 至 1941 年間，跟黎國廉過從極密，這幾年間的詩詞中，經常提到他。例如這裏第一首詩注所謂的「年家子黎鐵孫」醫生，應該就是黎國廉的兒子。

雖然霞公此時期的詩文，不時看到生活艱困的自述，但其實不過是跟昔日風光的日子比較而已。居港的四年間，特別是在淪陷前，境況未算太壞。畢竟他是晚清翰林，盛名之下，仰慕者眾，不時邀請他出席各種社交活動，諸如詩社聚會、書畫展覽等，生活並不寂寞。直到香港淪陷以後，他才真是閉門謝客。1942 年底，更帶領家人返回廣州的太史第。

9.〈丙寅年避地香海，曾為寒瓊題洪北江夏令食單，稿佚，病起補述〉(1940)

夏令編食單，吾見北江始。[1]
十五年于茲，香海再遷地。
南社索題句，曾為蔡守識。
寥寥數十品，題亦不百字。
此來檢陳篋，[2] 舊稿獨無此。
龜年去江南，[3] 有懷不能寄。
憶昨血高壓，戒肉已將歲。
西醫為注射，諄諄勸蔬食。
白肉魚可餐，除紅牛羊豕。
不飽謂非此，先生而已矣。[4]
遐庵論茹素，[5] 廿載詡知味。
此間居士林，食禪首屈指。[6]
所識優婆夷，[7] 款我太誠意。
鮮菌羅列陳，馬蔑代醯醢。[8]
十人倍珍篚，[9] 無一盡其器。
歸去笑侏儒，胡為飽幾死。[10]
乃知無素葷，口貪必腹滯。
六禾余同年，[11] 星期六相會。
食必盂菜湯，卑之席魚翅。
無冬亦無夏，不背北江旨。
行之逾十年，卻病謝珍餌。
無怪卷葹集，中多筍蔬氣。[12]
獨異蘭齋譜，食單所未備。
關外歸賜還，[13] 冷食夙應嗜。

雪窖牛羊酪，凍盤藕菱脆。
不若冰芰蓮，拌之啖披麗。[14]
以此澆熱腸，吾病所不廢。
西笑難已饞，寒暑一埃士。[15]

1 北江：洪亮吉（1746－1809），字稚存，號北江，乾隆年間，曾編有〈洪稚存先生夏令食單〉，今藏廣東佛山市博物館（詳見下文「簡析」）。

2 陳篚：陳舊的竹筐。

3 龜年：唐玄宗時的宮廷音樂家李龜年，安史之亂後流落南方，杜甫曾遇見過他，寫下「正是江南好風景，落花時節又逢君」的名句。按蔡守當時已離開廣東，流落於蘇皖之間，故霞公以龜年譬喻蔡守。

4 先生而已矣：按此句有原註：「粵東諧語，有夫外出而婦延師課子者，寄外問待先生禮。夫答謂：『日常便飯鹹魚青菜而已矣。』婦問師：『而已矣何解？』師日：『此若夫狀汝所養子雞之聲也。』」細味前後句意，似謂由於不能吃紅肉（豬牛羊肉），假如連白肉也沒有的話，便不能滿足了。

5 遐庵：葉恭綽（1881－1968），字裕甫，號遐庵，廣東番禺人，書畫收藏家，政治上屬於梁士詒的交通系。

6 居士林：指黎乙真於 1926 年在香港島大坑所建的佛教東密道場。此外，其妻張圓明亦於 1930 年在香港成立女居士林。食禪：透過素食來修練禪定。

7 優婆夷：梵語 Upāsikā 的音譯，意即女居士。

8 馬蔑：此即原註所謂的「馬蔑菜汁」，未知何物，待考。醯醢：肉醬。

9 倍珍：加倍珍重，不敢浪費。趙翼詩：「長安交舊今餘幾，數到殷兄罕倍珍。」

10 侏儒：原意是身材極端矮小的人，這裏指得志的小人。胡為飽幾死：《漢書．東方朔傳》，朔紿侏儒謂上欲盡殺之。漢武帝經過時，侏儒恐，皆號泣頓首。帝知是朔所教，乃問其故。朔曰：「侏儒長三尺餘，奉一囊粟，錢二百四十。臣朔長九尺餘，亦奉一囊粟，錢二百四十。侏儒飽欲死，臣朔飢欲死。臣言可用，幸異其禮；不可用，罷之，無令但索長安米。」二句之意，可笑那些得志的小人，飽食終日。

11 六禾余同年：六禾即黎國廉，他跟霞公皆癸巳恩科（1893）舉人。

12 卷葹集：洪亮吉的文集稱《卷葹閣詩文集》。筍蔬氣：清逸之氣。

13 關外歸賜還：「還」字，《蘭齋詩詞存》稿抄本原誤作「環」。按洪亮吉於嘉慶四年因（1799）上書言事，觸怒嘉慶皇帝，被流放至新疆伊犁，百日後遇赦而還。

14 冰芰蓮：即雪糕 Ice-cream 的音譯。披麗：即啤梨 Pear 的音譯。全句意指，冰凍乳酪，或脆藕菱角之類，不及啤梨拌雪糕來得美味。

15 西笑：意即望梅止渴、畫餅充飢。桓譚《新論．祛蔽》:「人聞長安樂，則出門西向而笑；肉味美，對屠門而嚼。」全句之意，單憑口説是無法解饞的。埃士：英語 Ice，當指冰凍冷飲。按此句有原註：「馬蔑菜汁、披麗果、冰芰蓮、凍牛乳、埃士冰皆中西夾雜語。」

簡析

佛山市博物館今藏有《洪稚存先生夏令食單》一卷。洪稚存先生即清代學者洪亮吉，他原名禮吉，字稚存，號北江，江蘇常州人，乾隆五十五年（1790）探花，有《滬瀆消寒集》、《卷葹閣詩文集》、《更生集》、《北江詩話》等。此食單共列有夏日菜式共九十多種，雖然畫面多有殘損，部分字跡亦已模糊，但仍大致可讀。

此卷最初為民國吳彌光所收藏，後落入蔡守手中。蔡氏對

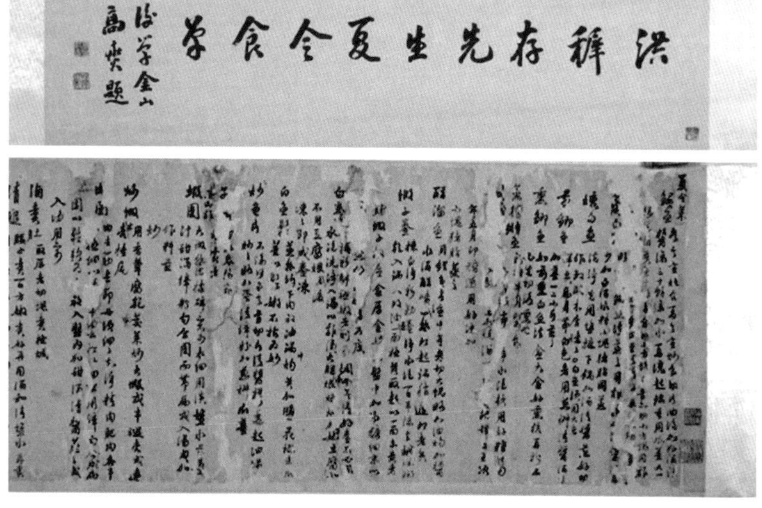

《洪稚存先生夏令食單》

此極為珍視，除重新裱作手卷外，還遍請友朋題詞於後，最早者為 1924 年的顧熏，然後是 1925 年的高吹萬、江孔殷、陳兆年、李景康等。此外，還有黃賓虹、張虹、鄧爾雅等人的題字或印章。

至於本詩，根據詩題，霞公於丙寅（1926）避居香港時，曾為蔡守（寒瓊）此夏令食單題過約百字的文詞，所謂「南社索題句，曾為蔡守識」。十五年之後，霞公重居香江，但檢視舊稿，遍尋未獲，而蔡守亦早已離港前往南京，故只好以詩補述其事。

洪亮吉的食譜以蔬食為主，而霞公晚年亦已戒食紅肉。根據霞公所述，他是遵照醫生的囑咐，因血壓高而改為茹素的。另外詩中還提及兩位素食者，一是葉公綽，二是霞公的同年好友黎國廉。至於香港的素食，也頗具特色，霞公特別推許居士林的素宴。按居士林是東密的道場，正所謂「禪貧密富方便淨，唯識耐煩嘉祥空」，其素菜自然不會差。特別是香港乃中西文化交匯地，有不少西式的食材，如雪糕、洋果之類，當然又比洪亮吉的食單更勝一籌了。

蔡守，南社著名詩人。

葉公綽，近代著名書畫家。

黎國廉，順德巨紳，霞公好友。

10.〈九龍侯王廟寶漢酒家題詞書後〉（1939－1940）

怕到西塘憶下塘，[1] 林園佳處在山鄉。
王臺侯廟碑曾記，墓券珍逾廿四娘。[2]
故國殘山夕照中，崖門逝水不流東。[3]
我來大有蒼茫感，寶宋心情一例同。[4]
四字親題付酒家，齋臨寶晉筆生花。[5]
六禾近墅時同過，不是茶寮也品茶。[6]
依稀亭館習家池，隔院銅鞮入畫時。[7]
頗解東人兄戴意，[8] 一天風雨補題詩。
鳳城風味到龍城，玉糝東坡別有羹。[9]
最是相思紅豆子，[10] 饅頭細餡饜平生。
淡水麻蝦話大良，齊名青背兩多黃。[11]
西風起後來餐菊，[12] 蛇鱔都推大者王。

1　西塘：當指港島西環的石塘咀，即塘西。下塘：這裏當可作二指。一是指廣州城北的下塘，附近有「寶漢直街」，因「寶漢茶寮」而得名（詳見下註），此街名一直沿用至今天。二是指廣州河南番禺縣的大塘鄉。1930 年代初，霞公在廣州興辦江蘭齋農場，總場即設在下塘，其下再附設蘿崗（有兩個場）、下塘、瀝滘、橫瀝（位於東莞）五個分場。由於地名同有「塘」或「寶漢」等字，故容易使遊子聯想到家鄉廣州。

2　墓券珍逾廿四娘：「墓」字，《蘭齋詩詞存》稿抄本原誤作「募」。此句實為「珍逾廿四娘墓券」的倒裝句式。按廣州市博物館今藏一塊名為〈馬氏二十四娘買地券〉的碑石，刻於五代時期南漢國大寶五年（962），並於清代同治年間在廣州城北下塘堡出土。所謂買地券，屬於鎮墓文的一種，最先流行於東漢中後期長安、洛陽一帶的墓葬中。所謂買地，目的是讓死者能在陰間建造居宅，既安護亡靈，又福祐後人。〈馬氏二十四娘買地券〉出土後，物主便在附近搭建「寶漢茶寮」，並把券石放置其中，供人觀賞。「寶漢」二字，取義於「南漢大寶」。霞公此聯之意，寶漢酒家所在的九龍城宋皇臺、楊侯古廟，有陳伯陶等人所撰的碑記文章，其珍貴價值，實超過寶漢茶寮的〈馬氏二十四娘買地券〉。

3 崖門：宋元最後決戰之地，在今廣東省江門市新會區。全聯之意，夕陽殘照，宋朝早已亡國。

4 按江沛揚《滄桑太史第》一書把此絕稱為〈過伶仃洋賦〉，謂是霞公於 1925 年 10 月因廣州局勢緊張，南遷香港時所作。「船過伶仃洋時，江孔殷站在船舷上，望着波濤洶湧，烏雲滾滾，群鷗亂飛，浮想聯翩，詩興又大發，即吟誦了一首〈過伶仃洋賦〉。」按：此說未知何據，且無緣無故，何來「寶宋」之語。故當依《蘭齋詩詞存》，此詩為題寶漢酒家之作。

5 四字親題：指霞公親題「寶漢酒家」四字。齋臨寶晉：宋代書法家米芾（1051－1107）因收藏了謝安、王羲之、王獻之三人的書法真跡，並視之為珍寶，故以「寶晉」名齋，其文集即稱《寶晉英光集》。

6 六禾：即黎國廉，他於辛亥革命後移居香港。不是茶寮也品茶：九龍城的寶漢酒家，跟廣州寶漢茶寮同名，二者是否有關聯，待考。一般粵式酒家都設有點心茶市，故雖非茶寮，二人也可常來此品茗。

7 習家池：又名習池、習郁池，在湖北襄陽。習姓乃湖北襄陽的士族，《晉書．山簡傳》：「簡鎮襄陽，諸習氏荊土豪族，有佳園池，簡每出游嬉，多之池上，置酒輒醉，名之曰高陽池。」後世多借指園池之勝。如趙翼〈西湖詠古〉：「不是行都集冠蓋，此湖也只習家池。」霞公這裏是指寶漢酒家擁有園林池苑的佳景。銅鞮：即〈銅鞮曲〉，樂府清商曲名。梅堯臣詩：「里兒尚唱銅鞮曲，耆舊爭隨畫鹿車。」這裏泛指音樂。入畫：指有聲有畫面的電影。按此句有原註：「酒家前有編影劇所。」今天九龍城侯王廟、何家園石屋一帶，戰前已陸續出現電影拍攝場所，戰後更如雨後春筍，著名的片場即有長城、世光、友僑、國家、自由等。

8 兄戴：「戴兄」的倒裝。原註：「謂戴東培主人。」

9 鳳城：廣東省順德縣的縣治所在，即大良鎮。玉糝東坡別有羹：糝是以米漿調製的羹湯。按蘇軾被貶海南島時，生活清苦，其子蘇過乃以山薯搗碎，和米煮給父親吃，蘇軾特命名為「玉糝羹」，並賦詩云：「香似龍涎仍釅白，味如牛奶更全新。莫將南海金齏膾，輕比東坡玉糝羹。」近世粵菜多改以玉米為羹，如粟米魚肚羹之類。

10 相思紅豆子：原指蝶形花科相思子屬植物所結的紅色種子。王維〈相思〉詩：「紅豆生南國，春來發幾枝。願君多採擷，此物最相思。」饜：滿足。按：古人所謂的「相思子」，雖亦別稱「紅豆」，但跟食用的蝶形花亞科豇豆屬植物赤豆（紅豆），並不是同一植物。前者有毒，只能入作墮胎避孕藥，並不能食用，霞公此處似有失考。

11 大良：順德縣治所在，別號鳳城。青背：指梭子蟹科青蟹屬（Scylla）的蟹類，全稱鋸緣青蟹。黃：指蝦蟹的黃膏。蟹中極品，首推黃油蟹。

12 西風：即秋風。粵諺有云：「秋風起，三蛇肥。」餐菊：指菊花蛇宴。

簡析

這組詩見於《蘭齋詩詞存》卷五，屬於戊辰（1928）至庚辰（1940）之間的作品，具體寫作年月無考，但必定不離1939至1940年之間。

霞公晚年，由於經濟狀況大不如前，為了彌補家計，也被迫鬻字。今天粵港澳等地，有不少他的墨寶流傳。霞公雖然明碼實價，但畢竟是有格局之人，一切還是相當的講究。根據他1948年刊印的〈蘭齋重訂賣字換米潤例〉，規定「單條不寫，有告白及宣傳性質不寫，來文佳與不佳均不寫⋯⋯ 商號聯名不題下款」等等。本來他既以美食專家馳名，酒家自然最希望得到他的題字，但事實上他寫過的食肆招牌卻是少之又少。根據江獻珠《蘭齋舊事與南海十三郎》一書所載，除了香港中環的大同酒家外，只有廣州長堤的七妙齋。此外，今天澳門的龍記酒家，牆壁掛有霞公所書「廣能秀齋」四字牌匾，僅此而已（頁128）。不過，參以本詩「四字親題付酒家」一語，可知他在太平洋戰爭前夕，至少還曾替九龍城的寶漢酒家題過招牌。大概店東戴氏的潤筆頗豐，霞公事後還在某個風雨交加的日子，親往補題上這六首絕句。

寶漢酒家的位置，就在九龍城侯王廟旁邊，頗富園林佳勝。直到1942年末，日寇因擴建啟德機場，酒家才被迫遷往衙前圍道繼續營業。

就內容看，這六首詩寫起來亦頗有章法。首先是由「寶漢酒家」想到廣州的「寶漢茶寮」，接着以此例彼，由「寶漢」聯想為宋皇臺、侯王廟的「寶宋」，再進而由題字聯想到書法家米芾的「寶晉」。

最後兩首是關於鳳城菜式的，包括玉米羹、麻蝦、青蟹、蛇羹、大鱔等。最有趣者，由於霞公此時早已茹素，故在諸多菜餚中，他最推重的，竟是以紅豆泥作餡料的豆沙包。「最是相思紅豆子，饅頭細餡饜平生。」其實，在芸芸廣東點心中，豆沙包最不受舊日茶客待見，故今天早已淘汰，一般茶樓不再供應。粵方言有「豆泥」一詞，所謂「豆泥嘢」，喻指質劣的粗賤物，其實就是由豆沙包而來的。所以常言道物無貴賤，喜愛的就是最好。

後記

經過數年的時光，本書終於到了付梓的時候。本書名為《香江情懷：香港清遺民詩文集選編》，乃是首本以香港清遺民為研究對象，甄選一些詩文作註釋和簡析，從而展現他們在港的生活和思想情懷。回首過去，我不禁慨歎光陰似箭，箇中的困難非外人所能理解；憶起自己開展研究的情況，猶如昨天，現謹略述本書的緣起。

自香港大學中文系學士畢業後，我追隨何冠彪老師修讀碩士、博士學位。冠彪師是著名明遺民研究的學者，我有幸獲其指導，深受啟發，一窺學術堂奧，並對遺民產生濃厚興趣，不斷追閱相關著作，增加了我的學術知識。加上，在港清遺民與早期港大中文系的設立甚有淵源，如賴際熙便是首任中文系系主任；溫肅亦曾於中文系任教。當年我在港大讀書時，已從不少教授的課堂中聽到這些人物的野史軼聞，趣味盎然，更引起我對母校歷史的關注。或者，這是本書研究的遠因吧！可惜，多年來公私兩忙，我一直苦無認真研究的機會。

直至 2020 年初，我向香港研究資助局遞交香港清遺民研究的申請，幸運地獲得批准，遂於 2021 年開展這個研究課題。奈何，過去幾年，香港面對世紀疫症的肆虐，各處陷入停頓的狀態，香港中央圖書館和各大學圖書館均全面關閉，無法閱覽書籍文獻，嚴重影響我的研究進度。幸好，2022 年下旬情況逐漸穩定，相關研究工作才得以重新展開，讓我仔細分析他們的詩文。

正當我搜集香港清遺民的資料時，發現他們的詩文集或其他相關文獻不易獲睹，有些更只限於館內閱覽，不准外借，細閱起來實在相當費時，以致進度緩慢。因此，我便有整理和出版香港清遺民全集之意向，望能惠及學界，亦有助宣揚他們的作品。於是，我便將研究申請書呈交衛奕信文物信託，擬定出版五冊香港清遺民的全集。這個研究項目很快獲得初步接納，並要求我出席面試，進一步解答委員會委員的提問。會後，由於資金所限，信託委員會建議我出版一本香港清遺民詩文集選編本。當收到這個消息後，我不禁有點失望，覺得有違自己的初衷，更曾因此想過放棄作罷。但內子惠仙則認為這是一個好建議，指出選編本較全集本容易讓公眾了解和閱讀，更有利推廣清遺民的作品。結果，在她的勉勵下，我決定採納委員會的建議，改為編選一本香港清遺民詩文的書籍。

不過，這個決定令我立刻面對一系列問題：如何界定「清遺民」？誠然，清遺民人數眾多，若每人選一篇，自會流於簡略，無法展現其思想。於是，我先為「清遺民」下了一個嚴格的定義，意指那些在清朝考取進士、獲得官職，但在清朝滅亡後拒絕擔任民國政府職務的人。這些清遺民不但須在香港定居或居住，而且必須有完整的詩文集傳世，才能獲得選錄。結果，經過多番篩選後，我選取了賴際熙、溫肅、陳伯陶、吳道鎔、丁仁長、張學華、何藻翔、岑光樾和江孔殷共九位清遺民。擬定人選後，新的問題又出現了。這九位香港清遺民的詩文作品甚多，單計詩篇也近千首，如何甄選已是令人感到頭痛的問題。我應該選哪些作品呢？應採用甚麼標準呢？若僅以文學價值或成就而言，實在難以分出高下；若按個人興趣作選擇，亦會引起不少爭議。我苦思數天後，終於得出一個結論。本書希望讀者透過閱讀這些清遺民的作品了解他們的思想和在港的生活情況，故此確定了兩個選錄標準：一是只選取他們在香港居住期間寫作的作品；二是挑選與香港相關且具有香港歷史價值的詩文，以突顯他們與香港及各界人士的密切關係。這些準則為本書的輪廓奠定了基礎。然而，由於本書篇幅有限，故我只能為每位清遺民選錄約十篇作品。有時遇到類似的內容或談論相同的人物，便要作出取捨，如溫肅和賴際熙均曾與富商馮平山相交，前者撰有〈壽馮平山七十〉，後者則撰有〈馮平山先生七秩榮壽大慶序〉。為免重複，我只選前者，後者只好割愛。又例如不少清遺民均會互相探訪，彼此賦詩唱和，但這些同一時間的唱和作品，我亦只能選擇其一為例，以避枝蔓。另外，有些詩文內容可以互補不足，故以附錄形式展示出來，讓讀者互讀參詳。值得指出的是，作為通俗性讀物，全書不但刻意避免繁瑣的註釋，方便讀者閱讀，而且配上圖片或書影，以助說明。全書部分圖片是筆者所攝，其餘則已盡力尋求版權持有人允許轉載。如有遺漏，懇請亮鑑。

藉此機會，我欲向不同人士表達衷心的致謝：感謝香港學海書樓的無私幫助，得悉我的研究後，惠贈大量相關的著作和文獻資料；我的研究助理伍金菊小姐，辛勤地將不同的詩文集輸入電腦，省卻我不少工夫；感謝香港伍倫貢學院各同仁的幫忙，校內研究基金的撥款資助有助推動我的研究計劃。沒有冼景炬教授的循循善誘，我亦不會有信心呈交香港研究資助局的研究計劃；我亦要感謝陳以信兄、羅榮貴兄、郭永禧兄、舊生黃奕小姐在不同階段助我一臂之力。至於中史同學會各學長、何純文兄、許婷婷博士等摯友的支持，更令我珍惜彼此的友誼。凡此種種，我是衷心銘感的。

我亦必須對劉智鵬教授和陳煒舜教授表達摯誠的謝意。他們均是著作等身的學者，在百忙之中為本書撰寫序言，嘉許之意、黽勉之情，溢於言表，實令我十分感激。智鵬教授性格爽朗，願意提攜後輩，一直支持我的學術工作，對本書的出版給予不少幫忙；煒舜教授才思敏捷，指出書中一些疏漏，匡我不逮，益我良多，何其幸之！另外還須感謝鄧昭祺教授的恩情，他一直關心我和惠仙的情況，時時鼓勵扶掖。每當遇上疑難，他總會伸出援手，惠予無私幫忙；何冠環教授恰巧是我中學中史科黃偉權老師的恩師，故我與他的關係匪淺，尤其感謝他不時關心我的研究進度，並分享自己的研究趣事；劉衛林教授則經常不吝解答我的問題，慨贈新著和自己珍藏的書籍，更成為樂我道真的前輩，不斷為我的研究打氣。

另外，我特別感謝中華書局副總編輯黎耀強先生，承蒙他全力推薦和悉心安排，本書才得以順利出版。我也要感謝責任編輯張佩兒小姐，為本書作出仔細的校對，減少不少錯誤。

最後，我必須感謝父母的養育之恩和家人的關懷。父母多年來對我照顧有加，而且思想開通，既支持兒子修讀文科，亦讓他自由地選擇工作，故謹將此書獻給他們，祝願他們健如松柏、逍遙快活。過去數年，有幾位見證我成長的長輩因病相繼離世，令人不勝唏噓！歲月無情，我只能在心中永遠懷念他們。我亦感謝內子惠仙多年來的陪伴和愛護。雖然她在大學教書，工作繁重，但仍持家有道，每天悉心照顧我和兩個兒子。她樂見丈夫從事研究工作，並協助校閱全書。夫妻之情，絕非筆墨所能形容，感恩能於生命中遇上她。今年欣逢我倆結縭十五載，謹藉此書的出版作為紀念。

本書是中國香港特別行政區研究資助局（Research Grant Council）（專案編號：UGC/FDS51/H01/20）資助的研究成果之一。另外，本書的出版亦獲得衛奕信勳爵文物信託撥款資助，謹致謝忱。上世紀二十年代，賴際熙為首的清遺民獲得時任港督金文泰的賞識，備受重用，積極推動香港中文教育的發展。百年後的今天，他們作品的選編本亦獲前任港督衛奕信名下的文物信託基金斥資付梓，命運是何其巧合呢？

本書舛誤在所難免，尚祈大雅君子不吝賜正。

崔文翰

2024 年 10 月 16 日